KB241542

한국문학의 최전선과 세계문학

한국문학의 최전선과 세계문학

유희석

평론집

창비

두번째 평론집을 펴낸다. 2007년에 『근대 극복의 이정표들』을 냈으니 햇수로는 6년 만이다. 그동안 뜨문뜨문 평문을 써오기는 했지만 평론집의 마무리를 포함한 신고 집필 및 개고 과정은 대부분 미국 유타 주의 쏠트 레이크시티에서 이뤄졌다. 유타 대학 당국과 필자가 소속된 학과 동료선생들의 따뜻한 보살핌에 힘입어 작년에 가족과 함께 대학 구내 아파트에서 연구년을 보내면서 집중한 결과물이다.

돌이켜보면 첫 평론집에 대한 평단의 반응은 전무하다시피 했다. 나와는 인연이 없을뿐더러 영문학이나 국문학과도 무관한, 중국의 정치사상을 전공한 어떤 분의 서평 하나가 전부였는데, 과분하고도 뜻밖이어서 나름의 화답을 나중에 같은 지면에 실은 기억이 난다. 아무튼 평단의 반응이 그때 그랬으나 나 자신은 무덤덤했던 것 같다. 시시각각 벌어지는 문화적 현상이나 사건에 순발력 있게 대응하는 사회비평 장르의 글쓰기와는 또 다르게, 작품을 읽은 실감을 긴 호흡의 엄밀한 언어로 표현해내는 문학비평은 오늘의 독자들에게 대중적이기 힘든 면이 있음을 알 만큼은 아는 처지라서 더 그랬다.

물론 문학비평이라는 것도 나 자신, 동료 비평가, 더 나아가 독자와 나누는 대화의 한 방식이라는 개인적인 소신에 비추면 펴낸 평론집에 대한 반응이 그처럼 미미했다는 것이 결코 자랑거리일 수는 없다. 반응도 반응 나름이겠지만 어쨌든 그런 미미함을 평단이나 독자 탓으로 돌린다는 건 말이 안된다. 대화상대가 없었던 것은 역시 책 자체의 됨됨이가 시원치 않았기 때문이다. 첫 평론집의 머리말에서 '민족문학'의 문제의식을 잇고자 했지만 '초보적인 수준'임을 자인했는데, 6년이 지난 지금 얼마나 초보 딱지를 뗐는지 생각해보면 아득해지기도 한다. 다만 이번 평론집의 1부와 2부에 실린 열두 꼭지의 '현장평론'과 3부 세계문학 관련 발언들은 첫 평론집에 비해 양도 늘어났고, 내용에서도 약간은 심화된 바가 있지 않을까 싶다. 어지간히 다양한 장르와 주제를 다뤘지만 우리 문학을 읽는 자세와 관점 면에서 어떤 일관된 주견(主見) 같은 것이 있다고 감히 말할 수도 있겠다.

모두 열일곱 꼭지가 실린 이 평론집은 기존 발표문의 재탕만은 아니다. 18대 대선의 쓰라린 패배를 뒤로하고 2013년 정초에 쓴 서장을 비롯해 신작 원고, 미발표 원고 일곱 꼭지를 포함한 거의 모든 글을 대대적으로 다시 손을 봤다. 물론 부실해서다. 손을 대서 얼마나 나아졌는지는 자신하기 어렵지만 그동안 내게 주어진 역량과 시간에 충실하면서 평론작업을 해온 것만은 사실이다. 물론 현재 한국문학의 생산량에 비추면 미미한 작업이고 심화된 내용이나 일관된 흐름도 저자 자신의 주관적인 희망에 불과할 수도 있을 것이다. 정말 그런지는 독자의 판단에 맡길 일이다.

책의 제목으로 "한국문학의 최전선과 세계문학"을 내건 대강의 취지는 서장인 「민족문학, 한국문학, 87년체제: 단장(斷章)들」에서 부족하게나마 밝혔다. 하지만 평론집의 체재에 대해서는 좀더 해명할 필요를 느낀다.

이 저서의 내용을 딱 부러지게 반영하는 열쇠말에 해당하는 단어를 두 개만 고른다면 '한국문학'과 '세계문학'이 아닐까 싶다. 모두 홑따옴표가 붙을 수 있는 개념인데, 특히 '한국문학'에 대해서는 아래에서도 약간의 풀이를 하겠다. 아무튼 평론집의 제목을 짓는 데 상당히 고심했다. 포부와 희망을 담으면서도 책의 내용을 적절히 반영하는 제목이어야 한다고 생각했다. 나 자신의 분수에도 맞아야 함은 더 말할 나위 없었다. 고심하기는 했지만 한국문학의 최전선이라는 표현에서 '최전선'은 마치 저자가 그런 위치를 선점하고 있는 것처럼 들릴 소지도 없지 않다. 세계문학 역시 가당치 않게 거대한 주제를 내세우고 있다는 인상을 줄 수 있을 듯하다. 먼저 최전선이 현재 남녘과 대치 중인 북녘까지도 포함한 우리 시대의 현실과 삶에 대해 누구보다 첨예한 고민을 하면서 창작과 평론에 임하는 작가들의 작품 자체를 가리킨다는 점을 적시해두는 게 좋겠다. 그리고 그런 작품들 속에서 태동하기 마련인 '세계문학'이라는 개념을 엄밀하게 파악하면서 나 나름의 관점을 수립하려고 애쓴 바가 다소나마 인정받을 수 있다면, 또한 세계문학의 새로운 구상이랄 만한 것도 없지 않다면 과욕일지언정 허황된 제목이라는 비판만은 듣지 않으리라 믿는다.

1, 2, 3부에 걸쳐 남과 북 공통의 문학유산에 속하는 일제 식민지시대의 텍스트와 북한작가 및 소위 탈북작가들의 작품을 드문드문 다뤘고 우리 작가들이 상상력의 발동을 남녘과 북녘 모두를 향해 걸어놓은 사례들도 소개하려고 노력했지만, 졸저가 그런 믿음에 얼마나 알찬 내용을 부여했는지는 따로 검토해야 할 사안이다. 다만, 이곳에서 한국어로 무슨 글을 쓰든 독자가 남한의 독자로 제한되어 있다는 점은 환기해둘 만하다. 남과 북 공히 한국어를 유구한 세월 동안 공용했고 한때는 '6·15시대'와 '통일시대'를 제법 운운하기도 했지만 지금으로서는 얼마나 오래 한반도의 나쁜 균형상태가 지속될지 예상조차 하기 어렵다. 그러나 현재의 상황이 열악할수록 평문을 쓰는 마음만은 북녘의 동포 독자들까지도 염두에 두는 것이어야 한다고 믿는다. 평론가의 권위가 예전만 못하고 독자마저 없는 마당에 무슨 황당한 소리냐는 힐난을 들을 수도 있음을 나 자신 모르지 않는다. 또한 힐난을 달게 받아들일 용의도 있다. 그러나 평문의 기본자세만은 그러해야 한다는 데는 변함이 없다. 당장은 한국의 작가들을 대상으

로 할 수밖에 없다고 해도 시야는 한반도 전체와 동아시아, 나아가 세계로 열어놓는 비평적 훈련이 절실하다는 뜻이다. 그런 훈련을 역설하는 것이 아직도 걸신들린 것처럼 서구 지식계의 명사들 이름을 주워섬기고 혼잣소리를 일삼는 평단 일각을 향한 나 나름의 항변이기도 함은 두말할 나위 없겠다.

그런데 한국문학에 홑따옴표가 붙을 수 있는 것은 한반도, 나아가 미국, 러시아, 일본, 중국 등 해외의 다양한 동포 저자 및 독자를 상정한다면 한국문학도 하나의 자명한 실체로 존재한다고 보기 어렵기 때문이다. 근년의 단적인 사례로 각각 영어와 일본어에서 한국어로 옮겨져 한국의 독자들과 만나고 있는 제인 정 트렌카(Jane Jeong Trenka, 1972년생)의 『덧없는 환영들』(창비 2013)과 유미리(柳美里, 1968년생)의 『평양에서의 여름방학』(육일오 2012)이 있다. 미국 국적의 '입양아'와 일본의 재일조선인이 각기 전혀 다른 환경에서 살아온 상처투성이 삶을 담은 두 작품의 대극적이면서도 묘하게 하나의 화음을 이루는 동선, 즉 미국에서 서울을, 일본에서 평양을 오가는 탈경계적 동선은 한국문학의 속문주의(屬文主義)와 속인주의(屬人主義) 모두를 근원적으로 심문하고 있다. 그처럼 다국적·다언어적 배경의 작가와 독자를 하나로 묶는 공통분모는 여전히 '민족'이건만 한국문학은 더이상 민족 하나만을 술어로 거느리지 않는다. 그 점은 민족문학운동이 강력한 구심력을 발휘하던 군부독재 시절에도 어느정도는 그러하지 않았나 싶다. 하지만 대한민국의 독자들은 목하 자국의 문학에서도 그전과는 사뭇 다른 무게와 질감의 온갖 이질적인 민족적·계급적·성적 존재와 만나고 있는 중이다.

그런 맥락에서 현재 한반도에는 분단 이전까지 한반도의 민중이 공유해온 (한문문학이 포함된) '민족문학'과 북녘의 조선문학, 남녘의 한국문학, 그리고 대부분 번역으로 읽히는 해외 동포문학 등이 혼재해 있다는 사실을 떠올릴 수 있을 것이다. 한마디로 '한국문학'은 전지구적 현실과 연동된 한반도 특유의 지정학적 상황을 가리키는 말이다. 지금 이곳의 우리 문학을 상대화하면서 더 넓은 삶의 지평을 향한 작가들의 분투를 촉구하는 용어인 셈이다. 가까운 장래에 연대와 운동을 겸하는 '세계문학'이 작품의 문학적 성취를 통해 자연스럽게 새롭게 형성됨으로써 '하나의 문학'이 이곳 반도에 실현되기를 소망해 마지않는다.

그런 소망과 아울러 '창비'라는 사상의 거처에 한층 튼튼히 뿌리내리면서 전진하고 싶다는 바람도 적어두고 싶다. 실제로 평론집을 구성하는 평문 대부분은 2007년 이후에, 좀더 정확히 말하면 2007년 8월부터 계간 『창작과비평』 편집위에 참여하면서 쓴 것들이다. 1997년에 이 잡지를 통해 등단이라는 것을 한 나로서는 거의 모든 글이 편집위원으로서의 활동과 직간접으로 연관되어 있다는 사실에 특별한 감회를 느낀다. 그중 「한국소설의 고투, 마중물로서의 비평」 같은 글은 창비 편집위 내부 싸이트인 에디넷에 참여하지 못했다면 씌어지기 힘들었을 평문이고, 꽤나 긴 「동아시아의 식민지근대와 지역문학의 가능성」 역시 편집진 내부토론에 제출한 발제문에서 촉발된 논문이다. 대학 바깥에 대학 못지않은 공부마당을 따로 마련해준 창비와 어지러운 졸문들을 한권의 번듯한 책으로 묶어준 김성은 형, 이상술 형의 세심한 배려에도 감사드린다.

끝으로 한가지 개인사를 부기한다. 2011년 2월 23일에 큰아이를 잃었다. 아이를 잃고 참척(慘慽)이라는 말을 배웠다. 아이의 눈부신 재능과 죽음 앞에서 의연하다 못해 담담하기까지 했던 마지막 모습들을 떠올리면 그 무엇으로도 상실감을 달랠 길이 없다. 아이의 명복을 빌며—태영아 안녕!—어미로서 아픔을 고스란히 감내하면서 홀로 남은 막내를 정성스럽게 챙기고 가정을 다시 추스른 아내에게 이 책을 바친다.

2013년 신학기에 유희석 삼가 씀

차례

민족문학, 한국문학, 87년체제

|||||||||||||||

단장(斷章)들

1

분단 이후, 특히 1970·80년대에 전개된 '민족문학'을 작품과 운동의 두 측면으로 나눠볼 수 있다면 1983년도에 대학에 들어간 나에게 민족문학은 대개는 운동보다 그 당시에 생산된 작품과 작가의 이름으로 기억된다. 87년 6월항쟁의 해에 태어난 세대의 경우 청소년기가 2000년대 어름이니 이들에게 운동으로서의 민족문학은 분명 지난 일일 테고, 작품으로서의 민족문학조차 20세기 한국문학사에 귀속된 과거일지도 모르겠다. 하지만 운동과 작품의 상관관계가 간단치 않듯이 과거와 현재도 숫자로만 분리될 수 있을 뿐 그 경계는 결코 투명하지 않다. 게다가 한반도를 둘러싼 2013년 현재 동아시아 역내의 국가간 갈등은 심상치 않고, 히드라 같은 분단체제라는 괴물 역시 건재하다. 근대적 삶 특유의 속도전에 밀려 인간조차 하루아침에 '폐품'으로 전락하는 일이 다반사지만 민족문학도 사정은 크게 다른 것 같지 않다. 4·19 정신을 계승한 70·80년대 민주화운동에 대한 역사적 평가가―남한 차원의 '민주화'조차 여전히 현재진행형이라는 점에서—아직 때 이른 감이 있듯이, 민족문학 역시 성취와 한계의 엄밀한 비평적 대차대조가 현안으로 남아 있으니 말이다. 그런 대차대조일수록 하루아침에 끝날 성질이 아니지만 세월의 변화가 가세하면서 후대의 눈 밝은 비평가들이 그 문학적 유산의 알맹이를 자연스럽게 걸러내리라 본다.

2

일단 문학사적 평가를 '시간'에 맡겨두더라도 폭넓은 독자대중의 희로애락 속에서 성장한 민족문학이 70·80년대에 치열하게 전개되었다는 사실은 우리 민중의 문화적 역량을 말해주는 산 증거라고 해도 과언이 아니다. 또한 70·80년대 민족문학이 20세기 한국문학사의 빛나는 순간임이 분명하지만 그 시간대가 딱 20년으로 한정되는 것은 아니다. 비평 분야에서도 당대의 풍운아요 분단의 비극적 상징인 임화(林和, 1908~1953)라는 존재가 이미 식민지시대에 뚜렷한 족적을 남겼고, 황폐했던 전후 60년대에서도 신동엽(申東曄, 1930~1969)과 김수영(金洙暎, 1921~1968)의 탁월한 시 및 시론 들은 이미 민족문학(론)의 핵심적인 맹아를 선보였다. 1989년부터 시작된 현실사회주의의 연쇄적 붕괴에 충격받은 급진적 계급문학론자들이 '전향'을 줄줄이 선언하던 1990년대의 어수선한 상황에서도 민족문학의 정신은 작품으로 이어졌다. 물론 그로부터도 또다시 반 세대를 넘긴 2013년 현재의 상황에 대해서는 따로 냉철한 검토가 필요하고, 실제로 민족문학의 문제의식을 창의적으로 발전시킨 작품을 제대로 읽어내는 훈련은 끊임없어야 한다. 민족문학 최량의 유산이 나와 같은 후배 세대에게 자부심의 원천으로 남아 있을수록 그같은 비평 훈련은 생략할 수 없는 것이다.

3

그러한 민족문학의 주역들 중에는 우리 곁에서 여전히 현역으로 왕성한 필력을 유지하는 이들도 적지 않다. 왕년의 평단에서 조숙과 요절을 천재성의 징표라도 되는 듯 떠받든 것 자체가 우리 문학의 가난을 말해주는 바도 있는데, 비평과 창작 양면에서 오늘날 칠십대 혹은 팔십대 작가들이 써내는 작품을 읽노라면 이들의 노년은 청춘의 완숙(完熟)이라고 해야 맞겠다는 생각이 든다. 거명은 생략하지만 이들의 활동 역시 지난날 민족문학의 연속선상에 있다. 더욱이 문학의 세계는 오묘하기도 해서 당대의 역사적 진실이 한두 세대 이후, 혹은 그보다 더 뒤늦게 스스로의 참모습을 작품으로 드러내어 독자를 감동시키는 사례가 드물지 않다. 그렇다면 그런 점들을 두루 감안해야만 일종의 시대정신이자 사회운동으로서 스스로 빛나던 민족문학의 현재적 유산을 후학들이 정확하게 이해하고 그 역사적 의의도 면밀하게 파악할 수 있을 것이다. 민족문학의 문제의식을 지혜롭게 계승해야 할 책임과 권리를 뒷세대가 어떻게 감당하고 행사할 것인가란 과제도 포함해서 말이다. 그런 맥락에서 자유실천문인협의회(1974~87)를 이어받은 민족문학작가회의가 2007년 12월 8일에 사단법인 한국작가회의(Writers Association of Korea)로 명칭을 변경한 '사건'의 의미도 새로이 되새겨볼 만하겠다.

4

잡음이 전혀 없었던 것은 아니지만 2007년 당시 민족문학에 헌신한 작가회의의 회원들이 중지를 모아 '문학'의 수식어를 '민족'에서 '한국'으로 바꾼 것은, 1989년 현실사회주의가 붕괴되기 시작하면서 더욱 가속도가 붙은 세계화의 흐름에 역동적으로 대응하기 위한 전략적 선택이었다고 판단된다. 민족문학의 개명이 1990년대에 들어 평단 한편에서 다분히 편의적으로 선전하던 민족문학 종언론에 대한 뒤늦은 추종이나 추수는 아니었다는 뜻이다. 물론 지금 와서 그런 종언론에 일말의 타당성조차 없었다고 몰아치는 것은 과장이기 십상이고, 문학의 성세(聲勢)도 세월에 따라 변하기 마련임을 외면하는 꼴일 것이다. 하지만 그런 점들을 감안할수록 동서냉전체제의 해빙이 마침내 한반도라는 국지적 현실에서 그 특유의 방식으로 진행됨을 알려준 2000년 6·15남북공동선언 이후 남북관계도 세계화의 추세에 일정부분 발맞추기 시작했고, 그에 따라 문학인들도 간단치 않은 대내외적 상황에 좀더 적극적으로 부응할 필요에 따른 모종의 결단을 했다고 해석하는 것이 온당하리라고 본다.

5

　그러나 '문학' 앞에 '한국'을 달았다고 해서 '민족'이 폐기되는 것은 아니다. 민족과 국가의 관계는 나라마다 복잡다단하지만 영어인 'nation-state'에서도 'nation'과 'state'를 이어주는 연결부호는 단순히 표기상의 기호만은 아니다. 오랜 세월에 걸쳐 형성된 공동체적 정체성을 지닌 민족은 이해타산에 의해 추동된 정치적 공동체의 성격이 상대적으로 강한 근대국가와 불가분의 관계에 있으면서도 또한 유구한 역사를 갖고 있다. 역사적으로 만들어졌다 해도 민족은 각각의 구성원에게 어떤 귀속감의 원천이라는 성격도 아울러 갖기에 민중의 실제 생활에서는 임의적 개념과 현실적 실체라는 이중성을 띠기 마련이다. 어쨌든 그 양면성에 대한 경각심을 잊지 않아야 하는 우리로서는 이념으로서의 민족주의를 경계해야 할 이유가 너무도 많다. 민족문제를 등한시하고서는 민족주의의 부정적인 에너지를 제대로 다스리기 어렵다는 것이 한반도의 엄연한 현실이다.

6·15남북공동선언 이후의 정세, 특히 지난 5년간 한반도 평화프로세스에 이명박 정권이 파괴적으로 개입한 역주행 방식을 돌이켜보면 민족을 대국적인 차원에서 성찰하고 통일시대를 민중생활의 실질적인 차원에서 활짝 열어야 할 과제는 더욱 절실하고 절박하다.

6

　이는 문학 분야에서도 마찬가지다. 민족문학이 한국문학의 언외(言外) 텍스트로 남아 있고 한국문학도 기본적으로 민족어를 통해 성립한다면 남녘 시민에게만 국한된 문학이란—분단된 한반도의 극도로 이질적인 독자들에게 공감과 상생의 상상력을 불어넣지 못하는 문학이란—애초에 '세계문학'의 자격에도 미달하기 십상이다. 물론 '민족'이 한국문학의 필요충분조건이라고 한다면 이는 민족주의의 어두운 과거를 되살리는 위험천만한 발상일 것이다. 하지만 민족, 좀더 정확히 말해서 해외의 다국적·다언어 동포사회가 외곽에서 참여하는 민족공동체가 한국문학의 필요조건이라는 점만은 분명하며, 몇몇 유력한 언어가 소수언어들을 가일층 도태시키는 미래가 예상될수록 민족공동체는 한국문학의 필수조건으로 남아 있을 것이다. 이처럼 민족과 세계 양쪽으로 열려 있는 한국문학은 결국 53년 정전체제와 87년체제의 동시적 극복을 내세운 2013년체제론의 문제의식과 무관할 수 없다.

7

　알다시피 2013년체제론은 한국문학과 접속할 겨를도 없이 일단 무산됐다. 2012년 19대 '총선'에서 야권은 의회를 장악하는 데 실패한 터라, 18대

'대선'에서의 승리는 2013년체제 추진의 마지막 기회에 해당했다. 결과적으로 대선에서마저 패배함으로써 남한 내부의 시민적 개혁과 한반도 차원의 국가연합 기획을 창의적으로 결합할 현실정치적 동력은 키워가기 어려운 형편이 되었다. 박근혜 정부가 잘해주기를 바라는 마음이야 국민의 한 사람으로서 당연하지만 야권은 물론 시민사회도 뭔가 발본적인 쇄신이 요구되는 실정이다. 물론 대선과정에서 합리성과 상식을 중시하는 한국적 보수주의를 재발견하기도 하는 성과가 있었다. 뿐만 아니라 패배했을지언정 분단 이후 성찰적 진보와 합리적 보수가 합작한 '시대교체'가 이번 18대 대선에 이르러 사실상 최초로 가시권에 들어왔다는 평가도 충분히 가능하다. 하지만 그런 평가가 설득력을 얻을수록 2012년 두 차례의 선거과정에서 제1야당이 수권정당으로서 드러낸 무능과 단견은 도드라지며, 시민사회의 비판 및 조정 능력에도 아쉬운 바 없지 않다. "국민들이 훌륭했기에 패배는 더욱 쓰라리다"(백낙청 「'희망2013'을 찾아서」, 창비주간논평 2012년 12월 28일)는 자성도 바로 그 점을 직시한 성찰의 일부였으리라 본다. 결과적으로 2013년체제론 자체도 좀더 진중하게 '복기'해야 하는 간단치 않은 숙제가 남은 것이다.

8

　여기서 2013년체제론의 복기는 물론 변혁담론으로서의 그 운명이 어찌 될지 예단할 수 없는 일이다. 엄밀한 복기를 시도할수록 단언도 금물이다. 그 문제의식의 유효성에 대해서는 이른바 북한문제가 한반도에 존속하는 한 쉽사리 부정하기 어려울 것이다. 비록 개명이 불가피해졌지만, 분단체제론을 '지양'한 회심의 2013년체제론에 대한 정당한 평가는 현실정치의 국면에서조차 내년의 지방선거를 포함해 좀더 긴 시간대에 놓고 보아야 비로소 가능하리라 본다. 다만 현재 시점에서 2013년체제론이 내건 큰

원(願)에 깊이 공감한 독자로서 2012년의 양대 선거에 대해 낙관적인 기대와 예측을 했음을 자기비판을 겸해서 고백하고 싶다. 하지만 동시에, 단기적인 차원에서는 기대와 예측이 무참하다고 할 정도로 빗나갔을지언정 2013년체제론의 장기적 안목이 옳았음은 확신한다. 또한 한반도의 남녘과 북녘이 상생할 수 있기 위해 집단적으로 구상한 다각도의 청사진을 조금이라도 관심있게 살핀 독자라면 이것이 이념이나 파당의 문제가 아님을 금방 확인할 수 있을 것이다. 2013년체제론은 남과 북의 실재하는 비대칭을 ─ '종북'이니 '친북'이니 하는 세간의 가소로운 비난이나 오해와는 달리 ─ 있는 그대로 냉철하게 파악, 인정하고 그 비대칭에 내재한 파괴적인 에너지를 제어하기 위해 최대한의 현실주의적인 지혜와 전략을 온축한 성찰의 결과물이다. 18대 대선 기간 중에 분출된, 결코 한반도의 남녘에만 국한될 수 없는 새로운 시대에 대한 열망을 총선과 대선 패배를 핑계로 부정할 수 없고 부정해서도 안되는 이유가 그러한 현실주의적인 청사진에 있다.

9

2013년체제의 개시가 유산(流産)된 것은 87년체제의 말기 국면이 끈질기게 지속되고 있다는 사실을 각인시켰지만 다른 한편 과반에 근접한 득표가 말해주듯이 변혁의 열망이 여전히 생동하고 있음을 확인해준 사건이기도 했다. 패배를 빌미로 2013년체제론을 폐기하기에 앞서 이와 같은 복합적인 인식을 견지하는 것이 중요한 건 바로 그런 열망 때문이다. 한편 87년체제의 민중적 성취를 한반도 차원에서 성찰하고 그 한계를 돌파하자는 ─ "1953년 정전체제 성립 이후 처음으로 남북이 공유하는 시대"를 열어젖히자는(백낙청 『2013년체제 만들기』, 창비 2012, 18면) ─ 2013년체제론의 발상과 뜻을 문학의 영역에서도 온전히 살리려는 노력이 긴요하다. 불의의 시대와 불화하며 불화 속에서 현실참여의 뜻을 새로이 펼치고 민중의 시대적 행로에 대해 고뇌하는 문학이라면 2013년체제론의 '불발'을 자기갱신을 위한 채찍질로 받아들임직하다는 것이다. 실제로 2000년대 들어서도 문학이 죽었네 살았네 했지만 지난 5년간 이명박 정권은 우리 문학에 대해서조차 새로운 차원으로 비상할 수 있는 기상천외한 사건자료들을 무수히 제공해주었다. 4대강 사업이라는 희대의 프로젝트를 초고속으로 완성한 권력다웠던 것이다. 이런 정권 덕분에 왕년의 '참여문학', 아니 민족문학까지 새로운 방식으로 갱신하고 있는 것이 아닌가 할 정도로 작가들의 도전의식과 그에 상응하는 창작활동이 아연 활기를 띠고 있지 않은가!

10

이것이 필자의 착각이 아니라면 사실 '아연'이라는 표현은 잘못된 것인지도 모른다. 한국 현대사의 희비극에 치열하게 반응해온 문학은 단 한순간도 멈춰서 있던 적이 없었다. 아무튼 시와 소설은 물론이고 르뽀장르에서도 진지전과 기동전이 합작하여 거둔 지난 5년의 전과로 미뤄본다면 민족문학이 새로운 형태로 진화하고 있는 중이라는 평가를 못할 것도 없을 듯하다. 최근 타락한 권력과 불화하는 문학 본연의 살아 있는 기상을 간만에 보기도 했다. 그러나 그런 기상이 작품으로 드러나는 방식은 70·80년대와는 또 다르다. 단적인 예로 2009년 1월 20일 용산4구역 남일당 화재 사건이라는—사실상 '의미'가 소거된 명칭으로 공문서에 기록된— '용산참사'가 얼마나 다채롭고 싱싱한 문학적 참여의 공간을 열어젖혔는가를 상기해볼 수 있다. 이런 현상의 진의는 문학시장에서 작품의 판매부수를 기준으로 파악할 수는 없다. 시장에서 팔리는 한 작품이 하나의 상품임은 분명하지만, 인간 정신노동이 고도로 집적되고, 그로써 시간을 초월하게 된 텍스트의 '내구성'은 시장에서의 판매량만으로 판단할 수 있는 문제가 아니기 때문이다.

11

그러나 이처럼 활기를 띠고 있는 한국문학이 87년체제의 혁파라는 과제와 어떤 연관성이 있는가는 사안의 성격상 한두마디로 요약하거나 정리할 수는 없는 문제다. 다만 87년체제가 성립하기까지 사회운동도 겸했던 민족문학의 자산을 한국문학이 더 적극적으로 활용해서 밑천으로 삼아야 한다는 점만은 분명하다. 무엇보다 박정희 시대와 그 본질적 연장인 군부독재를 넘어설 수 있었던 역사적 상상력의 발현으로서 민족문학의 창의적 성취는 '리얼리즘'을 통해 가능했다. 한편으로 문자를 통하되 문자에만 의지하지 않는 서사문학 특유의 시적 경지에 대한 이론적 탐구를 축적해온 리얼리즘은 서구문학과의 친연성이 상대적으로 강한 모더니즘이라는 또 하나의 문학적 태도와 길항관계에 있었다. 그런 관계 속에서 근대의 적응과 극복이라는 이중과제론으로 진화해온 리얼리즘은 사조나 이론이라기보다 작가들에게는 (부작용도 없지 않았지만) 현실참여를 문학적인 방식으로 모색하게 하고 비평가들에게는 생산적인 논쟁을 키우고 촉발시키는 하나의 방편에 가까웠다. 모더니즘도 마찬가지지만 리얼리즘도 이제는 최소한 우리말 표현으로 새롭게 바꾸어 과거와는 전혀 다른 방식으로 재가동해야 할 시점에 이르렀다고 판단되고, 그 점에서는 이 역시 '파괴적 창조'에 맞먹는 대담한 기획이 따라주어야 하리라 본다.

12

그런 대담한 기획을 위해서라도 '한국문학'은 자명한 실체가 아니다라는 말의 의미를 거듭 새겨볼 만하다. '운동'으로서 강력한 구심력을 발휘했을지언정 자명하지 않았던 것은 민족문학도 사실 마찬가지였다. 하지만 개명한 한국문학의 경우 자명한 실체가 아니다라는 말이 단순히 국경이 사방으로 터져 있는 지구화시대를 염두에 둔 것만은 아니다. 2010년대의 한국문학은 '탈북자들'이 써내는 작품은 물론이고 국적과 언어를 달리하나 한국문학이 아니라고 단언할 수 없는 해외의 다양한 동포문학, 더나아가 북한의 조선문학과도 과거와는 사뭇 다른 방식의 만남을 전제한, 상대적 개념인 것이다. 그런 '문학적인 만남'을 역설하는 것은 87년체제의 온갖 모순들을 한반도의 점진적 통일과정에서 해소하는 데 문학이 실제로 할 수 있거나, 할 수 없는 일을 성찰하는 작업이 화급해졌기 때문이다. 그중 정치체제로서의 남한과 북한이 그러하듯이 남과 북의 문학은 너무도 이질적인 발전경로를 거쳐온 터라, 과연 한글을 제외하면 어떤 공통분모가 있을까라는 의문이 들 법하다. 실제로 2006년에 '6·15민족문학인협회'를 결성하는 자리에서 남과 북이 밀고 당기는 막후협상을 벌인 내막을 들어보면(정도상 「남북작가조직의 결성, 피 말리는 막후협상」, 창비주간논평 2006년 11월 22일), 통일로 가는 문학의 도정은 첩첩산중이라고 해야 맞겠다.

13

그러나 문학에는 언어의 장벽이 있을 뿐 국경이란 있을 수 없다. 게다가 우리의 경우는 언어의 장벽조차 없지 않은가. 한반도에 두개의 문학이 있을 까닭이 만무한 것이다. 물론 원흉은 분단체제다. 사람이 사람을 만나면서 변할 수 있듯이 두 상이한 정치적 체제 속의 문학도 상호교류의 마당이 본격적으로 펼쳐지기만 한다면——그 과정에서 작가들에게 상대방의 체제에 대해서까지 작품으로 발언할 수 있는 표현의 자유가 허물없이 주어지기만 한다면——상대방이 그간 살아온 말 못할 내력과 내면의 상처들은 말할 것도 없고, 자신이 속한 체제에 대해 갖는 그 나름의 정당한 자부심마저도 서로 이해할 수 있을지 모른다. 또한 상대편의 병든 내면을 향해 손가락질을 해대는 대신 그렇게 내면이 병들기까지 서로가 서로에게 어떻게 병균의 숙주(宿主) 노릇을 해왔던가를 문학 고유의 통찰과 상상력으로써 실감케 할 수 있을 것이다. 그렇다면 한반도 차원에서 '하나의 문학'이 성립하기 위해서는——현재로서는 아무리 난망한 과업처럼 보인다 하더라도——우선은 이명박 정권 들어 단절된 작가 교류를 재개하고, 더 나아가 상대방의 작품에 대해 진지하고도 솔직한 의견을 교환하는 일이 급선무가 된다. 물론 이 대목에서도 2013년체제의 불발이 또다시 뼈아프게 상기되지만 모름지기 작가라면 민중의 앞날을 작품으로 예감하고 틔워줄 수 있어야 한다.

14

　만약 그러한 작품이 남과 북의 상생과정에서 어느정도 축적되면 이는 곧 한반도의 정서적 통합뿐만 아니라 동아시아 지역문학의 형성에도 중요한 기여가 될 것이다. 다시 말해 동아시아 지역문학들을 한층 활발하게 매개할 수 있는 결정적인 거점을 하나 확보할 수 있다는 것이다. 우리 근대사의 질곡과 대면하여 '작품'으로 구현되는 상상력이라면, 식민지와 분단으로 점철된 한반도와는 사뭇 다른 식민지근대의 모순을 내면화했으면서도 그에 못지않게 식민지근대에서 비롯된 '정서구조'를 공유하는 중국이나 일본, 대만, 베트남과 같은 (동)아시아 국가의 문학과 연대하고 소통할 여지도 폭발적으로 확대될 수 있을 것이다. 동아시아에서 작품에 기반한 연대와 운동으로서의 지역문학이 다른 곳보다 상대적으로 낙후된 것도 그 기원을 따지고 보면 역내의 반목과 알력을 조장한 서구의 식민정책과 그런 식민정책에서 유래한 우리들 자신의 식민근성으로 거슬러올라가지 않겠는가.

15

이는 식민주의와 근대화가 만악(萬惡)의 근원이라는 본질주의적 사고방식과는 전혀 차원이 다른 문제이다. 식민주의가 서구의 근대화기획이 자기동력을 키우는 과정에서 관철된 자원 수탈의 일환이었고 그 과정에서 사회 전반에 걸쳐 근대적 인프라를 식민지에 구축한 것은 논쟁의 여지가 없다고 본다. 식민주의의 명암을 식별해내는 분석적 작업이 결코 만만치 않은 것은 그럴 만한 이유가 있는 셈이다. 그러나 그런 양면성을 제대로 감안해볼 때 식민주의의 더 근원적이고 치명적인 면모는 종교를 동원한 정신의 대대적인 정복사업에 있음이 한층 분명해진다. 서구 식민사업의 실상을 들여다보노라면 제국의 충복들을 포함한 모든 식민지 민중의 아큐화(阿Q化) 기획이라 부를 만했으며, 실제로 고도의 모방과 사유능력을 갖춘 노예들을 (지금도 여전히!) 만들어내는 성과를 거두기도 했다. 따라서 식민주의의 악업이야 더 말할 나위도 없다. 우리에게 성찰을 요구하는 핵심적인 쟁점은—그리고 소위 탈식민담론에서 흔히 간과하는 논점들 가운데 하나는—식민주의가 그 악업과 함께 식민지 민중의 역사적 면역력을 키우기도 하는 이중적 성격을 띠었다는 사실이다. 그것은 문학과 문화의 영역에서도 어김없이 그러했다. 서구의 선진 문물은 식민지의 전통적 문화유산을 한순간에 전근대적 퇴물로 전락시켰지만 식민지의 어둠이 짙어갈수록 그런 이기적(利器的) 문물에 매몰당하지 않기 위해서라도 전래의 문화유산을 새롭게 벼려야 할 필요성이 대두되었던 것이다.

16

강조컨대 식민지시대가 남긴 문학·문화 유산에 대한 이같은 역사적인 자세를 견지하면서 하나의 한반도 문학을 지향할 때에야 비로소 동아시아 지역문학의 창출과 연대에도 실질적인 이바지가 가능하다. 그것은 곧 21세기 '세계문학'의 창출과 직결된 한국문학의 기획이기도 하다. 요즘도 한국 출판시장에서 세계문학을 성과 인종, 계급을 초월한 보편성의 현현이요 모범이라고 선전하는 관행이 여전하지만 실제로는 근대 세계체제의 상흔이 텍스트에 가장 첨예하게 각인된—바로 그렇기에 성찰하는 독자로 하여금 그 상흔을 자신이 속한 생활의 현장에서 되새김질하게 만드는—사례라고 하는 편이 더 정확한 뜻매김일 것이다. 원론적으로 말해서 특정한 지역현실에 뿌리박고 전개하는 연대와 운동으로서의 세계문학의 가능성을 의식하는 작가일수록 탁월한 작품을 창출할 여지가 커진다고 할 것이다.

17

그런 의미에서 모든 '세계문학'은 특정한 지역현실에 대한 문제의식에서 출발한다고 할 수 있다. 따라서 세계문학에 대한 통념을 바꾸는 비평작업에서 결정적인 것은, 이른바 한반도적 현실과 어떤 형태로든 씨름하는 문학이라야 그러한 현실과 일면 무관하게 살아가는 지구상의 여타 민족과 민중에게까지 호소력을 발휘할 수 있다는 사실이다. 한국문학이 운동과 연대로서의 세계문학에 이바지함으로써 동아시아 지역문학의 당당한 일원이 되는 것은 결국 한반도적 전근대/근대의 질곡을 넘어선 새로운 삶의 비전을 구현하는 과업과 직결되는 과정이기도 하다. 물론 생태와

(성)평등, 평화라는 지표로 압축될 '탈'근대에 이르는 여정에서 문학이 기여할 수 있는 몫에 대해 환상은 없어야 한다. 그러나 문학은 여전히 모든 사람들이 함께 나눌수록 그 '이자'가 복리로 늘어나는 자본주의 근대 예술의 핵심적인 자산이기도 하다. 문자 중심의 창작영역은 점점 위축되는 추세이고 문학이 존재하지 않는 세계가 얼마나 황폐한 곳일 수 있는가는 SF장르 소설도 다양한 방식으로 그려낸 바 있지만, 문학이 문학 이외의 문화영역에 풍요로운 영감을 불러일으켜온 역사는 유구한 것이다.

18

그런 역사를 진지하게 성찰할 수 있는 독자라면 문학적 창조성과 상상력이 가세하지 못하는 근대 넘어서기의 과정이란 본질적으로 근대의 질곡을 연장시키는 행태이거나 기만적인 근대 극복에 불과하리라는 점을 실감할 수 있을 것이다. 바로 그렇기 때문에 서구의 근대사에서 이룩된 문학의 창의적인 성취를 최대한 활용하려는 문학적 지혜와 전략이 절실하다. 단순히 서구문학이 우리보다 앞선 선진적인 문학이어서가 아니다. 서구인들 나름의 근대 초극 기획이 문학작품으로 구현되고 축적된 바가 상당하기 때문이다. 따라서 역사적 시간대로서의 근대는 식민지 억압이라는 업보를 쌓으면서 묘한 자기부정과 자기망각의 기제를 스스로 내면화한 시대인지라, 그러한 근대의 시대상 전체에 대한 비판적 조망을 가능케 해주는 탁월한 작품의 공유와 양식있는 해석공동체의 모색은 동서양을 막론하고 필수적인 근대 극복 기획의 일환이 될 것이다.

19

그런 기획의 성패를 가늠할 수 있는 결정적인 척도라는 점에서 문제는 역시 '한국문학'이다. 식민지근대에서 발원한 민족분단 및 그로 인한 무수한 전근대/근대적 병리현상과 대면해야 하는 한국문학의 진정한 최전선은 전근대와 근대라는 이중의 역사적 질곡과 싸우는 과정에서 형성될 것이다. 그런 의미에서 남과 북이 공유하는 20세기 전반기 식민지시대의 문학에 대한 공부를 서구의 고전적 작품들과 견주면서 더 치밀하게 해볼 만하다. 또한 식민지근대와 분리해서는 성찰하기 힘든 20세기 후반의 분단과, 분단으로 인해 깊어진 온갖 정신적 병폐뿐만 아니라 한국적 근대 특유의 성취도 우리가 치열하게 성찰하고 평가해야 할 숙제이다. 그렇다면 문학비평이라는 방편으로 그런 숙제를 해내려고 할 때 우리는 다시 '한국문학'으로 돌아오게 된다. 특히 2007년에 개명한 이후 지금까지 역주행의 시대에 대응하면서 시중(時中)의 정치적 상상력과 참여를 모색해온 한국문학에 관한 한 이전과는 다른 차원의 갈림길에 서 있다.

20

무엇보다 답보도 아니요 그렇다고 전진이나 후퇴라고 딱 부러지게 말하기도 힘든, 이 괴이하고도 괴이한 분단체제에 결정적인 돌파구를 마련할 감수성과 상상력이 간절하다. 분단체제의 극복이야말로 민족문학의 공안(公案) 가운데 하나라고 해도 과언은 아니지만 남한 차원에서조차 87년체제의 종식이 기대한 것보다 훨씬 복잡하고 고단한 경로를 거쳐야 한다는 사실이 거듭 확인된 2012년이기에 남과 북 모두를 아우르는 민족문학의 비판적 계승도 이전과는 사뭇 다른 절박성을 띠게 되었다. 단언컨대 민족문학의 비판적 계승이라는 과제를 제대로 감당하지 못하고서는 한국문학의 새로운 도약도 기약할 수 없는 상황이다. 오늘의 한국문학이 짊어진 간단치 않은 짐은 문학의 생명이 본래 자유임을 염두에 둘 때 한결 즐겁고 가벼워질 것이다. 하지만 그런 점으로서의 과제일수록 오직 남북 민중의 희로애락과 함께하는 도정에서만 무리없이 수행할 수 있으리라 믿는다.

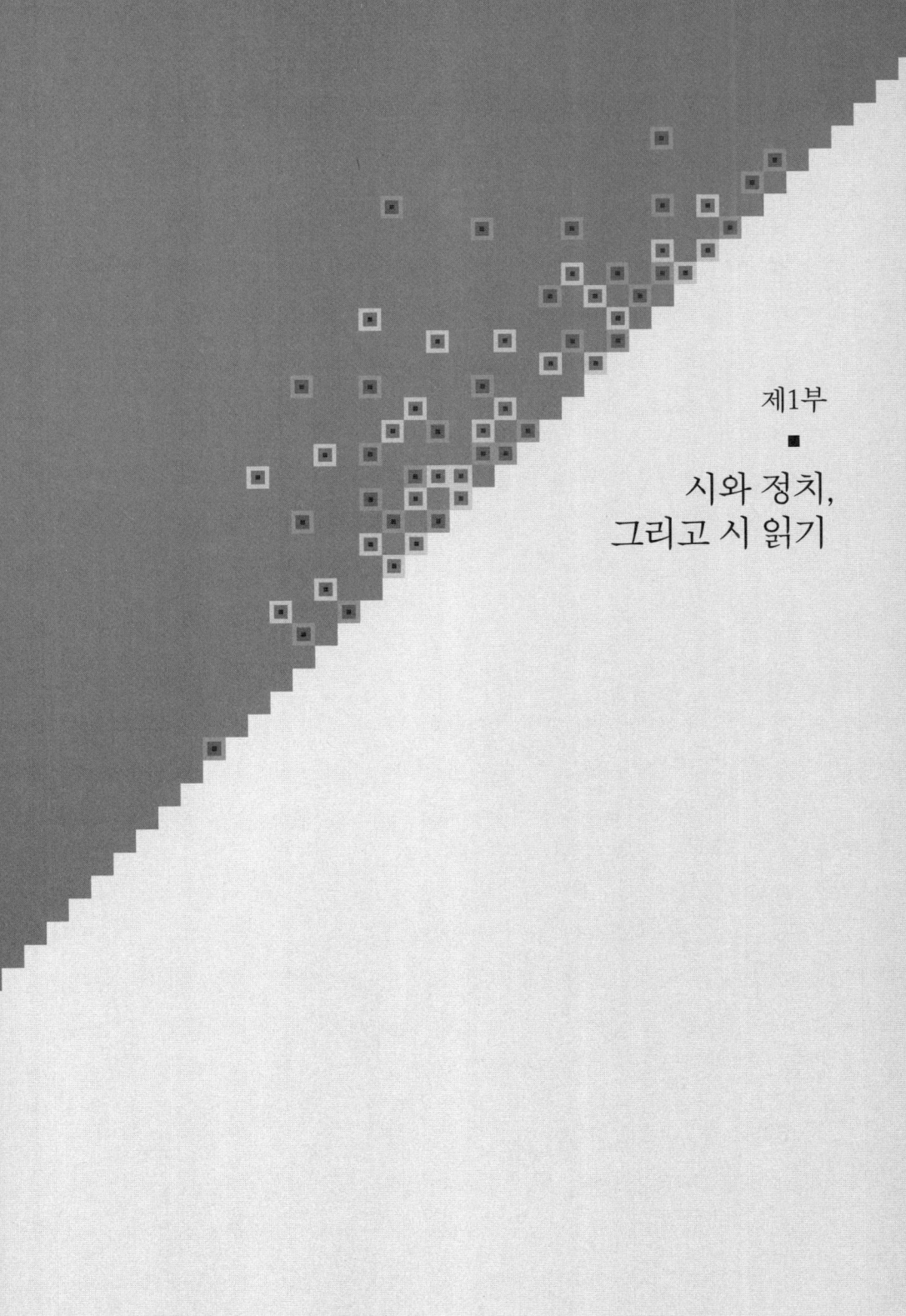

제1부
■
시와 정치,
그리고 시 읽기

참여시 재론

1. 글머리에

2009년 6월 9일에 150여명의 (젊은) 작가들이 서울 정동 소재 프란체스코회관 4층에 모여 시국선언문「이것은 사람의 말」을 발표하고 각자 자기의 이름을 내건 '한줄 선언'을 낭독했다. 언론들이 '6·9작가선언'으로 명명한 '사건'이었다. 필자도 낭독의 취지에 유보 없이 찬동하면서 언론에 소개된 선언문 전문을 따라 읽었다. "민주주의의 조종(弔鐘)을 울린 종지기들"을 고발하고 작가란 "상대적 자유가 아니라 절대적 자유를 꿈"꿀 수밖에 없는 존재임을 천명한 '선언'은 맹렬하게 정치적이었고 발랄하게 시적이었다. "문학 본연의 정신을 되새기는 것이 차라리 사치가 되어버린 시대를 우리는 살아가고 있"음을 직시하며 "다급한 마음으로" 87년 6월 항쟁을 떠올린다는 작가들의 호소와 저항의지에서 왕년의 '참여문학'을 떠올린 이가 나만은 아니었을 것이다.

그러나 냉철하게 뜯어보면 지금 우리가 발 딛고 있는 이곳을 민주주의와 인권과 상상력의 아우슈비츠로 단죄한 6·9작가선언의 실제 내용 및 연대의 범위에 대해서는 생각해볼 여지가 적지 않다. 어떤 이념과도 무관한 '사람의 말'을 내세우고 있음에도 그런 말에 합당한 사유와 열정의 절도(節度)가 아쉽기도 했다. 20세기 합리적 광기의 극치와 다름없는 '아우슈비츠'를 용산참사를 비롯한 정권의 정치적 실정에 끌어댈 때 스며드는 어떤 과장, 또는 허세에 민감한 것 같지 않았다. 특정 정권의 폭압성에 대한 고발이 강렬할수록 우리의 선배들이 피땀으로 이룩해놓은—형식상의 제도 차원만이 아니라 시민의 의식 자체에 뿌리내린—민주주의의 엄연한 현재적 성취가 망각되는 역설이 '작가선언'에서 감지된 것이다. 그런 망각으로 인해 한반도 차원에서 '민주주의'의 퇴행을 염려하고 막아야 하는 지식인의 책무가 간과될 위험조차 있다면 "문학 본연의 정신을 되새기는" 일이 사치일 수는 없다. 오히려 문학인의 정치참여도 궁극적으로 시를 읽고 쓰는 마음에 바탕을 두어야 할지 모른다.

여기서 '사람의 말'을 내세우며 현실정치에 대해 발언하고자 했던 6·9작가선언의 문제의식을 깎아내리자는 뜻이 아니다. 사실 근년에 부쩍 눈에 띄는 시와 정치의 관계를 다룬 평문들을 읽으면서 도대체 시로써 세상에 참여하는 것은 무엇이며, 시를 비평하는 행위는 참여와 어떤 관계가 있는가라는 의문들이 새삼 꼬리를 물던 참이다. 다만 6·9작가선언을 읽으며 그러한 의문의 고리를 끊어낼 시적 상상력이 넓고 깊어지기를 바라는 마음을 피력할 따름이다. 1970·80년대에 광범위한 독자들과 동고동락한 '참여시'의 편린을 오늘의 상황에서 다시 환기해보고 한 모서리에 지나지 않을지언정 지금 우리 시의 현장을 답사하고자 하는 이 글도 뒤늦었지만 6·9작가선언에 대한 하나의 '참여'가 되었으면 하는 바람이다.

2. 참여의 참뜻을 묻는 일

김수영은 「참여시의 정리」(1967)에서 "우리가 오늘날 참여시에서 바라는 최소한의 것"으로 "강인한 참여의식" 외에 "시적 경제를 할 줄 아는 기술"과 "세계적 발언을 할 줄 아는 지성" 그리고 "죽음의 음악"을 꼽은 바 있다. 이는 「시인정신론」(1961) 이후 끊임없이 '저항시'의 새로운 차원을 모색한 신동엽의 시 「아니오」에 대한 반응이었다. 이보다 한해 뒤에 나온 「반시론」(1968)에서 김수영은 이렇게 일갈했다. "우리 시단의 참여시의 후진성은, 이미 가슴속에서 통일된 남북의 통일선언을 소리 높이 외치지 못하고 있는 데에 있다." 그렇다면 우리 시단이 김수영의 그런 질타에서 과연 얼마나 자유로울까? 김수영에게는 그런 외침조차도 "참여시의 종점이 아니라 시발점"에 지나지 않았다. 나 자신은 김수영의 문학을 "'모심과 극복'의 대상"으로 설정하면서 "시인 사후 지난 40년 동안 우리 문학에 축적된 창조적 역량에 비추어 그의 작품을 상대화할 필요가 있다"고 주장했지만,[1] 동시대 어느 시인보다도 '행동으로서의 시'를 열망하면서도 시의 참여가 정치적 행동주의와 차원이 다른 것임을 역설한 김수영의 시와 시론은 현재형이라고 본다. 4·19혁명 직후 "우선 그놈의 사진을 떼어서 밑씻개로 하자/그 지긋지긋한 놈의 사진을 떼어서/조용히 개굴창에 넣고/썩어진 어제와 결별하자"(「우선 그놈의 사진을 떼어서 밑씻개로 하자」 1~4행)라고 외친 김수영의 발언은 여전히 오늘 한국의 정치현실에 대한 것이다. 그렇다고 강산이 네번이나 바뀐 이제 와서 김수영의 '권위'만으로 우리의 논의를 갈음할 수 있다는 말은 물론 아니다. 두 걸출한 시적 개성이 살다 간 시대와는 달라진 현실,

너는 그렇게 오리라
南과 北, 붉은 정지 신호등을 풀고
헬로우 스포츠카의 정통 엘란을 타고
오장육부 도처에 체인점을 세우며

---

1 졸저 『근대 극복의 이정표들』(창비 2007)에 실린 「김수영론」 참조.

개성이나 평양 어디쯤에서
희디흰 맥주 거품 게워내며
—박영근 「天池를 생각하며」 부분(『지금도 그 별은 눈뜨는가』, 창비 1997)

도래할지 모르는 우리 시대 특유의 지정학적 상황에 대한 전면적인 '시적 대응'을 구체화하는 작업이 무엇보다 긴요하다. 그것은 온갖 발화의 다성성(多聲性)을 포괄하면서 시와 정치의 관계를 새롭게 모색하는 구상이어야 마땅하다.

그런 뜻에서 '참여'라는 말 자체도 발본적으로 되새겨보아야 할 계제에 있다. 실제로 극도로 배타적인 집중을 요하는 시 창작을 통한 참여라는 화두는 결코 간단치 않다. 어떤 경우든 참여란 작가가 사회적·정치적 쟁점이 점화되는 집회에 참석하여 발언한다거나 그 쟁점을 시라는 그릇에 담는 행위만을 뜻할 수는 없을 게다.[2] 참여와 참여가 아닌 것을 가르는 일이 쉽지 않은 것은, 가령 민주주의체제에서는 투표에 대한 거부조차 하나의 정치적 참여로 해석할 여지가 없지 않다는 데서도 간단히 확인된다. 공감과 연대의식을 지펴 독자를 자기만의 골방에서 나오게 하는—반대로 나의 내면을 들여다보게 함으로써 획일화된 익명의 대중에 휩쓸리지 않게 하는—한편의 시가 어떤 참여시인가를 따지기 시작하면 사태는 더 복잡해진다. "사실, 저는 (촛불정국에 관한—인용자) 시를 쓰기는 썼습니다. (⋯) 발표했는데, 아무도 그게 현 시국과 관련된 시라는 걸 모르더라

---

2 반드시 그 때문은 아니었겠지만 그 자신 탁월한 '참여시'를 남긴 조태일의 다음과 같은 발언은 참고할 만하다. "솔직히 말해서 시를 '순수·참여'로 구분해서 말하게 된 것이 언제부터이고 어떤 계기에서 그렇게 되는지는 모르나, 그렇게 말하는 축들을 못마땅하게 여기고 있는 터라 별로 탐탁지 않게 듣곤 했다. '순수·참여'라는 그 애매하고 묘하고 할 일 없이 지껄여대는 말들을 귀가 아프게 들어왔고, 될 수만 있다면 그런 불필요한 말들을 듣지 않으려고 피해온 이유는, 그런 말들이 나의 시작에 방해가 됐으면 됐지 도움이라곤 전혀 주지 않기 때문이다."(조태일 「천상병 시인에게」(1970), 『조태일전집—시론·산문 2』, 창비 2009, 18면)

고요"[3]라고 말한 한 시인의 '참여'를 가늠하기 위해서는 독자는 그의 시를 읽어보는 도리밖에 없다. 시라는 '거울'이 사회적 현실이라는 것을 자명하게 비출 리도 없지만, 무엇보다 한국과 같은 고약한 정치현실에서는 시의 사회참여 자체가 창작자에게는 필생의 화두가 될 법도 하다.

하지만 필자의 이런 문제의식과 의문을 새로운 것으로 내세울 생각은 없다. 표현만 좀 다를 뿐 이 정도의 상식은 실제로 70·80년대의 참여문학론에서도 심심찮게 찾아볼 수 있다. 다만 참여와 참여시의 분별이 너무도 간단히 무시되는 요즘 평단의 풍토에서는 상식이라는 '놈'도 종종 가출하고 실종되는데다가, '촛불'로 표출된 참여정신을 시의 영역에서도 창의적으로 살려나가야 하는 일이 우리 시대의 고유한 문학적 과제가 되었기에 아는 이야기라도 되풀이해본 것뿐이다. 아무튼 그같은 상식의 확인에서도 정작 중요한 것은 현실정치에 대한 발언을 마다하지 않음으로써 시가 더욱 시다워지는 경지에 대한 사유를 멈출 수 없다는 점이다. 「오적(五賊)」(『사상계』 1970년 5월호)의 김지하(金芝河)와 『농무』(월간문학사 1973; 창비 1975)의 신경림(申庚林)이 각기 다른 방식으로 맹렬하게 그러했듯이 말이다.[4] 이들 선배의 시를 다시 읽으면서 새삼 드는 생각은 한편의 시, 나아가 시적인 것에 대한 정직하되 결코 고지식해서는 안되는 물음은 더 치열해져야 하겠다는 것이다.

참여시론, 나아가 민족문학 담론에서 제기된 '각성한 노동자의 눈'이라는 개념도 바로 그 물음을 해명하기 위한 하나의 방편에 지나지 않았음을 기억해야 하겠다. 특히 1980년대에 맹위를 떨친 계급문학과의 비판적인

---

3 이 발언의 장본인은 시인 오은이다. 오은 「'촛불'은 질문이다」, 『문학동네』 2008년 가을호 42면.

4 18대 대선 기간에 보여준 김지하의 충격적인 행적을 보면서 그의 이름 석자를 이런 식으로 호명하는 데 잠깐 망설였다. 하지만 「오적」 자체의 현재성이 오늘 그 시인이 어디에 서 있는가를 증언한다는 점에서도 그를 대신할 수 있는 다른 시인을 불러내지는 않았다. 그런 뜻에서 본서에 실린 「오늘의 '분단시'에 관한 단상들」에서 인용한 「오적」의 서두 역시 그대로 두었다.

긴장을 유지하는 과정에서 진화한 그 개념이 실제로 창작자들에게 어떤 영감을 주고 힘이 되었는지는 일반화해서 말하기 어렵다. 다만 그 기본취지가 작품을 어디까지나 작품으로 읽되 그런 읽기를 당면한 우리의 미시적·거시적 현실과 연동하여 수행한다는 데 있었음은 강조할 필요가 있다. 이제는 '각성한 노동자의 눈'도 애초의 취지를 이어받으면서[5] 달라진 시대적 감수성으로 그 제한된 함의를 한껏 넓히고 개방할 필요를 느낀다. 즉 '각성한 노동자의 눈'이라는 소수정예적 개념을 깨어 있는 시민들의 생활로 포용·확대해야겠다는 것이다. 그렇게 해야 실제로 각계각층의 이름 없는 다수가 '참여주의 없는 참여'로써 구현한 '촛불 정신'에 부합하겠다는 생각이 든다. 물론 이때도 관건은 노동자를 특정 직업에 국한되지 않는 시민으로, 눈이라는 제한된 감각기관을 온갖 자질구레한 것들을 함축할 수밖에 없는 생활로 바꿔 표현할 때 환기되는 우리의 당대 실감을 시 읽기와 적절하게 결합할 비평적 안목의 훈련이다.

'참여시 재론'을 제목으로 내건 이 글도 그같은 안목을 길러야 할 필요에서 나왔음은 두말할 것 없다. 하지만 일단 참여와 참여시 사이의 '틈새'를 주목한 논자들의 말을 경청해보자. 창작자의 입장에서 시와 정치의 관계를 고민하는 평문들은 적지 않지만, 그중에서도 '2000년대의 시에 대하여'라는 부제를 단 진은영(陳恩英)의 「감각적인 것의 분배」가 좋은 생각거리를 던져준다.[6] 평문의 주된 내용은 근년 우리 평단에서 자주 언급되는 자끄 랑시에르의 '미학'에 대한 소개로 채워져 있다. 그런데 '2000년대의 시에 대하여'라는 부제에도 불구하고 우리 시 자체에 대한 구체적인 논의는 없다. 하지만 평문의 내용을 좀더 들여다보면 진은영 자신도 그 일원인 2000년대의 (실험적) 시인들 및 시를 의식하면서 적극적인 평가를 암

---

5 이에 대해서는 백낙청 「2000년대의 한국문학을 위한 단상」, 『통일시대 한국문학의 보람』(창비 2006) 200~203면 참조.
6 진은영 「감각적인 것의 분배」, 『창작과비평』 2008년 겨울호. 앞으로 이 평문을 인용할 경우 저자의 이름과 면수만 표기함.

시하기도 한다. 아니, 전면에 내세워진 랑시에르조차도 우리 동시대 시인들의 어떤 면모를 부각시키기 위해서 동원된, 이를테면 주역을 빛내기 위한 조역에 불과한 것이 아닌가 하는 착각이 들 정도로 동료 시인들에 대한 진은영 자신의 애정과 옹호가 분명하게 감지된다. 서구예술 일반의 성격을 삼분법으로 정리한 랑시에르의 입론이 2000년대 한국 시단에 등장한 새로운 시인들의 위상을 조명하는—더불어 80년대 민족문학의 어떤 일면을 상대화하는—데 활용되고 있는 것이다.

그런 활용이 얼마나 적절한 것인지는 다른 자리에서 따져보기로 하겠다. 1980년대의 시를 읽으면서 내비치는 진은영의 고민을 들어보자. 그의 다음과 같은 고백은 "새로운 노래, 더 나은 노래"를 짓고자 하는 창작자의 내면을 고스란히 드러내준다.

나는 그 시들에(80년대의 민중시에—인용자) 깊이 공감했고 그 시대에 그 시들의 존재 자체를 사랑했지만, 아무리 노력해도 그렇게 쓸 수가 없었다. 지상에서 하늘나라를 세우는 일에 이의가 없을뿐더러, 그 일을 위해 새로운 노래, 더 나은 노래를 짓는 것이야말로 진심으로 희망하는 일이지만, 막상 펜을 들면 지금도 이 일만큼 힘들게 느껴지는 것이 없다. 이주노동자와 비정규직 노동자들의 투쟁을 지지하며 성명서에 이름을 올리거나 지지 방문을 하고 정치적 이슈를 다루는 논문을 쓸수도 있지만, 이상하게도 그것을 시로 표현하는 것은 쉽지가 않다. 사회참여와 참여시 사이에서의 분열, 이것은 창작과정에서 늘 나를 괴롭히는 문제이다. 나는 이 난감함이 많은 시인들이 진실된 감정과 자신의 독특한 음조로 새로운 노래를 찾아가려고 할 때 겪는 필연적 과정이라고 믿고 싶다. (진은영 69면)

사실 성명서를 쓴다거나 정치평론을 집필하는 일과 그것을 시로 표현하는 일은 당연히 다른 것이다. 시인이 사회참여에서 참여시의 창작으로 비약하는 것도 역시나 어려운 일이다. 진은영은 그것이 '이상하게도' 어렵다고 했고, 일부 평자들이 이 '이상하게도'를 부풀려 관념의 불꽃놀이를 시도하기도 했다.

그러나 필자가 보기에 위 인용문에 드러난 고뇌가 창작자와 비평가 모두에게 공감을 불러일으킨 것은, 더 나은 세계를 지향하는 글쓰기의 진정성이 '나'만의 내밀한 곤경으로 표현되면서도 그 곤경도 궁극적으로 좋은 시를 쓰려고 하는 모든 시인들의 **공통된 문제**임을 부각한 데 있다. 이주노동자와 비정규직 노동자들의 투쟁을 지지하고 동참하는 실천과 그것을 시로 표현하는 일 사이의 차이, 또는 분열을 솔직하게 인정하고 다른 무엇이 아닌 시로서 그같은 난관을 극복하고자 하는 시인의 진술한 심경이 위의 인용문을 통해 곡진하게 전달된다. 바로 그래서 민중시의 "존재 자체를 사랑했지만, 아무리 노력해도 그렇게 쓸 수가 없었다"는 고백도 창작자의 무능이기는커녕 민중시에 공감하면서도 그와는 다른 '새로운 시'를 갈망하는 시적 재능의 또다른 표현으로 읽힌다. 실제로 진은영 자신의 『일곱 개의 단어로 된 사전』(문학과지성사 2003)과 『우리는 매일매일』(문학과지성사 2008)도 그같은 갈망이 낳은 시집이다. 그가 일종의 세대적 조건으로 인식한 '70년대産'[7]으로서의 가능성과 한계에 대한 시적 성찰이 그 자신의 고유한 화법과 상상력으로 발랄·예민하게 시도되고 있음을 최근 시집 『훔쳐가는 노래』(창비 2012)에서도 거듭 실감하게 된다.

---

7 '70년대産'이라는 표현은 『우리는 매일매일』에 수록된 시 제목이기도 하다. 「70년대産」은 다음과 같다. "우리는 목숨을 걸고 쓴다지만/우리에게/아무도 총을 겨누지 않는다/그것이 비극이다/세상을 허리 위 분홍 훌라후프처럼 돌리면서/밥 먹고/술 마시고/내내 기다리다/결국/서로 쏘았다."

3. 새로운 노래, 더 나은 노래를!

다른 한편 비록 시대적 현실은 달랐지만 과거 참여시인 가운데서 진은 영과 비슷한 고민을 한 사례가 있지 않았을까 하는 생각을 해본다. 2010년 대에도 분명히 현재형으로 존재하는 70·80년대의 참여시 또는 민중시가 진은영의 평문 「감각적인 것의 분배」에서 혹시 과거형으로 다뤄지고 있는 것은 아닌가라는 일말의 의구심도 없지 않다. 그의 고뇌에 공감할수록 이주노동자와 비정규직 노동자들, 더 나아가 온갖 종류의 소수자들 및 새 터민과 함께 일하며 어우러지는 생활을 시로 표현하고자 애쓰는 현재 우리 시단의 시인들과 작품이 떠오른다.[8] 하지만 내가 이들 작품에서 주목 하는 것은 어떤 명징한 정치적 메시지보다는 "사회참여와 참여시 사이의 분열"이 어떤 양상을 띠고 있으며, 그런 분열이 잉태한 미지의 시적 가능 성을 다른 무엇이 아닌 시로써 과연 얼마나 살리고 있는가이다. 그 분열 이 "진실된 감정과 자신의 독특한 음조로 새로운 노래를 찾아가려고 할 때 겪는 필연적 과정"을 뜻한다면 이제까지 시적인 것으로 공인된 영토와 그 속에서 안주해온 시적 자아로부터 얼마나 결사적인 탈출을 감행하고 있는가가 관건이라는 것이다. '탈옥'의 성공 여부는 물론 작품으로 가릴 일이다. 가령 다음 시는 어떤가?

---

8 시인들의 이름과 작품을 생각나는 대로 호명해본다. 우선 이시영(1949년생)의 『우리 의 죽은 자들을 위해』(2007)와 『경찰은 그들을 사람으로 보지 않았다』(2012)를 비롯 해 조기조(1965년생)의 『기름미인』(2005), 이기인(1967년생)의 『알쏭달쏭 소녀백과 사전』(2006), 김진완(1967년생)의 『기찬 딸』(2006), 유홍준(1962년생)의 『나는, 웃는 다』(2006), 표성배(1966년생)의 『공장은 안녕하다』(2006), 송경동(1967년생)의 『꿀 잠』(2006) 및 『사소한 물음들에 답함』(2009), 조성국(1963년생)의 『슬그머니』(2007), 최금진(1970년생)의 『새들의 역사』(2007), 최종천(1954년생)의 『나의 밥그릇이 빛난 다』(2007), 김주대(1965년생)의 『꽃이 너를 지운다』(2007), 김신용(1945년생)의 『도장 골 시편』(2007), 임성용(1965년생)의 『하늘공장』(2007), 김사이(1971년생)의 『반성하 다 그만둔 날』(2008), 백무산(1955년생)의 『거대한 일상』(2008) 및 『그 모든 가장자리』 (2012), 정세훈(1955년생)의 『부평 4공단 여공』(2012) 등 현장시, 노동시, 더 나아가 민 중시의 범주에 들어갈 작품은 부지기수다.

양철지붕 두드리며
밤새 내리는 비

나도 누군가의 영혼을 밤새 두드리는
겨울 찬비가 될 수 있다면
하지만 난 아직도
세상의 음계에 맞춰
내 노래 조율하는 법을 몰라

내 노래는 내가 죽어도
내 몸 밖에서 객처럼 서성일 것인가
밤새 내 영혼을 두드리는
하얀 비

— 송경동 「하얀 비」 전문(『꿀잠』, 삶이보이는창 2006)

　　어느 누구보다도 사회적 모순이 분출되는 현장에 전투적으로 투신하는
시인으로 알려진, 그리고 그같은 투신을 전혀 가공하지 않고 시화(詩化)
하는 데 일말의 주저함도 없는 듯한 송경동(宋竟東)의 '서정적 자아'에 과
연 "사회참여와 참여시 사이의 분열"이 전혀 없다고 말할 수 있을까. "누
군가의 영혼을 밤새 두드리는/겨울 찬비가" 되고프지만 "세상의 음계에
맞춰/내 노래 조율하는 법을" 모른다고 고백하는 구절에서 '세상의 음계'
대 '내 노래'라는 이분법을 추출하고 '세상의 음계'에 안주하는 '수인(囚
人)'의 상을 시인에 투사해도 되는 것일까. 세상에 안착하지 못하고 객처
럼 떠돌 '내 노래'에 대한 시인의 간절한 희망과 불안이 그의 '사회참여'
에 비례하여 그토록 분명한데도?
　　물론 「하얀 비」 자체는 소품이다. 『꿀잠』 전체에서 송경동이 참여와 참

여시 사이의 분열을 얼마나 말 그대로 '시'로써 극복하고 있는가는 더 생각해봐야 한다. 『꿀잠』이 2000년대의 민중시가 아직껏 성취한 것보다 성취하지 못한 것, 성취할 수 있는 것에 대한 열망을 더 강하게 불러일으키는 한에서는 그 가능성의 지평에 먼저 주목해야 하리라 본다. 그리고 그런 지평에 대한 기대가 오늘날 더 커질 수밖에 없는 것은 우리가 왕년에 이런 시들을 읽어봤기 때문이다.

> 대공분실 자술서 백지에 스쳐가던,
> 돌아와 꿈속에서 홀로 울던
> 방 천장의 누렇게 죽어가던 사방연속무늬 꽃들이
> 내 몸 위로 뚝뚝 떨어지고,
> 그 너머에서 날리던 흰 눈송이들
> ──박영근 「그 房」 부분(『지금도 그 별은 눈뜨는가』, 창비 1997)

그런 눈송이들을 온몸으로 맞으며 보낸, 누구보다도 민감하게 시대의 어둠을 감지하며 부른, 박영근(朴永根)의 여리면서도 견결한 청춘 송가들은 여전히 오늘날 독자의 마음을 움직이거니와,

> 아
> 없어, 선명하게
> 없어,
> 노동 속에 문드러져
> 너와 나 사람마다 다르다는
> 지문이 나오지를 않아
> 없어, 정형도 이형도 문형도
> 사라져버렸어
> ──박노해 「지문을 부른다」 부분(『노동의 새벽』, 풀빛 1984)

처럼 인식적 충격을 가하는, 요즘 같아선 외국인 노동자들의 노동현장을 먼저 떠올릴 수밖에 없는 노동시도 1980년대 참여시의 유산이다. 하지만 다들 느끼다시피 지금은 손가락만이 아니라 '정신의 지문'까지 사라질 것이 예견되는 시대다. 따라서 "감각의 입구였던 열개의 손가락은/자판 위를 누비며/회색의 언어들을 쏟아내고 있"는 (최종천 「가없은 내 손」, 『나의 밥그릇이 빛난다』, 창비 2007) 우리 시대 특유의 노동현실을 초극하는 새로운 노동시가 요구되는 것은 당연하지만, 그렇다고 박노해의 『노동의 새벽』이나 박영근의 『지금도 그 별은 눈뜨는가』가 과거 노동현실에서나 의미를 갖는다고 단정할 일은 아니다. 오히려 자본으로 구성되는 세계와는 다른 어떤 삶의 지평을 발견하고 창조하기 위한 시적 분투로, 육체노동자들이 그전까지 으레 느끼고 말하고 행동하던 방식과 정서의 양상을 혁신적으로—적어도 그 당대의 감각 지형에 놓고 본다면—쇄신하고 넓힌 작품으로 평가할 여지도 있다.[9] 아무튼 노동하는 자의 의식적 투쟁, 박탈당한 성찰의 시간을 되찾고 언어의 옥사(獄舍)에서 놓여나기 위한 싸움도 왕년 민중시 유산의 일부라면, 참여를 참여시로 만드는 과거의 '기술'에서 취해야 할 바는 아직 소진되지 않았다고 봐야 할 것이다.

다른 한편 각주 8번에서 길게 열거한 노동시 내지 민중시는 아직까지 획기적으로 새로운 '시대적 표현'을 창조하지는 못했다라는 인상을 준다. 하지만 그렇더라도 그런 창조의 경지를 기약할 만큼 풍성하다고 말할 수는 있다. 반독재 민주화투쟁이 한창이던 1980년대 민중시의 가락을 기본적으로 이어받으면서도 오늘날 변화된 삶의 리듬과 속도에 적응한 노동시들, 때로는 '시정신'을 짓누르기도 했던 노동자계급의 '선도성'에서 탈피하여 한결 유연하고 탄력성 있게 노동의 현실을 사람 냄새가 물씬 나는 현장으로 바꾸고 노동자와 일치되는 시민으로서의 자기세계 구축에 성공

---

9 이에 대해서는 이 책에 실린 졸고 「박영근에 관한 기억」 참조.

한──그리하여 노동시라는 하위 장르의 울타리를 훌쩍 벗어난──작품도 적잖이 눈에 띈다. 그중 『패배는 나의 힘』(창비 2007)에 이어 『태풍을 기다리는 시간』(실천문학사 2011)을 펴낸 황규관(黃圭官, 1968년생)도 기억할 만하다. 특히 근작 시집에 실린 「고속도로」 「더러운 시」 「육년 동안」 「아프지도 않고」 등은 김수영의 영향을 그 나름으로 소화한 시인의 정진을 보여주는 한편, 「벽」처럼 그런 영향에서도 확실하게 벗어난 발화도 인상적이다. 아무튼 참여시라는 유산에 관해서도 중요한 것은 유산의 존재 자체가 아니다. 그 유산을 우리의 문화적 살림살이와 시민적 양식을 풍성하게 하는 데 보태 쓰는 일이 관건이다. 가령 임성용(任成容)의 「모자」는 그런 괄목할 만한 사례이다.

집은 내가 눌러쓴 모자와 같다
나는 일을 찾아 집을 나왔다
일주일에 한번씩, 주말이면
나는 멀찍이 벗어놓은 집으로 간다
갈 때마다 모자는 헐겁다
모자 속에서는
내가 돌보지 못한 아이들이 놀고 있다
아내는 나에게
최소한 가족들이 함께 쓰고 다닐 추억을
모자가 걸린 벽에
못으로 박아달라고 부탁했다
나는 몇번인가 못질을 해봤지만
내가 살고 있는 집의 주인은 따로 있다
월 이십만원짜리 임대아파트
나라에서 나에게 너그럽게 빌려준 모자는
나라를 지킨 옛 장군의 동상, 투구처럼

한번 쓰면 쉽게 벗어던질 수 없다
더구나 함부로 못질을 하기엔
옹벽이 너무 튼튼하다
저 동상의 모자를 절대 벗겨낼 수 없듯이
나는 어렵게 마련한 내 집과
신체의 일부로 굳어져버린 작업모를
가장 딱딱한 머리에서부터 깨뜨려야 한다
내 모자는 아직 투구가 되지 못했다.

— 임성용 「모자」 전문(『실천문학』 2008년 봄호)

이 시가 노동시로서 노동시의 상투형을 해체하고 있음은 한눈에 읽어도 분명하지만 정확히 어떤 의미에서의 해체인지를 해명하는 일은 간단치 않다. 한 '비정규 가장'의 일상과 삶의 애환을 모자에 빗댄 시적 사유부터가 고지식한 해석을 용납하지 않는다. 실감 차원에서 말한다면 "내가 눌러쓴 모자"가 집으로 비유되고 그런 모자로서의—"내가 돌보지 못한 아이들이 놀고 있"는—집이 "한번 쓰면 쉽게 벗어던질 수 없"는 투구로 환치되는 과정에 가정을 책임진 노동자의 피로감이 강하게 부각된다. 그러나 거기에는 도덕이나 이념, 윤리의 어떠한 지향성도 가시적으로 드러나지 않는다. 노동자계급의 이른바 계급의식은커녕 분한이나 원통함 같은 것도 감지되지 않는다. 마치 노동시라고 해서 노동자의 '자명한 삶'을 기대하는 것은 독자의 오산임을 일러주겠다는 듯이.

반복해서 읽어보면 시인의 '모자'는 그가 노동자로서 살아온 생활의 궤적 전체를 가리키는 하나의 은유처럼 느껴진다. 투구가 상징하는 장군의 늠름한 기상이 모자의 피로와 대비되는 것도 그같은 은유의 맥락에서다. 그런 모자와 투구의 간극에 독자가 주목할 때 "월 이십만원짜리 임대아파트"에 거하는 시인은 "신체의 일부로 굳어져버린 작업모"를 통해 노동자 가장의 간단치 않은 의식세계 자체를 우리들 앞에 펼쳐놓는 것으로 자족하고 있다는 인상을 얼핏 준다. 그러나 그뿐일까? 시인은 그 정도에서 만족하는 것일까? 그러기는커녕 "그의 책상 아래에는 여전히 다리가 여섯이었고/둘은 그의 다리 넷은 의자다리였지만/어느 둘이 그의 다리였는지 알 수 없었다"는 사무원의 기계화·자동화된 일상을 그린 김기택(金基澤)의 「사무원」(『사무원』, 창비 1999)보다 어떤 면에서는 한두 걸음을 앞으로 더 내디딘 작품이 임성용의 「모자」가 아닐까? 자기 몸뚱이의 일부로 딱딱하게 굳어져버린 모자, 그런 작업모를 벗어버리고 옛 장군의 기상(氣像)이 살아 있는 늠름한 투구로 바꿔 쓰고 싶은 무의식적 의욕이 피곤에 절어 있는 한 노동자가장의 내면세계를 해체하고 있는 것은 아닐까?

이 물음들은 그렇다, 아니다라는 답변 이상을 것을 요구한다. 동시에 시를 시로서 읽는 일의 어려움을 상기하게 한다. 아무튼 그런 물음들을 염두에 두고 "집은 내가 눌러쓴 모자와 같다"라는 진술로 시작해서 "내 모자는 아직 투구가 되지 못했다"고 담담하게 고백하는 육성에 귀 기울이는 순간 우리는 노동자의 현실이나 투쟁 하면 으레 떠올리는 어떤 상투적인 표상에서 벗어난 생의 의욕 같은 것을 공유하게 된다. 임성용의 「모자」가 노동시의 형식으로써 노동시를 재구성하는 데 성공한 것은, 한 노동자가장의 삶의 비애를 걸러내고 증폭시키는 시적 언어의 경제에 기인한다. 바로 그 과정을 통해 그가 직면한 삶의 조건이 사실적으로 환기되면서도 사실성에 갇히지 않는 시적 각성은 더 명료하게 시에 각인되는 것이다. 아무튼 노동현실을 그리는 단편소설과 맞먹는 효과를 24행의 '노동시'가 성취하고 있다면, 이런 작품은 "진실된 감정과 자신의 독특한 음조로 새로운 노래를 찾아가려"는 노력이 결실을 맺은 하나의 사례가 된다. 지금 이순간에도 씌어지고 있는 민중시 계열의 작품이 "새로운 노래"를 지향하는 시적 분투의 소산임을 인정하는 데 인색해서는 어제의 참여시를 오늘의 참여시로 바꾸는 비평의 변환작업도 만족스러울 리 없다.

그렇다면 2000년대의 민중시에 대한 좀더 본격적인 논의는 앞으로의 숙제로 남겨두고, 흔히 민중시와는 무연한 '미래파'로 분류되는 이장욱

(李章旭)의 작품 하나를 읽어보자.

저기, 저 안전해진 자들의 표정을 봐.
하지만 머나먼 구름들이 선전포고를 해온다면
나는 벙어리처럼 끝내 싸우지.
김득구의 14회전, 그의 마지막 스텝을 기억하는지.
사랑이 없으면 리얼리즘도 없어요,
내 눈앞에 나 아닌 네가 없듯, 그런데,
사과를 놓친 가지 끝처럼 문득 텅 비어버리는
여긴 또 어디?
한잔의 소주를 마시고 내리는 눈 속을 걸어
가장 어이없는 겨울에 당도하고 싶어.
다시는 돌아오지 못할 곳
방금 눈앞에서 사라진 고양이가 도착한 곳.
하지만 커다란 가운을 걸치고
나는 사각의 링으로 전진하는 거야.
날 위해 울지 말아요, 아르헨티나.
넌 내가 바라보던 바다를 상상한 적이 없잖아?
그러니까 어느날 아침에는 날 잊어줘.
사람들을 떠올리면 에네르기만 떨어질 뿐.
떨어진 사과처럼 멍하니 창밖을 바라보는데
거기 서해 쪽으로 천천히, 새 한마리 날아가데.
모호한 빛 속에서 느낌 없이 흔들릴 때
구름 따위는 모두 알고 있다는 듯한 표정들.
하지만 돌아보지 말자, 돌아보면 돌처럼 굳어
다시는 카운터 펀치를 날릴 수 없지.
안녕, 날 위해 울지 말아요.

고양이가 있었다는 증거는 없잖아? 그러니까,

가이사의 것은 가이사에게

구름의 것은 구름에게.

나는 지치지 않는

구름의 스파링 파트너.

　　　　　　　　　　——이장욱 「인파이터—코끼리군의 엽서」 전문

　　　　　　　　　　（『정오의 희망곡』, 문학과지성사 2006)

　지금까지 이장욱이 다채로운 화법으로 상재한 『내 잠 속의 모래산』(민음사 2002) 『정오의 희망곡』(문학과지성사 2006) 『생년월일』(창비 2011) 등에서 이 시가 딱히 어떤 전형성 또는 대표성을 띤다고 하기는 어렵다. 하지만 얽매임 없는 그 특유의 시적 사유가 매력적으로 드러나는 작품임은 분명하다. 이런 '엽서'를 쓴 '코끼리군'은 두권의 시집에서 여러 차례 등장하는데, 『내 잠 속의 모래산』에 들어 있는 '金洙暎과 함께'라는 부제가 붙은 「구름의 전사」나 「바지 입은 구름」도 「인파이터」와 상통하는 감성의 자장에 든다. 「인파이터」만의 특징이라고 할 수 없는 것들은 또 있다. 가령 문맥의 시침을 뚝 따는, 교과서적 작법을 싫어할 것 같은 시인이 가리키는 일상어들이다. "사랑이 없으면 리얼리즘도 없어요"라든가 "날 위해 울지 말아요, 아르헨티나" "고양이가 있었다는 증거는 없잖아?" 같은 느닷없는 시구는 발화의 논리적 흐름을 묘하게 교란하면서 연결한다. "저 안전해진 자들의 표정"에 대항하는 '코끼리군'의 투지가 독자에게 생경하지 않게 전달되는 것도 문맥의 직선 흐름을 뭉개서 단절과 연결의 효과를 동시적으로 만들어낸 결과이다. 그 과정에서, 아웃포커스로 찍은 사진이 그러하듯이, 링의 주변은 흐릿해지지만 인파이터의 모습은 선명하게 부각된다. 하지만 내가 이 시에서 읽어내려고 하는 것은 투지의 '내용'이 아니다. 오히려 인파이터가 맞서는 대상이 '구름'으로 설정되는, 지시대상이 모호한 시적 맥락에 더 흥미를 느낀다. 천변만화(千變萬化)의 상징으로 표상되고,

고독하면서도 절대적인 미의 표상으로 제시되는 보들레르의 구름을 일면 연상케 하지만(보들레르 「이방인」), 이장욱의 구름은 "저 안전해진 자들의 표정"이 말해주듯이 알레고리의 어떤 전투적 형상처럼 제시되기 때문이다.

인파이터의 싸움 의지가 선명한데도 그 구름이 어떤 정치적 실체와 무관하게 드러나는 것은 이 시만의 미덕이다.[10] 그런데 이와는 약간 다른 맥락에서 주목하고 싶은 것은, '구름들'의 '선전포고'에 대한 응전을 가히 낭만적으로 발동시키는 감수성의 어떤 열도(熱度)이다. 비장함이나 초연함의 '포즈'와는 거리가 먼 인파이터의 탁 트인 시야와 경쾌한 발놀림, 상대의 허를 찌르는 잽, 「그라운드」(『생년월일』)에서도 유연하게 펼쳐지는 바로 그런 시적 사유는 이장욱을 미래파로 분류되는 시인들과 구분해주는 요인이다.

그렇다면 "사랑이 없으면 리얼리즘도 없"음을 아는 인파이터와 구름 간의 싸움의 '승패'를 우리는 물어볼 수도 있지 않을까? 판정의 근거로서 진은영의 다음과 같은 탄식, 즉 "기묘한 감성적 충격을 생산하는 데 몰두했던 시들에서는 정치적 의미의 가독성이 사라지고 정치적 의미의 가독성을 최대화한 시들에서는 기묘함이 실종"되는(진은영 82면) 난처함을 상기해보면 어떨까? 「인파이터」가 감성적 충격과 정치적 의미 가운데 어느 하나를 탐닉해서 난처함을 자초하는 시는 아니라고 본다. 시인, 더 나아가 이 시 자체의 '의도'를 논하는 것은 섣부르기 십상이지만 인파이터의 "지치지 않는" 자세만은 '기묘한 감성적 충격과 정치적 의미' 사이를 오가는 아슬아슬한 줄타기 명인의 그것 같고, 그런 줄타기가 앞으로 어떻게 펼쳐질지에 대한 예감을 안으로 머금고 있다고 말할 수 있다.

하지만 독자 입장에서 정작 중요한 것은 그런 예감에서 감성의 충격과 정치적 의미를 하나로 종합하는, 결코 이전의 줄타기로는 돌아갈 수 없는

---

10 이상과 김수영을 사숙했음이 분명한 이장욱 시의 그같은 미덕을 지적하는 일이 새삼스런 듯한 느낌도 없지는 않다. 예컨대 『내 잠 속의 모래산』에 실린 「사라지는 꽃」을 읽어보라.

어떤 결정적 도약의 순간—더불어 도약이 확실하게 대지로 향하는 순간—을 적극적으로 상상하는 것이고, 어떤 면에서는 상상해야만 한다는 것이다. 시가 그같은 도약의 순간을 독자에게 위임한 듯한 인상을 주기 때문에 더욱 그렇다. 다른 한편 「인파이터」는 거듭 읽어도 지루해지지 않는, 또는 닳아지지 않는 작품임은 분명하지만, 반복되는 읽기에서 내가 좀더 구체적으로 살리고 싶은 것은 "가이사의 것은 가이사에게/구름의 것은 구름에게" 되돌리면서 누가 뭐라든 '내 몫의 삶'을 살겠다는 시적 결단이다. 2000년대 참여시의 핵심적인 요건 가운데 하나가 시민과 시인을 하나로 결합시키는 시적 결단이라고 한다면 "나는 지치지 않는/구름의 스파링 파트너"라는 마지막 문장이 남기는 여운도 시인의 호기 정도로 넘길 일은 아니다.

따라서 시인에게 감성과 정치를 동시에 아우르는 작품을 쓰라거나 정치적 상상력을 더 발휘하라고 말하는 것은 부질없는 주문이다. 근년의 『생년월일』에서는 시인의 '칩거'가 좀더 깊어진 인상인데, "날 잊어"달라며, "돌아보지 말자"고 다짐하며 사각의 링에서 전진하는 인파이터의 싸움, "저 안전해진 자들"에게 결정타를 날리는 싸움이 이장욱의 시세계에서 시의 사유로 격화되기를 바랄 뿐이다. 나의 이런 바람은 아직은 부르지 못한, 그래서 앞으로 부를 수 있는 "새로운 노래, 더 나은 노래"에 대한 시인의 희망과 크게 다르지 않을 것이다.

4. '미적 진보'에 관한 단상

하지만 바람이나 희망도 **생활**을 전제하지 않는 한 입에 발린 말일 뿐이다. 낙관이나 비관이냐에 흔들리면서도 하루 24시간이 누구에게나 동일한 시간은 아니라는 사실을 알 만큼은 아는 시민의 생활 말이다. 그런 생활은 주어진 하루를 충실하게 살아낸다는 것 외에 그 어떤 수식어도, 개념적 정의도, 해석도 필요치 않다. 그렇다면 시에서의 진보는 어떨까? '더 나은 노래'에 관해서도 정치나 경제의 영역에서 발전 운운하듯이 진보를 말할 수 있을까? "새로운 노래, 더 나은 노래"에 '미적'이라는 수식어를 붙여 '진보'라고 부를 수 있다면 그런 미적 진보는 정확히 정치적·윤리적 진보와 어떤 관계에 있는가? 어떤 의미에서든 기존의 것보다 더 앞으로 나아감을 지향하는 것이 진보(進步)라면 오늘의 현실보다 더 앞서 있는 것처럼 보이는 과거의 작품은 어찌 되는 것인가? 맑스가 서술했듯이 현재까지 심미적 즐거움을 선사한 것은 물론이고 "어떤 면에서는 도달하기 어려운 표준이자 모델로서 군림하는" 고대 그리스 예술[11]에 진보적이라는 수식어가 과연 어울릴 것인가?

물론 관념의 차원이든 물질의 차원이든 미지의 세계를 발견하고, 아니 창조하고 그것을 언어로 구현하려는 인간의 의식적 투쟁이 계속되는 한 문학에서도 진보라는 말은 포기할 수 없다. 그러나 진보의 이름으로 어제의 작품을 부정하고 그 현재성을 망각한다면 시에서의 미적 진보라는 말은 수상쩍은 것이다. 적어도 예술의 영역에서 진보라는 것은 일종의 형용모순에 가까운 개념이다. "정치학과 윤리학과 미학은 한몸이라는 것을 잊어서는 안된다"는 충고도 형용모순으로서의 진보를 성찰하는 데 도움은 되겠지만 예술 창작의 현장에서 진보라는 '규제적 이념'(regulative idea)은 휘두르기에는 너무 위험한 것이다.[12] 또한 지금과는 다른 세계를 상상하고 그런 세계를 언어로 표현하려는 인간의 의식적 투쟁이 작품으로 구현되는 순간만큼은 세 차원, 즉 정치학·윤리학·미학 차원으로 제시된 인간 실천의 영역을 구분하는 것이 불가능하다면 "어디서부터 시작해야 하

---

11 Maynard Solomon ed., *Marxism and Art* (Wayne State UP 1979) 62면.

12 신형철 「정치적 진보주의와 미학적 보수주의」, 『창작과비평』 2009년 가을호 351~54면 참조. 그는 "예술이 제도의 혁명에 먼저 나서면 나머지 두 혁명도 유예된다. 한국에서 '진보'를 자임한 문학이 대개 그러했다"고 진단하는데,(354면) 이 진단의 유효성은 1980년대의 급진적인 계급문학 정도에 국한된다는 것이 온당한 판단일 듯하다.

나”라는 물음을 던지고 문학의 선도성을 주장하는 행위는 ‘문학주의’라는 도그마에 빠질 위험이 있다.

게다가 오늘의 한국문학은 ‘문학주의’에 의지해야 할 정도로 허약하지 않다. 20세기 한국문학사에 남은 주요 작품들을 당대의 시대적 배경을 괄호로 묶은 채 읽는 것은 생각하기 힘들 정도이고 그 후반기만 해도 1960년대의 김수영·신동엽, 1970년대의 김지하·신경림, 1980년대의 고은 등이 말해주듯이, 단순한 ‘필화’를 넘어 탄압과 투옥을 불러온 작가들의 직접적인 ‘정치참여’도 결코 낯설지 않다. 이때의 ‘정치’는 현실정치의 무대에서 벌어지는 온갖 권력 암투의 현장뿐만 아니라 인간이 소통을 통해 공동체에 민주적으로 참여하는 방식 자체와도 관련된다. 어느 쪽을 뜻하든 식민지배와 동족상잔의 전쟁, 군사독재를 차례로 겪은 한국 시민의 의식세계에서 ‘정치’라는 것은 예컨대 김종삼(金宗三, 1921~1984)의 「북 치는 소년」(1969)[13]처럼 말의 아름다운 절제가 극에 이른 서정시 한편을 읽을 때조차 완전 소거가 불가능한 ‘자연’처럼 존재한다고 해도 과언이 아니다.

요컨대 우리의 20세기 시사(詩史)에도 시가 현실의 모순과 정직하게 대면함으로써 다른 무엇이 아닌 시로서의 생명력을 획득한 사례들이 있음을 기억하자는 말이다. 그런 사례들이야말로 목전의 현장에 뛰어드는 작가의 정치적 실천이 문학 그 자체라는 강변이나, 작가는 모름지기 정치를 떠나 작품으로 말해야 한다는 언설에 완전히 동의할 수 없는 가장 강력한 근거이다.

그렇다면 예술도 예술 자체를 혁신해야 한다는, 20세기 서구 심미주의의 색다른 반복보다는 시와 행동의 관계에 대한 좀더 근원적인 성찰이 절실하다. 그런 성찰에는 결국 “저 안전해진 자들의 표정”이 담고 있는 관습

---

13 시 전문은 다음과 같다. “내용 없는 아름다움처럼 // 가난한 아희에게 온 / 서양 나라에서 온 / 아름다운 크리스마스 카드처럼 // 어린 羊들의 등성이에 반짝이는 / 진눈깨비처럼”

화되고 위계화된 언어의 통념이나 상투성의 굴레에 포박되지 않으려는 해방의 싸움이 따를 수밖에 없다. 하지만 그 싸움이 담론과 현실이란 두 축에서 동요하는 것을 경계하기 위해서라도 '시가 구현하는 기묘한 감성적 충격과 정치적 의미의 가독성'이 선택의 문제가 아니라 참여시, 더 나아가 모든 좋은 시의 기본요건임을 거듭 환기할 필요가 있다. 그런 의미에서 6·9작가선언도 문학을 바꾸고 세상을 바꾸는 장기적인 과정의 한마디에 불과한바, 이들 작가의 '행동' 및 그 행동과 불가분의 것인 작품이 2010년대에 우리 참여시의 창의적인 전통을 얼마나 새롭게 갱신해나갈 수 있을지는 시를 사랑하는 모든 독자들의 애정 어린 관심사로 남아 있다.

'용산'을 시로 쓰는 일

1. 용산의 '부재'

지금 그곳엔 아무것도 없네
원래 아무것도 없었다는 듯이
아무것도 없네
그곳은 텅 비었고
인적 없는 평지가 되었고
저녁 일곱시 예배를 올릴 때에
건물 옥상에 야곱의 사다리를 희미하게 내려주던 달빛은
이제 구차하게 땅바닥에 엎드려
값비싼 자동차들의 광택을 돋보이게 할 뿐
오늘 그곳에 아무것도 없음이 우리를 경악하게 하네[1]

---

[1] 심보선 「거기 나지막한 돌 하나라도 있다면」 1~11행, 『눈앞에 없는 사람』(문학과지성사 2011).

'6·9작가선언'에 열정적으로 참여한 한 시인의 이같은 시적 토로를 우리는 어떻게 받아들여야 할까. '2011년 1월 20일 용산참사 2주기에 부쳐'라는 부제가 달린 이 시의 첫 구절이 단순히 '용산'의 부재(不在)를 개탄하는 것이 아님은 분명하다. 2년이 지난 '지금 그곳에 아무것도 없음'을 재차 확인하면서도 시인은 "학살의 증거들/학살 이후의 나날들/탄원들, 기도들, 투쟁들을" 떠올리고 있거니와, 사건 현장의 참담한 부재로써 용산의 비(碑)—용산을 기억하는 사람들이 함께 앉아 그 잊혀진 진실을 공유할 수 있는 기념비—를 '거기'에 세워두고 있기 때문이다. 시에 기념비만 세워진 것은 물론 아니다. '현장'의 부재에 경악하는 음성은 '부재하는 현존'을 보는 견자(見者)로서의 시인이 이 시에 거(居)하고 있음을 일러주고 있다.

돌이켜보건대 공문서에는 '용산4구역 철거현장 화재사고'로 표기되는 '용산참사'의 사회적 파장은 엄청났다. 알다시피 용산참사는 단순히 도시재개발 사업과정에서 불거진 불의의 사고가 아니었다. 1970·80년대를 주름잡은 개발독재의 정신상태가 2000년대 후반에 들어 정치세력으로 부활한 끝에 벌어진 비극에 가깝다. '쌍용자동차 사태'의 실태를 파헤친 공지영(孔枝泳)의 '르뽀'『의자놀이』(휴머니스트 2012)도 그 점을 절절하게 증언하고 있는바,[2] 용역과 합세한 경찰의 진압과정 및 망인들에 대한 예우, 피해자 유가족 등에 대한 당국의 모든 사후조치 및 재판과정은 반민주적 공권력이 어떻게 시대를 거스르는가를 극명하게 보여주었다. 용산참사 희생자 다섯분의 주검이 355일 만에 '냉동고'를 나오는 과정에서 온갖 방식

---

2 "용산참사를 일으킨 컨테이너 진압에 대해 나는 아무 말도 하지 않았다. 설마 그런 걸 또 사용하랴 싶었던 것이다. '간을 보았는데 의외로 저항이 거세지 않자 이번에도 그걸 또 사용한 것이다'라는 말이 귀에서 윙윙거렸다. '용산참사에 대해 국민이 국가에게 관용을 베풀지 않았더라면 쌍용자동차 사태도 없었을 것이다.' 그건 나에게 하는 말 같았다."(『의자놀이』47면)

으로 자행된 권력의 자해적 횡포는 한국 민주주의의 참담한 현주소를 적나라하게 드러냈고, 그에 따라 정의에 대한 시민들의 감도(感度)는 어느 때보다 뜨거웠다.

그런 의미에서 '용산참사'는 87년 시민혁명의 성공에도 불구하고 개발독재의 어두운 그림자가 제대로 걷히지 않았다는 사실만을 확인해준 사건은 아니었다. 소위 한국형 프로젝트 파이낸싱 기법과 초대형 개발사업의 실상을 한 학자가 다면적으로 검토한 끝에 내린 결론, 즉 "우리의 경우 공공의 이익을 실질적으로 보호하려는 노력을 하는 공공 디벨로퍼는 존재하지 않는다"[3]는 진단이 정확하다면 재개발이라는 낯익은 이름으로 도처에서 벌어지고 있는 자본의 야만적 축적이 용산4구역에만 국한된 것이 아님도 확실해진다. 용산참사는 용산이 더이상 '그 용산'일 수만은 없음을 일깨운, 그래서 더욱 한국사회에 관한 과학적 분석을 요구하는 비극이다.

그런데 '용산'을 시로 쓰는 일은 사회과학적 분석과는 좀 다른 일이지 않을까. 물론 사회 저변의 보이지 않는 삶의 구조뿐만 아니라 사람들의 말 못할 마음의 진실까지도 사회과학의 분석대상이 되지 말라는 법은 없다.[4] 그러나 단언컨대 용산을 시로 쓰는 일은 '용산을 시로 쓰는 일' 자체를 물음의 대상으로 삼지 않는 한 온전히 완수되기 어렵다. 때로는 언어도단까지도 무릅써야 하는 문학의 수다한 말들과는 달리 직관에서 반듯한 논리의 세계로 이행해야 하는 사회과학에서는 마음 자체를 들여다보는 작업이 불요불급하다고 보기는 어려울 것이다. 다른 한편 독자인 우리는 물음이 육화된 시를 앞에 두고서 "오늘 그곳에 아무것도 없음"에 대한

---

3 김경민 『도시개발, 길을 잃다』(시공사 2011) 240면.

4 가령 김홍중의 『마음의 사회학』(문학동네 2009)도 IMF사태의 후과가 아직껏 가시지 않은 우리 시대 한국인들의 '마음'을 사회과학적으로 분석한 사례에 해당한다. 길게 논할 계제는 아니지만 한마디만 첨언하면, 그가 꽤나 정교하게 이론화한 스노비즘은 '용산을 시로 쓰는 일'을 성찰하는 시인에게는 궁극적으로 '극복'을 요구하는 마음의 상태가 아닐까 싶다.

시적 발화가 과연 내일의 어떤 삶을 예감하는가를 숙고할 수 있다. 그런 숙고의 원천은 무엇보다 각성한 시민들의 생활 속에서 향유될수록 그 진가가 드러나고, 그로써 뭇사람들과의 공감대를 넓히는 '작품'이다.

바로 그런 맥락에서 '용산'에 대한 시민적 부채와 양심을 시로써 갚고 실행한 시인들에 바치는 경의는 공감에 있다고 말할 수 있다. 우리 시대의 '용산'을 증언하는 시인들에 바치는 나의 경의도 한편의 시가 어떻게 시로써 우리의 마음을 움직이는가를 곡진하게 살피는 독자로서의 읽기로 갈음할 수 있겠다는 생각이다.

2. '사람의 말'과 시

"지금 그곳엔 아무것도 없"지만 그동안 '그곳'을 가득 메웠던 함성들의 여운을 증언한 작품은 적지 않다.[5] 뭉크(Edvard Munch, 1863~1944)의 「절규」(1893)가 시로서 완전히 새롭게 재탄생한 것이 아닌가 하는 느낌이 들 정도로 강렬한 김중일(金重一)의 「잘 지내고 있어요: 서울 2009」(『아무튼 씨 미안해요』, 창비 2012)도 그중 하나이지만, 증언은 문학 분야에 국한되지 않는다. 르뽀집 『여기 사람이 있다』(삶이보이는창 2009)를 비롯해 참사 직후 제작된 이윤엽의 걸개그림 「여기 사람이 있다」나 미술인들의 헌정작품집인

---

[5] '용산'에 관한 문학적 기록은 헌정문집인 『이것은 사람의 말』(이매진 2009)과 『지금 내리실 역은 용산참사역입니다』(실천문학사 2009)가 대표적이다. 그동안 '용산'과 관련하여 문학잡지에 무수한 시가 발표된 것으로 알고 있지만 특히 정희성의 「부끄러워라」(『실천문학』 2009년 겨울호), 나종영의 「너는 왜 거기 있었고 나는 왜 여기 있는가」(『문학들』 2009년 겨울호)처럼 용산참사와 같은 시대의 어둠을 보고 어쩌지 못하는 '나'를 고통스럽게 소환하는 시와 어떤 집합적 동력으로서의 '촛불'에 따라붙는 통념을 문제삼는 듯한 이가림의 「촛불 소묘·1」(『내일을 여는 작가』 2009년 겨울호)이 눈에 띄었고, 이민하의 「마음의 육체」(『문학동네』 2009년 겨울호)나 김승희의 「메아리 기르기」(『세계의 문학』 2009년 겨울호)처럼 용산의 화인(火印)과 아주 무관할 수는 없을 것 같은 시에도 눈길이 갔다.

『끝나지 않는 전시』(삶이보이는창 2010), 보도사진기자 출신의 노순택의 사진 「그날의 남일당」, 철거현장의 녹음기록인 박다함의 「기록: 무허가 판잣집의 철거」(2010), 여섯명의 만화가들이 묶어낸 『내가 살던 용산』(보리출판사 2010) 등도 모두 한때 '그곳'이 얼마나 뜨거운 삶의 현장이었는가를 실감케 해준다.[6] 최근에는 김일란·홍지유 감독의 다큐 「두개의 문」(2012)이 참사의 진상을 다시 한번 입체적으로 구성해 관객의 뜨거운 호응을 받은 바 있다. 물론 예술가들의 이 모든 전방위적인 노력에도 불구하고 2009년 1월 20일의 참사 자체는 한국의 난개발 역사에서 하나의 '작은 에피소드'로 남을지도 모른다. '예외상태의 일상화'라는 표현이 실감날 정도로 정치적 유고(有故)들이 하루가 멀다 하고 발생하는 현실에서 심보선(沈甫宣)의 의문——"시민이라는 이름의 방관자들은/도대체 어디로 갔을까?"(「거기 나지막한 돌 하나라도 있다면」)——자체는 그런 참사가 기억될 수 있는 '유효기간'을 말해주는 듯하다. 그러나 사실의 차원과 은유의 차원을 모두 아우르는 용산의 진실에 가닿기 위한 안간힘이 시적 발화가 되는 데 성공하는 한에서는, 바로 그래서 그 '부재'의 의미를 되묻는 시가 우리의 공감을 불러일으키는 한에서는 유효기간이란 있을 수 없다.

용산의 진실을 향한 열정이 시로 불붙은 사례에 관한 한 이영광(李永光)을 가장 앞자리에 세워볼 수 있다. 「하염없는 오월」이나 「빈틈」(이상 『직선 위에서 떨다』, 창비 2003)의 간곡한 서정을 기억하는 독자라면 "유배된 선비의 순결성 같은 것이 감"도는[7] 『그늘과 사귀다』(랜덤하우스코리아 2007)를 거쳐 『아픈 천국』(창비 2010)에 도달한 시인의 변모를 눈여겨보게 될 것이다. 그는 친지를 떠나보내는 아픔을 묵새기면서 그런 아픔을 한 개인의 것으

---

6 이처럼 다양한 장르에 걸친 작품이 기약하는 2010년대 예술운동의 가능성에 대해서는 『실천문학』 2011년 겨울호 특집 '21세기 문학과 예술의 실천논리'에 실린 에세이들 참조.

7 신형철 「"당신은 좆도 몰라요": 이영광의 「동쪽 바다」」, 『느낌의 공동체』(문학동네 2011) 88면.

로만 돌리지 않는 달관의 경지를 선보인 바 있는데,『아픈 천국』에 이르러
서는 달관도 한층 치열해진다.

  이곳에 사실이 있었다 사실을 믿어선 안된다
  사실은 사실 아닌 것이 돼버릴 수 있을 만큼만 사실이다
  당신이 버리고 떠나는 걸 내가 받아들이는 이유이다

  몸, 그것을 펴고 닦고 결박해서
  거친 베옷에 집어넣어버린 손들이 떠난 빈방
  관이 들려나가고 없는 바닥
  몸이 간신히 누르고 있던 자리가 다시 곤히 부풀어오르는 순간을
  오래, 들여다본다

                                              ─「사실적」1~2연

  죽음으로 한 사람의 생이, 그 몸과 살이 한줄의 '사실(事實)'로 정리될
때의 망연(茫然)을 사유하는 장면이다. 그 사실을 직시하면서 시인은 "이
곳에 사실이 있었다 사실을 사랑해선 안된다"고 되뇐다. "사실을 사랑해
선 안된다"는 말의 뜻이 정확히 뭔지 가늠하기 어렵다. 다만 이제는 과거
시제가 되어버린 것─시의 문맥을 그대로 따른다면 이제 "거친 베옷"
을 입고 고인(故人)이 되어버린 이─에 대한 집착을 경고하고 있다는 느
낌을 준다. 그렇다고 그런 과거를 단순히 털어버려야 한다고 말하는 것은
아니다. 시인은 "관이 들려나가고" 끝내 아무것도 남지 않은 부재로서의
'그곳'에서 시선을 거두지 못하고 있기 때문이다. 시는 이렇게 끝난다.

  더는 사실이 아닌 투명한 당신이 한낱 사실을 사실로 돌려놓고
  맨 마지막으로 나가는 것을,
  몸 없는 당신의 첫번째 마술을

사실적일 뿐인 나는 오래
지켜본다, 다만 사실적으로

이곳에 사실이 있었다 사실을 사랑해선 안된다
내가 당신을 붙잡지도, 놓지도 않는 이유이다

　요컨대 "이곳에 사실이 있었"음을, 그러나 그 사실도 절대적인 것이 아
님—그 사실의 인정(認定)도 객관성으로 제시되는 현실의 증거들에 의
해 확립될 수 없음—을 알기에 "내가 당신을 붙잡지도, 놓지도 않는 이
유"가 된다는 것이다. 누군들 '베옷'을 피해갈 수 있으랴만 이처럼 망자를
"붙잡지도, 놓지도" 못하는 이 어중간의 난경(難境)이야말로 알고 보면 우
리네 인생살이의 일상적인 현장이라고 해야 하지 않을지.
　용산참사와 같은 사회적 비극에 대한 이영광의 증언에서 우리가 강렬
한 진정성을 느낄 수 있는 것은 개인의 내밀한 아픔에 대한 그의 사유가
헤프지 않기 때문이다. '이젠 이만하면 되지 않겠나'라고 생각한 민주주
의가 터무니없는 오작동으로 시민의 무의식에 어떤 종류의 생채기를 내
고 있는가를 '부음(訃音)으로서의 조간(朝刊)'이라는 비유로 집약한 시(「유
령 3」)만 해도 그렇다. "아, 決死的으로/總體的으로/電擊的으로/죽은 것들
이, 죽지 않는" 용산의 진실을 내뱉는 구문은 논리와 의미가 발작적으로
뒤틀려 있다. 정공법의 고발만으로는 도저히 안되겠다는 듯이 말이다.
　용산참사 자체가 한국사회의 모순을 드러낸, 더이상의 '설명'이 필요
치 않은 하나의 절절한 발화라면 그에 관한 고지식한 시적 고발은 무의미
한 동어반복일 수밖에 없다. 따라서 그 진실을 드러내는 일에 시로써 '참
여'한다고 할 때 그러한 동어반복을 깨뜨리는 일은 시작(詩作)의 기초적
인 작업이 된다. 이영광의 「남일당」(『시와사람』 2009년 겨울호)도 그런 작업의
결과물이다. 용산을 호도하려는 모든 정치적 언사와 "불타죽었는데도 여
전히 불타/죽고 있는 말"을 구분하면서 사람이 "사람이란 것에 도달하기

위"한 지난한 말의 싸움을 그는 이렇게 수행하고 있다. 전문을 읽어본다.

　　　사람이 제가 사람임을 입증하는 것은
　　　입증이 제가 입증임을 사람하는 것과
　　　별다를 게 없을 것 같은데

　　　사람 이상도 사람 이하도 아닌
　　　사람이라는 것이 되기 위해

　　　누군가 말했다

　　　여기, 사람이 있다

　　　말도 안되는 말
　　　말이 되게 놔둬서는 안되는 말
　　　말하면 바로 사람 이하가 되는 말
　　　말하면 온 세상이 사람 이하가 되는 말

　　　하나 마나 한 말
　　　말하게 해서는 안되었던 말
　　　말이라곤 모르는 몸이, 너무 뜨거워
　　　게워버린 말

　　　게워내자마자 불타죽은 말
　　　불타죽었는데도 여전히 불타
　　　죽고 있는 말

여기, 사람이 있다

한사코 사람이란 것에 도달하기 위해
죽은 어미 젖을 빠는 젖먹이처럼
살아남은 사람들이 남일당에 모여 산다.

남일당의 존재는 폭력에 대한 온갖 고발을 상투어로 만들어버린 '아우슈비츠' 이후에도 시가 여전히 씌어져야만 함을 역설적으로 표현한다. "아우슈비츠가 존재했었다는 사실만으로, 우리 시대에 그 누구도 신의 섭리에 대해 말할 수 없"다는[8] 유언을 남기고 결국 자살로써 그 말할 수 없음을 말한 쁘리모 레비의 기록도 그런 표현의 일부겠지만 '여기, 사람이 있다'는 가장 단순명료한 진실을 망각하지 않기 위한 세치 혀의 '말의 투쟁'이 본질적으로 국경을 초월하는 것이라는 사실도 「남일당」을 읽으며 확인하게 된다. 전근대와 근대의 야만이 혼돈스럽게 공존하는 인도에서 한 시민활동가가 던진 물음, 즉 "말이 난도질당해 의미가 피 흘릴 때"[9] 공공(公共)의 힘을 어떻게 이해하고 구현해야 하는가라는 물음은 그 자체로 우리가 안고 있는 과제이지 않은가. 그렇게 난도질당한 말이 기워져 시가 된 문장, 가령 "사람이 제가 사람임을 입증하는 것은/입증이 제가 입증임을 사람하는 것과/별다를 게 없을 것 같은데"라는 언어도단이야말로 의미가 어떻게 피를 흘리고 있는가를 보여준다. 그러므로 이런 언어도단을 두고 정상적인 구문이냐 아니냐를 따질 계제는 아니다. "말이 되게 놔둬서는 안되는 말"과의 도저한 싸움에 불립문자가 없을 수는 없는 까닭이다. 「남일당」은 '용산'의 의미를 은폐하고 왜곡하는 모든 정치적 수사(修辭)의 난잡함에 대한 폭로를 넘어서 "불타죽었는데도 여전히 불타/죽고

---

8 프리모 레비, 이현경 옮김 『이것이 인간인가』(돌베개 2007) 241면.
9 Arundhati Roy, *Public Power: In the Age of Empire* (Seven Stories Press 2004) 5면.

있는 말"의 진실에 대한 집념이 꿈틀거리는 시이다. (다만, 철거민들의 육체를 "말이라고는 모르는 몸"으로 단정하는 대목에서는 그 집념이 상투화되고 있다는 느낌이 든다.)

「남일당」은 사람이 "한사코 사람이란 것에 도달하기 위한" 싸움도 '말'을 벼리는 과정과 불가분임을 보여준다. 그런 싸움이 '사람이란 것'에 도달하기 위한 것인 한 재개발이라는 이름으로 자행된 폭력에 대한 성찰도 '용산'에만 국한될 수 없다. 이영광이 「괴력의 나날」(『시와사람』 2009년 겨울호)에서 독백하듯이 그 용산도 "전 국토에 건설의 망치소리가 울려퍼지게 해야 한다는 프로파간다"가 실현된 하나의 현장에 불과하다. 거기서 부각되는 것은, "전광석화같이 착수해서 질풍노도처럼 밀어붙이고 동시다발로 때려부수"는 난개발의 소음에 귀를 막고 사는 한 시민이 마침내 도달하는 언어도단의 '입정처(入定處)'이다. 그런 희극 아닌 희극적 상황을 시인은 이렇게 되뇌고 있다.

> 아직도 돌 자르는 소리가 뭔가를 허공에 밀어 올리는,
> 뭔가를 앙칼지게 허물어뜨리고 있는 저물녘에
> 나는 TV나 禪하지 기적을 說하는 자들은
> 혼자 떠드는 경향이 있더구만 죽어라 가르치려 들어
> 언어를 빼앗겼다는 거, 이거 정말 뼈아픈 문제야
> 양아치들한테 삥 뜯기고 훈계까지 듣고 있는 사태랄까
> 겁탈당하고 돌까지 맞아야 하는 전근대적 어둠이랄까
> 하나도 못 알아들어 언어가 달라 그냥 禪, 하는 거야 선하게
> 배후를 꺼내놓고 작꾸도 안 올리는 질풍노도의 공사다망을
> 공사 다 망할 때까지 공사다망할 전광석화의 뒷걸음질을
> 내 고름투성이 走火入魔를
> 간신히 또 견뎌내는 괴력의 나날을
>
> ―「괴력의 나날」 32~42행

"양아치들한테 삥 뜯기고 훈계까지 듣고 있는 사태"라든가 "겁탈당하고 돌까지 맞아야 하는 전근대적 어둠"이 가히 사익집단의 총집합체인 '토목권력'으로서의 정권의 반(反)상식적 통치를 가리킴은 말할 나위도 없다. 그처럼 난무하는 반상식의 언어들을 염두에 둘 때 시 전체의 핵심적인 화두는 다음과 같은 느닷없는 문장이라고 해도 무방하다. "언어를 빼앗겼다는 거, 이거 정말 뼈아픈 문제야." 거짓과 진실 사이를 줄타기하며 삶의 회색지대를 만들어내는 어불성설의 언어들이 군림하는 현실, 시인이 말로써 맞서야 하는 것은 바로 그런 말이 안되는 현실이다.[10]

3. 저항시의 아름다운 진화

용산의 진실을 시로 담아내기 위한 시인들의 분투를 생각하면서 새삼 되돌아보게 되는 것은 오늘 우리 비평의 현주소이다. 근년에 전위적 실험과 상상력이라는 이름을 빙자한, 새로운 모험이라기보다는 치기, 아니 정신적 불구에 더 가까운 파격·과격을 시적 창조성 또는 진보성으로 정당화하고 심지어 미화한 비평의 허언(虛言)이 과연 없었는지 (나 자신을 포함한) 비평가들의 자문이 필요한 시점이다. (물론 2000년대 신예 시인들

---

10 그런 '말이 안되는 현실'에 대항하는 시의 싸움에 관한 한 이영광의 입말이 만들어내는 풍자적 효과는 특히 강조할 만하다. "말하면 온 세상이 사람 이하가 되는 말"(「남일당」)이 '언론의 공익적 사명'이라는 명패를 걸고 난개발을 부추기는 권력의 언어에 비분강개하는 것은 낭비이기 십상이기 때문이다. 말의 타락이 자연의 훼손 및 살림터의 파괴와 무관치 않음을 이영광이 주목하는 것은 그런 맥락에서다. 이영광의 혼잣말처럼 "언어가 달라 언어가, 내가 사랑하는 말들을 국어/공부도 안하는 이 친구들이 죄다 가져다 놓고 있"고(「괴력의 나날」 24~25행) 4대강 사업이라는 해괴한 자연 파괴도 그런 친구들의 '작품'이 아니던가. 그렇다면 우리 시대의 시인들이 시로써 맞서야 하는 것은 특정한 정권이나 권력자라기보다는, 내몰린 짐승처럼 망루에 오른 세입자들을 서슴없이 '도심 테러리스트'로 부르는 세치 혀의 타락과 마음의 병이라고 말해야 할 것이다.

의 성취는 따로 논할 사항이다.) 게다가 사회 현안에 대한 발언을 시라는 형식을 빌려서 했다가 시도 못되고 참여도 못되는 경우가 적지 않았다. 바로 그렇기 때문에 '참여'의 당위가 드높을수록 소재주의를 경계하는 평론의 기본은 지켜야 하겠고, 시가 시로써 정치적 발언에 성공한 사례에 대해서 예민한 읽기가 따라야 하겠다. 특정한 사회적 비극에 관해 시로 발화하는 것이 전혀 새로운 일은 아니지만 이때도 발화가 '생활'로써 단련되고 그 과정에서 비로소 시의 제 모습을 갖추는 순간이 결정적일 것이다. 다른 어떤 필설로 대신할 수 없는 호소력이 그 순간에 발휘될 것이기 때문이다.

대중을 향한 호소력에 관한 한 전투적 서정으로 용산을 노래한 송경동도 어느 누구에게 뒤지지 않는다. 『사소한 물음들에 답함』(창비 2009)은 첫 시집 『꿀잠』(삶이보이는창 2006)에서 선보인 한 생활인의 순박한 서정이 한층 여물었음을 보여준다. 이 시집은 마음 여린 시인이 (그의 표현 그대로) '전문 시위꾼'으로서 꾸려간 눈물겨운 생활의 발자취를 거의 모든 부면에서 드러낸 것이다. '아직도 이렇게 사는 시인이 있구나' 하는 느낌은 그의 산문집을 읽을 때도 여실하지만[11] 읽는이에게 진정 부끄러움을 안겨주는 시집을 만나는 일은 우리 시대에 결코 흔치 않다. 그러나 사람 사는 도리에 대한 치열함도 치열함이지만 독자의 시선을 더 오래 붙잡아두는 것은 위트와 풍자, 상상력과 여유와 능청이 모두 어우러지면서 빚어낸 저항의 어떤 호활한 정신이다.

영장 기각되고 재조사 받으러 가니
2008년 5월부터 2009년 3월까지
핸드폰 통화내역을 모두 뽑아왔다
나는 단지 야간 일반도로교통법 위반으로 잡혀왔을 뿐인데

---

11 송경동 『꿈꾸는 자 잡혀간다』(실천문학사 2011) 참조.

힐금 보니 통화시간과 장소까지 친절하게 나와 있다
청계천 탐앤탐스 부근……

다음엔 문자메씨지 내용을 가져온다고 한다
함께 잡힌 촛불시민은 가택수색도 했고
통장 압수수색도 했단다 그러곤
의자를 뱅글뱅글 돌리며
웃는 낯으로 알아서 불어라 한다
무엇을, 나는 불까

풍선이나 불었으면 좋겠다
풀피리나 불었으면 좋겠다
하품이나 늘어지게 불었으면 좋겠다
트럼펫이나 아코디언도 좋겠지
일년치 통화기록 정도로
내 머리를 재단해보겠다고
몇년치 이메일 기록 정도로
나를 평가해보겠다고
너무하다고 했다

나의 과거를 캐려면
최소한 저 사막 모래산맥에 새겨진 호모싸피엔스의
유전자 정보 정도는 검색해와야지
저 바닷가 퇴적층 몇천 미터는 채증해놓고 얘기해야지
저 새들의 울음
저 서늘한 바람결 정도는 압수해놓고 얘기해야지
그렇게 나를 알고 싶으면 사랑한다고 얘기해줘야지,

이게 뭐냐고.

—「혜화경찰서에서」 전문

'나의 과거'를 호모싸피엔스의 유전자 정보나 몇천 미터의 바닷가 퇴적
층과 연결하는 호방한 상상력도 「혜화경찰서에서」가 저항시로서 갖는 매
력이다. 그러나 이 시를 곱씹게 만드는 것은 역시 판에 박힌 모든 생각이
나 언어를 못 견뎌 하는 시인의 어떤 '낭만적 결벽증'이다. 그로 인해 저
항시로서의 매력이 이 시에 더해지고 저항 자체에 대해서도 다시 생각해
보게 된다면, "이게 뭐냐"는 마지막 한마디에서 김수영의 "고지식한 것을
제일 싫어하는 말"이 연상되는 것도 우연만은 아니다.[12] 아니, 전투적으로
분방한 시인의 상상력과 생활 자체가 언어의 진정성을 보증하고 있다는
점에서 「혜화경찰서에서」는 『사소한 물음들에 답함』이 왕년의 저항시를
제대로 이어받았다고 평가할 수 있는 2000년대의 얼마 안되는 시집 가운
데 하나임을 말해주는 증좌라고 해야 할 것이다.[13]

실제로 이 시집에는 '참여'의 통념을 거부하는 참여시의 진면목을 보여
주는 순간이 적지 않게 있다. 표제시 「사소한 물음들에 답함」에서

---

[12] 그렇다면 "이게 뭐냐"는 마지막 한마디에서 "'이게 모야?'라고 표기함직도 한" 젊은
누리꾼들의 화법을 떠올리는 동시에 "'이 뭐꼬?'라는 참선 화두의 원형을 연상한" 백낙
청의 읽기도 필자와 대동소이한 이야기를 하고 있는 셈이다. 백낙청 「시와 소통에 관한
단상」, 『문학이 무엇인지 다시 묻는 일』(창비 2011) 115면 참조.

[13] '저항'이라는 말에 새롭고 낯선 의미를 부여하는 일이 저항시의 중요한 미덕 가운데
하나라면 「당신은 누구인가」 같은 시는 그 유력한 사례가 된다. 우리는 과거의 노동시
나 현장시가 한 시민의 얼굴에 드리운 수없이 많은 모순적인 표정 가운데 어떤 것들을
놓쳤던가를 "당신은 누구인가"라는 물음을 통해 생각해보게 된다. 외세와 한민족, 남한
과 북한, 여자와 남자, 노동자와 자본가, 한국 노동자와 외국인 노동자 등으로 갈라지는
숱한 알력의 지점들이 한 시민의 삶에서 어떤 방식으로 체현되는가를 묻는 일도 궁극
적으로 '나는 누구인가'라는 물음으로 귀결되기에 독자는 이 물음에 골똘해지기 마련
이다. 시집의 제목 '사소한 물음들에 답함'도 우연히 지어진 것이 아님을 짐작할 수 있
게 하는 대목이다. 「이 냉동고를 열어라」를 비롯한 시집 3부의 적지 않은 '산재시'들이
단순한 격문(檄文)으로 떨어지지 않는 것에는 이유가 있는 것이다.

십수년이 지난 요즈음
다시 또 한 부류의 사람들이 자꾸
어느 조직에 가입되어 있느냐고 묻는다
나는 다시 숨김없이 대답한다
나는 저 들에 가입되어 있다고
저 바다물결에 밀리고 있고
저 꽃잎 앞에서 날마다 흔들리고
이 푸르른 나무에 물들어 있으며
저 바람에 선동당하고 있다고
가진 것 없는 이들의 무너진 담벼락
걷어차인 좌판과 목 잘린 구두,
아직 태어나지 못해 아메바처럼 기고 있는
비천한 모든 이들의 말 속에 소속되어 있다고
대답한다 수많은 파문을 자신 안에 새기고도
말없는 저 강물에게 지도받고 있다고

라고 고백할 때 박노해가 『노동의 새벽』에서 형상화한 '각성한 노동자'와
는 다른, 시민의 자유로운 영혼이 이 시에 숨쉬고 있음을 발견한다. 그런
영혼에게는 『노동의 새벽』에 수록된 「이불을 꿰매면서」에서처럼 스스로
각성했으되 각성의 '상(像)'까지를 떨쳐냈다고 말하기 힘든 남성노동자
의 계몽주의적 자기 다짐이 불필요하다. 물론 송경동의 시집 『사소한 물
음들에 답함』에는 자유로움으로 인해 역설적으로 자유와 평등이라는 이
념에 스스로를 구속시키는 순간도 없지 않지만, 다른 한편 저항의 정신을
규범적 틀에 가두지 않으면서 말 자체에 대한 탐구가 치열해진 면도 있
다. 그의 시에서 단순히 언어에 대한 신경증적 자의식을 발동시켜 보석
같은 낱말이나 비유를 찾아 헤매는 자가 아니라, 삶의 진실을 다 따라갈

수가 없어 말에 대한 갈증을 더 느낄 수밖에 없는 생활인을 만나게 되는
것도 그 때문이다. 가령 「아직 오지 않은 말들」 같은 시를 보자.

언제부터인가
있는 말보다
없는 말을 꿈꾼다

금세 가족이 되어 동화되는 말들은
그 말들이 아니다 그의 말들은
닮기 위해 오지 않고
설명하기 위해 오지 않는다

나는 이 말들의 음역이
좀체 떠오르지 않아
많은 날을 벙어리처럼 침묵해야 했다
때론 벽을 쿵쿵 울려보기도 했다

나는 오늘도 이 말들을 찾아
거리를 헤맨다 아귀처럼
어느 길목에서 그 말들이
내 몸을 삼킬 수도 있다

나는 전혀 다른 목숨으로 그 말들을
토해내야 할지도 모른다
그 말들은 뼈를 토해놓고
이것이 말이다라고 할지도 모른다

이 시를 읽으면서도 새삼 확인하는 바는, 불멸의 시어를 조탁하는 예술가와는 너무도 거리가 먼 말에 대한 생활인의 고민이다. 사실 "있는 말"보다 "없는 말"을 꿈꾸는 거야 모든 시인의 권리이자 의무이기도 하다. "가족이 되어 동화되는 말들"에 대한 혐오도 마찬가지다. 묵언과 번뇌를 통한 말의 쇄신도 시인에게는 영원한 숙제이다. 그러나 「아직 오지 않은 말들」이 말하는 바는 그 이상의 것이기도 하다. 아직 도래하지 않은, "아귀"와 같은 말들의 모색이 "전혀 다른 목숨으로 그 말들을/토해내야" 하는 시인의 숙명이라면 비록 골방에서일망정 그 모색은 탈아(脫我)일 수밖에 없다. 그렇기에 그런 시적 모색은 시의 형식이나 언어 실험 또는 참신한 표현의 개발만으로는 온전히 완수하기 힘들 것이다. "뼈를 토해놓고" 이게 육화된 진리의 말이라고 억지를 부리는 이들이 우리 사회에 얼마나 많은가. 그렇다면 "전혀 다른 목숨"으로 시를 쓰는 일도 '나'만의 필사적 시 쓰기를 뜻하는 것은 아닐 게다. '아직 오지 않는 말들'에 대한 갈구는 뭇 사람들의 마음에 스며들어 공감과 연대의 '기술'을 만들어내는 일이기에[14] 독자인 나도 송경동의 시적 여정이 그가 지금까지 보여준 '참여시'의 지평 너머 어디로 이어질지 궁금해진다.

---

14 그런 기술의 창조에 관한 한 '직접적 참여'의 경험은 가장 중요한 자산일지 모른다. 그런 맥락에서도 황정은의 다음과 같은 말은 되새겨봄직하다. "여름 내내 두려움에 땀을 흘렸다. 남일당을 향해 맥락도 없이 욕을 하거나 눈을 흘기며 지나가는 사람들은 전혀 무섭지 않았다. 진정 무서운 것은 그것이 거기에 없는 듯 돌아보지 않는 사람들이며, 이곳에 나타나지 않는 사람들이었다."(황정은 「입을 먹는 입」, 『문학동네』 2009년 겨울호 47면) 이런 고백을 사람들의 무관심에 대한 단순한 개탄으로만 이해할 것은 아니다. 다만, 이렇게 '용산을 시로 쓰는 일'을 생각해보는 것도 '용산'에 대한 참여의 한 방법이라고 믿는 나로서는, 대학에 적을 둔 선생으로서 '거리'로 적극적으로 나서지 못한 자의 자기변명임을 인정하면서도, '참여'라는 말을 한결 넓고 깊게 성찰해야 할 필요가 있다는 말을 덧붙이고 싶다.

4. '가파른 각도'의 시쓰기

용산참사는 특정 정권의 본질이 드러난 하나의 지리적 실재지만 시의 영역으로 옮아가는 순간 어떤 은유적 차원으로 비약하기 마련이다. 바로 그 차원에 주목해 특정한 정치적·사회적 사건이 시에서 다뤄지느냐 아니냐 하는, 다분히 소재주의적인 시야에서 벗어날 때라야 그런 사건을 시의 소재로 삼으면서 자신의 마음 자체를 들여다보는 작품이 소중함을 알게 된다. 용산을 시로 쓰는 일에서도 정작 중요한 것은, 무엇에 대해 발언해야 한다는 의무와 강박에서 벗어나는 일이지 않을까 한다. 몸과 마음이 가는 대로 쓴다고 해서 다 시가 되는 것은 아니겠지만 독자로 하여금 시가 무엇인가를, 또는 무엇이 시가 아닌가를 진지하게 묻게 하고 우리 일상의 허물을 벗게 하는 데 성공한 작품이라면 그 자체로 '정치성'──사람이 어떻게 정의로운 사회를 이루고 살아야 하는가라는 물음──을 함축하고 있다고 해야 할 것이다.

그렇다면 정치적 소란스러움에서 최대한 멀리 떨어져 있는 것처럼 보이는 시인의 작품에서도 '용산을 시로 쓰는 일' 자체에 대한 물음이 물음답게 전개되는 광경을 우리는 발견할 수 있지 않을까? 신해욱(申海旭)의 첫번째 시집 『간결한 배치』(민음사 2005)를 주의 깊게 읽어본 독자라면 모든 정치적 난장에서 멀찍이 비켜서서 일상의 온갖 비밀스런 풍경을 응시하는 사람의 모깃소리만 한 기척을 느낄 수 있을 것이다. 두번째 시집 『생물성』(문학과지성사 2009)에 붙인 발문에서 김소연(金素延)은 신해욱 시인의 "시를 설명하기 위해서 '군더더기가 없다'라는 말을 쓰면 안된다. '절제'라는 낱말도 들먹이면 안된다. 이런 용어들은 신해욱에게 조금 요란하다"라고 적으면서 "신해욱의 언어는 '곡진한 속삭임'에 가깝다"고 말한 바 있다.

다른 한편 군더더기 없음과 절제라는 말조차 부산스럽게 느껴지는 것이 신해욱의 시지만 다른 한편 그의 텍스트가 얼마나 격렬한 정중동(靜中

動)의 에너지로 가득한가를 감지하는 독자는 드문 것 같다.

　　거기 있다는 걸 안다.
　　빈틈을 노려 내가 커다란 레프트 훅을 날릴 때조차 당신은 유유히 들리지 않는 휘파람을 불며 나의 옆구리를 치고 빠진다.
　　크게 한번 나는 휘청이고
　　저 헬멧의 틈으로 보이는 깊고 어두운 세계와 우우우, 울리는 낮게 매복한 소리.
　　바닥으로 끌어내리는 완악한 힘에 맞서 당신을 안아버리는 이 짧고 눈부신 한낮.
　　부러진 내 갈비뼈 사이의 텅 빈 간격으로 잠입하는 당신에 대해
　　당신의 그 느린 일렁임에 대해
　　나는 단지 말하지 않을 뿐이다.
　　천천히 저녁이 열리면
　　이 헐거움을 놓치지 않으며 길고 가늘게 드러나는 당신.
　　빈틈을 노려 내가 복부를 공격할 때조차 당신은 정확히 내 팔 길이만큼만 물러서며 나를 조롱한다, 당신이
　　거기 없다는 걸 안다.

　　　　　　　　　　　　　　　　　　　　　　　—「섀도복싱」 전문(『간결한 배치』)

　　거울에 비친 '자아'와의 이러한 역동적인 대화가 『간결한 배치』에서 드문 것은 아니다. 그런 대화가 쉼없이 이루어지다가 불현듯 "안녕. 친구./우르르 넘어지는 볼링핀처럼/난 네가 좋다"라고 말하는 「보고 싶은 친구」(『생물성』)의 열렬한 우애를 독자가 접하는 것도 우연은 아닌 셈이다. 신해욱의 근년 시에서는 '의미'의 파동을 만들어내는 사람과 사물의 '간결한 배치'에도 서사(敍事)가 좀더 뚜렷해지는 느낌이다. 그런데 그런 서사가 자리를 잡아가면서 독자가 실감할 수 있는 것 중 하나는, 본질적으로

시가 백마디 말의 수다스러움을 촌철살인으로 모아들이는, 엄밀한 사유의 과정이라는 사실이다.

손에서 비린내가 났다.

당분간은 손을 쓰지 말아야 한다.

먹을 수 있는 것의 아름다움을 생각해야만 한다.

하얗게 굳은 우유를 마실 준비를 해야 한다.

어쩔 수 없는 일이다.

젖은 손이었다면
손목을 잘라 냉장고 속에 차갑게
식힐 수도 있었겠지만.

뜨거운 손이었다면 혈서를 써서
대신 냄새를 맡아볼 수도 있었겠지만.

— 「밀크」 전문(『생물성』)

「밀크」를 읽으면서 우리는 논리적으로 '생태적 삶'이라는 것을 떠올리게 된다. 그와 동시에 온갖 무분별한 탐식의 흔적인 '비린내 나는 손'으로 아무런 문명적 결단도 내리지 못하고 뜨뜻미지근한 '소비생활'이라는 것을 지속하는 우리 자신의 자화상도 보게 된다. 기실 우리의 자화상만이 아니다. 화자가 시인하는 '어쩔 수 없음'의 절박함을 떠올린다면 인간 욕구의 실상과는 거의 무관한, 때로는 인간에게 인간 이상의 것을 요구하기 일쑤인 생태 '주의'도 면책대상이 될 수 없다. 오히려 자른 손목과 혈서가 가정법으로 환기하는 것은 이념으로서의 생태주의 너머의, '후꾸시마 원전 사태'에도 불구하고 아직은 너무나 요원해 보이는, 동물로서의 인간이 실현할 수 있는 인간적 문명의 가능성이다. "먹을 수 있는 것의 아름다움을 생각해야만 한다." 종말론적 생태주의자들의 비장한 절규보다 이 단한 문장이 더 호소력이 있다고 한다면 과장인가!

　신해욱의 시세계에서 또 하나 특징적인 것은 어떤 면에서는 에밀리 디킨슨의 언어와 방불한 문장이다. 강렬하게 절제되고 압축되면서 이물감과 불편함을 불러일으키니 독자로서도 '소통(疏通)'의 언어에 자족해서는 그의 시를 온전히 향유하기 힘들 것이다.[15] 『생물성』에서도 여전한 것은 언어와 감정의 비의(祕義)적인 경제인바, 그러한 '절약'이 글쓰기 자체에 대한 탐구로 이어지고 그 과정에서 독자로 하여금 시대적 삶이라는 것을 생각해보게 하는 시가 나오기도 한다. 「겨울을 나는 방법」(『창작과비평』 2009년 겨울호)이 그 단적인 예다.

　　석고로 주먹을 떠서 외투의 주머니에 넣었다.

　　주머니는 아주 깊었다.

　　추위를 잠시 잊고

---

15 그런 맥락에서 우리는 신해욱의 다음과 같은 발언도 유념함직하다. "불편함은 불편함과 안락함을 동시에 생각할 수 있게 만든다. 그러나 안락함의 세계에서는 불편함을 상상하는 것은 불가능하다. 그러니까 어쩌면 이물감을 계속 견디고 있어야 하는 언어적 조건이야말로, 문학을 위해서는 오히려 은총이라고 할 수 있지 않을까. 이 이물감을 통해 세상의 증상을 앓을 수 있다면, 그리고 그 증상들을 향락으로 바꿀 수 있다면, 우리는 윤리와 아름다움을 동시에 지닌 언어적 장소로서 한국문학을 이야기하는 것이 가능할지도 모른다."(신해욱 「이물감의 쾌락과 한국어-문학」, 『문학동네』 2009년 가을호 388면)

나는 한결 가벼운 손이 된다.

가파른 각도로 연필을 잡고
낭떠러지를 떨어져버리는 것처럼
글씨를 쓰게 된다.

뼈의 소리를 듣게 된다.

골절의 아픔을 딛고 깁스 위에 평생토록
메모를 남기는 일을 맡게 된다.

글씨가 조금씩 무너지게 된다.

필적감정을 요구받게 된다.

그제서야 나는
동면이란 무엇인가
생각하게 된다.

주머니는 깊었고
주먹이 잠들어 있었다.

곱은 손가락을 펴고
연필을 맡게 될
뒤늦은 시간이 오고 있었다.

「겨울을 나는 방법」은 "곡진한 속삭임" 속에서도 시인 자신의 여타 시들에서 감지되곤 하던 사유의 어떤 '휘발성'을 특히 견고하게 붙잡아둔 듯한 느낌의 시이다. 가령 석고로 뜬 주먹을 주머니에 넣자 추위를 잊고 "나는 한결 가벼운 손이 된다"로 시작하는 첫부분의 기발한 이상(李箱) 풍의 착상부터 그렇다. 하지만 착상의 의외성만이 아니다. 이어지는 행, 즉 그렇게 가벼워진 손이 "가파른 각도로 연필을 잡고/낭떠러지를 떨어져버리는 것처럼/글씨를 쓰게 된다"는 진술은 독자에게—나태나 안일과 양립하기 힘들기에 그만큼 위태롭기도 한—격렬한 글쓰기를 즉각적으로 환기한다. '가파른 각도의 낭떠러지'로서의 위태로운 글쓰기(시쓰기)가 안락의자가 표상하는 삶에서 나오기는 힘들 것이다.

하지만 글쓰기가 안고 있는 그같은 위험성을 이 시가 얼마나 모험적으로 감당하고 있는가는 더 생각해볼 일이다. 그런 맥락에서 주의 깊게 행간에서 들여다봐야 할 것은, 얼핏 논리적으로 보이지 않는 문장의 흐름들이 불현듯 하나의 풍경을 만들어내는 순간이다. 물론 "낭떠러지를 떨어져버리는 것처럼" 실행하는 글쓰기에서 "뼈의 소리를 듣게 된다"는 간결한 단정은 앞뒤 문맥과 정확히 어떻게 연결되는지 흐릿하다. 골절의 아픔 역시 그러하다. 그러나 문맥상의 흐름을 독자가 거스르지만 않는다면 낭떠러지→뼈의 소리→골절에는 일정한 이음새가 있다는 사실과 "깁스 위에 평생토록/메모를 남기는 일" 및 무너지는 글씨, 필적감정 등은 '○○하게 된다'의 연쇄를 통해 일종의 '수행적인' 논리구조를 띤다는 점이 확연해진다. 그런데 그런 연쇄가 만들어내는 '의미'는 글쓰기의 모험에 대한 도저한 집념을 가리킨다고 말할 수는 있을지언정 어떤 정치색을 띤다고 하기는 어렵다. 그렇다고 계절의 순환보다 더 빠르게 바뀌는 우리의 정치 현실을 완전히 시의 바깥으로 몰아내고 있다고 단정할 일도 아니다. 그 연쇄의 풍경에서 용산참사 같은 특정한 사건에 분노하는 작가를 연상하는 것은 독자의 자유일 수 있겠지만, 그렇게 자유를 누리는 일보다 더 중요한 것은 필적감정을 요구받고서야 '동면'—'잠든 주먹'—이란 것을 생각하게 된다는 화자의 마음에 공감으로 스며드는 일이다.

그럴 때 비로소 시의 탈골된 듯한 서사에도 풍성하게 살이 붙고 비틀어진 논리도 한결 정연해진다. 주먹을 석고로 떠서 주머니에 넣는 행위가 시인의 언 손을 따뜻하고 가볍게 만든다는 알쏭달쏭한 구절조차 그렇게 가벼운 손으로 연필을 잡고 "낭떠러지를 떨어져버리는 것처럼／글씨를 쓰"는 문맥으로 수렴되기 때문이다. 그렇게 쓴 글씨가 무너지고 그에 따라 골절상을 입은 시인은 필적감정을 요구받는다. (이때 필적감정을 받는 글자들이 어떤 불온한 내용을 담았을까를 상상해보는 것도 독자의 즐거움이다.) 시인은 그때서야 비로소 잊었던 추위를 다시 의식하면서 동면이 무엇인가 생각하게 되고 잠들어 있는 주먹의 곱은 손가락을 펴서 "연필을 맡게 될／뒤늦은 시간"을 기다린다.

그런데 시의 서사적 중력이 '연필의 시간'을 그렇게 시적 공간의 '중심'으로 끌어당기고 있음을 주시할 때 우리는 「겨울을 나는 방법」이 시 쓰기에 따르는 '골절의 아픔'에 관한 은유적 진술임을 깨닫게 된다. 이때 '연필의 시간'을 낡은 비유로만 볼 일은 아니다. 오히려 자판(字板) 위의 휘발성 시쓰기에 저항하는 '수공업적 사유'를 말해주는 하나의 상징으로 해석하는 것도 가능하다. 그렇다면 필적감정을 요구받고 생각하는 동면이란 것도 본질적으로 어떤 깨어남, 또는 각성을 위한 기다림의 비유로 받아들여도 무방하지 않을까. 적어도 그런 맥락에서라면 '겨울을 나는 방법'이라는 시의 제목 자체도 시적 진술의 일부가 된다. 그리고 기다림으로서의 동면에서 깨어나는 때가 "뒤늦은 시간"으로 표현된다는 사실이야말로 「겨울을 나는 방법」이 '촛불과 용산'을 거쳐 '희망버스'에 탑승하여 99%의 민중적 현실을 조망하는 우리 시대의 시대적 삶에 대한 정확한 반응임을 독자는 분명히 실감할 수 있다. 시인은 "곱은 손가락을 펴고／연필을 맡게 될／뒤늦은 시간"에 대한 성찰이 "골절의 아픔을 딛고 깁스 위에 평생토록／메모를 남기는 일"로 이어질 수밖에 없음을 상기한다. 그렇게 메모를 남기는 일도 '용산을 시로 쓰는 일'에 대한 물음과 무관할 수 없는 것이다.

5. '용산'과 공공재로서의 시

심보선이 노래한 용산의 '없음'은 그 자체로 자본주의체제하에서의 '용산들'의 편재성을 상기시키는 역설을 담고 있다. '없음'이 '있음'을 불러오는 역설은 차라리 생명현상의 본질적 원리일지도 모르지만, 사실 시야를 조금만 넓혀보면 용산4구역의 '재정비 사업'이 세입자들 개개인의 행·불행에만 국한될 수 없는 자본의 전지구적 약탈 사례이자— 한 외국 논자의 표현을 빌린다면 "날뛰는 도시화"(rampant urbanization)가 초래한[16]—사회적 재난임은 더 말할 나위도 없다. 물론 '용산사태'로도 불리는 비극의 성찰에서 중요한 것은 지성의 비관주의를 넘어서는 일이다. 딱히 용산참사가 아니더라도 오늘날 도시공간의 민주적 배분과 생태 친화적 도시설계를 지향하는 폭넓은 시민운동이 절실히 요구된다는 데는 누구나 동의할 법하다. 그런 재난에 맞서는 우리의 생태담론이 한반도 차원에서 세계를 성찰하는 변혁담론과 결합하여 대중적 파급력을 높이기를 바라게 된다.

그러나 마음이 아무리 절박하다 해도 시인에게 대중적 파괴력을 그런 식으로 주문할 수는 없다. 오히려 '용산'에 대해 뭔가를 계속 고민하고 그 참혹함의 의미를 시로써 드러내는 일은 시민으로서의 시인이 자신의 실존과 정직하게 대면하는 행위에서 연유해야 할 것이다. 그 행위가 진정으로 시에 값하는 '작품'으로 이어질 수 있는가는 사실상 별개의 문제이기 때문에 더욱 그러하다. 그런데 작품이 되는 것도 중요하지만 어쩌면 작품보다 더 선행하는 것은 시인의 시적 사유가 시민들의 구체적인 생활과 만나 더 깊어지고 자기다워지는 일이지 않을까. '자기다워짐'은 모든 창작자들에게 '자기다워짐'의 형이상학까지 문제삼는 구도의 길이지만, 어떤

---

16 Mike Davis, "Who Will Build the Ark?," *New Left Review* 61, 2010년 1·2월호 참조.

공통분모로도 환원되기 어려운 개인의 삶이 자연스럽게 모든 공통분모를 함축하는 공동체와 만날 때 비로소 '용산을 시로 쓰는 일'도 더이상 용산에 얽매이지 않을 수 있을 것이다.

게다가 얽매임 없는 시쓰기가 시로 육화되고 그 시가 수많은 계층의 독자들이 부담 없이 즐길 수 있는 '공공재'가 되는 데 성공한다면, 그리고 공공재로서의 시의 의미가 다른 어떤 표현방식이나 매체, 또는 발화로도 온전히 전달될 수 없는 성질의 것이라면, 좋은 시 한편에서 한반도, 아니 지구의 운명에 대해서까지 성찰하는 시민적 양식을 새롭게 얻을 수 있다는 말을 문학주의자의 과장이나 허세로 몰아세울 수만은 없다. 또한 세상의 유일무이한 공공재로서 만인의 마음을 움직이기까지 하는 작품이라면, '용산'과 그 사회적 재난을 특정한 방식으로만 보고 느끼고 생각하는 사람들의 관성적인 세계관을 바꾸는 데도 일조할 수 있을 것이다.

오늘의 '분단시'에 관한 단상들

㎜㎜㎜㎜

1. 글머리에[1]

　지금 우리가 사는 시대에 관해 특정한 상(像)을 앞세우면서 작품을 읽는 행위가 어떤 식으로든 문학에 억압으로 작용하리라는 것은 역사적으로 근거가 확실한 예상이다. 원론적인 차원에서 보더라도 기준이나 표준을 미리 전제하는 인간의 모든 지적 활동은 언제나 오류를 안고 있기 마련이다. 그러나 문학에서 특정한 상을 경계하는 것은 그런 활동이 불확실성으로 가득 차 있기 때문만은 아닐 듯하다. 애초에 창작은 자유가 생명이요 그런 자유는 '법'과 언제나 긴장관계에 있을 수밖에 없기 때문이다. 그렇다면 작품읽기에서 무시로 생겨나는 상의 경우는 어떨까? 불가(佛家)에서는 상을 두지 말라고 가르치지만 그렇게 생겨나고 또 사라지는 상이

---

1 이 글은 '내전·분단·냉전, 1950 이야기 겹쳐 읽기'라는 주제로 열린 국제한국문학/문화학회(INAKOS) 주최 국제학술대회(연세대학교 2010년 11월 13일)에서 발표한 발제문을 전면 개고한 것이다. 대회에서 토론자로 나서주신 백지운·임종명·천정환 선생과 청중, 학회의 회장인 김철 교수께 감사드린다.

작품 자체에 근거한 것이라면 그런 상은 단순한 '허상'만은 아닐 듯하다. 물론 상이 무엇이냐보다 더 중요한 것은 미래의 삶을 구체적으로 그려보려는 비평행위가 상 자체의 철폐를 위한 일종의 역설적 방편이라는 사실이다. 만약 그 방편이 성찰의 길잡이가 되어 작품읽기를 순조롭게 하는 데 도움이 된다면 이 순간 내가 살고 있는 시대에 대한 모종의 구상을 하면서 비평에 임하는 자세를 무조건 타기할 일만은 아닐 것이다. 아니, 실제로 이 시대가 과연 어디로 가고 있으며 우리는 어떻게 살아야 하는가라는 물음은 모든 진지한 연구자라면 어떤 식으로든 자기의 문제로 고민해봄이 옳겠다.

이 글은 모든 규범적인 정답에 대해 도전하는 그런 물음을 작품읽기로써 제기하려고 한다. 하지만 그에 앞서 졸고 「통일시대를 위하여」를 집필하던 당시인 2006년 겨울로 잠시 돌아가보자. 노무현 정부의 지원 아래 민간의 통일사업이 한창이던 그때는 소재 차원으로만 국한해도 '통일시대'를 거론할 수 있는 텍스트들이 적잖이 축적되어 있던 상황이었다. 그런 텍스트 자체는 2000년 6·15남북공동성명 이후 한층 활발해진 남북교류의 직간접적 산물임은 물론이다. 당시는 온갖 장애에 부딪혔던 남북 문인들의 교류도 무르익을 조짐이 보였고 실제로 분단 이후 최초로 남측과 북측의 이질적인 작가들을 하나의 지면으로 모아들인 『통일문학』의 작업도 활발히 진행되고 있었다.[2] 그러나 그때 졸고의 기본적인 인식은 "통일과 분단의 헷갈리는 상태가 하루아침에 명쾌하게 정리되기 힘들리라는— 어떤 면에서는 그리 되어서도 안된다는—"것이었다.[3]

그런 생각은 2013년에 들어서도 변함이 없다. 다만 이명박 정권의 등장으로 빚어진, 어떤 면에서는 격세지감을 불러일으키는 세월의 변화 앞에서 뭔가 새로운 문학의 대응이 필요하겠다는 점은 덧붙여야 하겠다.[4] '비

---

2 창간호는 2008년 1월에 나왔으며 그해 7월에 제2호를 끝으로 현재는 중단된 상태이다.
3 졸저 『근대 극복의 이정표들』(창비 2007) 201면.
4 통일시대에 대한 어떤 확고한 틀이나 청사진을 앞세우면서 문학을 하자는 말이 아니

핵개방 3000'을 내세우며 출범한 이명박 정부의 대북 인식은 처음부터 우려스러웠을뿐더러 천안함 침몰사건(2010년 3월 26일)에 이어 (대한민국의 국내법과 국제법을 모두 위반한) 5·24 대북교역 중단조치로 아예 단절되다시피 한 남북관계 및 그와 연동된 동북아의 불안한 정세는 문학인에게도 "통일과 분단의 헛갈리는 상태"에 대해 근원적으로 살필 것을 요구하고 있다. 발화점(發火點)에 근접한 남북관계를 더이상 방치할 수 없다는 위기의식은 양식있는 시민들도 다들 공유하고 있지 않은가. 21세기 한반도에서 1950년 한국전쟁과 같은 '열전'이 남북의 공동파멸을 뜻함은 두말할 것도 없거니와, 지난 10년, 멀게는 1987년 6월항쟁 이후 구축된 민주주의의 인프라가 거의 모든 방면에서 훼손되고 있는 현재 '통일시대'를 좀더 정밀·정교하게 인식하는 공부는 문학 분야에서도 절실하다.

비평가로서 그런 공부를 내 식으로 해나간다면 이런 취지가 되겠다. 즉 "'소설보다 기이한 삶'을 다루는 소설가들에게 롤러코스터처럼 요동치는 '통일시대'야말로 창작의 신바람 나는 현장일 수 있"겠다는 신념은 7년 전 졸고에서 피력한 그대로지만, 당시 소설 중심의 논의에 국한되지 않는 비평의 훈련을 새로이 시작하겠다는 것이다. 대체로 이런 문제의식을 전제한 이 글에서는 먼저 근년 평단의 중심 화두라 할 수 있는 '시와 정치'를 짚어보고 그 연장선에서 오늘의 '분단시'라 명명함직한[5] 작품을 집중

다. 실제로 통일시대를 앞당기려는 사회과학적 탐구도 "두개의 주권국가가 존속하지만 완전히 분립한 상황은 아니고 둘 사이에 상시적인 조절장치를 둔다는" 발상에 근거한 것이다. 이에 대한 구체적인 논의는 백낙청 『어디가 중도며 어째서 변혁인가』(창비 2009) 제1부 참조. 물론 2011년 12월 17일에 김정일 국방위원장이 갑작스럽게 타계하고 김정은 후계체제가 안착되어가는 지금 시계(視界)는 극도로 불투명한데다 위기관리를 위한 상시적인 조절장치조차 그 상(像)이 마련되어 있지 않다. 좀더 두고 봐야 하겠지만 박근혜 정부 임기 내에 남과 북의 이질성 극복을 위한 인프라 구축이 재개되고 '정상 궤도'에 들어선다 해도 그간 상처입은 남북관계가 김대중·노무현 정부 수준으로 회복하는 것은 결코 간단한 일이 아닐 듯하다.

5 이 글을 세교연구소(www.segyo.org)의 회원게시판에 올렸을 때 김사인(金思寅)은 댓글을 통해 졸문의 취지에 찬동하면서 다른 한편으로 "여전히 분단체제하에 있으니 '분단시'란 용어가 유효는 하겠지만, 80년대와는 달라진 상황이나 인식의 진전이 반영되는

적으로 읽어보고자 한다.

2. '시와 정치' 논의의 재론

2000년대 후반기, 살아 있는 논쟁이 빈곤했던 우리 평단에 그래도 활력을 불어넣어준 것은 '시와 정치' 논의가 아니었나 싶다.[6] 논쟁의 계기는 외부에서 왔다. 평자들이 문학의 사회적 역할을 (새삼) 고민하게 된 직접적인 계기는 이명박 정권 치하에서 연쇄적으로 폭발한 정치문화적 사건들, 특히 촛불시위(2008)와 '용산참사'(2009년 1월 20일)였다. 이 글을 매만지고 있는 현재 국내에서는 '희망버스'의 열기가 더해진 상태이지만 아랍세계의 '봄바람'과 '월가를 점령하라'는 구호를 내건 미국 중심부의 시위도 문학인들에게 자신의 안주(安住)를 되돌아보게 하는 계기였다. 이런 마당

더 나은 명명방식이 없을지요. '분단시'라는 용어는 지금에 와서는 구태의연하거나 무성의한 용어라고 느껴"진다고 꼬집은 바 있다. 그의 지적을 수긍하는데, 과감하게 수용하자면 분단시라는 말에 가위표를 그어 표기하는 방법을 생각해볼 수도 있을 듯하다. 물론 이는 해체주의의 원조인 자끄 데리다의 표기법을 흉내낸 것이다. 하지만 이같은 표현도 임시방편에 지나지 않고 독자들에게는 오히려 혼란만 키울 위험이 커서 분단시에 홑따옴표를 붙이는 것으로 대신한다. 아무튼 '분단시 아닌 분단시'라는 역설을 넘어서 지금까지 우리의 동시대 작가들이 작품으로 이룩한 인식의 진전을 표현해낼 새로운 용어가 나오기를 기대한다.

6 필자가 그간 특히 주목한 평문들은 이장욱 「시, 정치 그리고 성애학」, 『창작과비평』 2009년 봄호; 강계숙 「'시의 정치성'을 말할 때 물어야 할 것들」, 『문학과사회』 2009년 가을호; 강동호 「존재론적 비명으로서의 시적인 것 — 시적인 것과 정치적인 것에 대한 단상」, 『창작과비평』 2009년 가을호; 조연정 「무심코 그린 얼굴 — '시'와 '정치'에 관한 단상」, 『문학수첩』 2009년 겨울호; 김영희 「라일락과 장미향기처럼 결합하는 — 진은영 시의 '감성'과 '정치'」, 『창작과비평』 2009년 겨울호; 백낙청 「현대시와 근대성, 그리고 대중의 삶」, 『창작과비평』 2009년 겨울호; 함돈균 「잉여와 초과로 도래하는 시들 — 주체 과정으로서의 시 그리고 정치」, 『창작과비평』 2009 겨울호; 김성호 「문학의 정치와 정치적 보편성」, 『크리티카』 4권(2010); 신형철 「가능한 불가능」, 『창작과비평』 2010년 봄호 등이다. 두루 좋은 참고가 되었다.

이니만큼 시, 나아가 문학 자체를 오늘의 정치적 상황과 연관하여 성찰하는 일은 너무나 당연하다. 여러 곡절이 있었을지언정 1970년대 이후 그같은 노력이 '민족문학'이란 이름으로 면면히 이어져왔거니와, 모종의 새로운 지적 몸부림에 해당하는 근년의 시와 정치 논의를 재론할 때 일단 그 전사(前史)의 존재를 감안하는 자세가 필요하다.

그럴 때 2000년대 후반의 시와 정치 논의가 어떤 면에서 참신한 것인가도 과장 없이 말할 수 있다. 멀게는 김수영(1921~1968), 신동엽(1930~1969), 고은(1933년생), 신경림(1936년생), 김지하(1941년생) 등과 가깝게는 백무산(1955년생), 박노해(1958년생) 등으로 대표되는 '참여시'의 현재적 유산과 씨름하면서 1970·80년대와는 확연히 달라진 시대의 실감을 자기 세대 고유의 목소리로 표현해내려는 작가들의 고뇌는 근년에 더욱 두드러졌다. 대개 1970년 이후 출생한 시인뿐만 아니라 비평가들도 전면에 나서서 자기 몫의 발언을 과감하게 개진했다. 외국의 이론가, 특히 랑시에르에게 지나친 경사(傾斜)를 보이기도 했지만 앞으로 시와 정치 논의가 비평담론에 값하는 내용을 얼마나 알차게 담을 수 있을지는 더 지켜봐야 할 문제이다. 실제로 이제까지의 전개과정만 보더라도 비평 영역에서도 챙겨봐야 할 알맹이들이 적지 않다.[7]

돌이켜보건대 근년의 시와 정치 논의가 노동계급의 영도력을 배타적으로 강조한 1980년대의 급진적 계급문학론이나 현실사회주의의 몰락에 편승한 1990년대의 온갖 포스트 비평담론과 비교적 다른 면모를 보인 것은, '정치'를 이미 작품에 내장된 '어떤 것'으로 규정하는 동시에 작품의 그러한 정치적 지평을 온갖 사회적 약자의 삶을 향해 개방하려고 분투했다는 데 있다. 때때로 전통적인 블루칼라 노동자들의 존재가 환기되기도 했으나 신자유주의 경제질서가 양산한──국경이나 민족이 때로는 거의 무

---

7 물론 프랑스의 이론가 랑시에르의 특정한 시각을 시 읽기의 기본 전제로 삼는 과정에서 간과하기 힘든 부작용도 만만치 않다. 랑시에르에 관한 논의는 본서의 「랑시에르 미학의 도전」 참조.

의미해져버린 듯한— '프레카리아트'(precariat)라는 다종다양한 빈곤계층의 현실이 비평적 성찰의 대상으로 부상한 것도 그런 맥락에서였다. 아무튼 그렇게 정치의 지평을 열어놓고 윤리 및 미학의 범주와 접속시키려는 노력이 치열했다는 점에서 근년의 시와 정치 논의는 거듭 주목받을 만했다.

물론 시와 정치의 관계를 평자들이 본격적으로 묻기 전에 이미 1980년대 및 1990년대의 문학과 뚜렷한 차별성을 과시한, 소수자적 삶에 대한 실감을 작가 고유의 화법으로 전달한 작품들, 예컨대 배수아(裵琇亞)의 『에세이스트의 책상』(문학동네 2003)이나 황병승(黃炳承)의 『여장남자 시코쿠』(랜덤하우스코리아 2005) 같은—소설과 시 장르의 익숙한 규범들을 각각 과감하게 위반한—문제작이 있었음은 기억할 만하다. 바꿔 말하면 이는 비평담론보다 한발 앞서 작품이 '정치'에 대한 새로운 감각을 선도했다는 말도 된다. 그렇다고 비평이 작품을 마냥 뒤따라가기만 했다는 건 아니다. 가령 소설계의 '무서운 아이'로 통하는 김사과에 대한 다음과 같은 글도 문학과 정치를 발본적으로 성찰하려는 진지한 시도였다.

이런 장면을 상상해볼 수 있겠다. 전쟁터에서 폭탄을 맞아 내장이 쏟아져나온 시체가 방 한가운데에 놓여 있는데, 그 방의 방문자들이 다들 책꽂이에 꽂힌 책 이야기라든가 커튼의 색깔이랄지 구석에 서 있는 화병의 무늬랄지 날씨 얘기 따위만 끝없이 하고 있는 상황. 그런데 그 방에서 "그런데요, 여기 시체가 있는데요"라고 한 아이가 말한다. 그러면 사람들이 "응, 그래. 우리도 알고 있단다"라고 한 다음에 다시 날씨 얘기를 한다. 아이의 눈에는 그게 아무래도 이상하다. "여기 시체가 있다니까요!"라고 한번 더 외친다. 그러면 사람들이 조금 성가셔한다. "그래! 여기 시체가 있어! 우리도 다 안단다. 그걸 누가 모르니!" 아이는 화가 났다. "저는 이게 무서워요!" 사람들은 말한다. "우리도 별로 좋지는 않단다." 그리고 그들은 또 날씨 얘기를 하려고 한다.

아이는 귀찮게 한다. "이거 전쟁 중이라서 있는 거죠?" 이제는 귀찮다. "그래! 전쟁 중이니까 시체가 있단다." 아이는 눈물을 글썽인다. "사람들이 전쟁을 안하면 방에 시체가 없어도 되잖아요." 그런 아이가 귀여워서 사람들의 표정이 온화해진다. "어휴, 그래 착하고 훌륭한 아이로구나. 하지만 우리가 그런 큰 것에 대해 이야기해봤자 무슨 소용이겠니. 우린 벌써 이 시체를 수백년 동안 보아왔단다. 그냥 다른 얘기를 하자." 그러고서 그들은 다시 화병의 무늬에 대해 논하기 시작한다. 아이는 화병을 집어던져 깨뜨린다. 화기애애한 분위기가 얼어붙는다.[8]

"전쟁터에서 폭탄을 맞아 내장이 쏟아져나온 시체"에서 우리가 직접적으로 당면할 수 있는 현실, 즉 한반도의 '실제 상황'을 떠올릴 독자도 적지 않을 것이다. 물론 이 순진한 아이와 무관심한 어른들이 시체의 존재를 두고 입씨름을 벌이는 것은 가상의 상황이기는 하다. 이런 문장을 읽는 데서 논점은, 이같은 비유와 가상의 표현을 동원해야 그나마 실감이 날 정도로 심각한 한국의 정치현실이다. 시체를 앞에 두고 "화병의 무늬"를 논하는 형국과 다를 것이 무언지 되묻고 싶을 정도로 우리의 정치상황과 남북관계는 초현실적으로 부조리하다고 해도 과언이 아니다. 그런 까닭에 필자인 남궁선의 시선도 시체 자체보다는 그것을 앞에 두고 "화병의 무늬"를 논하는 사람들에게 꽂혀 있다. '그 사람들'은 문학을 하는 어떤 '자세'를 환기하기 위한 일종의 반면교사로서 소환된 것으로 보인다.

그런데 문학의 사회적 역할을 화병을 집어던져 화기애애한 분위기를 깨뜨리는 아이로 비유한 데 나 역시 공감하지만, 동시에 문학이 할 수 있고 할 수 없는 일에 대해서는 좀더 깊은 성찰의 필요성을 느낀다. 실제로 위의 인용문에 주목한 권희철(權熙哲)도 문학과 정치라는 화두를 받으면서 이렇게 말한 바 있다.

---

8 남궁선 「끝없이 쏟아내는 아이」(김사과 작가초상), 『문학동네』 2009년 겨울호 135~36면.

문학이 정치적인 문제에 개입할 수 있고 또 개입하려고 한다고 해도 남는 문제는 있다. '여기 시체가 있다'는 정치적 발화가 결코 그 자체로 투명하게 전달되지 않기 때문이다. 오늘날 그에 대한 표준적인 응답은 '그걸 누가 모르는가'이기 때문이다. 우리가 화병의 무늬랄지 날씨 얘기 따위만 끝없이 늘어놓는 것은 여기 시체가 있다는 사실을 몰라서가 아니다. 우리 역시 그 시체의 존재를 잘 알고 있다. 다만, 그런 큰 것에 대해 이야기해봤자 아무 소용 없다는 냉소주의가 정치 자체를 질식시키고 있기 때문에, '여기 시체가 있다'는 정치적 발화는 별다른 효과를 발휘하지 못한다. 문학이 어떻게 정치적일 수 있는가 하는 물음과 더불어 우리는 어떻게 이 냉소주의를 깨뜨릴 수 있는지에 대한 물음도 함께 감당해야 한다.[9]

　　권희철의 문제의식은 충분히 납득할 수 있다. 다만 "전쟁터에서 폭탄을 맞아 내장이 쏟아져나온 시체"를 앞에 두고 책꽂이에 꽂힌 책이나 커튼의 색깔, 화병의 무늬 등을 논하는 사람들의 태도를 냉소주의만으로 정리하기는 어렵지 않을까 싶다. SNS로 통칭되는 대중의 소통방식은 그런 것과는 거리가 멀거니와, 그같은 냉소주의라면 그건 차라리 '예술'을 통해 예술을 회피한—우리 문단에서 '순수문학'이라는 이름으로 휘두르던—왕년의 전형적인 수법이기 때문이다. 같은 맥락에서 '여기 시체가 있음'을 증언하는 정치적 발화가 얼마나 투명하게 전달될 수 있는가의 여부도 관건은 아닐 듯하다. 스땅달은 문학에서의 정치를 연주회장에서 울리는 총소리에 견준 바 있지만, 문학과 정치를 한몸에 구현하는 데 성공한 작품이라면 총소리로써 관객을 혼비백산케 하기는커녕 연주의 방식 자체를 바꿔 새로운 음악을 선사할 것이기 때문이다.

---

9 권희철 「당신의 얼굴이 되어라」, 『창작과비평』 2010년 여름호 51~52면.

그렇다면 문학에서의 정치는 그런 시체의 존재를 누구나 안다고 생각하는 것 자체가 얼마나 거대한 착각인가를 드러내는 데서 진정으로 개시하는 것인지도 모른다. 그러면 핵심적인 물음은 '여기 시체가 있음'을 증언하는 일이 어떻게 그 자체로 죽음이 아니라 삶에 대한 발화가 될 수 있는가이다. **작품**으로서의 삶에 대한 발화 말이다. 이렇게 보면 정치에 문학이 있고 문학에 정치가 있다는 식의 일반론으로는 비평의 위력을 기대하기 어렵다. 탁월한 작품을 앞에 놓고 정치적 발화와 문학적 발화의 구분이 불가능해지는 순간을 우리는 오직 엄밀한 읽기로써 보여줄 수 있는바, 바로 그 순간에 대한 비평적 증언이야말로 그 자체로 모든 정치적 독해(讀解)를 포용한 문학의 본령에 해당하는 것이다. 비평의 위력도 그런 증언에서 드러난다고 본다.

여기서 다시 시와 정치 논의로 돌아가보자. 숱한 작품을 두고 그간 '논쟁'의 열기는 꽤나 뜨거웠다. 참여한 평자들 가운데서 여러 각도로 시와 정치의 관계를 살핀 신형철(申亨澈)의 경우는 기존 논자들, 가령 서동욱(徐東煜)을 비롯해 강동호(康棟皓), 강계숙(姜桂淑) 등이 안고 있는 맹점들을 설득력 있게 지적하면서 독자적인 이론을 개진한 터라 몇마디 덧붙일 필요를 느낀다. 특히 흥미로운 것은 특정 작품이 현실과 관계 맺는 양상을 '정치적인 것'과 '정치학적인 것'으로 나눠 생각해보자고 제안한 대목이다. 즉 "현실정치의 의사소통 장에서 특정한 입장을 대변하는 발언"을 하는 경우는 정치적인 것으로, 그런 발언이 생성되는 의사소통의 장 자체를 성찰하게 하는 경우는 정치학적인 것으로 보자는 것이다.(신형철「가능한 불가능」,『창작과비평』 2010년 봄호 373~75면) 그는 이러한 제안이 미적인 것과 미학적인 것, 윤리적인 것과 윤리학적인 것 등으로 확장 가능하다는 입장이다. 그런데 정치의 장에서 특정한 입장을 대변하는 발언을 정치적인 것으로 본다면 정치라는 말에 담긴 다양한 의미가 축소된다는 느낌이 든다. 반면에 의사소통의 장 자체를 생각하게 하는 발언을 정치학적인 것으로 본다면 학(學)이라는 말의 어감도 가세하여 현실과의 응전에서 어딘가 멀어지는 듯한 인상을 준다.

물론 '진보적 문학'에서는 그 양자가 분리될 수 없다는 데 신형철의 궁극적 취지가 있지만 개념의 번다스런 구사는 더 생각해볼 일이다. 가령

시를 쓰되 좀스럽게 쓰지 말고 똑 이렇게 쓰랏다.
내 어쩌다 붓끝이 험한 죄로 칠전에 끌려가
볼기를 맞은 지도 하도 오래라 삭신이 근질근질
방정맞은 조동아리 손목댕이 오물오물 수물수물
뭐든 자꾸 쓰고 싶어 견딜 수가 없으니 에라 모르겠다
볼기가 확확 불이 나게 맞더라도
내 별별 이상한 도둑 이야길 하나 쓰것다.

로 시작하는 「오적(五賊)」을 다시 읽노라면 비평에서도 번잡한 개념들보다는 작품에 좀더 직핍하는 시원스런 성찰이 절실하다는 사실을 깨닫게 된다. "별별 이상한 도둑"은 지금도 차고 넘치지 않는가. 외국의 '세련된 이론들'뿐만 아니라 머리로(만) 작동하는 논리에 대해서는 여전히 어떤 위화감을 느끼게 된다는 말이다. 그렇다고 신형철의 비평이 그런 논리의 산물이라고 단정할 생각은 없다. 또한 직접적으로 정치적이면서 —판소리를 통해 귀로 읽는다면 더더욱 —심미적 즐거움을 여전히 선사하는 「오적」과 같은 고전적인 사례에 대한 비평을 여기서 시도하겠다는 생각도 아니다. 다만 정치적인 것과 정치학적인 것을 나눠보자는 제안을 '읽기'를 위한 훈련의 일환으로 받아들이면서도 그런 구분 자체에 내재한 이분법이라는 고약한 문제를 직시하는 일이 관건임을 강조하고 싶은 것이다.[10] 이렇게 보면 중요한 것은 역시 어떤 작품이 정치적인 것과 정치학적

---

10 신형철이 간명하게 요약했다시피 "정치적·윤리적·미적인 것은 기존 장에서 특정한 입장을 채택하면서 개입하고 정치학적·윤리학적·미학적인 것은 최상의 경우에 앞의 것들이 근거하고 있는 장 자체를 성찰하게 만드는 의제를 제기한다"(신형철, 앞의 글

인 것의 경계를 무너뜨리는 성취에 해당하는가를 알아내는 일이고, 구체적인 작품에 대한 구체적인 읽기를 수행하는 작업이 개념을 벼리는 이론보다 선행하는 것임을 좀더 철저하게 인식하는 일이다.

3. 시와 정치 논의에서 빠진 것들

그렇다면 시와 정치 논의에서 더 생각해봐야 할 쟁점 가운데 가장 근본적이랄 수 있는 것은 무엇일까? 그건 '국민'과 '참여'를 각기 앞세운 김대중·노무현 정부에서도 삐걱거렸고 (앞선 두 정부의 '뜻'도 계승하지 못한) 이명박 정부에 들어와서는 수습하기조차 난감할 정도로 엉망이었던 민주주의의 역주행 또는 오작동이 아닐까? 그로 인해 더 깊어진 소수자들의 그늘을 대국적인 차원에서 성찰해야 하는 과제야말로 시와 정치 논의에서도 핵심이 아닐까 싶다. 법의 영역에서 배제되기 일쑤인 성적·민족적·정치적 소수자를 주로 외국 논자들의 담론틀에 의지하여 조명하면서 2000년대 한국문학에 이들 소수자가 새로 등장한 현상의 의의를 주목한 비평은 많았지만, 정작 소재 차원에서 우리가 직접적으로 마주한 상황, 즉 남한과 북한을 아우르는 한반도적 현실이라는 게 도대체 뭔가를 물음으로써 시와 정치에 대한 논의를 확대·심화한 경우는 거의 드물었다. 아니, 평론가들은 약속이라도 한 듯 일제히 '미래파' 시인들로 눈을 돌렸다

374면)라고 하면, 적어도 **작품의 성취를 논하는 차원**에서는 그같은 이분법은 성립하기 어려울 것이다. 작품에 정치학적인 것이 담기는 순간 정치적인 것은 필연적으로 따라올 테니 말이다. 단순히 작품이 정치적이기만 해서는 정치학적인 차원에 도달하기 어렵다는 말은 사회구성원의 특정한 입장을 파당적으로만 대변해서는 사회가 안고 있는 전체 의제를 포괄할 수 없다는 말과 다를 바 없다. 따라서 의사소통의 장 자체를 생각하게 만드는 정치학적인 것에 대한 사유는 왕년의 비평용어로 말하자면 총체적 전망에 대한 성찰이라고 풀 수도 있는바, 그런 전망의 층위에서는 정치와 윤리, 미학의 경계가 임시방편일 뿐 어떤 실체성을 띠는 것은 아니라는 점을 유념해야 하리라 본다.

고 말하는 것이 정확하겠다.[11] '분단시'라 일컬음직한 정치적인 작품이 이제는 한물갔거나 전혀 씌어지지 않았다는 듯이 말이다.

물론 시와 정치의 관계를 따지는 작업의 성격상 거대담론의 섣부른 도입을 자제하는 편이 안전할지도 모른다. 그러나 거대담론도 거대담론 나름이지 않을까. 소위 지구화시대의 도래를 경축하면서 지구상의 민족문제가 사라지리라는 낙관이 한동안 횡행했지만 북한이라는 존재는 대한민국 자체의 완전한 정치적 자족이라는 것이 하나의 관념에 불과함을 우리에게 끊임없이 상기하고 있다. 시인들은 그 점을 망각하고 있지 않다. 가령 조인호(趙仁鎬)의 첫 시집 『방독면』(문학동네 2011)에 실린 「최종병기시인훈련소(最終兵器詩人訓鍊所)」의 한 대목을 보라.

최종병기시인의 초월대상 목표는 바로 핵이다. 핵폭발로 피어나는 거대한 버섯구름을 최종병기시인은 '웃음버섯'으로 바꿀 수 있어야 한다.

'웃음버섯'이란 환각버섯의 일종으로 먹으면 신경을 자극하여 웃음이 나오는 증상이 나타난다. 위험성은 없다. 신경계통에 작용하므로 이상한 흥분상태가 되어 기분이 좋아지고 웃고 노래하는 등 약간 정신이상 상태를 보일 뿐이다. 생명에는 별다른 지장이 없고 하루쯤 지나면 완전히 회복되며 그밖에 다른 부작용이 없으므로 무서운 독버섯은 아니다.

웃음은 어떤 '핵'을 건드리기만 하면 정신없이 터져나오기 마련이다. 그러나 그 핵을 잘못 건드리면, 세상은 일순간 정지되므로 조심하도록

---

11 70·80년대, 더 나아가 식민지시대의 탁월한 시들을 미래파의 논의에서 환기한 논자는, 내가 읽기로는 백낙청이 거의 유일하지 않은가 싶다. 이건 칠십대라는 그의 연배로 돌릴 사안이 아니다. 오히려 문학사적 균형감각의 문제이다. 한국시의 역사도 이제 백년이 넘었으니 그같은 감각을 더욱 벼려야 할 것으로 본다. 백낙청의 평문은 『문학이 무엇인지 다시 묻는 일』(창비 2011)의 제1부 참조.

하자.

　이 시를 읽으면서도 거듭 위태롭게 감지하는 것[12]은 남과 북의 상호 연관성을 규정하는 한반도적 현실을 의식할 수밖에 없는 우리의 딱한 처지이다.

　바로 이런 우리의 딱한 처지가 시와 정치 논의에서 충분히 숙고되지 않았다면 그건 더 생각해볼 일이다. 단순히 평론가들이 '분단시'를 외면했다는 말은 아니다. 시와 정치를 논한 논자들의 구체적인 시 읽기를 들여다보노라면 문학의 창의적인 대응이 개별적인 작품으로 드러나는 사례에 대한 치밀한 해석과 평가가 아쉬워지는 대목이 없지 않았다는 말이다. 그 결과 비평과 일반독자의 거리는 더 멀어졌을뿐더러, 낯익고 익숙한 서정으로부터 탈피하는 과정에서 모든 범주의 소수자들이 작품의 표면으로 부각되는 역사적 국면을 심도있게 파고들어야 하는 과제도 계속 미뤄진

---

12 『방독면』에서 그려진 시인은 자본주의체제의 상수(常數)인 비정규직이다. 보릿고개를 넘던 시절과는 사뭇 다른 차원의—하루 끼니를 걱정해야 하는 배고픔은 물론 있지만 삶의 막막함이 더 크게 다가오는—가난을 겪으며 '백수'로 살아온 흔적이 『방독면』 곳곳에 찍혀 있다. 전기가 끊기고 가스가 끊기면서 "에이포 한장의 두께 같은 이미지로 살아"갈 수밖에 없는 운명을 우주적인 상상력으로 노래한 「악(惡)의 축—옴의 법칙」도 그런 흔적의 일부지만 편의점이라는 노동의 공간을 박살내는 「빙하기때려부수기」도 1997년 IMF사태를 통과한 우리 시대의 눈물겨운 자화상에 해당한다. 이런 시들을 담고 있는 『방독면』에 대해 한 논자는 "세상을 파괴하는 탱크의 이미지를 거칠게 내뱉었던 임화(林和)의 투쟁시를 계승하고, 아나키스트로서의 존재를 지향해온 동시대 시인 장석원(張錫原)의 옆에 선다"(박슬기 「오함마를 든 천사, 최종병기시인」, 『창작과 비평』 2011년 겨울호 339면)고 평한 바 있는데 그 정도로 시적 에너지가 넘치는 시집이라는 뜻이겠다. 시집 제목인 '방독면'은 우리가 당면한 문명적 위기를 암시하는 동시에 그런 위기에 대한 하나의 대안적 상상력을 집약하는 은유인바, 철가면, 오함마, 불발탄, 우라늄, 다이너마이트, 핵무기 등도 그런 맥락에서 시에 자주 등장하는 것이다. 어쨌든 첫 시집을 상재한 시인이 과연 임화의 투쟁시를 어떻게 이어받을지는 앞으로 두고 볼 문제이다. 다만 읽으면서 실감한 것 중 하나는 비정규직의 일상이 맹렬한 비유로 표출되는 것에 비해 '대안적 상상력'이라는 것은, 「엉클 샘의 고백—I WANT YOU」 같은 예외가 있기는 하고 때로 그 풍자적 효과도 날카롭지만, 상대적으로 빈곤하지 않은가 하는 점이다.

셈이다.[13]

그런 국면의 실체에 대한 일반론적 차원의 해답은 김영삼 정권 말기인 1997년에 느닷없이 찾아온 IMF사태와 2000년의 6·15남북공동선언일 터이다. 하지만 IMF사태와 6·15남북공동선언이 범주가 다른 사건임—전자가 세계경제와 조응하면서 남한의 경제에 직접적으로 작용하는 반면, 후자는 미국이 상수로 기능하는 동아시아 정세의 흐름을 타고 한반도 차원에서 작동한다—을 인지하면서 작품읽기를 허심하게 수행하는 일은 결코 간단치 않다. 남한의 경제구조 전반에 충격을 가한 전자와 한반도 전체가 비로소 일반 시민에게도 하나의 조망권(眺望圈)으로 들어온 후자가 복합적으로 연동되면서 한국문학에 끼친 영향은 한두마디로 정리할 수 없는 사안이지만 그 개요는 짚고 넘어가도록 하자.

우선 문학 영역에서 IMF사태는 무직자, 노숙자, 비정규직 및 이주노동자 등의 삶을 전경화하면서 경쟁과 속도 체제에 복속된 경제동물로서의 한국인의 삶을 근원적으로 되돌아보게 만든 계기로 작용했다. 반면에 6·15남북공동선언은 국내의 새터민 및 해외의 무국적 난민을 비롯해 위안부 할머니, 북파 공작원, 비전향 장기수 등 정치적 소수자들의 정치적 몫과 권리를 더이상은 음지에 가두어둘 수 없는 문제로 부각시켰다.[14] 사

---

13 평단의 전반적인 분위기가 그렇다는 것이지 비평가들 전체를 매도할 일은 물론 아니다. 가령 오창은만 하더라도 국가와 분단의 문제를 대국적인 차원에서 파고드는 평문을 꾸준히 쓰고 있는 평론가이며, 한기욱의 경우도 촛불 이후의 국면에 적극적으로 대응한 한국문학의 활력을 천착하는 평문을 여럿 발표한 바 있다. 오창은『모욕당한 자들을 위한 사유』(실천문학사 2011) 및 한기욱『문학의 새로움은 어디서 오는가』(창비 2011) 참조.

14 나 자신은 그런 존재들을 전면에 부각시킨 현실적 계기를 IMF사태와 그 후과(後果) 및 그와 어떤 방식으로든 연동될 수밖에 없는 6·15남북공동선언의 정치사회적 파장에서 찾았지만 이 문제에 대해서는 후일의 좀더 심층적인 논의와 토론을 기약하고 싶다. 다만, 그와 관련하여 신형철의 최근 역작 평문「2000년대 시의 유산과 그 상속자들: 2010년대의 시를 읽는 하나의 시각」(『창작과비평』 2013년 봄호)에 한두마디 덧붙일 필요를 느낀다. 신형철이 각각 2000년대 '시의 유산'과 2010년대 '시의 어떤 가능성'으로 꼽은 황병승·김행숙, 조인호·김승일의 대표성에 대해서는, 그 자신 "2000년대 시의 유

회과학 전공자들에게는 어땠을지 모르지만 창작자나 비평가들에게 두 역사적 사건은 문학의 사회적 역할에 대한 발본적 성찰을 하도록 유도했다. 경제적·정치적·성적 소수자들을 비롯해 '주류'에서 밀려나 있던 다양한 주변부적 존재가 전면에 부각되는 현실에 대한 문학의 총체적 대응을 먼저 말해야 하는 것도 그 때문이다. 그러나 돌이켜보건대 IMF사태나 6·15 남북공동선언은 2000년대 한국문학에 획기적인 이정표를 세우지는 못한 것 같다. 문학인은 지구화 또는 세계화의 도도한 흐름에 응전하는 과정에서 '민족문학'이라는 표상과 깃발이 갖는 한계를 인정하고 방향 전환을 모색했지만, 독자들은 예컨대 1970년대 김지하의 「오적」이나 황석영의 「객지」와 같은 상징적 푯대가 2000년대 한국문학에서 세워졌다는 실감을

산 중 다른 것에 주목할 경우 여기에 언급될 시인도 달라질 것이다. 다른 판단도 얼마든지 가능할 텐데"라는 단서를 달았으니(375면 각주 15번), 그의 비평적 선별을 문제 삼을 일은 아니라고 본다. 다만 "이전 시기에는 발언권을 거의 가져본 적이 없는 존재들이 입을 열었다는 사실, 그것이 중요하다. 그래서 어떤 일이 벌어졌는가?"(368면)라는 물음에 "대의 불충분성과 대의 불가능성"이라는 답을 대입해 풀어간 방식은 본격적으로 한번 논쟁해볼 만하지 않나 싶다. '대의(代議)'의 가능성에 관한 한 2000년대가 고무신·막걸리 선거가 판친 1960년대나 유신체제 및 군부독재가 시민공간을 질식시켰던 70·80년대보다 과연 더 불충분하거나 힘들어졌다고 말할 수 있을까? 만약 그렇게 말할 수 없다면 그것도 우리 시대 (젊은) 평자들 특유의 착시 또는 과장이라는 비판을 면키 어렵다고 본다. 물론 그렇게 말할 수 있는 여지가 (전혀) 없지 않다면 그건 어떤 의미에서 그런가 하는 물음도 동시에 제기될 수 있다. 하지만 이 경우에도 대의 가능성에 대한 진술방식 자체에 대한 심도있는 고민이 따라야 할 듯하다. 즉, 지난 연대가 대의를 위한 제도적 인프라와 대의적 시민공간을 확보하기 위해서 투쟁해야 했다면 오늘의 상황에서는 모든 종류의 소수자들도 참여할 수 있도록 그런 인프라와 공간을 다면적인 방식으로 확대하는 과제가 첨예하게 부각되었다고 해야 맞는 진술이 아닐까? 그렇다면 논술방식도 좀 달라져야 하지 않을까 싶다. 한 세대 이상에 걸친 싸움을 통해 성숙해진 시민의식과 절차적·내용적 차원에서의 민주주의의 퇴행이 심각하게 마찰하는 것이 2000년대 후반 상황이라면 그런 상황에 대한 비평적 인식도 훨씬 정교하고 포괄적인 것이어야 하리라고 본다. 이건 신형철뿐만 아니라 나 자신을 포함한 2000년대 한국시의 유산을 성찰하는 평단의 모든 비평가들에게 던지고 싶은 말이다. 아무튼 신형철이 논의의 근거로 든 최장집이나 고병권의 '민주주의론'에는 2010년대의 한국, 나아가 한반도를 성찰하는 어떤 총체적인 인식이 결여되었다고 보는 나는, 그가 논한 2000년대 시의 '감응적 인물'에 (다음 절에서 논할) 하종오 시의 시적 화자도 포함된다고 생각한다.

하지는 못한 것이다.

이렇게 보면 한국문학은 목하 비평이든 창작이든 지리멸렬한 진지전을 계속하고 있는 형국이며, 시와 정치 논의도 그런 진지전의 한 양상을 보여주는 사례에 가깝다. 그러나 기동전의 전광석화와 속전속결은 없었을지언정 (앞절에서 내비쳤듯이) 지리멸렬한 싸움을 통해서도 2000년대 문학은 일정한 진전이 있었다고 본다. 김대중·노무현 정부의 대북정책을 사실상 파탄시킨 이명박 정권의 전횡이 전두환·노태우로 대표되는 1980년대의 군부독재시대와는 또다른 절박함과 좌절감을 창작계에도 안겨준 바 있지만, 실제로 그런 전횡에 체념하지 않고 심도있는 고뇌를 작품화한, 연민과 위안에 만족하지 않는 신예 작가들이 속속 등장한 것도 사실이다. 그 결과 정치와 미학과 윤리를 한 몸에 동시에 구현하는 작품에 대한 소망은 지난 연대와는 다른 성격을 띠게 되었다. 즉 80년대와 비교해보더라도 한결 자유로워진 직접적인 차원의 정치참여를 '독재타도'의 직설적 언어가 아니라 문학 고유의 발화로 표현해내는 일의 어려움을 작가들은 절감했고, 그런 어려움의 실감을 떠듬떠듬 작품으로 표현한 것이다. 80년대 민족문학의 최고 성취가 이미 독재타도의 직설적 언어를 한참 넘어섰다는 점에서 창작자들로서는 한층 '과거 문학'의 무게를 느꼈을 법하다.

평단이 그러한 무게를 얼마나 자기의 목소리로서 소화했는지는 차분히 되짚어봄직하다. 사실 시와 정치 논의에서도 특정한 시대적 현실을 염두에 두고 작품을 읽는 행위가 위험하다는 것은 하나의 상식이다. 작품에서 특정 부분(만)을 추출해 시대의 상을 그리는 읽기가 사유로서의 비평이 갖추어야 할 기본을 결하는 것이라면 시대에 대한 특정한 인식에서 출발하여 그 인식으로 작품을 재단하는 행태 또한 비평이 도구화되는 하나의 징후일 테니 말이다. 실제로 '노동해방'을 최고의 정치적 가치로 내걸고 그런 가치를 지향한 작품에 대한 복무를 주창한 80년대의 일부 비평가들은 문학의 정치적 도구화에 빠지기도 했다. 이젠 그들의 비평은 문학사의 일부가 되어버렸지만, 다른 무엇이 아닌 문학의 언어로써 정치성을 획득하는 일이 문학의 자존을 지키는 길이라는 점은 왕년 민족문학운동의 영욕(榮辱)에 비추어보더라도 명확하다.

시와 정치 논의에서 참여시의 개념을 다시 생각해볼 필요를 느낀 것은 바로 그런 맥락에서이다. 80년대 평단이 제출한 "'각성한 노동자의 눈'이라는 소수정예적 개념을 '깨어 있는 시민들의 생활'로 포용·확대"하자[15]는 속뜻도 단순히 '눈'이라는—때때로 그 즉물성으로 인해 육감을 포함한 나머지 네가지 감각을 망각하기 일쑤인—시각기관에서 탈피하자는 것이라기보다는 정치와 미학과 윤리를 편의적으로 분리해서는 결코 제대로 살아질 수 없는 생활의 원리가 문학작품을 읽고 즐기는 일에도 어김없이 적용된다는 사실을 환기하기 위해서이다. 정치와 미학과 윤리의 삼자 분리가 문학에서 불가한 것은, 들고 나는 돈의 차이가 커질수록 생활이라는 것을 제대로 꾸릴 수 없는 것과 정확히 같은 이치이다. 아무튼 이런 '간단한 이치'가 염두에서 떠나지 않을 때 특정한 정치적 사건이나 현상에 대한 작가들의 첨예한 고발 내지 증언을 '작품' 차원에서 읽어낼 수 있을 것이다. 사람들의 관성적 사고방식을 바꾸고 새로운 세계의 가능성에 눈뜨게 만드는 창조적 지평을 지향하는 한, 그같은 고발이나 증언을 우리의 시대에 대한 총체적 인식의 일부로 자리매기면서 작품으로서 도달한 경지를 정확히 분별하는 읽기가 관건이 된다.

어쨌든 정치와 미학과 윤리라는 삼자의 분리 불가를 증명하려는 근년의 시와 정치 논의에서 내전에 이어 분단으로 치달은 한반도 근대라는 난제가 본격적으로 제기되지 못한 것은 그만큼 분단이 지식인에게조차 거의 공기처럼 자연스럽게 느껴지는 일상이 되었음을 뜻하는 것일 게다. 한반도의 근대에 만들어진 남한과 북조선이라는 기형적이며 불완전한 국민국가는 그에 상응하는 뒤틀리고 왜곡된 감성과 지성의 온상이 되었는바,

---

15 졸고 「2010년대의 참여문학 구상: 2009년 겨울, 시와 정치」, 『실천문학』 2009년 겨울호 218면; 본서 36면. 이 평문을 본서에 수록하면서 「참여시 재론」으로 개제, 개고하였다.

제3세계의 역사적 궤적을 공유하면서도 그런 궤적과는 전혀 차원을 달리하는 분단의 현재성이야말로 정치와 미학과 윤리라는 삼자의 관계를 근원적으로 성찰할 수 있게 하는 최적의 주제가 아닐까. 그러한 주제를 작품으로 논하는 문제에 관한 한 설사 서구 최고 수준의 비평적 자산이라 하더라도 그 쓸모는 제한적일 수밖에 없는 것이다.

4. '분단시'에 관한 단상들

山과 山이 마주 향하고 믿음이 없는 얼굴과 얼굴이 마주 향한 항시 어두움 속에서 꼭 한번은 천둥 같은 火山이 일어날 것을 알면서 요런 姿勢로 꽃이 되어야 쓰는가.

저어 서로 응시하는 쌀쌀한 風景. 아름다운 風土는 이미 高句麗 같은 정신도 新羅 같은 이야기도 없는가. 별들이 차지한 하늘은 끝끝내 하나인데…… 우리 무엇에 불안한 얼굴의 意味는 여기에 있었던가.

모든 流血은 꿈같이 가고 지금도 나무 하나 안심하고 서 있지 못할 廣場. 아직도 정맥은 끊어진 채 休息인가 야위어가는 이야기뿐인가.

언제 한번은 불고야 말 독사의 혀같이 징그러운 바람이여. 너도 이미 아는 모진 겨우살이를 또 한번 겪으라는가. 아무런 罪도 없이 피어난 꽃은 시방의 자리에서 얼마를 더 살아야 하는가. 아름다운 길은 이뿐인가.

山과 山이 마주 향하고 믿음이 없는 얼굴과 얼굴이 마주 향한 항시 어두움 속에서 꼭 한번은 천둥 같은 火山이 일어날 것을 알면서 요런 姿勢로 꽃이 되어야 쓰는가.

1956년에 발표된 「휴전선(休戰線)」과 더불어 이 시가 실린 『荒地의 풀 잎』(창비 1976)을 다시 읽는 소회는 무척이나 갑갑하다. 견실하고 절제된 언어로 투철한 역사의식을 담아내면서도 시의 격조를 잃지 않았던 박봉우(朴鳳宇, 1934~1990)라는 이름은 이제 한국 현대시사에 확고하게 편입되어 있다. 그러나 "우리의 숨막힌 푸른 4월"(「素描·33」)을 계승함으로써 '휴전선'을 역사의 박물관으로 보내지 못한 오늘날 한반도의 답보상태를 우리는 『荒地의 풀잎』을 읽으며 착잡하게 의식하게 된다. 동시에 이 시대의 시인들은 그런 휴전선을 과연 어떻게 노래하고 있는가를 살펴보게 된다. 단적으로 신대철(申大澈) 시집 『누구인지 몰라도 그대를 사랑한다』(창비 2004)에 실린 「남남북녀」「마지막 그분」「그대가 누구인지 몰라도 그대를 사랑한다」「실미도」나 박철(朴哲) 시집 『불을 지펴야겠다』(문학동네 2009)에 실린 「온전한 사랑──아, 분단」「아오지」「북녘 시인 생각」「술집 플랫폼 NO.9」 같은 시를 읽어보라. 시의 살아 있는 '정치'가 바로 거기에 있다.

이들 '분단시'와 더불어 기억해야 할 시인은 하종오(河鍾五)다. 자본의 초국적 이동에 따르는 각양각색의 '이산'을 우리 시단에서 하종오만큼 집요하게 응시하고 있는 이도 드물 듯하다. 그런데 2000년대에 들어서 거의 매년 시집을 내다시피 한 그는 마치 비유나 상징이 시에 거추장스럽다는 듯한 표정이다. 이시영(李時英)도 "때론 한줄의 기사가 그 숱한 '가공된 진실'보다 더 시다운"[16] 실감을 여실하게 선보였다. 근년의 『경찰은 그들을 사람으로 보지 않았다』(창비 2012)에서는 역시 그 '한줄 기사'로 현장을 수나롭게 증언하면서 그런 기사만으로는 온전히 채워질 수 없는 삶의 지

---

[16] 이시영 『우리의 죽은 자들을 위해』(창비 2007)의 '시인의 말'에서 인용한 구절임.

나간 순간들을 시인 듯, 시가 아닌 듯 다시 길어올리는 진경을[17] 아스라이 펼쳐 보인 바 있다. 하종오의 경우는 사실의 사실성을 향한 집요함이 혀를 내두를 지경이다. 최근작인 『국경 없는 공장』(삶이보이는창 2007) 『아시아계 한국인들』(삶이보이는창 2007) 『베드타운』(창비 2008) 『입국자들』(산지니 2009) 『제국』(문학동네 2010) 등에서도 화법과 어조, 주제의식은 쇠고집 저리 가랄 만치 한결같다.

상징과 비유라는 옷을 벗어버린 날것 그대로의 사실에 대한 시인의 집념 앞에서 시란 무엇인가라는 물음은 자연스러운 것이다. 사실을 사실대로 기록하는 정신은 시장르와도 무관할 수 없는 법이지만, "사실주의적 상상력"[18]이 다채롭게 가동된 시집 『남북상징어사전』(실천문학사 2011)에 대해서는 좀더 자상한 논의를 해볼 만하다.

모두 5부로 구성된 이 시집은 분단현실과 연관된 — 한반도에만 국한되지 않는 — 인물군상과 시대의 풍경을 병풍처럼 펼쳐 보이고 있다. 1부 16수의 시는 남과 북에 사는, 시인과는 동명이인이거나 동명동인인 하종오'들'의 일상을 때로는 상상적으로, 때로는 사실적으로 비교·대조하는 화법을 취한다. 남한의 하종오들이 북녘의 가난에 대해 느끼는 진술한 감정이 특히 씁쓸한 공감을 불러일으키는데, 감상과 과장이 전혀 들어설 틈이 없는 건조하고 밋밋한 어조이지만 분단현실의 희로애락이 속속들이 스며 있다. 2부 13수의 시는 주로 '남북전쟁'에 참전한 수많은 이국의 용병들 또는 이들의 후손을 등장시켜 한반도를 넘어 전지구로 시야를 확대한다. 1부의 시야를 역동적으로 넓힌 셈인데, 분단의 상처가 한국인들에게만 있는 것이 아님을 조곤조곤 일러주는 한편, 그런 역사의 아픔이 '탈

---

17 가령 「평일」 「마음의 길」 「최후진술」 등이 그렇다.
18 '시인의 말'에서 하종오는 다음과 같이 말하고 있다. "분단 이후 생각이 다른 여러 사람들이 주장하는 여러 통일론도, 그에 대한 다양한 견해도 나의 시각 밖으로 밀어내놓고 분단 현실을 직간접으로 관련된 남북 주민과 세계 시민의 입장에서 보면서 사실주의적 상상력으로 시를 쓰려고 했다."(『남북상징어사전』 166면)

북'의 형태 등으로 아직도 지속되고 있음을 가감없이 보여주고 있다. 시인의 육성을 가장 직접적으로 들을 수 있는 3부 8수의 시는 북녘 현실을 남한 시인의 입장에서 찬찬히 반추하는 내용이다. 친북과 반북의 야만적 이분법이 횡행하는 오늘 그 시비(是非)를 가려보겠다는 듯이 자신의 내면을 들여다보기도 하고 북녘 시인들의 곤경을 이해해보려고 하기도 한다. 가령 시인은 이렇게 말한다.

> 태어났으니 죽을 때까지 먹고살려면
> 북한에선 체제에 순응하지 않을 수 없기 때문에
> 북한 시인에게 저항과 서정을 노래하기를
> 기대한다는 것은 맞지 않다는 해석이 있다
> 한목숨 오로지 살기 위하여
> 저항과 서정을 노래하지 말아야 한다면
> 그것은 인간적으로 이해할 순 있다
> 하지만 인민들 중 누군가 먹고살 수 없어서
> 북한에서 죽음을 무릅쓰고 국경을 넘는데
> 북한 시인들 제각각 어떻게 속생각할까
> 남한 시인들 제각각 무엇을 속생각할까
> 나는 의문하면서
> 세끼 쌀 안치고 뜸 들기를 기다리는
> 탈북한 국민들 중 누군가의 애잔한 희망을 생각, 생각,
> 한다
> 북한에서도 제각각 남한에서도 제각각
> 시인들이 밥 챙겨 자실 시간에 생각, 생각, 한다
> ——「밥의 시간」 부분

대한민국의 양식있는 시민이라면 누구나 시인의 이러한 역지사지를 따

라해보겠지만 4부 13수의 시에서도 특기할 만한 것은 남북의 화해와 교류·협력이 순조로울 때 일어남직한 흐뭇한 정경을 그린 시들이다. '상상도(想像圖)'라는 부제가 붙은 5편의 시와 「트레킹」 「드라이브 코스」 「여행예정자들」 등인데, 상상이지만 우리가 하기에 따라 얼마든지 현실이 될 수 있기에 전혀 상상처럼 읽히지 않는 작품들이다. 마지막 5부의 시는 '탈북'해서 남한에 정착한, 또는 정착하지 못하고 떠도는 사람들의 짠한 사연을 주로 들려주고 있다. 시집 전체를 통틀어 가장 가슴 아프고 쓸쓸한 대목이다. 하지만 그 마무리는 "휴전선이 없어진 길을 따라서" 남에서 북으로 노모를 찾아 길 떠나는 자의 부푼 가슴을 노래한 「도보 귀향―상상도」로 끝난다.

시집의 목차를 대강 소개한 셈인데, 연작 이야기의 구성처럼 나름대로 주밀한 계산에 근거한 다채로운 서사라서 하종오 자신의 이전 시집과는 실감이 좀 다르리라는 점을 짐작할 수 있을 것이다. 이런 『남북상징어사전』의 시정신을 집약하는 시 한편을 고르라고 한다면 3부에 실린 「저항시의 시효가 끝나고, 서정시의 시효가 끝나고,」를 꼽겠다. 전문을 적어본다.

　　대다수 남한 시인들은 저항시의 시효가 끝나고
　　자신을 들여다보고 싶은 시대라서
　　쓰는 족족 서정시가 된다고 한다
　　하, 나에게는 그런 내면이 없다

　　가까운 남한 국민들과 같은 말소리를 하는
　　먼 북한 인민들에게서 들려오는 말소리에
　　웃음기보다는 울음기가 더 많이 들어 있어
　　이명인지 환청인지 의문하는 동안
　　나는 대다수 남한 시인들이 쓰는 서정시를 쓸 수가 없다
　　하, 나에게는 그런 감정이 없다

들은 그대로 본 그대로
수식어와 수사를 떼어내고
나는 시를 쓰는데
저항시도 되지 않고
서정시도 되지 않는다

저항도 없고 서정도 없는 시를 쓰는
북한 시인들을 이해하기도 하면서 이해 못하기도 하면서
나는 쓰고 있지만
하, 나의 시를 무슨 시라고 해야 할까

　하, 이런 시를 우리는 과연 뭐라고 해야 할까? 시인은 서정과 감정, 저항이 없다고 짐짓 너스레를 떨고 있지만 독자인 나는 이 시집의 갈피갈피에서 높지도 낮지도 않은 육성으로 시인이 펼쳐놓은 반(反)시대적 꿈과 열망 및 소원을 읽는다. 앞서 언급한 「도보 귀향──상상도」가 그러하거니와, 4부에 실린 5편의 상상도, 즉 「자동차전용도로」「아무개 씨의 퇴근」「생태보호지역」「쇼핑」「한국산(韓國産)」 등도 짐짓 사실을 무심하게 나열한 것처럼 보이지만 그 행간에는 남과 북의 화해를 바라는 소망이 자리잡고 있다. 「저항시의 시효가 끝나고, 서정시의 시효가 끝나고,」도 표면상 저항시와 서정시의 시효가 끝났음을, 시인 자신은 그런 시를 쓸 수 없음을 담담하게 털어놓고 있는 것처럼 읽힌다. 하지만 내면이 없고 감정이 없고, "저항도 없고 서정도 없"다고 고백하는 행간을 '하'라는 간투사(間投詞)가 여운을 증폭시키는 양상을 곱씹는다면 그같은 담담함을 다시 생각하게 된다. 결국 저항시의 유통기한이 지났다고 착각하는 시인들과 "자신을 들여다보고 싶은 시대", 더 나아가 하종오라는 시인 자체를 인간 하종오가 야유하고 있다는 인상을 받는다. 그렇게 야유를 담은 시를 시인 자신은 (타도의 대상을 명징하게 설정하는) 저항시라고도, (세계의 중심에 '나'를 세우면서 아름답게 승화시키는) 서정시라고도 할 수 없다고 말한다. 그렇다면, "하, 나의 시를 무슨 시라고 해야 할까"라는 시인의 이런 자문에 우리는 뭐라 답해야 할까? 물론 '분단시'라고 답변해야 할 것이다. 그러나 「저항시의 시효가 끝나고, 서정시의 시효가 끝나고,」는 아무리 애를 써도 끝내 '분단시가 되지 않는 분단시'라고 표현하는 것이 더 정확할지 모른다. "들은 그대로 본 그대로/수식어와 수사를 떼어내고"써도, 상상한 그대로 수식어와 수사를 붙여도 온전히 만들어지지 않는 '분단시' 말이다.

하종오의 『남북상징어사전』은 남한의 시인이 분단의 현실을 자기가 처한 일상에 비추어 사실적이면서도 상상적으로 기록한 가장 진솔한 작품으로 기억되리라 본다. 시인의 민낯의 감수성을 '정치적으로' 고스란히 노출시켰지만 평면적인 해석을 용납하지 않는 시집이기도 하다. 이런 『남북상징어사전』을 거듭 읽으면서 생각하게 되는 것은, '분단시'의 완성이 그 자체로 '분단시'의 폐기를 뜻하게 되는 역설이다. 박철이 「분단시」(『불을 지펴야겠다』)에서 단언했듯이 '분단시'가 "먼 훗날 영원히 추방되어야 할 폐기처분의 시/그리하여 언젠가는 잊혀져야 할" 것이라면, 완성과 동시에 이루어질 '분단시'의 폐기는 남과 북의 만남이 잦아지는 과정에서 홀연히 가능해질 것임을 독자로서 확신하게 된다.

5. '여기, 이런 삶도 있다!'── '탈북시'의 현재

돌이켜보면 2000년 6·15남북공동선언과 2007년 10·4남북공동선언을 거친 지금 통일에 대한 시민들의 개념과 실감은 70·80년대와는 판이해졌다. 물론 동서냉전체제의 와해가 '선언들'에 앞서 진행되었지만 개념과 실감의 변화는 생활세계의 변동에 따르는 것인 만큼 남과 북의 교류 및 협력이 활발해질수록 통일에 대한 관성적 사고가 해체되는 것은 당연하다. 문제는 해체의 동력을 살려서 상생의 통일관을 구체적으로 만들어가는 일일 것이다. 문학으로 무엇을 할 수 있을까라는 의문이 커져만 가는 요즈음 천안함 침몰사건을 기점으로 역대 최악의 상황으로 치닫고 있는 남북관계를 바로잡는 데 문학인의 상상력이 '명약'이 될 수 있다면 그것은 그 자체로 한국문학의 지평을 넓히는 성취가 되리라 본다. 김남주(金南柱)의 『조국은 하나다』(1988)나 문익환(文益煥)의 『두 하늘 한 하늘』(1989)에 담긴 갈급한 통일의 염원을 이어가되 이제는 한결 찬찬히 남북 양쪽 민중의 실상을 살피면서 작품으로 드러낼 때가 되지 않았나 한다. 2000년대 들어 시단에 모습을 드러낸 이른바 탈북 시인들의 작품을 논하는 것도 그런 맥락에서인데, 한반도의 분단현실과 통일을 시로써 발언한다는 것이 무엇인가를 되새겨보는 데 좋은 자료가 된다.

기성 평단의 주목을 전혀 받지 못했지만 남한에 정착하여 시집을 낸 탈북 시인들은 여럿 있다.[19] 그중에서 국내외 언론의 각광을 집중적으로 받은 사례로는 장진성(가명)의 『내 딸을 백원에 팝니다』(조갑제닷컴 2008)가 있고, 이 시집에 이어 그는 '준마처녀'라는 노래로 알려진 북의 미녀가수 윤혜영의 비극적 삶을 다룬 장편 서사시 『김정일의 마지막 여자』(강남지성사 2009)를 상재한 바 있다. 먼저 후자에 대해 간단히 논평하고 『내 딸을 백원에 팝니다』를 집중적으로 살펴보겠다.

『김정일의 마지막 여자』는 보천보 전자악단 소속의 가수인 윤혜영과 그 악단의 피아니스트 김성진의 비련을 다룬 장시다. 절대권력에 의해 짓밟힌, 워낙 극적인 실화 순애보로서 북녘 사회에서는 꽤나 회자되는 사건

---

19 "북한과 남한 양쪽에서 공식적으로 등단한 최초의 시인"으로 미래의 통일문학사에 기록될 거라는 김성민(金聖玟)의 『고향의 노래는 늘 슬픈가』(다시 2004)나 김옥애의 『죽사발 소동』(삼우사 2005)도 그런 경우이다. 김성민의 시집은 저자의 요청에 의해 시판이 보류 중인데, 그에 관한 자상한 논의는 류신 「반분(半分)의 고통, 분단의 비애 ― 탈북자 시인 김성민의 시세계」, 『수집가의 멜랑콜리』(서정시학 2010) 참조. "북한과 남한 양쪽에서 공식적으로 등단한 최초의 시인"이란 말은 류신의 글 136면에 나온다.

인 듯한데, 읽으면서 시인의 시적 역량을 확인할 수 있는 대목도 적지 않다. 그러나 동시에 이 시집이 과연 해방 이후 남한 서사시의 형식과 내용을 얼마나 새롭게 갱신한 작품인가에 대해서는 물음표를 달게 된다.[20] 서사시라기보다는 북한 최고권력자의 사생활에 대한 고급정보를 시라는 형식을 빌려서 가공하고 폭로한 '르뽀'에 가깝다는 느낌이 들기 때문이다. 윤혜영과 김성진이 키워가는 사랑이 눈앞에 그린 듯이 펼쳐지는 대목에서는 연시 특유의 흥이 나기도 하고, 그 소박함과 청순함은 세파에 시달리면서 잊어버린 청춘의 연심을 상기시키기도 한다. 그런데 시인은 사랑과 정치라는 주제를 놓고 사랑의 순수성과 정치의 야만성을 극단적으로 대비하기로 작심한 듯하다.

그런 대비는 "이쪽 기슭에는/백성의 지옥/저쪽 기슭에는/김정일의 천국"(3장 2절)이라는 도식에서도 나온다. 그 도식이 두 남녀의 비련을 장악하는 순간 시는 순애보의 상투형에 갇히고 만다. 북녘의 참혹한 기아상황에 관한 에피소드(3장 3절)인 '쌀베개'의 사연을 북녘 민중의 참혹한 굶주림에 대한 윤혜영의 각성으로 매조지는 대목에서도 시인 자신의 정치적 의도가 시를 압도하는 형국이다. 그러다보니 권력자 김정일과 반드시 일치하지는 않는 인간 김정일의 인간적인 고뇌에 대한 묘사도 상투성을 벗지 못하는 것이 아닌가 한다. 이런 점들이 장편 서사시로서『김정일의 마지막 여자』가 갖는 한계를 말해주는바,[21] 오늘날 '분단시'의 본령이라는

---

20 시집 해설에서 이동순은『김정일의 마지막 여자』가 식민지시대의 서사시인 김동환(金東煥, 1901~1958)의 『승천하는 청춘』(1925)과『국경의 밤』(1925)을 비롯해 신경림이나 고은의 서사시와도 얼마나 다른가를 역설하고 있다. 일단 그런 차이를 지적할 수는 있겠으나, 이 작품을 그런 식의 차이를 강조하여 성취로 상찬할 수 있는가에 대해서는 좀더 허심한 논의가 필요하다고 본다.

21 그렇다면 사랑과 정치의 노골적인 이분법은 장진성의 자전적 기록인『시를 품고 강을 넘다』(조갑제닷컴 2011)에서 묘사된, 자유대한으로 '귀순'한 탈북자의 감격에 겨운 시선이라고 평가할 수도 있겠다. 나 자신은 시집 해설에서 이동순이 던진 비판적인 물음, "남한의 문학은 대체 언제까지 이러한 북한 현실에 대하여 눈을 감고 외면할 것인가?"(211면)의 취지에 적극 공감하는 독자이지만 동시에 장진성과 같은 '탈북자들' 작품의

것을 다시 생각해보는 데는 역시 『내 딸을 백원에 팝니다』가 더 적절하다는 생각이 든다.

'여기 시체가 있다!'—『내 딸을 백원에 팝니다』의 시적 전언을 단 한마디로 요약한 선언이다. 다만 "전쟁터에서 폭탄을 맞아 내장이 쏟아져나온 시체"가 아니라 굶어죽은 시체라는 점이 다를 뿐이다. 모두 70편의 시가 실린 『내 딸을 백원에 팝니다』(이하 『내 딸』로 표기)는 정호승(鄭浩承) 시인이 '해설'에서 밝힌 대로 북녘의 현실에 대한 "통곡"이라 할 만하다. 그 통곡은 북한 방문의 체험을 곱씹으면서 대개는 관조나 내성적 성찰로 기운—그렇게 기울 수밖에 없었던!—남한 지식인의 착잡한 거리 두기와는 사뭇 대조를 이룬다. 이 시집에서도 북한사회의 엘리뜨 출신으로 북녘 실상에 처절하게 좌절하고 남으로 넘어온, 그 과정에서 북한체제의 붕괴를 확신해버린 자의 육성이 시의 지배적인 어조를 형성한다. 아직도 음식물 쓰레기가 넘쳐나는 남한사회의 독자라면 시인의 절절한 육성에 전율하지 않을 수 없으리라. 그러나 동시에 우리는 그런 통곡이 단장지애(斷腸之哀)에서 나온 것일수록 사무사(思無邪)로서의 시의 지평은 어찌 되는가를 생각해보지 않을 수 없다.

『내 딸』에 관한 한 바로 그 점에 대한 구체적인 판단이 핵심이다. 김정일체제에 대한 사무친 적개심을 노골적으로 표출한 『내 딸』이기에, 정호승 시인의 '해설'이 그 일단을 보여주었듯이 독자의 특정한 정치적 시각에 따라 '시적 발화'의 성공 여부를 가늠하는 잣대가 달라질 공산이 크다. 그렇게 독서실감이 달라질 (충분히 예상되는) 가능성과 관련해 일단 다짐해둘 점은, 『내 딸』의 '정치적' 호소력도 북녘의 기아상황에 대한 시인 자신의 통절한 체험에서 나온다는 것이다. 하지만 그 체험의 시적 발화가 과연 '작품'의 경지에 이르렀는가를 온당하게 판단하기 위해서라도, 때로는 선정주의와 구분이 잘 안 가는 그런 발화의 충격효과 자체를 걸러서

경우 '작품'으로 읽는 일의 어려움을 특히 실감하기도 한다.

읽어야 할 때가 있다. 북녘의 기아와 세습독재에 대한 거의 무매개적인 비판과 시화(詩化)가 우리의 문학사에서 전혀 새로운 현상은 아니다. 예 컨대 자본가에 대한 적개심을 노동해방의 꿈으로 표출한 1930년대의 카 프와 1980년대의 급진적 노동해방문학이 바로 그런 예가 아니던가.

적어도 그런 맥락에서는 노동자 계급의 당파적 이해를 대변하고 현실 변혁을 절체절명의 사명으로 삼았던 1980년대 후반의 노동해방문학과 『내 딸』의 유비를 설정하는 것도 가능하다. 혁명의 대상인 부르주아 계급 을 타도되어야 할 권력인 김정일 정권과 등치할 수 있다면 계급혁명은 거 의 자동적으로 정권전복으로 변환되기 때문이다. 물론 이런 식의 유비를 설정해보는 의도는 『내 딸』의 르뽀적 정치성을 윤리 및 미학의 범주와 연 계하여 성찰해보기 위해서이다. '정치'를 앞세운 나머지 '미학'에 대한 고 려가 거의 없어져버린 듯한——바로 그런 점에서 윤리의 공동체를 상상하 는 데도 한계를 보이는——『내 딸』의 강렬한 정치성이 갖는 아이러니는 정 치성이 강렬해질수록 시집 자체가 북한 정권을 까부수자는 남한 (극우) 보수신문들의 논조를 닮아간다는 데 있다. 그렇다면 다시 한번 노동해방 문학과의 유비를 떠올려보건대, 『내 딸』에서 혁명의 주체인 프롤레타리 아에 상응하는 것이 '자유대한'에 의한 흡수통일을 확신하는 극우보수세 력이란 말인가? 혹시 선군사상·선군문학의 최전선에서 활동하면서 밴 시 인의 어떤 매너리즘이 『내 딸』에 와서 르뽀적 정치성의 형태로 드러난 것 은 아닐까?

그렇다고 극우신문의 정치면을 읽는 경험과 『내 딸』의 독서실감이 같 다는 말은 아니다. 기아와 기근의 현실에서 자기 잇속 챙기기에 급급한 위정자들을 고발하는 와중에 마치 숨을 고르기 위해 끼워넣은 듯한 시들 을 읽을 때 특히 그렇다. 예컨대 「반디벌레」 같은 시는 전통적인 서정을 순정하게 길어올리는 시인의 면모를 과시하는가 하면, 「나는 살인자」는 '사태'의 원인을 자기로 돌려 사유하는 시인의 성찰능력을 보여주기도 한다.

나는 살인자
스스로의 심판에
이미 처형당한 몸

출근할 때
눈물밖에 가진 게 없어
동냥손도 포기한 사람 앞을
악당처럼 묵묵히 지나쳤다
하여 퇴근할 땐
그 사람은 죽어 있었으니

이렇게 아침부터 저녁까지
하루에도 얼마나 죽였는지 모른다
이 골목 저 골목 매일매일
몇백인지 몇천인지 셀 수 없다

오 밤이
사람을 잡아먹는 이 땅에
살아서 마주볼 양심이 어디 있으랴
아침이여 나를 사형해다오
밤이여 나를 묻어다오

—「나는 살인자」 전문

「나는 살인자」에서는 자기비판이 —"눈물밖에 가진 게 없어"나 "살아서 마주볼 양심이 어디 있으랴"처럼—너무 쉽고 감상적이라는 느낌이 없지 않다. 그럴수록 적잖은 편차를 안고 있는 현실고발시도 가려가면서 읽어봄직하다. 가령 표제작 「내 딸을 백원에 팝니다」의 경우 여타 작품과 비슷하게 르뽀에 속하지만 고발의 직정(直情)보다 복합적인 감성이 소박·간명한 말로 살아 있다.

  그는 초췌했다
  ──내 딸을 백원에 팝니다.

  그 종이를 목에 건 채
  어린 딸 옆에 세운 채
  시장에 서 있던 그 여인은

  그는 벙어리였다.
  팔리는 딸애와
  팔고 있는 모성을 보며
  사람들이 던지는 저주에도
  땅바닥만 내려보던 그 여인은

  그는 눈물도 없었다.
  제 엄마가 죽을병에 걸렸다고
  고함치며 울음 터치며
  딸애가 치마폭에 안길 때도
  입술만 파르르 떨고 있던 그 여인은

  그는 감사할 줄도 몰랐다.
  당신 딸이 아니라
  모성애를 산다며
  한 군인이 백원을 쥐여주자

그 돈 들고 어디론가 뛰어가던 그 여인은

그는 어머니였다.
딸을 판 백원으로
밀가루빵 사 들고 허둥지둥 달려와
이별하는 딸애의 입술에 넣어주며
──용서해라! 통곡하던 그 여인은

──「내 딸을 백원에 팝니다」 전문

어린 딸을 시장에 내다팔 수밖에 없는 '모정'의 비극을 증언하는 어조는 르뽀장르가 빠지기 쉬운 선정성과는 거리가 멀다. 독자의 마음을 울리게 하는 것은 무엇보다 감상과 연민을 억누르려 애쓰는 화자의 중립적 육성이다. 그 육성이 증언하는 것은 연민 따위는 사치일 수밖에 없고, 딸아이를 위해 딸아이를 팔아야만 하는, 적빈(赤貧)의 아가리 앞에서 "눈물도 없"고 "감사할 줄도 모"르게 된 한 어머니의 애끊는 진실이다.[22] '여기, 이런 삶도 있다!'──이것이 북녘의 참상뿐만이 아니라 남녘의 허울뿐인 풍요조차[23] 부끄럽게 반추하게 하는 이 시의 메시지다. 사려 깊은 독자로 하

---

[22] 하지만 1999년 평양 동대원구역 시장에서 시인이 직접 목격한 장면을 담았다는 이 시의 진실에 대해서는 좀더 엄정한 읽기가 요구된다. 가령 "사람들이 던지는 저주에도/ 땅바닥만 내려보던" 그 어머니가 마지막 연에서 '용서해라'라는 말과 함께 통곡한다는 설정은 (나와 같은 독자에게는) 가슴 먹먹한 느낌과 함께 시인이 나서서 어딘가 극적 효과를 연출한다는 인상도 남긴다. 다른 한편 100원이라는 화폐가치가 1990년대 중반 북한의 '고난의 행군' 기간 중에 얼마나 되는가도 따져볼 일이지만 그 100원이 남한 독자와 북한 독자 사이에서 일으킬 수 있는 실감의 편차도 결코 간단한 문제라고 할 수 없다. 그 편차가 크면 클수록 남북의 '사실적 정서'에 극도로 민감해야 하는 '분단시'의 시적 요건에 미달한다는 평가를 피하기 힘들 것이기 때문이다.

[23] 정말 '소설'보다 더 괴이한 한국사회의 풍요의 역설을 드러내는 이런 소설의 문장을 읽어보라. "그런데요, 언니, 당시 저를 가장 힘들게 한 건 인간적인 고뇌나 갈등, 이런 게 아니었어요. 그때 제 머릿속에 강박관념처럼 꽉 차 있던 건 너무나 사실적인 배고픔이었어요. 언니, 저는 지금까지 그렇게 형편없는 밥을 먹어본 적이 없어요. 밥이라기

여금 작품이 통렬하게 언표하는 북녘의 기아뿐만 아니라 시의 '바깥'에서 드러나지 않는 남녘의 풍요도 시 해석의 중요한 변수로 끌어들이게 한다. 다른 한편으로 이 시는 과연 우리 자신의 내면이 2010년대의 시인들이 감당해야 할 또 하나의 현장인가를 묻고 있다. 동시에 그 기아와 풍요가 어떻게 역사적으로 하나의 되먹임 구조를 형성하게 되었는가를 생각하게 한다.

문제는 표제시의 이런 실감이 『내 딸』 전체를 통으로 읽었을 때 얼마나 깊어지는가 하는 것이다. 간단히 말하면 『내 딸』은 통절의 어조와 표현 및 사유의 단조로움이 지배적이다. 그같은 단조로움은 북녘의 기근이라는 참상에 너무도 급박하게 얽매인 나머지 그 기근을 직간접적으로 야기한 현실 '들'에 대한 인식이 시에 충분히 스며들어가 있지 못한 데 있다. 하지만 노동자가 주인 되는 세상에 대한 염원이 때때로 정저지와(井底之蛙)의 맹목을 초래했다고 해서 왕년 우리 노동문학의 기여를 부정할 수 없듯이, 강렬한 고발의지와 도덕적 책무가 문학의 언어로 충분히 육화되지 못했다고 해서 『내 딸』을 오늘의 '분단시'로 평가하지 못할 것은 없다. 다만 『내 딸』의 발언을 진정으로 소중하게 생각하는 양식있는 독자라면 그 통곡과 통절에 탄식하고 북녘을 향해 손가락질하기보다는 남녘과 북녘의 현실을 엇물고 들어가는 분단체제의 다면성에 대한 진정한 시적 인식이 뭔가를 물어야 마땅하리라는 것만은 짚어둘 필요가 있겠다. 시와 정치 논의에서 제출된 문제의식을 살려서 표현한다면, 시인의 정치적 입장이 완고할수록 그 입장이 근거하고 있는 장 자체를 성찰하게 만드는——궁극적으로 '나'의 실존을 규정하는 외세와 평화, 복지, 생태문제 같은——의제

보다는 냉장고 속 이것저것을 그러모아 맑게 끓인 꿀꿀이죽 비슷한 거였어요. 빙 둘러앉아 그걸 모두 매 끼니마다 허둥대며 먹었고요. 21세기에 그런 일이 벌어지다니 그것도 서울 한복판에서 미래가 창창한 젊은이들에게 일어나다니 안 믿겨지시죠? 근데 그랬어요. 지금도 여전히 그러고 있을 테고요."(김애란 「서른」, 『비행운』, 문학과지성사 2012, 306~307면)

들이『내 딸』의 강렬한 고발에도 어떤 방식으로든 '시의 언어'로서 녹아
들어가야 한다는 것이다.

6. '분단시'를 넘어서

지금 우리가 살고 있는 시대에 대한 상은 각자의 처지와 입장에 따라
다른 것이 인지상정이다. 애초에 그런 상은 결코 하나일 수 없다. 근년에
시와 정치를 다룬 평자들이 염두에 둔 시대상은 예의 이명박 정권 치하의
촛불시위와 용산참사, 그리고 희망버스가 상징하는 사건들로 집약된다.
앞서 언급했다시피 이 국내 사건들은 2011년의 '월가를 점령하라'라는 구
호, 더 나아가 '아랍의 봄'과 연동되면서 세계사적 맥락에 접속되기도 했
으니, 시와 정치 논의에 신바람이 날 만도 했다. 그런 접속의 과정에서 우
리 작가들은 직접적 행동의 필요를 느낀 것에 비례하여 **문학으로써**의 실천
도 절감한바, 시와 정치 논의는 실천에 대한 진지한 고뇌를 담고 있었기
에 얼마간의 알맹이를 획득할 수 있었다. 정치와 미학의 결합이라는 오랜
논제에 윤리라는 쟁점이 추가되면서 문학의 사회적 역할을 우리 당대의
현실에서 새로이 고민하고 모색해야만 하는 과제로 부각된 것이다.

그러나 다시 강조하지만 그 논제의 외연을 넓히고 심화하는 일은 단순
히 시적 소재나 주제의 확장만을 뜻하지는 않는다. 진정으로 정치적 상
상력에 값하는 시라면 현실에 대한 촌철살인적 인식과 발화가 따를 수밖
에 없으며, 그 과정에서 자연스럽게 우리 삶의 지평에 대한 한층 심도 깊
은 이해에 도달할 것이기 때문이다. 물론 시와 정치의 고리를 '분단시'에
서 찾아내는 것 자체는 특별히 고난도의 작업이라고 할 수는 없다. 앞으
로 정말 난감하고 모험적인 과제는, 6·15남북공동선언 이후에도 좁혀질
기미가 크게 보이지 않는 남녘 시와 북녘 시의 이념적 이질성과 시적 낙
차를 비평으로 감당하고 소화하는 일이다.[24] 또한 그런 비평을 위해서라도

예컨대 '국가연합' 같은, 나라 안팎의 정세 변화에 부응하여 진화를 거듭하고 있는 사회과학적 발상과 논의를 시 읽기의 재산으로 삼고 활용하는 훈련이 긴요할 것이다. 오늘의 한국문학이 민족문학의 문제의식을 망각한 채 남녘의 '반쪽 현실'에만 안주하고 있는 것이 아닌가라는 의심이 깊어지는 요즘이다. 이런 때일수록 한반도 현실을 읽어내야 할 '하나의 텍스트'로 염두에 두는 것은 차라리 인문교양의 일부라고 해야 맞지 않겠는가.

시 몇편을 읽어놓고 너무 거창한 이야기를 한다고 책하는 독자도 있을지 모르나 시와 정치 논의를 재론하고 오늘의 '분단시'라 일컬음직한 작품을 읽어본 것은 대략 그런 취지에서이다. 결과적으로 소재 중심의 논의에서 벗어나지 못했지만 분단을 소재로 삼은 시를 읽는 일도 필연적으로 분단과 직간접적으로 연루된 우리 시대의 온갖 사회적 왜곡과 파행에 대한 탐구로 나아가기 마련이다. 그 과정에서 개인의 가장 내밀한 욕망이—또는 '나'의 온갖 종류의 심리적 '분단'이—어떻게 그런 왜곡 및 파행과 분리 불가한 것인가를 좀더 심도있게 이해할 수 있을 것이다. 그런 의미에서 문학을 통해 수행하는 사회현실의 탐구는 '분단시'에 국한될 리 없는바, 졸고는 한반도에서 정전협정시대 이후를 상상하고 새로운 시대를 열어가는 데 기여할 수 있는 비평작업들 가운데서도 극히 초보적인 일감을 부분적으로 감당했을 뿐이다.

---

24 6·15남북공동선언 이후 북한시의 동향에 대해서는 이상숙 「6·15남북공동선언 이후의 북한시: 『조선문학』에 나타난 통일시를 중심으로」, 『현대문학이론연구』 39호(2009) 171~95면 참조.

랑시에르 미학의 도전

시론의 새로운 모색들

1. 머리말[1]

　문학과 정치의 관계는 오랜 기간 숙고된 근대 비평의 난제에 속한다. 근년의 평단도 이에 관해 다양한 각도의 평문들을 제출한 바 있다. 필자도 그 주제에 대해 부족한 대로 소견을 밝힌 바 있지만[2] 비평가의 '줏대'를 거론하며 이 글의 말문을 여는 것도 나쁘지 않을 듯하다. 이곳의 난해한 정치현실에 개입한다고 하면서도 태반의 비평가들은 얄궂게도 해외의 더 난해한──번역을 통한 수입과정에서 더 난해해지기 일쑤인──이론가

---

1 이 글은 '비평과 정치'(Critique and Politics)라는 제목으로 열린 연세대 국학연구원·동경대 UTCP 공동주관 제3차 국제워크숍(2010년 3월 13일)에 제출한 영어발표문 "The Challenge of Rancièrian Aesthetic"을 한국어로 전면 개고한 것이다. 발표문 자체가 한국 독자가 아닌 영어권 독자를 의식하고 씌어졌을뿐더러, 그사이에 랑시에르에 관한 국내 논의가 과열 양상을 띤지라 발표문을 단순히 번역하는 것은 큰 의미가 없다고 판단했다. 애초 발상은 일단 고수하되 우리말로 전면 개고하는 방향을 택했다. 이 자리를 빌려 발표와 개고의 기회를 주신 연세대학교 국학연구원에 감사의 말씀을 드린다.
2 이 책에 실린 졸고 「오늘의 '분단시'에 관한 단상들」 2절 참조.

들에게 사고를 의존하는 실정이다. 지금 한국 비평계의 주역은 외국 학계의 명사(名士)들이라는 착각마저 든다. 만약 그런 착각에 일말의 근거가 있다면 세계화시대의 참뜻은커녕 소통을 지향하는 비평의 책무라는 것도 공염불이기 십상이다.

이러한 때 문학의 초발심(初發心)이라는 것을 다시 생각해보게 된다. 문학공부에서도 줏대를 세우는 일이 무엇보다 중요하지만 그럴수록 '새로움'의 참뜻을 설레는 마음으로 알아보고 사유의 지평을 넓히는 작업이 반드시 따라야 하지 않을까. 그렇다면 그런 마음으로 서양의 이론을 공부하고 받아들인 결과 한국문학의 비평이 세련되고 풍요로워진 면이 많았음을 잊어서는 안되겠다. 따지고 보면 외부의 양분 없이 자생한다는 것 자체가 생명현상에 반하는 관념이지 않은가. 그러나 바로 그렇기 때문에 외화내빈의 실상을 검토하는 일은 그것대로 필요하고, 그 과정에서 이곳의 실정에 맞는 비평의 실질을 구하는 작업을 소홀히 할 수 없음도 분명해질 것이다.

이같은 문제의식을 전제로 이 글에서는 우리의 비평계에 활력을 불어넣는 것에 못지않게 문학과 정치라는 난제를 한층 어렵게 만드는 데 '공헌'한 자끄 랑시에르(Jacque Rancière, 1940년생)의 입론을 살펴보려고 한다. 그의 많은 저서 중 짤막한 개요 성격의 저서인 『감지 가능한 것의 나눔』(2000)과 좀더 본격적인 문학비평서인 『문학의 정치』(2007) 및 『말들의 육체』(1998)를 중심으로 특히 두가지 핵심개념인 '예술의 미학적 체제'와 '문학'에 집중해 살펴보겠다.[3] 이 글은 전체적으로 랑시에르 미학의 온당

---

3 세 저작의 '원본'은 *La chair des mots: Politique de l'écriture* (Edition Galilée 1998); *Le Partage du sensible: esthétique et politique* (La fabrique 2000); *Politique de la littérature* (Edition Galilée 2007)이다. 본고에서는 영역본 *The Politics of Aesthetics* (Continuum 2004); *The Flesh of Words: The Politics of Writing* (Stanford UP 2004); *The Politics of Literature* (Polity 2011)를 기본 텍스트로 삼았는데, 인용문의 번역은 불어본에 근거한 필자의 것이다. 하지만 그간 랑시에르의 주요 저작에 대한 한국어 번역이 전반적으로 만족스럽지 않다는 점을 떠나서 필자 자신이 시도한 번역도 정확성을 확신할 수 없는

한 수용과 오늘 우리 평단의 현주소를 생각해보는 작업이지만, 다른 한편 민족문학의 이름으로 남아 있는 비평 유산의 의미를 개괄적으로 되돌아보고 2010년대로의 이월 가능성을 탐색하는 자리도 될 것이다.

2. 랑시에르의 예술체제들에 대한 재검토

랑시에르가 제창한 미학의 기반은 '문학'이다. 그런데 이 문학개념에 대한 그의 해석은 확실히 특이한 바가 있다. 문학의 탄생에 대한 그의 생각은 영역본『미학의 정치』'부록 1'에 다음과 같이 자못 명징하게 설명되어 있다.

> 순문학(les belle-lettres)과 구별되는 예술생산품의 특정한 형식으로서의 문학은 19세기 초에 나타났고, 예술의 미학적 체제를 탄생시킨 미학혁명과 동일한 시공간을 공유했다. 그러나 문학은 예술생산의 단순한 양식 이상의 것이다. 그것은 **재현적 예술체제의 규범 및 위계**뿐만 아니라 승인과 평가의 틀을 포기하는 가능성의 체제이다. 내용에 대한 형식의 무관함을 설정함으로써, 그리고 소설의 모방원리를 언어의 표현력으로 대체함으로써 문학은 재현의 시학을 거부한다. 글쓰기의 두 형태, 즉 초과적 언어(literality)라는 부모 없는 글자와 육화된 언어의 진리를 영광스럽게 구현하는 글자 사이의 끝없는 모순 속으로 들어가는 댓가를 치르면서 말이다. (*The Politics of Aesthetics* 87면. 강조는 원문)

랑시에르가 주장하는 19세기 미학혁명과 동일선상에 있는 "예술생산품의 특정한 형식으로서의 문학"은 일반적으로 '문학'으로 간주되지 않

탓에 붙어 원문과 면수를 각주에 제시하되 영문판의 면수도 병기하도록 한다.

았던 육체노동자들의 각종 습작들을 광범위하게 발굴하고 발굴 텍스트에 대해 새로운 의미를 부여함으로써 다듬어지기 시작했다.[4] 후술하겠지만 '생각한다는 것' 자체의 의미를 묻고 지식의 독점적 경계를 무너뜨린 이 미학혁명은 1848년 혁명 전에 이미 시동이 걸렸다고 하는데, 그 핵심동력은 기성 문인들에 대한 기계적인 모방 이상의 것인 노동자들의 자기표현 의지였다. 랑시에르에 따르면 온갖 형태로 발화되는 그런 민중적 표현의 지는 "예술생산의 단순한 양식 이상의 것" 즉 예술의 미학적 체제를 만들어내는 데 기여했다고 한다.

그런 예술의 미학적 체제는 두 글쓰기 사이의 모순을 동력으로 삼아 가동되는 것으로 기술되어 있다. 여기서 특히 주목할 것은, 랑시에르가 '부모 없는 말'과 '육화된 언어의 진리를 구현하는 말'의 모순을 부각하면서 재현의 시학을 거부하는 대목이다. 적어도 위의 인용문에서는 글쓰기의 두 형태가 갖는 모순이 제시되어 있지만 그의 실제 텍스트 분석을 보면 "육화된 언어의 진리"를 구현하는 글자보다는 거의 전적으로 '초과적 언어'(literarity)에 방점이 찍혀 있다는 느낌이 든다. 초과적 언어를 한마디로 말한다면 표현의 매체와 영역, 규범에 일절 제한을 두지 않음으로써 화석화되고 조건화된 기존의 언어적 질서를 교란하고 미학에서 평등을 세우기 위한 조건을 조성하는 기제라 할 수 있겠다. 그런데 흥미로운 것은 이 개념이 랑시에르의 저작에 처음 등장한 맥락으로, 그것은 미학과는 사실상 무관했다. '초과적 언어'란 개념은 모든 견해에 대한 갑론을박을 기본전제로 하는 민주주의의 가능성을 논하는 정치이론의 산물인바, 이 말의 속뜻은 보통 우리가 '문학성'(literariness)이라고 말하는 것과는 정반대에 가깝다. 문학의 문학다움 또는 문학성에 대한 두 대립적 관점, 즉

---

4 그의 그러한 발굴과 해석 작업에 대해서는 Jacque Rancière, *The Nights of Labor: The Workers' Dream in Nineteenth-Century France* (trans. John Drury, Temple UP 1981); *Staging the People: The Proletarian and His Double* (trans. David Fernbach, Verso 2011) 참조.

구성주의나 본질주의로는 제대로 포착할 수 없는 초과적 언어는 예술의 미학적 체제가 작동하기 위한 필수적인 조건에 해당한다.[5]

이 개념이 '문학성'에 연연하는 일체의 기성 문학관에 비타협적이고 저항성을 띠는 것은 어렵지 않게 납득할 수 있다. 랑시에르는 19세기 중후반에 읽고 쓰기 위한 여가시간을 갖지 못한 노동자들의 잊혀진 문건들을 들춰내 그것을 '문학'이 아니라고 규정한 제도권의 완강한 문학개념을 해체하는 데 동원한다. 그는 노동자들 스스로의 감각과 목소리를 되찾기 위해 행한 '밤의 작업들'을 세세히 열거하면서 프롤레타리아적 삶의 지각 가능성을 오늘날 '본격문학'에 해당하는 작가의 양식화된 글쓰기보다 본원적인 것으로 간주한다. 요컨대 노동자들의 '문학'은 화석화된 언어를 통해 지배이데올로기를 관철시키는 모든 체제에 대항하는 저항의 산물이다. "깨어 있을 수 있는 자들의 밤과 구걸할 필요가 없는 자들의 언어, 그리고 빌붙어 살 필요가 없는 자들의 이미지"[6]를 자기 것으로 만들려는 직공, 신발 수선공, 대장장이 들의 글쓰기 모험은 랑시에르에게 문학을 발본적으로 다시 사유할 수 있게 한 출발점인 셈이다. "좌파가 방향을 상실한 시대에 그의 저작은 우리가 어떻게 계속 저항해야 하는가에 대한 얼마 안되는 일관된 개념화의 한 사례를 제공한다"는 지젝의 평가[7]도 그런 맥락에서 수긍할 수 있다. 따지고 보면 우리 비평가들이 그의 이론적 작업에 매료된 까닭도 저항의 철저성에 기인하며, 나 자신도 그런 미덕을 누구 못지않게 인정하는 입장이다.

그러면 랑시에르가 『미학의 정치』에서 처음으로 개진한 세가지 예술

---

5 '초과적 언어'(literarity)라는 개념이 어떤 해방적 매력과 한계가 있는가는 뒤에서 더 따져보겠지만 "시는 어디에나 있고, 그림 역시 어디에나 있다"라는 랑시에르의 단언도 '초과적 언어' 개념에 기반하고 있으며, 이같은 예술관은 그가 '실질적 핵심'이라고 말한 '평등과 익명성의 이념'으로 이어진다. "Politics and Aesthetics: An Interview," *Journal of the Theoretical Humanities* 8:2(2003) 205면.

6 Jacque Rancière, *The Nights of Labor* 22면.

7 영역본 *The Politics of Aesthetics*에 붙인 지젝의 후기(Afterword) 79면. 강조는 지젝.

체제를 간략히 되짚어보자. 그는 언어를 포함한 인간의 모든 표현매체 및 행위를 '예술'로 규정하고 파악해온 방식을 '체제'로 명명하고 이를 세가 지로 대별한다. 이 체제들의 경계는 '감지 가능한 것의 나눔'[8]의 작동방 식에 따라 배타적으로 획정된다. 가장 오래된 것은 "윤리적 이미지 체제" (=윤리적 체제)이다. 이것은 플라톤에서 기인한다. 이는 자유시민 및 '밤 의 성찰'이 허용되지 않는 노예로 구성된 공동체의 윤리를 관장하기 위해 교육이 가장 중시되는 체제이다. 이 체제의 예술은 대체적으로 포이에시 스, 즉 어떤 것을 수행하거나 제작하는 '기예'를 가리킨다. 랑시에르가 보 기에 그러한 기예는 근대적인 의미의 예술과 전혀 관계가 없다. 그다음은 "예술의 재현적 체제"(=시학적·재현적 체제)이다. 이것은 아리스토텔레 스에서 기원한다. 이 체제는 모든 예술의 장르, 스타일, 소재, 주제 등을 위 계질서의 틀로써 고정·정렬시킨다. 그러한 질서 속에서 재현(=미메시 스)의 원리는 그 어떤 창작적 고려보다 중시된다. 이 체제 하에서 예술은 재현과 거의 등가가 된다. 재현은 감지 가능한 것들을 특정한 위계의 원 리에 충실하게 정렬·배치함으로써, 실용적이면서 도덕적인 목적에 복무 하는 창작원리이다.

그렇다면 각각 윤리와 재현이 핵심어로 작동하는 두 예술체제와 미학 적-감성적 예술체제는 구체적으로 어떻게 구별되는가? 랑시에르 자신의 규정을 직접 읽어보자.

---

8 앞서도 번역을 그렇게 했지만 불어의 'partage'는 공유와 분배의 의미를 모두 함축한 말이다. 영역본에서는 'distribution'으로 옮겨졌고 국내에서도 영어 번역에 준하여 분 할, 배분 또는 배치 등으로 번역되었다. 하지만 이는 적절한 번역이라고 보기 어렵다. 그런 번역어로는 'partage'가 내포한 공유와 분배의 변증법적 긴장을 담을 수 없기 때 문이다. 좀더 적절한 우리말 역어로는 『정치적인 것의 가장자리에서』(길 2008)에서 역 자인 양창렬이 제안한 '나눔'이 아닐까 싶다.(18면 각주 2번) 'partage'의 정치적 함의 에 대한 좀더 자세한 논의는 Davide Panagia, "'Partage du sensible': the distribution of the sensible," Jean-Philippe Deranty ed., *Jacque Rancière: Key Concepts* (Acumen 2010) 95~103면 참조.

예술의 미학적 체제는 예술을 단독적인 것에서 엄밀하게 식별해내고 그 어떤 특정 규칙이나 주제, 장르, 그리고 기법들의 위계질서로부터도 해방시키는 체제이다. 그러나 그것은 예술을 제작하는 방식들을 다른 제작방식과 구별하고 사회적 활동의 질서에서 예술의 규칙을 분리해내는 미메시스의 장벽을 산산이 파괴함으로써 해방을 이룩한다. 미학적 체제는 예술의 절대적 단독성을 주장하는 동시에 그 단독성의 모든 실용적 기준을 파괴한다. 동시에 그 체제는 삶이 <u>스스로</u> 형성해내는 것에 의해 예술의 자율성과 그런 예술형식의 정체성을 확립한다.[9]

랑시에르는 사실상 '전통'이라는 이름으로 확립된 모든 장르적 규범 또는 규칙에서 벗어난 예술의 절대적 단독성(=유일무이함)을 미학적 체제의 '본질'로 상정한 셈이다. 이로써 그 남다른 예술을 사회로부터 분리하는 재현주의와 실용주의의 척도는 부정된다. 이는 절대적으로 특이하면서도 사회의 민주적 공통감각에 참여하며, 동시에 그런 감각을 발현시키는 예술에 대한 옹호로 보인다. 예술의 미학적 체제는 재현의 규칙으로 표상되는 낡은 예술창작의 원리를 파괴하고 **삶이 스스로 만들어내는 새로운 예술의 형식과 가능성**을 지향하는 것으로 정의된다.

삶의 새로운 양식과 예술의 발명에 관한 랑시에르의 비평적 조명은 다양한 방식으로 이뤄진다. 하지만 그중에서도 플로베르(Gustave Flaubert, 1821~1880)의 문학에 대한 그의 관심은 각별한 것으로 보인다. 플로베르의

---

9 "Le régime esthétique des arts est celui qui proprement identifie l'art au singulier et délie cet art de toute règle spécifique, de toute hièrarchie des sujets, des genres et des arts. Mais il le fait en faisant voler en éclats la barrière mimétique qui distinguait les manières de faire de l'art des autres manières de faire et séparait ses règles de l'ordre des occupations sociales. Il affirme l'absolue singularité de l'art et détruit en même temps tout critère pragmatique de cette singularité. Il fonde en même temps l'autonomie de l'art et l' identité de ses formes avec celles par lesquelles la vie se forme elle-même." (*Le Partage du sensible* 32~33면; *Politics of Aesthetics* 23면).

문학이 갖는 혁신적 의의는 그의 여러 저작에서 반복적으로 강조된다. 플로베르의 인물들에 대한 다음과 같은 분석도 그중 하나다.

> 그들은(플로베르의 인물들은——인용자) 하나의 예술을 다른 예술과 혼동한다. 즉 그들은 사실상 행위의 낡은 시학에 머물러 있는바, 그런 시학의 인물들은 원대한 계획을 추구하며, 그 감정은 꼬뮌의 감정과는 정반대되는 특정한 사람들의 특성과 고상한 열정에 의해 고양된다. 그들은 새로운 시학, 즉 삶의 평등 시학의 시대에 있지 않다. 그들은 여전히 주어와 술어, 사물과 속성, 목적을 겨냥하고 수단을 선택하는 의지의 세계에 살고 있다고 믿는다. 그들은 사물과 개인들이 진정한 속성을 지니고 있으며 그 속성으로 인해 그런 것들을 소유하는 것이 바람직하다고 믿는다. 간단히 말해 악마의 교훈, 즉 삶이란 아무런 이유도 없는 것임을 이해하지 못하는 것이다. 그런 삶은 끊임없이 새로운 지형을 형성하고 해체하는 원자들의 끝없는 뒤섞임이다.[10]

---

10 "Ils prennent un art pour un autre: ils en sont restés en effect à la vieille poétique des actions, avec ses personnages poursuivant de grands desseins, ses sentiments suscités par les qualités des personnes et ses passions nobles opposées aux sentiments du commun. Ils ne sont pas à l'heure de la poétique nouvelle, de la poétique égalitaire de la vie. Mais c'est aussi qu'ils prennent une vie pour une autre. Ils se croient encore dans un monde de sujets et de prédicats, de choses et de propriétés, de volontés qui visent des fins et choisissent les moyens. Ils croient que les choses et les individus ont des propriétés réelles qui rendent leur possession désirable. En bref, ils n'ont pas entendu la leçon du Diable: la vie est sans raison. C'est un brassage incessant d'atomes qui sans cesse forme et défait des configurations nouvelles."(*Politique de la littérature* 73면; *The Politics of Literature* 62 면) 불어본과 영어본의 대조에서 한가지 생각해볼 점은, "그런 시학의 인물들은 원대한 계획을 추구하며, 그 감정은 꼬뮌의 감정과는 정반대되는 특정한 사람들의 특성과 고상한 열정에 의해 고양된다"라고 필자가 번역한 문장이다. 특히 고딕체 부분인데, 영어본에서는 "the opposite of common feeling"으로 번역되었는데, 물론 이를 "민중적 감정과는 정반대되는"으로도 옮길 수 있겠다. 하지만 불어의 꼬뮌(commun)은 단순히 민중이나 공통이라는 뜻 말고도 빠리 꼬뮌과 같은 프랑스의 역사적 맥락을 강하게 환기시키는 말이기도 하다. 우리의 귀에 어느정도 익은 불어 단어를 그대로 적은 것은 그 때문이다.

랑시에르가 바로 이어서 말하고 있듯이 이 새로운 지형은 질 들뢰즈(Gilles Deleuze)의 '주체 없는 개인화'(heccéité)에 해당한다. 이는 "분자들 또는 입자들 사이에 이루어지는 운동과 정지의 관계"로 표현되는데, 그에 따라 일체의 인간적 실천이 갖는 중심과 지향도 분자들의 상호작용으로 규정된다. 그러므로 주어와 술어의 굴레를 쓴 에마 보바리는 문학을, 나아가 삶 자체를 단순히 미문(美文)으로 소비한 주인공이라는 점에서 랑시에르가 정의하는 문학, 즉 "모든 주제를 다른 모든 주제와 등가물로 만듦으로써 예술의 세계와 산문적 삶의 세계의 구분을 흐리는"(*Politique de la littérature* 64면) 예술에 역행하는——또는 그런 예술의 가능성을 저버리는——인물이 된다. 또한 그런 인물의 진부한 행로를 시종 철저하게 증언하고 '처형한' 플로베르야말로 예술에 목 매는 탐미주의자이기는커녕, 전통주의자들이 자신의 아집과 계급적 이해관계에 사로잡혀 몰각한 '민주주의'를 예술적으로 구현한 작가가 된다.[11]

나는 랑시에르의 해석을 플로베르에 관한 기존 비평사에 비추어 평가할 수 있는 능력이 없다. 다만 당대 불문학에 대한 해박한 이해를 바탕으로 『보바리 부인』이 도달한 장인적 경지를 동시대 어느 누구에 못지않게 평가한 헨리 제임스에 동조하면서도[12] 다른 한편 "끊임없이 새로운 지형

우리말 번역본에서는 아예 이 대목이 생략되어 있다. 유재홍 옮김 『문학의 정치』(인간사랑 2009) 110면 참조.

11 랑시에르는 『보바리 부인』론을 영문으로 발표하면서 위의 논지를 간명하게 되풀이한 바 있다. Jacque Rancière, "Why Emma Bovary Had to be Killed," *Critical Inquiry* 34(2008년 겨울호) 233~48면 참조.

12 에마 보바리를 '처형'시킨 랑시에르의 읽기와 통하면서도 색다른 생각거리를 던져주는 헨리 제임스의 발언은 다음과 같다. "우리의 불만은 에마 보바리가, 그녀의 의식이 갖는 성격에도 불구하고, 그리고 자신의 창조주의 성격을 그토록 많이 반영하고 있음에도 불구하고, 정말이지 너무도 작은 사건이라는 것이다."(Our complaint is that Emma Bovary, in spite of the nature of her consciousness and in spite of her reflecting so much that of her creator, is really too small an affair.——Henry James, "Gustave Flaubert," *Henry James: Literary Criticism*, Library of America 1984, 326면) 랑시에르가

을 형성하고 해체하는 원자들의 끝없는 뒤섞임"을 아무런 이유나 목적도 없는 삶 자체로 정의하고 그런 '비인간적 정의'에 입각해 자본주의체제하에서 억압당하는 것의 혁명적 의미와 임무를 부여하는 랑시에르의 문학관에 전폭적으로 공감하기 어렵다는 점을 부연하고 싶다.

이 대목에서 랑시에르가 예시한 미학적 발명으로 되돌아간다면, 그런 발명은 '정치'와 불가분의 관계를 맺는다. 이때 정치는 1인 1표의 투표권으로 표상되는 대의민주주의나, 의회권력의 장악을 위한 직접적 정치 실험 내지 투쟁과는 무관하다. 문학에서의 정치도 작가나 작품의 현실참여 또는 정치의식과 다른 것으로 규정된다. 한국에서의 한 인터뷰에서 랑시에르가 말했다시피 정치는 "세계에 참여한다는 의미에서 정치적인 것이 아니라, 문학이 사물들에 다시 이름을 붙이고, 단어들과 사물들 사이의 틈을 만들며, 단어들과 정체성 사이의 틈을 만듦으로써 결국 탈정체화, 즉 주체화의 형태, 해방 가능성, 어떤 조건에서 벗어날 수 있는 가능성을 만들어내는 데 개입한다는 의미에서 정치적인 것"이다.[13] 그같은 가능성의 구현에 관한 한 합의를 깨는 행위(disagreement)가 다른 모든 것에 선행한다. 그러니 랑시에르의 정치가 중지(衆志)에 근거해 표를 최대한 많이 모아야 가능한 현실권력의 쟁취와 상관없는 것도 당연하다. 오히려 치안행위(policing)와 불가불 함수관계를 맺을 수밖에 없는 현실적 정치권력은 적극적인 해체대상이 되는바, 1인시위, 행진, 밤샘농성, 페이스북 또는 인터넷 청원 등이 표상하는 '정치 없는 정치'라는 역설은 바로 그런 해체의 맥락에서 성립한다.[14]

에마 보바리와 플로베르를 철저하게 분리시킨 데 반해 제임스는 "정말이지 너무도 작은 사건"에 연루된 작가의 '의식'을 문제삼고 있다.

13 랑시에르·양창렬 인터뷰 「'문학성'에서 '문학의 정치'까지」, 『문학과사회』 2009년 봄호 448면.

14 그런 역설의 함의와 '불화'의 정치에 관한 구체적인 논의는 Jodi Dean, "Politics Without Politics," Paul Bowman and Richard Stamp eds., *Reading Rancière* (Continuum 2011) 73~94면 참조.

여기서 랑시에르의 정치 및 민주주의 담론을 파고들 여유는 없다. 다만 일체의 체계화에 저항하는 그의 정치관이 민중을 지도·계몽하는 지식인 중심의 혁명관에 대한 전면적 거부에서 나오며, 그런 거부가 평등주의적 문학관과 연관되어 있다는 점은[15] 음미할 필요가 있다. 그럴 때 지지자들의 옹호에도 불구하고 그가 선보인 관념의 곡예와 문학의 정치성이 현실정치와 무관하다는 거듭된 주장은 프랑스에서는 어떨지 몰라도 한국의 현실에서는 액면 그대로 받아들이기 어렵다.[16] 다음 절에서 부연하겠지만 적어도 1987년 6월의 시민혁명이 있기까지 우리의 문학은 현실정치적 개입을 중단하지 않았으며 그 과정에서 지식인 중심—그 극단적 반동으로서의 노동계급 중심—의 혁명관을 상당부분 해체해왔다.

물론 87년체제의 건설적 동력이 거의 소진된 현재는[17] 평단에서도 사물을 새롭게 명명하고 사물과 단어를 잇는 굳은 관절을 풀어줌으로써 새로운 정치적 주체들의 가능성을 모색하는 일이 절실해졌다. 그렇다면 근대적 주체의 한계와 그 잠재적 힘을 발본적으로 탐구한다고 할 때 랑시에르의 예술체제들이 우리에게 어떤 영감을 줄 수 있을까? 그 자신은 윤리

---

15 2010년 6월에 붙인 영어판 *Althusser's Lesson* (trans. Emiliano Battista, Continuum 2011)의 서문에서 랑시에르는 자신의 저서를 "지력(知力)의 불평등에 관한 이론에 대항하는 전쟁"(xvi면)으로 규정한 바 있다.

16 그 단적인 사례가 정치와 치안의 이분법이다. 랑시에르가 뜻하는 정치와 치안을 한마디로 간명하게 정리한다면, "보이지 않았던 것을 보게 만드는 것, 그저 소음으로만 들릴 뿐이었던 것을 듣게 만드는" 것이 '정치'인 반면, 치안은 그런 정치를 "끊임없이 사라지게 만드는 것"이다. 그의 관점에 서면 치안의 순기능이란 있을 수 없다. 반면에 "고유한 장소나 자연적인 주체도 갖지 않"는 정치의 경우 그 편재성(遍在性)이 단순하달 정도로 강조되는 듯한 느낌이다. 그 과정에서 들숨과 날숨에 비견할 수 있는 정치와 치안의 간단치 않은 관계가 상대적으로 도외시되지 않았나 싶다. 요컨대 치안 없는 정치라는 것은 그 자체로 하나의 관념(idea)으로서 민중의 실상에 기반한 것은 아니라는 것이다. Jacque Rancière, "Ten Theses on Politics," *Theory & Event* 5:3, 2001 참조. 이 글은 번역서『정치적인 것의 가장자리에서』(양창렬 옮김, 길 2008)에도 실려 있다.

17 이에 대해서는 특히 김종엽「분단체제와 87년체제」, 김종엽 엮음『87년체제론』(창비 2009) 29~55면 참조.

와 재현 및 정치를 핵심어로 삼아 별개의 예술체제를 구상했지만 그것들을 상호 배타적인 것으로 범주화할 사안이 아님은 분명하다. 오히려 근대 '이후'가 운위되는 요즈음에는 그 삼자의 삼투(滲透) 현상이 앞으로 더 면밀히 파고들 과제로 부각되는 듯한 느낌이다.

랑시에르가 천착한 바 있는, (비극)시인 추방 주장으로 악명 높은 플라톤의 『공화국』 제2, 3권이나 10권 등을 검토하면 시인 추방의 의미도 생각만큼 간단치 않다. 명백히 시의 폐해 및 시에 대한 '철학'의 우위를 설파하고 있음에도 불구하고 ── 아데이만토스와 글라우콘의 대화가 그러하듯이 호메로스의 작품에 대한 검열적 읽기와 편집행위가 오늘날 독자들이 동의할 수 없는 것이라고 해도 ── 시 교육이 어떻게 어린이 및 시민의 덕성 함양에 공헌할 수 있는가를 논하는 대목들은 폐기보다는 탐구적 재해석이 필요하며, 실제로 노예제 사회라는 한계를 안고 있을망정 플라톤이 사유했던 교화(敎化)로서의 문자행위는 서구문학에서 지금도 끈질기게 제기되는 화두이다.[18] 다른 한편 아리스토텔레스의 문학적 유산은 보존 및 활용가치가 더 뚜렷하다. 아리스토텔레스가 토대를 놓은 창작의 유기적 원리로서의 재현과 그런 재현을 구현하는 플롯 및 플롯의 극적 효과로서의 카타르시스를 완전히 배제하고 현대문학이 과연 얼마나 '현대성'을 균형있게 성취할 수 있을지 의문이기 때문이다. 종합해보면 윤리와 재현의 범주는 해체되고 재구성되면서 역사적으로 진화해왔고 오늘날의 문학에서도 새로운 형태로 변모하는 중이라고 말하는 것이 실제에 더 가까운 판단이 아닐까 싶다.

이에 대한 논의를 더 하기보다는 예술의 미학적·감성적 체제를 좀더 따져보자. 랑시에르가 역설하듯이 '문자'(letter)에 내재한 고유한 해체와 무질서의 힘을 구현하는 것이 '초과적 언어'의 본질이고 그런 본질을 가

---

18 백낙청도 비슷한 문제의식으로 랑시에르의 '윤리적 체제' 논의가 "다분히 일면적"임을 지적한 바 있다. 백낙청 「현대시와 근대성, 그리고 대중의 삶」, 『문학이 무엇인지 다시 묻는 일』(창비 2011) 79~80면.

장 잘 구체화하는 것이 미학적·감성적 예술체제라면, 그가 정의하는 문학은 역사적으로 정확히 어떤 것인가? 랑시에르가 19세기 초에 미학혁명과 함께 태동한 문학을 미학적·감성적 예술체제와 연동해서 파악한다는 점은 앞서도 지적한 바 있지만 그 자신의 의도에도 불구하고 시기적으로 보면 르네상스와 신고전주의 시대의 문학, 즉 셰익스피어나 세르반떼스, 괴테 등은 대개 순문학에 포함되는 꼴이다. 그가 주목하는 (프랑스) 작가들의 면면, 가령 발자끄(1799~1850)나 보들레르(1821~1867), 랭보(1854~1891), 프루스뜨(1871~1922) 등만 봐도 예술의 미학적·감성적 체제의 역사적 시간대가 분명하다. 이들 작가 모두는 미학의 민주주의적 기획을 추구한 장본인들로 대접받는다. 이들의 생몰년에 근거해 랑시에르의 현대주의적 편향을 적발해낸다면 과도한 논법이겠지만 그의 읽기가 일종의 편식(偏食)이라는 점은 더 생각해볼 만하다.

그런 편식은 무엇보다 장르나 내용에 따른 형식의 위계질서를——'질서'로써 규정된 기존 감각의 영토 배치를 교란하고——깨뜨림으로써 발생하는 새로운 형태의 '무질서'에 대한 몰입에서 나온 것으로 보인다. 랑시에르에게 무질서는 사실상 '평등'의 다른 이름이기도 하다. 이 경우 평등은 1인 1표 방식의 기계적 산출이 아님은 물론이다. 오히려 위계화된 감각적인 것의 '나눔'을 통해 가능해지는 주체와 연관된 개념이다. 그러나 무질서를 모태로 하는 '주체 없는 개인화'가 '질서'에 대한 반발만을 동력으로 해서 추구될 때 그런 개인화가 유발할 수밖에 없는 주체의 자기모순을[19] 다각도로 교정 및 포용하는 정치적 지평을 과연 제대로 열어갈 수 있

19 '질서' 자체에 대한 랑시에르의 해체 일변도 사유는 알뛰세르에 대한 반발과도 무관하지 않다. 물론 스승인 알뛰세르와 제자인 랑시에르의 관계는 전혀 간단치 않다. 하지만 이데올로기의 편재성에 집중한 나머지 주체의 체제적 질서화라는 역설에 봉착한 알뛰세르의 한계를 어떤 방식으로든 돌파하려는 의지야말로 랑시에르 미학의 근본 동력이라고 해도 지나치지 않을 듯한데, 무질서에 대한 랑시에르의 철학적 집착도 비판적으로 따져볼 만한 점이 적지 않다고 본다. 이에 대해서는 특히 Jacque Rancière, *Althusser's Lesson* 4장 "A Lesson in History: The Damages of Humanism" 참조.

을지 생각해봐야 한다. 랑시에르적 평등과 주체 개념이 "상상력의 공상적 왕국"을 건설하는 데는 유용할지 몰라도 실제 오감으로 이뤄지는 보통사람들의 생활감각에서는 멀어지기 십상이다.[20] 근대문학 전반에 관한 랑시에르의 단순화도 거기서 나오는 것 같다. 이에 대한 전면적인 검증은 이 글의 한정된 지면에서는 힘들지만 필자의 독서에 근거한 어느정도의 구체적 점검이 가능한 영국문학, 특히 랑시에르 자신이 비교적 끈질기게 거론하고 있는[21] 워즈워스의 사례를 살펴보자.

영국문학의 경우 워즈워스의 전사(前史)[22]도 중요하지만 '감지 가능한

---

20 그런 위험성에 대해서는 이미 다음과 같은 일침이 있었다. "마지막으로 랑시에르는 알뛰세르에 대해 그 자신이 예전에 가한 비판과 유사한 비판을 받을 수도 있는 위험을 안고 있다. 즉, 알뛰세르가 민주주의에 관해서 조리에 닿지 않는 이론을 펼쳤다는 비판 말이다. 랑시에르의 이론은 우리로 하여금 정치 또는 평등을 가지고 '놀도록' 부추길 수 있다. 랑시에르의 평등주의는, 유희(遊戱)에 관한 실러의 개념과 마찬가지로 '상상력의 공상적 왕국'에 갇힐 위험이 있다."(The danger, finally, is that Rancière may have fallen victim to a version of his own early critique of Althusser — that he has developed an inconsequential account of democracy. Rancière's theory may encourage us to do little more than 'play at' politics or equality. Rancière's egalitarianism, no less than Schiller's notion of play, risks confinement to the 'unsubstantial kingdom of the imagination.' — Peter Hallward, "Staging Equality: Rancière's Theatrocracy and the Limits of Anarchic Equality," Gabriel Rockhill & Philip Watts eds., *Jacques Rancière: History, Politics, Aesthetics*, Duke UP 2009, 157면)

21 그중 특히 Jacque Rancière, *Short Voyages to the Land of the People* (Stanford UP 2003) 9~24면; *The Flesh of Words: The Politics of Writing* (Stanford UP 2004) 1~40면 참조.

22 단적으로 셰익스피어로 대표되는 엘리자베스 대의 극예술 — 더 거슬러올라가면 중세 신분질서의 붕괴를 정밀한 인물소묘와 풍자로써 암시한 제프리 초서의 이야기시도 — 이야말로 감지 가능한 것의 '나눔'을 변증법적으로 구현한 탁월한 사례로 꼽을 수 있다. 뿐만 아니라 랑시에르가 장르들의 위계가 완고하게 지켜졌다고 간주한 신고전주의 문학에서도 모든 관습적 위계와 그 감지 가능한 것들의 영토를 해체하여 민주적으로 재분할함으로써 시적 혁신이랄 만한 것을 이룩한 작가가 없지 않다. 알렉산더 포프(Alexander Pope, 1688~1744)의 『던시애드』(*The Dunciad*, 1728)가 바로 그런 '문제작'에 해당한다. 이런 맥락에 워즈워스를 놓는다면 이렇게 말하는 것도 가능하다. 즉 18세기 토리당(=보수당) 지지의 풍자시인인 포프와 일견 정치적으로 정반대의 입장을 견지한 것처럼 보이는 시인이 워즈워스지만 실제로는 두 작가 모두 훗날 자본주의로 통칭되는 '시장'의 파괴성에 시로써 저항했으며, 적어도 그 점에서 워즈워스는, "인

것의 민주적 나눔'이 좀더 특별한 양상을 띠게 되는 역사적 사조로서 프랑스혁명기의 낭만주의를 꼽는 데는 큰 이견이 없을 듯하다. 그런데 문제는 역시 랑시에르가 워즈워스의 작품을 철저하게 "장르로 나누어진 위계적 세계의 붕괴"라는 관점으로 접근한다는 점이다. 물론 워즈워스가 『서정담시집』(*Lyrical Ballads*, 1798)의 서문에서 보통사람들의 "미천하고 소박한 삶"(low and rustic life)을 주로 시의 소재로 삼겠다고 공언하는 과정에서 "장르로 나누어진 위계적 세계의 붕괴"를 시화(詩化)한 것은 사실이다. 그러나 『서정담시집』 및 그 서문을 위계적 장르들로 구성된 신고전주의와 절연된 것 ― 즉 미학적·감성적 예술체제의 구현 ― 으로만 해석해도 되는가는 다른 문제이다. 예컨대 T. S. 엘리엇만 해도 워즈워스가 아리스토텔레스 시학의 그 어떤 신봉자 못지않게 재현(mimesis)을 시적 원리로 삼았다는 점을 통찰하지 않았던가.[23] 그의 통찰은 감지 가능한 것의 영역을 시적으로 확대한 시인으로서 갖는 권위와 무관하게 적확한 것이다.

간에 대한 적절한 연구는 인간"(The proper study of mankind is man)이라고 일갈한 (Pope, "Essay on Man") 신고전주의의 시적 성취를 프랑스혁명의 상황에서 창의적으로 이어받은 '민중시인'이라는 것이다. 워즈워스와 포프를 대체로 그런 관점으로 파악한 연구는 Robert J. Griffin, *Wordsworth's Pope: A Study in Literary Historiography* (Cambridge UP 2005) 참조. 물론 영문학의 이런 사례를 랑시에르에게 들이대는 것이 얼마나 공정한 일인가는 더 생각해볼 일이다. 하지만 예술의 미학적 체제라는 개념 자체의 어떤 편향성으로 인해 워즈워스의 성취가 입체적으로 조명되지 못한다는 점은 달라지지 않을 듯하다.

23 T. S. 엘리엇은 이렇게 말했다. "시어(詩語)에 관한 이런 논점과 '평민들의 삶에서 사건을 선택하는' 문제를 제외하면 워즈워스는 극히 정통주의적 비평가였다. 그가 18세기 문인들이 좋아하지 않는 'enthusiasm'이라는 말을 쓰고 있는 건 사실이다. 그러나 미메시스의 문제에 관한 한 그는 아리스토텔레스를 더 가깝게 추종하려는 대다수의 사람들보다 훨씬 아리스토텔레스에 충실하다."(Except on this point of diction, and that of 'choosing incidents from common life,' Wordsworth is a most orthodox critic. It is true he uses the word 'enthusiasm' which the eighteenth century did not like, but **in the matter of mimesis he is more deeply Aristotelian than most who have aimed at following Aristotle more closely.**―T. S. Eliot, *The Use of Poetry & the Use of Criticism*, 1933; Faber and Faber 1975, 74면. 강조는 인용자)

노동자들의 글쓰기와 연관짓는다면 워즈워스는 그야말로 특별한 예외가 된다. 정치적 파당의 대립이 격화된 18세기 전반에 노동자 시인들의 시가 일반대중에게 널리 '소비'되었기 때문에 오히려 워즈워스는 소재 차원의 노동문학에 만족하지 못하고 새로운 사유를 담은 시적 발화의 개발에 주력한다. 토머스 페인(Thomas Paine)이 산문을 통해 지적 일상어의 가능성을 보여주었듯이 워즈워스 역시 틀에 박히고 상투화된 시적 언어를 해체하고 '보통사람'의 실감을 전달하는 'real language'를 탐구함으로써 통속문학 대 본격문학의 위계적 경계를 해체한 것이다. 그러나 그 과정에서 이룩한 그의 시적 성취는 랑시에르가 주장하는 신고전주의적 장르의 파괴 및 평등과는 거리가 멀다. 요컨대 1770년생으로서 두 세대가 넘는 나이 차가 있지만 워즈워스 역시 1842년생인 말라르메 못지않게 미학적 예술체제에서 시민권을 가질 자격이 있으면서도 윤리적 체제와 재현적 체제의 이방인이 아니었던 것이다.

　　워즈워스 문학의 성취에 대한 혼란스런 인식은 랑시에르가 상정하는 '초과적 언어'라는 개념 자체에서 생겨난다. 말하자면 잡초와 잡초가 아닌 것을 뒤섞어 역사적 개념으로서의 문학을 무한정 넓힌 나머지 사실상 그 해방적 잠재력마저 해소해버린 문화연구의 어떤 편향을 프랑스의 지성사적 맥락에서 답습했다는 혐의에 걸리는 것이다. 그렇다고 비평의 가치평가 기준이 분명치 않다는 식으로(만) 랑시에르를 공박하는 것은 문학주의 혐의에 걸릴 수 있는 낡은 논법일 것이다. 어떤 경우든 '문학'의 기원을 19세기 초로 좁혀놓고 그 이전과 이후로 존재양식을 차별화한다면 이론상의 혼란이 필연적임을 명확히 인식하는 것이 더 중요하다. 앞서 워즈워스의 사례를 들었지만 사실 랑시에르가 미학적·감성적 예술체제의 대표주자로 꼽는 발자끄만 해도 아리스토텔레스적 의미에서의 '재현'을, 다시 말해 "잘 짜여진 통일적인 플롯을 통해 사람들에게 카타르시스를 제공하는" 재현을 탁월하게 구현했다는 점에서는 전적으로 미학적·감성적 예술체제에 속한 것만은 아니었다. 그런 복합적인 특성을 갖춘 발자끄가 과학실증주의의 대두와 맞물린 재현주의로 경도된 한계도 갖고 있는 '위대한 작가'라는 인식을 랑시에르의 저작에서 찾아보기 힘든 것은 애초에 그가 근대문학의 광활한 영토에서 '문학'이라는 범주를 너무 단선적으로 독립시킨 탓이다.[24]

물론 랑시에르는 이들 예술의 세가지 체제에 대한 범주적 구분이 모호하다는 점을 자인하며, 어떤 때는 그런 모호함 자체가 역사적 산물이라고 주장하기도 한다. 그러나 문학개념의 외연을 한편으로는 역사적으로 지나치게 좁게 잡으면서 다른 한편으로는 전근대 문학과의 연속성을 너무 희석시킴으로써 오히려 문학의 한계와 가능성을 역사적으로 사유하는 데 제약이 되고 예술의 미학적 체제의 엄밀한 개념화가 부실해진다고 말해도 지나친 비판은 아닐 듯하다.[25]

---

24 민주주의의 작동원리에 대한 날카로운 분석 및 통찰이 기저에 깔린 랑시에르의 소설론이 가령 죄르지 루카치(György Lukács)나 리비스(F. R. Leavis) 같은 사뭇 다른 성향의 비평가들이 개진한 서구 근대 장편소설론의 지형도와 접점을 이루지 못하는 것은 그 때문이 아닌가 싶다. 그와 연동된 문제로 포스트모더니즘에 대한 그의 과대평가를 들 수 있겠는데, 이 과대평가도 본격 모더니즘(high modernism)과 상당부분 겹치는 미학적·감성적 예술체제를 고전주의 문학, 낭만주의 문학, 19세기 장편소설문학 등과의 상대적 비교를 토대로 해서 해명하는 대신 그런 예술체제의 독자성 및 현대사회에서 처한 그 역설적 존재조건을 지나치게 부각하는 데서 발생한 것으로 판단된다.

25 재현을 기준으로 랑시에르 비판을 가능하게 하는 또 하나의 고전적인 사례로는 역시 아우어바흐의 『미메시스』(*Mimesis: The Representation of Reality in Western Literature*, 1946)가 아닌가 싶다. 그는 에필로그에서 스땅달과 발자끄의 소설을 하나의 해방적인 '미학적 현상'으로 규정하는 동시에 현대적 사실주의를 향해 길을 연 혁신적 의의를 강조한 바 있다. 그러나 동시에 그는 신고전주의의 위계적 스타일을 해체한 이들 사실주의 작가의 성취를 상대화하는데, 그런 해체작업은 중세와 르네상스 시대에 예수를 다룬 이야기에서 일차적으로 이뤄진 바 있다는 것이다.

3. 랑시에르 미학의 수입과 한국의 비평유산

랑시에르의 미학에 대한 국내 평단의 수용 맥락을 생각해보는 데는 지난 30년간 한국문학의 판도, 특히 1980년대 노동문학의 지형을 간략하게라도 개괄하는 작업이 필요하다. 당대 노동문학은 그가 역설하는 '노동의 밤' 및 '감지 가능한 것의 나눔'과 직접적으로 연관되기 때문이다.

이제는 문학사의 일부가 되어버린 느낌이지만 유신정권과 그에 이은 전두환 군부독재의 철권통치가 70·80년대 한국문학의 지형에 일으킨 변화는 심대했다. 특히 지성사의 한 획을 그었다고 평가해도 과장이 아닌 80년대 민족문학운동이 군부독재에 저항하는 과정에서 필연적으로 마주한 문제가 바로 문학과 정치의 관계 설정이었다. 고은, 황석영, 조세희, 박완서 같은 작가들의 상징적 활약은 물론이고 비평의 영역에서도 백낙청, 김현, 염무웅, 최원식 등은 반독재 민주주의 투쟁과 연동하여 자신들의 문학적 작업을 수행한바, 돌이켜봐도 흥미로운 것은 민중민주(PD)노선과 강력한 친화성을 띤 노동문학의 등장에 대한 그들의 유연한—각각이 정도를 달리해서 보인 애매한—입장이었다. 문학에 있어서 영원한 문학성이라는 것은 존재하지 않는다고 주장함으로써 노동자들의 쓸 권리를 적극 장려하면서도, 그렇다고 모든 것이 '문학'이 될 수 있는 것은 아니라는 단서조항을 달며 꽤나 헷갈리는 '문학적 관점'을 고수한 것이다. 민주화라는 정치적 목적이 당면한 최우선 과업 가운데 하나였음에도 불구하고, 그들은 문학을 정치투쟁의 종속변수로 놓는 것에 끝내 거부반응을 보였다. 적어도 그 점에서는 치안의 영역에서 문학을 분리시킨 랑시에르의 문학관과 80년대의 민족문학은 상통하는 면이 있다.

그런 맥락에서도 기억할 만한 것은 1980년대에 팸플릿이나 무크지 형태의 잡지에 등장한 무수한 무명인들의 시다. 그들의 시도 독재정치에 대한 투쟁과 분리할 수 없음은 물론이다. 그 당시에도 랑시에르가 '노동의 밤'에서 찾아낸—기존의 정립된 정전들을 이런저런 방식으로 모방하고 패러디하는 과정에서 장르의 경계를 무너뜨린—것과 유사한 바로 그런 시적 육성을 들을 수 있었다. 가령, 다음과 같은 '사도신경' 비틀기도 하나의 소박한 예다.

구수하사 배고픈 자를 배부르게 하여 주시는 라면님이여.
라면님을 내가 믿사오며, 그의 자매품 쇠고기라면을
믿사오니, 이는 공장에서 생산되어 상인들의 손을 거쳐
식순이의 손에 들어가 고난을 당하사 끓는 물에 죽으시고,
끓으신 지 3분 만에 상에 오르사 유능하신 젓가락 우편에
앉아계시다가 저리로써 배고픈 자를 배부르게 하심이라.
입 속으로 들어가는 것과, 위 속으로 소화되는 것과
항문을 통해 나와 거름이 되는 것을 영원히 믿사옵나이다.
　　　　　　　　　　　　　　　　　　라—면
　　　　　　　　　　　　　　—김종태「라면신경(新經)」[26]

　그러나 적어도 NL(민족해방)과 PD(민중민주) 노선 모두에 문제제기를 한 경우일수록 (무명) 노동자의 이러한 시적 육성에 대해서도 엄밀한 읽기를 고수하는 '문학주의자'에 가까웠다. 심지어 박노해의 『노동의 새벽』(1984)을 둘러싸고도 비평적 열광뿐만 아니라 유보도 동시에 표명되었다.[27] 그렇다면 이들의 비평행위가 보편적인 문학성에 집착하는 엘리뜨주의자들의 읽기와는 얼마나 다른 것이었는가? 그들도 랑시에르와 다를 바

---

26 채광석 엮음 『노동시선집』(실천문학사 1985). 이 시집을 오늘날 다시 읽는 소회가 간단치는 않다. 유명·무명 시인들의 작품을 읽으면서 '증언'으로서의 시와 '예술'로서의 시가 과연 어디서 만나고 헤어지는가에 대해 생각하지 않을 수 없기 때문이다.

27 물론 그러한 유보도 『노동의 새벽』의 혁신적 의의를 인정하는 가운데 이루어진 것이다. 따라서 『노동의 새벽』 출간 20주년에 부친, 감우성이 정리하고 소개한 "충격적 감동의 파장"에 투항하다시피 한 당대의 시류(時流)적 비평들과는 구분된다. 감우성 「'저주받은 고전'의 기억, '얼굴 없는 시인'의 얼굴」, 『노동의 새벽』(해냄 2004).

없이 '노동의 밤'이 갖는 의의를 적극적으로 평가했다. 뿐만 아니라 민족문학진영에 속한 평론가일수록 노동자들의 글쓰기가 단순한 현실고발을 넘어서 최고의 정치의식으로 구현되는 최상의 작품 창작으로까지 나아가기를 주문했다. 물론 이념으로서의 민족문학이 갖는 한계는 적지 않았고 당대의 시대적 상황에 휘둘리는 예도 많았지만[28] 그런 주문만은 지식인의 엘리뜨주의로 매도하기 어렵지 않을까 싶다. 그들은 오직 최상의 작품 및 그런 작품을 분별하고 사유하는 비평만이, 랑시에르가 '인민'의 문학이라 이름 붙인 것에 방불한 '문학의 정치'를 진정으로 개시할 수 있다고 생각했기 때문이다.[29] 소수의 고전에 대한 '되먹임 해석'에 집착하는 정전주의와 민족문학 정신을 구분하는 근거는 바로 그런 발상에서 찾을 수 있을 것이다.

필자의 이런 개인적인 인상이 얼마나 정확한가는 앞으로도 좀더 철저한 점검이 필요하다. 다만 현재 평단에서는 윤리나 재현이라는 논제를 정치와 연관하여 논할 때 '권위'는 랑시에르를 비롯해 어김없이 바디우나 지젝, 아감벤, 데리다 같은 외국의 논자들에게 있다. 정치(la politique)와 치안(la police)을 기계적으로 가르고 윤리와 재현의 해체에 골몰하는 논자들이 대세를 이루다보니 그런 정치 논제가 흔히 문학의 자유로움과 대립된다고 여기는 경향이 강해진 것 같다. 문학의 도구화에 끝까지 굴복하기를 거부하는 과정에서 적잖이 축적한 우리 자신의 저항의 유산을 뒤로하고 서구 68혁명의 후예들을 거의 맹목적으로 추종하는 평단의 지적 분위기는 크게 개선되지 않고 있다.[30] 물론 이런 유감 표명이 외국 이론의 수

---

28 나 자신도 그렇게 휘둘린 사례에서 예외가 될 수 없는데, 고백컨대 '우파'로 지목된 우리 작가들의 작품에 대한 독서가 빈곤한 것도 그 때문이라고 생각한다.

29 그렇게 생각했기에 비평 분야에서도 가령 『시와 리얼리즘 논쟁』(윤여탁·이은봉 엮음, 소명출판 2001)에 묶인 평문들처럼 일정한 이론적 전진을 이룩할 수 있었던 것이다.

30 앞서 언급한 것처럼 70·80년대의 민족문학은 이제 한국문학사의 일부로 귀속되었지만 국문학계에서 그런 귀속절차를 얼마나 슬기롭게 밟았는지 의문이 들 때가 적지 않다. 예컨대 70·80년대의 비제도권 문학, 특히 노동자들의 자생적 글쓰기를 검토하면서

입에 대항하는 문화적 보호주의자의 목소리처럼 들릴 수 있음을 나 자신 의식하지 못하는 것은 아니다. 거듭 강조하건대 이러한 사상가들의 사유를 하나의 '선물'로서 환대하는 것은 지식인의 책무 가운데 하나이다. 다만 외국 학자의 '권위'에 힘입어 주창되는 '비평의 정치'일수록 그 맥락을 안팎으로 살펴야 한다는 점을 강조할 따름이다. 랑시에르의 비평담론이 특정한 한국 비평가들의 다분히 편향된 지적 욕구를 통해 수용되었다면 더욱 그러하다.

요컨대 민주적 예술의 자발성을 억누르는 '위계질서적 비평'의 목소리는 경계해야 마땅하며 근대 민주주의의 운용방식에 대한 랑시에르의 비판적 성찰 역시 환영할 만하지만, 그가 개념화한 문학의 정치도 우리의 상황에서 맥락화하는 것이 중요하다. 치안과 정치를 가르고, '글쓰기'에서 연유하는 감각적인 것의 변화를 '정치'로 연결하는 랑시에르의 사유가 87년 6월 시민혁명 이후 비평과 정치 사이의 관계를 근본적으로 재고하고 재편성하는 데 유용한 자극이 될 수 있다고 믿는 이유도 지난 연대 우리 비평문학의 쓸모가 아직 다하지 않은 데 있다.[31]

그렇다면 그런 유산의 현재성을 생각해보는 하나의 방편으로 랑시에르가 예술의 미학적 체제라고 부른 것에 기반을 둔 문학으로 되돌아가보자. 앞서 언급한 것처럼 '문학'의 기원 및 그와 연동된 평등이라는 개념은 다분히 논쟁적이다. 랑시에르는 윤리와 재현의 사실상의 소거 — 절대적 평등과 익명성에 기반한 "플로베르적 공식"(the Flaubertian formula)의 적

80년대 노동문학의 문학성 문제 등 중요한 쟁점을 다시 제기한 천정환의 논의는 '문학성'에 집착하는 문학주의자들과 거리를 두면서 '비제도권 문학'과 어깨를 결었던 민족문학(론)의 핵심적인 알맹이는 놓친 것이 아닌가 싶다. 천정환 「서발턴은 쓸 수 있는가: 1970~80년대 민중의 자기재현과 '민중문학'의 재평가를 위한 일고」, 『민족문학사연구』 47(2011) 224~54면 참조.

31 아니, 아직 쓸모가 다하지 않았다는 정도가 아니라 '민족문학' 1세대 자신들에 의해 바로 그 현재성의 비평적 증언이 지금도 쉼없이 나오고 있는 실정이다. 그런 근년 사례 가운데 하나가 염무웅의 『문학과 시대현실』(창비 2010)이다.

용——를 통해 문학의 절대적 고유성을 입증하려고 한다.

　　다시 환기하건대, 문체는 플로베르에 따르면 사물들을 보는 하나의 **절대적인** 방식이다. 말들은 그것들이 작가에 의해 사용될 때조차 하나의 의미를 갖는다. 그리고 **절대적**이라는 것은 **놓여난 것**을 뜻한다. 문체는 어떤 **놓여난** 것의 본성을 제시하는 힘이다. 무엇으로부터 놓여난 것인가? 현상을 제시하는 형식들과 재현의 세계를 규정하는 현상들 사이의 관계로부터이다. 문학이 그 자신의 힘을 주장하기 위해서는 미메시스의 규정과 위계질서를 버리는 것만으로는 충분치 않다. 문학은 재현의 형이상학과 그 형이상학이 근거하는 '본성', 즉 개별적인 것을 제시하는 방식과 개별적인 것들의 연계, 그 인과 및 추론, 간단히 말해 의미작용의 그 모든 체제를 버려야 하는 것이다.[32]

　　"사물들을 보는 하나의 절대적인 방식"이라고 말한 문체는 랑시에르가 『보바리 부인』을 분석하면서 "촛농 접시와 장신구를 배제하는 것"으로 규정한 바로 그것이다. 이를테면 통념과는 정반대로 문체라는 것을 미문(美文)으로 꾸미거나 장식하는 일체의 행위와 무관한 것으로 간주하는 셈이다. 재현의 형이상학에 대한 발본적 인식에 관한 한 랑시에르는 데리다나 푸꼬 못지않은 논자로 보인다. '의미작용의 그 모든 체제'를 문제삼는다

---

32 "Le style est, je le rappelle, selon Flaubert, une manière *absolue* de voir les choses. Les mots ont un sens, même quand ils sont employés par les écrivains. Et *absolu* veut dire *délié*. Le style est la puissance de présentation d'une nature *déliée*. Déliée de quoi? Des formes de présentation des phénomènes et de liaison entre les phénomènes qui définissent le monde de la représentation. Pour que la littérature affirme sa puissance propre, il ne suffit pas qu'elle abandonne les normes et les hiérarchies de la *mimèsis*. Il faut qu'elle abadonne la métaphysique de la représentation et la 'nature' qui la fonde: ses modes de présentation des individus et des liaisons entre les individus; ses modes de causalité et d'inférence; en bref tout son régime de signification." (*La chair des mots* 182면; *The Flesh of Words* 148면. 강조는 원문)

는 점에서 그는 '문학'이 성립하는 근거 자체를 묻고 있기 때문이다.

그런 물음이 논쟁적 개념으로 벼려진 리얼리즘의 오랜 화두였음은 이 대목에서 기억할 필요가 있다. 그러나 리얼리즘의 획기적 변환작업——실재론, 사실주의, 현실주의 등으로 번역되는 'realism'이라는 골치 아픈 영어를 순우리말로 바꾸면서 그 핵심을 담아내는 작업——에 관한 한 우리의 평단은 답보상태에 빠진바, 랑시에르적 해체가 매력적으로 다가온 것도 납득할 만하다. 그렇다고 랑시에르의 미학을 한국의 내재적인 비평유산과 결별하기 위한 구실로 활용하는 건 곤란하다.[33] 그의 예술체제 개념이 지지부진한 우리 평단에 활력을 불어넣어준 것은 사실이지만, 다른 한편 '새로운 무질서'에 대한 랑시에르적 사유는 대개 리얼리즘에 대한 몰이해를 조장하는 방향으로 활용되고 있다는 인상을 받는다. 브레히트의 표현을 내 식으로 인용하자면 '좋은 옛것'을 배격하기 위한 구실로 정당화되는 것이다.[34]

물론 중요한 것은 '좋은 옛것'을 오늘의 현실에 맞게 새롭게 되살리는 일이다. 또한 그러기 위해서라도 '좋은 옛것'들 중에서 '나쁜 새것'으로 존재했던 사례를 그때그때의 문학사적 상황에 비추어보는 역사공부도 긴요하려니와, '나쁜 새것'의 혁신적 가능성을 '좋은 옛것'과 연관지어 사유

---

33 김종훈이 그런 식으로 배격하는 논자는 아니나 「정치적인 말의 모습과 조건」(『창작과 비평』 2011년 가을호)을 읽으면서 드는 인상 가운데 하나는 랑시에르의 '정치'에 너무 휘둘리고 있지 않은가 하는 것이다. 그가 비교적 온당한 시 읽기 끝에 내린 결론——"고립된 말에는 다른 세계를 제시하는 정치성이 있고, 어지러운 말에는 다른 것들과 연대하는 정치성이 있다"——만 해도 '고립된 말'과 '어지러운 말'이 함께 빚어내기 마련인 '작품'에 대해 엄밀한 비평적 인식과 평가를 지향해온 리얼리즘의 기본적인 문제의식을 흐리고 있는 것이다.

34 물론 평단 전체가 그렇다는 말은 아니다. 리얼리즘에 관한 근년의 주목할 만한 점검으로는 류준필 「백낙청 리얼리즘론의 문제성과 현재성」,『창작과비평』 2010년 가을호 참조. 그런데 백낙청의 리얼리즘론을 자상하게 검토한 류준필의 논의에 공감하는 입장에서도 숙제는 남는 것 같다. '리얼리즘'에 내장된 해체적 파괴력을 리얼리즘 자체에 겨누는 작품읽기가 평단에 턱없이 부족하고, 그에 비해 외국 이론의 권위를 빌려 작품 위에 군림하는 비평가들이 너무나 많기 때문이다.

하는 훈련도 필요하리라 본다. 그런데 우리 평단에서는 '좋은 옛것'과 '나쁜 새것'을 상반된 것으로 치부하면서 전자가 망각되는 경향이 강하고 그로 인해 빚어지는 부작용이 특히 작품읽기에서 심각한 듯하다. 예컨대 랑시에르가 예술이론 전반에 대한 새로운 권위자로 받아들여짐에 따라, 미래파로 명명된 2000년대 한국의 실험적 시인들은 1970·80년대 선배시인들과 근본적으로 다른 존재처럼 취급되었다. 랑시에르 미학의 삼분도식을 거의 그대로 수입하여 그중 예술의 미학적 체제라는 공화국에 2000년대의 '새로운' 시인들을 편파적으로 귀속시키는 것이 시 비평의 관례가되다시피 했다. 오늘의 젊은 시인들이 랑시에르가 설정한 윤리적 예술체제와 재현적 예술체제에서도 시민권을 온전히 누리지 못하는 한 그들의시적 가능성은 그만큼 제한적일 수밖에 없다는 인식이 희박한 것이다.

'리얼리즘'을 일체의 사실주의와 구분하면서도 실사(實事)의 덕목을 무엇보다 중시한, (어떤 면에서는) '한 입으로 동시에 두 말' 하는 비평은 왕년 민족문학론에서 줄곧 강조한 바이다. 랑시에르의 문학관이 안고 있는 여러 문제점을 앞에서 지적한 바 있지만, 문학이 그 자신의 고유한 권능을 발휘하기 위해서 "의미작용의 그 모든 체제를 버려야" 한다는 그의형용모순에 가까운 주장이 '불립문자'와의 접점을 모색한 리얼리즘의 기본발상과 통한다고 보는 것은 이런 맥락에서다.[35] 다만 랑시에르의 경우

---

35 예컨대 다음과 같은 백낙청의 발언을 보라. "비유를 의심하면서 비유에 의존하고 심지어 새로운 비유의 창조를 장기로 삼는다는 점에서도 선시와 리얼리즘은 일치한다. 선가에서 '불립문자'를 강조하면서도 끊임없이 게송을 내놓는 것부터가, 누가 일부러 말을 지어내지 않더라도 문자가 저절로 세워지게 마련임이 중생의 경계이고 언어의 속성이며 이를 깨기 위해서도 문자가 동원될 만큼은 동원되어야 하기 때문일 터이다. 그런데 금덩어리를 놓고 이것이 금덩어리다라고 하는 진술조차도 일종의 비유일진대, '비유'보다 '현실'에 육박하려는 리얼리즘의 기획 역시 비유를 통한 비유와의 끝없는 싸움을 떠나서 어떻게 성립할 수 있을 것인가?"(백낙청 「선시와 리얼리즘」, 『통일시대 한국문학의 보람』, 창비 2006, 234면) "비유를 통한 비유와의 끝없는 싸움"이 주어진 현실에 대해 그저 기계적으로 충실한 재현이나 (포스트)모더니즘의 공허한 반재현주의적 재현에 그칠 수 없는 것은 당연한 일이다. 과거 30년간 민족문학운동이 전방위적으로 펼친 이 힘겨운 싸움은 헤라클레스적 승리가 보장되지 않는 히드라와의 투쟁에

'의미작용의 그 모든 체제'를 버리고 난 이후에 '놓여난 어떤 것'이 끝내 형이상학의 굴레를 벗지 못했다는 느낌이 남는 반면, 반재현적 재현주의 미학을 표방한 (포스트)모더니즘과 끊임없이 이론적 대결을 벌여오면서 작품 자체에 대해서 재현이나 반재현에 안주하지 말 것을 요구한 리얼리즘의 과제는 여전히 현재형으로 진행되고 있다고 말할 수 있겠다.

그런 과제의 기본취지는 지양(止揚)이라기보다는 재현과 반재현의 긴장들을 가로지르는, '작품'의 형태로 구현된 힘의 장(場)에 관한 시적 탐구에 있다. 아감벤의 표현[36]을 약간 변용하면 전자기장(電磁氣場)에서 그러하듯이 그같은 탐구는 어떤 실체적 상(像)이 앞설 수 없고, '분자'들의 상호작용을 미리 규정할 수 없는 창작의 현장에서 실현되는 창의적 방식의 현실응전이라고 말할 수 있을 듯하다. 그것은 또한 상아탑에서 이루어지는 이론의 연마라기보다 작품읽기와 가치 평가에 대한 실천적 개입의 문제이기도 하다.

비견할 만하다. 다만 이젠 그런 싸움도 기술 혁신에 따른 문학장의 급격한 변화 자체를 '문학성'과 연관하여 더 적극적으로 성찰해야 한다는 점에서 과거보다 '문학주의'로부터의 탈피가 한층 복잡하고 난감한 과제가 되었다고 말할 수는 있겠다.

36 "다시 말해서, 유비(類比)가 논리학의 이분법들——특수/보편, 형식/내용, 합법성(合法性)/전범성(典範性) 등——을 더 높은 차원으로 종합하기보다는 대극적인 장력(張力)들을 가로지르는 어떤 힘의 장으로 변환시키기 위해 조정(調停)하는바, 그런 힘의 장에서는 (전자기장에서 그런 것처럼) 이분법들의 실질적인 정체성도 사라지는 것이다." (In other words, analogy intervenes in the dichotomies of logic (particular/universal; form/content; lawfulness/exemplarity; and so on) not to take them up into a higher synthesis but to transform them into a force field traversed by polar tensions, where (as in electromagnetic field) their substantial identities evaporate.——Giorgio Agamben, *The Signature of All Things: On Method*, trans. Luca D'Isanto and Kevin Attel, Zone Books 2009, 20면)

4. 글쓰기의 경계와 분할을 넘어서 — 더 훌륭한 시인들에게

그러한 개입의 일환으로 한국 평단에서 랑시에르의 문학론을 직간접적으로 받아들여 나름의 관점을 개진한 사례 둘을 결론 삼아 살펴보겠다. 진은영과 심보선의 평문이다.[37]

랑시에르의 문학론을 평단에 소개해 시와 정치 논의를 활성화한 진은영은 김수영과 신동엽의 현재성을 재확인하면서 '온몸'으로 시를 쓰는 두 가지 방식으로서 지게꾼의 시와 지게꾼-되기의 시를 꼽는다. 기본적인 문제의식은 1980년대의 노동시를 오늘의 맥락에서 읽으면서 미학적인 것과 정치적인 것의 새로운 결합 가능성을 모색하는 데 맞춰져 있다. 랑시에르의 평등개념을 평문의 뼈대로 세운 심보선의 경우는 진은영이 역설한 지게꾼의 시와 지게꾼-되기의 시를 재검토하면서 천사-되기라는 새로운 조어를 통해 평론가들의 평론행위가 갖는 어떤 배타적 합의의 효과를 신랄하게 비판한다는 점에서 한층 예각적이다. 그는 지게꾼-되기의 예로 김수영과 진은영의 시를 거론하는바, 특히 랑시에르적 평등개념 — 사회에서 시민적 권리라는 자기 몫을 가지지 못한 자들의 '초과적 언어' — 에 입각하여 지게꾼과는 다른 제3의 범주인 '무식한 시인-되기'를 제시하고 그 시적 의의를 부각시킨다. 여기서 두 시인의 평문 전체를 세세히 점검할 여유는 없다. 다만 이 둘의 논점이 모이고 갈라지는 지점에 착목하면서 가급적이면 쟁점을 선명하게 드러내는 게 중요할 것 같다.

먼저 진은영이 신동엽과 김수영에게서 지게꾼의 시를 끌어내고 이를 다시 '지게꾼-되기'의 시로 발전시킨 것은 여러모로 따져볼 만하다. 그가 지게꾼 시의 전범으로 백무산과 박노해를 지목하면서 지게꾼-되기를 강

---

37 진은영 「한 진지한 시인의 고뇌에 대하여」, 『창작과비평』 2010년 여름호; 심보선 「'천사-되기'에서 '무식한 시인-되기'로: 평론가, 시인, 문맹자의 문학적 정치들」, 『창작과비평』 2011년 여름호. 앞으로 두 평문을 인용할 때는 괄호 안에 저자의 이름과 면수만 밝힌다.

조한 것은, 지게꾼으로 표상되는 노동자의 생활을 자신의 시에 끌어들이려다가 좌절한 경험이 작용한 것으로 보인다. "지게꾼이 아닌 시인이 지게꾼의 고된 삶을 '머리'로 사유하거나 '심장'으로 애틋해하면서 지게꾼의 목소리를 그저 재현하려고" 할 때의 위험을 환기하는 대목이 그러하다. 그런 경험이 선행되었기에 "지게꾼의 삶이 자신의 삶에 인접한 것이 되도록 **온몸**을 움직여야 한다"고 말할 때(진은영 27면) 우리는 현실에 발 딛고 서려는 시인의 진정성에 공감하게 된다.

그런데 그렇게 공감하면서도 가시지 않는 의문들이 있다. 가령 머리나 심장을 포괄하는 '온몸'을 기준으로 한다면 '지게꾼의 시'와 '지게꾼-되기의 시'도 **창작의 현장**에서는 결국 그 경계가 확연하게 구분될 수 없는 것이 아닐까? 또한 지게꾼이 시를 쓸 때조차 그 시가 자신의 삶과 멀어지는 경우 그것을 진정한 지게꾼의 시라고 말할 수는 없지 않을까? 지식인은 지게꾼의 시를 쓸 수 없다——그 반대로 지게꾼은 지식인의 시를 못 쓴다——는 단정이 명제적 진실일 수는 있어도 온갖 경계가 허물어지는 시적 창조의 현장에까지 적용될 수 있는 것은 아니지 않을까? 진은영의 말대로 "지게꾼의 삶이 자신의 삶에 인접한 것이 되도록 온몸을 움직"여서 쓴 시가 지게꾼-되기의 시라면 그런 시의 경지도 참다운 지게꾼의 시가 도달하는 경지와 궁극적으로 분리되기는 어려울 듯하다.

심보선의 경우는 이런 물음들이 생겨나는 상황에서 천사-되기와 무식한 시인-되기를 **추가**했다. 천사-되기란 평론가들의——'공부와 사업', 희망과 노력을 창작자들에게 '당부'하는——언술행위 전체를 지칭하는 개념이다. 이는 사실상 모든 비평가의 평론행위가 '권력'으로서 갖는 담론효과를 가리키는 말로서, 돌이켜보면 80·90년대 평단 일각에서 핏대를 올려가며 비판한 '지도비평'과 크게 다르지 않은 함의를 갖는 듯하다. 반면에 무식한 시인-되기는 오랜 문맹의 세월에서 벗어나 비로소 자신의 시적 육성을 찾아나선 칠십대 노인들의 시 쓰는 행위 자체를 지칭한다.

나 같은 독자에게 신바람을 안겨주는 심보선의 평문은, 기성의 평가체제에 안주하는 평단의 판을 뒤흔들어 논쟁을 촉발하는 면이 있다. 사실 논쟁은 비평가의 중요한 임무 가운데 하나이다. 게다가 심보선처럼 창작의 현장에서 겪은 시인의 고뇌가 투영된 논쟁적 평문이라면 그 무게감은 남다를 수밖에 없을 것이다. 다만 판을 흔드는 평론일수록 운산이 치밀해야 한다고 본다. 그렇지 못할 경우 그렇게 흔드는 자신의 비평행위가 다른 평자에 의해 전복될 운명까지 때로는 감수해야 하고, 그 과정에서 논쟁다운 논쟁의 여지도 줄어들 것이기 때문이다.

아무튼 심보선은 진은영의 시론에 관해서도 일정한 거리를 둔다. 그는 진은영이 "지게꾼의 시는 지게꾼이 쓰는 시이고 지게꾼-되기의 시는 지게꾼이 아닌 시인들이 쓰는 시"로 (암묵적으로) 가정했다고 하면서 "치안적 질서의 분할선을 뒷문으로 재도입"했다고 꼬집는다.(심보선 259~60면) 하기는 그 분할선에 대한 철폐의지를 심보선만큼 분명하게 표명한 평자도 드문 것 같다. 하지만 그런 철폐의지가 실제로 얼마나 온당한 비평과 작품창작으로써 실행에 옮겨지고 있는가를 우리는 되물을 수 있다.[38] 그

---

[38] 가령 심보선은 이렇게 말하고 있다. "나는 '박노해와 백무산이 김수영이 말한 "시를 쓰는 지게꾼"의 전범이며, 이들의 등장이 새로운 미학적 주체의 탄생을 보여준다'는 진은영의 주장에 절반만 동의한다. 노동자문학은 프롤레타리아트라는 평등 공동체를 발명하여 감각의 분할에 저항했다. 그러나 노동자문학은 사회적 조건이 무르익어 탄생한 것이 아니라 당대의 사회적 조건을 거슬러 탄생한 것이다. 그 점에서 노동자문학 또한 지게꾼의 시가 아니라 지게꾼-되기의 시라고 봐야 한다. 사실 박노해와 백무산 이전에 '시를 쓰는 지게꾼'이 존재하지 않았다고 가정해야 할 이유는 없다. 이때 독특한 말-신체의 이름은 프롤레타리아트가 아니라 '지게꾼'일 수도 있고, '농사꾼'일 수도 있고, '나무꾼'일 수도 있고, '그'일 수도 있고, '그녀'일 수도 있다. 이들의 시는 발표되지 않았더라도, 종이 위에 쓰이지 않았더라도, 밤에 부엌 바닥에 부지깽이로 남몰래 쓰였다 지워졌을지라도, 새벽에 빈 지게를 지고 산으로 향하는 흙길 위에 나뭇가지로 쓰였다 지워졌을지라도, 그 시가 자신이 처한 비참에 대한 독특한 증언인 한, 지게꾼-되기의 시들이 그로부터 계속해서 출발하고 다시 출발하는, 흩어졌다 모이고 모였다 흩어지는, 의지와 역량의 기원들이라 불릴 수 있을 것이다."(심보선 259면의 각주 15번) 거듭 밝히지만 나는 이런 주장의 열도(熱度)에 찬사를 보내는 입장이다. 다만 한두마디 토를 달자면, 우선 80년대 노동자문학은 당대의 사회적 조건을 거슬러 탄생한 것만큼이나 그 조건이 무르익는 과정에서 태동했다고 말해야 온당하지 않을까. 만약 그렇다면 노

의 평문이 뜻하지 않게 유발한 수사적 효과 가운데 하나는, 시인 자신의 철폐의지가 무색하게도 글쓰기의 분할선을 오히려 확고하게 그어놓은 것 같다는 것이다. 무엇보다 「'천사-되기'에서 '무식한 시인-되기'로」라는 평문을 쓸 때 저자가 시인으로서 갖는 정체성의 경계가 흐려지기 마련이라는 사실을 그가 얼마나 의식했는지 의문이다. 평론가로서의 심보선의 확고한 의도에도 불구하고 천사-되기의 평론가와 지게꾼-되기의 시인 사이에는 도저히 이어질 수 없는 간극이 있고, 지게꾼의 시와 무식한 시인-되기의 시 사이에도 메울 수 없는 단절이 존재한다는 착각을 그의 평문은 불러일으킨다.

심보선은 "평론가들은 문학적으로 정치적으로 모두 바람직한 '본보기 시'를 선별하고 해석한다"고 하면서 그 과정에서 평론가들이 체계적으로 만들어내는 '주의주의적 정언명령'을 공박한다.(심보선 250면) 그러면서 그는 이렇게 결론을 맺고 있다. "우리는 활 쏘는 이, 화살, 과녁, 이 모든 다수성들이다. 나아가 우리는 팽팽하고, 날카롭고, 정확한 다수성들이어야 한다. '온몸'으로 다수성들이어야 한다. 그러지 않으면 우리는 현재의 노예상태의 비참으로부터 한발짝도 벗어날 수 없을 것이다."(심보선 269면) 그런데 ~이어야 한다는 주의주의적 주문에서 완전히 벗어나지는 못한 그의 결론도 멋들어진 표현과 열정이 가세했을 뿐 결국은 또 하나의 정언명령이지 않을까? 그렇다면 창작품에 대한 비평의 모든 '말걸기'와 대화의 욕구를 정언명령으로 규정하는 정언(定言) 자체를 다시 생각해봐야 하는 것은 아닐까?

그러나 더 진지한 검토를 요하는 문제는 심보선이 거론한 시들을 '무식한 시인-되기'라는 별개의 범주로 구획했을 때 발생한다. 예컨대 한충

동자문학 또한 지게꾼의 시인 동시에 지게꾼-되기의 시였다고 봐야 할 것이다. "흩어졌다 모이고 모였다 흩어지는, 의지와 역량의 기원들"을 운운하는 마당일수록 글쓰기의 범주에 대해 좀더 유연한 태도를 견지해야 할 터인데, 80년대 노동자문학이 지게꾼의 시가 아니라는 것은 논리적으로도 설득력이 떨어진다.

자의 「무식한 시인」이나 이명재의 「연필 끝이 무디다」는 배움의 한이 깊디깊고 문맹의 어두운 기억을 안고 있었던 —따라서 더이상 문맹이지 않은!— 칠십대 노인들의 시다. 지금도 농촌에서 '지게꾼'으로서의 삶을 살아가는 그들은 문맹의 기억과 시쓰기의 고통 및 즐거움을 평이한 듯하면서도 생생하게 표현한다. 소외되고 못 배운 삶의 조건을 거슬러 나온 이들의 시는 지게꾼의 시인 동시에 지게꾼-되기의 시가 어떻게 가능할 수 있는가에 대한 하나의 웅변이라고 해도 좋다.

그런 가능성의 지평을 적극적으로 열어두고자 하는 한 「무식한 시인」 단 한편을 두고 "이제 막 시를 배우기 시작한 그(한충자—인용자)는 아직 그 미묘한 감정상태를 표현할 개성적인 목소리를 지니지 못했다"[39]라는 김종훈(金鍾勳)의 비판도 '천사-되기의 평론가'의 권위의식이기 십상이다. 반면에 노인들의 시를 읽으면서 심보선이 '무식한 시인-되기'라는 범주를 따로 설정한 것은 랑시에르의 절대적 평등개념을 본성상 경계가 애매할 수밖에 없는 작품에 기계적으로 적용한 결과로 보인다. 가령 그는 이렇게 말한다.

글을 깨친 지 몇해 안되는 칠십대 할머니들이 쓴 시에 등장하는 무식한 시인은 '공부와 사업'을 통해 문맹을 극복한 시인도 아니요, '노력과 좌절'을 통해 문맹자에게 다가가는 시인도 아니다. 무식한 시인은 문맹자와 시인 사이를 왕복운동하면서, 그 둘을 가까이하는 동시에 멀리하면서, 평등의 공동체가 자리할 수 있는 틈새를 측정하고 모색하는 침입자다. 한충자는 낮에 농사를 짓고 밤에는 불을 밝혀 남편도 모르게 수백편의 시를 쓰면서 휴식과 재생산의 밤으로부터 사유와 시쓰기의 밤을 지켜내야 했다. 이렇듯 무식한 시인은 말할 수 없는 신체(못 배운 자, 문맹자)와 말할 수 있는 신체(시인)를 결합하여 치안적 질서가 부과한

---

39 김종훈 「정치적인 말의 모습과 조건」 381면.

정체성과 감각에 침입하는 새로운 말-신체를 창안하고, 그럼으로써 기존의 지배적 분할선을 재분할한다. (심보선 265~66면)

농사짓는 칠십대 노인들의 시쓰기를 "휴식과 재생산의 밤"으로부터 "사유와 시쓰기의 밤"을 지켜내야 했던 사람들의 고단한 분투로 평가하는 것 자체에 나 자신도 깊이 공감하는 바이다. 다만 예전 같았으면 앞서 인용한 「라면신경(新經)」이 그러하듯이 민중시로 포괄되었을 그들의 시를 지게꾼의 시와 지게꾼-되기의 시 모두에서 그처럼 분리해내고 그 차이를 강조하는 것은 ― 시인으로서의 심보선이 뭐라 하든 ― 결과적으로 글쓰기의 '평등' 정신에 위배되는 것은 아닐까라는 의문이 끝내 남는다. 밤에는 야학에서 배움의 길을 틔우고 잠들 시간에 불을 밝혀 남모르게 시를 쓴 80년대의 수많은 무명 노동자 시인들이야말로 문맹의 한 많은 세월을 '시'로써 갈음한 이들 노인 시인의 과거이자 현재가 아닌가.[40]

---

[40] 바로 그 '현재'에 관한 다음과 같은 천정환의 물음도 환기해볼 만하다. "더이상 구호·르포·수기를 낳지 않는 문학(제도)란 무엇인가? 변혁적 문화운동의 에너지가 소멸하(거나 문학 아닌 다른 영역으로 전이되)고, '작은 문학주의'의 시대가 도래함으로써 문학의 '다른' 가능성이 소진되며 문학이 지배질서 안에 다시 귀착하여 '민중'과 (영구) 결별한 것이 90년대가 아닐까. 이는 소위 '근대문학의 종언'과도 유관한 변화였다. 결국 '민중의 글쓰기'는 어딘가에 '문학'이 아닌 형태로 보존되고 스스로 다른 길을 틔웠을 것이다."(천정환, 앞의 글 252면) 더이상 우리 문학이 "구호·르포·수기를 낳지 않는"다는 주장은 나는 성급한 진단이라고 생각한다. 2000년대에 들어서도 지난 80년대와는 분명히 다른 방식으로, 그러나 그 기록과 고발정신에서는 모종의 연속성을 띠면서 르뽀장르에 속하는 상당수 작품이 씌어졌고 평단에서도 다양한 각도로 논의한 바 있다. 몇몇 사례만 든다면 손남훈 「'리얼'을 향한 르포르타주의 글쓰기」(『오늘의 문예비평』 2010년 가을호); 김원 「서발턴의 재림: 2000년대 르포에 나타난 99%의 현실」(『실천문학』 2012년 봄호); 복도훈 「여기 사람이 있었다: 르뽀, 죽음의 증언 그리고 삶을 위한 슬로건」(『창작과비평』 2012년 겨울호) 등이 있다. 다른 한편 천정환이 근대문학 종언론을 언급한 자신의 글 각주 59번에서 단언하듯이 용산참사 이후 전개된 '문학과 정치' 담론도 "그 시작점에서의 건강성에도 불구하고 귀결이 우파적인 것이었다"는 판단은 너무 자의적이지 않나 싶다. 개인적으로 한국의 문화현장에서 일어난 변화를 논구하는 그의 문제의식은 경청할 만하다고 본다. 하지만 문학과 문학이 아닌 것에 대한 논의 자체는 서구 문화연구의 자장 안에서 수행되고 있다는 인상을 준다. 물론 더 중요한

그렇다고 해서 '무식한 시인-되기'라는 범주를 제시한 심보선의 문제의식 전체를 폄훼해서는 안될 일이다. 오히려 비평가로서 나는 지게꾼의 시와 지게꾼-되기의 시, 무식한 시인-되기의 시를 나눠 생각해보는 사유의 훈련이 반드시 필요하다고 생각하는 편이다. 그의 일침처럼 "기존 평론들은 텍스트만을 보지 텍스트가 실제로 작동하는 삶과 현장을 보지 않는다"[41]면 더욱 그러하다. 다만 그런 사유의 훈련이 서구의 특정 이론가에만 기대어 우리 선배의 비평작업 일체를 '천사-되기'라는 이데올로기, 즉 비평가들만의 '담론 잔치'로 규정하고 해체하기에만 골몰한다면 그건 그다지 사려 깊지 않은 일이다. 그렇게 골몰하는 것 자체를 한국 비평계의 빈곤을 보여주는 하나의 예라고 단정한다면 지나친 처사겠지만 애초에 서구의 지적 유산을 창의적으로 전유해온 우리 비평의 현재성에 대한 인식 미흡이라는 토는 생략할 수 없겠다. 하지만 '리얼리즘'에서 구체적으로 무엇이 낡았고 무엇이 여전히 현재성을 잃지 않았는가에 대한 좀더 치밀한 논의는 아직도 숙제로 남아 있다는 점을 여기에 덧붙여둔다.

문제는 '민중의 글쓰기'가 문학의 외연·내연을 끊임없이 넓히고 그 개념을 바꿔온 과정에 대한 정확한 역사적 인식일 텐데, 그 점에서 비평적 대화는 앞으로 더 치열해져야 하리라 생각한다.

41 작가조명 인터뷰 「아모르 문디, 세상이라는 이름의 연인」(인터뷰어 고봉준)에서 심보선이 행한 발언, 『창작과비평』 2011년 겨울호 319면.

공통감각과 시

'미래파' 이후

1. 글을 시작하며[1]

작품과 독자의 소통은 일반화해서 논하기 어려운 문제다. 그 자체가 역사적으로 가변성을 띠기 때문이다. 다만 일반론 차원의 진술로서, 제아무리 난해한 작품이라 하더라도 사회의 구성원이 언어생활을 통해 공유하는 어떤 공통감각(sensus communis)에서 완전히 벗어나는 것은 불가능하다고 말할 수 있다. 어느 한 사람이 어느 시점부터 장미를 할미꽃이라고 부르겠다고 해서 다른 사람들이 그것을 할미꽃으로 복창할 리는 없는 것과 같은 이치다. 그러나 문제는 시인—나아가 말을 부리는 모든 문인(文人)—이란 기본적으로 일상 언어의 관습적 사용에 만족하지 않고, 필요하다면 관습 그 자체를 파괴하는 존재라는 것이다. 그런 의미에서 뭇사람

---

1 이 글은 2009년 8월 13일에 광주전남작가회의·광주오월문학관 공동 주관으로 열린 인문학포럼의 강연 형식 원고를 평문으로 개고한 것이다. 필자를 초청해주신 고재종 시인과 조성국 시인을 비롯해 질의·응답 시간에 활발한 토론을 해주신 청중들께 감사드린다.

들의 언어생활이 축적되면서 형성되는 공통감각은 창작자에게는 창작을 가능케 하는 가장 확실한 토대이면서 기본적으로 넘어서야만 하는 거대한 벽이다. 공통감각의 파괴 또는 해체를 수반하는 모험이 없이는 새로운 시적 세계의 창조는 불가능하지만 다른 한편 어떤 임계점을 넘으면 새로울 수는 있을지언정 그 자체로 의미있는 시적 창조라는 평가를 받기는 어렵다.

물론 중요한 것은 '벽'의 돌파 여부이다. 미답(未踏)의 세계에 들어서는 관문이 바로 그 벽이기 때문이다. 하지만 20세기 초반 서유럽 초현실주의 시의 파격처럼 벽을 넘어서려는 대개의 시도는 '문학사적 가치'에 한정되기 일쑤이다. 그 점을 염두에 두고 작품이 열어놓은 미답의 세계를 성찰할 때 기억해야 하는 한가지 사실은, 앞서 벽에 비유한 공통감각이라는 것도 실제로는 역사적으로 끊임없이 변천하는 무형(無形)의 자장(磁場)이라는 점이다. 그것은 만지거나 볼 수 없으며, 손가락으로 딱 부러지게 가리키기도 힘든 자장이라는 점에서 계량이나 실증의 기준이 통하지 않는 영역이다.

그렇다면 인간의 언어생활이 쌓여 형성되는 그런 변화무쌍한 자장에서 태어난 작품과 비평의 관계는 어떤 것인가? 언문일치의 문학사가 이제 겨우 100년을 넘기고, 남과 북으로 갈라져 확연히 다른 성격의 작품을 반세기 이상 향유해온 우리 시사(詩史)의 속사정은 녹록지 않다. 비평적 의식을 벼리기 위한 자료조차도 충분히 축적되어 있지 않음을 냉정히 직시해야 한다는 말이다.[2] 그렇게 직시할 때에야 비로소 민중들의 언어생활에서

---

2 길게 논할 계제는 못되지만 영시사(英詩史)에서 낭만주의와 빅토리아 대를 거슬러 17세기 형이상학파 시인들에서 20세기 영시의 새로운 시적 표현의 가능성을 ─ 그러니까 무려 삼백년을 거슬러올라가 ─ 발견한 엘리엇(T. S. Eliot, 1888~1965)의 「형이상학파 시인들」(The Metaphysical Poets, 1921) 같은 이론적 작업이 '한국문학'에서는 거의 불가능에 가깝지 않을까 싶다. 우리의 경우 한문문학과 한글문학의 극단적인 단절도 그렇지만 건강한 언어생활에 온갖 장애로 작용했던 20세기의 압축적 근대화 역시 탁월한 작품의 원만한 축적에 여러모로 불리한 환경이었음은 부인할 수 없는 사실이다. 아무

형성되는 공통감각을 지혜롭게 보존하기도 하고 파괴하기도 하는 형용모순적인 존재인 시인들이 우리 사회의 '정신문화'에 얼마나 소중한가를 실감하게 된다. 이 글은 그런 실감의 한 표현에 지나지 않음은 더 말할 나위도 없다.

2. '미래파' 논쟁 이후

2000년대, 특히 중반 이후 우리 시단에서 이전과는 확실하게 구분되는 새로운 경향의 시인들을 지목한다면 '미래파'를 들 수 있다. 사실 미래파(futurism)라는 용어는 20세기 초에 이딸리아에서 발원하여 인근 나라로 퍼진 전위파적 문예운동으로서 파시즘과도 일정한 친화성을 보인 예술가들을 통칭하는 용어이다. 이 말이 2000년대 한국 젊은 시인들의 시세계를 가리키는 표지로 채택된 것은 시대착오에 가깝다. 차라리 '뉴웨이브' '다른 서정' 등이 더 어울리지 않을까 싶다. 하지만 '새로운 시와 시인을 위하여'라는 부제를 붙이고 새로 등장한 작가들의 가능성을 동업자 입장에서 누구보다도 발 빠르게 논쟁적으로 옹호한 권혁웅(權赫雄)의 비평집 『미래파』(문학과지성사 2005)[3]가 나온 이래로 우리 시단 젊은 세대의 참신함을 예시하는 하나의 상징으로 미래파라는 말이 대표성을 획득했다는 사실 자체를 부정하고 싶지는 않다.

튼 서구 작가들의 이론적 모색이 당대 언어의 공통감각을 혁신하는 데 기여했다면 한국의 현대시를 연구하는 데서 그런 모색은 중요한 참조사항으로 활용할 필요가 있을 듯하다.

3 이 글에서 그외 참조한 주요 단행본은 다음과 같다. 고봉준 『반대자의 윤리』(실천문학사 2005); 이장욱 『나의 우울한 모던 보이』(창비 2005); 김수이 『서정은 진화한다』(창비 2006); 허윤진 『5시 57분』(문학과지성사 2007); 신형철 『몰락의 에티카』(문학동네 2008); 함돈균 『얼굴 없는 노래』(문학과지성사 2009); 강계숙 『미언』(문학과지성사 2009). 앞으로 이들 저작을 인용할 경우 괄호 안에 저자의 이름과 면수만 표기한다.

다른 한편 그런 대표성과는 무관하게 2000년대 중반을 전후로 시단에 등장한 신예들의 시적 개성들을 두고 그동안 비평적 논란이 끊이지 않았다. 주로 난해함과 소통의 문제에 집중된 논란을 이제 와서 복기하는 것은 큰 의미가 없겠다. 다만, 비평가들이 시인에게 난해시라는 '레드 카드'를 남발하는 현상을 신랄하게 꼬집은 다음 발언은 한번쯤 음미해볼 필요가 있을 것 같다.

'해석은 지식인이 예술에 가하는 복수'라고 했던 수전 손택의 발언은 난해시라는 용어 앞에서 이렇게 구질구질하게 변용된다. 난해시는 비평가가 제 안목을 벗어나는 시에 가하는 가장 손쉬운 복수라고. 가장 손쉬운 복수이면서 가장 무책임한 진단이 또한 난해시라는 용어다. 그것은 정치한 용어라기보다 함부로 찍어대는 낙인에 가깝다. 몇번 읽어보고도 잘 모르겠는 시를 가장 손쉽게 처리하는 이 방법 때문에 얼마나 많은 시인들이 시의 게토 지역으로 추방당했는가(대표적인 예가 김구용이다). 혹시라도 있을지 모를 그 시의 숨은 소통자들을 미리부터 차단하는 효과를, 난해시는 끊임없이 만들어낸다. 난해시는 '해석 불가'이기 이전에 '접근 불가'의 표지부터 먼저 매달고 독자들을 향한다.[4]

김구용(金丘庸, 1922~2001)이 시의 게토 지역으로 추방당했다는 주장은 논외로 하자. 한국의 비평가들이 난해시라는 말을 남발함으로써 자신의 조급증과 무능을 드러낸다는 비판은 기본적으로 동의가 된다. 또한 '대학'을 "수많은 문학이 알아서 기어들어와 자진(自盡)하"는 무덤에 빗댄 결론도 과격하기는 하지만 그 취지에 대해서만은 수긍하고 싶다. 그러나 동시에 무엇이 난해시인가 자체는 비평가는 물론 시인에게도 하나의 '난해한 물음'으로 남아 있다고 생각한다. 난해시라는 비판을 남발하면서 "비

---

4 김언 「한국시, 흘러넘치면서 모자란 단어 몇개」, 『문학동네』 2009년 가을호 390~91면.

평가 자신의 밑천부터 먼저 공개하는" 비평가들의 무능이야 웃어넘기면 그만이지만, 과연 어떤 시가 일회용으로 소비되거나 낭비되지 않는 시적 사유요 성취에 해당하는가를 판단하는 일은 시인 자신에게도 창작에 못지않은 과제라고 할 것이다.

1980년대와 1990년대 모두와의 일정한 단절을 통해 뭔가 다른 시세계를 구현했다는 2000년대 소장 시인들의 면면을 살펴보는 과정에서 염두에 둘 것은 바로 그런 과제이다. 그간의 논란에서는 각기 다른 시적 개성들을 이런저런 명칭으로 묶고 옹호하거나 해명하는 데 상대적으로 주력한지라 정작 개별 시 자체의 됨됨이를 성찰하는 비평이 아쉬운 바 없지 않았다. 그 점에서 일군의 시인들을 미래파로 이름 짓고 매우 공세적으로 옹호한 권혁웅의 논의는 주목을 끈다. 그는 「미래파: 2005년, 젊은 시인들」이라는 글의 서두에서 새로운 경향을 대표하는 시인들에게 쏟아진 여러 갈래의 질타를 환기했다. 그러면서 "실제로 요령(要領)을 얻지 못한 것은 최근의 시들이 아니라, 그 시를 읽어내지 못한 비평이 아닐는지?"(『미래파』 148면)라고 비평가들에게 되묻고 있다. 비평가라는 전문독자가 새로이 시단에 등장한 시인들의 진가를 제대로 파악하고 있지 못하다는 일침이다. 동시에 이들 시인에게는 "1980년대 시인들이 걸머져야 했던 역사와 시대에 대한 채무의식이 없고, 1990년대 시인들이 내세운 그럴듯한 서정, 고만고만한 서정이 없다"(149~50면)고 하면서 그 부재(不在)의 자리에 '재미'를 내세우고 있다.

권혁웅이 강조하는 재미가 유희(遊戲)와 다르다는 것은 분명하다. 가령 아름다움은 움직이는 것임을 적시하고 시의 세계에서는 "달리는 말의 다리는 네개일 수도 있고 스무개일 수도 있다"(171면)라고 주장하는 대목은 곰곰이 생각해봄직하다. 시적 창조성의 발현이라는 논제를 두고 "말의 다리가 네개다"라는 식의 고답주의가 평단에 없지 않았기 때문에 더욱 그러하다. 다른 한편 80·90년대 시와의 차별화 및 단절에(만) 착안하여 미래파를 옹호하는 데는 수긍하기 어려운 면도 있다. 무엇보다 사뭇 다른 성질과 차원의 작품들을 '새로운 시적 발화'로 수렴하여 평면화하고 있다는 인상을 준다. 가령 미래파로 분류된 시인 가운데는 진은영이나 김언처럼 선배 시인들의 날카로운 정치적 감각을 이어받은 이도 있을뿐더러, 유희경(兪熙敬)의 『오늘 아침 단어』(문학과지성사 2011)처럼 왕년의 "고만고만한 서정"에 젖줄을 대면서도 '서정주의'에서 탈피하는 이도 있기 때문이다. 아무튼 권혁웅이 새로운 시적 경향을 대표하고 있다고 역설한 장석원(張錫原, 1969년생), 황병승(黃炳承, 1970년생), 김민정(金珉廷, 1976생), 유형진(1974년생) 등은 모두 제각각의 개성을 가진, 그러니까 공통분모가 잘 잡히지 않는 시인으로 느껴진다.

권혁웅이 분석한 각 시인의 시는 (차례대로 열거하면) 장석원의 「金秋子에게 보내는 戀書」, 황병승의 「커밍아웃」, 김민정의 「회상의 회상─나는 안 닮고 나를 닮은 검은 나나들 2」, 유형진의 「모니터킨트─eyeless.jpg」이다. 여기서는 약간 순서를 바꿔 김민정, 유형진, 장석원 순으로 읽어보되 각각의 시를 시집 전체의 맥락뿐만 아니라 유사한 경향을 보이는 여타 시인들과도 연관지어 견주어보고 황병승의 시는 맨 나중에 다뤄보는 것이 좋을 것 같다. 비판과 찬사를 넘어서 이들의 시가 새롭다면 어떤 의미에서 새롭다는 것이며 그 새로움의 내용은 무엇인지 제한된 범위에서나마 살펴보려는 것이다. 권혁웅이 읽은 시들을 다시 논제로 삼는 이런 논법이 남이 차려놓은 밥상에 숟가락 올려놓기로 비칠지도 모르지만 필자로서는 읽는 방식이 다른 경우 그런 식의 '겹쳐읽기'도 기본적으로 비평적 대화의 한 형식이 된다는 점을 강조하고 싶다. '미래파 담론'의 허실을 점검하는 데 미래파 담론을 주도한 논자의 논의를 받아서 나름으로 토론의 지평을 확장하고 발전시켜보는 것은 작금 평단의 병폐라 해도 과언이 아닌 비평의 독백을 피하는 한가지 방편이 될 수도 있다는 말이다.

3. 2000년대 시의 몇가지 새로운 경향

3-1. '고슴도치 아가씨'의 출현과 진화

독자로서 네편의 시 가운데 가장 당혹스러운 작품은 단연 김민정의 「회상의 회상―나는 안 닮고 나를 닮은 검은 나나들 2」일 것이다. 『날으는 고슴도치 아가씨』(열림원 2005) 전체를 읽은 독자라면 당혹스러움을 넘어서 도대체 이런 걸 시라고 할 수 있는지 반문할지 모른다. 실제로 김민정이 대변하는 시적 경향에 대한 가장 흔한 비판은 '소통불가'에 맞춰져 있다. 나르시시즘적 자폐성을 꼬집는 것도 그런 비판의 한 예이다. "외형적인 측면에서는 상당한 파격을 보여주지만 (…) 더이상 상처받지 않으려는 주체의 무의식적 자기 방어"(고봉준 358면)가 시의 난독성(難讀性)을 무지막지하게 키웠다는 것이다. 기성의 '서정적 권위(주의)'와 거리를 두면서 그 자신 '서정성'의 새로운 차원을 적극적으로 모색해온 이장욱조차 "나는 이 시집의 지지자이지만, 나의 지지를 넘어선 곳에서조차, 이 시집은 여전히 모종의 '경계'에 걸려 아슬아슬하다"라고 적을 지경이다.(이장욱 해설 「그 여자의 악몽」, 『날으는 고슴도치 아가씨』 171면)

『날으는 고슴도치 아가씨』를 읽는다면 누구나 그 '아슬아슬함'을 실감하지만 다른 한편 고봉준 식으로 김민정의 시를 소통불가라는 잣대로 비판하는 것은 어딘가 초점에서 빗나갔다고 생각한다. 그건 소통불가라는 판정 자체가 왕왕 새로움에 대한 당혹스러움을 에둘러 말하는 것인 경우가 많을뿐더러, 실제로 흔히 엽기로 일컬어지는 파격이 김민정만의 고유한 발상이나 표현방식이랄 수 없기 때문이다.[5] 그렇다면 김민정의 시 「회

---

5 '엽기'에 관한 한 시에서는 역시 김언희가 원조라 할 만하며, 그 시적 간결함에 있어서도 김민정의 파격은 '원조'의 선행 발화와 대비해보면 말의 낭비라는 느낌도 없지 않다. 예컨대 "이 가죽 트렁크//이렇게 질겨빠진, 이렇게 팅팅 불은, 이렇게 무거운//지퍼를 열면/몸뚱어리 전체가 아가리가 되어 벌어지는//수취거부로/반송되어 온//토막난 추억이 비닐에 싸인 채 쑤셔박혀 있는, 이렇게//코를 찌르는, 이렇게/엽기적인"이라고 한 김언희의 「트렁크」와 비교해보라. 소설장르에서는 (안타깝게도 절필한) 백민석의

상의 회상─나는 안 닮고 나를 닮은 검은 나나들 2」는 어떤가?

이 시 자체에 대해서는 할 말이 많지 않다. 사람들 앞에서 낭송하기 심히 민망한 김민정의 시 가운데서 천진난만하고 튀는 말투가 돌연 생기를 불어넣는 작품도 『날으는 고슴도치 아가씨』에는 분명히 있지만 「회상의 회상」은 감각의 인위적 과장과 입말의 선정성을 부풀린 경우이다. 철없는 소녀의 장난스런 넋두리처럼 들리기도 하는데, '완고한 자아'의 탄생 비화를 온갖 비틀린 비유로써 들려주고 있다는 것 외에 '시적 사유'라 할 만한 것을 발견하기 어렵다. 김민정 특유의 발성과 상상력이 독자로 하여금 구체적인 연상(聯想)의 상(像)을 실물처럼 구성하도록 도와주는 작품을 몇점만 거론한다면, 「가위눌리다 도망 나온 새벽」「그러나 죽음은 定時가 되어야 문을 연다」「매일매일 놀러 오는 우리 죽은 아빠」「집으로」「숨은 집 찾기 놀이」 등이 아닌가 싶다. 시어(詩語), 더 나아가 시라는 통념을 의도적으로 짓밟고 파괴하는 정도는 일관되지만 그같은 파괴가 발휘하는 구체적인 환기력은 매우 강력하다. 다만 전체적으로 판단한다면 가족이 사회적 보호막이 아니라 끔찍한 족쇄가 되어버린 우리 시대 청춘들의 몽상을 '유쾌한 악몽'으로 제시하는 '고슴도치류'의 시가 갖는 충격효과와 그 '유통기한'은 상당히 제한적이리라고 생각한다.

물론 '유통기한'만으로 우리 당대 시인의 작품을 평가하는 것은 위험하다. 아니, 유통기한 따위는 안중에 없어야 시가 되는 순간도 있지만 독자와의 소통이라는 것은 더 간단치 않은 문제가 된다. 어쨌든 『날으는 고슴도치 아가씨』 같은 '돌연변이'가 하나쯤 있는 것은 우리 시대의 시적 생태계에 건강한 자극이 될 수도 있다. 하지만 생태계의 정확한 '건강 진단'을 위해서도 유사한 '과'에 속하는 김언희(金彦姬, 1953년생)의 『트렁크』(세계사 1995), 이민하(李旻河, 1967년생)의 『환상수족』(열림원 2005), 김이듬(1969년

─────────────

『목화밭 엽기전』(문학동네 2000)이나 편혜영의 『아오이가든』(문학과지성사 2005) 등이 썩어문드러진 인간성에 대한 탐구를 선보인 바 있다.

생)의『별 모양의 얼룩』(천년의시작 2005) 등과 김민정의 작품을 대비해보면서 읽는 작업이 필요하다고 본다. 시차를 두고 일종의 계보를 형성한 듯한 이들 작품이 드러내는 개성적 감각들을 보면 김민정의 전례 없는 듯한 파격에도 그 나름의 관례적 문법이 작동하고 있음을 알 수 있기 때문이다.

다른 한편『날으는 고슴도치 아가씨』와 같은 파격을 김민정 시인 자신이 다시 반복하는 것은 자해행위에 가까울 것이다. 극단의 언어일수록 (예상과는 달리) 매너리즘에 노출될 위험은 더 크다. 젊은 세대의 감성을 악몽이라는 형식으로써 극도로 예각화한 김민정의 변모가 궁금해지는 대목인데, 두번째 시집『그녀가 처음, 느끼기 시작했다』(문학과지성사 2009)에 와서는 고슴도치의 가시들도 상당부분 다듬어지고 한층 모양새를 갖췄다. 단순히 가독성이 높아졌다는 말은 아니다. 우리의 자질구레한 현실에서 화석화된 도덕이나 양심에 일침을 가하기도 하는 명랑 발칙한 언어와 말장난은 여전하다. 물론 '말장난'이 치기 어린 요설로 떨어지는 대목도 눈에 띄지만 전체적으로 순화(馴化)되었다기보다는 말장난에 대한 자의식이 한결 어른스러워진 느낌이다. '소녀시대'를 통과하는 의례적인 성장통과는 다르며, 일체의 도덕주의나 권위주의와는 양립할 수 없는 발랄한 생명력을 시에 값하는 발화로 담아냈다는 점에서 성숙이라 불러도 무방하지 않을까 싶다. 가령 시집 맨 앞머리를 장식한「김정미도 아닌데 '시방' 이건 너무 하잖아요」나「피해라는 이름의 해피」도 그렇지만 다음 시의 어떤 유머러스한 능청스러움도 그런 판단을 하게 한다.

　　네게 좆이 있다면
　　내겐 젖이 있다
　　그러니 과시하지 마라
　　유치하다면
　　시작은 다 너로부터 비롯함일지니

어쨌거나 우리 쥐면 한 손이라는 공통점
어쨌거나 우리 빨면 한 입이라는 공통점
어쨌거나 우리 썰면 한 접시라는 공통점

(아! 난 유방암으로 한쪽 가슴을 도려냈다고!
이 지극한 공평, 이 아찔한 안도)

섹스를 나눈 뒤
등을 맞대고 잠든 우리
저마다의 심장을 향해 도넛처럼
완전 도-우-넛처럼 잔뜩 오그라들 때
거기 침대 위에 큼지막하게 던져진

두 짝의 가슴이,
두 짝의 불알이,

어머 착해

—「젖이라는 이름의 좆」 전문

이 시를 읽으면 김행숙(金杏淑)의 『사춘기』(문학과지성사 2003)가 연상되기도 한다. 하지만 남자를 중심으로 돌아가는 세계를 야유하고 풍자하면서도 빡빡하고 칙칙한 여성주의와는 질적으로 다른 경쾌한 여유가 느껴진다. "그렇게 흔들흔들/안녕 새로운 나여"(「피날레」)라는 시구처럼 김민정의 그 '새로운 나'가 '고슴도치 아가씨'의 대책 없는 도발에 종지부를 찍고 특정 세대에 국한되지 않는 새로운 시적 난장을 창의적으로 펼칠 수 있기를.

3-2. '피터래빗'의 외출

유형진을 미래파로 묶는 것이 얼마나 온당한지는 모르겠지만 김민정과는 사뭇 다른 시적 서정의 소유자임은 분명하다. 적어도 그런 점에서 권혁웅이 콕 집어 논한 「모니터킨트—eyeless.jpg」의 세계는 그의 시적 성향 가운데 어느 일부를 드러낸다고 봐야 할 듯하다. '흑백 텔레비전'의 영상을 유년의 어떤 원초적 기억으로 간직한 작가라고 해서 그 영상에서 사물의 이치를 배웠거나 감수성을 키워왔다고 말하기는 힘들기 때문이다. 「모니터킨트—eyeless.jpg」 같은 시에서는 극히 현대적인 생활체험의 환기(喚起)가 새로움보다는 아주 오래된 감각의 일깨움으로 이어지곤 한다. 이는 유형진이 상당히 복합적인—오래된 것을 새로운 것과 뒤섞어 이중적으로 변주하는—감수성의 소유자에 가깝다는 말인데, 달리는 말의 다리를 네개로 그려도 얼마나 생생할 수 있는가를 보여주는 「감자에 싹이 나서 잎이 나서,」 전문을 읽어보자.

식탁 위에 싹 자란 감자 하나. 옆에는 오래전 흘린 알 수 없는 국물 눈물처럼 말라 있다 멍든 무릎 같은 감자는 가장 얽은 눈에서부터 싹이 자란다 싹은 보라색 뿔이 되어 빈방에 상처를 낸다

어느날 내 머릿속 얽은 눈이 저렇게 싹을 틔운다면? 감자에 싹이 나서 잎이 나서, 보자기는 가위를 가위는 바위를 바위는 보자기를 이기지 못하지 숨바꼭질 술래를 정하면서 아이들은 삶의 부조리를 배운다 무궁화꽃이 아무리 피어도 술래는 움직이지 못한다 얼마나 오래된 것들을 저장해야 저렇게 동그래질까? 추억은 때로 독이 되어서 요리할 때는 반드시 잘라내야 한다 싹이 틀 때 감자는 얼마나 아플까 감자에 싹이 나서 잎이 나서,

「내가 가장 예뻤을 때 나는 바나나파이를 먹었다」 「사춘기」 「가을햇살」

「저녁 숲」 등이 불러일으키는 정서도 그렇지만 이 시도 '성장통'의─모 난 것이 "동그래"지는─과정을 친숙하면서도 낯선 비유로 포착한다. 이 시의 화자는 추억이 때로 독이 된다는 것을 아는, '감자에 싹이 나서'라는 놀이를 통해 "삶의 부조리를 배운", 비록 상처투성이 사춘기를 보냈지만 그 시절의 무구(無垢)를 완전히 잊을 수 없는 어른이다. 이런 복합적인 정 서의 결들이 어우러지면서 이 시의 메시지도 간단치 않게 된다. 눈물, 멍 든 무릎, 상처, 부조리, 추억 등이 시에 박혀 있고 '아프게 싹을 틔우는 감 자'가 방황하는 사춘기의 은유로 기능하지만, 삶의 부조리를 배우는 청 춘들에 대한 시인의 자세는 담담하며 어떤 점에서는 의젓하기까지 하다.[6] 누구나 한번쯤 해본 경험이 있는 '묵찌빠' 놀이의 추억을 통해 "보자기는 가위를 가위는 바위를 바위는 보자기를 이기지 못하"는 삶의 불편한 진실 이 평면화되기도 하지만 말이다.

그런데 유형진의 『피터래빗 저격사건』(랜덤하우스코리아 2005) 전체를 두 고 보면 어떤 특정한 경향의 감수성이 지배적이라고 말할 수는 없다. 오 히려 상이한 경향의 감수성들이 경합하는 인상인데, 주체와 객체를 설정 하는 통념적인 사유방식에서 벗어나려는 시도가 유독 두드러진다. 예컨 대 각각 '의뢰인' '저격수' '목격자'라는 부제가 붙어 3편으로 이루어진 표제시 「피터래빗 저격사건」을 읽을 때도 독자는 서정과 탈서정의 묘한 경계에 서 있는 듯한 느낌을 받게 된다. 내러티브, 즉 일정한 서사가 있는 시지만 그 내용은 산문적인 의미로 환원되지 않아서 더 그렇다. 그러면 서사의 개요를 단계별로 정리해보자.

---

6 「감자에 싹이 나서 잎이 나서,」와는 물론 전혀 다른 어조와 분위기지만 가령 유희경 (1980년생)의 「無」도 그런 담담함과 의젓함을 보여주는 사례다. "무를 사러 나왔는데 밑동 잘린 눈이 내린다 당신, 무얼 상상했기에 이리도 하얀 눈이 내리나 그렇게, 하얀 눈을 맞으며 걸어간다 한 사내가 넘어진다 일어나 툭툭 털어내는, 그의 잠바가 흐리다 익숙한 이미지를 더듬어 다시 눈이 내리고 나는 고요 그 중간쯤을 올려다본다 내일은 무를 말릴 것이다 나는 오독오독한 그런 상황이 참 재밌어 또 슬프다 함께 사라져버릴 것들 그리고 잊혀가는 것들도"(『오늘 아침 단어』 109면).

먼저 '의뢰인'이라는 부제가 붙은 「피터래빗 저격사건」이다. 화자인 '나'는 'Time Seller Inc.'라는 회사에 근무한다. "시간의 장물을 관리하는" 나는 고향이 없는 인간이다. 고향을 "잃어버린 것도, 잊은 것도 아"니고 "그냥 없을 뿐"이다. 그런 '나'는 어느날 "고향에서 지내던 어린 시절의 시간을 팔고" 싶은 사람에게서 그 시간을 산다. 그런데 시간을 사고서 "이상한 일들이 벌어"진다. "밤이면 잠을 이루지 못하"다가 급기야 일상생활을 지속하지 못하는 지경에 빠진다. "예전의 고향 없는 내가 그리워"진 것이다. 그래서 시간을 판 그 사람을 저격할 생각을 하게 된다. 의뢰인의 이야기는 여기까지다.

그다음은 '저격수'라는 부제가 붙은 「피터래빗 저격사건」이다. 저격수는 화자인 '나'로 등장한다. 시는 "전화가 걸려왔을 때 나는 마지막으로 남은 팝콘을 전자레인지에 넣어 돌리고 있었습니다"로 시작한다. 그런 '나'의 이야기는 특별할 것이 없다. 다만 의뢰인이 들려주는 주제를 변주하는 것은 분명한바, 저격수는 자신이 하는 일, 즉 저격하는 일을 "산 채로 죽어 있는 것들, 더이상 이어갈 생은 없지만 두고두고 살아야 하는 것들에 대한 묵념 같은 것"으로 여기는 사람이라는 점에서 이 시는 독자로 하여금 생각하게 만든다. 시간과 삶의 문제가 여전히 화두로 걸려 있기 때문이다.

그다음 세번째 시는 목격자인 '나'가 화자로 등장한다. '나'는 의뢰인을 만난 정황과 그에 대한 묘사를 길게 늘어놓는다. 그러나 그가 목격한 것은 사실상 아무것도 없다. 다만 시계와 담배가 시간 및 삶이라는 화두를 다시금 끌어낸다. 그러면서 '나'가 목격한 것, 즉 "바람이 방향을 바꾸어 나의 머리를 흐트러뜨리며 지나갈 때 내 발엔 여치가 밟혀 죽어가고 있었"다는 점을 확인해준다. 시의 마지막 문장은 이렇게 끝난다. "죽은 여치는 더이상 울지 않았고 달무리 진 보름달이 밤하늘에 총구처럼 놓여 있었죠." 고향에서의 어린 시절을 판 사람이 죽은 여치로 치환되어 있는 형국이다. 물론 이런 이야기에 기승전결 같은 것은 없다. 그게 이 연작시의 묘미이기도 한데, 목격자는 "아직 돌아오지 않은 시간의 안부를 묻는 그와 박하향의 담배를 나누어 피우곤" 곧 헤어진다. 딱히 이야기가 있는 것도, 그렇다고 없는 것도 아닌 이 연작시를 반복해서 음미하면 어떤 당위와 목적의식으로 가둘 수 없는, 우리가 어떻게든 살아가야 할 시간과 삶을 가리키는 현대적 알레고리가 아닌가 하는 생각을 하게 된다.

　유형진의 두번째 시집 『가벼운 마음의 소유자들』(민음사 2011)에 오면 '살아가야 할 시간'을 환기하는 맥락은 한결 강력하면서도 자유로워진 듯한 느낌이다. 화법과 비유는 가벼워지고, 마치 단어와 연상들이 무중력의 시적 공간을 떠다니면서 '현실'이라는 화폭에 무작위로 내려앉는 것 같다. 그러나 이는 시집에 대한 첫인상일 뿐, 좀더 세심하게 살펴보면 살얼음판 같은 — '버블버블랜드'로 표상되는 — 지금 이곳의 현실을 살아가는 소수자들의 애잔한 마음이 끊임없이 시의 표면에 어른거리고 있음을 알게 된다. 단적인 예로 '이중국적자의 경우'라는 부제를 단 「겨울밤은 투명하고 어떠한 물음표 문장도 없죠」만 해도 연민과 묘한 긴장을 유지하는 슬픔의 언어를 훌륭하게 구사하고 있다. 하지만 아래의 시처럼 '단 하나의 진실'을 얻기 위한 시인의 분투가 절실하게 실감되는 작품도 여럿 있다.

　　너를 생각하면서 이 문장을 쓴다.

　　생,이라고 쓰면 나는 생강의 톡 쏘는 쓴맛,
　　그리고 비닐하우스 안의 정사를 생각한다.
　　겨울날, 경험해보지 못한 것들은
　　나를 가두거나 풀어준다

　　생,이라고 쓰면 나는 질긴 고무줄.
　　빚을 지고 허덕이다 젖먹이를 버리고 떠나는
　　누군가의 뒷모습.

너를 생각하지 않으면 이런 문장도 떠오르지 않겠지.
바보,라고 말해버리면 그 순간 나는 바보.
똥개,라고 말해버리면 그 순간 나는 똥개다.

단정하지 못한 단 하나의 문장을 얻기 위해
나는 지금 너를 생각한다.
너는 오늘밤, 빛나는 오리온을 생각했을까?

이런 생각도 한다.
비닐하우스 안에서 누군가 사정하며 생을 빌릴 때도
오리온자리에서 알 수 없는 빛이 흘렀지.
그 빛을 평생의 빛으로 누군가는 허덕이며 간다.
단정하지 못한 단 하나의 문장을 향해.

생, 헐떡헐떡.

—「단정하지 못한 단 하나의 문장」 전문

유형진은 사회적 현실에 발을 단단히 딛고서 말의 무중력을 꿈꾸는, 무거운 삶을 직시하는 '가벼운 마음의 소유자'이다. 유쾌한 상상력의 향연에서 시인 자신이 때로 맥락을 놓치는 순간도 있는 듯하지만 그 점만을 부각시킬 계제는 아닌 듯하다. '헐떡헐떡하는 생'의 진실을 향한 시인의 집념이 이 시집으로 끝날 것 같지 않을뿐더러, 상상력을 발휘하는 순간에도 '날것'으로서의 삶의 풍경들을 놓치지 않기 때문이다. 미래파로 분류된 시인의 시가 바로 그런 차원에서 실감되고 의미심장해진다는 사실은 언어의 난해한 실험이라는 것을 우리가 어떻게 생각하고 평가해야 하는지에 대해서도 간단치 않은 암시를 준다.

3-3. '꽃잎'과 역사

현재까지 세권의 시집을 낸 장석원은 동료들의 시를 전문적으로 읽어주는 비평가이기도 하다. 시인과 비평가가 경합하는 양상이랄 수도 있겠지만 그의 시집은 자기만의 방식으로 사회현실에 개입하는 시인의 존재를 가리키고 있다. 역시 시인이자 비평가인 권혁웅은 장석원의 시를 다성성(多聲性)의 실험으로 규정하면서 "1980년대의 '운동'과 1990년대의 '서정'을, 집단적인 선언과 개인적인 고백을 통합하"려는 시도를 보여준다고 평가한 바 있다.(권혁웅 150면) 그렇다면 그의 평가를 기본적으로 수용하는 입장에서 「金秋子에게 보내는 戀書」(『아나키스트』, 문학과지성사 2005)를 읽어보자.

꽃잎이 피고 또 질 때면, 그대의 눈동자에 고이는 슬픔 때문에 속절없이 흔들리는 갈대. 갈대의 순정 때문에 그날이 다시 온다 해도, 나는 빛 좋은 개살구

시의 서두에서 환기된 꽃잎은 그 자체로는 다른 뜻이 없다. 그러나 우리 현대사의 특정한 맥락에 대입하는 순간 다양한 파장을 갖는 말이 된다. 가령 시 제목을 읽고 이 첫 구절을 대하면 우선 나 같은 사십대 독자는 즉각 김추자의 노래 「꽃잎」을 떠올리게 된다. 동시에 이 대중가요는 1980년 5월 광주를 다룬 영화인 장선우 감독의 「꽃잎」(1996)과 원작인 최윤의 중편소설 「저기 소리 없이 한점 꽃잎이 지고」(1988)를 생각나게 한다. 이 가운데 아무것도 떠오르지 않는 독자도 있겠지만 그 경우라도 이 시 전체를 읽다보면 시인이 우회적인 듯하면서도 직접적인 방식으로 5월 광주를 시의 표면으로 떠올리고 있다는 것쯤은 어렵지 않게 눈치챌 수 있을 것이다.

어쨌든 「꽃잎」이라는 노래를 환기하면서 시작하는 이 시는 김추자와는

아무 상관이 없고 연서도 물론 아니다. 시집 이곳저곳에 대중가요가 감칠맛나게 직간접으로 인용되어 있는데, 이 시에서 가요의 기능은 청춘의 방황을 도드라지게 하는 데 주로 발휘된다. "그대 왜 날 잡지 않고 그대 왜 가버렸나, 누가 사랑을 아름답다 했는가" 하는 식으로. 대중가요의 가사는 '꽃잎'이 함축하는 청춘의 여러 맥락을 부각하는데, 그런 과정에서 우리 젊은이들의 5월 역사적 체험이 부각된다. 가령 "떨어지는 꽃잎, 삼천의 꽃잎들, 실려간 청춘, 푸른 청춘, 꽃다운 그대 얼굴 위에, 다시 내리는 오월에"라는 시구를 읽으면 「늙은 군인의 노래」의 한 구절처럼 "푸른 옷에 실려간 꽃다운 이내 청춘"이 생각날 수밖에 없다.

　　다만 후회하지 않는, 지워지지 않는, 길 위의 혈흔 더운 피 더러운 피, 나의 신경에 와닿는 오월의 햇빛, 희미한 전기 신호, 뭉개진 얼굴

　　그대는 물질적 증거이기 때문에, 짓이긴 꽃잎이기 때문에, 오월의 햇빛 속에서, 소리 없이 지는 한점 그림자, 물들자마자 한겹 벗겨지는 껍질

　　그리고 나의 사랑스런 벌레들 이 풍진 세상을 만나 번성의 시대를 보냈으니, 변태해야 하리, 벌레들이여 또다른 살덩어리여, 내 아파트로 와서 하룻밤 즐기시라

　　그대 또다른 살덩어리여, 붉은 혀 붉은 젖가슴 붉은 엉덩이여, 어두운 거실 소파 위의 나의 게르니카, 그대 차가운 추상이여

　　　　　　　　　　　　　　　　　　—「金秋子에게 보내는 戀書」1부 부분

하지만 장석원의 발화방식은 주체와 객체의 완강한 분리를 전제하기 일쑤였던 지난 80년대 민중시의 투박함과는 사뭇 다르다. 그렇다고 청산과 향수 사이를 분열적으로 오간 90년대 서정시의 여림과도 차이가 있다. 「미각」(『태양의 연대기』, 문학과지성사 2008)의 한 대목처럼 "당근과 양파와 감자와 양송이와 올리브유와 커큐민이 도덕적 갈등 없이 용해되는 단계"를

지향하는 시인은 "지금 세상의 거울 앞에서 모든 오브제에 스며들고 마는 회의를, 그것의 이미지를, 탄생과 소멸을 기록하려는 것이 아니"다. 오히려 정치적 모티프를 개인의 차원으로 수렴하여 정치의 미적 극대화를 달성하기 위하여—"'가장'이라는 최상급 부사는, 그렇다. 그대에게만 해당된다. 아름다움이라는 단어는 그대만이 독점한다."(「金秋子에게 보내는 戀書」 2부)—전력투구하는 것이다. 「金秋子에게 보내는 戀書」 1부의 '게르니카'는 그런 극대화의 한 표상에 해당한다.

신형철은 장석원의 시를 두고 "혁명의 배반과 사랑의 종말 앞에서 애도를 끝내지 못한 채 허둥대는 변심한 지식인의 멜랑콜리한 목소리를 실어 나른다"고 말한 바 있다.(신형철 240면) 적어도 그런 맥락에서 장석원은 황지우(黃芝雨, 1952년생)나 이성복(李晟馥, 1952년생) 세대의 감수성을 이어받은 시인이라고 해도 좋을 것이다. 그런데 그의 그런 면모를 주목하면서도 「나의 전부는 거짓이었다」 같은, 김수영(金洙暎) 풍이지만 그 반복이나 답습이 아닌 발화도 눈여겨보게 된다. 하지만 모두 46편의 시가 실린 첫 시집 『아나키스트』에서 해체와 산포(散布)의 형식으로 분출되는 그의 다변은 적잖이 요설로 추락하기도 한다. 가령 "極烈左傾 策動 分碎. 오른쪽으로 머리를 가른다, 保守右翼 大同團結. 올백으로 넘길까부다. 난 누구냐"(「文化 목욕탕」)라든가, "개좆 같은 진보. 개좆 같은 진보주의/미래라구?"(「악마를 위하여」)라고 내뱉는 모습은 현실정치에 대한 환멸을 크게 넘어서지 못하고 있다. 시인의 강렬한 정치적 무의식이 환멸을 매개로 표출되는 듯한 인상을 준다. 그 점을 시인 자신이 얼마나 냉정하게 의식하고 있는지는 모르겠지만, 아무튼 그가 장시의 형식으로 내뿜는 무정부주의적 충동은 정치현실에 대한 '낭만적' 투신에 가깝다. 바로 그런 투신의 언어가 첫 시집 전반을 관장한다. 두번째 시집인 『태양의 연대기』에서는 그 투신이 좀더 긴 호흡으로 변주된다는 인상이다. 모든 제도적 권력을 부정하고 개인의 완전한 자유라는 이상에 투신하는 무정부주의적 충동이야말로 두 시집 전체를 감싸는 기운이랄 수 있겠지만, 첫 시집의 「金秋子에게 보내는

戀書」만큼 성공적으로 충동이 발화된 사례는 그리 많지 않다.

그런데 「金秋子에게 보내는 戀書」의 특이한 점은 정치성과 낭만성의 긴장이 시적 전도를 통해 증폭된다는 사실이다. 즉 마지막 3부에 배치된 제5공화국 대통령 취임연설문은 이전까지 은유를 통해 전달된 '정치'를 노골적으로 표면으로 드러낸다. 그 시적 효과는 간단치 않다. 연설문 자체는 민중의 생활실감과 철저하게 유리된 한자투성이 공식어로 구성되어 있다. 대부분의 법조문이 실제 민초들의 생활에서는 사문(死文)이듯이—'법은 멀고 주먹은 가깝듯이'—전두환의 취임연설문도 철저하게 '죽은 말'로 채워진, 그런 뜻에서는 공허한 메아리만을 남기는 구절들이다. 그러나 그 구절만을 떼어 읽지 않고 전체의 맥락에 놓으면 효과는 사뭇 달라진다. 즉 "國家의 成長과 成熟이 本人에게 賦與된 歷史的 課題임을 痛感하고 있"다는 말은 "푸른 옷에 실려간" 청춘들의 참담한 실태와 극적으로 대비되고 있거니와, 설혹 80년대를 살아보지 못한 독자라 하더라도 그같은 극단적인 대조 자체에서 지나간 역사를 상기시키는 시의 당대적 맥락을 헤아려보게 된다. 요컨대 취임사의 정치언어는 그 자체로는 죽은 것이고 이제는 아무런 의미도 담지 못하지만, 최소한 그것이 놓인 문맥에서—"歷史的 課題임을 痛感하고 있"다는 '본인'의 시대가 얼마나 야만적이었던가를 반추하게 한다는 점에서—시의 정치적 전언은 80년대가 아닌 오늘의 현실로 향한다.

물론 시의 정치성이라는 것은 시의 표면에 드러난 것만 가지고는 제대로 논할 수 없는 주제이다. 앞서 소개한 김민정이나 유형진의 경우에도 현실권력의 부작용만이 아니라, 그런 부작용과 연동되는 삶의 극도로 다양하고 미세한 국면들에 대해서도 정치적 해석이 얼마든지 가능하기 때문이다. 지금까지 따라 읽은 시인들 가운데 장석원이 가장 의식적으로 한국의 정치적 현실을 드러낸다고 하겠고, 그 점은 가령 두번째 시집인 『태양의 연대기』에 실린 「현충일 현충원에서」에서도 약여하다.[7] 하지만 그를 정치적 시인이라고 말하는 것은 오해의 소지가 적지 않다. 오히려 「내 마음의 아나키」(『태양의 연대기』)처럼 정치적 발화조차도 1인칭 서정의 열도 (熱度)로써 녹여낸다는 점에서는 전통적인 서정시인에 더 가깝다. 아무튼 현실정치에는 아무런 관심이 없고 언어놀음에 빠져 있다고 일각에서 비판하는 미래파 시인들도 한통속으로 묶을 일이 아님을 장석원의 「金秋子에게 보내는 戀書」에서 확인할 수 있다. 다만 운동과 서정, 또는 "집단적인 선언과 개인적인 고백"을 최고의 차원에서 통합하는 시적 작업의 성공 여부는 좀더 지켜볼 일이다.

4. 황병승이라는 '현상'에 관하여

드디어 황병승의 「커밍아웃」 차례다. 2000년대 중반에 『여장남자 시코쿠』(랜덤하우스코리아 2005)로 시단에 홀연히 등장한 황병승은 단순한 고유명사가 아니라 하나의 새로운 문화현상이자 감성의 충격을 가리키는 대명사로 통했다. 특히 젊은 독자들 사이에서 그랬다. 그들의 열광에 얼마나 거품이 끼어 있는지는 찬찬히 살펴야 할 일이지만 『여장남자 시코쿠』는 이어서 나온 『트랙과 들판의 별』(문학과지성사 2007)과 함께 탈규범·비주류·하위문화 등으로 말함직한 우리 시대 소수자 세계의 감수성을 대표한다라는 평가를 받아왔다. "이 시집에 고급문화나 상업적 주류문화라고 할 만한 것은 씨가 말라 있다"(이장욱 해설, 『여장남자 시코쿠』 190면)나, "황병승은 동시대 한국시의 뇌관"(이광호 해설, 『트랙과 들판의 별』 190면)이라는 단언도 그런 맥락에 있다.

---

7 하지만 「현충일 현충원에서」의 마지막 대목이 단적으로 시사하는 것처럼 그런 정치성은 희극적이면서도 우수 어린 어조를 통해 여과된다. 가령 「현충일 현충원에서」는 현충일이 불러일으키는 갖은 상념을 자유자재로 표현하면서 이렇게 마무리된다. " 'national cemetery'를 민족 묘지로 읽네. 조기가 나부끼네. 오늘은 참을 수 없었기 때문에 일어나서 蹶起 축구했네. 오로지 맑고 곧은 이념의 푯대 위에 노스탤지어가 걸려 있네."

그러나 하위문화가 '후기'자본주의의 문화적 재생산에 간여·기여하는 결코 간단치 않은 역할을 고려해본다면 주류와 비주류의 경계가 그렇게 투명한 것만은 아니다. 자본주의 자체가 워낙 잡식성인지라 주류냐 비주류냐를 기준으로 시를 판단하는 것은 그 나름의 위험이 따른다. 아무튼 황병승의 시세계를 표상하는 대표적 것 가운데 하나가 '여장남자 시코쿠'라는 성적 소수자이기에 그에 상응하는 언어와 주제, 형식, 소재, 발화방식 등에 걸친 온갖 이질적인 특성이 일종의 붙박이로 따라오는 것은 당연하다 하겠다. 특히 영화나 음악 장르가 마니아적으로 소비된 흔적이 시집 여기저기서 발견된다. 「밍따오 익스프레스 C코스 밴드의 변」(『여장남자 시코쿠』)이나 「어둡고 춥고 무섭다」(『트랙과 들판의 별』) 같은 시의 소재인 인디밴드도 그중 하나다. "음악이 되기 위해 발버둥치는 아름다운 센텐스"(「눈보라 속을 날아서」)로서의 시 —『여장남자 시코쿠』의 '말부림'은 그렇게도 정의할 수 있겠다.[8] 두 시집을 구성하는 '아름다운 문장'은 1인칭 서정시의 세계에 안주해온 독자들에게는 — 김민정의 노골적인 도발보다 어떤 면에서는 더 — 낯설고 혼란스럽게 느껴질 듯하다.

반면에 작품의 낯섦에 당황한 독자라도 두 시집의 곳곳에 뿌려져 있는 비범한 문장들에 시선이 꽂히는 순간을 적잖이 경험했으리라 본다.[9] 몇가지만 들어보자.

---

8 장정일은 황병승으로 대표되는 "'미래파'는 무한한 실험의 권리를 얻는 대신, 시의 원초성인 노래를 잃었다"(『한겨레』 2007년 11월 24일)고 비판한 바 있다. 장정일이 '노래'를 어떤 의미로 썼는지는 모르겠지만 황병승 시의 리듬에 주목한 독자라면 동의하기 어려운 비판이 아닌가 싶다. 가령 「물고기의 노래」(『트랙과 들판의 별』)를 들어보라. 얼마나 천진하고 위트 있는 음악이 살아 있는가!

9 내가 황병승의 시를 처음 접한 것은 2004년의 어느 비공개 학술모임에서였다. 발표자가 황병승을 비롯한 여러 '전위시인들'을 논하면서 「에로틱파괴어린빌리지의 겨울」의 일부를 인용했는데, 그때 그 시에서 강렬한 흥미와 함께 콕 집어 말하기 어려운 어떤 거부감을 동시에 느낀 기억이 난다. 그때의 양가적 감정을 지금도 잘 설명하기 힘든데, 아무튼 이후 황병승의 시를 찾아 (거듭) 읽으면서 그런 혼란스런 감정을 좀더 정리하는 한편, 그 시적 성취를 내 나름으로 가늠하려고 했다.

그리고 겨울 날개를 가진 짐승들은 모두 남부 해안으로 떠나고 이제 비
유 없이는 한 발짝도 전진할 수 없는 계절
—「에로틱파피어린빌리지의 겨울」 부분

유리병 속에 갇힌 말벌의 리듬으로 입 맞추던 시간들
—「검은 바지의 밤」 부분

가령 초침이 예순번째의 걸음을 내딛으며 분침의 등을 밀고
분침이 시침을 덮치는 순간처럼
—「그녀의 얼굴은 싸움터이다」 부분

알코올릭alcoholic, 그것은 연약한 한 존재가 자신을 열정적으로 위
로하고 있다는 뜻이다
—「그리고 계속되는 밤」 부분

그러나 문제는 황병승의 시에서 뽑은 이런 문장들이 어떤 문맥에서 빛
이 나는가이다. 그 자체로 촌철살인적 단장(斷章)에 가까운 문장이 한편
의 시 전체의 문맥에서 완성되고 있는가 하는 물음이다. 보석 같은 구절
이 박혀 있는 두 시집을 거듭 읽으면서 떠오르는 상(像)이 하나 있는데, 그
건 마치 노름판에 미쳐 있으면서도 자신이 깐 카드패에는 짐짓 무심한 전
문 노름꾼의 모습이다. 따라서 그런 노름꾼의 일거수일투족에 신경 쓰기
보다는 그가 감추고 있는 판돈과 들고 있는 패 자체에 집중하는 것이 좋
겠는데, 몇몇 빛나는 구절만이 아니라 시 전체 문맥에서 성공적으로 시적
발화가 수행되는 사례를 구체적으로 적시하여 논하는 것이 황병승의 시
세계를 탐사하는 데 관건이 된다.

그런 맥락에서도 두번째 시집에서 더 두드러지는 시작(詩作) 경향을 짚

어볼 필요가 있겠다. 첫 시집에도 100행이 넘는 장시, 가령 「혼다의 오·세계(五·世界) 살인사건」처럼 복잡한 서사(敍事)가 작동하는 시가 있지만 『트랙과 들판의 별』에 오면 장시가 압도적이다. 전체적인 인상은, 이야기 시로서의 재미가 풀어지면서 사설조가 될 위험이 더 커진 것 같다. 이야기를 이야기의 재미로써 전달하는 데 성공한 작품은 「멜랑콜리호두파이」나 「같이 과자 먹었지」 「섬망(譫妄)의 서머summer」 등처럼 비교적 단시에 속하는 것들이다. 반면에 황병승 자신의 말대로 실패한 장시에서 "시도 되고 소설도 되는, 시도 안되고 소설도 안되는, 시와 소설의 모호한 경계에서의 밀고 당기는 재미"가 느껴지는 것만은 사실이다. 하지만 그중에는 '재미'가 유아적 말놀이에 그치는 작품이 적지 않다.

물론 장시에서 어김없이 등장하는 특정한 어구의 반복과 변주가 이야기시의 묘미를 선사하고 읽는 재미를 더해주기도 한다. 그러나 재미 자체가 시적 발화의 혁신, 나아가 시로서의 '완성'을 보증하는 것은 아니다. 반복과 변주의 시적 효과는 여러 맥락에서 짚어봐야 할 듯한데, 재미라는 것도 그가 말하는 것처럼 "인격의 성장이나 혹은 변태적인 행위에의 몰입과는 또다른 어떤 것"(「밍따오 익스프레스 C코스 밴드의 변」)이라면 시의 재미가 얼마나 '발효'된 상태인가를 생각해봐야 한다.

단정적인 말이지만, 전반적으로 그의 장시에 관한 실험은 적어도 지금까지는 '실험'에 그쳤다고 본다. 그렇다고 그 실험은 불발이나 미완 등으로 규정하기는 애매한 성격인데, 어떤 경우라도 황병승 시인의 **향후** 시적 행보를 예단하는 것은 금물이다. 의식적이든 무의식적이든 시라는 장르 자체에 발본적으로 도전한 시인이 황병승이라면 더욱이나 그러하다.

변기의 물을 내리고
입술을 씻으며 나는 생각했다
언제나 당신들의 계산이 옳았다는 것을
당신들의 지나간 날들 얼룩진 과거와 현재

그런 것들은 오랜 시간이 흘러도
더이상 당신들의 감수성이
당신들의 삶을 변화시킬 수 없다는 것을 깨닫게 하고
되도록 나는 이런 식의 이야기들을
메뉴와 빌즈,
검은색 흰색으로만 쓰고 싶었다

—「웨이트리스」 부분(『트랙과 들판의 별』)

좁은 의미의 문학만이 아니라 인습으로 굳어진 일체의 것에 저항하겠다는 시인의 의지는 이렇게 강렬하다.

실험적인 시인들이야 시의 정형화된 형식을 거부하기 마련이고 그에 따라 '가독성'이 낮아지는 것은 어떤 면에서는 불가피하다. 황병승의 경우 말의 사회적 규범에 충실한 일체의 문법을 '말놀이'를 통해 비틀어버릴 때 발산되는 에너지는 가공할 만하다.[10] 그의 시가 주는 참신함이—특히 1930년대의 이상과 1960년대의 김수영에 비추어서 보면—과연 얼마나 오래 지속되는 새로움일지는 시간이 말해주겠지만, 어쨌든 분명한 것은 황병승의 시세계가 식민지시대와 개발독재시대의 숨 막히는 상황에서 태어난 두 걸출한 시적 개성과는 전혀 다른 시대적 분위기를 방전(放電)하고 있다는 사실이다. 예컨대 "나답게 살자"고 되뇌는 한 일탈의 청춘이 끝내 '나다운 것'에 대한 물음을 포기하고 기성질서에 편입되어가는 과정을 현대적 우화의 형식으로 풍자적으로 그려낸 「모모」(『트랙과 들판의 별』)도 그렇지만 첫 시집의 「사성장군협주곡(四星將軍協奏曲)」에서

　　나는 선언의 천재

---

10 손민호는 그런 에너지가 빚어내는 황병승 시세계의 특징을 ① 반죽 덩어리 주체 ② 시와 소설의 경계에 있는 작품 ③ 개인어 ④ 탈국적 ⑤ the land of queer 등 5가지로 정리한 바 있다.(손민호 『문학터치 2.0』, 민음사 2009, 253~55면)

사계절을 저지르며 거듭 태어난 포 스타(four star)

침묵과 비명의 일인자인 철문이여

얼음으로 만들어진 찬 변기여

그리고 너 속 검은 의자여

나의 실패담이 그렇게 듣고 싶은가

—「사성장군협주곡(四星將軍協奏曲)」 1부 첫부분

라든가,

뜨거운 세상이 소년을 달구었는지

소년이 세상을 뜨겁게 달구려 했던 건지 어쨌든

세상을 조금 알 것만 같던, 솜털 수염이 막 나기 시작하는

한 소년이 야구를 합니다

소년의 아버지의 머리통이 담장을 넘어가고

소년은 배트를 던지며 퍼스트 베이스를 향해 달려갑니다

땀이 비 오듯 쏟아집니다 이리저리 둘러보지만

그러나 퍼스트 베이스는 어디에

—「사성장군협주곡(四星將軍協奏曲)」 2부 첫부분

같은 대목을 읽을 때 황병승이 그와 함께 묶이는 시인들과는 사뭇 다른 차원의 박력과 발상, 감수성, 독창적인 표현의 소유자라는 것을 실감하게 된다. "아버지의 머리통"을 멋들어지게 날렸으면서도 "퍼스트 베이스"를 찾지 못해 방황하는 (체제의 궤도에서 탈락한) 전과(前科)의 청춘들이야말로 근대 이후 모든 문제적 청년의 자화상이 아니던가.

아직도 오늘밤이군

……결국 빛이 빛을 모른 체하는 슬픈 시간입니다

소년은 여전히 퍼스트 베이스를 찾아 달려가고
몇개의 담장을 넘고 넘어 늙은 남자의 머리통이
보건소 쓰레기통에 처박히자
소년의 어머니는 달리는 소년의 뒤통수를 향해 소리칩니다

빠울 빠울
——「사성장군협주곡(四星將軍協奏曲)」 2부 부분

　「사성장군협주곡(四星將軍協奏曲)」도 다른 장시처럼 정연한 서사로 정리되지 않는다. 다만 반복되면서 조금씩 변형되는 통사적 구조가 시 읽기를 지루하지 않게 도와주는데, 어쨌든 이처럼 친근하면서도 낯선 비유와 화법으로 우리 시대 청춘의 희망과 어둠, 방황을 들려준 예는 드물다 할 것이다. "너 속 검은 의자여/나의 실패담이 그렇게 듣고 싶은가"라는 식으로, 체제의 감옥에서 출감한 한 인간이 '범생이 독자'를 향해 '도발'하는 목소리에는 2000년대 기성문화의 자기계발이나 자기만들기의 수사법과는 차원을 달리하는 밑바닥 에너지가 담겨 있다. 하지만 그런 점을 평가하면서도 '음악이 되기 위해 발버둥치는 문장'으로 구성된 「사성장군협주곡」의 음악의 순간들이 교향(交響)의 차원에는 아직 확실하게 도달하지는 못했음을 지적하지 않을 수 없다. 그래서 독자로서 기대가 더 커지긴 하지만.
　그렇다면 이제는 두 시집을 통틀어 황병승 특유의 감수성이 가장 성공적인 시적 사유로 발현되었다고 할 수 있는 첫 시집의 「커밍아웃」을 읽어보자. 황병승 시세계의 '원형(元型)'이라 해도 좋을 작품이다.

나의 진짜는 뒤통순가 봐요

당신은 나의 뒤에서 보다 진실해지죠
당신을 더 많이 알고 싶은 나는
얼굴을 맨바닥에 갈아버리고
뒤로 걸을까 봐요

나의 또다른 진짜는 항문이에요
그러나 당신은 나의 항문이 도무지 혐오스럽고
당신을 더 많이 알고 싶은 나는
입술을 뜯어버리고
아껴줘요, 하며 삐끔삐끔 항문으로 말할까 봐요

부끄러워요 저처럼 부끄러운 동물을
호주머니 속에 서랍 깊숙이
당신도 잔뜩 가지고 있지요

부끄러운 게 싫어서 부끄러울 때마다
당신은 엽서를 썼다 지웠다
손목을 끊었다 붙였다

백년 전에 죽은 할아버지도 됐다가 고모할머니도 됐다가……

부끄러워요? 악수해요

당신의 손은 당신이 찢어버린 첫 페이지 속에 있어요
—「커밍아웃」 전문

알다시피 '커밍아웃'은 감추고 있던 자신의 성적 정체성 또는 지향성을 세상에 공개적으로 밝히고 나오는 행위를 말한다. 시의 화자인 '나'는 그렇게 세상으로 나서는 사람이고 '당신'은 그런 '나'를 맞는 세상사람의 통칭처럼 읽힌다. 가령 "나의 진짜는 뒤통순가 봐요/당신은 나의 뒤에서 보다 진실해지죠"라는 첫부분에서 '당신'은 성적 소수자를 대하는 일반인에 가깝다. 그런 '당신'의 태도는 '나'의 뒤에서 더 솔직해지는 위선과 편견으로 고착되어 있다. 그러나 황병승의 시가 (자기)고백이나 폭로의 차원에 그치는 건 아니다. 오히려 성적 소수자의 말 못할 고통에 대한 증언조차 넘어선 어떤 지점——"진실을 말하려고 할수록 나의 거짓은 점점 더 강렬해지"는 순간(「여장남자 시코쿠」)——에서 시적 발화가 전개된다는 느낌이고, 실제로 자학과 가학의 '상처'는 시집 곳곳에 박혀 있다.

　'나'를 도무지 받아들이지 못하는 '당신'에 대한 '나'의 소통욕구가 강렬하다 못해 기발하게 그로테스크해지는 것도 그런 상처를 확인해준다. "얼굴을 맨바닥에 갈아버리고/뒤로 걸을까 봐요"라든가 "입술을 뜯어버리고/아껴줘요, 하며 뻐끔뻐끔 항문으로 말"하고 싶다는 '나'의 심경을 한번 헤아려보라. '나와 당신'이 이해(理解)라는 관념의 다리에서 만나는 일조차 거의 불가능하게 느껴지지 않는가. 그러나 '나'를 혐오하는 '당신' 역시 결국 '나'와 크게 다르지 않다는 점을 화자는 동시에 말하고 있다. "저처럼 부끄러운 동물을/호주머니 속에 서랍 깊숙이/당신도 잔뜩 가지고 있"을 테니까. ('부끄럽다'는 『여장남자 시코쿠』에서 유독 되풀이되는 말이다.)

　그렇다고 황병승의 시가 명료하게 소통된다는 말은 아니다. 가령 논리가 투명하게 전개되는 듯하다가 4연에 가면 "부끄러운 게 싫은" 당사자는 '나와 당신' 모두가 된다. "나의 항문이 도무지 혐오스럽"다는 '당신'은 커밍아웃을 한 '나'와 뫼비우스의 띠처럼 연결되는 듯한 인상을 주는 것이다. 안과 바깥의 구분이 불가능해지는 공간에서 커밍아웃을 한 '나'가 마침내 '당신'으로 자리바꿈을 한 것이 아닌가 하는 착각마저 든다. 하지만 그런 생각을 더 늘이기보다는 '당신/나'를 갈라놓는 모종의 분리선이 부끄러움이 커지는 과정 속에서 사라지는 듯한 순간에 주목하자. '당신'이 썼다 지웠다 하는 엽서와 끊었다 붙였다 하는 손목은 어떤 치명적인 결단을 내비치고 백년 전에 죽은 할아버지, 혹은 고모할머니는 그런 결단에 따르는 초현실적 환상까지 암시하지만 바로 그 과정을 통해 가까스로 "부끄러워요? 악수해요"라는 화해의 제안이 나오기 때문이다.

그러나 그 제안의 문장은 "당신의 손은 당신이 찢어버린 첫 페이지 속에 있어요"로 끝이 난다. (「여장남자 시코쿠」에서는 약간 다른 식으로 변주되는데, "악수하고 싶은데 그댈 만지고 싶은데 내 손은 숲 속에 있"다고 말한다.) 그렇다면 이런 해석도 가능할까? 진정한 커밍아웃을 위해 '내'가 '당신'과 화해하려는데 화해의 상징인 손이 망실되었다고. 가장 중요한 비밀이 담겼지만 망실된 어떤 비망록의 첫 페이지에 화해의 손이 있다고. 그래서 그 고통스런 화해가 영원히 유예되고 있다고. 그래서 "그대여 나는 그대에게 마지막으로 한번 더 강렬한 거짓을 말하련다"(「여장남자 시코쿠」)라고 외칠 수밖에 없다고.

표제시 「여장남자 시코쿠」나 「커밍아웃」을 읽으면서 거듭 생각하게 되는 것은, 그 야릇한 전언(傳言)에 매혹을 느끼면서도 그런 매혹을 일상어로 '번역'하는 일의 어려움이다. 「커밍아웃」의 시적 매혹이 발랄한 말놀이의 재미에 그치는 것이 아님을 확신하는 순간, 나의 시 읽기도 '나와 당신' 사이를 가로막고 서로를 적으로 만드는 온갖 성적, 계급적, 민족적, 인종적 분리선에 대한 상념으로 비약하기 때문에 더 난감한 것이다. 그런 상념이 성적 소수자와의 소통에만 국한될 수 없음은 두말할 나위도 없다. 대체 무엇 때문에 '당신'은 "나의 뒤에서" 더 진실해지는가 하는, 유예된 화해로 인해 더욱 증폭된 물음은 모든 시민적 권리를 박탈당한 이들의 존재조건과 소수를 '소수자'로 낙인찍는 다수의 현실을 겨냥할 수밖에 없는 것이다.

불과 시 한편을 소개하고 이처럼 거대한 생각을 굴리게 되는 것은, '뉴웨이브'나 '다른 서정' 등으로 지칭될 수 있는 미래파의 시에서 이제까지 한국사회의 음지에 숨었던 존재들을 부각하는, 소수자의 정치적 관점이 워낙 강렬했기 때문이기도 하다. 그런 만큼 미래파의 시는 확실히 참신했다. 그러나 이 대목에서는 시야를 좀더 역사적으로 열어둘 필요가 있다. 즉, 젊은 시인들의 새롭고도 도발적인 시작(詩作)에 선배들에 대한 자의식이 어쩔 도리 없이 배어 있다면, 우리의 과거 20세기 시사(詩史)에서 발견되는 미래파의 상관물(相關物)을 환기해보는 것도 시 읽기의 필수적인 한 방편이 된다는 것이다.

언문일치의 현대시사는 이제 겨우 백년이지만 자명하지 않기 때문에 역설적으로 더 잘 느낄 수 있는 시를 우리도 어느정도는 축적해온 터다. 그런 축적 가운데는 미래파의 등장이라는 '사건' 자체를 먼 과거의 일로 느끼게 하는 예도 있다. "미친놈의 잠꼬대냐"는 폭언을 예사로 들었던 이상이나 동료 작가로부터 사기(詐欺)라는 힐난을 받은 김수영도 시간을 견디며 오늘날까지 독자와 소통하고 있는 시인이거니와, 이들의 현대적 감수성이야말로 어떤 미래파 시인에게도 뒤지지 않는 실험의식과 시적 감각의 살아 있는 표본이다. 도저한 시적 파격으로써 식민지 현실을 증언한 이상과 4·19혁명의 좌절과정을 "이유 없이 풍성"한 마음으로 추적하고 기록한 김수영은 미래파의 과거일 수만은 없는 것이다.

5. 결어

그렇다고 21세기의 첫머리, 한국 시단을 화려하게 장식한 젊은 시인들의 낯선 시가 이상과 김수영의 '미래'라는 엄연한 사실을 부정하자는 것은 아니다. 이들이 20세기 우리 시의 명맥을 얼마나 도전적으로 이어갈 것인가는 독자의 애정으로 지켜볼 일이라는 점에서 그러한 부정은 가당치 않다. 다만 과거냐 미래냐를 따지기보다 더 중요한 것은, 낯설게 다가오는 그런 시를 우리 현대시사에 놓고 찬찬히 음미해보는 것이다. 김수영 만년의 「풀」이 단적인 예지만 '민중'으로 향하는 '말길〔言路〕'로서의 시이면서 결코 고지식한 민중의 상(像)을 허용치 않는 난해시를 우리는 보유하고 있지 않은가. '다른 서정'으로서의 신예들에 대해서 난해의 장막을 걷어 내는 지적인 싸움을 더 가열차게 하라고 요구하면서도 일회용으로 소비되지 않을 작품을 바라게 되는 것은 20세기의 난해시가 일반독자와 지금도 여전히 소통하고 있기 때문이다.

　이 글의 서두에서 거론한 공통감각의 문제도 우리가 최상의 시들과 '소통'해온 경험과 분리될 수 없다. 또한 그러한 소통의 훈련에 관한 한 일반독자와 비평가, 창작자의 구분이 따로 있을 수 없다. 다만 비평가 위주로 말한다면, 한명의 독자에 불과하면서도 때로는 그 대표자 행세를 하는 비평가에게는 한편의 시가 스스로 살아 있는 순간에 누구보다 앞서 예민하게 반응해야 한다는 점에서 일종의 향도(嚮導)의 의무가 주어지는 셈이다. 하지만 그같은 향도조차 평범한 시민들의 시 읽기가 알게 모르게 우리 저변에 무시할 수 없는 하나의 '공통감각'으로 축적되어 있을 때 온전히 수행할 수 있으리라 본다. 비평가의 전문적인 비평이 일반독자의 상식적인 독서와 전혀 다른 것이라고 생각하는 습성도 전문주의의 폐습에 가까운바, 어쩌면 그런 독자들의 독서와 교감하면서 획득하는 비평적 설득력이야말로 유일하고도 진정한 전문성일 것이기 때문이다.

박영근에 관한 기억

1. 머리말

　박영근(朴永根, 1958~2006)을 만난 건 1997년 10월 중순경이었다. 마포구 용강동에 자리잡은 '창비'(당시는 창작과비평사) 사무실 바로 근처 1층 맥주집에서였다. 회사 쪽에서 나의 창비신인평론상 수상을 축하해준다고 마련한 자리였다. 느지막이 나타난 그는 이미 취해 있었다. 보들레르와 나의 수상작을 두고 취중 논평을 갈지자로 했는데 옆에 앉은 최원식 선생의 지청구를 듣자 금세 다소곳해지던, 아니 반듯해지던 그의 모습이 선명하게 떠오른다. 박영근이라는 이름은 풍문으로만 들었을 뿐 내가 아는 거라고는 영문학밖에 없었고 그 이후에도 박사학위를 한답시고 줄곧 대학 언저리를 맴돌았던 나는, 그를 다시 만나지 못했다.

　하지만 그의 거리낌 없는 취중 논평 ── "유형은 보들레르와는 안 어울려" 등등 ── 의 여운만은 이상하게도 애틋한 감정과 함께 남아 있다. 물론 그의 시에 대한 발언도 생생하다. 아무튼 서로의 취기에 비하면 무난하게 술자리를 파하고 한달이 지난 다음에 그의 네번째 시집인『지금도 그 별은 눈뜨는가』(창비)의 출간 소식을 들었다. 전율했다면 과장이겠지만 아껴서 읽고 싶은 시인의 작품이라고 생각한 것만은 분명하다. 그다음부터 이전 시집들을 모두 찾아 읽었다. 학위논문을 마치고 박사후 과정으로 미국에 가서도 심사가 사나워지거나 울적해질 때면 드문드문 그의 시집을 들춰본 기억이 난다. 따라서 내가 인간 박영근에 대해 개인적으로 안다고는 할 수 없다. 그간 작품을 곁에 두면서 쌓이고 깊어진 친근감 또는 친밀감 정도나 말할 수 있을 뿐이다.

하기는 친밀감이라는 정서가 '비평'과 어떤 식으로 양립할 수 있을지 궁금하기는 하다. 주례사나 죽비 이상의 경지를 지향하는 비평이라면 사적인 친밀감은 경계해야 마땅하기 때문이다. 하지만 작가에 대해서든 작품에 대해서든 그런 것이 전혀 없이도 비평이 가능할까. 물론 중요한 것은, 작가의 이름을 달고 '시장'에 나오는 순간 만인의 것이 되는 작품 자체다. 훌륭한 작품일수록 창조주보다 더 오래 살아남지 않는가. 그럼에도 작품에 작가의 삶이 어떤 방식으로든 녹아들어가 있다면, 또한 작가와 작품을 완전히 분리하는 것이 사실상 불가능하고 어떤 면에서는 바람직하지도 않다면, 작가에 대한 사적인 기억도 비평의 출발점이 되지 말란 법은 없을 것이다.

이 글은 지면에서 친숙해진 시인 박영근과의 '만남'에 관한 기록이다. 2012년 4월 현재 진행되는 고인의 추모사업에 이런 식으로나마 참여하고 싶은 마음도 없지 않고, 인간이 '경제동물'로 격하되고 스노비즘이라는 말이 지식계를 떠도는 2000년대 현실에서 줄곧 생각난 시인 가운데 한명이 박영근이었다. 요즘도 어지러울 정도로 새로운 감성의 시인들이 속속 출현하고 있지만 그들의 새로움에 견주어도 그의 시가 여전히 오늘의 시이고, 전혀 낡지 않은 현재의 발언이라는 사실이 나의 기록 충동을 실행에 옮기게끔 한 요인임은 더 말할 나위 없다.

2. 박영근 시세계의 세 풍경

박영근의 첫 시집은 『취업 공고판 앞에서』(청사 1984)이다. 그의 시가 처음으로 등장한 지면은 1981년에 나온 『반시(反詩)』 6집으로 알려져 있고, 연작시 「수유리에서」가 실려 있다. 이후 시집 『대열』(풀빛 1987) 『김미순傳』(실천문학사 1993) 『지금도 그 별은 눈뜨는가』(창비 1997) 『저 꽃이 불편하다』(창비 2002) 등과 산문집 『공장 옥상에 올라』(청사 1983) 및 시론집 『오늘, 나는 시의 숲길을 걷는다』(실천문학사 2004)를 생전에 출간했고, 사후에 유고시집 『별자리에 누워 흘러가다』(창비 2007)와 시선집 『솔아 푸른 솔아』(강 2009)가 묶여 나왔다. 조만간 전집이 발간된다면 아직껏 온전히 드러나지 않은 시인의 작품세계 전모를 더 자세히 알게 되겠지만 단행본만을 기준으로 본다면 아마도 이 목록이 현재 우리가 그를 만날 수 있는 전부일 것이다. 물론 각 작품 말미에 붙은 모두 8명 — 이재현·권옥경·김형수·박수연·백무산·김해자·허정균·김이구 — 의 해설이나 발문도 시인 박영근과 인간 박영근을 이해하는 데 좋은 길라잡이가 되고 있다. 또한 그의 사후에 추모 평문도 여럿 나왔고 이젠 연구논문 형식의 글도 발표되고 있는 것으로 안다.[1]

그런데 상당한 시차를 두고 씌어진 이들 발문이나 해설, 평문 등은 박영근 시세계의 간단치 않은 궤적과 더불어 시대의 부침에 따른 비평적 평가 자체의 변화도 때로는 보여주고 있지만, 박영근의 시집들을 올림차순으로 읽으면서 다시 실감하게 되는 것은 그 시세계의 특이한 변모 양상이다. 다른 시인들과 마찬가지로 박영근의 언어와 사유에는 시대현실의 변화에 조응하는 분화와 탈피의 흔적들이 감지된다. 하기는 한국 민주화운동의 정점을 찍은 1980년대에서 김대중·노무현 정권의 등장으로 그 결실

---

1 연구논문의 예로는 강정구·김종회 「박영근 시의 탈식민주의 고찰」, 『한국언어문화』 46집(2011) 참조.

을 본 2000년대까지의 시간 속에서 시세계가 변치 않은 시인이 있다면 감성이 메말랐달 수밖에 없다. 시인이란 원래가 반(反)시대적인 존재라서 그런가. 단적으로 박영근의 시적 궤적은 『김미순傳』의 맨 앞에 실린 「눈먼 새」가 표방하는 삶의 비장한 결의가 맹목조(盲目鳥)의 절망—"홀로 미쳐 가고 있는"(「결핍」, 『별자리에 누워 흘러가다』)—으로 바뀌는 과정으로 다가오 기도 한다.

그렇다고 몇몇 평론가들이 그랬듯이 박영근 시의 시종(始終)을 결의와 절망으로 규정할 수는 없다. 오히려 그런 시종에 관한 한 『취업 공고판 앞에서』를, 특히 시집 맨 끝에 실린 「序詩」를 화두로 삼아야 할지도 모른다. 박영근이 죽음에 이르기까지 견지한 근원적인 시정신을 바로 거기서 확인할 수 있다면, 후기 국면 역시 「序詩」가 뿜어내는 여운의 자장 안에 있다고 해도 과언은 아니다. 그 여운을 되새겨본다면 박영근 시세계의 시작과 끝은 모두 첫 시집의 「序詩」에 있다고 말할 수 있을 정도이다. 그렇다면 박영근의 시세계를 논할 때 변화나 변모보다는 '초심'이 쟁점이라는 말이 된다. 동시에 그 한결같음의 시가 그가 살아낸 격동의 시대와 어떤 연관이 있는지, 그의 시가 변모했다고 할 때 그것이 정확히 어떤 의미에서의 변모인지도 생각해봐야 할 쟁점이다. 모든 탁월한 예술작품에는 모종의 변증법적 리듬이 어떤 식으로든 깃들기 마련이고 또 그것이 삶의 실상과 가까운 법이지만, 박영근의 시에는 그 변모를 성숙이나 발전으로 쉽게 규정하기 어렵게 하는 특별한 요인들이 내재해 있다.

시대현실에 조응하는 시세계의 변화를 명징하게 드러내면서도 「序詩」의 여일한 염원을 각기 다른 방식으로 체현하는 세편의 시를 읽어보자. 세편의 시는, 초기시에서 가장 널리 알려진 작품 가운데 하나인 80년대의 「취업 공고판 앞에서」, 『지금도 그 별은 눈뜨는가』에 실린 90년대의 「그 房」, 『저 꽃이 불편하다』에 수록된 2000년대의 「겨울비」이다. 이 작품들을 나란히 읽어보면 우리는 시의 통사적 구조는 말할 것도 없고 소재와 주제, 어조와 어법 등에서 거의 변화가 없다는 점을 알게 된다. 좀더 정확하게 말한다면 이 세편의 시에는 시의 '본질'을 구성하는 시적 정념과 사유의 방식은 변주에 해당하는 차이만이 있을 뿐이다. 물론 기법이나 서사의 세목이 같을 수야 없고 시인이 살아온 삶을 발화하는 언어의 형식과 내용도 각기 다르다. 그러나 세 작품이 각기 고유한 방식으로 노출한 박영근의 '감성'은 80년대나 90년대, 나아가 2000년대에 가서도 큰 변화를 보이지 않거니와, 그런 감성의 기반인 生活의 자세도 본질적으로 동일하다.

「취업 공고판 앞에서」의 눈물과 가난, 한의 정서를 떠올려보자. 박영근의 시를 통상 노동시로 지칭하는 데 결정적인 역할을 한 이런 요소는 연민이나 감상의 세계에 머물지 않는다. 시집 『취업 공고판 앞에서』의 첫머리에 놓인 「비로소 떠나갈 곳조차 없는 이곳에서」에서도 반복되는 회한, 상경의 쓰디쓴 추억을 머금은 눈물은—어머니와 누이로 표상되는 세상의 소외된—온갖 살붙이들에게로 삶 자체가 정향(定向)되어 있는 자가 흘릴 수밖에 없는 것이다. 그러니 가난의 일상은 물질의 가난보다는 마음의 가난을 앞세울 줄 아는 자가 펼쳐놓은 '행려'의 기록에 가깝다. "제대를 하고, 세월도 믿음도 무심코 멱살을 잡고 흔들던 스물다섯 계급장을 떼고도 나는 갈 곳이 없었다"라는 고백으로 시작하는 「취업 공고판 앞에서」를 청춘의 어떤 멋스럽고 낭만적인 출세(出世) 선언으로 읽어서는 안되는 것이다. 지방의 한 명문고를 자퇴하고 고향을 등진 자의 구체적인 행장들—지식노동자로서 생계를 꾸리고 고문을 견디면서 독학과 야학, 학습과 노동운동을 포기하지 않았던 일—은 시의 표면에 아직 나타나 있지 않지만, 가르치려 드는 포즈나 설교가 일절 없는, 삶의 도저한 진정성이 1980년대의 시대적 고뇌를 증언하고 있다. 그가 흘리고 경험한 '눈물과 가난'의 진실을 오늘의 독자들도 공유할 수 있는 것은 그 때문이리라.

그런 의미에서 「그 房」은 「취업 공고판 앞에서」의 연작임과 동시에 80년대 변혁에 대한 열정의 실제 모습을 생활의 현장에서 기억하고 떠나보내는 비가라고 해야 할 것이다. 신정동의 안양천 뚝방촌, 구로공단 부근 철산리, 부평 등지에 둥지를 틀었던 시인은 「그 房」에서 "어떤 가난도 지우지 못하던 단칸방의 불빛들"을 추념(追念)하고 있거니와, 당장에라도 손에 닿을 것처럼 그려놓은 그 세밀하고 정밀한 단칸방의 정서적 풍경들은 변혁운동과 시를 병행한 시인의 내면을 숨김없이 비추고 있다.

그런데 두편의 시를 비교하면서 주목하게 되는 것은 「취업 공고판 앞에서」의 과거시제와 「그 房」의 과제시제가 다르게 느껴진다는 사실이다. 「취업 공고판 앞에서」에서 단 한번 호명되는 현재의 '나'는 그 자체로 과거의 일부로 발화되고 재현된다. 지금의 '나'는 과거의 현실 속에 현존한다. 그러므로 그 현존에는 지난 일에 대한 감상적인 상념이나 향수 따위가 짙게 배어 있지만 단순히 사라진 과거에 대한 상념이 아니기에 감상주의에 젖지 않는다. 제 가슴을 치는 허수아비, '크래카'를 씹으며 지나가는 계집아이들, 아침 세숫대야에 코피를 쏟는 누이, 눈물 어린 어머니의 검정 치마, 엉겅퀴 들판, 부서지는 밤기차 소리 등 과거를 '과거'로 재구성하는 풍경들이 취업 공고판 앞에 선 현재의 '나'를 구성한다. 과거의 풍경들이 오늘의 나에게 어떤 알리바이를 제공하기 위해 불려나오는 것은 아니다. 기억 속에 거의 무질서하게 보존된 과거의 편린들은 오직 현재 나의 실존을 증언할 뿐이다.

> 출신도전북 본적지서해중학교졸업 고향도두고사랑마저 등진신세가
> 핸드카를밀면서울어야하나
> 　울어야 하나 부르면 고향은 조막손 아프게 찌르던 낫자욱들
> 　잘살자진성전자공원들아 어둡게 화장실 낙서 같은 곳에서도 얼어
> 붙고
> 　오줌을 갈기며 얼어붙은 아랫도리로
> 　이름을 써갈기며 군대삼년몸으로때워나가자 개새끼처럼 웃던
> 　날들 모집공고 위에도 눈발은 내리쳤다
> 　　　　　　　　　　　　　　　　　　　—「취업 공고판 앞에서」3연

반면에 「그 房」의 과거시제는 시인 자신이 걸어온, 현재로 이어지는 과거의 도정 자체로 제시되며, 과거가 완료되어버린 듯한 느낌을 준다. 시에서는 그렇게 완료된 과거로 이어지는 도정을 천천히 거꾸로 되짚어가면서 현재의 '나'를 찾아가는 과정이 부각된다. 그러나 현재에서 과거를 찾아가는, 현재시제가 보도블록처럼 깔려 있는 그 도정은 본질적으로 '취업 공고판'의 세계를 온몸으로 살아낸 자만이 걸어갈 수 있는 것이라는 점에서 다시 「취업 공고판 앞에서」의 과거로 연결된다. 그렇다면 '그 방'의 풍경은 어떠했는가.

　　　그 방 용접불꽃에 먹혀 뜨거운 모래알이 구르는,
　　　벌겋게 달아오른 쇳조각 같은 눈으로
　　　문건을 읽었다 이 빠진 받침들과
　　　시꺼멓게 뭉개진 활자들은 바로 세우고
　　　읽고 나선 서둘러 아궁잇불에 태우던
　　　한밤중, 어둠속으로 피세일을 나갔다 달빛은
　　　골목 어귀에 소식지 위에 날을 세우며 떨고
　　　보안등 불빛에 쫓기며 한바퀴, 또 한바퀴…… 돌아와
　　　새벽시장 봉지김치에 라면밥 말아먹던, 방

　　'그 방'이 80년대 변혁운동의 첨예한 한 현장이었음은 두말할 것 없다. 시에 재현된 현장에는 투사의 의연함도 살아 있지만 불안과 공포와 초조도 뿌옇게 깔려 있다. 숨 가쁘던 당시 상황은 쉼표의 활용과 도치법으로써 독자의 뇌리에 박히는바, "벌겋게 달아오른 쇳조각 같은 눈"과 같은 생생한 표현은 노동자로서의 생활과 각성을 지향한 시인의 마음을 그대로 비추고 있다. 그런 마음이 거한 「그 房」에도 인간적인 눈물은 물론 있다. 그러나 애상은 없다. 이런 「그 房」에도 모멸스런 궁핍과 빈곤은 있다. 그러나 궁상은 없다. 시는 이렇게 끝난다.

나는 천천히 그 방을 빠져나온다
돌아보면 환한 대낮인데
한 사내가
부엌 바닥에서 어린 파를 다듬다가
불쑥 솟구치는 눈물을 떨구고 있다

　박영근의 다른 모든 시처럼 마침표가 없는 이 결어에서 '나'는 현재의
나다. 그런 '나'가 뒤돌아보는, "눈물을 떨구고 있"는 "한 사내"는 물론 과
거의 '나'다. 그러나 그 과거의 '나'는 감상에 젖어 있을 수는 있지만 그를
바라보는 화자는 이미 애상의 세계를 담담하게 되새기면서 떠나온, 그런
의미에서 어엿하게 자기 세계를 가꾸어놓은 사람이다. 그런데 이처럼 현
재의 '나'가 과거의 '나'를 바라보는 형식을 취하고는 있지만, 중요한 것
은 이들이 과거와 현재가 분리될 수 없는 동일한 시공간에 머물러 있다는
사실이다. 마치 영화의 플래시백 장면 같다. 한 인물이 과거의 자기와 마
주 보면서 불현듯 생활의 '진실'에 눈시울이 뜨거워지는 장면 말이다. 이
마주 봄은 훗날 기이하게도 "인민군복에 붉은 별자리 군모를 쓴 또다른
내가/부동의 차렷자세로 말을 더듬고 있는/나를 바라보"는(「꿈속에서」, 『지
금도 그 별은 눈뜨는가』) 장면으로 변주되기도 하는데, 이를테면 개인적 차원
이든 사회적 차원이든 현재가 과거를 정리한다거나 과거가 현재를 청산
하는 풍경은 아니다. 그렇다면 노동해방과 변혁의 꿈이 '낭만적 열정'으
로 타오르던 80년대와, 관념이 쌓아올린 우상이 무너지자 청산과 배교의
광풍이 불던 세기말 90년대의 맥락을 동시에 놓고 「그 房」을 읽을 때 우리
는 비로소 시인의 "불쑥 솟구치는 눈물"의 뜻을 온전히 헤아릴 수 있을지
모른다.
　그러면 2000년대에 씌어진 「겨울비」의 풍경으로 들어가보자. 앞에서
본 두 시와는 달리 「겨울비」의 첫 3연은 시인의 동거인으로 보이는 한 여

인의 독백으로 이뤄진다. 시인은 마지막 4연에 등장한다. 시는 여인의 두 서없는 혼잣말, 즉 "그 겨울엔 유난히 눈이 없었고, 정신병동에서 나는 흰 벽만 바라보고 살았어요"로 시작한다. 앞에서 살펴본 두 시가 차마 표면으로 노골화하지는 못한, 시인이 꾸려간 생활의 속살이 이번에는 시인과 동거했던 여자의 육성으로 고스란히 드러난다. "당신과 내가 십오년 넘게 끌고 다닌" '그 단칸방'은 정신병동의 방과 겹쳐지고 있다. "그 텅 빈 방에 주저앉아 한움큼씩 안정제를 먹고, 나가게 해달라고 쌍소리질을 하고 있는 거야 정말이지 그 방을 빠져나오지 못할 것 같았어"라고 중얼거리는 여인의 대사에는 시인의 육성도 실려 있다. 겹으로 울리는 두 목소리의 음색을 분간하는 데서 중요한 것은, 시인의 육성이 대신할 수 없는 여성의 의식과 목소리를 빌려오지 않았더라면 단칸방 생활의 전모가 그런 식으로 드러나기는 어려웠으리라는 사실이다.

생각나요? 살아갈 날이 너무 힘들어서 내가 뱃속의 아이를 지우려 했을 때 당신이 울면서 했던 말, 아이를 낳아서 기르자는 그 말…… 그 애는 지금 어디 있나요

「그해 겨울」(『지금도 그 별은 눈뜨는가』)에서 박영근은 '그 아이'의 정황을 "네 잠 속으로 뚜욱 뚝 떨어져내리던 링거병 속의 물방울들/꺼칠하게 굳어가던 밥덩어리와 한그릇의 미역 산국"을 통해 들려준 바 있다. 시가 생활의 궤적을 뒤쫓고 있음을 다시 실감한다. 물론 이런 여성 화자가 박영근의 시세계에서 특별한 것은 아니다. 『지금도 그 별은 눈뜨는가』를 제외한 모든 시집에 '어머니'라는 제목의 시들이 등장한다는 사실을 떠올릴 필요도 있으려니와, '여성해방'에 관한 그의 입장이 무엇이었든 그의 시는 시인이 우리 사회 여성의 질곡에 대해 누구 못지않게 민감했음을 말해주고 있다.

그렇다면 "그애는 지금 어디 있나요"라는 물음, 그 여인의 울음이 이명

처럼 울리는 이 물음과 함께 우리는 "벌겋게 달아오른 쇳조각 같은 눈"은 어디에 있는가도 물어야 한다.

(…) 밤 12시나 1시, 고등부 학원 수업이 끝나면 집에 들어와 당신은 늘 소주를 마셨지요 18평짜리 임대아파트였지요 아, 정말이지 지긋지긋해 내가 왜 다시 그때 일을 떠올려야 할까 지루한 헛소리, 다시 현장에 들어가 살아야겠다 이건 온통 사기다 북한에 한번 갔다 와야겠다 세상 보는 눈이 넓어질 텐데 아니야 자본주의를 더 깊게 보고 파들어가야 해 아직 껍데기만 보고 있어, 그렇게 쓰러져 잠든 모습은 수의도 없는 시체 같았어요 깨어 일어나 대낮부터 멍하니 앉아 TV 채널을 돌리던 그 무표정한 얼굴 그런 중에도 살을 섞기도 했으니, 그때 내 모습은 어땠을까

화려하게 열린 2000년대 현실 한복판에서 "이건 온통 사기다"라는 시인의 말은 허언이 아니었을 것이다. 그리고 이것이 2000년대에 박영근이 꾸린 말년 생활의 전부는 아니었으리라 본다. 그의 벗들이 증언하는 바도 그게 다가 아님을 말해주고 있지만, 「낡은 집」(『창작과비평』 2004년 가을호에 처음 발표되고 유고집 『별자리에 누워 흘러가다』에 수록됨)에 가면 "공단 마을의 단칸방들과 골목을 떠돌다/처음으로 대문 밖을 향하여 이름을 내걸며 웃던" 일상의 뒷모습이 다시 그려진다. 여기서도 거듭 확인되는 것은, 궁핍한 살림과 병고 속에서도 결코 경직되지 않은 언어로 시와 양심의 문제를 고민한 시인의 순정이다.

물론 「겨울비」의 이 대목을 읽으면서 시인과는 다른 삶이 주어졌고, 그런 다른 삶을 살아야 마땅한 그 여인의 마지막 자문(自問)을 잊을 수 없다. 시인의 존재를 흐릿한 뒷배경으로 밀어내는 그녀의 자문에 집중할수록 박영근이 남자로서 발설할 수 없었던 생활의 어두운 편린들이 선명하게 드러난다. 따라서 이 독백을 두고 한 시인의 성숙과 성장을 논할 수는 없

을 것이다. 그렇다고 퇴행과 퇴락을 이야기하려는 것은 아니다. 다만 시인의 생활과 뜻이 이토록 어긋나고 불화하는 광경에 천박한 이분법을 적용해서는 안되리라는 것이다. 오히려 그런 어긋남과 불화야말로 시인의 진정성을 시험한 '척도'였다. 룸펜적 일상 속에서도 "이건 온통 사기다"라고 말한 그의 고뇌는 80년대와 90년대를 온몸으로 살아내면서 시적 정진을 멈추지 않았던 시인의 참모습을 담고 있다.

3. 노동시 이상의 '노동시'

앞에서 박영근의 내밀한 생채기에 어떻게 시대적 현실이 새겨져 있는가를 세 '컷'의 장면으로 제시했지만 시세계 전체를 일별해보면 확실히 그 시작과 끝은 첫 시집 『취업 공고판 앞에서』에 있다는 인상을 받게 된다. 특히 "가다가 가다가/울다가 일어서다가/만나는 작은 빛들을/시라고 부르고 싶다"로 시작되는 「序詩」는 시인이 걸어간 그 모든 시적 행려를 집약하는─식민지시대 윤동주의 「서시」에 담긴 '뜻'을 산업화시대 고단한 생활로 한층 치열하게 이어받았다고 해도 좋을─염결의 언어이다. 하지만 그런 언어도 변모와 탈피를 거듭하였으니, 80년대에 출간된 『취업 공고판 앞에서』와 『대열』을 비교해보면 그 점은 확연하다.

두 시집의 관계에 대한 가장 손쉬운 정리는 박영근의 시세계가 순정한 서정의 영토에서 전투적인 노동현장으로 이월했다고 말하는 것일 게다. 실제로 그런 식의 비평적 정리가 그간 80년대 박영근의 '발전'을 해명하는 데 통념으로 받아들여지기도 했다. 예컨대 『대열』의 발문에서 권옥경은 "첫 시집 『취업 공고판 앞에서』엔 노동자들의 삶에 기초하고 있으면서도 여전히 추상화되고 관념적으로 형상화된 어려운(?) 시들이 많았다"(270면)고 단정한 바 있다. 이는 "직접적인 현장에서 정서를 만들어가는" 『대열』의 의의를 강조하기 위한 주장이었다. 첫 시집에 추상성과 관넘성—예컨대 "상처들의 그리움 속에서/붉디붉게 부서지는 수천의 불면들"(「수유리에서·9」) 같은 '허사'들—이 심심찮게 눈에 띄는 것은 사실이다. 이재현이 '해설'에서 지적한 대로 "방황과 출발의 정황"이 모호한 정서로 그려지고 그 과정에서 "감상주의적 부르짖음"이 남발되는(『취업 공고판 앞에서』 132~34면) 경향도 없지 않았다.

그러나 그게 첫 시집의 전부는 물론 아니다. 박영근 자신은 육체노동자라기보다는 지식노동자에 가까웠지만 『취업 공고판 앞에서』는 노동하는 인간의 현장을 확보하면서 그런 현장을 해체하기도 하는 '노동시' 이상의 노동시의 가능성을 보여준 작품이라고 해도 좋다. 계급의식과 전투적 선명성을 시의 표면에 띄우고 계몽의 (자기)의지를 강하게 발산한 박노해의 『노동의 새벽』(1984)과 『취업 공고판 앞에서』(1984)를 오늘의 시점에서 비교한다면 어떤 평가가 나올지 흥미로운 대목이기도 하다. 어쨌든 훗날 노래로도 만들어져 80년대의 시대정신을 표상하게 된 「솔아 푸른 솔아—백제 6」도 결코 '현장'에만 국한될 수 없는 민중의 끈질긴 생명력을 우리네 정서가 물씬 풍겨나는 언어—"물이 풀려도/찢어진 무명베 곁에서 봄은 멀고/기다림은 철없이 꽃으로나 피는지"—로 드러내고 있지 않은가. 우리가 통상 노동시라고 부르는 장르의 관습적인 어법과 형식에서 탈피하면서도 노동하는 인간의 서정을 시집의 곳곳에서 실감나게 그리고 있다. 6편의 「철거민」 연작시를 비롯해 「편지—어머니에게」 「편지—사랑한다는 것은」 등이 그 단적인 사례이다.

검은 굴다리를 지나
저마다 깊이 패인 흉터 서로
서로 감추고 공장에 들어서는
우리들 어둡고 쓸쓸한 새벽길
잠에 쫓겨
누런 웃음도 눈짓도 없이 흩어지는

야근반 친구들의 발걸음은
어둠엔지 허기엔지 자꾸만 흔들리고
야윈 손목들만 흐느끼듯
캄캄하게 쏟아지고, 정임아
어느 가문 날에야 우리들 울음은
빛날 수 있을까
아버지는 잠들 수 있을까

— 「아버지는 잠들 수 있을까」 3연

라든가,

새떼들이 날아가고 있어요, 어머니
들판의 가득한 벼 포기들도 오늘은
내 앞에서 자꾸만 흔들리고 있어요, 보고 싶은 어머니
만나야 할 얼굴들도 웬일인가요
고개 숙이고 내가 없는 곳으로
더 먼 곳으로 가고 있는 것일까요
가위질에 부르튼 손마디는 더 시리고
자꾸만 어디선지
눈물이 나네요, 어머니
외롭습니다

— 「편지—어머니에게」 전문

같은 작품을 읽으면서 나는 차라리 박영근이 김영승(金榮承)의 시 「인생」
과 「옷」을 감탄스러울 정도로 섬세하게 논하면서 내린 결론, "시에 대한
해석이란 때로 얼마나 천박한 것인가"(『오늘, 나는 시의 숲길을 걷는다』 218면)
라는 말을 떠올리게 된다. "박영근은 노동시인, 민중시인의 자리에 설지

라도 거의 생래적일 정도로 서정시인의 호흡을 놓지 않는다"(김이구의 발문 「'솔아 푸른 솔아'와 박영근 시인」, 『솔아 푸른 솔아』 144면)라는 지적도 그런 맥락에서 새삼 납득이 된다.

그렇다면 『취업 공고판 앞에서』의 감성과 서정은 철저하게 노동현장을 지향하는 것이면서도 현장에 구애받지 않는 성질이라고 해야 맞다. 『대열』(1987)로 가면 화법과 시어는 거칠고 투박하게 변모한다. 물론 그건 좀 더 의식적인 차원의 노동운동을 지향한 당시 시인의 모습을 반영한 결과일 터이다. 하지만 목전의 싸움이 말을 짓누르고 그로 인해 시 자체는 르뽀적 즉물성에서 벗어나지 못했다는 비판을 피하기 어려울 듯하다. 다른 한편 '현장'에 관한 한 한결 평이하면서도 그곳에서 실제로 생활하고 성찰하는 자의 생생하고 사실적인 표현을 얻었다는 평가도 가능하다. 이런 양면을 두루 참작한다면 『대열』이 전체적으로 『취업 공고판 앞에서』보다 90년대에 출간된 『김미순傳』(1993)에 더 가깝다는 점은 부정하기는 어려우리라 본다. 『김미순傳』은 1987년 6월항쟁과 7~9월 '노동자 대투쟁'을 거쳐 1990년 전노협 결성까지 이어지는 '운동적 현실'과 조응이라도 하듯 한층 전투성이 강화되었다. 「폐업」 같은 절해(絶海)의 비장미도 거기서 나온다. 프락치로 전락했다가 대동세계의 대의를 깨닫는 한 평범한 여공의 인생역정을 담은 장시 「김미순傳」의 서사가 말해주는 것 —"죽음 속에서 찬란하던/저 아래 세상의 불빛들/내 이제 끊으리/이 외줄/굴종의 운명을 끊어/자유로운 바람이 되리"— 처럼 노동해방의 승리를 향한 신념이 시로써 스스로를 드러냈다기보다는 이념의 자장에 붙들려 있다는 인상이다.

물론 그 과정에서도 시인은 「外村 朴서방」이 보여주는 것처럼 여유로운 해학의 감각을 완전히 잃지는 않는다. 또한 담시적 화법의 차용이나 판소리의 사설조, 영화적 서사의 활용 등 이런저런 형식실험이 가세함으로써 시세계도 한결 다채로워진 듯한 인상이다. 하지만 『대열』과 『김미순傳』은 기본적으로 우리가 통상 노동시라고 부르는 장르적 관념에 가장 근접한 작품이다. 당대 노동현실에 대한 시대적 증언의 가치도 없지 않고 분단과

외세를 척박한 노동현실의 이면으로 파악하는 인식이 이미 이들 시집에
어느정도 드러나 있지만, 어쨌든 두 시집은 생명력이 나머지 시집보다 더
오래갈 것 같지는 않다.[2]

　이러한 박영근의 시세계를 조망해보면 크게 세 국면으로 나눌 수 있다.
떠돌이 노동자의 감상과 애상을 정련하는 과정에서 '노동시'의 한 전형을
창조한 『취업 공고판 앞에서』가 초기의 풍경을 이루고 있다면, 상대적으
로 '현장'에 한층 견고하게 밀착된 노동자 의식을 전투적 서정으로 기록
한 『대열』과 『김미순傳』은 중기에 속한다. 1997년의 IMF 구제금융과 2000
년 6·15남북공동선언이 희미하게 배경으로 남는 『지금도 그 별은 눈뜨는
가』(1997)와 『저 꽃이 불편하다』(2002) 및 유고시집(2007)이 마지막 국면인
셈이다. 이런 시세계에서 박영근이 일면 『취업 공고판 앞에서』의 세계로
회귀하면서 ─ 『대열』의 문제의식을 흐트러뜨리지 않으면서 ─ '서정'의
새로운 경지에 다가선 시간대는 역시 후기 국면이다. 마지막 두 시집을 읽
으면서 80년대에 등장한 무수한 '노동자 시인' 가운데서 2000년대까지 박
영근처럼 '초심'을 온몸으로 살아낸 이가 얼마나 될까 묻게 되지만, 더 중
요한 것은 그 초심을 시로써, 아니 시의 양심으로써 지켜냈다는 사실이다.
　다른 한편, 『저 꽃이 불편하다』를 이모저모 뜯어보면서 정남영(鄭男泳)
은 "새로운 출발의 준비"라고 말한 바 있는데,[3] 후기 국면이 노동현실의
역사적 인식이 살아 있는 초기 국면의 일정한 심화라는 점에서는 이미 그
런 출발이 시작되었달 수도 있다.

　　TV는 하루 종일 눈물을 쏟고 있는데
　　50년 만에 40년 만에 서울이며
　　평양이며 원산 바다가 울음을 터트리고 있는데

---

2 박영근 자신도 편자로 참여한 『한국대표노동시집』(도서출판 b 2003)에 실린 그의 시 5
　편 가운데 『대열』과 『김미순傳』에서 뽑은 작품은 『김미순傳』의 「그 눈동자」가 유일하다.
3 정남영 「길 위에서, 새 길을 찾으며: 박영근론」, 『실천문학』 2004년 여름호 106면.

그 눈물 속에 나는 없다

임하여(70) 평남 은율군 와룡리 협동농장 제3작업반
최창호(71) 함남 함흥시 서호 수산산업소 근무
리현예(72) 평남 평원군 대정리/개성시 선죽동에서 이주
장선제(65) 강원 회양군 하송관리 내송동에서 72년 간염으로 사망

나는 걷는다. 고향집, 동구앞느티나무, 미쳐버린38선
피난의눈보라행렬, 젊은아내와젖먹이의바랜흑백사진 —
신문을 구기고 나는 걷고 또 걷는다

약국은 약국의 말을 하고
술집은 술집의 말을 하고
어제와 그제와 한마디 다름없는 말을 하고
제과점은 빠리와 뉴욕의 빵을 팔고
책방은 베스트셀러에 신이 나고
기이하게도 평양의 어느 거리 모퉁이 같고

비가 내린다
바람에 거세어지는 빗속에서
늘 분명했던 말들이 지금은 비틀거리는 말들과
엉망으로 하나가 되어 취해간다
　　　　　　—「나는 걷고 또 걷는다」 전문(『저 꽃이 불편하다』)

　여기서도 부각되는 것은 시인의 말년을 지배한 고독이다. 서울이며 평
양이 눈물바다가 되어도 "약국은 약국의 말을 하고/술집은 술집의 말을
하"기 마련인 범속한 일상에 자신의 '실존'을 비추어볼 때 발생하는 처연

한 고립감이 시의 지배적 정조를 이룬다.

물론 남북분단이나 통일문제를 생각하지 않고 이 시를 논할 수는 없다. 하지만 박영근이 통일에 대한 '전망'이나 전망의 부재를 말하고 있는 것은 아니다. 아니, 이 시는 무엇을 전달하거나 주장하는 것이 없다. 만약 이 시를 '전망'의 언어로 규정하려 든다면 시인은 분단은 분단의 말을 하고 통일은 통일의 말을 할 뿐이라고 받아치지 않을까. 그렇다고 남과 북이 만나는 날을 향한 시의 염원이 덜 절실한 것도 아니다. 그러므로 "그 눈물 속에 나는 없다"고 말하는 시인의 모습에서 소시민의 소외만을 읽어낸다면 그것은 독자의 편향이겠다. 오히려 부재의 고백은 분단의 현실에서 '실존'을 자기부정의 방식으로 확인하고 다짐하려는 시인의 솔직함을 말해준다고 봐야 할 듯하다. 어쩌면 "늘 분명했던 말들이 지금은 비틀거리는 말들과/엉망으로 하나가 되어 취해"가는 모습이야말로 분단의 질곡이 '엉망으로' 뒤엉켜 있는 자신의 내면을 정직하게 직시한 결과인지도 모른다.

이 작품에 더해 기교가 없어서 오히려 더 화려한 느낌이 드는 「눈길」이나 종교의식 없는 종교적 달관의 경지가 실감되는 「기억하느냐, 그 종소리」도 박영근의 후기 국면에서 기억할 만한 시다. 그런데 이 국면의 특징적인 면모 가운데 하나는, 자본주의적 일상에 대한 탐구의 순간에도 분단 현실을 항상 시인이 염두에 두고 있다는 점이다. 「CF를 위하여 1」 「CF를 위하여 2」 「天池를 생각하며」 「광고탑에서」(『지금도 그 별은 눈뜨는가』) 등이 그러한데, 여기에 딱히 생태주의라고 못박기 힘든 '자연시'와 「저 꽃이 불편하다」 같은 '폭력적인' 연시(戀詩)가 더해지면서 말년 시세계가 한층 풍요로워지는 듯한 인상이다. 물론 그 와중에서도 그는──미완성 유고 「전태일」(『창비어린이』 2007년 여름호)이 말해주듯이──'노동'의 진전을 다른 어떤 관념이나 주의에 의지하고 않고 표현해내는 일을 멈추지 않았다.

낡은 흑백 필름 속 같은 곳에서

쓸쓸히 늙어가는 내가 보인다

한편의 詩를 쓰려면
몇밤을 불면으로 때우는 나를
바겐세일도 하지 못해
백화점 문턱도 넘지 못하는 나의 상품을
신기하게 바라보고 있는
베스띠 벨리 막 화장을 끝낸 마네킹의 얼굴도 보인다

TV 뉴스 속에선 한총련 아이들 최루탄처럼 구호를 터트리고
내 귀엔 환청처럼 들리고
대낮 뜨겁게 타오르던 해가
페퍼포그 연기 속에서 복면을 한다

꽃들이 일제히 모가지를 꺾고 파업을 했는가

부러진 뼈와 두개골 사이로 새파란
억새를 키우고 있는 공장 위로
기억이 모가지를 부러뜨린 채
하늘을 향해 굴뚝을 세우고
나를 부르는 소리도 들린다

지금도 그 별은 눈뜨는가

그래 가자
가자
저 유월의 싱싱한 은행나무들이

시뻘겋게 녹슨 고철덩이로 보일 때까지

—「지금도 그 별은 눈뜨는가」 전문

병고와 생활고가 심해질수록 박영근은 비유를 의심하고 버리고자 했지만 끝내 그러지 못했다. 아니, 그럴 수 없었다고 말해야 할 것 같다. 따지고 보면 꽃과 별과 나무처럼 생생한 직설인 동시에 비유인 것이 또 어디 있겠는가. 일찍이 박영근은 "문학, 특히 시쓰기란 현실의 패배에 대한 반어(反語)인지도 모른다"고 술회한 바 있지만,[4] 목숨 달린 모든 것에 가격표가 달리는 세계에서 시란 무엇이고, 시인이란 무엇인가를 묻는 구도적 물음을 그는 멈추지 않았다. 그 과정에서 그는 아슴푸레하게 살아 있는 변혁의 시대에 대한 기억을 새로운 방식으로 살려내고 있다.

그런 맥락에서 특기할 만한 것은 "지금도 그 별은 눈뜨는가"라는 물음 아닌 물음에 이어지는 청유형 문장이다. '그 별'이 노동자들의 투쟁을 이끄는 향도의 한 상징이라 하더라도 "저 유월의 싱싱한 은행나무들이/시뻘겋게 녹슨 고철덩이로 보일 때까지" 가자는 시인의 선언을 좁은 의미의 '노동주의'로 이해할 일은 아니다. 이른바 1일 8시간 제조업 중심의 표준노동이 딱히 뭐라 규정할 수도 없는 무수한 형태의 비·반·사(非·半·似) 정규직 노동으로 쪼개진 2000년대 상황에서 박영근이 암중모색한 것은 왕년 전투적 조합주의의 재건은 아니었다. 피붙이들로 구성되는 공동체적 안전망에서도 소외되어 인간이 한낱 폐품이나 불량품, 재활용품으로 전락하는—그런 의미에서 단순한 실직과는 차원을 달리하는 존재론적 파국을 함축하는—오늘날 노동현실의 위기에서 그가 끝내 견지한 것은 거의 가망 없는 것처럼 보인 '인간다움'의 시적 회복이었다.

따라서 '진군'의 외침도 박영근이 초기시부터 견지한 '길'에 대한 사유, 예컨대 "어디쯤에서 길은 다시 물음이 되는가"(「김수영 시비를 보며」, 『별자리

---

4 박영근 「진정한 고통 혹은 희망」, 『실천문학』 1994년 가을호 293면.

에 누워 흘러가다』)라는 문기와 본질적으로 다른 것이라고 할 수 없다. 그렇다면「지금도 그 별은 눈뜨는가」는 결국『취업 공고판 앞에서』의「序詩」로 이어지게 된다.「序詩」의 염결의 말들이 80년대와 90년대를 관통하여 앞으로 나아가면서도 어떻게 다시 '본래 자리', 시의 마음으로 회귀하고 있는지를 우리는「지금도 그 별은 눈뜨는가」를 읽으며 좀더 분명히 깨닫는다.「序詩」가 웅변하는, 애상과 감상이 아닌 힘으로서의 시의 마음 또는 '고향'을 말이다.

> 밤마다 식은땀을 흘리며
> 지나간 시절이 원죄처럼 목을 짓누르는
> 긴 악몽에 시달리는 모습을
> 맺히도록 분명하게 받아들이고
> 받아들이고 부딪치고
> 부딪쳐서 굳어진 것들을 흔들고
> 흔들어 마침내
> 다른 모든 생명들과 함께
> 흐르는 힘을
> 시라고 부르고 싶다.
>
> ──「序詩」2연 부분

4. "떠나고 만나는 일"

적어도 그런 맥락에서라면 박영근의 시는 4·19혁명에서 시작해 87년 6월의 시민혁명에 이르는 반독재 민주화운동이라는 역사적 토양을 떠나서는 온전히 해명될 수 없다. 그의 시가 세상에 선을 보인 80년대는 혁명전야에 방불했고 실제로 문단에서는 문학을 '노동해방'의 이념적 도구로

부리는 경향이 무척이나 승했다. 박영근이 60년대 농촌공동체에 대한 기억을 안고 투신한 산업화의 첨예한 현장에서 써낸 시를 읽으면서 우리는, 때로는 거품에 가까운 혁명적 열기에 섭슬리면서도 그런 물음을 끝까지 시로써 견지한 시인의 현존을 확인하게 된다. 그에게 시는 노동하는 인간들의 어떤 동지적 연대 또는 사랑과 동의어였다. 노동의 세계를 떠나지 않은 그의 시가 노동시의 장르적 경계를 넘어 만인에게 다가설 수 있었던 것은, 노동시 본연의 영토에서 싹을 틔운 그런 연대와 사랑을 시대의 속절없는 '변절'에 맞서 키우고 다져나갔기 때문일 것이다.

따라서 그가 시의 언어로 말한 연대와 사랑이 오늘의 우리에게 희망이라는 말로 떠오르는 것은 그만큼 자연스러운 일이다. 물론 그는 희망을 '희망'이라고 소박하게 말하는 것조차 노동자의 세계에서는 얼마나 어려운 일인가를 거듭 시로 쓴 바 있다. 「희망에 대하여」(『지금도 그 별은 눈뜨는가』)에서 그가 속삭였듯이 희망은 "한밤/돌아볼 옛날도/훗날도 없는 텅 빈 시간/답답한 마음이 골목엘 나와/외롭게 제 발등을 비추고 있는/보안등 불빛을" 보는 시간 동안 간신히 유지되는 그 무엇이다. 그의 시적 여정은 희망이라고 불러도 좋을지 모르는 것에 대한 탐구로 이루어져 있고, 그런 점에서 후대의 독자에게는 희망에 좀더 구체적인 내용을 부여해야 할 숙제 같은 것이 남겨진 셈이다.

이쯤에서 나는 단 한번에 그친 그와의 인연을 되돌아보게 된다. 그와의 만남이 지면으로밖에는 더 이어지지 못했지만 지면에서 깊어지는 만남도 연대와 사랑의 한 방식이 될 수 있지 않을까 하고. 물론 시인이 살아 있다면 그런 생각이야말로 지식인의 먹물근성이요 망상이라고, 비평가의 사유라는 게 겨우 그 정도냐고 나에게 또 핀잔을 줄지 모르겠다. 그러나 시인의 핀잔마저 착잡하면서도 즐거운 마음으로 상상해보는 나는, 그가 김소진(金昭晉)과의 '만남'을 시로 기록한 적이 있음을 떠올려본다. 살아생전의 그가 김소진과 어떤 친교를 맺었는지 알지 못하지만 그 인연도 혹시 지면에서 더 깊어지지 않았을까 하는 상상을 해보는 것이다. 또한 고인이

된 소설가에게 바치는 박영근의 아름다운 헌사를 읽으면서 그 헌사를 다시 시인에게 되돌려주고픈 충동을 느끼는 나는, 이참에 어떻게 하면 지면보다는 육신의 세상에서 만들어진 얼마 안되는 인연이나마 좀더 살뜰하게 가꾸고 이어갈 수 없을까 하는 궁리도 해본다. 끝으로 박영근이 김소진에 바친 헌사를 읽으며 그 한자락을 여기에 부기해둔다.

가고 오는 것
떠나고
만나는 일이 이토록 한몸이어서
네 주검 끝에
늦은 사월의 햇살이 눈부시다

한 생애가 지어 바친 아름다움이
푸르름으로 깊을 대로 깊어져
내 마음이 감춘 그늘을 물들인다
─「용인에서─김소진에게」 1, 2연(『지금도 그 별은 눈뜨는가』)

제2부
∎
역주행의 시대,
한국소설의 분투

장르의 경계와 오늘의 한국문학

1. 머리말

장르문학이 우리 문단에서 화제다. 특히 게임이나 만화, 영화로 호환되기 쉬운 판타지와 SF, 팩션(fact와 fiction의 합성어)의 성가가 높은 편이고, 그 성가는 실제로 문학출판시장의 판매지수로 반영되고 있다. 장르문학이야말로 바야흐로 21세기 문화콘텐츠의 근간을 이루는 창의력과 상상력의 산실이라는 주장도 왕왕 제기된다. 이는 대학의 문화콘텐츠 학과에서 '문화연구'를 전문으로 하는 논자들이 특히 강조하는 말인 듯하다. 다른 한편 중간문학 또는 제4문학으로도 일컬어지는 장르문학에 대한 평단의 평가는 무척이나 분분한 편이다.[1] '본격문학'과의 관계설정에서는 날선 긴장이 느껴지는데, 때론 소모적인 논쟁이 벌어지기도 하는 것 같다.

문학에서 장르는 창작의 양식을 규정하는 기본범주에 해당한다. 장르

---

[1] 국내 논의는『문학과사회』2004년 가을호 특집 '장르문학의 현재와 미래';『문예중앙』 2007년 겨울호 특집 '제4의 문학을 위하여';『작가세계』2008년 봄호 기획특집 '장르문학 혹은 라이트노블' 참조.

는 근대 이전까지 거슬러올라가는 유구한 역사가 있지만 장르문학 자체
는 철저하게 독자의 특정한 독서취향을 겨냥한 근대 문학출판시장의 산
물이다. 기법이나 형식, 주제, 분량 등이 장르의 영토와 경계를 획정하는
요소들인바, 그런 요소로 규정되는 장르문학은 특정한 서사적 코드를 활
용하여 서사의 주제와 범위를 집중화·전문화함으로써 출판시장에서 나
름의 점유율을 확보한 '기획상품'이라 할 수 있겠다. 주요 고객은 장르문
학의 관습적 서사를 반복적으로 소비하는 과정에서 형성되는데, 이들을
일컬어 마니아독자라고 한다. 이러한 장르서사들과 대중문학의 관계를
정리하는 방식은 상당히 다양하다. 그중에는 대중문학을 추리나 탐정물,
공포소설, SF 등을 포괄하는 상위 개념으로 파악하는 논자도 있다. 즉 대
중문학을 복수의 장르문학'들'을 포괄하는 것으로 보는 것이다. 물론 개
념설정이야 하기 나름이고 대중문학에 저항하는 장르문학이 없으란 법도
없겠지만 본격 또는 순수 문학의 경우 대중문학은 물론이고 장르문학과
의 관계설정은 시빗거리가 되곤 한다. 장르문학을 탈근대의 해방서사로
규정하면서 그 의의를 한껏 사주는 논자라면 애초에 본격문학과 대중문
학의 경계도 미심쩍게 볼 것임은 충분히 예상할 수 있다. 이런 논자는 장
르문학, 대중문학, 본격문학을 구분해서 부르는 행위 자체를 고답적인 문
학주의로 간주할지도 모른다.

　일단 문학적 가치평가에 의한 구분, 더 나아가 서열화가 안고 있는 문
제는 장르문학의 전통이 풍부한 서양문학을 통해서도 제기할 수 있다.
가령 귀족과 평민을 한 공간에 모아놓고 공연된 셰익스피어의 드라마
나 일자무식의 대중도 듣고 즐길 수 있는 낭송의 시대를 열기도 했던―
셰익스피어의 희곡을 소설장르로 계승했다고 평가받는― 찰스 디킨즈
(Charles Dickens, 1812~1870)의 소설이 대중문학이냐 본격문학이냐라고
묻는다면 모두 다라고 말할 수밖에 없다. 두 작가 모두 본격문학과 대중
문학을 겸했고, 그리하여 그 양자의 구분을 무의미하게 만든 대표적인 사
례인바, '본격문학'이 대중문학을 겸할 때 비로소 최고의 성취가 가능해

진다는 점을 보여준 살아 있는 표본들이라고 해도 과언이 아니다. 반면에 호프만(E. T. A. Hoffman, 1776~1822)이나 포우(E. A. Poe, 1809~1849)는 당대 소설문학에서 새로운 (하위)장르의 개척자들로서, 장르문학과 본격문학의 관계를 논하는 데 결코 간단치 않은 생각거리를 제공하는 작가들이다. 판타지나 SF, 추리 및 탐정·범죄소설, 공포소설 등 근대의 대표적인 장르소설을 창시한 이들은 '본격문학' 특유의 창조적 실험정신의 일단을 드러내면서도 동시에 통속 장르문학의 전조(前兆)에 해당하는 이중성을 가지고 있는 작가들이다. 그런가 하면 실재(實在)의 실재성을 치열하게 탐색하면서 미국의 역사적 현실을 천착한 호손(N. Hawthorne, 1804~1864)의 '로맨스 소설'은 창의적인 장르 변용의 한 귀감이기도 하다.[2]

근대 이전으로 거슬러올라가면 (서구)문학 장르들의 '교접 양상'은 더 변화무쌍하고 역동적이었던 것 같다. 문학의 장르를 "회귀적(回歸的) 친족관계 모델"로 설정하면서 고대 메소포타미아의 서사시 『길가메시』와 단떼의 『신곡』을 연결하고, 서사시 장르가 근대소설의 형식을 통해 어떤 방식으로 생명력을 보존하고 있는가를 미국(아미리 바라카의 『단떼의 지옥체계』)과 남아프리카(쿠체의 『철의 시대』)의 사례를 들어 논한 논문을 읽노라면,[3] 본격문학 대 대중문학/장르문학이 독자적이지 않을뿐더러 그 경계는 물론 이분법 구도도 역사적 산물임을 절감하게 된다. 그런 역사적 구성에 유의한다면 장르문학을 논하는 데 있어서 근본주의는 금물이다.[4] 다만 근

---

2 필자는 이 가운데 호손의 로맨스 양식에 대해서는 비교적 상세히 논한 바 있다. 「회통의 상상력과 역사의식: 호손의 로맨스론」, 『근대 극복의 이정표들』(창비 2007) 300~33면 참조. 호손을 호프만 및 포우와 비교한 대목은 322~23면 참조.

3 Wai Chee Dimock, "Genre as World System: Epic and Novel on Four Continents," *Narrative* 14:1(2006년 1월호) 85~101면 참조.

4 "그래서 우리는 각기 다른 시대마다 다른 관습과 장르 체제가 있으며 그 모든 관습과 체제는 '문학'으로 불리며, 또한 그 자체의 장점이 연구·이해되어야 할 동등한 권리를 갖는다는 것을 알게 된다. 이런 의미에서 역사적 장르연구는 비평적 일원주의 또는 폐쇄주의에 대한 가장 환영할 만한 해독제가 된다." Uri Margolin, "Historical Literary Genre: The Concept and Its Uses," *Comparative Literature Studies* 10:1(1973년 3월

본주의적 문학주의를 경계하다가 정작 '비주류 장르문학'과의 협력과 긴장을 통해 이룩되는 작품으로서의 성취에 눈감는 일은 행여 없어야 할 텐데, 그러기 위해서 장르문학을 향해 시야를 활짝 여는 동시에 도대체 '본격문학의 지평'이라는 것이 뭔지 제대로 따져묻는 자세를 견지하는 것이 중요하겠다.

2. 게토화된 장르문학을 넘어서

실제로 우리 동시대 문학으로 눈을 돌려봐도 장르물의 다양한 자산을 활용하여 탁월한 작품을 써낸 작가가 적지 않다. 그중 아리엘 도르프만은 장르의 경계 문제를 논하는 데서도 지적 자극을 준다. 필자는 2007년에 한국을 방문한 도르프만의 강연을 온라인 지면에서 독자들에게 소개한 적이 있다.[5] 거기서 그의 다음과 같은 물음을 인용했다. 즉 "정치적이지만 정치 팸플릿과는 다른 언어를 어떻게 찾아낼 것인가? 대중적인 동시에 애매한 이야기들, 다수의 청중이 이해하지만 양식상의 실험이 담겨 있고 또 신비하지만 동시에 피부에 와닿는 인간 존재들에 관한 이야기를 어떻게 해낼 것인가?"(「죽음과 소녀」 작가 후기) 이어서 이렇게 썼다.

『우리집에 불났어』를 비롯한 도르프만의 다채로운 소설도 그런 물음에 대한 그 나름의 열정적인 탐구의 결과다. 요컨대 「죽음과 소녀」를 읽고 보는 독자·관객은 거기서 더 많은 소비자들의 마음을 사로잡으려는 대중문화의 유혹적인 형식, 즉 써스펜스, 스릴러나 탐정소설적 묘미를 느끼게 되지만, 다른 한편 그런 형식을 전혀 다른 맥락으로 차용하고

호) 54면.

5 졸고 「도르프만의 경계 넘기와 한국문학」, 창비주간논평 2007년 7월 4일(http://weekly. changbi.com/111).

전복하여 상투적인 도식에 자족할 수 없는 새로운 방식의 진실 모색으로 바꾸는 작가를 발견하는 것이다.

서술의 변화를 통해 추리소설의 묘미를 한껏 살린 도르프만의 『마스카라』(*Mascara*, 1998)에서도 바로 그런 차원의 진실 모색을 확인할 수 있다. 장르의 경계와 범위를 창의적으로 확장·변용하면서 상투성에 도전하는 문학이 되지 않는 한 장르문학의 '흥행'도 그만큼 제약을 받게 마련인 것이다. 그런 맥락에서 한 작품이 작품다운 경지에 도달할 때 장르들 간의 '교접'이 이루어지면서 관습적인 서사장치들이 해체되기 마련이라면 다음과 같은 하나의 명제가 성립한다. 즉 **장르문학 고유의 성취는 게토화된 장르문학 자체의 극복에 다름아니다.** 물론 '게토'에서도 꽃이 필 수 있으며 더 나아가 문화적 해방구로서의 게토가 문학 특유의 창조성이 발화되는 기점으로 작동할 수 있는 가능성은 따로 검토해야 할 문제이다. 요는, 서로 다른 서사적 구조와 관습을 내장한 개별 장르들의 통합적 진화가 '작품'으로 드러나는 현상에 대한 탐구가 장르문학론에서 핵심이라는 것이다. 그런 탐구를 한번 제대로 해볼 필요가 있는바, 새로운 서사적 영토를 개척하는 과정에서 마니아독자를 확보한 우리의 장르문학이 진화를 통해 의미심장한 텍스트들을 축적해놓은 상태이기 때문이다.

돌이켜보건대 추리물, 로맨스, 호러, 무협, SF, 판타지 등 특정한 서사적 코드를 전문적인 방식으로 가공·특화한 장르문학이 '본격문학'의 영토를 접수하고 있다라는 소식이 본격적으로 들려온 것은 1990년대 중반 무렵이 아니었나 싶다. 그때만 해도 실체가 불분명한 풍문이었지만, 포스트모던 사조와 그 텍스트들이 급격히 밀려든 세기말에 체제 및 반체제 문화 전체에 침투해 있던 80년대의 (경직된) 공식문화를 부정하는 경향이 두드러졌던 것도 사실이다. 그 틈바구니에서 전통적인 장르들의 서열과 위계는 물론이고 문화적 구분도 희미해졌고, 2000년대 들어서는 마니아독자를 상당수 확보한 장르문학이 본격문학으로 간주되는 영역과의 접점을 넓히고 있는 실정이다.

하지만 대중문화의 활력에 힘입어 고전적인 작품들을 창출해온 서구문학에 비해 한국의 장르문학 유산은 아직 일천하다고 해야 할 듯하다. 이제 시작이라고 해도 과언이 아니다. 리얼리즘·모더니즘 논쟁을 나름대로 거들어온 필자는 본격문학과 장르문학의 경계가 흐려지면서——그와 동시에 각각의 문학에 대한 의문이 커지면서——새로운 형태의 형식실험이 활발해지는 것을 무척 고무적인 현상이라고 생각한다. 그러나 특정 연령이나 성, 계급에 편향된 독자층의 성공적인 확보가 오히려 장르문학의 게토화로 치달을 위험도 있기 때문에 장르문학의 가능성에 주목하는 입장일수록 장르문학의 지평을 왜소하게 만드는 이런 현상과는 비판적인 거리를 두어야 할 것이다.

그렇다면 특정한 심미안으로 굳어진 문학주의의 잣대로 장르문학을 재단하는 것은 피해야 옳겠지만 작품의 작품다움을 엄밀하게 파악하려는 비평적 자세를 포기해서는 안될 것이다. 한국문학의 경우 민중들의 생명력을 창의적으로 수용한 장르문학의 전통이 빈약한 반면, 그럴수록 북돋움이 필요한 실정이다. 그 점을 환기하면서 주목하고픈 바는, 글로벌시대에 대응하는 창의적인 형식실험을 적극적으로 요구한 민족문학의 문제의식이 현재 활발하게 창작되는 장르문학을 통해 심화·확장될 수 있을——역으로 장르문학의 지평이 현실참여적 민족문학의 자산을 활용함으로써 풍요로워질 수 있을——가능성이다. 이 경우 우리 작가들이 감행하는 다양한 장르실험을 오늘의 달라진 현실적 맥락에 접목시켜 살펴볼 필요가 있겠다.

근래 부쩍 눈에 띄는 장르물을 생각해보면 더욱 그렇다. 몇가지 예를 들어보자. 근년에 활발하게 씌어지는 '백수문학'은 1997년 IMF사태 이후 심화된 양극화 현실에서 장르화된 단적인 예다. 김미월(金美月)의 장편 『여덟번째 방』(2010)은 백수문학의 수작인데, 소설집 『아무도 펼쳐보지 않는 책』(2011) 역시 '백수들'과 뜨거운 호흡을 나누는 이야기들이다. 이홍의 『걸프렌즈』(2007)나 (그보다 더 발랄한) 정이현(鄭梨賢)의 『낭만적 사랑과 사회』(2003)나 『달콤한 나의 도시』(2006), (전작들보다 의미심장한 진화의 양상을 드러내는) 『오늘의 거짓말』(2007) 등은 한국판 칙릿에 해당하지 않을까 싶다. 우리 사회에서 상당한 구매력을 갖춘 전문직 미혼여성들의 성장이 아니었던들 나오기 힘든 장르서사다. 이와는 대조적으로 '실버문학'으로 분류할 수 있는 박완서(朴婉緖)의 『너무도 쓸쓸한 당신』(1998)이나 『친절한 복희씨』(2007)는 한국사회에서 급증하는 노인들의 위태로운 일상에 뿌리를 두고 형성된 작품이다. 그런가 하면 김사과의 『미나』(2008)나 『영이(02)』(2010), 김려령(金呂玲)의 『완득이』(2008) 『우아한 거짓말』(2009) 『가시고백』(2012) 등은 청소년들의 운명적 굴레와 같은 억압적인 제도권 교육과 피폐한 교육현실을 태반으로 삼아 탄생한 이야기다.

특정 연령이나 계층, 또는 성을 중심으로 서사가 형성되는 이런 작품들이 하나의 독자적인 장르를 형성할 것인가——형성과정에서 다른 장르들과의 교집합 범위를 생산적으로 넓힐 수 있을 것인가——는 지켜볼 일이겠지만 '장르의 정치학'이라고 할 만한 징후가 우리의 작단에서 두루 관찰되는 것만은 분명하다. 그런 정치학의 역동성을 염두에 두면 일정한 형식의 서사가 하나의 장르로서 성립하는 현상을 문학 자체의 자율성이 작용한 결과로 해석하는 것은 문학주의의 고질이다. 어떤 경우든 장르문학의 장르적 특성을 그런 특성을 만들어내는 현실의 구체적인 맥락과 연동하여 읽어내는 작업이 중요하다. 아니, 더 적극적으로 한국의 문화현실에 대한 실천적 대응으로서의 장르문학을 상정해볼 수가 있겠다. 기왕이면 외국문학 가운데 SF장르를 창조적으로 활용한 사례를 먼저 소개하고 난 뒤 우리 장르소설의 현장으로 넘어가보자.

3. 현실 발언으로서의 장르문학: 『제5도살장』의 경우

커트 보네거트(Kurt Vonnegut, 1922~2007)의 대표작으로 손꼽히는 『제5도살장』은 '현실참여'적 장르문학을 생각하는 데 풍부한 암시를 준다.[6] 이 작품은 2차대전 당시 독일의 유서깊은 도시 드레스덴을 '석기시대'로 되돌린 미국의 화염 대폭격에서 살아남은 한 인간의 생애에 관한 이야기다. 겹서술 형식을 띠는 이야기는 작가·화자인 '나'가 『제5도살장』을 어렵사리 쓰게 된 경위를 기술하는 것으로 시작된다.[7] 나머지 장의 화자는 작가의 참전경험을 대신하는— 보네거트의 분신인— 빌리 필그림(Billy Pilgrim)이다. 흥미로운 점은 SF적 발상의 기발한 전개이다. 보네거트가 1장 말미에서 선언하듯이 빌리의 전쟁체험은 "들어라. 빌리 필그림이 시간에서 해방되었다"로 시작하여 "짹짹?"으로 끝난다. 빌리는 문자 그대로 무시로 시간 여행 또는 도약을 하는 인물이고, 그의 이야기는 사실주의 문법과는 전혀 맞지 않는 플롯과 사건들로 점철되어 있다. 그중에서 가장 황당하기로는 1967년에 비행접시가 빌리를 트라팔마도어라는 행성으로

---

6 보네거트가 어떤 자세로 창작에 임했는가는 『플레이보이』지와의 인터뷰에서도 확인되는바, "왜 쓰는가"라는 인터뷰어의 물음에 그는 이렇게 답했다. "나의 동기는 정치적입니다. 나는 작가들이 자신의 사회에 복무해야 한다고 말한 스딸린, 히틀러, 그리고 무솔리니에 동의합니다. (그러나— 인용자) 나는 작가들이 어떻게 복무해야 하는가에 대해서는 독재자들과 생각을 달리하지요. 주로 나는 작가들이 변화의 주체(agent)가 되어야만— 생물학적으로 그런 주체가 되어야만— 한다고 생각합니다. 희망컨대 더 나은 변화 말입니다."("Playboy Interview," Kurt Vonnegut, *Wampeters, Foma & Granfalloons*, Delta Book 1999, 237면. 강조는 보네거트) 특기할 점은, 그가 "더 나은 변화"에 대한 신념을 피력하면서 작가를 '탄광 속의 카나리아'(the canary-bird-in-the-coal-mine) 같은 존재로 규정한다는 사실이다. 보네거트의 작가관은 종교를 대체하려는 근대문학의 사명을 20세기의 맥락으로 번역하여 다시 천명하고 있다는 느낌마저 주는데, 이때 중요한 것은 그가 개척한 SF적 장르문학이 그런 고전적인 문학관의 소산이라는 사실이다. 또 하나 강조할 점은, 파편화된 인간들을 연결하는 살아 있는 공동체를 향한 열망도 '참여'에 대한 그의 성찰과 떼어 생각할 수 없다는 것이다.

7 인용 텍스트는 Kurt Vonnegut, *Slaughterhouse-Five, or The Children's Crusade* (Delta Book 1969)이다.

납치한 사건이다. 그는 트라팔마도어의 동물원에서 포르노 스타 몬타나 와일드핵과 동거하면서 '외계의 복음'(The Gospel from Outer Space)을 접한다.

내가 트라팔마도어에서 배운 것 중에 가장 중요한 것은 사람이 죽을 때 그는 단지 죽는 **것처럼 보인다**는 점이다. 그는 여전히 과거에 살아 있으므로 장례식에서 사람들이 우는 것은 매우 어리석은 일이다. 모든 순간, 과거, 현재, 미래는 언제나 존재해왔고 존재할 것이다. 트라팔마도어 생물체들은 우리가 단번에 로키산맥을 볼 수 있는 것처럼 모든 다른 순간들을 그렇게 볼 수 있다. 그들은 모든 순간들이 얼마나 영원한가를 알고 있으며 흥미가 있는 어떤 순간이라도 볼 수 있다. 마치 줄에 꿴 구슬처럼 한 순간 다음에 다른 순간이 오며 한번 지나간 순간은 영원히 가버린 것이라는 생각은 지구에 사는 인간들의 환상에 불과하다. (23면, 강조는 원문)

그래서 지구인들은 언제나 일어나도록 "구조화되어 있는"(101면) 괴롭고 고통스러운 일을 잊고 현재의 즐거운 순간에 삶을 집중해야 한다는 것이다. 이 복음을 문자 그대로 해석하면 결정론이 가미된 낙관주의가 된다. 실제로 작품은 자유의지를 부정하는 발언을 곳곳에 담고 있다. 한마디로 말해 우주의 행성에서 자유의지를 말하는 곳은 지구뿐이라는 것이다.

그러나 자유의지의 부정을 골자로 하는 외계의 복음을 말 그대로 결정론으로 규정하는 것은 너무 단순한 해석이다. 그보다는 빌리가 주장하는 낙관적 결정론은 자유의지를 가진 인간이 20세기에 저지른 — 나치의 '최종 해결책'이 상징하는 — 극악한 야만에 대한 하나의 아이러닉한 반응으로 해석하는 것이 타당할 듯하다. 실제로 이렇게 읽는 것이 이 글의 각주 6번에서 인용한 보네거트의 창작신념에도 부합하리라 본다. 그런 의미에서 SF장르의 관습적 이야기 장치에 해당하는 트라팔마도어라는 행성과 외계인이라는 존재가 작품의 의미지평을 얼마나 풍부하게 해주는가는 생각해볼 만한 문제이다. 보네거트가 플롯을 운용하는 데 SF적 장치를 활용한 것은 인간중심주의에 대한 회의와 무관하지 않다. 이는 드레스덴에서 자행된 극악무도한 대학살이 단순히 인간을 중심에 세워놓고 서사를 풀어가는 방식으로는 해명할 길이 없다라는 인식이 작동한 결과인 것이다. 그는 자신의 전쟁체험을 통상적인 서사방법으로는 도저히 전달할 수 없음을 거듭 밝히고 있다.

이 작품은 너무 짧고 뒤죽박죽이고 소란스러워, 쌤. 왜냐하면 대학살에 대해서는 이성적인 어떤 것도 말할 수 없기 때문이지. 모든 사람이 죽은 것으로 되어 있고 어떤 것을 말하거나 어떤 것을 다시 원할 수는 결코 없기 때문이지. 대학살 이후에는 모든 것이 아주 고요해지기 마련이거든. 언제나 그래, 새들만 빼놓고. 그런데 새들이 뭘 말할 수 있지? 대학살에 대해 할 수 있는 말이란 "짹짹?" 같은 것밖엔 없어. (17면)

『제5도살장』의 변주음이자 마지막 전언이기도 한 새의 무의미한 지저귐조차 일종의 은유적 의미가 담기는 건, 인간의 언어로는 달리 표현할 수 없을 정도로 드레스덴 대학살이 비인간적이었기 때문이다. 보네거트 자신이 "비행접시를 보내오는 트랄파마도어 행성의 전보문 형식으로 쓴 정신분열적 소설"로 『제5도살장』을 규정한 것은 그런 맥락에서는 썩 그럴듯하게 들린다.[8]

보네거트는 원자폭탄으로 인해 인류가 절멸된 가상의 상황을 『실뜨기

---

8 물론 이 작품은 단순한 정신분열적 소설이 아니다. 오히려 의식 차원이든 무의식 차원이든 그 나름의 세밀한 계산과 반복을 거치면서 고도의 사실적 효과를 내는 소설에 가깝다. 가령 106번 반복된다는 "그렇게 가는 거지"(so it goes)만 해도 서사에 독특한 리듬을 부여하면서 '슬픈 낙관주의'라는 양가적 감정을 불러일으키는데, 그런 맥락에서 대중적인 문체로 소비문화의 아이콘들을 거침없이 흡수한 보네거트는 미국소설의 전통에서 헨리 제임스보다는 마크 트웨인과 친족관계에 있는 작가라고 평할 수 있겠다.

놀이』(*Cat's Cradle*, 1963)에서 선보인 바 있지만,『제5도살장』은 시도 때도 없는——'의식의 흐름'이나 현란한 시공간 전도 기법으로 짜여진 본격 모더니즘 문학과 실감이 현격히 다른——시간도약을 SF물의 서사적 관습과 연관짓는다. 작가의 실험에 대해 이렇게 말할 수 있겠다. 즉 "쯧쯧?"이라는 말 이외에는 절대로 전달할 수 없을 것 같은 주제의 압도적인 무게가 서사의 통상적인 형식에 과부하를 걸었고, 그런 과부하를 감당하는 과정에서 작가는 SF장르의 관습적 서사를 차용·변용했다는 것이다. 트라팔마도어라는 소재는 인간의 세계를 상대화하는 인식상의 근본적 전환——인간중심주의를 해체하는 이른바 우주적 관점——을 시도하려 한 노력의 산물이다.

그런 맥락에서『제5도살장』을 좀더 적극적으로 평가한다면, 상상 불가의 만행을 상상하고 그 상상을 실제로 실현한——이로써 '안락의 전체주의'를 전지구적으로 퍼뜨린——20세기 서구의 세계관을 전면적으로 거스르는 독특한 '무구(無垢)'의 궤적이라고 말할 수 있다. 이 '정신분열적 서사'가 그런 궤적을 그리고 있다면『제5도살장』을 휴머니즘이나 반전(反戰) 소설로 상찬하는 것은 상투적인 수사로 떨어질 수 있다. 물론 독자는 작품을 읽으면서 드레스덴이라는 도시의 역사는 물론이고, 드레스덴 대폭격이 얼마나 끔찍했으며 인명은 얼마나 희생되었고 미국의 정치가들이 그 폭격——당시의 베트남전——을 어떤 시각으로 보고 있는가 등에 관한 많은 사실적 정보를 가감없는 상태로 접하게 된다. 그렇다고 작품이 반전 평화를 표나게 내세우는 것은 아니다. 빌리라는 연약한 한 인간의 망가진 인생과 어지러운 몽상을 통해 극악했던 과거를 '잊고' 현재의 삶에 충실해야 함을 설파하고 있을 뿐이다.

이쯤에서『제5도살장』이 출간된 1960년대를 '근대문학 종언론'이 횡행하는 2000년대 중후반 한국의 문단상황과 겹쳐보는 것도 흥미로울 듯하다. 1960년대는 20세기 미국문학사에서도 특이한 국면으로 기억된다. 60년대는 프레드릭 제임슨(Fredric Jameson)이 '후기자본주의의 문화적 논리'로 규정한 포스트모더니즘이 본격적으로 발흥한 때였다. 그 당시 한편에서는 문단 안팎의 비평가와 소설가들이 텔레비전이나 영화 같은 대중문화 매체로 인한 '소설의 죽음'을 공언하고 다닌 반면, 다른 한편에서는 대세를 거슬러 기존 소설양식의 혁신을 시도한 수많은 문학적 재능들이 등장했다. 50년대를 무명작가로 보낸 보네거트도 그런 재능들 가운데 하나였다. 그의 작가적 위상은 기성 SF물의 창의적인 활용으로 확보된바, 포스트모더니즘의 기수로 평가받는—보네거트의 서민적 체질과는 사뭇 다르게 난해한 서사를 구사하는—토머스 핀천(Thomas Pynchon)이나 존 바스(John Barth) 등과 구분되는 지점도 주로 거기서 찾을 수 있지 않을까 짐작된다.

보네거트가 포스트모더니스트냐 아니냐는 중요한 것이 아니다. 특히 장르문학의 가능성을 염두에 둘 때 초점은 역시 전통적인 소설형식을 쇄신하려는 작가의 의지다. 가령 보네거트가 서구의 고전문학에 대해 어떤 입장을 취했는가는 엘리엇 로즈워터(Eliot Rosewater)라는 작중 인물의 다음과 같은 발언에서 짐작할 수 있다. 즉 "인생에 대해 알아야 할 모든 것은 표도르 도스또옙스끼의 『까라마조프 가의 형제들』에" 있지만 "이젠 그것만으로는 충분하지 않"다는 것이다.(87면) 그 연장선에서 그는 인류의 생존을 위해 "멋진 새로운 거짓말"을 발명해내야 할 필요를 언급하기도 한다.(87~88면, 강조는 원문) 물론 격동의 60년대를 진지하게 대면하고자 한 미국 작가들 대다수가 그런 필요를 느꼈을 법하다. 드레스덴에서 "13만 5천의 헨젤과 그레텔들이 생강과자 인형처럼 불에 구워진" 것을 목격한 보네거트는 "멋진 새로운 거짓말"을 치밀한 운산을 통해 좀더 대중적인 방식으로 풀어낸 작가에 해당한다.

이런 대중성은 기본적으로 '생각'을 요구한다. 일찍이 아도르노는 "아우슈비츠 이후 과연 서정시가 씌어질 수 있을까"라고 탄식한 바 있지만, 표현을 달리하면 『제5도살장』은 지옥의 화염을 경험한 작가가 어떻게 예술로써 사회에 복무해야 하는가에 대한 보네거트 나름의 실천적 인식의 소산이다. 첫 작품인『자동기계 피아노』(*Player Piano*, 1952)에서부터 SF장르에 강한 정치성을 불어넣기 시작한 보네거트에게 평생의 화두는 기술과 인간, 인간과 자연의 온전한 관계맺기였다고 해도 지나치지 않다. 그러나 보네거트의 수많은 작품 가운데 일부만 읽었을 뿐인 필자는 그런 관계를 맺는 데 그의 과학소설들이 얼마나 SF 특유의 상상력을 발휘하는가에 대해 전체적으로 판단할 능력이 없다. 다만『제5도살장』의 "멋진 새로운 거짓말"이 담은 윤리적 진실은 "인생에 대해 알아야 할 모든 것"을 들려주는 19세기 서구 리얼리즘 문학의 현재성을 확인해주는 면도 있음을 덧붙이고 싶다. 적어도 그 점에서는 보네거트 문학의 새로움에 대한 과도한 의미부여를 경계해야 한다.

한편 SF물에는 흔한 유토피아 또는 디스토피아에 대한 탐닉과 매혹을『제5도살장』에서는 찾아보기 어렵다. 보네거트가 SF물의 소재를 차용하면서 그 경향성, 특히 유토피아적 판타지에 탐닉하지 않은 데는 인간과 과학기술의 관계 및 인간이라는 종에 대한 윤리적 성찰이 작용했다고 봐야 할 듯하다. 그런 맥락에서 그토록 파국적이고 자멸적인 대량학살의 현장에 있었던 한 인간의 진실을 재현하는 이야기에 (스위프트적인) 인간혐오가 전혀 실리지 않았다는 점은 흥미로운 사실이다. 1960년대 시점에서 케네디, 마틴 루터 킹 등의 암살을 환기하는 것으로 시작한 마지막 장은, 드레스덴이 파괴되고 이틀이 지난 때로 돌아가 빌리가 시체 더미를 치우는 노역에 동원되는 장면으로 담담하게 끝난다. 빌리의 '우주적 천로역정'을 마무리하는 최종 발언은 예의 "짹짹?"이다. 그러나 새의 은유적 울음과 더불어 독자의 뇌리를 떠나지 않는 것은, '외계의 복음'이 담은 지상의 지혜, 즉 라인홀드 니부어(Reinhold Niebuhr)의 기도문이다. 기도문은 포르노 스타 몬타나 와일드핵의 두 젖통 사이에 걸린 목걸이에 새겨져 있다. 작가는 마지막 장이 시작하기 직전에 기도문을 그림으로 표현하기도 했다. 내용은 다음과 같다. 신이시여, "제가 바꿀 수 없는 것을 받아들이는 평안을/제가 바꿀 수 있는 것을 바꿀 수 있는 용기를/그 두가지를 구별할 수 있는 지혜를 제게 허락하소서."

4. 박민규의 장르실험에 관하여

이 기도문을 어떻게 받아들이든 "두가지를 구별할 수 있는 지혜"를 얻기 위해서는 대중문화에 적극적으로 개입하려는 노력이 중요하다. 대중문화는 한 사람이 총체적인 '인식의 지도'를 그리는 것이 불가능할 정도로 방대한 하나의 제국이다. 오늘날 개별 민족국가 고유의 문화는 미국 주도의 대중소비주의 앞에 속수무책으로 노출되어 있지만 때로는 소비주의의 첨병 역할을 하는 대중문화야말로 작가들에게는 둘도 없는 영감의 원천이 되기도 한다. 에밀 졸라가『여인들의 행복』(*Au Bonheur des Dames*, 1883)을 통해 백화점이라는 소비공간에서 표출되는 인간군상의 다양한 욕망을 해부했듯이, 작가들은 욕망의 소비가 인간에게 억압으로 작용하는 양상을 포착함으로써 새로운 장르의 문학을 창시하기도 한다. 창시의 구체적인 성격은 작품을 놓고 논해볼 일이고, 소비문화의 자장을 통과하면서 시간에 대한 내구성을 획득한 텍스트들이 '본격문학'의 지위를 획득하는 현상은 역사적으로 성찰해볼 만한 주제이다.

여기에서 박민규(朴玟奎)의 작품은 하나의 '시범 케이스'가 될 수 있는 듯하다. 지금 한국의 소설가 중에서 박민규만큼 대중문화에 철저하게 '오염'된 사례는 드물지 않을까 싶다.『삼미 슈퍼스타즈의 마지막 팬클럽』(한겨레출판 2003)이 나왔을 때 소위 3S정책 중 하나라는 프로야구 같은 대중스포츠를 소설로 써서 제도권 문학상을 받을 수 있다고 생각한 사람은 거의 없었을 것이다. 슈퍼맨, 배트맨, 아쿠아맨, 원더우먼 등을 총출동시켜 미국의 세계지배 야욕을 코믹하게 풍자한『지구영웅전설』(문학동네 2003)은 어떤가. 가히 보네거트를 능가하는 능청스런 언어가 아닌가.[9] 당시에도 능청의 수위가 위태로웠는지 "과연 박민규의 이러한 시도가 소설사적으로 그리고 세대론적으로 의미있는 징후인지, 아니면 잠시 나타났다 사라지는 한때의 에피소드인지 판단하기에는 아직 이르다"는 평가가 있었다.[10] 하지만 염무웅(廉武雄)의 그 글도 기본적으로는 작품의 미덕과 가능성을 정당하게 사주는 비평이었다. 신파가 얼마나 강력하고 창의적인 방식으로 우리의 불평등한 현실을 풍자하는 아름다운 이야기로 변신할 수 있는가를 예시한『죽은 왕녀를 위한 파반느』(예담 2009), 계간『문학동네』에 연재한 장편『매스게임 제너레이션』(2011년 여름호~2012년 여름호), 창비 문학블로그에 연재 중인『피터, 폴 & 메리』(2012. 9. 3.~) 등은 대중문화의 자산을 박민규가 얼마나 창의적이고 역동적으로 활용하고 있는가를 예증한다. 그 점을 좀더 분명히 할 겸 해서 여기서는 경장편『핑퐁』(창비 2006)과 소설집『더블』(창비 2010)을 집중적으로 읽어보겠다.

구식 LP판처럼 각각 side A와 side B 두권으로 구성된『더블』에는 각각 9편씩 총 18편의 이야기들이 담겨 있다. 정색하고 쓴 것 같은 사실주의 작품이 대략 10편이고 나머지는 비사실주의 계열로 묶을 수 있다. 그중 특정 장르로 특화된 경우를 선별해본다면 본격 SF물에 해당하는 단편이 3편(「깊」「굿모닝 존 웨인」「크로만, 운」), 약간 어중간하게 UFO나 외계인, 지구 종말 등 공상과학 소재를 차용·변용한 단편이 3편(「아스피린」「끝까지 이럴래?」「축구도 잘해요」), 무협소설의 형식을 활용한 이야기가 1편(「절(爵)」), 스릴러 범죄물에 가까운 작품이 1편(「루디」)이다. 제법 다채로운, 일종의 장르실

---

9 가령 다음과 같은 풍자적인 허풍이 그러하다. "탄생과 더불어 당신(슈퍼맨——인용자)은 제2차 세계대전을 승리로 이끌었습니다. 특히 히로시마와 나가사키를 전소시킨 원폭(原爆)은, 지구의 모든 인류에게 당신의 힘을 보여준 찬란한 위업이었습니다. 물론 사람들은 그 실체가 두 발의 폭탄이었다고 역사에 기록했지만, 저는 알고 있습니다. 실은 그것은 성층권에서 휘두른 당신의 원투 스트레이트였음을 말입니다. 마찬가지로, 수십만의 인명 피해가 있었다는 기록 역시 잘못된 것임을 알고 있습니다. 그때 죽은 것은 인간이 아니라 원숭이들이었고, 당신은 제게 살짝 귀띔해주었지요."(『지구영웅전설』 63면)

10 염무웅「생태적 유토피아의 꿈」,『창작과비평』2003년 겨울호 406면.

험실 같은 느낌이다. 하지만 작품 수준이 고르다고 말할 수는 없다.[11] 그중 상대적으로 잘빠진 SF물, 무협장르, 스릴러 세편을 표본으로 뽑아보자.

먼저 「깊」이다. SF소설도 여러 종류라 가상의 미래상에 몰두한 나머지 말 그대로 독자를 망상의 세계로 인도하는 작품이 적지 않은데, 이 단편의 특이한 점은 가상의 미래를 현재 인류가 마주한 위기를 성찰케 하는 방식으로 재현한다는 사실이다. 「깊」에서 그려지는 미래는 노동을 기계가 대신함으로써 인간은 삶의 의욕을 상실하고 자살이 만연한 세계이다. 「깊」은 안락사가 "일반적인 죽음의 툴로 정착"(side A 126면)된 세상, 서기 2487년의 이야기다. 지구가 하나의 연합국으로 통일된 상황인데, 사람들이 꿈과 모험을 잃어버린 그때 해저 지진으로 새로운 해구(海丘, 19251미터)가 생겨난다. 유터러스(자궁이라는 뜻)로 명명된 해구에서 인류는 새로운 도전의 기회가 있음을 직감한다. 과학자들은 금성에서 채취한 광물과 심해 해삼의 체액을 연구하여 획기적인 성과를 올리고, 해구 탐사에 목숨을 건 디퍼들(deepers)이 심해 생물의 체액으로 몸을 바꾸고 티모 합금 감압복(減壓服)의 도움으로 숱한 희생을 딛고서 해구의 밑바닥에 도달한다는 것이 「깊」의 줄거리이다. 사실주의 SF라고 할 만큼 세밀하게 가상의 상황을 설정하고 '삶의 의미'를 개척하는 인류의 모험을 묘파한 작품인데, 디퍼들 중 하나인 소피라는 인물의 발언도 이런 모험의 맥락에 있다.

---

11 내가 읽기로 그중에는 통속성에서 멀리 벗어나지 못하는 「별」이나 「양을 만든 그분께서 당신을 만드셨을까?」 같은 요령부득의 이야기도 들어 있다. 공상과학의 발상이라는 점을 감안하고도 상상력을 대책없이 발휘했다는 인상을 남기는 「아스피린」 같은 태작도 있다. 양자역학에 따르면 치즈로 만들어진 달이 존재할 가능성이 0%가 아니라고는 하나 지름이 몇 킬로나 되는 아스피린이 UFO처럼 공중에 떠 있다는 설정은 작가의 상상력이 '꼴리는 대로' 발동한 결과로 보인다. 반면에 본문에서 다룰 세편을 포함해 사실주의에 속하는 「낮잠」 「근처」 「누런 강 배 한척」 등은 이야기꾼으로서의 박민규의 솜씨가 약여하고, 실직한 한 가장의 현실을 해학과 비감을 몽환적으로 교직시키며 그려낸 「딜도가 우리 가정을 지켜줬어요」나 소행성 충돌로 인한 인류의 종말이라는 상황에서도 중단되지 않는 인간의 비루한 일상을 직시하는 「끝까지 이럴래?」도 독자의 의표를 찌르는 풍자적 발상이 두드러지는 수작이다.

인류는 늘 그래왔어. 우선 생각이, 의식이 확장되는 거야. 그리고 결국엔 신체를 도달시키는 거지. 자신의 몸으로... 물질로서 말이야. 즉 입증이란 건... 팽창을 완결해온 수단이 아닐까? 우주로 우주로, 인식이 미친 곳까지 우린 지금도 팽창하고 있어. 유터러스의 문제도 마찬가지라 볼 수 있겠지. 인식은 이미 심연에 도달해 있어. 물질로서의 기계도 발을 내린 지 오래야. 이제 남은 건 인류가 가진 가장 원초적인 물질, 즉 인체인 셈이지. 하지만 이번의 팽창은 지금까지와 다른 문제일 수 있다고 나는 생각해. 내가 디퍼를 지원한 이유도 실은 그 때문이지. 아무튼 이렇게 팽창하고 있지만, 인류는 자신에 대해서 아무것도 모르고 있어. 자신의 내부에 대해선, 결국 이 별에 대해선 말이야. (side A 123면)

흥미로운 것은 역시 결말이다. 19251미터의 해저에 착지하여 모험에 성공한 '디퍼들'은 거기서 지상과 연결된 '탯줄'을 끊어버리고 밑바닥에 난 또다른 틈새 속의 심연을 향해 다시 도전하는 것이다.

앞서 언급했듯이 『더블』에는 공상과학 소재를 취한 단편이 한둘이 아니다. 그런 소재를 가공한 「깊」의 독특한 성취는 SF장르의 관습적 도식인 인간 대 과학이나 자연 대 인공 등에서 말끔하게 벗어나 장르문학 자체로도 본격문학이 내걸곤 하는 철학적 주제를 얼마든지 소화할 수 있음을 보여주었다는 데 있다. 유적 존재로서의 인간에 대한 물음을 새롭게 일깨우고 그런 인간이 어떤 방식으로 자신의 인간주의적 한계를 극복하는가를 발랄한 상상력으로 재현함으로써 수백년 후 미래의 상황에 대한 이야기가 바로 오늘날 우리가 직면한 문명의 위기에 대한 은유적인 논평일 수 있음을 암시한다.[12]

---

12 박민규가 SF적 발상을 그렇게 작품화한 사례는 소설집 『카스테라』(문학동네 2005)에도 여럿 있다. 「몰라 몰라, 개복치라니」나 「코리언 스텐더즈」도 거기에 속하는데, 두 단편 모두 실험적인 시도에 머문 듯한 느낌이다. 그런데 한가지 강조함직한 점은, 전통적

「절(䲹)」은 SF의 정공법을 구사한 「깊」과는 전혀 다르게 무협장르다. 무협지의 선악 구도를 식민지와 동족상잔, 군부독재를 거쳐 민주화에 이르는 한국 현대사의 명암을 드러내는 데 교묘하게 활용하면서 능청스런 풍자를 장풍처럼 날리는 이야기다. 제목부터 기발하다. '말 많을 절(䲹)'의 용 용(龍) 자 네개는 무림의 절대고수, 즉 대권천왕 김일해, 청룡검제 최일우, 운무천마 선우진, 빙해천수 조인덕을 각각 가리킨다. "올해로 꼭 이백여든해를 산" 대권천왕 김일해의 출옥으로 시작하는 이야기는 정연한 기승전결을 따라 전개된다. 절세의 무공인 권왕이 우연한 계기로 한 나이트클럽의 조폭들을 깨끗이 '청소'한 죄로 옥살이를 하고 나오는 것이 첫 장면이다. 무협지의 언어를 황당할 정도로 자유자재로 구사하는 박민규의 '뻥' 중에서 좀 약하다 싶은 것이 이렇다.

세명이 죽고 열두명이 불구가 되었다고는 하나, 권왕에겐 아무런 느낌이 없었다. 연장질과 헛손질에 죽고 다친 이가 나왔을 뿐, 그것은 결코 무신의 권이 아니었다. 밟으면 죽는 여치떼처럼 허약하고 미미한 상대들이었다. 악(惡)이라 하기에도, 응징을 논하기에도, 하물며 죽이기도 부끄러운 상대였다. 요는 밟으면 죽는 여치떼를 밟아, 죽일 수도 없

인 사실주의 문법을 거침없이 파괴하는 단편을 제대로 읽기 위해서 독자는 특정한 독법에 길들여진 자신의 독서습성을 의심해야 한다는 사실이다. 더욱이 관성적 읽기를 교란하는 박민규의 작품이 딱히 SF 발상을 차용한 단편에만 국한되는 것은 아니다. 표제작 「카스테라」만 해도 사실적 인과관계를 가볍게 무시하면서, 냉장고에 연관된 온갖 정보와 가능한 모든 연상(聯想) 및 상상을 종횡무진으로 펼쳐놓는 이야기다. 이 단편은 「몰라 몰라, 개복치라니」나 「코리언 스텐더즈」와도 구분되는 기발한 발상이 빛난다. 화자 자신의 부모를 포함한 세계의 물상들을 냉장고에 차곡차곡 쟁여넣는 황당한 이야기를 따라가다가 냉장고 속에 넣어둔 '세계'가 문득 카스테라로 바뀌고 "그 따뜻하고 부드러운 카스테라를 썹으며/나는 눈물을 흘렸다"(35면)로 끝나는 마지막 대목에 이르면, 독자는 "한 채의 공장이 내뿜을 만한 소음을 내는" 냉장고를 벗 삼아 생활하는 자의 고단한 일상을 공유하게 된다. 산문적인 설명으로는 잘 해명되지 않는 「카스테라」의 실감에 무게를 둘수록 박민규의 소설을 어떤 장르의 문학으로 규정할 건가는 결국 부차적인 문제가 되는 셈이다.

는 세상이었다. 대의가 사라진 세계엔 법이 있었고, 그 세계에 이미 그
는 지쳐 있었다. 우리... 마, 버, 법으로 해결하입시더. 떨며 매달리던 목소리가 귓전
을 맴돌았다. 그때 그 어둠속에서 권왕은 문득 외로웠었다. 악한에게도
명분이 있던 시절이 있었다. 싸울 만한 나쁜 놈이 없다는 외로움, 더는
그림자를 만들 수 없는 빛의 외로움을 어느 누구도 헤아릴 수 없었다.
(side B 93면)

「절」을 키득거리며 읽는 시간은 일찍이 김현(金炫, 1942~1990)이 비판한,
무협지를 읽는 '동면의 시간'과 양립할 수 없다. "절대 무림의 사천왕, 중
국 중원을 떨게 했던 동방 사룡"이 펼치는 초절정 무공은 20세기 한국 현
대사를 살아낸 오늘날 민중의 속사정을 무협지의 언어와 형식으로 속속
들이 희극적으로 드러내기 때문이다. 하지만 권왕을 비롯한 네마리 용의
다채로운 행적도 사실은 의장(擬裝)에 불과하다. 그런 의장의 틈새에 넣
는 변죽, 이게 진짜다.

　어허, 고얀지고. 어느 안전이라고 네놈이... 내 오늘 세분 무신께서 모
이신다 그리도 일렀거늘! 울먹이던 도제가 결국 펑펑 울음을 터뜨렸다.
四龍께서 모이면 뭘요... 뭘... 정부라도 엎을 겁니까? 네분이 힘 합치면 뭐... 삼성한테 이길 수
있습니까? (side B 112면)

삼성한테 이기는 거? 알다시피 엄청 어렵다. 박민규의 촌철살인이 단순
한 재담으로 떨어지지 않는 것은, 재담 또는 입담이 현재 우리 서민들 살
림살이의 실감과 정확히 일치하기 때문이다. 동시에 그런 실감을 곱씹어
보게 하는 익살스런 풍자의 정확한 일침(一針) 때문이다. 무협지 특유의
어법과 표현을 통해 유쾌한 웃음을 선사하면서도 굴곡 많은 우리네 현대
사와 서민들 삶의 쓸쓸한 비애까지 자아내는 것이다.
　그렇다면 「루디」는 어떤가? 스릴러와 호러를 합쳐놓은 듯한 이 단편을

두고서는 앞선 이야기에서 끌어낸 본격문학적 교훈 같은 건 논할 수 없다. 정체 모를 미치광이 살인마가 알래스카의 팍스 하이웨이를 달리던 미하엘 보그먼이라는 남자의 차를 총으로 세우면서 벌어지는 엽기는 한편의 동기 없는 잔혹극 그 자체다. 물론 사건 전개과정에서 보그먼은 뉴욕 증권회사의 중견 간부인 반면, '묻지마 살인'을 저지르는 미치광이는 보그먼의 회사에서 용역 청소부로 12년간 일하다 그만둔 루디 워터스라는 인물임이 밝혀진다. 그러나 한 대리운전 기사가 품게 된 원한의 원인을 조목조목 제시해주는 「별」과는 달리 보그먼의 살인동기를 이 잔혹극에서는 전혀 파악할 수가 없다. '합리적인 원인' 말이다. 보그먼이 루디의 원한을 살 만한 정황도 제시되지 않는데다가 루디 역시 해고 따위가 아닌 자기 발로 회사를 떠났으니 합리적 원인이 있을 리 없는 것은 당연하다. '합리적인 원인'이 없는, 하지만 그 원인에 대해 독자들이 이런저런 생각을 굴리도록 '떡밥'—"나는 그저 (…) 너희를 평등하게 미워할 뿐이야"(side B 81면) 등등—을 슬쩍슬쩍 뿌려놓은 잔혹극, 바로 이것이 장르소설로서 「루디」의 매력이자 장르적 한계이다. 「루디」 자체만 가지고는 더이상 할 이야기가 없다는 뜻이다.

따라서 그런 떡밥을 물고픈 마음이 없는 나는, 「루디」를 다른 두편과 함께 음미해보면서 박민규의 장르실험이 앞으로 좀더 치열하게 전개되었으면 하는 바람을 갖게 된다. 그렇다면 시간을 좀 거슬러올라가서 2006년에 출간된 『핑퐁』을 읽어보자. 그런 바람에 어느정도 부응하면서 다른 한편 독자의 기대치를 더 높이게 하는 작품이다.

장르문학의 관점에서 『핑퐁』을 볼 때 가장 눈에 띄는 점은 장르적 정체성이다. 이 경장편은 두명의 중학생이 지독하게 겪는 '따'의 악몽을 다뤘지만 앞서 언급한 김사과의 『미나』나 김려령의 『우아한 거짓말』만큼 사실주의의 비중이 크지 않다. 『핑퐁』은 탁구라는 비근한 소재를 괴상한 방식으로 끌고 가면서 독서의 재미를 높여주는데, 시도 때도 없이 판타지 장르에 기대할 법한 공상적 상황이 벌어진다. 그렇다고 『핑퐁』이 판타지라는 말은 아니다. SF적 상상력이 발동되면서 묵시록적 분위기가 작품을 지배하기는 하지만 딱히 SF라고 하기도 어렵다. 사회비판, 일상의 질서에서 벗어난 공상, 묵시록적 상상력이 두루 섞인, 한마디로 계통이 불분명한 '잡종'이다. 하지만 여기서도 잡종 대 순종이라는 구도는 피해야 옳다. 그점을 염두에 둔다면 중요한 것은 역시 『핑퐁』의 복합장르적 특성이 독자의 읽기 방식에 일정한 영향을 끼치리라는 사실이다. 그런데 『핑퐁』에 관한 그간의 평가에서 흥미로운 역설은, 평자들이 민족문학 및 리얼리즘에서 상대적으로 중시한 사실주의 기율에 맞춰 작품을 읽고 있다는 점이다. 『핑퐁』을 두고 "자본주의체제에 투항한 자의 체념과 냉소에 머무르고 있다"(권유리아 「지구촌 실향민」, 『오늘의 문예비평』 2007년 봄호)라는 단정도 그러하지만 이야기의 결말에서 희망의 부재를 지적하는 것도 그러하다. 상당수 논자들이 사실주의 및 비관과 낙관의 구도에 『핑퐁』을 구겨넣으려 한다는 인상이 든다.[13]

결과적으로 이들의 신중한, 또는 어중간한 읽기는 『핑퐁』 같은 잡종 서사의 어느 한 면에만 모아진다. 『핑퐁』을 부지불식간에 사실주의 소설의 범주에 넣고 생각하면서 박민규가 이런저런 방식으로 '드리블한' 현실 비판이나 문명 비판에 초점을 맞춘 (다소 고지식한) 해석이라는 것이다. 우리의 일상을 인식론적으로—일종의 소격효과를 통해—새롭게 경험하게 하는 데[14] 일정부분 성공한 『핑퐁』은 문명 비판을 넘어서는 읽기를 요

---

13 낙관과 비관의 구도와 연관해서 가령 차미령은 "『핑퐁』에서 박민규가 보여준 저 도저한 부정의식이 견고한 현실과 치열하게 대결하는 방향으로 물꼬를 트게 될지 아니면 깊이를 헤아릴 수 없는 비관주의의 늪으로 빠져들게 될지, 앞으로의 진로가 주목되면서도 염려되는 대목이라 아니할 수 없다"라는 말로 끝을 맺었다.(차미령 「환상은 어떻게 현실을 넘어서는가」, 『창작과비평』 2006년 여름호 268면) 진정석은 "『핑퐁』을 지배하는 기본적인 정조는 여전히 세계의 부정성에 대한 도저한 환멸과 분노라고 할 수 있"다면서 "우리가 선택해야 할 삶의 자리는, 그리고 아마 문학의 자리도, 인스톨과 언인스톨 사이 어디쯤일 것이다"라고 결론을 맺었다.(진정석 「사회적 상상력과 상상력의 사회학」, 『창작과비평』 2006년 겨울호 214~15면)
14 이에 대한 좀더 체계적인 논의는 SF문학을 기본적으로 "인식론적 소격효과의 문학"으

구한다. 전망 없음을 꼬집기만 해서는 『핑퐁』의 잡종성을 구성하는 여러 면모를 종합적으로 고찰하는 것이 어려워지기 때문이다. 게다가 낙관이냐 비관이냐를 따지기 시작하면, 작품은 세계가 '언인스톨'된 후 '못'이 깨어나 학교에 등교하는 것으로 끝나지 않는가. 그렇게 학교로 돌아오는 못에 대해서 박민규 자신은 희망을 말하고 싶었다고 했는데, 작가의 의도가 뭐든 『핑퐁』 같은 작품을 논하는 데 비관과 낙관의 틀에 얽매여서는 곤란하다. 『핑퐁』의 상상력은 재난 자체를 다시 성찰하게 하는 '재난의 상상력'이기에 더 그렇다. 필자는 그런 상상력의 성격에 대해 이렇게 쓴 바 있다.

박민규가 전설적인 산악인 라인홀트 메스너를 통해 들려주는 이 말[15]도 재난의 상상력이라는 것을 다시 생각하게 하는 면이 있다. 그런 상상력에 발동을 걸면서도 그것을 우리가 안다고 착각하고 있는 이 세계를 심문하는 방식으로 활용하는 작품이기에 더 그렇다. 그러나 희망이냐 절망이냐가 초점은 아니다. 곧이어 작가가 덧붙이듯이 "왜, 우리가 살아왔으며… 사라진다면 왜, 사라져야 하는 것인가"를 그야말로 기상(奇想)한 방식으로 묻고 진지하게 성찰하는 상상력이 핵심인 것이다. 우주의 한 점조차 안되는 지구라는 행성은, 그 주제에 감히 3만발의 핵탄두를 발기해놓고 있는 이 행성은 인간과는 정녕 무관하게 생성되었

로 파악한 Darko Suvin, "On the Poetics of Science Fiction Genre," *College English* 34:3 (1972) 372~82면 참조.

15 "이런 말 하긴 뭣하지만 저는 인류가 사라져버린 세계에 익숙한 편입니다. 예, 자주 그런 기분이 들었죠. 아주 먼 어딘가에, 누가 뭐래도 인류는 존재하고 있겠지… 사람들은 출근을 하고, 아이들은 학교를 가고… 즉 그런 인류의 일상 말입니다. 하지만 히말라야의 암벽에서, 혹은 눈보라 속에서 그런 건 추측에 불과하다는 걸 알게 됩니다. 누구라도, 그걸 느끼지 않을 도리가 없어요. 결국엔 이 지구가, 실은 인류와 아무 상관이 없는 곳이라는 걸 알게 됩니다. 싫든 좋든, 그건 인간이 어쩔 수 없는 문제예요. 그래서 사실, 저는 인류가 사라지는 것에 대해 큰 거부감이 없습니다. 그런… 편이죠."(『핑퐁』 228면)

고 언젠가는 인간이 없는 상태에서 종말을 맞을 것이다. 핼리혜성이 이 "조까라 마이싱" 같은 행성을 가루로 날려버릴 때까지, 적어도 그때까지는 소름끼치는 핵전쟁을 무색게 하는 (왕)따들의 수난 같은 '진부한 일상'에 생기 넘치는 발상으로 헌신하는 작가가 우리 문단에 더 많아지기를.[16]

짤막한 온라인 지면이었던 만큼 이 자리를 빌려 희망의 근거를 좀더 제시해도 좋겠다.

장르의 고정된 경계를 창의적으로 해체·활용하여 새로운 형태의 '물건'을 만드는 데는 기계적인 원리에 충실한 엔지니어로서의 작가보다는 그런 원리를 응용하고 심지어 바꾸기도 하는 '브리꼴뢰르'(bricoleur)로서의 작가가 더 유리할 것은 분명하다. 그러나 그 경우에도 관건은 기존 장르들의 유기적 분산과 통합을 '작품'으로 이루어내는 경지일 것이다. 『핑퐁』은 어떤 면에서는 못과 모아이 및 치수 패거리를 중심으로 펼쳐지는 성장소설로도 범주화할 수 있는데, '따'의 현실도피 충동이 공상과학적 환상으로 연결되는 것도 납득할 수 있을뿐더러, '방사능 낙지'나 '실버스프링의 핑퐁맨' 에피소드도 『핑퐁』의 우주적 상상력에 나름의 '지구적 의미'를 더해주는 데 기여한다. 그 과정에서 고도의 효과를 내는 장면이 적지 않다. "스키너의 박스에서 길러진 쥐와 새"가 '인류의 집약'으로서의 라인홀트 메스너 및 말콤 X와 벌이는 무한 탁구경기가 바로 그러하다. 이 장면은 자본의 이윤 쥐어짜기가 절정에 이른 신자유주의 지구화시대에 대한 저항의 우화로 읽을 여지도 있다. 그렇다고 『핑퐁』의 재미가 반드시 자본주의체제에 대한 작가의 의식적인 비판에서 나오는 것은 아니겠지만 말이다.

---

16 졸고 「'재난의 상상력'과 『핑퐁』」, 창비주간논평 2006년 10월 17일(http://weekly.changbi.com/49).

요는, 작품에서의 그런 비판도 청소년의 일탈, 공상과학, 판타지, 사회비판으로서의 우화 등 다양한 서사적 요소들을 모으고 흩뜨리는 서사실험의 효과 가운데 하나라는 점이다. 하지만 『핑퐁』이 다양한 갈래의 장르형식과 내용을 창의적으로 총체화하는—특정한 장르로 특화하기 어려운 장편소설 특유의 효과에 비견할 만한—경지에서 발산된 것인가는 더 생각해볼 여지를 남긴다. 박민규의 소설이 '시간을 죽여주는' 기성 대중소설의 오락성과는 분명히 다른 발상과 재미를 도발적으로 제기하고 느끼게 하기 때문에 의문은 더해진다고 하겠는데, 이는 『핑퐁』의 '추상성'이 안고 있는 문제와도 무관하지 않다. 『핑퐁』에서 임기응변으로 구사되는 탁구인(卓球人)이나 탁구계(卓球界)라는 알레고리보다는 우리 삶을 훨씬 구체적으로 압박하는 정밀한 '사실적 상징'을 독자는 바라는 것이다. 이 바람은 대중성과 정치성을 좀더 정교하게 결합함으로써 장르문학의 게토적 경계를 넘어서야 한다는 주문과도 통한다.

5. 맺음말

사실 이런 요구는 박민규 자신의 발언에 근거를 둔 것이기도 하다. 그의 말처럼 "지난 수십년간 그나마 우리가 일군 것은 리얼리즘 하나밖에 없"다면,[17] 장르문학의 실험에서 리얼리즘 유산을 활용해야 할 필요가 절실해진다. 박민규가 뭘 가지고 '리얼리즘'이라고 하는지도 궁금하지만, 한국문학사에서 '모더니즘' 문학이라는 존재도 그렇게 간단히 일축될 수는 없다. 장르문학들 사이의 교집합 범위를 넓히기 위해서도 양대 문학의 자산을 동원해야 맞다. 그러나 리얼리즘이든 모더니즘이든 더 중요한 것

---

17 이기호·정이현·박민규·김애란·신형철 좌담 「한국문학은 더 진화해야 한다」, 『문학동네』 2007년 여름호 104면.

은, 한국문학 유산의 상속이 갖는 참뜻을 장르문학의 서사적 실험이라는 관점에서도 되새겨보는 일이다. 장르문학 고유의 성취가 게토화된 장르문학의 극복에 있다는 명제를 제대로 수용하지 않고서는 상속의 진정한 실행도 힘들다면 더욱 그렇다.

호손이나 도르프만, 보네거트 등 탁월한 장르실험 사례를 눈여겨보고 적극적으로 수용해야 하는 것은 그런 맥락에서이다. 다만 외국의 앞선 사례들을 수용하는 노력은 단순히 장르문학의 흥행을 위해서라기보다는 한국문학의 지형에서 우리 작가들이 모색하는 장르서사의 새롭고도 창의적인 활용가능성을 구체화하는 데 모아져야 할 것이다. 현재 문단에서 활발한 장르실험은 바깥의 훌륭한 성취들을 모아들이면서 한반도 현실의 새로운 모순들과 '문학적인 싸움'을 할 때라야 비로소 장르문학의 게토화를 극복할 수 있을 것이며, 그런 싸움이라면 4·19 이후 한국문학을 견인한 민족문학의 뜻있는 계승으로, 어쩌면 민족문학 너머로 나아가는 것도 가능하리라 믿는다.

장르서사가 진화한 현장들

장르의 경계와 오늘의 한국문학 2

1. 논의를 이으면서

부제 끝에 붙은 숫자 2가 말해주듯이 이 글은 졸고 「장르의 경계와 오늘의 한국문학」의 후속편이다. 『창작과비평』 2008년 여름호 특집에 평론가 네명의 글과 함께 실린 먼젓번 평문의 핵심적인 주장은 하나의 명제, 즉 "장르문학 고유의 성취는 게토화된 장르문학 자체의 극복에 다름아니다"로 집약할 수 있겠다. 새로운 형식의 장르문학을 창시하거나 기존 장르를 혁신하여 서사의 지평을 확대한 외국의 여러 작가를 거명했지만, 주된 논의대상은 커트 보네거트의 대표작과 박민규의 작품이었다. 두 소설가의 실험적 창작이 어떤 의미에서 본격문학 대 장르문학이라는 이분법에 대한 참신한 문제제기이며, 장르문학 파편화의 극복에 이들의 '장르적 상상력'이 어떤 암시를 주고 있는가를 해명하려고 했다. 한편으로 장르문학의 가능성을 나름으로 적극 옹호하고 다른 한편으로는 그 가능성의 실현을 위해서라도 "한반도 현실의 새로운 모순들과 '문학적인 싸움'을" 견지할 필요성을 역설했다. 동시에 "그런 싸움이라면 4·19 이후 한국문학을 견인한 민족문학의 뜻있는 계승으로, 어쩌면 민족문학 너머로 나아가는 것도 가능하리라"는 믿음을 결론으로 피력한 바 있다.

하지만 돌이켜보건대 그 '너머'에 대한 비평적 탐구나 이론 차원의 숙고가 충분한 글은 못되었지 싶다. 현재 작단에서 진행되는 다양한 유형의 장르실험과 풍성한 수확을 두루 살펴 거두어들인 것도 아니었다. 물론 이젠 '상호(商號)'로서의 간판을 내린 민족문학의 타당한 문제의식은 견지하되 그 너머의 상(像)을 섣불리 예단하지 않은 것은 현명했다고 자평한다. 또한 작품을 뒷전으로 밀치는 언설들이 차고 넘치는 평단에서 독자적인 장르 이론을 펼치지 못한 것도 후회하고 싶지 않다. 반면에 양과 질에서 지난 세기와는 비교할 수 없을 정도로 성장한 우리의 장르서사 자체에 대한 독서와 장르문학이 본격문학으로 간주되는 영역과의 접점을 확장하는 과정에서 이룩한 창의적인 성취에 관한 성찰이 부족한 것은 성격이 다른 한계임을 자인할 수밖에 없다.

본고에서는 그 점을 집중적으로 보완하고자 한다. 현재의 작단에서 장르문학의 지평을 심화·확대하여 "게토화된 장르문학 자체의 극복"을 예감케 하며 더 나아가 '작품'으로 이를 예증하는 사례들을 살펴보려는 것이다. 윤이형(尹異形, 1976년생), 배명훈(裵明勳, 1978년생), 김중혁(金重爀, 1971년생), 최제훈(崔臍勳, 1973년생), 정이현(鄭梨賢, 1972년생)의 텍스트를 차례로 읽어보면서 논의를 진행할 생각이다. 비평가들 간의 대화나 논쟁이 충분치 못한 현재 평단에서 필자의 「장르의 경계와 오늘의 한국문학」이 약간의 주목을 받기도 한 터라, 『창작과비평』 2008년 여름호 특집에 함께 실린 다른 평문[1]을 먼저 일별하고 졸문에 대한 반응을 짚어보는 것으로

---

1 『창작과비평』 2008년 여름호 특집 '장르문학과 한국문학'에는 필자의 글과 함께 박진의 「장르들과 접속하는 문학의 스펙트럼」, 복도훈의 「한국의 SF, 장르의 발생과 정치적 무의식」, 정영훈의 「장르문학과 본격문학이라는 시빗거리」, 김항의 「21세기 일본소설의 경계와 탈경계」 등 평론가 네명의 글도 실렸다. 앞으로 이 특집의 다른 필자의 글을 인용할 경우에는 필자와 면수만 표기한다.

시작하겠다.

2. 장르문학 비평의 허와 실

먼저 나를 포함해 특집의 대다수 필자들이 문제삼은 장르문학과 본격문학을 둘러싼 고정관념, 특히 "장르문학은 '본격문학'에 미달한다거나 '본격문학'은 장르문학보다 더 수준 높은 문학이라는" 통념의 문제점에 대해서는 더이상 왈가왈부할 것이 없다고 생각한다.(박진 32면) 이젠 소수 골수 문학주의자들을 빼놓고는 정전주의의 문제는 대개 숙지하고 있을 뿐만 아니라 한국 장르문학의 수준도 예전과 달라서 그같은 고정관념에 목청 높이는 것은 괜한 호들갑이기 십상이다. 반면에 "가장 장르서사다운 것이 어떤 의미에서는 가장 '문학적'인 것과 통할 수 있"다는 주장(박진 34~35면)은 진지하게 고려해봄직하다. 물론 이때도 '장르서사다운 것'과 '문학적인 것'을 기계적으로 나누지 않고 그 양자의 본질적 공통성을 바로 묻는 작업이 기본이겠다.

단적인 예로 박진(朴辰)은 각기 누아르와 무협장르의 관습을 이용한다는 점을 들면서 천명관의 「프랭크와 나」와 박민규의 「절(卍)」을 같은 범주에 놓고 평가한다. 그러나 누아르라는 형식을 차용했을 뿐 결국 같은 이야기의 지루한 되풀이인 「프랭크와 나」를 무협장르의 내재적 해체가 이루어지는 「절」과 장르적 관습의 활용이라는 관점으로 일률적으로 묶는 것은(박진 39면) 평면적인 비교라는 느낌을 준다.[2] 그렇다고 「프랭크와 나」

---

2 가령 「프랭크와 나」에서 화자인 '나'는 소설의 중간쯤에서 "이야기를 좀더 빨리 진행하자. 어차피 그 얘기가 그 얘기니까"라는 식의 토를 달고 다시 이야기를 시작하는데, 소설은 말 그대로 "그 얘기가 그 얘기"로 끝나는 셈이니 적어도 이 단편에 관한 한 누아르의 형식은 고사하고 이야기에 대한 자의식마저 실종되었다고 평가하는 것도 무리는 아니라고 본다.

가 실려 있는 『유쾌한 하녀 마리사』(문학동네 2007)는 물론이고 첫 장편인 『고래』(문학동네 2004)에서 천부적으로 발휘된 천명관의 이야기꾼으로서의 재능마저 부정해서는 안될 일이다. 요는 비슷해 보이는 자유분방함이라 하더라도 무협장르의 정형화된 패턴을 풍자성이 강한 발상으로 교란하는 박민규의 「절」과는 달리 천명관의 「프랭크와 나」에서는 서사의 충동이 거의 기계적으로 표출된다는 사실이다.

반면에 복거일(卜鉅一)과 듀나의 과학소설(SF)을 다룬 복도훈(卜道勳)의 글은 작품에 대한 구체적인 평가에 기반하여 장르문학론을 펼치는 미덕이 있다. 복거일의 작품이 "SF의 형식이라는 주형(鑄型)에 사회비평적 내용들을 단순히 붓고 찍어낸 인상을" 준다거나(복도훈 57면) "듀나의 SF는 하나의 문화상품이 생산·유통·소비의 과정을 거쳐 하나의 장르문학으로 재활성화되는 과정을 보여준다는 점에서 전적으로 후기자본주의시대 문화논리의 산물"(복도훈 59면)이라는 주장도 선뜻 공감하게 된다. 다만 후기자본주의시대의 문화논리에 투항한 장르문학의 경우 아무리 매력적이라 하더라도 그런 매력 자체는──장르문학의 가능성을 옹호하는 입장일수록──비판적 분석의 대상이라는 점을 확실하게 지적하지는 못한 것 같다. 복도훈은 복거일과 듀나의 텍스트를 엄밀하게 읽는 작업보다는 장르서사의 징후적 증상을 선별적으로 골라내 그것을 자기(만)의 개념으로 포획하는 데 몰두하고 있다는 인상을 남기는데, 이는 복도훈 비평의 설득력을 반감시키는 요인이 아닌가 싶다.

장르문학 대 본격문학의 이분법을 문제삼는 일이나 개별 장르서사를 평하는 것과는 달리 앞으로 장르문학이 어떻게 진화할 것인가란 물음은, 장기적인 안목으로 문학형식 자체를 고찰할 것을 요구하는 복잡한 문제이다. 장르서사의 진화도 엄밀하게 말하면 최소한 몇백년에 걸친 장구한 시간 동안 문학형식이 변화해왔음을 전제하는 것이다. 물론 그 경우에도 장르적 발성을 시도하는 개별 작가의 발전양상을 빼놓을 수는 없을 터인데, 딱히 장기적인 관점이 아니더라도 장르문학을 시대별로 개관하는 작업은 필요하다. 김항(金杭)은 20세기 후반 일본문학에서 눈에 띄는 서술주체인 1인칭 '나'의 변모양상을 역사적인 맥락 속에서 추적한다. 그 과정에서 "아마도 1998년 이후 10년 동안 일본 현대문학을 특징짓는 가장 큰 양상이 바로 이같은 문학(소설)의 '게임화'일 것"(김항 92면)이라는 진단을 내리고 있다. 문학도 신문이나 텔레비전, 영화, 비디오 등 새로운 매체의 등장과 함께 스스로의 형질을 바꾸면서 발전해왔다는 점을 고려해보면 그것 자체가 새로운 진단이랄 수는 없다. 소설의 게임화, 휴대전화 소설(케이따이 소설携帶小說)로 갈 것도 없이 대중소비문화의 위세에 문학 자체의 가능성을 부정하고 그 소멸을 점치는 논자들이 안팎으로 신종 담론장사에 나서지 않았던가. 어쨌든 복잡한 맥락이 있는 이웃나라 나름의 문학현상을 한국에 그대로 적용해서는 섣부르기 십상이다. 문학(소설)의 '게임화' 현상에 대한 성급한 가치평가는 피해야 옳은데, 김항이 시도했듯이 중요한 것은 새로운 서사장르, 더 나아가 매체의 등장이 구체적으로 문학장에 어떤 영향을 주는가를 면밀하게 성찰하는 일이다.

　이렇게 말하고 나니 필자의 「장르의 경계와 오늘의 한국문학」에 대한 김성환의 논평[3]에 대해서도 몇가지 짚어둘 필요를 느낀다. 그 글에서 필자는 장르문학을 "특정한 서사적 코드를 활용하여 서사의 주제와 범위를 집중화·전문화함으로써 출판시장에서 나름의 점유율을 확보한 '기획상품'"으로 정의한 바 있다. 물론 현재 한국 문학출판시장의 실태를 염두에 둔 발언이다. 다시 말해 이런 정의는 장르서사가 특화되기 시작한 근대 이후의 상황에서나 유효할 뿐 자본주의가 본격화하기 이전, 특히 운문과 산문이 사실상 혼용되던 중세의 서사, 가령 '로맨스'에는 전혀 적용될 수 없다. 근대 이전에는 장르 간 경계가 불분명했을 뿐만 아니라 서로를 예사로 넘나든 서정시나 서사시, 극시 등의 장르가 혼재했기 때문이다.[4]

---

3 김성환 「문학을 묻기 위한 근원으로서의 상상력과 이야기」, 『오늘의 문예비평』 2008년 가을호 참조. 이후 인용은 필자와 면수만 표기한다.
4 전적으로 공감하는 것은 아니지만 장르서사에 관한 성찰에 여러 흥미로운 지적 자극

그런데 기획상품으로의 장르문학을 논한 졸고의 특정 대목에 대해 김성환은 필자가 장르문학을 "대중소설의 하위 장르 종(種)으로 인식"한다고 해석한다. 한마디로 필자가 장르서사를 "대중통속 서사의 극단적인 형태로 파악하고 있다"는 것이다.(김성환 307면) 이렇게 파악한 김성환이 필자의 주장을 다음과 같이 정리하는 것도 얼핏 그럴듯하게 들린다. 즉 장르문학의 "부정성을 극복하기 위한 방안으로 장르문학의 경계를 해체하고 현실참여라는 주제의식으로 지향해 나아가야 한다"는 것이다. 이런 식으로 그는 필자에 꽤나 고루한 문학주의의 혐의를 걸고 있다. 하지만 그의 정리는 거기서 그치지 않는다. 필자의 논지를 그렇게 단정한 김성환은 "소설장르와 장르문학은 별개라는 (필자의—인용자) 인식"을 문제삼으면서 '장르의 분산과 통합'에서의 구성비를 언급한다. 이때 구성비란 "문학성의('문학성을'의 오식인 듯—인용자) 근간으로 삼고 장르문학의 소재와 관습적 양식을 그것에 첨가하는 주종의 관계"라는 것이다.(김성환 308면) 이렇게 규정하면 영락없이 필자는 본격문학과 장르문학을 분리하면서 전자를 후자보다 우위에 놓는 문학주의자가 되어버린다.

김성환의 글에서 유의할 점은, 그 역시 본격문학과 대중문화의 이항대립에 입각해 있다는 사실이다. 장르서사의 창조적 변형을 읽어내고 평가하는 작업과 장르문학의 게토화를 경계해야 한다는 나의 주장은 그만큼 장르문학의 가능성을 사준 셈인데, 그의 문제제기는 대중성 추구 자체에 가치를 부여하지 않으면 문학주의자로 몰아대는 형국이다. 본격문학과 대중문학의 소모적인 이분법이 또다시 출몰한 것이다. 물론 필자가 장르문학론에서 현실참여라는 주제의식을 창작과 비평 분야 모두에서 중요한 덕목으로 꼽았다는 것은 맞는 말이다. 또한 문학 고유의 어떤 가능성을 믿는다는 점에서는 문학주의자라는 소리를 들을 만한 소지도 없지 않으

___

을 주는 해외의 논문으로는 Franco Moretti, "The Novel: History and Theory," *New Left Review* 52, 2008년 7·8월호 참조.

며 적어도 그런 뜻에서라면 굳이 문학주의자임을 부정하고 싶지 않다. 그러나 장르문학을 "대중통속 서사의 극단적인 형태로 파악"한다는 지적이나 문학성을 앞세우면서 본격문학과 장르문학의 위계를 설정하려고 한다는 식의 설명은 필자의 문제의식에 대한 턱없는 왜곡이라고 본다.

필자의 글에서 논란의 소지가 있는 대목이라면 "문화적 해방구로서의 게토야말로 문학 본연의 창조성이 발화되는 지점"일 수 있다는 주장일 것이다. 바로 윗문장에서 고딕체로 "장르문학 고유의 성취는 게토화된 장르문학 자체의 극복에 다름아니다"라고 못을 박았기에 "문화적 해방구로서의 게토"의 가능성이 장르문학에서 발현될 수 있음을 언급한 대목은 이와 얼핏 모순처럼 보이기 때문이다.[5] 그러나 졸고의 본뜻은 장르실험이 자유로울 수 있는 문화공간으로서의 '게토'를 긍정하면서 게토화된—즉 고립되고 파편화된—장르서사 자체에 대해서는 거리를 둔다는 것이다. 필자가 작품 논의를 얼마나 충실하게 했는가는 독자들이 판단할 문제지만 말이다. 아무튼 문학시장에서의 성공을 위해서라도 장르서사가 자체적인 진화를 이룩해왔고 그 과정에서 서사의 영역을 본격문학으로 간주되는 영역까지 확장하고 심지어 문학성에 대한 기존 통념을 해체하기도 했다는 역사적 사실에 주목한다면, 게토화의 극복을 통해 장르문학 고유의 가능성이 실현될 수 있다는 주장은 상식 차원에서도 납득할 수 있으리라 본다. 「장르의 경계와 오늘의 한국문학」에서 집중적으로 다룬 커트 보네거트나 박민규의 장르서사가 바로 그런 사례가 아닌가.

우리가 현재 고전이라고 부르는 수많은 작품들은 장르문학으로 간주되는 영역까지 자신의 영역을 새롭게 확장하고 심화한 문학적 산물인 경우

---

5 졸고 「장르의 경계와 오늘의 한국문학」, 『창작과비평』 2008년 여름호 15면; 본서 205면. 본서에 수록하면서 원고를 개고하였는데, 좀더 의미를 명료하게 하기 위해 "물론 '게토'에서도 꽃이 필 수 있으며 더 나아가 문화적 해방구로서의 게토가 문학 특유의 창조성이 발화되는 기점으로 작동할 수 있는 가능성은 따로 검토해야 할 문제이다"라는 토를 달았다.

가 많다. 가령 조너선 스위프트의 『걸리버 여행기』(*Gulliver's Travels*, 1726) 나, 더 가깝게는 조셉 콘래드의 『어둠의 속』(*Heart of Darkness*, 1899)만 하더라도 신대륙 '발견' 이후 (영국의 르네상스 시대부터) 무수히 쏟아져나 온 여행 또는 탐험 서사들이 그 전신(前身)으로서 존재한다. 이런 역사적인 사례들을 살펴볼 때 장르서사의 분산과 통합에서 구성비라는 것이 어떤 문제에 대한 처방처럼 주어지는 것이 아님은 자명한바, 이는 오직 창작자 각자가 창작과정에서 찾아내야만 할 것이다. 다만 구성비라는 것도—당대 영국의 부패한 정치현실을 기발하게 고발한 『걸리버 여행기』나 19세기 서구 제국주의의 실상을 통렬하게 해부한 『어둠의 속』이 말해주듯이—현실이라는 것이 도대체 무엇인가를 묻는 물음이 없이는 한낱 관념적 도식에 지나지 않음을 강조할 따름이다. 따라서 장르문학에도 "좋은 작품과 나쁜 작품이 있을 뿐"이라면(정영훈 79면) 현실참여라는 화두를 염두에 두면서 바로 그 좋고 나쁨을 분별하는 비평이야말로 장르문학 담론에서도 핵심일 것이다.[6]

3. SF와 장르들의 교접

'공상'과학의 가능한 소재는 너무도 다채롭고 변화무쌍해서 사실상 예측불가다. 인간의 일상 속으로 끊임없이 파고들어온 과학기술은 작가들에게 풍요로운 영감을 불어넣은바, 서구문학에는 필립 딕(Philip K. Dick, 1928~1982)처럼 SF장르 그 자체만으로도 '고전'의 반열에 오른 사례가 적

---

6 나는 그런 분별이야말로 비평의 기본인 동시에 관건으로 본다. 돌이켜보면 민족문학논쟁이 한창이던 1980년대에 일군의 비평가들이 비평의 분별행위를 '병아리 감별사'의 작업쯤으로 비하한 근본적인 원인도 비평의 간단치 않음에 있었는지 모른다. 작품을 핑계삼아 자기만의 담론세계를 구축하려고 욕망했던 비평가들의 이런 아이러닉한 자기비하야말로 1990년대 이후 비평의 게토화를 초래한 한 원인이었던 것 같다.

지 않다. 한국문학의 경우 SF장르는 오랫동안 문단의 변방을 맴돈 것이 사실이다. 김도현(金度賢)의 과학소설 『로그인』(창비 1996) 이래 SF의 '중심부'로의 진입을 알리는 의미심장한 신호탄으로는 윤이형(尹異形)의 소설집 『셋을 위한 왈츠』(문학과지성사 2007)와 『큰 늑대 파랑』(창비 2011)을 꼽을 수 있다. SF장르가 판타지나 추리소설을 비롯한 여타 장르와 친연성이 있다는 사실을 아울러 일러주는 윤이형의 두 작품집은 SF장르 역시 인문학적 상상력에 근거를 둔다는 점을 실감케 한다. 그중 『큰 늑대 파랑』은 표제작 「큰 늑대 파랑」을 비롯해 「스카이워커」 「결투」 「맘」 같은 단편이 예시하듯이 기발한 상상력과 원숙한 성찰의 결합이 돋보인다. 그러면 두 작품집에서 각기 한 작품씩, 즉 『셋을 위한 왈츠』에서는 「판도라의 여름」을, 『큰 늑대 파랑』에서는 「결투」를 뽑아 집중적으로 읽어보고, 두 작품집 전체를 통어(統御)하는 상상력의 성격에 대해 끝에 간략히 논평을 붙여보자.

「판도라의 여름」은 장르 간 융합을 논하는 데 특히 안성맞춤이다. 이야기는 인간의 냄새 분자들—'바람둥이의 페로몬'(cheater's pheromone)으로 명명된 물질의 냄새들—을 읽어 그것을 영상으로 출력해주는 판도라 박스의 개발에 성공한 한 여성과학자를 중심으로 펼쳐진다. 서사의 척추에 해당하는 부분만 간추리면 이렇다. 닥터 판이라는 인물은 결혼 후 3년이 지난 어느날 사진작가인 남편에게서 페로몬 냄새를 맡게 된다. 그녀는 자신의 발명품인 판도라 박스를 이용하여 그의 마음속에 있는 "이제 갓 스물이나 넘겼을까 싶은, 앳돼 보이는 소녀의 얼굴" 이미지를 찾아낸다.(343면) 질투에 사로잡힌 그녀는 "다른 여자의 매력적인 냄새를 감지해내느라 분주했을 서골비 기관 신경을"(359면) 제거하다가 뜻하지 않게 남편을 식물인간으로 만든다. 이것이 이야기의 전부는 물론 아니다.

윤이형은 보조서사를 활용하는바, 과학적 소재가 가미된 불륜 드라마에 두가지 변주음을 넣는다. 하나는 닥터 판의 분신이랄 정도로 성향이 닮은 SF작가 도로시의 소설이다. 도로시는 닥터 판의 신제품인 판도라 박스를 SF의 재료로 가공해서 신작 장편을 쓴다. 그 내용은 묵시록적 비전으로서 판도라 박스가 초래할 가공할 대참사로 재난서사이다. 도로시가 그려낸 대참사는 핵전쟁 같은 것이 아니라 "배신감과 질투와 소외감에 사로잡힌 인간이 다른 인간을 일대일로 죽이는 살상전"이다.(366면) 이 살상전의 전모는 일종의 액자소설로 처리된다. 도로시의 신작 소설은 판도라 박스와 쎄트로 시판될 예정이다.

다른 하나는 남편의 마음에서 출력한 소녀 사진과 그녀가 살았던 곳의 진실에 얽힌 사연이다. 이는 추리소설의 형식을 띤다. 남편이 식물인간이 된 후에도 문제가 된 소녀의 상(像)을 강박적으로 출력하던 닥터 판은 어느날 사진의 원본을 구하기 위해 '아키비스트'—인터넷 기록을 보관 및 복원하고 관리하는 자—에게 추적을 의뢰한다. 그는 오래전에 없어진 사진동호회 싸이트에서 문제의 원본을 찾아내는데, 원본은 각각 다른 인물이 찍혀 있는 두장의 사진으로 인화된다. 하지만 기이하게도 두 사람은 동일 인물로 판명된다. 판도라 박스가 이미지로 읽어낸 남편 마음속 소녀의 이미지는 어느 노파의 과거 모습이었다. 그 소녀는 "필터에 의해 수십년의 세월을 거슬러올라 젊어진 할머니"(344면)로, 소녀의 상은 닥터 판 남편의 상상력이 빚어낸 이미지였던 것이다. 혼란에 빠진 닥터 판은 "페미와 마초 양쪽의 비위를 다 맞추"면서(369~70면) 간신히 출시를 결정한 판도라 박스의 시판을 미루기로 한다.

12장으로 구성되고 시간적 배경이 2020년으로 설정된 이 이야기는 사진의 배경이 되는 장소를 닥터 판이 찾아가는 것으로 시작한다. 그곳은 연합군의 기지가 이전해와 주민들이 강제로 떠나야만 했던 한 시골마을이다. 그 마을은 닥터 판의 남편이 사진작가로서 대대로 땅에 뿌리박고 살아온 마을주민들과 공감하며 이들의 애환을 들으며 사진을 찍던 곳이었다. 그는 거기서 그 노파를 만났고, 노파는 상상력이 왕성한 그의 마음속에 회춘한 모습으로 남게 된다. 소설은 닥터 판이 문제의 마을을 찾아가는 것으로 시작해서 그녀의 방문을 기록하는 인공지능로봇(AI)의 공적인 보고서와 사적인 독백으로 끝난다. 그 사적인 독백에는 인간의 마음을 읽으려다가 회로가 이상 과열된 로봇의 '심경'이 담겨 있다.

서사의 얼개만을 소개했을 뿐이지만 「판도라의 여름」은 여타의 장르적 소재와 SF의 결합가능성을 보여주는 하나의 훌륭한 사례로서, 1990년대 문학의 단골 소재인 불륜에 재난서사가 가미되고, 거기에 추리소설 양식이 더해진 텍스트이다. 그러나 이처럼 복합 장르의 성격을 띤다고 해서 자동적으로 '작품성'이 확보되는 것은 아니다. 「판도라의 여름」에는 아쉬움이 없지 않다. 예컨대 작품은 판도라 박스가 출력했으되 그 진실을 온전하게 판독할 수 없는 인간의 마음 자체를 묻고 있지만 질투로 인해 남편을 식물인간으로 만든 닥터 판의—상상컨대 지옥불에 타고 있을—마음을 제대로 심문했다는 느낌이 들지 않는다. 물론 정답이 있을 수 없는 진실에 관한 물음을 「판도라의 여름」이 다각도로 제기했다는 것만으로도 작가의 상상력은 빛나는 바 있다.[7] 하지만 엄정하게 말한다면 AI로봇의 '보고'로—닥터 판의 "특이한 체취"를 환기하면서—마무리한 결말은 SF의 관성적 상상력에서 멀리 벗어나지는 못했다고 본다.

이제 『큰 늑대 파랑』에 수록되어 있는 「결투」로 넘어가보자. 이 작품 역시 철저하게 가상의 무대에서 벌어지는 사건을 다룬다. 연도가 명시되지 않는 어느 미래에 인류의 절반 이상이 수면상태에서 '분열'하게 되는

---

7 작가의 그러한 역량을 확인할 수 있는 또다른 작품으로는 「안개의 섬」(『셋을 위한 왈츠』)을 들 수 있다. 「안개의 섬」에서 화자인 '나'는 예술철학사를 전공했지만 이를 써먹지 못하는 고학력 신분으로 어쩌다보니 게임회사에 취직한 34세의 기혼녀이다. 게임회사에서 괴물 캐릭터를 만드는 데 재능이 있는 '나'는 외모콤플렉스에 시달리고 있다. 작품의 서사적 초점은 '나'의 그같은 고민을 내세우면서도 몸과 정신의 균형이나 합일에 대한 철학적 성찰에 맞춰져 있다. 이런 「안개의 섬」은 가상공간과 현실이 하나의 다리로 연결되어 있음을 보여주면서 가상공간에서의 고민이 어떻게 현실의 삶에 일종의 윤리적 방위를 설정할 수 있는가를 실감나게 그린다. 게임회사의 업무에 지친 화자가 엘프라는 캐릭터로서 가상의 공간 '안개의 섬'에서 나무 캐릭터로서의 남편과 나누는 철학적 대화는 단순한 관념의 유희가 아니라 오늘날 우리 사회를 살아가는 청춘들의 고민을 정제하여 재현한 것이다.

데, 한 사람에게서 똑같이 생긴 사람이 복제되는 사태가 벌어진다.[8] 화자인 '나'는 본체와 분리체 간에 벌어지는 결투의 뒤처리를 담당하는 진행요원이다. 홍미로운 점은 진행요원의 일이 원천적으로 분열을 하지 않는 '인간'만이 수행할 수 있다는 사실이다. 아무튼 사람들은 갑자기 생겨난 자신의 거추장스러운 복제본을 처리하기 위해 결투를 신청하는데 이기는 쪽이 본체이자 인간으로 인정된다. 대개는 분리체가 체념하는 터라 결투는 본체의 승리로 귀결되기 마련이다. 그런데 어느날 본체인지 분리체인지 아리송한 최은효라는 인물이 결투 전에 '나'에게 극히 이례적으로 펜과 종이를 요구한다. 그 인물은 자기의 전화번호를 적어주면서 "저 아이와 친구가 되어주세요. 누군가 필요해요"라는 부탁을 남긴다. 그녀가 결투장에 들어서고 본체와 분리체 간의 결투는 끝이 난다.

그런데 석달 뒤 다시 두명의 최은효가 '나'에게 찾아온다. 이번에는 분리체로 보이는 듯한 인물이 '나'에게 지난번에 준 전화번호를 버렸느냐고 물으며 '그 사람'과 친구가 되어달라는 부탁을 되풀이한다. "친구가 되어주지 않으면 저 아이는 계속 분열할 거"고 그러면 자기는 "계속 여기에 와야" 할 거라고 말한다. 또한 그녀가 계속 분열하면 자기는 "점점 살고 싶어질 거고, 점점 괴로워질 거"라고 고백한다. 각각의 인물은 장검과 활을 선택하고 다시 결투가 진행되어 장검을 선택한 쪽이 이긴다. "활을 선택한 쪽은 화살을 메겼지만 활시위를 당기지 않았다. 그녀는 상대방이 근접해올 때까지 자기 자리에 버티고 서 있었고, 조용히 쓰러졌다."(207면)

그 일이 있고 '나'는 살아남은 최은효를 만나서 그녀의 사연을 듣게 된다. 작품의 백미는 분열의 원인을 상상하는 대목이다.

---

8 얼핏 잭 피니(Jack Finney)의 SF소설 「신체강탈자의 침입」(Invasion of the Body Snatchers, 1955)과 그에 바탕을 둔 동명 영화(1956), 그와는 다른 버전의 영화인 「침입」(Invasion, 2007)이나 「문」(Die Tür, 2009) 등이 두루 연상되는 상황설정인데, 물론 발상과 전개과정은 전혀 다르다.

그런 식이었어요. 좀 심하게 말하자면, 가족끼리 오랜만에 고기를 먹으러 간 사람한테 당신이 지금 드시고 계신 소는 이렇게 도살되었습니다, 하고 소 잡는 영상을 보여주는 식이랄까요. 설탕 한알을 놓고도 옳은가 그른가, 먹어도 되는가를 따져보는 아이였어요. 몸 구조가 달라서 그런 모양이더라고요.

그런데요, 이것도 이상한 건지 모르겠는데, 별로 기분이 나쁘지 않았어요. 잘 생각해보니까 분열하기 전에 문득문득 그런 생각이 스치곤 했던 것 같아요. 이래도 되는 건가? 이거 사도 되는 걸까? 여기 와도 되는 걸까? 뭐 이런 순간적인 생각들이요. 그러니까 속으로만 했던 그런 아주아주 희미하고 옅은 생각들이 모이고 뭉쳐서 개한테 들어간 것 같아요. 신기하죠. 저는 그런 것들을 깊이 생각해볼 만한 여유도 없었고, 그것 때문에 특별히 마음이 괴롭다거나 한 적도 없었거든요. 그런 식으로 피곤하게 사는 사람들을 몇번 본 적은 있어요. 그냥 그렇구나, 싶었죠. 제 몸 속에 그런 생각들이 들어 있을 거라고는 상상해본 적이 없어요.
(『큰 늑대 파랑』 213~14면)

분리체는 바로 그런 "아주아주 희미하고 옅은 생각들"이 만들어낸 생명체다. '나는 생각한다. 고로 분열한다.' 이렇게 일정한 윤리적 지향성을 띠는 '생각'으로 인해서 분열이 야기된다는 것이다. 바로 이 대목에서 윤이형은 「결투」의 서사를 한번 더 비튼다. 이런 대화를 나누고 몇달이 지난 어느날 '나'는 궁금한 나머지 최은효에게 전화를 걸어 만난다. 그때 '나'는 그녀가 본체가 아닌 분리체라는 사실을 눈치챘다. 그 최은효가 자기의 전화번호를 어떻게 알았느냐고 '나'에게 물어봤기 때문이다. 분리체는 살고 싶은 욕구를 억누르지 못하고 결투에서 본체를 이겨버린 것이다. 그러나 SF로서 「결투」만의 진정으로 독창적이고 탁월한 면모는, 그런 분리체와 만나면서 분열되는 '나'의 착잡하게 꼬인 '인간적인 심경'을 끝까지 직시한 데 있다. 최은효와의 만남으로 인해 '나'도 '생각'이라는 것을 하게 된 것이다! 작품은 '나'의 분열징후를 그리면서 끝난다. 마지막 문장은 이렇다. "누군가가 필요했다. 하지만 괜찮았다. 견딜 만했다. 아직은."

이번에도 꽤나 자세하게 작품의 스토리를 정리한 셈인데, 엑스레이 사진을 보여주며 이게 누군가의 몸뚱이라고 설명을 하는 꼴이다. 하지만 엑스레이 사진만 보고도 윤이형의 상상력이 어떤 성격인가를 짐작할 독자도 적지는 않으리라 본다. 사진이 보여주는 뼈의 윤곽에 살을 입힐 줄 아는 이라면 작품집 전체를 관통하는 작가의 상상력에 굳이 SF적이라는 수식어를 붙일 필요가 없다고 생각할지도 모른다. 상상력은 윤리의식을 전제하지 않는 윤리적 사유의 다른 이름인바, 윤이형의 작품세계가 SF라는 장르에만 국한될 수 없기 때문이다.

SF장르에 지면을 이미 많이 할애했지만 윤이형과 더불어 공상과학적 모티프를 다양한 서술방식으로 녹여내면서 '한국적 현실'과의 접점을 기발하게 확대한 배명훈의 작품을 건너뛴다면 섭섭할 듯하다.[9] 더욱이 나

---

9 이 대목에서 배명훈을 주목하는 이유를 다른 몇몇 작가의 동일 장르물과 간단히 대비하면서 밝혀두는 것이 좋을 것 같다. 예컨대 백민석의 『러셔』(문학동네 2003)는 전형적인 싸이버펑크(cyberpunk)에 속한다. 미래의 디스토피아를 그린 조하형의 『키메라의 아침』(열림원 2004)은 싸이버펑크에 속하지는 않지만 SF장르의 단골 메뉴인 재난 상상력이 발휘된 작품이다. 백민석의 『러셔』는 지구 생태계의 파국이라는 상황을, 조하형의 『키메라의 아침』은 생명공학의 악몽을 암시하는 신종 인류, 조인(鳥人)의 탄생을 배경으로 한다. 『키메라의 아침』은 하이퍼텍스트의 링크방식을 서사형식으로 차용하고 사회비판의식을 가미했다는 점에서 『러셔』와 구분된다. 하지만 두 작품 모두 기술과학 시대의 주제들, 즉 환경오염, 고령화 사회, 유전자 조작 등을 관습적 인물을 통해 낯익은 방식으로 주제화했다는 점에서는 크게 다를 바 없다. 조하형은 또다른 유형의 재난 서사인 『조립식 보리수나무』(문학과지성사 2008)를 선보였고 나름의 의미심장한 시도를 보여주었다. 그럼에도 가령 영화 「블레이드 러너」의 원작으로 유명한 필립 딕의 『인조인간은 전기 양을 꿈꾸는가?』(*Do Androids Dream of Electric Sheep?*, 1968)나 스딸린의 전제정치에 대한 풍자적 SF물인 미하일 불가꼬프(Mikhail Bulgakov, 1891~1940)의 「개의 심장」(Собачье сердце, 1925) 등과 대비한다면 한국형 SF의 정치적 상상력이 아쉬운 형편이다. 조하형과 백민석은 물론 앞서 언급한 듀나나 복거일도 아직 서구 SF 장르의 모방에서 시원히 벗어나지는 못했다는 말이다. 그런 맥락에서도 배명훈의 작품은 소개해볼 만하다.

자신은 배명훈의 왕성한 활약에 비해 주목을 늦게 한 편인데, 작가는 소설집 『타워』(오멜라스 2009) 『안녕, 인공존재!』(북하우스 2010) 『총통각하』(북하우스 2012) 등과 장편 『신의 궤도』(문학동네 2011) 『은닉』(북하우스 2012)을 연이어 펴낸 바 있다. 그중 한국의 정치현실에 대한 장르적 발언이 무엇일까를 생각해보는 데 특히 시사적인 『타워』와 『총통각하』를 집중적으로 살펴보겠다.

두 단편집 『타워』와 『총통각하』는 문제를 제기하고 상상력을 발동시키는 방식에서 엇비슷한 양상을 띤다. 그중에서 『타워』의 특이한 점은 '한국적 현실'에서 왜곡된 방식으로 작동하는 권력의 기제를 다양한 서술기법을 통해 세심하게 드러낸 데 있다. 연작소설 『타워』는 인구 50만의 674층 '건물'인 빈스토크라는 가상의 나라에서 벌어지는 이야기들로서, 여러 사건과 배경의 당대적 함의를 대한민국의 시민이라면 어렵지 않게 추론할 수 있다. 그중 이슬람세계의 테러공격이라는 소재를 가공한 「샤리아에 부합하는」 정도가 전지구적 상황으로 서사의 지평을 확대한 사례에 해당한다. 아무튼 배명훈이 SF소재를 끌어와서 일정한 '경향성'을 띠는 이야기를 만들어낸 건 분명하다.

그렇다고 배명훈의 경향성을 단순히 사회비판으로 받아들여서는 곤란하다. 물론 작품집 말미에 붙인 「『타워』를 읽고」에서 이인화가 지적했다시피 "우리 한국사회의 숨겨진 치부를 헤집고, 지금 이곳의 고통을 가상의 리얼리티로 표현한 사회적 과학소설"임은 분명하다. 가령 뇌물과 청탁이 빈스토크의 정치지형을 어떻게 형성하고 왜곡하는가를 연구하는 한 지식인의 비극적인 자충수를 그린 「동원 박사 세 사람」이나 '용산참사'와 같은 문제에 작가가 어떻게 참여해야 하는가에 대한 고민을 우회적으로 내비치는 「자연예찬」 등은 작가의 사회적 고민을 짐작게 한다. 하지만 『타워』의 장르적 상상력이 정치성을 띤다고 해서 곧바로 작가의 사회의식을 거론하는 것은 좀 단순한 분석일 듯하다. 부패한 권력에 대한 비판의식은 『타워』 서사의 전제조건에 지나지 않기 때문이다. 아무튼 과학

기술의 발전이 반드시 인간성이나 인간다움에 반비례하는 것만은 아님을 설파하는 「타클라마칸의 배달 사고」도 SF적 소재를 훌륭하게 소화한 사례이고, 인간들이 벌이는 정치적 아귀다툼의 실상을 시위진압에 동원되었다가 죽음으로 내몰린 한 코끼리를 통해 되짚어보는 「광장의 아미타불」 역시 『타워』의 정치적 상상력에 다채로움을 더해주는 이야기이다.

다른 한편 『타워』를 통틀어 한국적—사실은 '한반도적'이라고 해야 정확한—현실을 직접 언표하지 않으면서 함축적으로 드러낸 수작은 「엘리베이터 기동연습」과 '부록'인 「카페 빈스토킹」이 아닐까 싶다. 그중 「카페 빈스토킹」은 교통공무원 출신인 화자가 젊은이들에게 자신의 경험을 들려주는 형식으로 이야기가 전개되는데, 수직주의와 수평주의—우리 사회의 이념적 지형도에서 자주파와 평등파의 대립을 떠올리게 하는—어느 하나의 신념체계만으로는 기술주의적 관료주의 및 모험주의가 유발하는 사회문제를 제어할 수 없다는 '교훈'을 이야기하고 있다.

사실 잡일이지 뭐. 직접 근육을 써서 해야 하는 일이고, 특별한 지식이나 자본이 없어도 할 수 있는 일이기도 하고. 그에 비하면 수직운송조합은 완전히 분위기가 달라. 그쪽은 하역하는 애들도 노조라는 말을 잘 안 쓰고 조합원이라 그러거든. 엘리베이터로 실어 올리는 거니까 이쪽은 인력이 중요한 게 아니라 기계 설비가 중요해. 그래서 이쪽이 더 자본가 분위기가 나는 거야. 그에 비하면 수평노조는 말 그대로 노조 분위기고.

그런 것도 잘 모르면서 요즘 애들은 수직주의는 무조건 부자들 이념이고 수평주의는 또 무조건 가난한 사람들 이념인 줄 알아요. 사람 사는 게 어디 수직이나 수평 하나만 가지고 해결이 되냔 말이야. 한쪽에서 엘리베이터로 실어 올리면 그걸 목적지까지 옮겨줘야 제대로 배달이 되지. (114면)

반면에 '『520층 연구』 서문 중에서'라는 부제가 달린 「카페 빈스토킹」은 대중들의 친밀한 공론장──"입소문 네트워크"──이 매스미디어에 장악될 때 권력은 부패하기 마련이라는 진실을 일러주기도 한다.

　「엘리베이터 기동연습」을 비롯한 『타워』의 다른 단편들은 한국사회 특유의 난감한 사회적 모순들을 전혀 다른 공상의 무대로 옮겨서 독자로 하여금 새로운 방식으로 성찰하게 하지만, 『총통각하』에 이르러서는 아예 대놓고 SF적 풍자라는 게 뭔가를 보여주겠다는 듯 결기가 돋보인다. '작가의 말'인 「나의 뮤즈 총통각하」에서 간명하게 밝힌 것처럼 실용이라는 간판을 내걸고 등장한 정권이 5년간 내지른 문제들 자체가 "일종의 창작 지원사업"이고, 그런 사업의 결과물이 『총통각하』라는 것이다. "다른 정부들이 창작자들을 지원한답시고 이런저런 지원금이나 좀 대주고 마는 것과 달리, 이 정부는 창작에 필요한 구체적인 영감들을 거의 원석 그대로 제공했다"(362면)고 한다. 작품 자체의 됨됨이에 대해서는 엄정해야 하겠지만 필자는 배명훈의 이런 호기로운 너스레와 배포가 일단 마음에 든다.

　실제로 실용주의 정부의 파렴치한 통치행태 중 하나인 낙하산 인사를 기발한 반전을 구사해 그리면서 관료사회의 정신적 노예상태를 날카롭게 헤집은 「새벽의 습격」이나, 공권력이 (비)가시적 폭력으로 드러나는 양상을 해부하면서 천안함 침몰사건에서의 온갖 부조리한 법적·행정적 처리 과정을 교묘하게 암시하는 「발자국」, 18대 대선에서 48%에 속한 독자가 읽는다면 진지한 성찰과 함께 더욱 쓸쓸레한 웃음을 짓게 할 「바이센테니얼 챈슬러」 등도 공상과학적 상상력을 현실풍자와 접목한 좋은 사례이다. 뿐만 아니라 『타워』에 수록된 「광장의 아미타불」과 연결되는 「고양이와 소와 용의 나라로부터」를 읽어보면 비장하거나 무겁지 않고, 그렇다고 시답잖거나 경박하지도 않은, 단단하게 여문 시민의식을 재미있는 이야기를 통해 느낄 수 있다. 그런가 하면 『타워』에 수록된 「동원 박사 세 사람」의 자매편 격인 「초록연필」의 경우 가진 자의 탐욕을 응징하는 현대적 우화로 읽는 것이 가능하고, 2010년대식 후일담인 「혁명이 끝났다고?」 같은 단편은 「초록연필」이 단순히 순간적으로 반짝하는 발상의 산물만은 아님을 말해주고 있다.

『타워』와 『총통각하』는 이처럼 시의적 풍자의 성격이 강한 작품집이다. 하지만 그중 몇몇 단편들은 특정 정권의 실정(失政)이라는 맥락에 대입하지 않고도 충분히 재미있고 의미 생산이 가능한 이야기이다. 빈껍데기로 전락할 위기에 처한 한국 민주주의의 현 상황에 대한 예민하고도 감각적인 해부이기에 (딱히 SF에 국한되지 않는) 이런 작품을 읽으면서 독자는 배명훈의 장르적 상상력이 제공하는 유쾌한 웃음과 비판적 성찰의 시간을 누릴 수 있을 것이다.

4. 마니아로서의 작가와 독자

서사의 관습과 방식이 상이한 장르들 간의 교접이 활발해질수록 능동적인 독서가 요구되는 것은 당연한 일이다. 그런데 그런 읽기에 관한 한 '일반독자'라는 존재는 특히 주목함직하다. 문학작품을 비롯한 다양한 장르의 문화적 텍스트를 집착적으로 수용하는 '소비자'를 마니아와 오타쿠로 분류할 수 있다면[10] 그 중간쯤 어딘가에 존재할 일반독자야말로 마

---

10 마니아와 오타쿠는 그 어원이 말해주듯이 영미권과 일본이라는 특정 국가에 문화적 배경을 갖는 개념이다. 특히 마니아는 세계적 보편성을 띨 정도로 국가의 경계선을 넘나드는 소비자의 체험을 확보한 개념이라고 해야 할 듯하다. 마니아와 오타쿠를 분별하는 데는 양자의 경험을 모두 해본 듯한 권리의 다음과 같은 구절을 참조할 만하다. "일단 '오타쿠'는 시야가 좁아. 가령 '마니아'는 여러가지 햄버거를 다 좋아하면서도 특히 고기 버거를 좋아하지만 오타쿠는 버거 중에서 고기만 좋아하는 부류라고 생각해. 오타쿠는 집착하기 때문에 위험한 존재들이야. 무엇인가를 좋아해서 미친다는 것은 이미 이성의 힘을 벗어난 행위지. 만약 햄버거 때문에 학교에 가지 못할 정도가 되면 그 사람은 오타쿠야. '넌 왜 전쟁사에 관심이 많니?', '넌 왜 낚시를 좋아하니?'라고 묻는다면 우문(愚問)이야. 대답하는 사람의 의지와는 상관없는 문제니까. 오타쿠들은 자신의 의지로 좋아하는 것을 선택했지만 거기에서 빠져나오는 것은 의지로 하기 힘들어. 담배 끊는 일처럼."(권리 『사이코가 뜬다』, 한겨레출판 2004, 158면)

니아와 오타쿠 양자의 편향을 교정할 수 있는 적절한 입지에 상대적으로 (적어도 이론적으로는) 가까이 있기 때문이다. 그런 독자들과 의견을 나누는 비평이 장르문학의 건강한 성장을 위해서 반드시 필요함은 두말할 나위 없겠다. 더욱이 마니아와 오타쿠를 겨냥한 문화생산이 확대됨에 따라 일반독자의 입지는 세계적으로 점점 좁아지는 추세가 아닌가.

물론 하나의 장르에 대한 배타적인 태도나 관심도 장르문학 '들'의 발전에 도움이 될 수 있고 그 과정에서 의미심장한 텍스트가 창출될 수 있음을 부정해서는 안된다. 세 유형의 독자를 무 자르듯 나눌 수 없는 경우도 흔하고, '해석의 공동체'에 전문주의 나름의 기여도 있기 마련인 것이다. 다만 일반론 차원에서 일반독자, 마니아, 오타쿠 가운데 어느 하나에 집착하는 태도만으로는 가치판단과 사유의 지평을 확대하는 비평은 요원하다는 사실을 새겨둘 만하며, 특정 분야에 대한 전문성을 더 키우기 위해서는 마니아나 오타쿠조차도 장르의 경계를 자유롭게 넘나들며 자신의 전문주의에서 탈피할 필요가 있을 것이다. 마니아 및 오타쿠의 세계를 이해하고 그들과의 접점을 넓힐 수 있는 일반독자가 중요해지는 것은 이런 맥락에서다.

그렇다면 창작자가 바로 그같은 문화소비자, 즉 마니아나 오타쿠의 관점 또는 경험에 바탕을 두고 써낸 작품은 어떻게 판단해야 할까? 실제로 특정한 문화예술 분야에 대한 전문가적 지식을 창작에 활용하는 작가들이 근년 들어 부쩍 눈에 띈다. 물론 이때도 기억할 점은 특정 작가가 마니아적 내지는 오타쿠적 경향이 있다고 해서 그의 작품마저 장르문학이 게토화된 증거로 예단할 일은 아니라는 사실이다. 아무튼 현재 우리 작단에서 마니아적 감각을 발랄하게 발휘하는 작가들 가운데서 김중혁을 빼놓을 수는 없을 것이다. 첫 작품집『펭귄뉴스』(문학과지성사 2006)에서 그는 경쾌하되 경박하지 않고 진지하되 무겁지 않은 필치로 자기만의 개성적인 상상력을 펼쳐보인 바 있다. 등단작이자 표제작인「펭귄뉴스」는 얼핏 토머스 핀천의『제49호 품목의 경매』(*The Crying of Lot 49*, 1965) 풍으로, 비트로 표상되는 '삶의 다양성과 약동성'을 파괴하려는 획일주의 세력에 맞선 한 비정규직 청년의 모험을 흥미진진하게 그리고 있다. 「펭귄뉴스」는 이후 김중혁 서사의 원형을 이룬다는 점에서 주목할 만한 작품인데, 근대 도시의 따분하고 지루한 일상을 관념으로 얼버무리지 않으면서 놓치기 쉬운 '사물들'의 이면을 집요하게 파고든다. 「무용지물 박물관」이나 「에스키모, 여기가 끝이야」 등도 '삶으로서의 비트'가 실린 '펭귄뉴스'를 퍼뜨리려는 노력의 산물이다. 원본과 복사본의 경계를 흐리는 기술복제시대와 삶의 어떤 본원적 감각을 훼손하는 근대주의에 대응하는 김중혁의 감각은 이들 단편에서도 싱싱하다.

후속작인 『악기들의 도서관』(문학동네 2008)은 그러한 전작들에 비해서 한결 단순해지면서 생활에의 밀착이 공고해졌고 음악이라는 장르에 대한 주제 집중도 한층 높아졌다. 그렇다고 전작에서 다양한 방식으로 선보인 음악 마니아적 색채가 옅어진 것은 아니다. 가령 책 뒷부분에 소설집을 카세트 음악테이프에 빗대고 작품을 곡목으로 써넣은 그림이야 작가의 귀여운 재치일지 모르지만 작품을 읽어나가노라면 하나의 주제음이 변화무쌍하게 변주되는 음악으로서의 작품을 작곡했다는 인상이 든다. 고(故) 김소진에게 바치는 독특한 헌사이자 그의 문학에 대한 빼어난 해석이기도 한 「무방향 버스—리믹스, '고아떤 뻥덕어멈'」 한편을 제외하면 『악기들의 도서관』에 실린 6편 모두는 예술, 좁게는 음악과 연관된다. 표제작인 「악기들의 도서관」을 비롯해 연주회에서의 '생음악'을 사실상 거부하는 한 피아니스트와의 만남을 다룬 「자동피아노」, 오르골(orgel, 태엽이 돌면서 저절로 음악이 나오는 장난감 악기) 매뉴얼을 둘러싼 이야기가 끼어듦으로써 음악이라는 화두로 돌아가는 「매뉴얼 제너레이션」, 광적인 음반수집가를 만나 곤혹을 치르는 디제이 지망생의 이야기인 「비닐광 시대(vinyl狂 時代)」, 음반매장에서 '알바'하는 '나'의 이야기인 「나와 B」, 공연기획자가 화자로 나오는 「엇박자 D」 등은 모두 음악을 매개로 구성된다. 백수 청년들이 뜻하지 않게 행위예술가로 변신하는 포스트 IMF시대의 일상을 다룬 「유리방패」는 예외인 셈이지만, 넓게 보면 이 작품 역시 '음악소설'의 색다른 변주에 해당한다.

그런데 김중혁의 『악기들의 도서관』이 단순히 마니아적 감각의 산물만은 아니라고 느껴지는 데는, 독특한 방식으로 예술에 투신하는 각각의 인물들 못지않게 그런 인물들과의 만남을 거리를 두고 반추하는 화자의 존재가 결정적이다. 예술에 연루된 인물은 거의 모두가 마니아나 감식가로서의 예술가에 가깝다. 화자는 대체로 예술가들의 전문적인 세계에 공감하기도 하고 때로는 반발하기도 하는 아마추어이다. 마니아로서의 예술가들은 한결같이 제도와 관습으로서의 예술을 부정하는 반면, 화자로 등장하는 아마추어 일상인은 이들의 급진적인 견해에 완전히 공감하지 못하고 어정쩡한 태도를 취한다. 그 과정에서 예술에 대한 근본적인 물음이 제기된다. 「매뉴얼 제너레이션」에서 주목할 바도 물음이 제기하는 참신함이다.

「매뉴얼 제너레이션」은 제품의 매뉴얼 만들기가 얼마나 어려운가를 토로하는 것으로 시작한다. 화자는 매뉴얼 제작사의 사장이자 매뉴얼 마니아다. 하지만 그는 아무리 정교하게 작성한 매뉴얼이라 할지라도 보통사람들이 거기서 '작품의 감동'을 느끼리라고 기대하지는 않는다. 그도 인정하듯이 "매뉴얼을 읽고 감동을 받는 종류의 사람을 정상적이라고 생각할 수는 없다. 감동이라는 것은 지극히 개인적인 차원의 감정이지만 세상에는 상식적인 감동이라는 게 있는 법이니까 말이다."(52~53면) 그러나 화자 자신은 완성도가 높은 매뉴얼에서 감동을 느끼는 사람이다. 이 점 역시 상식적으로 이해 못할 바 아니다. 누구나 자신의 일에 애착이 있다면 자기가 만들어낸 물건에서 기쁨을 느끼는 것은 당연할 테니까.

그렇다면 그러한 공감의 문제를 좀더 확장하면서 근대세계에서의 예술의 의미를 예각적으로 제기하는 작품을 살펴보자. 가령 「자동피아노」에 등장하는 영화음악가 비토 제네베제와 「비닐광 시대(vinyl狂 時代)」의 불법음반 제작자에 얽힌 이야기가 그러하다. 「자동피아노」의 제네베제는 음악을 연주하는 사람임에도 불구하고 "모든 소리들이 너무 가깝게 들리고 음악을 만들어내려는 피아니스트들이 너무 많"아서(13면) 연주회 자체를 기피한다. 「비닐광 시대」의 음반제작자는 음반을 만드는 사람임에도 불구하고 "음악을 느끼지는 않고, 그걸 잘라서 써먹을 생각만 하는"(95면) 디제이들에 대해 격렬한 증오심에 사로잡혀 있다. 「자동피아노」는 피아니스트인 화자가 '비토 제네베제의 삶과 피아노'라는 다큐멘터리를 우연히 보고 그 주인공과 전화한 일을 회상하는 형식으로 되어 있다. 반면에 「비닐광 시대」는 공연용 음반을 구입하려던 화자가 음반매장에서 한 남자와 만나서 벌어지는 사건을 들려준다. 이처럼 전혀 다른 인물이 등장하는 별개의 이야기임에도 두 단편은 사실상 동일한 전언(傳言)을 담고 있다.

그중 「비닐광 시대」에 집중해보자. 화자가 음악 자체를 다시 생각하게 되는 계기는 음반이 소장된 지하실에 3일간 갇히면서부터다. 작품의 전언은 논쟁의 형식을 띠는바, 그것은 주로 '진정한 예술'을 둘러싼 대립으로 격화된다.

"내가 아주 좋아하는 노래가 있어. 〈피버〉라는 곡인데, 모르나? 유명한 노래야. 술집에 가면 꼭 신청을 하지. 한번은 술집에 앉아서 그 곡을 신청했는데 말야, 무슨 일이 있었는지 알아? 술집 주인이 원곡 대신에 어떤 디제이 녀석이 리믹스한 걸 틀더라고. 원곡의 느낌을 완전히 망가뜨려놓고는 온갖 기교만 자랑하더란 말이지. 빌어먹을, 그런 걸 음악이라고 생각한단 말야. 그때 내 심정이 어땠는지 모를 거야. 가슴이 찢어지는 줄 알았어. 그 음악처럼 내 마음도 다 찢어졌다고. 너 같은 디제이 놈들이 내 음악을 다 망쳐버렸단 말이야."

"새로운 음악이 필요한 시대가 온 겁니다."

"웃기고 있네. 새로운 음악? 그게 새롭다고 생각해? 디제이들 연주를 한번 들어보라고. 이 노래에서 조금 훔치고, 저 노래에서 조금 훔치고,

심심하면 스크래치 한번 해주고, 뒤섞고 섞고, 베껴서, 자신의 이름으로 음반을 낸단 말야. 얼굴을 갈겨버리고 싶어."

"그것도 나름대로 음악을 사랑하는 방식이에요. 그래서 결론이 뭡니까. 세상의 모든 디제이들을 다 죽여버릴 겁니까?"(94~95면)

표면상 예술의 새로움을 둘러싼 논쟁처럼 비치는 이들의 '대화'에서 작가가 어떤 편에 서 있는가는 중요하지 않다. 보수적인 예술옹호론자를 극단주의자로 설정해 상대적으로 더 비판하는 것 같지만 뜯어보면 그렇게 간단치만은 않다. 보수와 진보를 넘어서서 이 논쟁은 과연 음악이란 무엇이며, 음악이 새롭다는 것은 또 어떤 의미인가를 독자로 하여금 묻게 만들기 때문이다. 따라서 골수 전통주의자에 대한 야유나 풍자가 전부는 아니다. 오타쿠와 마니아의 대립이라는 관점에서 읽을 수도 있는 이 대목의 핵심은, 풍자와 야유를 넘어서서 "새로운 음악이 필요한 시대"를 생각할 때 '새로움'이란 과연 무엇인가라는 점이다.

이 대화를 더 따라가보자. '나'는 차디찬 음반창고에 버려지고 거기서 정신을 잃게 된다. 나중에 구조된 '나'는 감금으로 인한 정신적 충격 때문에 디제이를 그만두게 된다. 회복한 이후 '나'는 그 사건을 이렇게 반추한다.

나는 바닥에 쭈그리고 앉아 음반들을 한장씩 넘겼다. 이건 정말 세상에서 하나뿐인 음악들일까. 이 사람들의 음악은 그저 하늘에서 뚝 떨어진 것일까. 나는 그렇게 생각하지 않는다. 새로운 것은 어디에도 없다. 누군가의 영향을 받은 누군가가 그 수많은 밑그림 위에다 자신의 그림을 그려나가는 것이다. 그 누군가의 그림은 또다른 사람의 밑그림이 된다. 우리는 모두 보이지 않는 여러 개의 끈으로 연결돼 있다. 그러므로 우리들은 모두 어느 정도는 디제이인 것이다. (104면)

화자가 도달한 이런 인식을 포스트모더니즘의 전유물인 '원본'의 탈신비화와 연관짓는 것은 말장난이기 십상이다. "새로운 것은 어디에도 없다"는 단언이 새로움과 독창성에 대한 작가의 의지를 부정하지 못할뿐더러 고루한 전통의 찬미는 더더욱 아니기 때문이다. 새로움에 대한 부정은 어떤 의미에서는 예술가의 진정한 겸손이랄 수 있다. 그러나 이런 대목을 읽을 때 정작 새겨볼 점은, 예술에서의 새로움이라는 것이 "우리는 모두 보이지 않는 여러 개의 끈으로 연결"된 결과라는 인식이다.『악기들의 도서관』의 전체를 관통하는 일관된 작가적 정신이라는 것이 있다면 바로 이런 인식이 아닐까 싶다. 김중혁의 최근 행보, 특히『좀비들』(창비 2010) 같은 장편에서도 아직 근대적 일상과의 전면 대결로 깊어지는 지경까지는 나아가지 못했고 근대주의에 대한 문학적 '항체'를 충분히 발현하지는 못했다 하더라도,[11]『악기들의 도서관』에서 김중혁이 마니아적 감각으로 들려준 '비트'로서의 작품이 갖는 가능성에 대해 부정적으로 예단할 일은 아니라고 본다. 모든 것이 상품화의 운명을 피할 수 없게 된 오늘날, 예술에 대한 숭배와 비하가 어떤 의미에서 새로움의 허위의식과 연관되는가를 일상의 잔잔한 깨달음을 통해 들려주는 작가의 정진에 더욱 기대를 걸고 싶다.

5. 대중문화의 장르적 활용과 추리의 미로들

추리·미스터리 소설이 빠진 장르문학론, 뭔가 허전하지 않을까? 시쳇말로 '앙꼬' 없는 찐빵이나 진배없지 않을까? 우리 작단에서 추리소설을 다른 장르서사와 표나게 결합한 사례 중에는 노희준의『킬러리스트』(랜덤

---

11 김중혁의 장편『미스터 모노레일』(문학동네 2011)과 소설집『1F/B1 일층, 지하 일층』 (문학동네 2012)을 읽지 못한 상태에서의 (불확실한) 판단인데, 앞으로 보완하고자 한다.

하우스코리아 2006)도 포함될 듯하다. 여기서 작가는 연쇄살인범 추적이라는 스릴러와 항일빨치산의 행적에 관한 역사적 증언을 하나의 서사적 틀로 묶었다. 두개의 뚜렷하게 구분되는 장르서사, 즉 정신분석담론이 가미된 추리·스릴러 장르와 역사소설 양식을 결합한 것이다. 작가의 역사의식을 뭐라 규정하기 어렵지만 작품 자체는 항일빨치산의 행적을 추리물을 위한 단순한 재료로밖에 취급하지 않는 것은 분명하다.[12] 한편으로는 다중인격의 연쇄살인범을 추적하는 이야기가, 다른 한편으로는 1930년대 항일빨치산들의 잊힌 진실을 재현하는 이야기가 병치되고 습합된다. 문제는 두 상이한 서사의 결합방식이다. 역사적 진실의 재현이라는 문제를 스릴러라는 장르서사와 연결함으로써 새롭게 접근하려는 시도는 높이 사줘야 한다고 보지만 연결의 이음새는 땜질자국이 역력하다. 『킬러리스트』는 장르 융합실험의 예비단계에 머물러 있다는 판단이다.

그런 단계에서 벗어나 대중문화의 다양한 소재를 자유자재로 주무르면서 추리소설의 기법을 한껏 활용하는 작가를 한명만 꼽으라면 최제훈을 들어야 하겠다. 최제훈은 지금까지 소설집 『퀴르발 남작의 성』(문학과지성사 2010)과 장편 『일곱 개의 고양이 눈』(자음과모음 2011)을 독자에게 선보였다. 먼저 『일곱 개의 고양이 눈』에 대한 소감에서 시작해보자.

아, 그런데 어디서 시작해야 할까. '이야기'를 빼면 아무것도 없는 소설이니 말이다. 최제훈이 들려주는, 아니 셰에라자드가 속삭이는 듯한 장편 『일곱 개의 고양이 눈』을 읽으면서 코바야시 마사끼(小林正樹, 1916~1996)의 영화 「하라끼리(腹切)」(1962)를 떠올릴 법도 하다. 양파처럼 한 꺼풀씩 이야기가 벗겨지면서 드러나는 결정적 진실 '들'―사무라이의 명예가 허울과 위선으로 전락했음을 폭로하는 서사와 그럼에도 사무라이의 명예를 막부 체제의 도덕적 이념으로 포장하려는 서사―이 서로 팽팽한 연쇄를

---

12 작품 끝에 붙은 이현우의 평문 「죽이는 자와 죽임을 당하는 자」는 바로 이 점을 높이 평가했다.

이루면서 독자의 시선을 사로잡는 영화이다. 17세기 초반 에도막부 시대의 은폐된 시대상뿐만 아니라, 오늘날 궁핍한 경제현실에서 현대인들도 한번쯤은 고민해보았을 법한 '생존의 윤리'까지 비치는 이 영화와 비교해볼 때 『일곱 개의 고양이 눈』의 긴장감은 '시간 죽이기'에 속한다는 인상을 준다. 현란한 공중제비가 시도 때도 없이 나와서 시간 가는 줄 모르고 읽게 되지만 나중에 되짚어보면 이야기의 미로에 갇혀 시간을 보냈다는 것 말고는 거의 어떤 '사건'에도 '의미'를 부여하기 어렵다는 것이다.

그런데 이러한 점은 작가 자신이 구사한 서사적 전략의 일부이기도 한 것 같다.

> 『일곱 개의 고양이 눈』은 말이죠. 내용이 끊임없이 변하는 책이에요. 누군가가 책 속에 자신을 유폐시켜놓고 계속 새로운 이야기를 써나가고 있는 거죠. 마치 유령이 변주하는 변주곡처럼. 백과사전에서 찾아본 원주율에 대한 설명이 이러한 추론에 단서를 제공해주었죠. '초월수 π는 소수점 아래 어느 자리에서도 끝나지 않고 무한히 계속되며 반복되지 않는다.' 무한대로 뻗어나가지만 결코 반복되지 않는 이야기 사슬, 가장 단순한 폐곡선인 원을 규정하는…… (361면)

이러한 (선수 치는) '작가의 변'이 있는데도 필자가 '의미' 운운한 것은 일종의 문학주의적 행태라고 비판받을 수도 있을 것이다. 그러나 의미도 의미 나름이 아닐까. 『일곱 개의 고양이 눈』은 시장의 독자들을 사로잡기 위해 투입한―사실상 써스펜스의 곡예라고 정의하는 것이 더 정확한― '의미' 외에는 아무것도 없다고 해도 지나친 말이 아니다. 하기는 '근대문학'이라는 것도 이젠 종쳤다는 풍문이 떠도는 평단 일각의 사정은 차치하더라도 '어차피 시장에서 팔리는 상품인 소설에서 뭘 더 바란다는 것인가, 장르소설이라는 게 원래 그런 게 아니던가'라는 식의 장르주의자들(=장르문학 애호가들)의 씨니컬한 반문을 이 대목에서 예상해볼 수도 있겠다. 그런 반문에 대해서는, 소설집 『퀴르발 남작의 성』을 읽은 소감으로 대응하는 수밖에 없을 것 같다.

장편 『일곱 개의 고양이 눈』에 대해서는 박한 평가를 내린 셈이지만 『퀴르발 남작의 성』은 좀더 세심한 읽기와 평가가 요구된다. 물론 다종다 양한 대중문화의 아이콘들—드라큘라, 셜록 홈즈, 프랑켄슈타인, 중세의 마녀, 신화적 인물 등등—을 서사의 지형에 절묘하게 배치하여 이야기 를 끌어가는 솜씨는 최제훈이 장편에서도 선보인 것이다. 하지만 절제가 미덕인 단편 특유의 집중성이 발휘되는데다가 거의 주체할 수 없는 듯한 작가의 백과사전적 지식도 그런 집중성에 기여하는 까닭에 뭔가 읽는 재 미가 달라지는 것 같다.

『퀴르발 남작의 성』을 조감하면 서사의 지형은 크게 두 갈래로 나뉜다. 한 갈래는 「셜록 홈즈의 숨겨진 사건」「마녀의 스테레오타입에 대한 고 찰—휘뚜루마뚜루 세계사 1」「괴물을 위한 변명」 등 기존 서사를 재활용 해서 작가 특유의 해석을 가미한 단편들이고, 다른 한 갈래는 「그녀의 매 듭」「그림자 박제」「마리아, 그런데 말이야」 등으로 기존 서사에 의지하 지 않고 주제를 정공법으로 요리한 단편들이다. 기존 서사를 재활용한 전 자의 단편들은 재활용 과정에서 '원료'를 이리저리 비틀어 새로운 각도로 고전의 의미를 생각하게 하는 재미가 있는 반면, 기존 서사에 의존하지 않은 후자의 단편들은 원조교제, 기러기아빠 등 우리의 사회적 현실과 함 수관계를 맺으며 인간의 이상심리에 대한 날카로운 분석의 빛을 발하고 있다. 이렇게 보면 표제작 「퀴르발 남작의 성」은 이 두 경향의 중간쯤 어 딘가에 속해 있다. 「쉿! 당신이 책장을 덮은 후……」는 일종의 독자서비 스 같은 건데, 역시 자제가 안되는 작가의 이야기 충동이 만들어낸 '계륵' 에 해당한다. 소설집에서 최제훈 서사의 매력을 대표하는 단편을 하나만 고르라고 한다면 표제작인 「퀴르발 남작의 성」을 꼽음직하다.

'퀴르발 남작의 성'은 최제훈이 만들어낸 가상작가의 가상소설인 동시 에 가상영화의 제목이다. 30페이지 남짓한 단편에 무려 열두개의 '컷'을 배치해 이야기를 끌어가는 솜씨도 솜씨려니와, 소설 속 영화로 각색되는 과정에서 변용되는 원작 '퀴르발 남작의 성'에 대한 다채로운 비평적 해석들은 가히 다성성(多聲性)의 화려한 현시라 할 만하다. 그런 해석을 내놓는 다양한 허구의 인물들, 즉 대학강사, 출판사 편집장, 영화감독, 인터넷 블로거, 영화제작자, 영화배우, 신문기자, 일반 시민 등의 발언은 다채로운 방식으로 하나의 서사적 초점을 부각하고 있다. 가령 일본과 미국에서 각기 리메이크된 영화에 대한 상반되는 비평적 견해도 그런 것 중 하나다. 1953년에 원작소설을 처음으로 영화화한 에드워드 피셔의 '퀴르발 남작의 성'을 2004년의 시점에서 리메이크했다는 나카자와 사토시의 인터뷰 가운데 이런 말이 나온다.

영화를 본 후 원작소설도 어렵게 찾아 읽었는데, 영화 분위기와는 또 다른 그로테스크한 매력이 있었다. 이 소설이 나온 것은 1932년, 미국이 대공황의 소용돌이 한가운데 빠져 있을 때였다. 작가 미셸 페로의 눈에 자신의 팽창을 주체하지 못하고 터져버린 자본주의는 출구 없는 암흑으로 보였을 것이다. 체제를 유지하기 위해 끊임없이 욕망을 재생산할 수밖에 없는 자본주의를 페로는 퀴르발 남작의 성으로 형상화했다. 양상은 바뀌었을지라도 그 본질은 지금도 마찬가지다. 서서히 다가와 목을 조르는 검은 형체가 바로 자신의 그림자라는 사실을 확인하는 순간보다 더한 공포가 있을까? (18~19면)

그렇다면 1953년에 리메이크된 영화에 대해서는 어떤 해석이 가능할까? 제임스 허스트라는 기자는 "호러영화의 진화──「퀴르발 남작의 성」"이라는 기사에서 다음과 같이 쓰고 있다.

그렇다. 「퀴르발 남작의 성」은 바로 독재자에 의해 폐쇄적으로 운영되는 공산주의 체제를 상징하고 있다. 국민의 피를 통해 한 사람의 독재자가 무소불위의 권력을 휘두르고, 권력을 나눠받은 소수의 간부가 독재자를 보좌하는 저 철의 장막 속 집단이 아닌가! 이러한 암시는 영화 곳곳에서 발견할 수 있다. 남작이 즐겨 입는 붉은 조끼는 새삼 거론할 필요도 없거니와, 카밀라가 성의 지하실에서 발견한 중세 흑마술 문서들은 마르크스와 엥겔스의 『공산당 선언』이자 『자본론』이자 레닌의 『제국주의론』이 아니고 무엇이겠는가. 남작이 흑마술을 이용해 젊음과 권력을 영속적으로 유지하듯이, 허무맹랑한 이론서를 바이블처럼 내세워 현실을 호도하고 민중을 착취하는 공산주의의 본질을 고발하는 대목이다. (38면)

각각이 제법 그럴듯하게 들리지만 2004년 일본과 1953년 미국에서 생산된 문화상품에 대한 이러한 의미부여는 시대현실을 추종하는 저널리즘의 판에 박힌 해석이다. 작품을 찬찬히 되짚어 읽다보면 그 어느 것도 「퀴르발 남작의 성」에 대한 결정적인 비평이 될 수 없음을 알게 된다. 자, 그렇다면 작가가 궁극적으로 드러내고자 — 또는 은폐하고자 — 하는 바는 뭔가?

온갖 상상의 자료들을 짜깁기하면서 서사를 이끌어온 「퀴르발 남작의 성」은 두 장면을 차례로 제시하는 것으로 끝이 난다. 하나는 1897년 6월 9일 프랑스 크뢸리라는 지역에서 미셸 페로의 할머니가 원작소설을 쓰게 되는 페로를 비롯한 손주들에게 들려준 옛날이야기로 구성된다. 다른 하나는 그로부터 정확히 이백년 전인 1697년 그날 같은 지역에서 "퀴르발 남작이 애들을 데려다가 추잡한 짓을 한다"는 추문에 얽힌 사연인데, 그 사연은 그렇게 흉흉한 소문이 난 곳임에도 굶주림을 못 견뎌 남작의 성을 찾아갈 수밖에 없는 르블랑 부부와 딸 카트린느의 대화로 이뤄진다. 후자는 이야기의 근원인 민중의 궁핍한 현실을 환기하고 있다면, 전자는 해피엔딩으로 마무리되는 동화라는 것도 이야기가 그냥 허구만이 아니라 바로 그런 현실에서 각색에 각색을 거듭한 결정물임을 암시하고 있다. 최제훈의 의도가 뭔지 규정할 수는 없지만 단편 자체는 꽤 현란한 서사적 곡예 끝에 이야기의 근원과 진화과정에 대해 의미심장한 통찰을 내놓고 있다. 한마디로 「퀴르발 남작의 성」은 이야기의 '규칙'을 만들어내는 민중적 현실의 일면과, 이야기가 되풀이되면서 장르화되는 현상을 교묘하게 드러내면서 우리 당대의 문화현실과 접속하는 작품이다.

최제훈의 이러한 장편, 단편을 읽으면서 온갖 볼거리, 읽을거리가 넘쳐나는 이른바 후기자본주의의 문화산업 현장에서 이야기란 도대체 무엇인가를 다시 생각하게 된다. 과연 '이야기'가 진화를 거듭하고 있는 첨단의 시각매체와 경쟁해서 살아남을 수 있을까? 생존하기 위해서 팔릴 수 있는, 또는 마니아·오타쿠 독자의 눈높이에 맞추는 서사전략으로 승부해도 되는 것일까? 이제 우리 사회에서 손주들에게 옛날이야기를 들려주는 미셸 페로의 할머니 같은 존재가 거의 멸종되었다는 사실은 또 뭘 말해주는가? 물음들이 꼬리를 물면서 미궁으로 빠져드는 듯한 느낌이다. 그러나 문학은 소멸될지라도 '이야기'만은 인간과 운명을 같이할 것이고 그렇게 운명을 같이하는 한 지금까지 우리가 알고 있는 문학과는 다른 방식으로 이야기가 '문학적으로' 진화하는 미래도 예상해봄직하지 않을까? 최제훈의 장편·단편이 그러하듯이 그런 진화의 결과가 어떨지는 미래시제에 속할 테지만 말이다.

6. 칙릿의 진화

SF와 장르들의 교접, 마니아로서의 작가, 대중문화의 서사적 활용 등은 장르문학 비평에 딱 맞는 주제이지만 우리의 작단을 염두에 둘 때 또 하나 빠뜨릴 수 없는 장르가 있다면 바로 칙릿이 아닐까 싶다. '영계'의 속어 chick과 문학 literature의 합성명사인 칙릿은 젊은 여성을 겨냥한 영미권 소설을 가리키는 신조어이다. 그런데 장르의 발전 또는 진화에서 이런 칙릿의 가장 확실한 고전적인 선례가 있으니, 영문학에서 칙릿의 고전이라 한다면 '짝짓기'의 대가요 풍속묘사의 달인이라는 제인 오스틴의 『오만과 편견』(*Pride and Prejudice*, 1813)만 한 물건도 없지 않을까 생각한다. 수많은 아류 오스틴의 등장과 함께 한국의 문학시장에서도 하나의 독립적인 장르를 형성할 정도로 칙릿은 대량으로 출하되고 있다.

칙릿 역시 일부 독자에게 특히 강하게 호소하는 일정한 서사적 규칙과 관습을 내장하고 있다. 가령 화자이자 주인공은 거의 언제나 1인칭이며 미혼이다. '백조'(여성실업자)도 없지는 않지만 대개 '나'는 도시에 거주하며 번듯한 전문직에 종사한다. 따라서 부모로부터 이미 독립한 경우가 대부분이다. 주체인 '나'는 다양한 문화소비의 화신으로─또는 명품이나 사회적 지위를 갈구하면서─다채롭고도 개방적인 애정편력을 보여준다. 그 과정에서 파편화된 현대 가족의 의미나 결혼의 굴레에서 자유로울 수 있는 여성의 독립이 양념처럼 뿌려지기도 한다. 물론 이런 모든 요소들은 한국사회에서 여성이 획득한 사회적 위상을 반영하는 문화현상이라고 말할 수 있겠다. 실제로 '여자생활백서'로서의 칙릿은 여성학 전공자에게도 매우 흥미로운 분석대상이 될 듯하다.

지금까지 여러 신예 여성작가들이 칙릿에 해당하는 작품을 내놓았지만 칙릿의 자기진화를 실제로 예시한 하나의 모범으로는 정이현이 가장 괄목할 만하다. "장르문학 고유의 성취는 게토화된 장르문학 자체의 극복에 다름아니다"라는 나의 선언이 헛말이 아님을 확인해준 점에서도 그러하다. 소설집 『낭만적 사랑과 사회』(문학과지성사 2003), 장편 『달콤한 나의 도시』(문학과지성사 2006), 소설집 『오늘의 거짓말』(문학과지성사 2007), 장편 『사랑의 기초─연인들』(톨 2012)을 순차적으로 읽어볼 때 그 발전양상을 명확하게 확인할 수 있다.〔장편 『너는 모른다』(문학동네 2009)는 추리적 기법을 도입한 새로운 서사적 시도이고 최근에 『창작과비평』(2012년 여름호~2013년 봄호)에 장편 『내 모든 것』을 연재했는데, 아직 정이현의 성취는 단편에 집중되어 있는 것 같다.〕

필자는 정이현의 첫 소설집 『낭만적 사랑과 사회』에 대해 "자본이 물화(物化)한 일상이 인간 자체를 가려버린다"고 한 바 있다.[13] 그런 언술 대신 '모든 것이 상품화된 자본주의 일상 자체를 소비하는 다양한 형태의 여성들이 전면에 나선다'로 표현하는 것이 더 나았을 법하다. 아무튼 그중에는 악녀 또는 요부의 행적을 그린 「트렁크」나 「순수」 같은 단편도 끼여 있지만 역시 작품집에 가장 칙릿적인 색깔을 부여하는 것은 표제작 「낭만적 사랑과 사회」를 비롯해 「소녀시대」 「이십세기 모단 걸」 같은 단편들이다. 모든 구속을 벗어던진 '영계들'의 발칙한 자유를 다양한 화법으로 재현하는 정이현의 특기는 한 울타리에 거주하지만 철저하게 각자인 서울 강남 중산층 가족의 실태와 속물의 윤리가 판치는 어른의 세계를 조롱하듯 풍자하는 데서 발휘된다. 『낭만적 사랑과 사회』의 주된 매력도 거기에 있다. 그렇다면 정이현이 써낸 칙릿의 진화 양상을 표본적으로 보여주는 작품을 하나씩 뽑아서 논해보는 것도 좋을 듯한데, 「소녀시대」(『낭만적 사랑과 사회』)와 「어금니」(『오늘의 거짓말』)를 연속선상에 놓고 읽어보자.

「소녀시대」(2003)는 제목 그대로 강남 "55평 8억5천"짜리 미도아파트에 사는 17세 소녀의 '전성기'를 기록한 일기 형식의 이야기이다. 20세 처녀와 바람난 국립대 교수, 지루한 일상을 문화활동으로 소비하는 가정주부를 부모로 둔 여고생이 소설의 화자이다. 개념 없는 한 여고생의 정신 풍경에는 십대 눈에 비친 강남 중산층의 속살이 여지없이 까발려져 있다. 그런 까발림에는 어떤 교훈적인 메시지도 찾아보기 어렵다. 바로 그 점이 칙릿장르에 속하는 이 단편의 매력이라면 매력이다. 하지만 그 매력도 삼십대에 막 접어든 작가가 자신의 고교시절을 돌아보고 그 시절의 발랄한 치기를 요모조모 도발적으로 상상해보는 데서 발산된 것이다. 뒤집어보면 그런 솔직함은 책임감과 양립하지 못하는 '미성년'의 허가받은 일탈에 불과하다. 가령 이 단편에서 극적인 사건이 해결되는 방식만 해도 그렇다.

---

13 졸고 「감수성과 비평적 판단」, 『근대 극복의 이정표들』(창비 2007) 182면.

사건은 주인공이 자동차 수집광인 남자친구에게 차를 선물하기 위해 '남친'과 합작하여 연출하는 유괴극이다. 결국 그녀는 부모로부터 돈을 받아내 친구인 민지에게 임신중절 비용을 대주고 남친에게는 오토바이를 사준다. 게다가 그녀의 '콩가루 가족'은 그런 위기를 겪으면서 균열이 봉합되기도 한다. 「소녀시대」에 내장된 도발성의 뇌관은 유쾌하고도 안전한 방식으로 해체된다. 악녀 및 요부를 그린 「트렁크」와 「순수」처럼 「소녀시대」 역시 칙릿의 장르적 변주에 해당한다. 그런데 내가 읽기로 정이현이 독자의 심금을 울리는 '소녀시대'의 진실을 제대로 들려준 것 ─ 그로써 칙릿의 관습적 서사를 허문 것 ─ 은 「삼풍백화점」(2006)과 「어금니」(2006)에 이르러서다.[14] 이 두 단편을 접하고서야 비로소 우리는 정이현의 주인

---

[14] 다른 한편 『달콤한 나의 도시』에서 서른을 갓 넘긴 오은수라는 전문직 여성이 보여주는 행보는 「소녀시대」보다 한 걸음 더 나아간 것이다. 십대에서 삼십대로 화자를 옮겼으니 사회생활의 폭이나 생각의 깊이가 더해지는 것은 자연스러운데, 결혼과 직장이 강요하는 "책임과 의무, 그런 둔중한 무게의 단어들로부터 슬쩍 비켜나 있는 커다란 아이, 자발적 미성년"(43면)으로 남고 싶은 욕망은 대한민국의 미혼여성이라면 누구나 공감함직하다. 정이현은 '작가의 말'에서 "『달콤한 나의 도시』가 내 이름이 아니라 오은수의 이름으로 기억되기를 바란다"고 했는데, 과연 IMF사태 이후 우리 사회의 폐부에 조명을 강하게 쏘는 세 남자의 각기 다른 개성도 개성이려니와 이들과 위태로운 줄타기를 하면서 성년의 문턱에서 주저하는 오은수의 곤고한 삶의 궤적도 독자의 뇌리에 강하게 남는다. "서른두살이 되었으며, 같이 살던 어린 남자애는 떠나갔고, 회사에서는 고립무원의 상태에 처해 있을뿐더러, 애인과 목하 열애 중인 모친의 비밀까지 알게 된 한 여자의 구구절절한 사연"(255면)을 따라가다보면 독자는 정이현이라는 작가의 존재를 잠시 잊을 만도 하다. 이런 오은수의 이야기는 무엇보다 '인생은 그렇고 그런 것'이라는 체념의 보편주의에 빠지지 않고 도시적 삶의 진정성을 탐구했다는 점에서 칙릿의 판에 박힌 공식과는 어느정도의 차별성을 확보했다고 봐야 할 것이다. 결혼이나 취직 이외에는 삶의 대안이 보이지 않을 때 그 양자의 가능성을 저울질하면서 자신의 내면을 착잡하게 응시하는 여주인공에 자신의 심경을 투사할 한국의 여성독자들이 적지 않을 듯하다. 그 점에서도 칙릿의 진화를 거론할 만한 작품이다. 문제는 『달콤한 나의 도시』가 전형적인 칙릿장르에 속하는 이전 단편들의 서사적 틀에서 얼마나 탈피했는가라는 것이다. 그런 맥락에서 짚어둘 점은, 오은수의 삶이 구현하는 진정성의 윤리에 공감하면서도 『달콤한 나의 도시』 자체는 칙릿이라는 장르의 규범을 정교하게 복제한 소설이라는 사실이다. 『낭만적 사랑과 사회』에 실린 단편들보다 한층 폭넓고 다양한 도시 풍속의 면면을 생생하게 재현했고 그 과정에서 한 여성의 정신세계에 대한 진지한 성

공이 '속물의 윤리학'을 해체하면서 가닿는 아슬아슬한 존재론적 결단과 마주하게 된다.

다음으로 「어금니」에 집중해보자. 49번째 생일을 맞은 주부 '나'를 화자로 내세운 「어금니」는 넓게 보면 우리 사회의 양극화 현실에 관한 이야기다. 하지만 계급문제가 내재한 현실을 다뤘다고 해서 자동적으로 칙릿의 범주에서 벗어나는 것은 아니다. 칙릿의 형식으로 궁굴린 인생이라는 화두가 그 형식의 틀을 깨고 나옴으로써 전작들에서는 언표할 수 없었던 새로운 차원의 삶에 대한 인식, 또는 그런 인식의 싹이 명시적으로 드러나기 시작했다는 점에서 「어금니」는 칙릿의 진화라고 말할 수 있겠다. 그 진화는 「소녀시대」의 자유분방한 17세 소녀에서 『달콤한 나의 도시』의 31세 직장여성 오은수, 무엇 하나 부족한 것이 없는 「어금니」의 ─ 현우라는 대학생 아들과 굴지의 대기업 중견간부 남편을 둔 ─ 49세 주부에 이르는 정신적 궤적의 모습을 보인다.

「어금니」에서 화자는 생일날 아침에 아들 현우의 교통사고 소식을 듣는다. 동승한 16세 가출 소녀가 사망하고 아들은 부상을 입기는 했지만 무사하다. 사건의 전말은 한 꺼풀씩 벗겨진다. 화자의 남편은 아들이 사고 당시 음주상태였으며 동승한 소녀가 돈 주고 산 여자라는 사실이 밝혀질까봐 여러 인맥을 동원해 입막음하려 한다. 화자는 그렇게 해서라도 아들을 지킬 수밖에 없음을 인정하고 남편의 뒷수습을 묵묵히 지켜본다. 하지만 소설은 그런 묵인과 방관으로만 끝나지 않는다. 작품 자체는 동승한 소녀의 안부에는 아랑곳없이 병실에서 만화에 빠져드는 아들의 무책임함과 그런 사고를 통해 "군대 문제를 해결할 수 있다면 전화위복이 되리라 기대하는"(92면) 남편의 기회주의를 담담하게 드러낸다. 죽은 "소녀의 고향인 M시 시내에 30평짜리 아파트를 살 수도 있는 돈"(91면)을 받고 합

찰을 선보였다는 점에서는 전작보다 진일보했다고 할 수 있겠지만, 칙릿의 틀 자체를 깨는 선까지 나아간 것 같지는 않다는 말이다.

의하게 되는 결손 가정의 가난과, 음주운전으로 인한 과실치사를 단순 교통사고로 만들 수 있는 화자의 재력이 극명하게 대조되고, 이런 상황에서 화자는 남편과 아들이 도덕적 판단이 정지된, 또는 유예된 세계에 살고 있음을 증언하고 있다. 그렇다면 화자인 '나'는?

물론 '나' 역시 그런 세계의 일부로 존재함은 말할 나위도 없다. 이야기는 벌어질 법한 사건의 사회적 파장을 모두 수습하면서 마무리된다. 그러나 작품은 자신의 안온한 계급적 세계에서 벗어날 수 없다고 생각하는 화자가 겪는 자아와의 존재론적 불화를 부각하면서 진한 여운을 남긴다. 「어금니」는 이렇게 끝난다. "아마도 나는, 나와 영원히 화해하지 못할 것이다." 정이현의 칙릿이 앞으로 도달할 서사적 지평은 바로 이 마지막 한 문장을 통해 상상해볼 수 있다. 이 문장이 독자로 하여금 게토화된 장르문학 자체의 극복을 예감할 수 있게 한다는 점에서도 그러하다. 끝내 잠재우지 못한 「어금니」의 그런 불화의 예감이[15] 정이현으로 하여금 독자를

---

15 그런 예감은 가령 예리한 관찰과 섬세한 심리묘사로써 '구별짓기'로서의 계급문제를 묘파한 정미경의 소설집(문학동네 2008) 표제작 「내 아들의 연인」(2006)과 비교하면 한결 구체적인 실감으로 와닿는다. 실제로 「내 아들의 연인」은 「어금니」와 서사구조가 무척이나 유사하다. 중상류 계급의 중년여성을 화자로 내세우면서 우리 사회의 양극화 현실을 위태롭게 건드리는 것도 비슷하고, 부르주아적 삶의 권태와 무책임성을 신랄하게 해부하는 방식도 크게 다르지 않다. 하지만 미묘한 차이도 감지된다. 그 차이는 동일한 계급에 속하는 두 단편의 화자가 계급적 배경이 다른 '타자'를 통해 도달하는 자기인식의 성격에서 특히 확연하다. 정미경의 화자가 잃어버린 과거의 자기 모습을 떠올리게 하는, 아들의 애인인 도란이라는 처녀를 만나게 되면서 도달하는 자기인식은 부르주아적 삶에 대한 체념 어린 수락에 가깝다. 물론 거기에는 신산함과 환멸감도 짙게 묻어나지만 화자는 아들이 버린—어떤 면에서는 아들을 버렸다고도 할 수 있는—그 처녀가 자신의 삶에 "한 권태로운 여행지에서 디지털카메라를 들고 있다 우연히 찍게 된 유에프오 같은 존재로 남게 될 것"(160면)임을 쓸쓸하게 시인한다. 그런 쓸쓸함을 반추하는 「내 아들의 연인」은 이렇게 끝난다. "뜨겁게 데워진 돌이 척추를 따라 하나씩 놓일 것이다./뜨거움은 곧 가시고 돌은 천천히 식어갈 것이다." 정미경이 체념적 초월로써 가난하지만 결코 정신적으로는 빈곤하지 않은 '내 아들의 여인'을 화자인 '나'의 삶에서 지워버렸다고 한다면 너무 과격한 해석일 것이다. 그러나 '내 아들'이 속한 계급적인 네트워크 자체를 불편해하는 도란이라는 존재가 화자의 안온한 삶을 뒤흔들 정도의 파문으로 독자의 가슴에 새겨지는지는 의문이다. 그러기에는 정미경의 화자가 체

더 첨예하고 생생한 삶의 현장으로 인도할 수 있게 하기를.

7. 결론을 대신하여

지금까지 장르문학과 본격문학을 구분하는 이분 논리 자체가 역사적으로 만들어진 것임을 염두에 두고 미흡하나마 몇몇 작가들의 작품을 거론했다. 장르문학과 본격문학의 공통분모인 '문학'이라는 것도 역사적 구성물임은 더 말할 나위도 없다. 그렇다면 문학에서의 장르실험을 이제는 전지구적으로 가동되는 생산·유통·소비라는 상품의 일반적인 운명에 저항하는—그 과정에서 무수한 투항도 발생하는— '서사적 몸짓'으로 규정할 수는 없을까? 물론 의미있는 사회적 실천으로서의 문학, 즉 '운동'으로서의 문학은 말할 것도 없고, 인문교육의 보루로서의 문학도 이젠 그 생명력이 다했다고 생각하는 논자들에게는 이 물음의 절실함이 와닿지 않을 것이다. 그러나 인간의 언어가 멸종되지 않는 한 문학은 어떤 형식으로든 이어지리라고 예측하는 것이 과학적인 태도이거니와, 자본주의 시대에 문학의 그러한 생명력을 역설하는 것은 인간을 두고 인간적 책임을 말하는 것과 크게 다르지 않을 것이다.

다른 한편 "(진화생물학에서는 존재했을 수도 있는 개개의 역사적 생물체들보다는 유전자와 종들이 더 중요한 것처럼) 개별 소설이 아니라 기법과 장르들이 중요하다"[16]면, 장르문학을 이루는 구성요소들에 대한 역사적 시각 역시 필수적이다. 본고에서 다룬 작가들의 작품에 대해서도 그건 마찬가지다. 지난 1980년대나 1990년대보다 더 풍성하고 다채로운 서사의 실험이 목하 진행되고 있다는 느낌을 주는 장르문학이 여전히 진화

넘으로써 확보한 자기동일성이 너무 완고한 듯한 느낌이다.

16 Srinivas Aravamudan, "Refusing the Death of the Novel," *Novel: A Forum on Fiction* 44:1 (2011) 22면.

하는 중이라면, 진화의 동력으로 작동하는 기법과 장르의 경계들을 세심하게 읽어내는 비평이 뒤따라야만 한다. 오늘의 장르문학은 자체의 문학적 논리를 따라 자신의 서사적 지평과 정체성을 끊임없이 넓히고 바꾸면서 문학의 낯선 형질을 구현하고 있다. 그러나 이때도 진지하게 생각해볼 점은 지금 우리 민중이 처한 현실의 모순, 또는 엄혹한 생태환경과 맞대면하는 과정이 따를 때에야 비로소 문학의 자기진화도 문학 자체의 잠재력을 최대한 살리는 방향으로 이루어지리라는 사실이다. 윤이형, 배명훈, 김중혁, 최제훈, 정이현 등이 현재까지 보여준 서사의 성취도 일상을 살아가는 시민들의 구체적인 생활현장에 개입한 데서 얻어진 것임은 더 말할 나위도 없다.

아직껏 특정 장르의 경계에 묶여 있는 듯한 이들의 텍스트가 앞으로 '장르적'이라는 수식어마저 불필요하게 만드는 문학으로 얼마나 진화할 것인가는 지적인 차원에서도 궁금한 일이다. 그런 의미에서 장르문학의 탈장르적 실험이라는 역설에 주목하면서 개별 작품의 성취에 대한 물음도 중단해서는 안될 것이다. 비평의 기본이라 할 개별 작품의 성취에 대한 물음은 실제로 무수한 비평이론들이 각축을 벌이는 담론의 장에서 여전히 결정적인 이정표로 남아 있다. 그 이정표가 독자를 어디로 이끌지는 아직 불확실하다. 하지만 원래 문학과 비문학의 경계라는 것도 미지 세계의 가능성을 표현하고 드러내는 인간의 실천에서 유래한 하나의 잠정적 실체에 불과하다면, 그런 물음으로서의 이정표를 통해 우리는 장르서사의 경이롭고 아름다운 진화의 현장에 한 걸음 더 다가설 수 있을 것이다.

역사, 역사해석, 그리고 역사소설

<hr>

2000년대 작품을 중심으로

1. 말머리에

　역사상의 실존 인물이나 실제 사건을 취해 작품을 쓰는 소설가의 곤경을 사료에 기대어 과거 시대의 현실을 탐구하는 역사가의 난관과 비교해 보면 어느 쪽이 더 클까? 이 물음에 대해서 역지사지(易地思之)로 답하는 소설가나 역사가가 분명히 있을 터이다. 두 유형의 지식인은 자신의 '작업실'에서 지나간 사실들을 들여다보면서 그 세목이 거의 무한정해 절대적 앎이 불가능하다는 사실을 서로 다른 방식으로 실감하고 있지 않을까? 그럴수록 각자는 역사적 상상력이라는 날개를 절실히 필요로 할 테고 그 경우 이들의 애로는 상통하기 마련일 것이다. 또한 상통의 폭이 클수록 소설가와 역사가 각각이 겪는 어려움은 분리하기 어려워진다. 20세기를 풍미한 서구의 실증주의 사학, 즉 '있었던 그대로의 사실'에 집착하는 학문태도가 과학주의의 변종이라면, 역사상의 "사건들은 먼지임"을 자각하고 인간 삶의 어떤 전체사(全體史)를 그려봄으로써 실증주의의 한계를 넘어서려고 한 (페르낭 브로델 등이 주도한) '역사학'은 사실에 근거하되 사실 이상의 세계를 꿈꾸는 문학과 교감하는 지대가 더 넓어질 수밖에 없다.

그러나 설혹 그런 교감의 경우라도 고증의 책임을 면할 수 없는 역사가와 '소설'이라는 명목으로 그런 책임을 상당부분 더는 소설가를 같은 차원에서 견줄 수는 없지 않을까. 고증에 얽매이지 않고 문헌상의 제재(製材)를 임의적으로 가공할 수 있는 소설가는 역사적 상상력을—적어도 학술논문에서는—실증작업보다 앞세울 수 없는 역사가보다 더 많은 자유를 누리는 존재임을 부인하기 힘들다. 그런데 바로 그런 자유로 인해 역설적으로 역사소설이라는 장르의 독자성이 의문시되기도 한다. 상상력에 기탁하는 창작자의 재량에 역점을 둘수록 역사소설이 소설 일반과 본질적으로 구분되는 근거가 희박해지는 것이다. 제아무리 사료에 충실한 역사소설이라도 창작과정에서 상상력에 의한 가공을 피할 수 없다면, 장르적 경계가 그만큼 유동적인 것은 당연한 일이다.

따라서 비평가는 역사소설의 예술적 성취를 가늠하는 데서 작품의 '사실적 정확성'을 중시는 할지언정 평가의 결정적 심급으로 삼기는 어렵다. 더욱이 '역사적 사실'이라는 것도 엄밀하게 말한다면 그 자체로 해석자의 현재적 해석행위에서 완벽하게 분리될 수 있는 것은 아니다. 그렇다면 과거의 역사를 소재로 삼는 모든 역사소설은 정도차는 있을지언정 시대착오(anachronism)가 필연적이라고 할 수 있겠다. 결국 과거를 지금 시점에서 재해석하는 일이니 말이다. "우리는 오직 현재의 최고의 힘에 근거해서만 과거를 해석할 수 있다"[1]는 니체의 통찰을 곱씹어보는 것은 바로 그런 맥락에서다. "현재의 최고의 힘"을 전유하는 역사학이 지나간 과거로서의 역사를 해석하는 사실탐구(Historie)보다는 과거와 현재를 미

---

1 "On the Use and Abuse of History for Life"(1873)의 6절에 나오는 니체의 이 문장은 이언 존스턴(Ian Johnston)의 영어 번역에 근거한 것이다. "You can interpret the past only on the basis of the highest power of the present." 전문은 인터넷으로 읽을 수 있는데, 주소는 http://records.viu.ca/~johnstoi/Nietzsche/history.htm이다.

래로 연결짓는 역동적 역사의식(Geschichte)에 가까우리라는 것은 쉽게 짐작할 수 있다. 또한 역사소설의 성취를 재는 비평적 척도도 사회현실에 실천적으로 개입하는——역사 기술(記述)과 연동되지만 그것에 국한될 수 없는——바로 그런 역사의식이 함께하지 않는 한 제대로 세울 수 없음을 우리는 니체의 통찰에서 끌어낼 수 있다.[2]

물론 지난 시대의 인간사회에 대한 사실적 앎을 포괄하는 역사의식을 특정한 이념지향으로 환원해서는 역사소설을 온당하게 읽어내기 어려울 것이다. 현실변혁담론이 제아무리 올바른 실천성을 띤다 하더라도 삶의 필연적인 변화라는 것은 시시각각 역사의식의 올바름을 새로이 생각하고 교정할 것을 요구한다. 따라서 비평의 기준을 설정하는 행위는 올바른 역사의식 자체를 끊임없이 탐구하는, 비판적 물음의 성격을 띨 수밖에 없다. 역사소설에 관한 비평이 얼마나 정확하고 공정해질 수 있는가는 이 물음을 어떻게 제기하느냐에 달려 있을 것이다.

2. 남과 북의 단절과 역사소설

역사소설 비평에 관한 한 작품과 소설가의 역사해석 사이에 어떤 연관관계가 있는가는 그 자체로 피해갈 수 없는 쟁점이다. 작품의 무대가 되는 특정한 시대에 대한 작가의 해석은 작가 자신의 당대적 현실과 무관할 수 없다. 하지만 작가 당대의 정치적·사회적 국면이 과거의 삶을 바라보

---

2 물론 곽차섭의 주장대로 "포스트구조주의에 기반한 새로운 언어관과 미시사/문화사류의 새로운 역사연구 방법이 출현한 현재의 시점에서, 역사소설은 그 어느 때보다도 역사와 문학의 아프로쉬망(접근, 만남——인용자)을 자극하는 촉매의 역할을 강하게 요구받고 있"는 것이 사실이다.(곽차섭 「역사, 소설, 미시사의 글쓰기」, 『역사와 문화』 6호, 푸른역사 2003, 227면) 그러나 니체가 역설한 '실천적 역사의식'이 따르지 않는 역사소설의 촉매역할은 '트렌드 문화상품 목록'을 부풀리는 데 그치리라는 점도 유념할 필요가 있겠다.

는 방식에 어떻게 영향을 주는가는 개별 작품을 두고 논할 사항이다. 그렇다면 반세기 이상 분단이 지속되고 있는 한반도에서 생산된 2000년대의 역사소설은 어떠할까? 식민지로의 전락과 분단의 상흔을 안은 한반도 근대의 역사적 현실이 작가의 역사인식과 창작과정에 영향을 끼쳤겠지만 이때도 구체적인 작품에 대한 구체적인 비평이 관건이니만큼 신경숙(申京淑)의 『리진』(문학동네 2007)과 북한의 신예작가 김혜성(1973년생)의 『군바바』(금성청년출판사 2005; 대훈닷컴 2007)를 읽으며 생각해보자.

『리진』은 실증자료가 거의 전무한 19세기 말 한 궁중 무희의 살아간 궤적을 상상으로 추적한 작품이다. 그 궤적의 상당부분은 조선으로 부임한 프랑스 외교관의 동선과 일치하고 조선의 쇠망이 그 과정에서 부각되지만, 서사는 철저하게 주인공인 리진의 근대적 자각과 사랑을 중심으로 전개된다. 『군바바』는 일제에 의해 자행된 대한제국(1897. 10. 12.~1910. 8. 22.)의 군대 해산과 그에 맞서는 군관들의 활약상을 그린 작품이다. 을사오적이 일제에 어떻게 부역했는가를 고발하는 동시에 민초들이 각성하여 구국의 화신으로 변모하는 과정과 군권의 강화를 통해 국난 극복에 투신하는 군관 및 지사들의 의기와 비운을 부각시킨 이야기다. 이처럼 두 작품 모두 한말, 즉 1900년대를 전후한 시기를 배경으로 삼았음에도 동일한 역사적 시공간은 전혀 상이한 시각과 감수성으로 재현된다. 작가가 다른 만큼 주제의 성격, 당대 정세를 바라보는 정치적 의식, 인물을 선택하고 상상하는 방식 등 역사소설을 구성하는 서사적 요인들이 다른 것은 당연하지만 『리진』과 『군바바』의 경우는 그런 차이가 통상적인 차원에서는 다루기 힘든 면이 많다. 한반도의 분단이 초래한 온갖 질곡, 남과 북이 현재 당면한 역사적 현실이 작가 고유의 감성이 발현되는 방식에 개입하거나 간섭하고 있음을 독서과정에서 거듭 실감할 수 있기 때문이다. 두 작가가 펼치는 상상의 나래도 우리 당대의 특정한 상황에서 동력을 얻고 있다는 것이다.

『리진』의 경우는 감성적 시대착오랄 만한 것이 두드러진다. 나라의 운명이 경각에 달린 조선의 복잡다단한 정세는 다분히 리진의 '느낌'을 통해 걸러서 제시된다. 자의 반 타의 반 조선땅을 떠나 프랑스의 빠리로 옮겨가는 과정에서 눈부시게, 아니 거의 비현실적으로 발현되는 여주인공의 계몽의지는 그렇다 치자. 대원군과 민비의 갈등국면에서 민비를 우국의 기상을 상징하는 비극적 위인으로 해석한 상상력은 여성주의적 감성의 발현으로 봐도 무방할 듯한데, 북녘에서는 아무리 출중한 작가라 하더라도 그런 식으로 상상력을 발동하기는 아마 어려울 것이다. 한마디로 『리진』은 여성주의적 성향이 뚜렷한 역사소설이다. 여성해방이 이념이나 구호가 아니라 국경을 넘어 보편가치의 차원에서 인식되는 오늘날 한국에서 한말의 무명 여성을 상상할 때 여성 중심의 시각이 개입하는 것은 불가피하달 수 있다. 빠리로 소설의 무대가 옮겨질 때 그같은 여성주의에 탈식민의식이 가미되는 것 역시 필연에 가까운 서사적 흐름일 수 있다. 반면에 『군바바』의 경우는 시대착오라기보다는 안팎으로 곤경에 처한 북조선의 위정자들이라면 그렇게 대응했음직한 행동이 텍스트에 강하게 투사된다. 남녘에서는 아무리 민족의식이 투철한 작가라도 군관 남상덕이나 대대장 박성환의 우국충정에 영웅주의의 색채를 그처럼 노골적으로 가미하고 친일파의 득세 및 일제의 식민지 지배전략에 대한 군인들의 분노를 '자폭'의 형태로 표출하기는 힘들 것이다. 요컨대 『군바바』는 민족주의적 성향이 분명한 역사소설이다. 일본을 위시하여 러시아와 청나라 등 열강의 틈바구니에서 국가의 존립이 풍전등화였던 당시를 그리는 역사소설이 민족주의적 성향을 띠는 것은 어떤 면에서는 당연하달 수 있다. 분단 60년간 온갖 차이와 반목을 낳은 남과 북, 더 나아가 해외동포 독자를 겨냥할 때 민족적 관점은 필연에 가까운 서사상의 선택이기도 하다.

　『군바바』를 읽는 재미는 제2차 한일협약, 이른바 을사늑약(1905년 11월 17일)을 전후한 대한제국의 위태로운 정세와 을사오적에 대한 일반 민중의 정서, 국채보상운동, 헤이그 특사 사건, 이또오 히로부미의 식민지 전략과 그에 맞서는 고종의 대응 및 고뇌 등을 생생하게 사실적으로 실감할 수 있다는 데서 나온다. 역사소설의 형식이 아니고서는 당시 국난의 구체적인 현장을 그처럼 실감있게 제시하기는 힘들리라는 생각이 든다. 『리진』을 읽는 홍취는 독자가 역사적 사실이나 상황에 구애받지 않고 리진이라는 인물의 다채로운 내면여행을 따라갈 수 있다는 데 있다. 근대적 사랑과 자유, 지식의 욕구로 충만한 그 내면풍경은 당대의 풍물이나 정세의 재현만으로는 온전히 살려내기 어려운 것임이 분명하다. 사실(史實)에 얽매임 없이 역사를 상상할 수 있는 역사소설 특유의 자유가 다른 장르의 소설이 제공하기 힘든 독서의 즐거움을 선사하는 것이다. 그러나 두 장편에서 얻을 수 있는 역사적 교훈이나 정보의 지적 즐거움을 인정하고 나면 역사소설로서 뭐가 남을까라는 의문을 피하기 어려울 것 같다.

앞에서 『군바바』를 민족주의적 성향이 강한 역사소설이라고 말했지만, 문제는 이념으로서의 민족주의가 서사의 틀 자체를 좌지우지하면서 발생한다. 『군바바』의 복잡다단한 당대 정세는 대한제국의 군대 해산과 그로 인한 민중 항거로 수렴된다. 그런데 제법 독자적인 성격을 갖춘 작중 인물들이 민족주의가 작품 전면에 나서면서부터는 사실상 이념의 꼭두각시가 되다시피 한다. 민족주의는 북한의 체제적 지도이념인 선군주의와 다를 바가 없다. 철저하게 조선민족=선, 일제=악이라는 구도 속에서 을사오적의 처단자로 나선 죽송은 물론, 남상덕을 비롯한 권기홍, 박좌수 등 출신배경이 상이한 군인들은 말할 것 없고, 리재홍 같은 회색주의자조차 선군주의에 동화된다. 민비가 도탄에 빠진 왕조와 백성 따위에는 아랑곳 없이 권력놀음에 빠진 불여우로 간단히 일축되는 것도 그간 국제무대에서 고립된 북한 지식인의 시각이 작용한 결과에 가깝다.[3] 권순실, 희숙, 죽

---

3 하지만 이것이 작가 개인의 시각이 작용한 결과만은 아닐 듯하다. 『군바바』의 서사 전개에 대해서는 다음과 같은 진술도 참조할 만하다. 북한에는 예술창작의 관행, 즉 "역사적 세부 실제 사항을 자유로이 수정하고 조작하는 관행"이라는 것이 있는데, "북한의 지배적 예술이론이 가장 강조하는 것은 역사를 이념적으로 올바르고 도덕적으로 활기차게 재현해내는 예술작품의 역량이다. (…) 이러한 역사예술에서 정치적 정신은 실증적 역사지식을 천착하는 것보다 더 우위에 있고 창조적 작업의 가치는 당대의 현실에서 의미있는 사회적 기능을 수행할 수 있는 역량, 즉 대중들의 도덕적·정치적 의식

송, 량설화 등 다채로운 여성인물과 이들의 사랑이 다뤄지기는 하지만 이들 여성의 운명 및 맺어지지 못한 사랑은 모두 우국과 애국이라는 '이념'의 자장 속에 자리매겨진다.

반면에 『리진』은 이념으로서의 여성주의가──그리고 오리엔탈리즘 비판이──서사에 작동하면서 거의 모든 주요 인물들의 독자적인 면은 사실상 사라지다시피 한다. 프랑스의 외교관 꼴랭, 애국지사 홍종우, 선교사에 의해 키워진 강연 등 성장과정과 배경을 달리하는 주요 남성인물들이 하나같이 리진을 중심으로 공전하는 현상은 여주인공 리진에 대한 (작가의) 과도한 공감이 작용한 탓일 듯하다. 그런 리진과 교감하는 민비를 세상과 단절된 구중궁궐의 여인이자 우국의 국모로 승화시킴으로써 야기되는 문제 가운데 하나는, 당대 정세에 대한 다분히 일면적인──어떤 의미에서는 근대주의라는 혐의에도 걸릴 수 있는──역사인식이다. 더욱이 권력자 민비의 대타(代打)이자 거울상으로 재현되는 리진과의 비판적 거리가 충분히 확보되지 못함으로써 불거져나온 감상주의적 시대착오는 일면적인 역사인식과 결합하여 리진이라는 인물을 관념상(觀念像)에 머물게 한다.[4]

필자가 읽기로 『군바바』와 『리진』이 안고 있는 제각각의 한계를 성찰할 수 있는 근년의 역사소설로는 황석영의 『여울물 소리』(자음과모음 2012)만 한 게 없는 것 같다. 이 글에서는 그 점만을 환기하면서 넘어갈 수밖에

을 높이고 국가의 모범적 중심에 크나큰 영예를 바치는 역량을 토대로 평가된다."(권헌익·정병호 『극장국가 북한』, 창비 2013, 125면)

4 일면적 역사인식이란 문제가 이 작품에만 국한된 것이 아님은 두말할 나위도 없다. 예컨대 전경린의 『황진이』(이룸 2004)와 홍석중의 『黃眞伊』(대훈닷컴 2004)가 구현하는 사뭇 다른──김탁환의 『나, 황진이』(푸른역사 2002)까지 고려하면 더 문제가 복잡해지는──황진이 '들'을 과연 작가 개인의 문학적 취향이 구현된 것으로만 볼 수 있을까? 물론 이런 물음도 작품에 대한 판단을 전제한 것이다. 가령 홍석중의 『黃眞伊』는 특히 후반부에서 도식화의 경향을 드러내지만 적어도 사실과 상상 차원에서 황진이 개인을 둘러싼 역사적 현실을 재현하는 문제에 관한 한, 또한 언어구사의 탄력에 관한 한 전경린의 『황진이』와 동급으로 놓고 취급할 수는 없다고 본다.

없는 것을 아쉽게 생각한다.[5]

지금까지 역사소설이 그 당대의 현실과 얼마나 밀접한 연관을 갖는가를 보여주는 표본으로서 두 작품을 간략히 거론했지만 역사소설의 성패에는 무척이나 복잡한 역사적 요인들이 작용한다는 사실은 실감 차원에서 확인되지 않을까 싶다. 아무튼 그간 생활상의 감각과 감수성이 너무도 달라진 현실에서 제각각 남과 북의 독자들을 상대로 하는 두 작품을 하나로 꿰어 읽어내는 데는—서구의 역사소설을 논하는 것과는 차원을 달리하는 종류의—어려움이 뒤따르는 것 같다. 작가의 당대적 현실과 역사소설이 다루는 시대, 그런 시대에 관한 해석 등을 두루 참작하는 비평이라 하더라도 남과 북의 이질적 독자들을 겨냥하는 역사소설은 한반도의 분단 및 그 극복의 전망과 어떤 식으로든 연관지어 사유해야 하는 어려움이 부가되는 것이다.

3. 김훈의 역사소설을 둘러싼 논란들

그렇다면 평단이 역사소설의 평가에서 발생하는 복잡미묘함을 과연 어떻게 감당하고 있는가. 평단에는 역사소설이라는 장르의 속성을 감안하면서 작품을 엄정하게 읽는 노력보다는 시장에서의 대중성을 문학적 성취와 직결해 옹호하거나 해설하는 경향이 상대적으로 승하지 않은가 한

---

5 단적인 사례 하나만 간단히 지적하는 선에서 그쳐야 할 것 같다. 세 작품 모두 1882년(고종 19년)에 발생한 임오군란(壬午軍亂)과 그 전후 정세를 다루고 있지만, 그중 작가가 특정한 이념이나 주관에 기울지 않고 우리가 '민중적'이라고 말하는 민초들의 몸과 마음에 다가갈 수 있게끔 역사적 상상력을 발휘한 작품으로는 역시 『여울물 소리』를 꼽아야 마땅하지 않을까 싶다. 리진과 '명성황후'를 중심에 세운 나머지 임오군란이 신식군대와 구식군대의 차별이 낳은 후과 정도로 처리된 『리진』이나 일제에 맞서는 민족주의의 폭발적 동력으로 삼기 위한 수단으로 군란 및 구식군대 해산을 이용한 『군바바』와는 다른, 당대 상황에 대한 포괄적인 현실인식과 역사적 해석이 『여울물 소리』에서 돋보인다는 것이다.

다. 그리고 김훈(金薰)의 역사소설을 둘러싼 논란만큼 그 점을 노골적으로 보여주는 예도 드문 것 같다. 2000년대 한국문단에서 김훈처럼 본격 역사소설을 꾸준히 써낸 작가도 드물뿐더러 그에 상응하는 대중성까지 확보한바, 평단의 평가도 확연하게 갈린다. 이미 100쇄를 기념한『칼의 노래』(생각의나무 2001)를 필두로『현의 노래』(생각의나무 2004)『남한산성』(학고재 2007)『흑산』(학고재 2011) 등을 제외하고 2000년대 한국의 역사소설을 논하기는 어렵다는 점에서 김훈이 거둔 문학시장에서의 성공이 역사소설로서의 문학적 성과와 과연 얼마나 비례하는가를 성찰해보는 일은 필요하다. 기왕에 국어학자와 역사학자까지 나름의 견해를 내놓은 마당이기도 하다.[6]

비평적 평가의 엇갈림을 조감해보면 김훈 역사소설의 '흥행'을 일종의 문화적 현상으로 추인하고 추인의 알리바이를 만드는 데 평단이 골몰하고 있다는 인상을 받는다. 그중에는 역사=담론적 구성물이라는 낯익은 '포스트모던 역사관'을 내세우면서 김훈 역사소설을 상찬하는 논자도 있다.[7] 하지만 문제는 특정 작가의 특정 역사소설을 옹호하느냐 비판하느냐가 아니라, 바로 그 등식에 대한 별다른 성찰이 없다는 것이다. 다른 한편 포스트모던 역사관의 수용 여부는 알 수 없지만『현의 노래』를 검토한 서영채(徐榮彩)의 평문은 엄밀한 분석보다는 '필력'에 의존하는 사례가 아닌가 한다. 물론 그 필력이란 것도 작품에 바치는 '문학주의적 애정'에서 발생하는 것이다. 현장비평에 참여하는 나는 그 무엇도 문학을 대신할 수 없다고 생각하며, 그 점에서는 서영채와 다를 바 없다. 하지만 작품에 대한 '애정'을 바탕으로 하는 경우라도 서영채의 김훈 비평은 도가 지나친,

---

6 이익섭의 「소설 같은 계절──국어학자의 소설 읽기」(『문학과사회』 2002년 여름호)와 정옥자의 「『칼의 노래』의 역사적 상상력」(『문학동네』 2006년 가을호) 참조. 이 글들에 대한 필자의 논평은 이 평문을 쓰게 된 계기가 되었다. 졸고 「비평으로서의 서평과 비평적 판단」(『교수신문』 2008년 3월 31일) 참조.

7 김기봉 「우리 시대 역사 이야기의 의미와 무의미」, 『문학동네』 2007년 겨울호.

작품과의 '애정행각'에 가깝다. 아무리 열정적인 읽기와 옹호라 하더라도 텍스트를 논하다가 김훈을 "강자들의 위선을 배격하고 약자의 편을 드는 의리있는 깡패 귀족주의자"[8]로 옹호하며 개인의 신상으로 비약한다면 그런 비약을 비평적 행위라고 말하기는 어렵다. 작가의 '성격'에 대한 (주관적인) 정보도 비평에는 약과 독이라는 이중성을 갖고 있지 않은가.

전방위적인 평론으로 예리한 안목을 선보이곤 하는 신형철도 왠지 김훈의 역사소설에 대해서는 턱없는 찬사로 일관한다. 그는 역사소설의 기본적인 개념규정조차 무시하면서 김훈의 작품을 "'역사소설'이 아니라 '자연사소설'"로 정의하고 자신의 주장을 그에 꿰맞춰 펼친다. 그의 해석에서 특기할 점은, "역사는 몰락의 과정일 뿐이고 역사가 남긴 것은 잔해와 파편일 뿐이라는" 자연사(自然史)로 김훈의 '역사관'을 꾸미는 방식이다.[9] 실상 그 역사관은 다른 평자들이 허무주의적 역사관이라고 비판한 바 있다. 아무튼 "똥 싸고 오줌 누는 몸"에 집착하는 김훈의 역사소설을 '유물론의 유물론'으로 격상하기 시작한다면 우리는 유물론의 기본으로 돌아가서 논의를 시작해야 할지도 모르겠다.

그런가 하면 작가에 대한 옹호를 작정하고 나선 듯한 서영채나 신형철보다 고도의 계산을 깔고 비판의 예봉을 의식한 평문도 있다. 김영찬(金永贊)은 김훈의 역사소설이 논란거리로 존재하는 현상을 다음과 같이 해명한다.

그들(황석영, 은희경, 신경숙 등 ── 인용자) 작가의 문학과 구별되는 김훈 문학의 문제성은 유달리 그의 소설이 각기 서로 다른 문학적 관점과 취향, 이데올로기가 투사되거나 그것을 반사하는 거울이 되고 있다는 사실에서 비롯된다. 같은 대상을 놓고 왠지 모를 거부감과 열렬한

8 서영채 「장인의 기율과 냉소의 미학」, 『문학동네』 2004년 여름호 345면.
9 신형철 「속는 자가 방황한다 ── 김훈 소설에 대한 단상」, 『문학동네』 2007년 겨울호 360면.

찬사가 첨예하게 공존하는 현상이 그것을 방증하는 것이며, (탐미주의자, 문체주의자, 리얼리스트, 허무주의자, 개인주의자, 보수주의자, 남근주의자, 파시스트 등과 같이) 평자의 입장에 따라 각기 달리 작가 김훈을 규정하는 저 엇갈리는 다양한 명명들의 난립이 또한 그렇다. 그러니 정작 김훈의 소설은, 어쩌면 다양한 입장과 취향에 따라 갈리는 저 수다한 규정들에 제 몸을 맡겨 그 입장과 취향이 교차하고 논란하며 경합하는 격전지로 존재한다는 측면에서 일종의 공백의 기표(empty signifier)와 같은 것이라 할 수 있을지도 모른다.[10]

개방적으로 들리는 이 문장은 좀 뜯어볼 필요가 있다. 작가에 대한—평단에서 실제로 존재하고 부딪치는—다양한 관점들을 살피는 일은 필수적이다. 우리의 평단 풍토에서는 너무도 그러지 못하지만 다양한 관점들을 나름의 엄밀한 작품읽기에 비추어 검토하면서 공감도 하고 반박도 하는 것이 비평적 대화의 기본이기 때문이다. 유감스럽게도 의도가 무엇이든 김영찬이 김훈의 역사소설을 "일종의 공백의 기표"로 설정하는 논리는 그같은 대화를 원천적으로 봉쇄하는, 또는 그런 대화 위에 군림하는 듯한 효과를 낳는다. "그 모든 (비평적—인용자) 반응들의 엇갈림 자체가 바로 김훈의 소설"(같은 면)이라면 비평이라는 것이 무슨 소용이 있겠는가 말이다. 공백의 기표는 빈 곳에 의미를 부여하는 평자의 자유와 작품의 어떤 절대적 초월성을 동시에 뜻할 터, 이런 논리는 한편으로 비평의 상대주의적 굴레를 스스로 만들어내면서 다른 한편으로 작품을 사실상 비평적 해석과 평가에서 벗어난 피안에 갖다놓는다. 결과적으로 김영찬 비평은 자신이 쳐놓은 그같은 이중의 덫에 스스로 걸려들어간, 일종의 자가당착의 읽기라고 해도 지나친 말은 아니다.

하지만 그런 자가당착 속에서도 그가 김훈 역사소설의 성취를 포스트

---

10 김영찬 「김훈 소설이 묻는 것과 묻지 않는 것」, 『창작과비평』 2007년 가을호 388면.

IMF시대의 대중이 직면한 생존의 절박함과 그 절박함에서 나오는 불가피(不可避)의 미학에서 찾는 대목은 의미심장한 지적이다. 김훈의 작품에서 김영찬이 뽑아낸 것은 "포스트-IMF시대 대중의 현실감각에 뒷받침된 정치적 무의식"이다.(같은 글 389면) 그 무의식은 "강고한 시장과 경쟁 씨스템 속에서 나날의 삶을 불안과 생존의 절박을 떠안고 살아갈 수밖에 없는 사회적 조건"의 산물로 파악된다.(같은 글 399면) 김훈의 역사소설에서 현재 민중의 정치적 무의식을 읽어내는 것도 가능한 하나의 해석이며, 특히 역사소설을 논하는 자리에서 민중문제는 간단히 넘길 사안이 아니다. 그럼에도 김영찬의 읽기가 역사소설과 민중의 관계에 대해 별다른 통찰을 내놓고 있지 못하다는 생각이 드는 것은, 작품이 특정한 프레임에 갇혀 "한층 더 복잡하고 다층적인 현실의 문제를 은폐하는 위험 또한 안고 있"다고 지적하면서도(같은 글 400면) 정작 그 위험의 실상을 파고들지 않기 때문이다. 결과적으로 그런 지적은 수사적 비판으로 귀결된다. 포스트 IMF시대의 대중심리를 정치적 무의식이라는 정신분석적 틀로 읽어매는 데 치중한 나머지 실제 작품의 됨됨이에 대한 판단은 현저하게 편향성을 띠게 되는 것이다. 김영찬의 최종적인 역점은 다음과 같다. "거대한 불가피 앞의 무력한 우울과 신음을 통절하게 그리는 동시에 그것을 유려하게 미학화하는 김훈의 소설은, 독자들이 떠안고 있는 저 비루한 삶의 감각을 적절히 환기시키면서도 거기에 정신적·미학적 품격을 부여해"준다.(같은 면)

『남한산성』에 대한 김영찬의 이러한 평가가 온당해지기 위해서는 작품이 간과할 위험이 있는 "한층 더 복잡하고 다층적인 현실의 문제"가 무엇인지를 구체적으로 적시하고 작가가 그같은 문제와 어떻게 씨름하고 있는가를 논해야 한다. 그러자면 "입장과 취향이 교차하고 경합하는" 격전지에서 '백병전'에도 나서야 하고, 치명상의 위험을 무릅쓰면서 상대적으로 객관적 판단에 도달할 수 있는 가능성을 열어놓는 일에도 힘써야 하리라 본다. IMF시대 대중의 현실감각이라는 맥락으로 돌려 해명하는 것을 일부 받아들인다 하더라도 『남한산성』이 과연 역사소설로서 어떤 차원의 소설적 지평에 도달했는가 하는 물음을 중단해서는 안된다는 말이다. 같은 소설을 두고 상이한 '관점과 취향'을 드러내는 일은 비평가들의 세계에서도 허다하지만 일반독자와 교감하되 결코 그 일반의 수준에 자족할 수 없는 비평가라면 차이를 존중하면서 가능한 비평적 합의의 지점들을 모아들여 제시할 의무가 있다.[11]

실상 김영찬의 평가에 전혀 동의하지 않는 비평가도 여럿 있다. 가령 임홍배(林洪培)는 딱 잘라 평단의 고평을 부정하는 입장이다. 그는 "병자호란이라는 역사적 소재를 빌려오긴 했지만 역사성을 제거한 실험쎄트 같다는 느낌이 컸어요. 그러니까 출구 없이 갇힌 상황에서 인간들이 어떤 반응을 보이는지 행태실험을 하는 듯해요"라고 말하면서 다음과 같이 덧붙인다.

> 작가는 "나는 아무 편도 아니다. 다만 고통받는 자들의 편이다"라고 했는데, 전자는 맞는 말 같지만 후자는 설득력이 떨어집니다. 이 작품이 베스트쎌러가 된 이유로 평론가 김영찬은 지난호 『창작과비평』에서 IMF사태 이후 국민들의 박탈감을 건드린 점을 얘기했는데, 독자들이 처해 있는 무력감을 불가항력적 사태로 절대화해서 울분을 자극했다는 뜻으로 이해하면 그런 효과는 사이비 카타르시스일 뿐이고 진정한 역사소설로는 함량미달이다 싶어요.[12]

지나친 일축으로 들릴지 모르나 『남한산성』에 관한 임홍배의 판단은 실감 차원에서도 정곡을 찌른 면이 있다고 본다. 다만 대담의 짤막한 한

---

11 그런 의무에 공감한다면 역사소설에 관한 우리의 논의수준이 낮은 이유로 "역사소설의 기저에 흐르는 민족주의 담론의 엄청난 영향력"과 "작품을 보는 다양한 방법론의 부재"를 꼽는 것도(공임순 『우리 역사소설은 이론과 논쟁이 필요하다』, 책세상 2000, 148면) 역사소설 담론의 특정한 일면을 과장하거나 단순화한 해석에 가까울 것이다.

12 윤지관·임홍배 대담 「세계문학의 이념은 살아 있다」, 『창작과비평』 2007년 겨울호 40~41면.

토막인 만큼 "아무 편도 아닌" 작가의 소설이 왜 그토록 대중적 호소력을 발휘하는가에 대해서는 사회학적 해설 이상의 비평이 필요하겠다.[13]

4. 『남한산성』에 대하여

2000년대 한국 역사소설의 지형도를 거칠게나마 조감해보면 대략 세 범주의 상호 배타적인 계열의 작품들을 확인할 수 있다. 먼저 전형적인 인물열전으로서 배움과 교훈의 과거를 되살리는 한승원(韓勝源)의 『추사』(열림원 2007) 및 문체반정(1792)을 연쇄살인과 권력암투라는 추리소설적 공식으로 요리한 김탁환(金琸桓)의 『열하광인』(민음사 2007)이 예시하는 역사소설이다. 적잖은 생산량을 자랑하고 있는 두 작가 모두 대조적인 것 같지만 교훈이든 오락이든 역사적 사실을 특정한 효과를 위해 가공하는 경향에서는 엇비슷하다.

그다음은 김연수(金衍洙)의 『네가 누구든 얼마나 외롭든』(문학동네 2007) 『밤은 노래한다』(문학과지성사 2008) 등이 대표하듯 역사의 사소설화(私小說化) 경향에 해당하는 작품들이다. 이는 '나'의 개인사를 중심으로 해서 역사적 사건들이 해석되는 유형의 역사소설로, 김연수가 초기부터 끈질기게 구축해온 서사이기도 하다.

마지막으로 김훈으로 대표되는 역사소설인데, 범박하게 정리하면 자연주의적 재현에 주관주의가 묘하게 가미된 작품들이다. 이렇게 보면 박연(朴燕, 1595~?, 본명 얀 야너스 벨테브레이Jan Jansz Weltevree)의 일대기를 다룬 김경욱(金勁旭)의 『천년의 왕국』(문학과지성사 2007)도 이채를 띤다. 단 한줄의

---

13 물론 "하나의 책이 작가로부터 독자에 이르기까지의 과정과 독자가 책의 메시지를 수용-재생산하고 있는 양상 등을 자료를 통해 재구성해"보는 사회학적인 작업 자체가 '본격비평'인 것은 아니지만 비평의 필수적인 준비과정임도 분명하다. 『남한산성』을 두고 행한 그런 작업으로는 차미령 「남한산성 리포트」, 『문학수첩』 2007년 가을호 참조.

정보에서 시작한 『리진』도 그렇지만 『천년의 왕국』은 직접적인 '사료'가 거의 없는——그마나 『하멜 표류기』와 같은 간접자료에 의지해 상상해야 하는——상황에서 만들어진 '물건'인데, 앞서 언급한 어느 부류에도 속하지 않으면서 역사적 상상력을 발동시킨 경우이다.[14]

이러한 2000년대 역사소설의 지형에서 봐도 『남한산성』은 교훈서사와 오락서사의 범주에 들지 않을 뿐 아니라 역사적 사실의 사소설화 경향과도 거리가 먼 것이 분명하다. 『칼의 노래』 및 『현의 노래』와 대비해보면 『남한산성』에 이르러서는 '똥과 피'로서의 인간에 대한 뇌쇄적 탐닉과 세속의 모든 경계를 초탈한 오불관언하는 수사(修辭)의 주체인 '나'의 독백이 상대적으로 완화되어 나타난다. 여러 논자들이 지적했듯이 『칼의 노래』는 작가의 원한 어린 목소리가 이순신의 내면독백을 통해 전편을 지배하다시피 하고 있고, 『현의 노래』는 현실의 물상을 내면으로 모아들여 미적 관념으로 주조하는 경향이 극심하다. 『남한산성』이 전작들과 단절했다거나 역사를 작가 개인의 의식으로 양식화하는 것에서 탈피했다고 평가하기는 어렵다 해도 상대적 차이는 일단 지적해둠직하다.

그렇다면 그 차이를 염두에 두면서 작품의 역사적 배경이 실험세트같이 느껴진다는 임홍배의 발언을 재론해보자. 이런 비판이 나온 데에는 소재도 적잖이 작용했다고 봐야 할 게다. 사실상 정묘호란(1626~27)의 외교적 교훈을 살리지 못해 벌어진 병자호란(1636~37)은 중국대륙을 중심으로

---

14 『천년의 왕국』은 작가가 인물의 내면에 습합되기 위해 고투하면서도 그런 인물들을 작가 자신의 세계관으로 귀속시키지는 않은 작품이다. 이 점은 작가가 심혈을 기울여 공부했을 것이 분명한 대포 제작에 관한 정보의 사실적인 정확성이나 고증보다도 어쩌면 더 중요할지 모른다. 난파하여 이역만리 이교도의 땅으로 밀려온 선장 벨테브레이를 비롯해 데니슨과 에보켄이라는 인물이 자국에서 어떤 삶을 살았고 그 당시 네덜란드의 정세는 어땠으며 17세기 명·청 전환기 조선의 상황은 또 어떠한가 등에 관한 최대한의 엄밀한 지식은 모두 역사소설의 원료가 되는 것들이다. 그러나 각각의 인물이 당대 조선과 맞닥뜨리면서 느꼈을 인간적인 감정과 정서에 대한 상상력이 여실하게 발휘되지 않는다면 그런 원료도 빛이 바랠 수밖에 없는 것이 '역사'를 다루는 역사소설의 난점일 것이다.

한 동아시아체제의 거대한 변화와 재편 과정에서 발생한 '전쟁'이다. 거시적으로는 명·청 전환기에 들어간 동아시아체제의 위기를, 미시적으로는 그런 위기에 대응하는 조선 조정의 현실정치적 실상을 종합해야 전체적인 윤곽을 잡을 수 있는 방대한 주제인 것이다. 그런데『남한산성』의 배경이 실험세트처럼 보이는 것은, 그 주제를 하나의 장면으로 압축하여 보는 작가의 특정한 시각에서 연유한 결과가 아닌가 싶다. 즉 당대 동북아의 복잡한 상황과 정묘 및 병자 호란의 국내 상황을 괄호로 묶어버리고 남한산성으로만 무대를 한정하여 집중적으로 조명할 때 생기는 효과라는 것이다. 이는 인조반정(1623) 전후의 정치외교적 국면이나 「병자호란창의록(丙子胡亂倡義錄)」에 기록된 호란 당시 남한산성 외부의 의병활동 등을 '텍스트 바깥'으로 밀어냄으로써 서사의 집중성을 높였다는 말도 된다.

강렬한 김훈적 문체가 가세한『남한산성』의 집중성은 무척이나 인상적이다. 어떤 면에서는 역사소설이라기보다는 인물을 중심으로 하되 그 인물이 속한 극적 상황에 더 각광을 비추는 '역사극'에 가깝다고 할 수 있다. 당대의 총체적 현실을 겨냥하기보다는 단일한 극적 효과를 위해 주인공(들)의 행동에 초점을 맞추는 서사방식이다. 그러나 여기서도 핵심은 서사의 미시적 집중이 어떤 성격이냐는 것이다. 특정 주제에 대한 서사의 집중도가 높아 작가 자신이 직접 언급할 수 없었던 방외(方外)의 현실까지도 포괄적으로 암시할 수 있다면 은유적 집약성마저 띠는 사실주의적 재현에 성공했다는 평가가 가능하다. 이에 대해 단적으로 말한다면『남한산성』에 '방외의 현실'이라는 것은 없다. 서사적 밀도는 말의 부질없음을 말로써 말하는 아이러니의 악순환과 신흥 패권국이 조선이라는 약소국을 말려 죽이는 전쟁을 치욕의 코드로 양식화함으로써 얻어진 것이다.[15]

서울을 버려야 서울로 돌아올 수 있다는 말은 그럴듯하게 들렸다. 임금의 몸이 치욕을 감당하는 날에, 신하는 임금을 막아선 채 죽고 임금은 종묘의 위패를 끌어안고 죽어도, 들에서 백성들이 살아남아서 사직을 회복할 것이라는 말은 크고 높았다.

　문장으로 발신發身한 대신들의 말은 기름진 뱀과 같았고, 흐린 날의 산맥과 같았다. 말로써 말을 건드리면 말은 대가리부터 꼬리까지 빠르게 꿈틀거리며 새로운 대열을 갖추었고, 똬리 틈새로 대가리를 치켜들어 혀를 내밀었다. 혀들은 맹렬한 불꽃으로 편전의 밤을 밝혔다. 묘당廟堂에 쌓인 말들은 대가리와 꼬리를 서로 엇물면서 떼뱀으로 뒤엉켰고, 보이지 않는 산맥으로 치솟아 시야를 가로막고 출렁거렸다. 말들의 산맥 너머는 겨울이었는데, 임금의 시야는 그 겨울 들판에 닿을 수 없다. (9~10면)

　『남한산성』의 첫머리다. 떼뱀에 비유된 신하들의 화려한 '말잔치'로 인해 '호란'이 초래됐음을 암시하기까지 하는 문장들이다. 그런데 말잔치에 대한 통렬한 인식을 담은 듯한 이런 서술도 아이러니하게 ― 문장들이 뿜어내는 '아우라'의 어떤 비유적 과잉으로 인해 ― 그 자체로 또 하나의 말잔치로 전락하고 있다는 느낌을 지우기 어렵다. 정명수의 출세과정을 설명하는 데서도 거의 비슷하게 반복되는 '말의 문제'[16]는 김훈적 세계관으

---

15 다른 맥락이기는 하지만 김훈의 소설집 『강산무진』(문학동네 2006)에 실린 「뼈」에 대한 정홍수의 다음과 같은 물음도 인용해볼 만하다. "소설적 탐험의 여지를 스스로 제한하면서 언어의 밀도만으로 소설의 영토를 밀어붙이는 이 예외적인 글쓰기가 '내가 모르는 시간의 입자들이 태어나서 자라고 번창'하는 '가없는 세상과 시간의 풍경'(『강산무진도』)에 가닿을 수 있을까."(정홍수 『소설의 고독』, 창비 2008, 61면) 나는 이 평문에서 비록 투박한 말투와 거친 논법이지만 "소설적 탐험의 여지를 스스로 제한하면서 언어의 밀도만으로 소설의 영토를 밀어붙이는" 김훈의 "예외적인 글쓰기"에 물음표를 달고 있는 셈이다. 여기에 한마디만 덧붙인다면 언어의 밀도를 높이는 김훈의 장인적 솜씨는 역사소설보다는 「언니의 폐경」 같은 빼어난 단편에서 더 잘 발휘되는 것 같다.

16 "정명수는 여진말과 몽고말을 쉽게 배웠다. 사람의 마음에서 비롯하는 정처 없는 말과 사물에서 비롯하는 정처 있는 말이 겹치고 비벼지면서, 정처 있는 말이 정처 없는 말속에 녹아서 정처를 잃어버리고, 정처 없는 말이 정처 있는 말 속에 스며서 정처에 자리잡는 말의 신기루 속을 정명수는 어려서부터 아전의 매를 맞으며 들여다보고 있었다."(72면) '말의 신기루'라는 것도 병자호란에 비하면 사소한 것이다.

로 고착되고 그렇게 고착된 세계관은 작품의 형식과 내용을 규정한다. 이는 현실을 바라보는 특정한 시선을 규정하는 고착화이며, 모든 각도의 시선 또는 시각을 총동원해야 하는 역사소설에는 치명적으로 작용한다.[17] 물론 그런 식의 양식화는 김훈이 처음은 아니다. 유주현(柳周鉉)은 중편 「남한산성」(1964)에서 한국동란 당시 중공군에 의한 서울 접수를 인조의 삼전도 굴욕에 빗대고 '남한산성'의 치욕을 개인적 외상(trauma) 차원으로 형식화한 바 있다. 유주현의 「남한산성」에 강하게 투영된 반공주의 및 민족주의적 색채야 김훈의 『남한산성』에서는 찾아볼 수 없다. 그러나 본질적으로 어떤 공적 역사를 개인들의 정념이 들끓는 사적 공간으로 환원한다는 점에서는 다를 바 없어 보인다.[18]

요컨대 김훈의 『남한산성』에서는 대의의 세계를 두고 오불관언하는 개인들로 넘쳐나지만 그런 개인들이 어떤 의미에서 당대의 역사적 산물인가 하는 탐구는 거의 이뤄지지 않는다. 고도로 양식화된 표현이 화려하게 구사되면서 서사는 '역사적 현실'이 부질없는 말잔치에 불과한 것임을 확인하는 방식으로 전개된다. 바로 그 점을 날카롭게 의식한 오창은(吳昶銀)은 『남한산성』의 대중적인 성공 비결이 "너무도 익숙한 소재이면서, 그

---

17 김훈의 역사소설이 (정여울이 말했다시피) "어떤 자료를 주어도 결국 김훈적 철학으로 스스로를 오마주하는 것이 아닌가 하는 의구심"을 불러일으키는 것도 그 때문이 아닐까 싶다.(정여울 「팩션적 글쓰기와 미디어 친화력」, 『문학과사회』 2007년 가을호 302면) 이 의구심을 좀더 평이하게 표현한다면 전혀 다른 역사상의 시대를 재현한 역사 서사들이 결국 작가의 자기동일적 세계관의 반영에 지나지 않는다는 말이 된다. 그의 첫 장편인 『빗살무늬토기의 추억』(문학동네 1995)을 기억하는 독자라면 소방관의 세계를 다룬 이 작품에서 감지되는 어떤 정념이 사실상 세 역사소설의 서사를 추동하고 있음을 실감할 수 있으리라 본다. 하지만 그런 경우라도 『칼의 노래』와 『현의 노래』 『남한산성』을 한 덩어리로 취급할 수 없는 만큼 세 작품을 좀더 분별해서 읽어봄직하다.
18 김인환은 『남한산성』론의 결론에서 "백성들은 북벌이건 북학이건 관심을 두지 않는다"고 하면서 "지금 북한은 남한산성에 갇힌 서인 정권과 같다"는 인상을 피력한다.(김인환 「김훈의 『남한산성』: 말과 길」, 『사회비평』 2007년 가을호 164면) 과거의 특정한 사건을 다룬 역사소설이 어떻게 현실에 대한 이데올로기적 해석을 유발하는가를 보여주는 흥미로운 사례이다.

누구도 그 실체를 알 수 없었던 47일간을 소설 언어로 피와 살이 돌게 했"
다는 데 있음을 인정하면서 이렇게 말한다.

그런데 김훈 역사소설은 내용(주제)에서는 허술하기 그지없고, 형식
에서만 강한 흡입력을 발산한다. 김훈의 소설을 읽다보면, 그가 소설세
계의 철학적 깊이를 담보하지 못하고 있다는 느낌을 떨쳐버릴 수 없다.
그는 끊임없이 유보적인 언술을 구사하고 사상을 속류화한다.『칼의 노
래』에서는 "나는 늘 알지 못했다"라고 의구심을 표하고,『현의 노래』에
서는 '소리와 쇠에는 주인이 없음'을 강조한다.『남한산성』의 서사는
"지켜서는 살 수가 없고, 살려면 허물어야 하는" 역설적 상황의 연속이
다. 김훈 소설 속 상황은 주체 없는 과정의 은유적 표현이다. 그 주체 없
음을 언어로, 문체로 메워나가고 있는 것이다.[19]

'김훈 소설세계의 철학적 깊이'도 궁극적으로 '작품성'의 문제로 귀결
될 것이다. 다만 "주체 없음을 언어로, 문체로 메워나가고 있"다는 오창
은의 지적은 김훈 역사소설에 대한 다소 과격한 일반화라는 인상을 준다.
그 주체와 문체는 좀더 세심한 독해를 필요로 한다. 흥미로운 것은『남한
산성』이 무협소설 형식을 띠고 있다는 오창은의 주장이다. 물론 오창은
자신도 "김훈의 전쟁 소재 역사소설이 무협소설과 동일한 것으로 간주될
수는 없"음을 이야기하는 만큼 형식의 문제는 조심스럽게 접근해야 한다.
오창은은 김영찬과 마찬가지로 김훈의 역사소설에서 "오로지 살아남기
위해, 비굴함과 공포를 감내하는" 소시민 대중의 심리와 대중에 대한 작
가의 위무를 읽어내지만 강조점은 확연히 다르다. 김훈의 소설세계에는
"여성의 언어가 틈입할 수 없고, 보살핌의 윤리가 오히려 하찮은 예외적

---

19 오창은 「김훈 역사소설이 다다른 곳」,『교수신문』 2008년 1월 29일자 참조. 김훈 역사
  소설에 대한 그의 또다른 비판적 논평은 「역사소설의 확장, 역사철학의 빈곤」,『실천문
  학』 2008년 가을호 255~57면 참조.

상황으로 도외시되고"있음을 지적하는(「김훈 역사소설이 다다른 곳」) 오창은의 논점은 약육강식의 논리가 역사소설의 의장을 빌려 펼쳐진다는 데 있기 때문이다.

역설적으로 주화파와 주전파가 벌이는 현란한 말잔치는 병자호란이라는 역사적 사건의 '실재'를 은폐한다. 산성을 지키는 군졸들의 처참함이나 시시각각 조여들어오는 청의 군대 앞에서 오합지졸로 흩어지는 선비들, 그들을 속수무책으로 지켜봐야만 하는 인조의 치욕이 그토록 생생한데 '병자호란이 없다니?'라는 반문도 가능할 것이다. 그런 반문도 일면 당연한 것이, 적어도 시시각각을 기록한 사료상의 병자호란, 김훈 특유의 문체로 살을 입힌 병자호란이라면『남한산성』에는 차고 넘치기 때문이다. 그런 의미에서의 '역사'는——또는 역사기술은——『남한산성』에서는 과잉에 가깝다. 그렇게 따지면 호란에 대한 그같은 차원의 역사기술은 당대의『산성일기』만으로 충분치 않겠는가.[20]

그러나 나는 작가가 17세기 동아시아의 전환기를 거시적으로 파고드는 데 아예 관심이 없기 때문에[21] 결과적으로『남한산성』은 사실성에서도 결격이라는 식으로 비판하고자 하는 것은 아니다. 조선의 운명이 만주의 흥망성쇠에 따라 결정된다는 이른바 식민지적 만선사관(滿鮮史觀)에 작가가 젖어 있다고 꼬집을 생각도 없다. 그보다는 제아무리 세련된 문체나 고급한 양식화라 하더라도 그것이 '작품 자체의 역사의식'보다 앞설 수는 없으며, 그런 의식에 민감하지 못한 비평은 애초부터 한계를 안을 수밖에

---

20 김광순 옮김『산성일기』(작자미상), 서해문집 2004.

21 김훈은 '거대담론'에 대해서 단순할 정도로 경멸적이다. "우리는 대부분 개수작을 하잖아. 그런데 일본은 자기 일을 열심히 하는 사회예요. 무엇보다도 거대한 담론을 안해. 말하자면 개수작을 안하고 단정하게 사는 사람들의 사회인 거죠. 선진사회예요."(김훈·신수정 대담「아수라 지옥을 건너가는 잔혹한 리얼리스트」,『문학동네』2004년 여름호 303면) 이런 작가의 태도가 얄궂게도 사회진화론과 같은 거대담론과 무관하지 않음은 김주언도 지적한 바 있다. 김주언「김훈 소설의 자연주의적 맥락: 장편 역사소설을 중심으로」,『한국문학이론과 비평』49집(14권 4호) 241면 참조.

없으리라는 점을 지적할 따름이다.

여러 평자들이 언급한, 때로는 달관을 닮기도 한 허무주의는 『남한산성』이 역사소설의 장르적 가능성을 제한한 결과이다. 김훈은 특정한 역사적 소재나 주제를 그것들이 속한 역사적 상황으로부터 분리해내고 그 자신의—원한, 분노, 초월, 애욕 등의 감정이 뒤섞인—정념을 극도로 집중된 방식으로 분리된 상황에 투사한다. 그런 의미에서 김훈의 텍스트는 장인적 장르주의의 고급한 산물임을 얼마든지 수긍할 수 있다. 문제는 장인적 솜씨가 문체로써 작가의 '철학'을 포장하는 데 발휘된다는 점이다. 그가 그려낸 역사적 현실이라는 것이 17세기 당대는 물론 오늘의 상황에 대한 표피적인 암시에 머무는 것도 그 때문이다. 예컨대 하나의 정교한 정물화로서 쉽사리 잊히지 않는 사공과 눈물을 머금으며 그를 베려는 김상헌의 모습도 그러하다.

— 청병이 오면 얼음 위로 길을 잡아 강을 건네주고 곡식이라도 얻어볼까 해서…….
…이것이 백성인가. 이것이 백성이었던가……. 아침에 대청마루에서 남쪽 선영을 향해 울던 울음보다도 더 깊은 울음이 김상헌의 몸속에서 끓어올랐다. 김상헌은 뜨거운 미숫가루를 넘겨서 울음을 눌렀다. 이것이 백성이로구나. 이것이 백성일 수 있구나. 김상헌은 허리에 찬 환도 쪽으로 가려는 팔을 달래고 말렸다. (43면)

"이것이 백성이로구나. 이것이 백성일 수 있구나." 정녕 당대 조선의 백성은 "청병이 오면 얼음 위로 길을 잡아 강을 건네주고 곡식이라도 얻어볼" 궁리만 했던 것인가. 작가는 감상헌의 장탄식이 역사의 지평에서뿐만 아니라 소설의 영역에서도 일어날 수 있는 또 하나의 가능성—반드시 의병으로 구체화되어야만 하는 것은 아니며 또한 (서날쇠의 행적이 예시하는 바와 같은) 생존본능의 승리로만 구현되는 것도 아닌 민중의 생명력——을 자신의 사적 관념으로 양식화한다. 김상헌의 공적인 폭력과 사공의 무고한 희생이 함축하는 구도와 그 속에서 미화되는 비장미는 그 자체로 무협소설 형식의 통속적 가공이라는 혐의를 불러일으킨다.

백성과 대척점에 선 김상헌의 행위는 단순한 하나의 에피소드만은 아니다. 그것은 남한산성의 세계를 시종 철저하게 양편으로 가르는 이분법의 개시를 알리는 사건이다. 각각 주전과 주화의 대척점에 섰으되 근본적으로 동일한 정신세계(=우국의 세계)에 속한 김상헌 및 최명길, 어떤 이념보다도 하루살이가 더 급한 사공이나 정명수, 군졸 등 '민초' 사이의 대립은 남한산성의 실상이 재현되면서 깊어질 뿐이다. 선비들을 비웃는 군병들과 수레를 타고 깔깔거리며 청군을 따라가는 여자들은 물론이고, 호란의 궁극적 승리자처럼 보이는 서날쇠도 그런 대립구도 속에 있다. 『현의 노래』에서 작가의 세계관을 사실상 동일한 방식으로 복창하는 악사 우륵 및 대장장이 야로와 비교하면 서날쇠라는 인물이 아주 생생하다는 점을 덧붙여야 하겠지만 우국과 일상적 삶을 가르는 경계는 분명하다.

다른 한편 『남한산성』이 김훈의 이전 역사소설과 구분되는 지점은 치욕의 견딤으로 요약되는 서사를 나루와 서날쇠의 아들이 열어갈 미래로 마무리한 데서 찾아볼 수 있다. 그러나 필자는 서날쇠를 '소수자'의 지워진 목소리를 복원하는 인물로 간주하면서 작가에게 그런 인물을 통해 허무주의적 역사관을 극복하라고 충고하는 평문과는 거리를 두고 싶다.[22] 서날쇠라는 인간을 '소수자'라는 우리 시대에나 통용될 법한 정치적 개념에 짜맞추어 보는 것은 과거를 현재로 덮어씌우는 또 하나의 몰역사적 태도가 아닌가 하는 의문이 들기 때문이다. 역사소설에서 읽어내는 어떤 정치적 가능성은 작품의 전체적 지평에 대한 평가에서 나와야지 특정한 인물을 부각하고 작가에게 허무주의의 극복을 요구함으로써 찾을 일은 아

---

22 장성규 「재현 너머의 흔적을 복원시키는 소설의 욕망: 2000년대 역사소설에 대한 성찰과 전망」, 『실천문학』 2007년 여름호 214~15면.

니라고 본다.[23]

5. 맺음말

제아무리 훌륭한 역사소설이라도 역사학 자체를 대신할 수는 없겠지만 역사학의 근간인 '역사의식'에 무심한 작가가 탁월한 역사소설을 써낼 수 있다고 믿기는 어려울 것이다. 하지만 '역사의식'도 고정된 실체는 물론 아니다. 역사의식 그 자체는 올바름을 판별해줄 어떤 근거도 갖지 않을뿐더러 올바른 역사의식의 정립이 역사소설 읽기의 전제조건이 될 수도 없

---

23 그 점에 관한 한 중국의 사례 하나를 들어보는 것도 우리의 역사소설에 자극이 될 듯하다. 모옌(1955년생)의 『탄샹싱』(박명애 옮김, 중앙M&B 2003)은 그 좋은 예이다. 청말(清末)에 제국주의(=독일)의 침탈 아래 놓인 산둥(山東) 지방의 까오미 현을 무대로 하는 이 장편에서 필자가 가장 인상적으로 느끼고 곱씹은 것은, 구술문학 자산의 신축자재한 활용이다. 구술문학이라는 것 자체가 본디 향토성이 강한 서사인데, 역사소설의 장르적 탁월함이란 것도 본질적으로 향촌(鄕村)의 살아 있는 문화에 뿌리박은 공동체적 삶 및 그 감수성과 불가분의 관계에 있는 것임을 실감하게 된다. 『탄샹싱』을 읽는 맛은 바로 거기서 느껴지는 것 같다. 가령 첫 넉 장, '푸줏간 여인' '망나니의 독백' '망나니의 백정 아들' '무릎 꿇은 현령'을 읽어보면, 각기 다른 개성의 목소리들이 유장하게 합쳐지고 흩어지면서 독자의 마음에 당대 까오미 현의 풍속과 사람살이의 전체적 풍경을 옮겨놓는다. 이 풍경에 역사소설적 형식을 부여하는 동력은 모옌의 고향인 까오미 현 동북 향촌에서 가창(歌唱)문학의 전통으로 자리잡은 '고양이연극'이다. 민중의 삶에서 유래한 토착적 형식과 발화를 통해 철도 건설로 상징되는 제국주의 및 매판세력의 침탈이 재현되고, 그런 침탈에 맞서는 민초들의 저항이 함께 펼쳐진다. 특기할 점은, 주요 인물들이 하나의 가족이라는 끈으로 연결되면서 그 관계가 동심원을 그리며 퍼져나가는 양상이다. 까오미 현 유랑극단의 단장으로서 아내와 자식을 잃고 압제자의 총칼에 결연히 맞서는 쑨빙, 까오미 현의 현명한 현령이지만 외세와 그에 결탁한 세력 앞에서 무기력한 첸딩, 쑨빙의 딸이자 첸딩의 수양딸로서 그런 첸딩을 숙명적으로 사랑하는 쑨메이냥, 쑨메이냥의 남편으로 아Q의 변종이라 할 백정 샤오자, 샤오자의 아버지로 청 조정에서 망나니로 명성을 얻는 자오자 등은 씨줄과 날줄로 얽혀 있다. 물론이 가족사는 청조 말기의 정치적 현실을 총체적으로 드러내는 집단적 알레고리 기능도 수행한다. 그로써 한 개인의 운명이 국가의 시운과 불가분하게 연계되어 있음이 자연스럽게 드러나는 것이다.

다. 앞에서도 말했듯이 오히려 올바른 역사의식을 비평의 진정한 기준으로 설정하는 행위 자체가 하나의 탐구적 물음이 되는 과정에서 역사소설 읽기도 비로소 가능해진다고 해야 할 듯하다.

되돌아보면 일제 식민치하의 1930년대가 한국문학에서 역사소설의 전성기였다는 사실은, 그 성취에 대한 문학사적 평가와는 별개로, 그런 식민치하에 대한 작가들의 대응이 어떠했는가를 말해준다. 당면한 역사적 현실을 어떻게든 감당해야 했던 문학지식인들의 몸부림이 과거에 대한 낭만적·관념적 상상을 통해 역사소설이라는 텍스트를 만들어냈다면 그건 망국의 현실에서 나라의 독립을 상상적으로 희구한 소망충족의 문학적 표출이기도 했다. 이하응이 흥선대원군으로 등극하는 과정에 온갖 후광을 입힌 김동인(金東仁)의 『운현궁의 봄』(1933~34)이 그 단적인 예가 아닌가. 물론 역사소설도 시대에 따라 부침을 겪는—바로 그런 의미에서 역사적인—장르라면 우리 시대 역사소설의 가능성[24]을 좀더 엄밀한 방식으로 성찰하는 것은 비평의 과제로 남아 있다.

그 점을 숙제로 남겨두면서 다만 한가지 환기하고 싶은 사실은, 한반도의 운명을 결정할 우리의 시민역량이 식민지시대와 군부독재시대와 전혀 다른 방식으로 축적·분출되고 있는 2010년대는 과거로 '시간여행'을 떠나는 역사소설의 모험이 더 총체적이고 도전적일 것을 요구하고 있다는

---

24 근년 들어 (대하)역사소설의 가능성에 대해 회의하는 논자도 있고, 실제로 그런 역사소설이 드물어진 것도 사실이지만 필자로서는 역사소설의 가능성을 그렇게 예단하고 싶지는 않다. 오히려 필자는 루카치가 '고전적 역사소설'의 탁월한 성취 가운데 하나로 꼽은 바 있는 알레산드로 만쪼니(Alessandro Manzoni, 1785~1873)의 『약혼자들』(*I Promessi Sposi*, 1827)을 능가하는 역사소설을 고대하고 있다. (『약혼자들』은 2004년에 김효정이 우리말로 완역하여 문학과지성사에서 출간되었다.) 아무튼 근대 이딸리아의 형성과정과 시민의식의 태동 및 성숙을 한눈에 사실적으로 조감하게 하는, 역사소설인 동시에 연애소설이며 거기에 사회소설 및 풍속소설로서의 면모까지 두루 갖춘 『약혼자들』 같은 작품을 우리가 희망해야 할 당위는 한반도 현실에서는 더 커진다고 해야 하지 않을까 싶다. 그러기 위해서는 성실하고 담백한 비평이 더 많아져야 함은 더 말할 것도 없다.

점이다. 물론 시간여행의 모험이 '역사소설'의 형식을 띠는 한 사실과 교훈을 포용하는 '이야기'로서의 재미가 따르지 않고서는 성공을 기약하기 어려우리라 본다. 다만 사족 한마디 붙인다면, 그런 재미도 한반도에서 유구한 세월 동안 이어져온 민중적 삶의 실감을 일깨울 수 있는 역사소설 특유의 장르적 가능성을 온전히 살리는 데서 얻어지기 마련이라는 것이다.

덧글: 김연수의 『밤은 노래한다』에 관하여

앞서 김연수의 역사소설을 "역사의 사소설화(私小說化) 경향"으로 규정하고 넘어갔는데, 작가가 들인 공력에 비해 지나치게 소략한 평가여서 따로 부연할 필요를 느낀다. 알다시피 김연수는 공식 역사로는 온전히 설명할 수 없는 사적인 개인의 내밀한 개인사를 다각도로 작품에 담아왔다. 『밤은 노래한다』(문학과지성사 2008)는 그 가운데서도 본격적인 장편 역사소설의 형식을 띤다.

『밤은 노래한다』는 소설보다 더 기이하고 끔찍하달 수 있는 역사적 사건, 즉 1930년대 초반 동만주의 항일유격 근거지에서 벌어진 비극을 다루고 있다. 500여명에 이르는 조선의 혁명가들이 서로를 향해 총부리를 겨눈 민생단 사건 말이다. 나는 이 기막힌 (자기)학살극에 대해 연구한 적이 없다. 다만 작품 말미에 붙은 한홍구(韓洪九) 교수의 해제만으로도 그것이 얼마나 지독한 역사의 악몽이자 광기였는가를 절감할 수 있었다. 작품을 읽기 시작하면서 1910년대 출생의 주인공을 내세워 대략 두 세대 전의 역사적 사건을 다루는 작업이니 — 그리고 그에 관한 믿을 만한 '사료들'도 없지 않은 상황이니 — 1970년생인 작가가 한번 도전해볼 만한 소설적 과업이라는 생각이 들었다. 일단 그런 과업을 떠맡아 오랜 기간 숙고해온 작가에 경의를 표한다.

『밤은 노래한다』는 각각 때와 장소를 구체적으로 명시한 다섯 장으로 구성된다. 1932년 8월 용정(첫째 장), 1933년 4월 팔가자(둘째 장), 1933년 7월 어랑촌(셋째 장), 1941년 8월 용정(넷째 장), 그리고 마지막 다섯째 장인 1932년 9월 용정이다. 다섯째 장은 편지로만 이루어져 있으니 사실상 네개의 장으로 이루어진 서사이다. 각각의 장은 계절과 월별로 더 세밀하게 나눠진 시간에 따라 진행된다. 특이한 것은 1~3장까지는 화자인 김해연의 1인칭 회고적 시점으로 구술되는 반면, 4장에 오면 김해연이 3인칭 '그'로 바뀐다는 점이다.

그런데 사건일지를 따라가보면 서사가 매우 정교한 인과관계로 구성된 것 같지만 이정희의 죽음 같은 결정적인 사건은 끝내 모호하게 처리된다. 이런 모호함이 해결되는 결말의 방식에 대해서는 뒤에서 언급할 텐데, 사건들의 흐름은 김해연을 중심으로 모이고 갈라진다. 좀더 정확하게 말하면 김해연이 잃는 사랑의 행로를 따라 흘러간다. 김해연은 1910년생으로서 일본 국책회사인 남만주철도주식회사(약칭 만철)에 파견 나온 엔지니어이지만 '문청' 기질이 다분한 청년이다. 민족의 해방이니 혁명이니 하는 것에는 기질적으로 무심하며 "한줄 책에 실린 글귀에 위안을 받고, 퇴근하는 저녁 길에 머리 위로 떠오른 초승달에 행복을 느끼는 사람"(72면)으로 설정된다. 그런 숙맥이 안동 지방 유생의 손녀로 이화여전 음악과를 졸업하고 조선공산당에 가입한 이정희와 사랑에 빠져 결혼을 약속하지만(1932년 6월) 그녀의 의문의 죽음(1932년 8월 중순)에 충격을 받으면서 이야기는 긴박하게 진행된다.

민생단 사건은 조선혁명가들 간의 상호학살이 벌어지는 셋째 장에서 본격적으로 펼쳐진다. 하지만 그런 비극의 현장을 감싸고 있는 것은 사실상 김해연과 이정희의 사랑이다. 이들의 사랑이 모든 사건의 시작이자 끝이라 해도 과언은 아니다. 이렇게 보면 둘째 장에 등장하는 또다른 여인 여옥과의 관계는 김해연의 먼젓번 사랑의 '여진'에 해당한다. 전혀 다른 계급 출신인 두 여성 모두 조선해방의 혁명전사라 할 수 있는 반면, 김해연은 사랑에 목을 매는—그러나 목매는 데 실패해 자의 반 타의 반 역사의 '현장'으로 끌려나오게 되는—지식분자이다. 그렇다면 그런 그와 민생단의 관계는 어떤 것인가?『밤은 노래한다』에서 '혁명'은 김해연의 사랑—이를테면 죽음에의 충동도 불사하는 에로스—의 산물이다. 혁명과 사랑의 복잡미묘한 화학반응보다는 혁명의 기원이 확실하게 '사랑'에 있음이 사건이 진행될수록 분명해지는 것이다. 대성중학의 학생들, 즉 안세훈, 박도만, 최도식이 각자 품은 혁명의 동기도 철저하게 이정희라는 여성에게서 발원하는 것으로 그려진다. (대성중학은 1921년에 세워졌다가 일제에 의해 폐교되는데, 1926년에 박제하, 현기영, 리영식 등의 공산주의자들에 의해 다시 세워진다.) 혁명과 사랑, 꽤나 낯익은 구도지만 고전적인 주제이기도 하다. 그런 주제를 차용한『밤은 노래한다』는 민생단의 그 모든 역사적 광기에 대해 불가지론을 거듭 천명하는 반면, 에로스적 사랑이 혁명의 어머니임을 반복해 암시한다. 김해연은 말할 것도 없고 이들 모두의 혁명적 동기가 이정희라는 태양의 여신을 향한 향일성(向日性)으로 설명될 수 있다면 그렇지 않겠는가.

이같은 혁명과 사랑이라는 이원적 구도를 배경으로 민생단의 현장이 본격적으로 조명되는 것은 셋째 장에 이르러서다. 작품에서 그려지는 것만으로도 충분히 끔찍한 사건이고, 그 진상은 결국 박도만의 계급해방(＝국제주의) 대 박길룡의 민족해방(＝민족주의)의 틀에서 해명된다. 화자인 김해연은 박길룡보다는 박도만에 상대적으로 기우는 것처럼 보인다. 하지만 나카지마와 니시무라, 동세영 등 일본인과 중국인에 의해 운명이 좌우되는 그는 실상 뿌시낀의『대위의 딸』에 등장하는 인간주의적인 귀족 그리뇨프 대 농민반란의 수괴 푸가초프라는 축에서 끊임없이 진동하는 인물이다. 이러한 진동은 김해연이 어랑촌 쏘비에뜨를 빠져나오는 중에 박길룡을 죽이고 훗날 용정에 중국공산당의 일원으로 다시 나타나 최도식과 대면하는 장면에서도 크게 달라지지 않는다.

이처럼 작품을 찬찬히 조감해보면『밤은 노래한다』는 이분법이라는 벽돌로 구축된 서사임이 드러난다. 밤과 낮, 거짓과 진실, 순진과 경험의 대비가 전편을 지배한다. 사랑과 혁명의 다른 이름인 똘스또이와 맑스, 중국공산당 대 조선공산당이란 구도의 변형인 국제주의 대 민족주의 등은 민생단의 '현장'을 규정하는 개념들이다. 이분법이 역사적으로 강력한 영향력을 행사해온 사고방식인 것은 부정할 수 없지만 민생단과 같은 미증유의 비극에 접근하는 '방법론'으로서는 턱없는 도식이라는 생각을 지울 길이 없다. 소설에서 민생단 비극의 핵심적인 현장은 바로 그런 이분법의 시각으로 (어떤 대목에서는 거의 논문 투로) 설명되고 있다. 하지만 계급적 배경과 성장과정 등이 전혀 상이하면서도 혁명에 뜻을 같이한 인물들이 서로를 향해 총부리를 겨눌 수밖에 없었던 배신의 지옥이 민생단이라면, 그리고 일제와 중국공산당, 조선공산당 등의 세력판도가 극도로 착종된 상황에서 그런 비극이 싹텄다면 혁명과 사랑이라는 간단한 이분법은 해체되어야 마땅할 것이다.

아무튼 혁명이 사랑으로 수렴되는 양상이 말해주는 바는,『밤은 노래한다』가 역사소설이라는 외피를 입고 있지만 실상은 삶의 '입문'을 다루는 청춘소설에 가까운 서사라는 사실이다. 그런 맥락에서 평단이 이 작품에 바친 찬사의 대부분은 청춘소설로서의『밤은 노래한다』에 돌아가야 한다고 생각한다. 작품의 빛나는 대목들은 사실상 민생단의 '진상'과는 무관하다고 해도 지나친 말이 아니다. 서사의 처음과 끝을 장식하는 이정희의 편지가 보여주는 것도 사랑이라는 '코드'를 특정한 역사적 현실에서 분리해 낭만적 관념의 영역에 접속하려는 시도에 가깝다. 그러나 그 과정에서 여옥이나 강정숙 같은 개성적인 인물들을 비롯해 1930년대 간도지역의 말과 풍물이 세심하게 재현된다.『밤은 노래한다』의 소설로서의 성취에 관한 한 이러한 점이 과소평가될 것은 아니라고 본다. 하지만 그런 미덕이 역사소설로서의 미덕과 어느 정도까지 양립할 수 있을지는 의문이다. 그 점을 명시하면서 김해연이 3인칭 '그'로 등장하는 넷째 장에 대해서 몇마디 덧붙이고자 한다.

김해연의 회고로 구성되는 1~3장에서 회고의 시점이 구체적으로 명시되지 않는 것이 어떤 함의를 갖는가는 더 생각해볼 만하지만, 넷째 장에 가서 왜 작가는 '나' 김해연을 '그' 김해연으로 바꿔 서술하는지도 따져봐야 한다. 김해연을 원경(遠景)에 놓고 그의 최종 행로에 최대한 객관성을 부여하려는 의도가 아닐까 짐작해본다. 주인공을 3인칭으로 부르는 순간 '거리'가 확보됨은 자명할 테니 말이다. 그럼에도 '지옥에서의 한철'을 겪고 1941년 8월에 다시 등장한 김해연이 이정희를 뒤따라가고자 목을 맸던 바로 그 김해연과 다르다는 느낌을 받기는 어렵다. 비록 그가 그동안 낭만적 기질이 다분한 문청에서 유격구(遊擊區)의 대원으로, 중국공산당의 지하당원으로 변모한 것으로 그려지지만 말이다.

천변만화와 같았던 1930년대 간도의 혁명투쟁 현실에서도 김해연의 자기동일성이 깨지지 않았다면 그건 애초부터 그가 관념으로 주조된 인물이기 때문일 것이다. 만일 그렇다면 작품이 민생단 사건과 같은 역사적 비극의 진실을 제대로 묻는 차원에 미달했다는 평가를 피하기는 어려울 듯하다.

김해연은 8년 만에 만주 중앙은행 용정 사무처에 근무하는 최도식을 찾아가 이정희의 죽음에 관한 진상을 다시 심문한다. 이 대목에서도 이정희가 자살인지 타살인지 확실치 않다. 하지만 그것보다 그녀를 죽음으로 몰아간 역사적 현실이 더 중요할 터이니, 그 점은 접어두기로 하자. 좀 더 진중한 성찰을 요구하는 대목은, 김해연이 혁명의 배반자를 처단하려는 순간에 집으로 들어오는 "아직 열살도 넘지 않은 게 분명한" 아이들을 보는 장면이다. 그동안 절치부심 피의 복수를 단념하지 못한 김해연의 행로가 극적으로 반전을 맞는 것은 바로 이 장면에서다. "자신의 아버지가 한때 어떤 사람이었는지 전혀 알지 못하는, 송어들처럼 힘이 넘치는 새 시대의 아이들"(318면)의 존재가 그의 개심을 불러온다. "송어들처럼 힘이 넘치는"이라는 표현은 이정희의 편지에서도 "송어들처럼 힘이 넘치는, 그 어떤 것에도 지지 않는 평안"으로 유사하게 등장한다. 적어도 이 대목만은 민생단 사건이라는 과거를 뒤로하고 싶은 작가 김연수의 직접적인 소망이 표출되고 있다고 봐야 할 것이다. 실제로 그는 '작가의 말'에서 2008년 촛불시위에 참여하여 전경들의 코앞에서 "대중가요를 부르며 춤을 추기 시작"하는 젊은 학생들을 보며 오랫동안 유예된 작품의 결말을 마무리지을 수 있었다고 고백하고 있다.

　민생단과 같은 민족의 비극을 어떻게든 '소설'로 감당해보고픈 작가의 진정성에 토를 달기는 어렵다. 역사소설로서의『밤은 노래한다』가 분명한 한계를 갖는 작품임을 지적하면서도 몸으로 살지 않은 1930년대 동만주의 그 엄혹한 현실을 기록하려는 김연수의 분투만은 높이 사고 싶은 것은 그런 연유에서다. 다른 한편 '해제'를 쓴 한홍구 교수는 "이 참담한 민생단 사건을 통하지 않고서는, 우리는 김일성 등 이북의 지도부가 된 항일유격대 출신들의 사고방식을 이해할 수 없다. 또한 중국 당국이 혁명에 승리한 직후, 왜 연변조선족자치주를 만들었는지를 이해할 수 없다"고 적은 바 있다. 그렇다면 한교수의 말이 지닌 행간의 의미를『밤은 노래한다』와 연관하여 이렇게도 풀어볼 수 있지 않을까. 어쩌면 민생단 사건과 같은 비극을 역사소설로서 온전히 복원하고 치유하는 과업은 남과 북의 민중이 가슴을 열고 만나는 과정에서나 가능할지도 모른다고.

한국소설의 고투, 마중물로서의 비평

||||||||||||||

1.『창작과비평』2008년 겨울호 특집을 읽고서[1]

　조영일 씨가 주도하는 '비평고원'이라는 인터넷 다음카페에 들러보니 『창작과비평』2008년 겨울호 특집인 '문학이란 무엇인가'에 대한 논평이 여럿 올라와 있더군요. '창비구단'의 해체를 주창하는 이 친구들, 자신을 이 시대의 전위로 내세우고 있지요. 감상문을 읽어보니 전위는커녕 인정 투쟁에 목을 맨 하이에나들이더군요. 인정투쟁이라는 게 원래 좀 유치한 것 아닙니까. '누가 알아주든 말든 내 길을 가련다,' 이런 패기가 있어야 하는데⋯⋯

　약간 다른 맥락이지만 이번 겨울호『문학동네』에 실린 김종철(金鍾哲)

---

[1] 1절 '『창작과비평』2008년 겨울호 특집을 읽고서'는 원래 2008년 11월 30일 창비 내부의 '에디넷'에 올린 단상이다. 편집인인 백낙청의 논평 이외에 이렇다 할 후속토론은 없었지만 개인적으로 더 논의를 이어가고 싶어 두번째 평론집을 구상하는 과정에서 비평형식의 2절을 추가했다. 하지만 2절의 내용도 창비 에디넷 2010년 8월 30일과 9월 2일 두 차례에 걸쳐 올린 글을 다시 보완한 것임을 밝혀둔다. 또한 이 글의 제목은 새로 단 것이며, 독자의 편의를 위해 1절에서는 필요하다고 판단되는 대목에 각주를 달았다.

선생 대담도 여러가지를 생각나게 합니다. 술자리에서도 그렇지만 김종철 선생님의 말씀은 제게는 언제나 참 신명나고 새겨들을 바가 많습니다. 그런데 이번에 다시 '창비'의 이중과제론을 문제삼으셨더군요. 한마디로 관념적이라는 거지요. 석유문명에 대한 근본적인 성찰이 있어야 한다든가 근대주의에 의해 길들여지지 않은 '야성'이 절실하다 등등의 말씀은 다 좋습니다. 그런 문제의식에는 저는 신바람이 나면서도 다른 한편 이중과제론을 앞뒤 안 가리고 꼬집는 모습에서는 우리 지식인사회에서 모실 건 제대로 모시고 자기 할 말은 똑바로 하는 지적 전통이 여전히 빈곤하지 않은가 하는 느낌이 다시금 듭니다.

사설이 길어졌습니다. 내달 첫 금요일에 공식적인 합평회가 예정되어 있고 '창비' 외부 논자를 청해서 이번호 특집의 문제의식을 연장하는 기획도 있는 것 같은데, 그래도, 아니 바로 그래서 내부에서도 '군불'을 좀 때볼까 합니다. 주로 백낙청(白樂晴), 한기욱(韓基煜) 두분의 비평문에 집중되겠지만 특집의 개별 평문에 대한 평도 곁들이면서 몇가지 굵직한 논제를 중심으로 소감을 피력해보겠습니다.

리얼리즘 단상

리얼리즘은 한 시절 장안의 화제담론이었습니다. 루카치의 비판적 극복을 지향한 리얼리즘 담론은 1970년대부터 —백낙청 선생님도 평문에서 언급하셨습니다만 바로 그런 비판적 극복의 단초를 마련한 염무웅 선생님의 「리얼리즘론」은 1974년에 나왔지요— 이론적으로 괄목할 만한 축적을 이루었다고 봅니다. 그 축적이 한국문학 분야에만 국한되는 것은 아니겠지요. 프레드릭 제임슨 같은 이의 포스트모더니즘 비판을 받아들이면서도 서구 중심부와는 실감이 다를 수밖에 없는 우리의 사정을 감안한 리얼리즘 담론이 제법 정교하게 다듬어져왔고, 아직 단행본으로 묶이지는 않았지만 백선생님의 로런스 연구서는 그 축적을 말해주는 뜻깊은 증언이 될 겁니다.

하지만 우리가 지금 리얼리즘을 가지고 이러쿵저러쿵한다면 그건 그야 말로 '집안 이야기'가 될 겁니다. 물론 긴요한 것은 집안 이야기로 끝나지 않게끔 담론을 전개하는 요령이겠지만 지금 상황에서는 그 점에 대해 우리가 더 솔직하게 나아가야 한다고 봐요. 이는 그만큼 세월이 흘렀고 세상이 바뀌었다는 말도 되겠지요. 백선생님이 리얼리즘을 꺼내면서 '다시 생각하는 사실주의'라는 소제목을 단 것도 그와 무관하지 않으리라 봅니다. 백선생님은 "나 개인의 경험으로는 근년에 와 문학적 동지라 할 논자들마저 '리얼리즘'을 '사실주의'의 뜻으로 쓰는 것을 목격하면서 거의 체념상태에 빠진 것이 사실이다"(20면)라고 하셨지요. 하지만 바로 이어지는 문장에서는 개념을 엄밀하게 구사해야 할 필요성을 환기하면서 '리얼리즘'을 완전히 포기할 마음이 없다고도 하셨지요. 저 역시 동감입니다.

황종연(黃鍾淵)의 리얼리즘 비판에 대한 반비판으로 기획된 5년 전의 졸고 「리얼리즘·모더니즘 논쟁에 관하여」에서 저는 백선생님을 비롯한 민족문학 논자들이 리얼리즘과 사실주의를 구분한 것은 개념적 엄밀성을 추구하는 과정에서 나온 지적 투쟁의 소산임을 지적한 바 있습니다.(졸저 『근대 극복의 이정표들』, 창비 2007, 341면 각주 5번 참조) 그런 의미에서 과연 (왕년의) 리얼리즘 담론에 걸맞은 (창비 논객들이 간과했을지도 모르는!) 창작품이 한국문학에 얼마나 되며 현역 작가들이 사실주의와 구분되는 리얼리즘의 경지를 얼마나 의식하면서 작업하고 있는가는 중요한 쟁점이 되겠지요. 「문학이 무엇인지 다시 묻는 일」에서 다룬 윤영수(尹英秀)와 박민규의 작품은 바로 그런 의식이 상당부분 작동한 창작적 결과물이라고 해도 무방하다고 봅니다. 제도권 교육의 (자발적인) 낙제생인 박민규야 개념으로서의 리얼리즘에는 아랑곳하지 않겠지만 가령 「절(竊)」 같은 무협 장르의 변용에서 능청스럽게 과시한 그의 현실감각은 리얼리즘 정신과 통하는 바 있고, 윤영수의 경우는 초기작에서 이미 '재현'에 대해 주밀한 성찰을 보여준 바 있지요.[2]

공선옥(孔善玉)을 논한 한기욱 선생의 평문 6절을 보니까 리얼리즘에 홑따옴표를 붙이셨더군요.(62면) 저는 의식적으로 평문에서 '리얼리즘'이라는 말은 아끼려고 하는 편입니다. 그런데 지금 시점에서 정작 아쉬운 것은 리얼리즘 담론에 생기를 불어넣곤 했던 모더니즘 담론도 우리 문학 현장에서 거의 자취를 감추었다는 사실이 아닌가 합니다. (창비 내부에서는 진정석(陳正石) 형이 「모더니즘의 재인식」을 도전적으로 내놓은 것이 1997년이지요? 강산이 한번 변했네요.) 그러니 리얼리즘과 모더니즘의 '회통'은 물론, '문제는 리얼리즘이다'라는 식의 구호를 내세울 수도 없게 되었지요. 한마디로 촌스러워진 겁니다. 물론 김형중(金亨中)처럼 '이것은 리얼리즘이 아니다'라는 식으로 부정적 정의의 어법으로 도발할 수도 있겠는데,[3] 그의 문제의식은 민족문학론의 연장선에 있는 리얼리즘론과는 거리가 먼 것이었습니다.

저는 리얼리즘의 위세가 예전만 못하다고 해서 애통해할 일만은 아니라고 생각합니다. 오히려 민족문학 2세대를 자처하기도 하는 저는 리얼리즘이라는 말을 고수할 거냐 말 거냐 하는 것보다 더 시급한 일이 있다고 봅니다. 즉 사실주의, 현실주의 등으로 번역되는 리얼리즘이 민족문학의 전개과정에서 획득한 특이한 한국적 의미를 오늘의 현실에서 재충전해서 재가동하는 비평적 작업이 긴요하다는 거지요. 그런 맥락에서 이번 특집에 실린 호베르뚜 슈바르스의 문학론은 진지하게 참조할 만한 대상이지요.〔역자의 소개말에서는 언급되지 않았습니다만 사실 그의 글은 프랑꼬 모레띠가 『뉴 레프트 리뷰』지면에서 촉발한 세계문학 논쟁의 일부이면서 모레띠가 제창한 'distant reading'에 대한 (우회적인) 비판의 성격이 강합니다. 무식하고 우아하지 못하게 대놓고 모레띠를 깐 저와는 비교할

---

2 윤영수의 경우는 『사랑하라 희망 없이』(민음사 1994)에 실린 데뷔작 「생태관찰」을 비롯해 『착한 사람 문성현』(창비 1997)의 「해묵은 포도주」「알몸과 누드」등의 단편을 염두에 두고 하는 말이다.

3 김형중 「이것은 리얼리즘이 아니다」, 『파라21』 2004년 봄호; 「민족문학의 결여, 리얼리즘의 결여」, 『창작과비평』 2004년 겨울호.

수조차 없지요. 이번 특집에 번역되어 실린 평문은 물론 슈바르스의 다른 글에서도 모레띠라는 이름은 일절 언급되지 않지만 다각도로 펼쳐진 그의 정밀한 작품분석을 따라가보면[4] 세계체제의 (반)주변부의 실감으로는 'distant reading'이란 것이 너무 한가한 소리라는 슈바르스의 힐난을 들을 수 있다고 봅니다.)

그러나 누구를 참조하고 활용하든 어쨌든 중요한 것은, 이번호 김상환(金上煥) 선생의 평문(「대과(大過) 시대의 글쓰기」)에서 나온 표현대로 하면, 리얼리즘을 새로운 발상과 방식으로 '시중(時中)'에 맞추는 작업이겠지요. 즉 리얼리즘 담론에서 다듬어진 민중성·예술성·당파성 등의 개념을 리메이크해서 '촛불'의 현장에 문학적인 방식으로 참여할 수 있도록 하는 가창법을 개발하자는 거지요. 물론 필요하다면 아예 가사 자체를 바꾸는 모험도 감행하면서 말입니다. 창비 지면에서만도 여러 논자들이 다룬 바 있어서 신선도는 떨어져 보이지만 저는 백선생님의 『평퐁』 읽기도 그런 리메이크 작업의 일환이라고 평가하고 싶습니다. 그런데 이런 작업이 쌓이다보면 '참된' '진정한' 등의 수식어를 붙이고 강조해야만 어렵사리 생명력을 부지하게 된 리얼리즘이라는 외래어가 어느 순간 우리의 실정을 반영하는 우리말 표현으로 전환되지 않을까요? 그날을 좀더 앞당기도록 합시다!

6·15시대의 문학

백선생님의 평문 「문학이 무엇인지 다시 묻는 일」은 노병이 살아 있음을 보여주는 본보기이지만 장년(壯年)인 한기욱 선생의 「문학의 새로움은 어디서 오는가」도 흥미진진하게 읽었습니다. 이번 글은 「한국문학의 새로운 현실읽기」(『창작과비평』 2006년 여름호)에서 진일보해서 개인적으로 읽

---

4 Roberto Schwarz, "National Adequation and Critical Originality," *Cultural Critique* 49(2001년 가을호) 18~42면; "Competing Readings in World Literature," *New Left Review* 48, 2007년 11·12월호.

으면서 유쾌했습니다. 새로움에 강박된 한국 평단의 실상과 문학 본래의 지분마저 갉아먹는 근대문학 종언론의 허실에 대한 비판 대부분에 공감이 갑니다. (카라따니가 한국문학의 현황에 대해서는 그야말로 망발을 했다고 믿지만, (일본) 대중문학의 타락을 질타하고 '문학'의 비문학적 사명을 역설한 그와 한국의 엉터리 추종자들 간의 차이도 아울러 짚어주었더라면 더 좋았겠다는 생각이 드네요.]

4, 5, 6절의 작품읽기에 대해서 한두마디 할 생각이지만, 제가 「문학의 새로움은 어디서 오는가」에서 특히 눈여겨본 부분은 3절 '문학과 시대적 과제'입니다. 6·15시대의 문학을 전면적으로 개진하지는 못했지만 2년 전 평문의 문제점을 시인하고 바로잡는 모습은 보기 좋았습니다. 공부란 모름지기 그래야 하지 않을까 해요. 틀렸으면 깨끗이 시인하고 고치면 됩니다. 그게 상수예요.(^^)

한기욱 선생이 쓴 것처럼 "6·15시대가 예상 외로 험난해질 때 '6·15시대 문학'이 어떤 특별한 소용이 있을까도 생각해"보는 비평적 작업이 절실합니다. 요즘처럼 남북관계에서(도!) 무모하게 역주행을 계속하고 있는 이명박 정권을 명시적으로 고발하기 위해서라도 그렇습니다. 따라서 우선은 소재 차원일망정 우리가 6·15시대에 진입했음을 실감케 해주는 작품을 적극적으로 찾아내서 소개하는 것이 필요하겠지요. 저도 뒤늦게 찾아 읽었습니다만 박덕규(朴德奎)의 소설집 『고양이 살리기』(청동거울 2004)에 실린 여러 취재형 단편들이 그 한 예이기도 한데, 여기서도 중요한 것은 비평가로서는 비평적—엄격함이 아니라—엄밀성을 지켜내려는 노력이겠지요.

그런 맥락에서 한기욱 선생이 가령 황석영(黃晳暎)의 최근작 『개밥바라기』에서 한 대목을 떼어내어 "삶다운 삶, 문학다운 문학이란 이런 것이 아닐까 하는 암시 같은 것을 받는다"고 하면서 '삶다운 삶'을 길게 논한 대목도 생각해볼 일입니다. '삶다운 삶'에 대한 좋은 말씀에도 불구하고 그 한 대목만이 아니라 작품 전체를 읽은 독자라면 그런 암시를 받는다는 말을 수긍하기 좀 어렵지 않을까 합니다. 적어도 「삼포 가는 길」이나 「한씨 연대기」를 읽은 독자라면 그렇지 않을까요? 저는 『개밥바라기』처럼 청소년들에게 꿈을 주는 이야기가 문학시장에서 베스트셀러가 되는 것 자체가 나쁘다고 생각하지는 않습니다. 다만 이번 『문학동네』에서 이도연 씨가 평가한 것처럼(「2000년대 성장소설의 몇가지 맥락들」) 이 작품이 황석영의 무슨 새로운 성취라도 되는 것처럼 내세워서는 곤란하다고 보는 거지요. 〔김훈의 역사소설을 비판했던 오창은 씨가 『프레시안』(2008년 11월 6일)에 「상업적 성공이 문학적 완성을 보증하는가?」라는 글을 기고했던데, 『개밥바라기』에 대한 그의 비판에 저도 상당부분은 공감하거든요. 100미터를 10초에 주파하고 10초 벽도 노력하면 얼마든지 깰 수 있는 달리기 선수가 13초에 들어왔다면 그건 운동을 게을리한 결과라고 해야 할 겁니다. 『개밥바라기』뿐만 아니라 『바리데기』의 황석영 선생은 바로 거기에 해당한다고 봐요.〕[5]

'6·15시대의 문학'이라는 맥락에서 또 하나 지적하자면 정도상(鄭道相)의 『찔레꽃』(창비 2008)에 관한 논의를 들 수 있겠습니다. 가령 충심의 형상화를 평가하는 문제를 두고 이런 문장이 나옵니다. "탈북사태가 근대주권권력의 폭력적 지배 때문에 일어나는 비극이라기보다 남북이 원만한 근대적 국가를 성취하지 못한 데서 일어나는 비극이라는 점을 기억할 필요가 있다."(56면) 그런데 『내 딸을 백원에 팝니다』나 『국경을 세번 건넌 여자 최진이』[6]를 진지하게 읽은 독자라면 '탈북사태'의 원인을 그렇게 무난

---

5 작가의 근년 부진을 호기롭게 꼬집으면서 「삼포 가는 길」이나 「한씨 연대기」 같은 초기 작품을 언급하고 넘어갔지만, 하나의 거대한 산맥을 이룬 황석영 소설세계에 대한 본격적인 평가는 우리 평단에서도 숙제로 남아 있음을 아울러 환기하는 게 좋겠다. 그런 맥락에서 등단 50주년을 맞아 일본 독자로서 주로 『손님』(창비 2001)에 초점을 맞추면서 『무기의 그늘』(창비 1985)과 『오래된 정원』(창비 2000)의 역사적 의의도 환기한 사또오 이즈미의 평문 「약동하는 기억의 문학: 황석영 문학이 서 있는 자리」(『창작과비평』 2012년 겨울호)에 필자도 깊이 공감한다는 사실을 밝혀두고 싶다.
6 각각 장진성 『내 딸을 백원에 팝니다』(조갑제닷컴 2008); 최진이 『국경을 세번 건넌 여자 최진이』(북하우스 2005). 『내 딸을 백원에 팝니다』에 관한 논의는 이 책에 실린 졸고

하게 제시하기는 어렵지 않을까요?

저는 김원일(金源一)의 『푸른 혼』(이룸 2005)을 두고 "남한의 험난한 민주화여정에 대한 지극한 헌사인 동시에 허리 잘린 한반도 남쪽의 '과거청산작업'에 비견할 만하다"고 평가하면서[7] 곧이어 "그렇다면 북한 작가에 의한 북녘땅의 문학적 과거청산을 앞으로 기대해볼 수도 있지 않을까?"라는 희망을 피력한 바 있습니다.(「통일시대를 위하여」, 『근대 극복의 이정표들』 213면) 이런 맥락에서 보면 탈북사태도 탈북자들의 (북녘 표현을 쓴다면) '옥한' 마음을 헤아리면서 비평하는 것이 중요하겠지요. 물론 저도 『찔레꽃』을 좋게 읽은 독자이고 "현재 한반도에서 가장 고통스런 소수자랄 수 있는 탈북 여성의 삶을 충실히 그리기 위해 (작가가—인용자) 분투했다는 점에서 높이 사고 싶"(57면)습니다. 그럼에도 읽으면서 전반적으로 느끼게 되는 불만은 북의 실정을 다른 작가보다 더 잘 아는 정도상이 북에서 자행되는 "근대주권 권력의 폭력적 지배"를 정면으로 응시하면서도 그 지배의 역사적 원인과 후과를 다각도로 성찰하지는 못했다는 데 있는 것 같아요. (비교가 너무 거창할지 모르겠는데, 가령 『안나 까레니나』에서 '농민문제'에 접근하는 똘스또이의 다각도의 방향과 성찰의 방식을 생각해보면 더 그렇지요.)

충심 같은 여성이 보여주는 '전근대적인' 인간적 미덕이 실감나기는 하지만 중국으로, 한국으로 이동하면서 달라질 수밖에 없는 그 미덕의 실제를 '사실적으로' 파헤치지는 못했다는 인상을 받는 것도 그 때문일 겁니다. 인물의 리얼리즘적 형상화에는 인간의 내면에 대한 복합적인 시선이 필수적이겠지요. 약간 다른 맥락입니다만 한기욱 선생은 충심이 남한에

「오늘의 '분단시'에 관한 단상들」 5절 참조.

7 이 대목에 대해 백낙청은 에디넷의 댓글에서 "물론 그런 공헌이 있지만 '민주화여정'의 실상에 대해 너무 '자유민주주의적' 관점에 사로잡힌 건 아닌지요? 인혁당사건 관련자들을 '무고한 민주시민'으로 제시하는 건 민주화운동의 한 방편일 수는 있으나 우선 당사자들의 동의를 얻어낼 수 있을지 의문이지요"라고 논평한 바 있다.

와서 몸을 파는 것을 두고 "자기 삶을 스스로 책임지는 주체적인 행동"이 아니라고 비판했는데, 이런 비판을 읽으면서 열받을 여성도 있지 않을까요? 〔영미문학연구회(www.sesk.net)에서 페미니즘을 화두로 여성학자 후배와 몇 차례 논쟁해본 저의 경험에 비추어보면 그럴 것 같아요. '자본주의사회에서 몸 파는 게 뭐 어때서? 글을 파는 니들보다 최소한 치사하지는 않다.' 이렇게 나오는 여성동지들이 있을지도 몰라요.^^〕

물론 탈북사태의 원인으로는 세습권력이 행사하는 "근대주권 권력의 폭력적 지배"만 있는 것은 아니지요. 미국도 책임이 크고 음식쓰레기를 산더미처럼 쌓아놓고 있는 우리의 잘못도 물론 있고 또 북한의 인민들이라고 해서 책임이 없는 건 아니고…… 끝까지 가면 자본주의 세계체제의 책임도 있고…… 뭐 한도 끝도 없겠지만, 고난의 행군이라는 이름으로 수많은 사람들[8]이 굶어죽도록 방치한 북녘 특권계층의 책임을 "남북이 원만한 근대적 국가를 성취하지 못한 데서 일어나는 비극"으로 얼버무릴 일은 아니라고 봅니다. 구체적인 실행에서는 모두 각각이겠지만 기본적으로 우리의 논법은 다음과 같아야 한다고 봐요.

"그래, 엄청난 사람들이 굶어죽은 거 맞다. 그래서 아사와 정치적 폭압에 직면한 무수한 인민들이 국경을 넘어 배불리 먹을 수 있는 자유대한으로 넘어온 거, 그것도 맞다. 북한은 당근 '실패한 국가'다. 그런데 뉴라이트들이 자기들만 알고 있는 것처럼 떠드는 그런 사실을 누가 모르나? 조갑제 선생이 주장하는 것처럼 김정일 정권이 붕괴되면 만사형통일 것인가? 천만의 말씀이다. 북한의 특수계층이 아니라 북녘의 인민을 위해서 북의 정권 붕괴가 한반도에 초래할 가공할 전면적 혼란을 피하고 하루빨리 남과 북이 호혜의 경제공동체를 이루는 길을 열어야 한다. 그때까지는

---

8 원래 창비 에디넷에 올린 글에서는 700만이라고 썼는데 필자의 착오였다. '고난의 행군' 기간 동안(1996~2000) 발생한 정확한 아사자 수는 여전히 불확실하다. 2010년 11월 22일 대한민국 통계청이 발표한 북한 인구 추계에 따르면, 이 시기에 33만여명이 사망했다고 한다. 하지만 북한 당국은 20만명으로 잡고 있는 실정이다.

못마땅하지만 김정일 정권이 버텨주면서 민주화할 건 하고 그런 공동체를 만드는 데 남녘과 호흡을 맞춰주는 게 좋겠다."

제가 지금 소설을 쓰고 있는지는 몰라도 저는 이것이 남한의 건강한 상식을 가진 시민들의 정세판단일 거라고 믿어요. '6·15시대의 문학'이라는 입론을 세우는 비평에서도 중요한 건 그런 상식을 최대한 함축적으로 살려서 작품을 읽는 것이겠지요.

실감과 작품평가: 황정은의 경우

진은영 씨의 「감각적인 것의 분배」는 랑시에르의 문학론을 나름대로 소화하면서 창비적 문학관과의 접촉면을 모색하고 있다는 인상을 받았습니다. 하지만 랑시에르에 대한 (정밀한) 주석 같은 느낌이 강하고 '2000년대의 시에 대하여'라는 부제에도 불구하고 우리 시 자체에 대한 구체적인 논의가 전혀 없어서 허탈하기도 했지요.[9]

다시 한기욱 선생의 글로 돌아가면 김사과와 황정은(黃貞殷), 공선옥을 다룬 5, 6절도 경청할 바가 적지 않았어요. 대체로 동감할 수 있는 분석이었습니다. 특히 김사과에 대한 논의가 그러했습니다. (그런데 김사과 문장을 두고 '파워'가 아닌 '포스'다라고 하셨는데, 일반독자라면 두 낱말이 정확히 어떻게 구분되는지 궁금해할 것 같군요. 그냥 '힘'이라고 하면 의미가 달라지는 건가요?) 황정은에 대해서는, 「모자」라는 단편을 예전에 읽고 인상을 강하게 받았었는데 작품집을 읽지는 못하고 있었지요. 한기욱 선생의 글 덕분에 이번에 작품을 통독하게 되었습니다. 주목할 만한 작가라는 생각이 들었습니다. 그런데 문학작품에 대한 실감이란 것이 완전히 일치하기는 역시 어려워서 한기욱 선생의 기왕의 논의에 한두마디 덧붙이고 싶군요.

---

9 합평회에서는 의견이 갈렸다. 하지만 돌이켜 생각해보면 '현장'을 염두에 둔 시인으로서의 진지한 고뇌를 담았고 시와 정치 논의의 기폭제 역할을 한 이 평문을 두고 우리 시에 대한 논의가 없다고 불평해댄 것은 단견이었다.

이번에 황정은 소설집 『일곱시 삼십이분 코끼리열차』(문학동네 2008)를 통독하면서 '낯선 언어'라기보다는 아주 익숙한 언어이면서도 '아, 촛불소녀—삼십대 소녀가 되겠지만—의 상상력이라는 게 이런 걸 수 있겠구나' 하는 느낌과 더불어 「모자」나 「오뚝이와 지빠귀」「마더」「소년」 등은 포스트 IMF시대 한국사회 중하층의 상황을 제대로 증언한 작품이 아닌가 하는 생각이 들었습니다. 그럼에도 가난이나 불행에 징징대는 기색은 전혀 없어요. 황정은 자신도 실제로 그런 사람이 아닐 거라는 인상을 받았습니다. 이재웅(李載雄)도 『럭키의 죽음』(랜덤하우스코리아 2007)에서 자연주의적인 치열성으로 현실의 가난을 그려냈는데 사실주의의 갑갑한 틀에 머문 듯한 이재웅의 이야기들과는 사뭇 다른 황정은의 발랄한 상상력과 어법이 두드러지지요.

소설란에 실린 김사과의 「나와 b」도 '물건'이라는 인상을 받았지만 아무튼 이들의 작품을 읽으면서 확실히 한국문학이 죽지 않았음을 실감하게 됩니다. 황정은의 경우는 아직 장편의 호흡을 갖추지는 못한 것 같다는 생각도 드는데 지금 그게 한계라고 말할 계제는 아닌 듯합니다. 제가 작품집에서 특히 흥미롭게 읽은 단편은 「모자」를 비롯해 「오뚝이와 지빠귀」「곡도와 살고 있다」 등이었습니다. 독자마다 생각이 다르겠지만 이에 비하면 「무지개풀」은 범작이 아닌가 합니다. 「모자」와 「오뚝이와 지빠귀」는 변신 모티프를 차용한 단편이지요. 한기욱 선생이 논한 연장선에서 몇마디 덧붙여봅니다.

「모자」의 첫 문장은 "세 남매의 아버지는 자주 모자가 되었다"로 시작합니다. 서영채 씨는 해설에서 "이런 첫 문장과 맞닥뜨리고 나면 독자의 입장에서는 당혹스럽지 않을 수 없다"라고 했지요. 이건 좀 엄살이지 싶어요. 카프카가 나온 지 언젠데 아직도 이런 서사에 당혹감이나 충격을 느낀단 말입니까. 언어 그 자체의 묘사로 충격을 주는 일은 우리 시대에서는 정말이지 너무도 힘들어졌어요. 저는 처음에 이 문장과 이어지는 대목을 읽고 '흠, 재밌군' 하고 생각했던 것 같아요. 읽어가면서 단순히 재밌다기보다는 '하, 요 작가가 쓴 다른 이야기를 좀더 읽어봐야겠다'고 느꼈지요. 철저하게 감상(感傷)을 배제하면서도 묘하게 슬픔의 감정을 불러일으키는 이야기였으니까요.

애니메이션 같은 영화에서야 얼마든지 시각적으로 보여줄 수 있지만 아버지가 모자로 변하는 작중 상황은 물론 비사실적인 거지요. 모자로 변신한 아버지의 '상'은 파이프를 정교하게 사실적으로 그려놓고서 '이것은 파이프가 아니다'라고 환기해주는 르네 마그리뜨(René Magritte, 1898~1967) 그림과 비슷한 효과를 내는 듯합니다. 바로 그런 의미에서의 '허구'이고 따라서 그렇게 변한 것 자체는 놀랄 것이 없지만, 독자로 하여금 그 허구가 우리의 삶에서 무엇을 가리키고 의미하는가를 생각하지 않을 수 없게 만든다는 점에서는 '인생의 한 조각'을 잘라 던져주는 자연주의/사실주의 소설과는 다른 실감을 안겨주는 단편이지요.[10] 「오뚝이와 지빠귀」도 바로 그런 의미에서 비사실주의 계열의 작품입니다. '오뚝이와 지빠귀'로 변한 두 사람의 상황은 오늘 일반 민중이 처한 살벌한 경쟁과 비정규직의 현실을 집요하게 상기시키면서도 독자로 하여금 '우리가 알고 있는 세계'에서 '열심히 산다'는 것은 과연 어떤 의미가 있는가를 진지하게 되물어보게 합니다.

왕년의 민족문학에서는 물론이고 오늘의 한국문학에서도 「모자」나 「오뚝이와 지빠귀」와 같은 단편이 보여주는 현실인식과 상상력은 아직 본격 장편소설의 호흡으로 구현되지는 못한 것 같습니다. 아무튼 이런 작품들이 더 다양하게 나오는 과정에서 사실주의 문학의 활력이 충만한 한국문학의 지형에 뭔가 획기적인 변화가 있기를 바라는 마음입니다.

---

10 표현을 약간 달리한다면, 물질적 가난이 한 무력한 가장에게 안겨주는 정신적 모멸과 수치를 더없이 가슴에 와닿게 그리는 동시에 그 가장의 곤경에 대한 세 남매의 연민 어린 이해를 극도로 건조하게 보여준다는 ─ 그러면서도 모멸과 수치가 세 아이의 삶을 어찌지 못함을 느끼게 해준다는 ─ 점에서는 어떤 사실주의적 단편에 못지않은 현실 재현이지만 발화의 '형식'만은 철저하게 반사실주의라고 말할 수 있겠다.

2. 2010년대 소설에 관한 단상들

우연인지 모르겠지만『창작과비평』2007년 여름호에 '한국 장편소설의 미래를 열자'라는 특집이 실리고 나서 2012년 겨울인 지금까지 장편소설에 관한 논의가 이어지고 있다. 이런저런 정책적 지원도 더해졌고 잡지의 장편연재 지면은 물론 온라인에서의 발표공간도 부쩍 늘어난 덕을 본 듯하다. 적어도 발간 종수로 치면 한국의 장편소설은 어느 때 못지않게 '호황'이다. 그에 발맞춰 평자들은 저마다 나름의 장편소설론을 개진하고 있다.[11] 하지만 호황이 과연 얼마나 '작품'으로 뒷받침된 것인가는 따져볼 여지가 적지 않고, 각양각색의 장편소설'론'과는 별도로 개별 작품에 대한 평단의 논의가 온당하게 이루어지고 있는가도 점검이 필요할 것으로 보인다. 장편소설의 현황에 고무된 평자들 사이에서도 평가는 갈리기 일쑤이고 그런 갈림을 들여다보노라면 소설관 자체의 차이도 심심찮게 눈에 띈다. 물론 '차이'는 평단의 건강성을 말해주는 지표가 되기도 한다. 소설을 보는 관점의 다양성 또한 그러하다. 하지만 사용하는 모국어가 다른 게 아닌가 할 정도로 해석이 다르다면 그건 심각하게 성찰해볼 일이다.

이 절에서는 장편소설에 관한 이론적 성찰은 차후 과제로 넘기고 현재 작단의 주목할 만한 작가들, 특히 황정은, 김애란(金愛爛), 조해진(趙海珍)의 작품을 집중적으로 읽어보고자 한다. 황정은의『百의 그림자』(민음사

---

11 특히 주목한 평문으로는, 신형철「'윤리학적 상상력'으로 쓰고 '서사윤리학'으로 읽기: 장편소설의 본질과 역할에 대한 단상」(『문학동네』 2010년 봄호); 정여울「장편 르네상스 시대의 명암」(『자음과모음』 2010년 겨울호); 김형중「프랑켄슈타인 박사의 소설 쓰기: 2011년 여름, 한국소설의 단면도」(『문학과사회』 2011년 가을호); 김영찬「공감과 연대 ─ 20세기, 소설의 운명」(『창작과비평』 2011년 겨울호); 한기욱「기로에 선 장편소설: 장편소설과 비평의 과제」(『창작과비평』 2012년 여름호); 이경재「장편소설의 새로운 가능성」(『창작과비평』 2012년 가을호) 등이다. 앞으로 이 평문들을 인용할 경우 평자의 이름과 발표지면의 면수만 표기한다.

2010)는 사실주의에 대한 의미심장한 도전을, 김애란의 『두근두근 내 인생』(창비 2011)은 사실주의의 여전한 감동을, 조해진의 『로기완을 만났다』(창비 2011)는 이른바 소수자 소설의 인상적인 진화를 예시하는 일종의 표본으로 파악해볼 요량이다. 물론 세 작가의 최근작 및 여타 작가들의 작품뿐만 아니라 근년의 주목할 만한 성과도 함께 거론하고, 이들 작품에 대한 평단의 평가에도 이따금씩 개입할 생각이다. 하지만 초점은 주로 세 작가의 작품에 맞출 텐데, 모두 좋게 읽었지만 편차가 없는 것이 아닌 만큼 그 차이에도 유념하는 논의가 되도록 하겠다.

소설의 새로운 발화와 현실

1절에서 언급한 마그리뜨의 그림을 다시 거론해보자. 그림에는 파이프 하나가 정밀하게 사실(寫實)되어 있고 그 아래 '이것은 파이프가 아니다'라는 말이 적혀 있다. 의도는 명백하게 읽힌다. 제아무리 실물과 똑같이 그려져 있는 파이프라 해도 화폭의 '그것'은 현실의 파이프가 아니라는—도화지 위에 묘사된 파이프로 담배를 피울 수 없다는—상식을 환기하고 사람들이 그것을 파이프라고 부르는 언어생활의 관성에 제동을 걸기 위한 것처럼 보인다. 다른 한편, 마그리뜨의 그림이 과연 상식을 일깨우는 정도에 그치는 것일까 하는 의문도 품어봄직하다. 화폭에 모사된 파이프와 현실의 파이프를 혼동하는 사람은 없을 테니까 말이다. 물론 문명사회의 인간이라면 누구나 사실(寫實)한 그것을—언어권에 따라 발음은 제각각이겠지만—'파이프'라고 부르지 않을 도리가 없다.

현실의 파이프가 분명히 아닌 모사된 그림 속 파이프를 보고 현실의 파이프로 착각하게 하는 언어의 필연적인 '허구성'은 하나의 상식에 가깝다. 사람들은 누구나 언어생활을 통해 일상적으로 그런 허구성을 경험한다. 그러나 화폭의 파이프가 현실의 '그것'이 아님을 빤히 아는 순간에조차 재현된 그림의 '상'에 의해 사람의 마음이—따라서 몸도—움직인다면 그렇게 움직이게 하는 힘은 말의 신비이자 예술의 신비이기도 할 것이다. 바로 그런 신비야말로 마그리뜨 그림의 진정한 의도인지도 모른다. 그 처럼 '허구'의 신비가 갖는 현실적 힘에 주목한다면, 또 지면에 파이프의 상을 말로써 그려넣는 작업(=재현, representation)이 실제로 사람을 움 직이는 힘이 발현되기 위한 하나의 과정이라면 언어의 '경제'가 상이한 방 식으로 작동하는 시와 소설 장르에서 구현된 힘의 실재는 한번 궁구해볼 만한 문제이다. 가령 이야기의 시작과 중간과 끝을 '플롯'으로 가공하는 아리스토텔레스적 서사도 독자의 마음을 겨냥하는 '운동적 성질'을 띠는 바, 기승전결이라는 이야기의 틀 자체를 파괴하거나 일체의 목적론적 기 술(記述)을 배격하는 '탈'근대 소설이 과연 서사예술로서 어떤 경지에 도 달했는가를 묻는 비평가의 개입은 사람을 느끼게 해서(感) 움직이게 하는 (動) 소설의 '언어적 물질성'에 대한 철저한 비평적 인식이 수반되어야 만 족스럽게 이루어질 수 있을 것이다.

앞에서 황정은의 첫 소설집 『일곱시 삼십이분 코끼리열차』에 대한 소 감을 적었지만 황정은의 두번째 소설집 『파씨의 입문』(창비 2012)을 읽으 면서 그의 작품이 다른 작가들과는 확연히 다른 방식으로 사람의 마음 을 움직인다는 것을 새로이 느꼈다. 가령 「야행(夜行)」「양산 펴기」「디디 의 우산」「뼈도둑」「파씨의 입문」은 전작의 「마더」처럼 우리 시대의 가난 을—그러나 궁핍하지 않게 살아내는 삶의 현장을—연출과 과장 없는 사실주의로써 포착한 이야기이다. 반면에 「대니 드비토」「낙하하다」「묘 씨생(猫氏生)」「옹기전」은 '비사실적(非事實)적 사실(寫實)'의 단편이랄 수 있겠는데, 「모자」를 독창적인 방식으로 변주한 듯한 인상을 준다. 이렇 게 다채로운 소설적 풍경들을 더 엄밀하게 가려볼 필요가 있지만,[12] 아무

---

12 필자가 읽기로 상대적으로 사실주의 계열의 단편이 더 만족스럽다. 비사실주의 계열 의 단편들은 여전히 실험 중이라는 인상을 준다. 그중 망자 또는 '원령'의 시선을 도입 한 「대니 드비토」는 실험에 그치지 않고 사실과 비사실의 경계를 무너뜨리면서 삶의 '이면'을 사유하는 데 간단치 않은 자극을 주는 작품이다. 연작으로 볼 수 있는 「낙하하 다」와는 다른 차원의 성취요 사유의 결과물이다. 비사실주의 계열에 비하면 사실주의 단편들은 더 풍성한데, 그중 특히 「뼈도둑」 같은 이야기를 읽으면서 나 자신은 왕년에

튼 이런 작품을 읽으면서 '현실'이니 '실재'니 하는 것은 인간의 상상력이 개입하지 않고서는 온전히 알 수도, 실감할 수도 없는 것임을 거듭 숙고하게 된다. 경장편『百의 그림자』도 바로 그 점을 생각하게 한다. 앞서 창비 에디넷 게시판에서 소설집『일곱시 삼십이분 코끼리열차』를 두고 "가난이나 불행에 징징대는 기색은 전혀 없어요. 황정은 자신도 실제로 그런 사람이 아닐 거라는 인상을 받았습니다"라고 한 바 있다. 역시 그런 기색이 전혀 없음은 물론, 개인 고유의 고통이나 불행을 위안이나 위무의 언어와는 다른 화법으로 그리면서 그 '사회적 뿌리'까지도 성찰하려는 작가의 자세를 이 경장편에서는 좀더 분명히 확인하게 된다. 사회적 뿌리에 대한 황정은의 성찰은 시적 농축이라고 해야 할 정도로 포괄성과 집약성을 띤다는 것이다.

예컨대 소설의 첫머리에서 무재가 자신의 불행한 가정사를 은교에게 담담하게 이야기하는 장면부터가 그렇다.(15~20면) 가난하기에 '필연적으로' 빚을 지게 되고 그 과정에서 가장이 죽음으로 내몰리는 사연이 아무런 분한(憤恨)이 없는 무재의 무심한 듯한 말투로 전달됨으로써 오히려 독자는 그런 사연에 골몰하게 된다. 그런가 하면 여씨 아저씨가 들려준 "팥을 무진장 좋아하는 친구"의 고단한 생활은 기러기아빠로 상징되는 중산층 가정의 붕괴에 관한 간결하고도 심층적인 보고서이다.(40~43면) 여기서 작가는 충분히 한편의 단편이 될 수도 있을 법한 사건을──캐리커처 기법이 그러하듯이──전형적 특징만을 뽑아내 그 핵심을 간취(看取)하는 방식을 쓴다. 다른 한편 "주머니에 항상 고무줄로 묶은 복권 다발을 넣고" 다니는 유곤이라는 인물은 산재로 인해 한 노동자 가정이 어떻게 파괴되는가를 고백으로 들려준다.(66~71면) 그가 열두살 때 목격했다는 아버지의 죽음과 장례식 모습은 오싹하리만치 사실적인바, 그 여운은

민족문학이 끈질기게 요구한 리얼리즘의 경지를 간만에 확인하는 즐거움을 맛보기도 했다.

쉽게 가시지 않는다.

하지만 『百의 그림자』를 읽으면서 '리얼리즘'을 생각하게 되는 것은 무엇보다도 이 모든 등장인물에게 들러붙어 있는 '그림자'란 장치 때문이다. 다양한 맥락으로 변주되고, 삶의 의욕이나 희망을 상실하게 되는 여러 양태를 함축적으로 지시하는 그림자는 작품에서 집요하게 반복된다. 물론 사람에서 떨어져나와 그림자가 일어선다는 것은 비사실적 또는 반사실적 설정임이 분명하다. 그러나 「모자」에서 '모자'가 그러했듯이 '일어서는 그림자'가 가리키는 것은 철저하게 사실적인 상황이다. 가난과 궁핍에 치여 벼랑 끝으로 몰린 사람들의 현실을 가리키는바, 그림자는 사실적 재현과는 다른 차원의 생생함을 전달한다.[13] 절망의 끝자락에서 각 인물이 맞닥뜨리는 그림자가 거의 아무런 이물감 없이 받아들여지는 것은, 그림자라는 장치가 단순히 비유적이라든가 시적이어서가 아니다. 오히려 그 자체로는 현실적 개연성에서 벗어난 '일어서는 그림자'가 독자의 시선을 철저하게 **그림자를 일어서게 만드는 현실**로 향하게 하는 지시적 기능을 갖고 있기 때문이다. 그렇다고 그림자의 지시성을 단어와 뜻의 일대일 대응관계로 환원할 수는 없다. 오히려 각각의 인물이 처한 저마다의 고유한 실존이 어떻게 한국의 양극화 현실과 연관되는지를 신축자재하게 가리키고 독자로 하여금 그런 현실을 **생각하게 만든다**는 점에서 일어서는 그림자는 의미의 증폭장치라고 해야 맞을 것이다. 반/비사실적 장치가 갖는 증폭기능은 물론 재현적 사실주의를 초과하는 것이기도 하다.[14]

---

13 '일어서는 그림자'라는 발상은 보들레르의 산문시 「누구에게나 각자의 키메라가」를 떠올리기도 한다. 보들레르는 이 시에서 사람들의 등 뒤에 들러붙은 '괴물'의 신비를 이해하려고 하다가 끝내 '무관심'이라는 또다른 괴물에 굴복하게 되었음을 고백하는 화자를 통해 근대인의 지친 심성을 아이러니하게 통찰하고 있다. 다만 황정은의 경우는 '일어서는 그림자'를 사실적 상황으로 설정하면서 그림자가 생겨나게 된 사회적 배경을 끝까지 응시하고 있다는 인상을 주는데, 이것도 단순히 언어의 경제가 상이한 방식으로 작용하는 시와 소설의 장르적 차이에만 기인하는 현상인지 묻게 된다.

14 재현적 사실주의를 초과함으로써 '현실'을 더 여실하게 느끼게 하는 황정은의 단편들이 가진 비사실적 사실의 효과는 가령 김성중의 단편집 『개그맨』(문학과지성사 2011)

근년 우리 작단에는 여전히 ('재현주의적'이라는 말이 따라붙을 법한) 사실주의 소설이 강세인데, 1997년 IMF사태 이후 심화된 양극화 현실과 그 구조화된 폭력에 대한 고발의식이 특히 강하다. 예컨대 김이설(金異設)의 『환영』(자음과모음 2011), 안보윤의 『사소한 문제들』(문학동네 2011), 김사과의 『테러의 시』(민음사 2012) 등은 폭력의 성격은 제각각이지만 그에 대한 고발 자체가 폭력적이라는 인상을 남길 정도로 집요하게 반복적이다. 이 시대에 희망이란 수사적 사탕발림에 불과함을 까발리겠다는 듯한 표정의 이런 작품들도 우리 소설의 고투를 말해주는 증좌이기는 하다. 하지만 재현주의(자연주의)에 속박되어 있다고 해도 과언이 아닌 이들 장편 텍스트를 읽으면서 정작 호명하고픈 우리 작단의 성과는 여전히 단편에 집중되어 있다는 느낌이다. 허혜란(許惠蘭)의 『체로키 부족』(실천문학사 2008), 전성태(全成太)의 『늑대』(창비 2009), 배수아(裵琇亞)의 『올빼미의 없음』(창비 2010), 권여선(權汝宣)의 『내 정원의 붉은 열매』(문학동네 2010), 김미월(金美月)의 『아무도 펼쳐보지 않는 책』(창비 2011), 편혜영(片惠英)의 『저녁의 구애』(문학과지성사 2011), 김숨의 『간과 쓸개』(문학과지성사 2011) 등이 먼저 생각나는데, 모아놓으면 무척이나 다채롭고 활기찬 한국소설의 현황을 확인할 수 있다.

그런데 김이설·안보윤·김사과 등의 작품과 황정은의 『百의 그림자』를 비교해보면, 현실을 정시(正視)하는 데서는 얌전하고 온건해 보이는 『百의 그림자』가 이들의 경장편보다 오히려 더 치열하다는 인상을 준다. 김이설의 『환영』이 가학에 가까울 정도로 편집적으로 제시하는 매매춘의 실상이나 안보윤의 『사소한 문제들』이 날것으로 보여주는 '문제청소년'

에 실린 「허공의 아이들」이나 「그림자」와 비교하면 더 강하게 다가온다. 비현실적 상황을 상상하는 데서는 황정은보다 훨씬 과격하고 파격적인 김성중의 이야기가 오히려 익숙한 관념이나 공상들의 기계적 조합에 가까운 재현주의라는 느낌을 주는 것은, 감각세계의 사각지대(死角地帶)를 드러내는 황정은 특유의 상상력이 현실 대 비현실의 통념적인 구도를 허물고 있기 때문일 것이다.

의 물고 물리는 폭력의 충격, 김사과의『테러의 시』에서 '모래먼지'로 표상되는 무(無)의 이미지가 갖는 재현적 효과는 책을 덮어도 독자를 골몰하게 만드는『百의 그림자』의 여운과는 다른 차원에 있다고 판단된다.[15] 가령『百의 그림자』의 이런 문장은 어떤가.

아무 일 없었냐고 묻자 아무 일도 없었던 것은 아니라며 고개를 저었다.
목이 마르고 가슴 언저리가 괴로워서 눈을 떴다는 것이었다. 뭔지 모르게 부산스러운 꿈을 꾸었는데, 내용은 전혀 기억이 나지 않았다. 더위에 짓눌리며 낮잠을 자고 일어난 것처럼 그저 머리 윗부분이 괴로웠다. 그림자 같은 것은 완전히 잊은 채로 한동안 누워 있었다. 바닥이 차갑고, 무엇인가 묵직하게 등을 당기는 듯해서 옆으로 돌아누웠다. 그때 뭔가 들러붙었다. 등 쪽으로 빈틈없이 붙어서 꼼짝도 할 수 없었다. 대단히 힘이 셌다. 엎드리지도 못하고 돌아눕지도 못한 채로 밀착되어 있었다. 밀면 미는 만큼 등 뒤에서 강하게 반발하는 힘을 느끼며 애를 쓰는 와중에, 차피, 차피,라고 속삭이는 것을 들었다. 자세히 듣고 보니 어차

---

15 그렇다고 세 텍스트를 한통속으로 몰아넣을 것은 아니다. 그중 역시 김사과의 '발성연습'이 도저하다. 하지만 그 실상은 좀더 면밀하게 살펴봄직한데, 이경재는 재현＝'말할 수 있는 것'을 말하는 것, 환기＝'말할 수 없는 것'을 말하는 것이라는 공식을 설정하고 김사과의『테러의 시』를 "모호한 이미지, 분위기만으로 충만한 비유, 내면에 바탕한 추상을 통해" 그러한 '환기'에 성공했다고 상찬한다.(이경재 448면) 그러나 이경재의 읽기는 텍스트에 대한 비평가의 과도한 '의미 입히기'라는 혐의 말고도 소설에서의 재현을 너무 단순하게 이해하고 있다는 비판의 여지도 남기는 것 같다.『테러의 시』의 뒤됨이에 대해서는, 체제비판을 위한 소설적 시도라는 점 외에 할 말이 그리 많지 않다. 사실주의적 재현에 해당하는 이야기의 '사실적 실상'도 부실할뿐더러, 자본주의 문명의 황무지를 가리키는 비유라 할 '모래먼지'도 서사구조에 충분히 스며들지 못했다는 판단이다.『테러의 시』에서 표출되는 '반재현적 재현'의 과격한 양상이 그 과격함에 걸맞은 소설로서의 체제비판에 해당하는지 의문이라는 말인데, 아무튼『테러의 시』가 노린 시적 효과가 무엇이든 인상적인 몇몇 대목을 빼면 '추문폭로 소설'(muckrake novel)의 차원을 멀리 넘어서지 못했다고 본다.

피, 어차피,라고 말하고 있기에 소름이 돋았다. 그것이 밀어붙이는 대로 몸이 뒤집히면 만사 끝장이라는 생각으로 힘을 다해 버텼다. 강하게 강하게 밀어 오는 것을 끈질기게 버텼다. 빈틈을 노려 단숨에 뒤집고 보니, 기척이고 뭐고 이미 사라지고 없었는데, 도무지 알 수가 없었다. 가위에 눌린 것인지, 그림자였던 것인지. (135면)

"가위에 눌린 것인지, 그림자였던 것인지." 누구나 한번쯤은 잠자리에서 이런 경험이 있지 않을까. 무재의 이야기가 섬뜩하게 다가오는 것은, 열심히 뛸수록 더 뒤로 가는 듯한 우리네 삶의 공허함과 무의미가 그만큼 유혹적이기 때문일 듯하다. "차피, 차피,라고 속삭이는" 그림자의 유혹, 그런 맥락에서 환기된 러시아 인형 마뜨료시까는 "그러니까 있던 것이 부서져서 없어진 것이 아니고, 본래 없다는 것을 확인"해줄 뿐인(141면) 허망한 삶의 또다른 상징인 셈이다. 황정은은 그런 상징의 실재를 끈질기게 증언하는 동시에 상징에 내재한 파장을 개인의 사회적인 맥락, 즉 노동자 무재의 일상으로 귀속시켜 해석하고 있다. 열심히 살자거나 희망을 갖자는 말과는 다른 메시지가 무재의 삶에서 실감되는 것은 그 때문이 아닌가 한다. 두가지 에피소드를 예로 더 들어보자.

하나는 열일곱살 때 왕따를 당하는 과정에서 "이런 이상한 악의를 무심한 듯 버티는 것도 무상해"져서 학교를 그만두는 은교의 이야기이고, 다른 하나는 무재가 은교에게 들려주는, "대낮에 길 복판에서 박스와 넝마 몇가지를 두고 고래고래 싸움"을 한 끝에 허망하게 죽음을 맞이하는 노파의 사연이다. 두 에피소드를 자세히 들여다보면 결코 간단치 않은 울림이 있다. "아이들 일이라고 간단하게 말할 수 없는 일들"(83면) 가운데 하나인 은교의 자퇴과정도 그렇다. "등교할 시간이 되었는데도 집에 머물러 있는 것을 보고도" 아무 말 하지 않는 아버지의 무심함은 무관심과는 다른 느낌을 자아내지만, 그렇게 홀로 무리에서 자의적·타의적으로 탈락해버린 은교의 내면묘사 역시 독자를 아프게 한다. 은교의 왕따 사건을 들려주면서 작가는 매미 울음을 뒷배경에 배치하는 것으로 끝맺는바, "기력이 없어 제대로 울 수 없는 듯 두어번 울다가 말았다가 울었다가 더는 울지 않았다"(84면)는 문장은 분명히 매미 울음에 대한 사실적인 기술이지만 이는 동시에 작품에서 언표하지 않은, 무상함 끝에 '무리'에서 일탈할 수밖에 없었던 은교의 말 못할 내면까지 포괄하는 묘사로 읽히는 것이다. 소설 산문의 시적 경지라는 것이 있다면 이런 묘사가 거기에 포함되지 않을지.

노파 이야기는 이보다 더 복잡하다. 여기서도 삶의 무상함이 어김없이 제기되지만 궁극적인 초점은 그런 무상함에서 촉발되는 어떤 '생각'에 찍혀 있다.

어떤 생각을 하느냐고 나는 물었다.
이를테면 뒷집에 홀로 사는 할머니가 종이 박스를 줍는 일로 먹고산다는 것은 애초부터 자연스러운 일일까, 하고.
무재 씨가 말했다.
살다가 그러한 죽음을 맞이한다는 것은 오로지 개인의 사정인 걸까, 하고 말이에요. 너무 숱한 것일 뿐, 그게 그다지 자연스럽지는 않은 일이었다고 하면, 본래 허망하다고 하는 것보다 더욱 허망한 일이 아니었을까, 하고요. (144면)

"홀로 사는 할머니가 종이 박스를 줍는 일로 먹고산다는 것은 애초부터 자연스러운 일일까." 그렇게 살다가 죽은 것이 "오로지 개인의 사정"만은 아니다. 너무 흔해서 자연스럽게 보일 뿐 못 배우고 가진 게 없어서 고달픈 이들의 삶이 우연만큼이나 구조화되어 있음을 우리는 매일같이 '뉴스'를 통해 알고 있는 것이다.

이처럼 다채로운 '삶'의 국면들을 다루고 있지만 『百의 그림자』는 은교와 무재의 '사랑'으로 집약된다고 할 수 있다. 그러나 이때도 두 사람의 사랑은— '슬럼'이라는 단어를 낯설게 해서 그 말 자체의 폭력성을 드러내는 것처럼— 말랑말랑한 감정들의 뒤엉킴과는 거리가 멀다.『百의 그림자』에서 이루어지는 두 인물의 '사랑'은 담담한 배려와 가난한 마음끼리의 나눔을 통해 가까스로 도달한, 사람들이 일반적으로 사랑이라고 말하는 어떤 정서적 교감상태에 가깝다. 아니, 그런 교감상태를 모깃소리보다도 작은 목소리로 재현하는 새로운 삶의 희미한 가능성이 사랑의 이름으로 제시된다고 해야 정확한 표현일 것이다.[16]『百의 그림자』에 멋진 주석들을 붙인 신형철은 "이 소설은 너무 착하기만 한 것이 아니냐고 불만을 토로할 독자도 없진 않겠지만"이라는 식으로 날 선 비평가들의 예봉을 의식하고 있는데, 나라면 차라리 니체의『이 사람을 보라』(*Ecce Homo*)에 나오는 유명한 잠언을 환기하면서 앞으로의 기대를 피력했을 것 같다

> "폭풍우를 일으키는 것은 바로 가장 조용한 말들이다. 비둘기의 발로 오는 사상이 세계를 인도한다."(Die stillsten Worte sind es, welche den Sturm bringen, Gedanken, die mit Taubenfüssen kommen, lenken die Welt.)

우리가 '리얼리즘'의 유산을 계승할 때 이런 "조용한 말들"이 먼저 필요한 건 아닌지 생각해보게 된다.『百의 그림자』가 아직 장편의 스케일로 '가히 총체적이다'라고 말할 만한 서사적 지평을 구현하지는 못했다고 보

---

16 2012년 가을호부터 2013년 봄호까지『창작과비평』에 연재된 장편『소라나나기』에 오면 그런 '사랑의 이름'에 대한 모색도 한층 치열하게 확장된다. 물론 단독자(單獨者)인 나나가 모세로 대변되는 중산층 '무리의 세계관'에 어떻게 적응하고 극복할 것인가는 가능성의 영역에 남겨진 셈이고, 성적 소수자인 나기의— '너'를 향한 절박하고도 필사적인— 정념도 운명적으로 어긋나 있는 상태로 연재가 끝나는 것은 사실이다. 하지만 연재를 따라 읽으면서 그 가능성의 영역과 어긋남의 실제에 대한 작가의 실험적 성찰이 멈추지 않으리라는 예감은 더 강해졌는데, 다른 한편 황정은으로서도 이제는 윤리적 진정성의 세계에 대한 소설적 탐사가 매너리즘에 빠지는 것을 더 경계해야 할 시점에 도달했다는 생각도 든다.

지만 그게 대수는 아니다. 은교와 무재가 어렵사리 도달한 작은 공동체의 존재만으로도 나 같은 독자는 '일어서는 그림자'와 맞서 싸울 힘을 얻고, 일단 그것만으로도 충분히 만족스럽다.

김애란의 장편과 '감동'에 대한 성찰

소설읽기의 즐거움에 관한 한 빼놓을 수 없는 작가가 김애란(1980년생)이다. 그는 소설집 『달려라, 아비』(창비 2005)와 『침이 고인다』(문학과지성사 2007)를 통해 우리 시대 '변두리' 인생의 희로애락을 맛깔나게 그려내면서 평단의 화려한 주목과 기대를 한몸에 받은 바 있다. 최근작 『비행운』(문학과지성사 2012)에 실린 단편들, 특히 「벌레들」「그곳에 밤 여기에 노래」와 「서른」 등을 접한 독자라면 사실적 디테일에 밝으면서 그런 디테일에 감춰지기 일쑤인 삶의 행간을 세심하게 읽어내는 작가를 거듭 발견할 것이다. 한 젊은 부부의 빠듯한 일상을 다룬 「벌레들」의 경우 밋밋한 사실주의처럼 보이는 이야기가 어떻게 환각적인 악몽의 순간들을 포착할 수 있는가를 예시하는 한편, 다단계 판매와 청년실업 실태의 이면을 서간체 형식으로 파헤친 「서른」은 내가 살기 위해서는 누군가를 짓밟아야 하는 우리 사회의 생존의 실상을 아릿하게 들려준다. 「서른」을 읽으면 소설이 사람의 몸과 마음을 움직일 수 있다는 말의 뜻을 헤아리게 된다. 그런가 하면 「그곳에 밤 여기에 노래」는 이야기의 시작과 중간과 끝을 플롯으로 가공하는 장인적 솜씨가 빛나는 단편으로서, 우리 시대의 가슴 아픈 '따라지인생'인 한 사내의 고달픈 일상과 사랑을 짐짓 담담하게 그려내는 작가의 성숙을 짐작할 수 있게 한다.

『두근두근 내 인생』은 김애란의 첫 장편이다. 널리 읽힌다고 해서 반드시 그 작품이 좋다는 법은 물론 없지만 『두근두근 내 인생』의 대중적인 호소력이 작품성과 무관치 않은 것은 분명하다. 『두근두근 내 인생』은 보통 독자의 눈높이에서 멀리 벗어나지 않는 섬세하면서 발랄한 언어감각, 감상(感傷)을 적절히 제어하면서 독자의 호기심을 그때그때 자극하는 서사의 긴장, 희망과 절망의 미묘한 접점지대에서 삶을 성찰하는 균형감각, 그리고 무엇보다 작가의 의식이 투사되었지만 작가와는 전혀 별개로 존재하는 한아름이라는 주인공이 지닌 매력이 하나로 어우러진 작품이다. 작품에서 이런 요소들을 하나의 이야기로 모아들이는 것은 김애란 특유의 촌철살인적인 언어이다. 독자가 한아름의 '특수한' 상황을 따라가다가 때로는 울컥하는 마음이 드는 것은 그런 언어의 시적 작용 때문일 것이다. 그런데 우리는 그런 울컥하는 마음을 '감동'이라고도 부르는바, 감동의 순간에 온전히 몸을 맡기면서도 바로 그 순간을 성찰하는 것이 비평일진대 울컥하는 마음을 좀더 곡진하게 들여다볼 필요가 있겠다.

　나 자신은 『두근두근 내 인생』을 거론하면서 감동부터 앞세웠지만, 트집으로 일관한 비평가들도 여럿 있다.[17] 정확한 지적이 없지 않음에도 그들의 읽기가 『백설공주』의 그림피처럼 심술궂다고 느껴지는 것은 평가행위의 자기중심성에서 제대로 탈피하지 못한 까닭이 아닌가 싶다. 권희철 (權熙哲)의 평문은 바로 그런 중심성에 대한 진지한 비판적 성찰을 담고 있다.[18] 하지만 설득력 있는 그의 비평에 공감하면서도 한두가지 이견도 아울러 짚어두고자 한다. 『두근두근 내 인생』이 좋은 작품임은 확실하지만 논쟁의 여지도 없지 않아서 시비를 가려 한국소설의 분투를 보여주는

17　김윤식 「장편에 맞선 단편, 타협 사항인가 선택 사항인가」, 『문학사상』 2011년 8월호; 이명원 「김애란의 『두근두근 내 인생』, 그 명랑함에 묻는다」, 『프레시안』 2011년 7월 15일; 서희원 「키치적 구원과 구원 없는 삶」, 『문예중앙』 2011년 가을호. 참고로 『프레시안』에는 지금도 이명원의 평문 제목을 부제로 돌리고 주제목을 '젊은 여성들 '80대 노인'에게 두근두근? 그 이유는…"이라고 붙여놓고 있다. '낚시질'을 일삼는 인터넷 언론의 한 단면을 보는 것 같아 씁쓸하다. 다른 한편 세 논자 중에서 김윤식은 2011년 12월 12일자 『한겨레』의 칼럼 「김윤식의 문학산책」에서는 평가를 다소 달리하여 『두근두근 내 인생』을 올해를 빛낸 소설 세편 가운데 하나로 꼽았다. 하지만 그 칼럼에서도 그는 다음과 같은 단서를 단 바 있다. "장편이란 이 작가에겐 다리도 채 나지 않은 올챙이가 뭍으로 올라온 형국. 그렇다고 계속 올챙이로 머물 수도 없는 노릇. 출판시장이 그냥 두지 않으니까. 과연 이 뭍에 오른 올챙이가 살아갈 수 있을까. 있겠지요."

18　권희철 「감정교육: 김애란 장편 『두근두근 내 인생』을 위한 노트」, 『창작과비평』 2012년 봄호.

괄목할 만한 예로 이 장편을 거론하려는 것이다.

『두근두근 내 인생』은 한편의 시라 해도 좋을 프롤로그와 한아름의 죽음을 다루는 에필로그가 본 이야기(1~4장)를 감싸는 형식으로 이루어져 있다. 여기에 한아름이 남긴 아름다운 생명 예찬인 「두근두근 그 여름」이 단편소설로서 끝에 부록처럼 붙어 있다. 중층 서사를 이루는 구조인데, 『두근두근 내 인생』을 통틀어 가장 극적 반전의 긴장감이 높은 대목으로는 한아름이 이메일을 주고받던 이서하라는 소녀 — 한아름이 "나와 유일하게 비밀을 나눴던 아이, 태어나 처음으로 나를 설레게 한 아이, 나의 진짜 여름, 나의 초록, 나의 첫사랑, 혹은 마지막 사랑"이라고 고백한 소녀 — 가 소녀가 아니라 서른여섯 먹은 아저씨라는 사실이 밝혀지는 장면일 것이다.(273면) 복선이 전혀 없는 건 아니지만 나처럼 독자들도 대개는 바로 이 대목에서 가쁜 호흡을 가다듬었을 법하다. 그 아저씨의 정체에 대한 궁금증도 그렇지만 무엇보다 한아름이 받은 충격의 깊이를 가늠해보기 위해서라도 그러지 않았을까. 실제로 한아름의 이름으로 남은 「두근두근 그 여름」도 이서하라는 인물과의 '만남'이 없었더라면 완성되지 못했을 원고이니, 그 만남은 서사에서 결정적인 사건이라 할 만하다.

팔십대의 육체를 가진 17세 소년이 이서하라는 동병상련의 처지에 있는 소녀를 알게 되면서 주고받는 이메일 내용은 병마에 시달리는 또래의 대화로서 여실한 개연성을 띤다. 무엇보다 그렇게 주고받는 과정에서 점점 짙어지는 주인공의 심리적 갈등도 성숙한 정신이 아니고서는 그려내기 힘든 성질이다. 그런데 이 사건의 함의를 파악하려면 그에 선행하는 또 하나의 사건, 즉 한아름의 방송출연을 돌아봐야 할 것 같다. 실제로 이 두 에피소드는 작품의 2/3를 차지하는 분량이니, 두 사건을 제대로 논한다면 프롤로그와 에필로그 및 「두근두근 그 여름」까지도 포괄할 수 있을 것이다.

한아름의 공익 프로그램 출연은 조로증과 같은 특별한 소재에서 어느 정도 예상함직한 일이다. '이웃에게 희망을'이라는 방송에 출연한 것이 계기가 되어 이서하라는 인물과 연결되는 상황도 예측 가능한 설정이라고 할 수 있다. 앞서 그럼피 같은 비평가 운운했지만, 작가가 TV 일일연속극에나 어울릴 손쉬운 공식을 변용해서 불치병을 소재로 삼은 고만고만한 이야기를 꾸며냈다고 냉소하는 독자가 있을지도 모른다. 그러나 삶의 순간순간의 진실과 그 간단치 않은 여운을 우리 마음속에 그토록 오래 남긴 언어예술로서의 『두근두근 내 인생』을 그런 진부한 공식으로 비판할 수는 없는 일이다. 망설이는 부모를 한아름이 어렵사리 설득해 출연하는 과정만 해도 감상적인 멜로물에서는 실감하기 힘든 냉엄한 현실에 대한 성숙한 수긍이 담겨 있고, 평생을 병마와 살아온 한 소년의 어른스러운 세계인식이 자리하고 있다. 말에 대한 감각이 유달리 예민한 한아름의 형상은 상당부분 작가의 의식으로써 빚어졌지만 그가 방송을 통해 발언한 삶의 진실은 그 자체로 한아름 고유의 현실세계에 속하는 것이다. '이웃에게 희망을'이라는 프로그램을 녹화하는 장면에서도 우리의 사회적 사람살이는 여실한바, 『두근두근 내 인생』을 읽으며 '사회소설'을 둘러싼 통념에 대해서도 다시 생각하게 된다.

그렇다면 한아름은 방송출연으로 인해 발생한 그 결정적 사건의 후과를 어떻게 감당하는가? 본 이야기의 마지막 장은 그 후과와 더불어 한아름의 최후를 다루고 있다. 생의 의지를 거의 앗아갈 정도로 한아름에게 결정타를 가한, 이서하가 정체를 드러낸 사건은 '소설이 뭐길래'라는 물음을 유발한다는 점에서도 집중적인 읽기를 요구한다. 그 소감을 앞질러 말한다면, 한아름이 생을 마치는 과정에 대한 서사적 진행이 ─「두근두근 그 여름」까지를 읽으면─ 한편으로 '시적'이라는 표현에 값하는 것이라는 생각이 들면서도, 동시에 '소설'로서의 설득력은 떨어지지 않는가 하는 것이다. 약간 모순적인 실감인 만큼 좀더 파고들 필요가 있겠다.

'이웃에게 희망을'의 피디인 채승찬의 말을 엿들으면서 이서하의 정체를 알게 된 한아름의 고뇌가 장편 전체에서 가장 큰 파동에 해당한다는 말은, 이성(異性)을 향한 소년의 마지막 소망이 산산이 부서졌다는 사실만을 뜻하지는 않는다. 생의 의미와 의지가 온전히 실린 대화이자 만남이었기에 작품의 서사에서도 중대 갈등국면이 되는 한편, 독자에게도 그가 그 좌절을 어떻게 감당하는가는 초미의 관심거리가 된다. 사건의 발단은 채승찬 피디가 한아름과 이서하의 사연을 시청자에게 소개해주겠다고 나선 데 있다. 사건의 경위는 간단하다. 씨나리오 작가 지망생으로 추정되는 이서하라는 인물은 피디의 연락을 받고서 정체가 드러날 지경에 처하자 연락을 끊는다. 그 이후 진상을 깨달은 한아름은 형용하기 어려운 좌절에 빠진다. 한아름이 '리틀 빅 플래닛'이라는 게임에 몰두함으로써 충격을 삭이는 과정은 처연한 느낌마저 자아낸다. 물론 장씨 할아버지의 마지막 병문안(293~303면)은 그 자체로 한아름의 절망을 따스하고 유머러스하게[19] 보듬어주는 일화이다.

그런 일화에 이어 현실의 이서하로 짐작되는 인물의 등장으로 인해 서사는 확실히 위기국면에 접어든다. 간신히 마음을 추스른 어느날 "문득, 주위에서 평소와 다른 낯선 공기가 감지"되면서 한아름은 그곳을 향해 "누구세요"라고 묻는다. 모습을 드러내지 않은 채 '그'는 "미안하다"고 대답한다. 한아름은 그가 '이서하'임을 직감하고 묵묵부답인 그 인물을 향해 "어두운 무대에 선 연극배우처럼" 독백 아닌 독백을 이렇게 늘어놓는다.

"네가 무얼 생각하고 있는지 모르겠어. 어쩌다 여기까지 찾아오게 됐

---

19 이런 유머는 이명원이 비판한 바 있는 『두근두근 내 인생』의 '명랑성'과도 통하는 면이 있다. 물론 이명원은 "이런 명랑성이 무의미하다는 것은 아니다"라는 단서를 달고는 있다. 그러나 이어서 "다만 이 소설의 인물들은 왜 명랑할 필요가 없는 부분에서까지 명랑하며, 유머가 필요 없는 상황에서까지 슬랩스틱에 가까운 만담의 주인공이 되는가 하는 의문은 제기해볼 수 있다"라고 명랑성을 비판하고 있다. 그러나 이명원이 명랑성을 너무 제한적으로 해석한 것이 아닌가 하는 느낌이 든다. 관습화된 서사로 고착된 명랑만화의 상을 부당하게 이 작품에 투사한 것은 삶에 대한 비극적 인식이 배제되지 않은 삶의 긍정에 그가 인색한 데서 비롯된 결과로 판단된다.

는지도 모르겠고. 너는 아마 지금 내가 무척 화가 나 있을 거라 생각하겠지? 그래, 맞아. 원망했던 것도, 미워하고 저주했던 것도 사실이야. 그리고 앞으로도 계속 그럴지 몰라."

"………"

"그래도 한번쯤은 네게 이 얘기를 전하고 싶었어. 우린 한번도 만난 적이 없지? 직접 목소리를 들은 적도 없고, 얼굴을 마주한 적도 없고. 어쩌면 앞으로도 영영 만날 수 없을 테지? 하지만 너와 나눈 편지 속에서, 네가 하는 말과 내가 했던 이야기 속에서, 나는 너를 봤어."

"………"

"그리고 내가 너를 볼 수 있게, 그 자리에 있어주었던 것, 고마워."

(308~309면)

이 대목을 두고 권희철은 현실도피의 혐의를 언급하면서 "논쟁거리가될 수 있"음을 말한 바 있다. 하지만 그는 논쟁의 소지를 짚기보다는 "그가 증오 속에서 생의 마지막 순간을 허비하는 것이 더 옳았을까"라고 반문하면서 "소설 쓰기를 통해 스스로에게 부여한 감정교육이 한아름에게 증오를 모르게 했고, 증오를 모르는 한아름은 언제나 타인과의 관계의 가능성을 열어두고 또 그러한 열림을 열망할 수 있는 능력을 얻게 됐다"는 점을 역설하고 있다.(권희철 323면) 필자가 인용한 대목 중 앞부분을 거론한 한기욱의 경우는 아예 한술 더 떠서 그 대목에서 "참된 관계맺기가 이뤄졌"다고 단정하고 "한아름과 이서하는 속임수에도 불구하고 한낱 허황된 관계가 아니라 '누구세요'라는 물음에 진실하게 응답한 '너'의 존재를 알아보는 본질적인 관계로 조명된다"는 주장을 펼쳤다.[20]

『두근두근 내 인생』을 평가하는 두 평자의 전체적인 취지에 대해서는

---

20 한기욱 「가족의 재구성 ─가부장제와 근대주의를 넘어서」, 『오늘의 문예비평』 2012년 봄호 278~80면 참조. 한기욱의 최근 평문 「기로에 선 장편소설」에서도 이런 평가는 달라지지 않는다.

공감하지만 확실히 이 장면, 나아가 이 장면을 전후한 대목을 읽는 문제에 관한 한 권희철의 조심스런 진단에 더 주목하게 된다. 논쟁의 소지가 있을 것 같다는 말이다. 권희철이 역설한 감정교육은 한아름에게만 국한된다고 보기 어렵다. 즉 독자 역시 그러한 '교육'을 거친다는 말인데, 우리는 읽는 과정에서 '감정교육'이라 할 만한 어떤 정서적 정화(淨化)를 경험한다. 그러나 정화라서 해서 무조건 씻어내는 것만을 의미하지는 않을 터, '소설 쓰기'를 통해 한아름이 증오를 극복했다는 논지는 사태를 너무 단순화한 것이 아닐까 싶다. 이서하의 정체를 알고 난 후에 한아름이 겪게 되는 정신의 상태는 증오로 뭉뚱그리기에는 너무도 착잡한 것이 아닐지. 이 점을 실감하면서 드는 또 하나의 의문은, 한아름이 '증오'를 극복했다라고 한 주장에 덧붙인 권희철의 반문에 관한 것이다. 즉 "그가 증오 속에서 생의 마지막 순간을 허비하는 것이 더 옳았을까"라는 반문은 소설 읽기에서 인간의 삶과 그 '본성'에 대한 엄정한 비평적 탐구보다는 윤리적 가치판단을 앞세우는 읽기가 아닐지. 선에 대한 상상력은 악에 대한 절망을 배제해야만 가능한 것은 아니지 않을까. 오히려 선에 대한 상상력의 존재이유는 그런 절망이 지배하는 세계일수록 더 강력해지는 것은 아닐지.[21] 요컨대 권희철은 한기욱과 마찬가지로 ─ 장편소설이라는 장르에 대해 두 논자들이 그동안 뭐라 했든 간에 ─ 신형철이 장편소설의 기본문

---

[21] 참고로 권희철이 상세하게 그 함의를 분석하면서 논란의 여지가 있다고 조심스럽게 단서를 단 물음, 즉 "누구세요?"는 맥락을 달리하여 모두 7차례 반복된다.(174, 203, 276, 291, 307, 309, 341면) 필자가 읽기로 그중 서사의 흐름에서 비교적 자유롭게 어떤 의미를 부여할 수 있는 물음은 두개다. 하나는 한아름의 악몽 속에서 나오는 물음으로서(291면) 이것은 존재론적 의미부여가 가능하다. 다른 하나는 한아름이 남긴 단편소설 「두근두근 그 여름」에서 한아름의 아버지가 될 한대수가 어머니가 될 최미라에게 던지는 물음으로서(341면), 이는 경이와 소통의 물음이라고 해도 좋겠다. 남은 5개의 물음 중에서 두개가 이서하의 정체를 묻는 것인데(276, 307면) 권희철은 이렇게 성격이 다른 각각의 물음들을 이어붙여서 "서로 부르고 대답하는 원환"(권희철 322면)으로 만들고 해석을 붙였는데, 멋들어지기는 하나 비평가의 해석의지가 작품의 의미를 무리하게 증폭시키고 평가한 사례가 아닌가 싶다.

법으로 내세운 '사건-진실-응답'의 구도로 작품의 '의미'를 환원하여 읽고 있다는 의심이 든다.

여기서 다시 앞에서 인용한 장면으로 돌아가보자. "누구세요?"라는 물음에 이어지는 한아름의 자문자답이 너무나도 또렷한 의식에서 나오는 것은 이전까지 작품에서 유지된 사실주의의 '기조'에서 눈에 띄게 이탈하고 있다는 느낌을 준다. 꿈은『두근두근 내 인생』에서도 중요한 모티프 중 하나다. 만약 한아름의 독백이 꿈으로 처리되었더라면 어땠을까? 아니면 한아름의 자문자답이 조만간 필연적으로 찾아올 혼수상태에서 나왔다면? 두가지 물음 모두 가정에 불과하지만 꿈 또는 혼수상태에서의 독백이 후반부의 작품진행을 결정적으로 흐트러뜨리지는 않을 듯하다. 물론 여기서 또다른 가정을 해볼 수 있다. 그토록 절망에 빠진 한아름이 자기 자신에게 하는 독백으로서 상처입은 마음을 스스로 다독이는 정도였으면 어땠을까? 그랬다면 실감 차원에서 독자도 충분히 납득할 수 있지 않았을까? 다만 이같은 상황에서는 한아름의 꿈이나 독백, 또는 자문자답을 지켜볼 수밖에 없는──이서라는 가공의 소녀가 아니라!──오프라인 세계의 정체 모를 중년 남자의 심경이 부각될 수도 있겠지만, 이는 작품의 사실주의적 기조와 어긋나는 것은 아니다. 물론『두근두근 내 인생』의 사실주의를 논할 때 가장 큰 파격은 1장에서 한아름이 뱃속 태아로서 자기에게 벌어지는 일을 독자에게 시시콜콜 들려주는 장면이다. 윤성희(尹成姬)의 장편『구경꾼들』(문학동네 2010)에서도 그와 비슷한 서술을 볼 수 있지만 명백히 사실주의에 어긋나는 극적 설정인 셈이다. 필자로서는, 서양 고전극에서 활용된 '시적 정의'(poetic justice)처럼 화자가 태아라는 것 자체가 갖는 비사실성의 경우는 예외적인 운명을 타고난 한아름의 예외적인 삶의 일부로 수용하게 된다. 사실이냐 반사실이냐가 큰 문제가 되지 않는다는 말이다.

반면에 사리판단이 분명하고 명민한[22] 한아름이 한때 품었다가 깨진 환상에 그렇게 집착하는 것은 다른 차원의 사안이 아닌가 싶다. 이를 현실도피라고 부르는 것이 얼마나 적절한 표현인지는 의문이다. 아무튼 그런 집착조차 한아름의 운명적 삶의 일부로 포괄하기는 어렵다는 것이 나의 직관적인 판단이다. 한마디로 한아름의 집착은 한아름 자신이 들려준, 우연한 스킨십을 계기로 노교수의 '늙음'을 실감하고 연심을 접은 한 여대생의 관념적 사랑을 떠올리게 한다.(133~34면) 차이가 있다면 여대생의 그런 일화는 한아름의 정신의 젊음을 환기하는 효과를 내는 데 비해, 한아름의 집착은 감사와 용서로 이루어지는 사랑으로 귀결된다는 것이다. 그런 맥락에서 한아름이 임종 전에 아버지 한대수로 하여금 '이서하'에게 보낼 편지를 받아적게 하는 장면과 그 편지의 내용은 앞서 인용한 화해와 용서의 자문자답에 마침표를 찍는 감상주의적 완결판이라는 해석을 가능하게 한다. 이것이 이서하라는 가공의 인물뿐만 아니라 죽음을 앞둔 모든 인간들에게 보내는 위안과 위무의 편지임은 더 말할 나위도 없다. 그 편지는 '아름다운 신파'라 할 만하며 여전히 나 같은 독자의 눈물샘을 자극한다. 아니, 실제로 우리 시대의 현실은 그런 위안을 요구하기도 한다. 그런데 『두근두근 내 인생』의 위안과 위무를 받으면서 옆구리가 허전한 건 왜 그럴까? 적어도 장편소설의 차원에서라면 아무리 아름다워도 '신파'는 아우르고 넘어서야 하는 대상이지 그 자체로 자족해서는 안되는 세계여서 그런 것이 아닐까.[23]

_____

22 '그'가 "죄송합니다. 제가 병실을 잘못 찾았나봅니다"라는 말에 이어 자리를 황급히 떠나고 난 이후 한아름은 이렇게도 생각할 줄 아는 소년이다. "나는 허망한 마음으로 병실 입구 쪽을 바라보았다. 어쩌면 정말 나랑 상관없는 사람인데, 내 말을 끊는 게 미안해 거기 계속 서 있었는지도 몰랐다."(309면) 한아름은 이렇게도 '멀쩡한' 소년이다.

23 장편 차원에서의 성취를 엄밀하게 논하는 데 "아름다운 신파의 위안"을 아슬아슬하게 제압하고 우리 시대 청년실업의 진상을 비춘 김애란의 「서른」 같은 단편을 떠올려볼 수도 있을 것이다. 「서른」을 다루며 정홍수는 "혜미의 병실 방문을 주저하고 망설이는 대목에서 소설의 편지를 끝낼 수밖에 없는 사정"을 헤아리면서 그것이 "하나의 타협"일 수 있음을 짚고 있다. "「서른」의 편지가 그 내용의 참혹함에 비해 너무 세련되고 매끈한 화법으로 씌어져 있지 않느냐고 물을 수도 있"다는 것이다. 그러면서도 그는 다음과 같은 논평을 덧붙인다. "그렇지만 고립무원의 상황에서 세상에 대한 분노와 죄의식, 스스로에 대한 절망으로 찢겨져나가고 있을 '나'의 현실은 언제든 소설의 자리에서 보면 과

지금까지 『두근두근 내 인생』에 대한 평단의 상찬과 비판 모두에 짧지 않은 토를 단 셈이다. 굳이 '토'라는 표현을 쓴 것은, 필자의 까탈스런 논평에도 불구하고 '부록'인 「두근두근 그 여름」까지를 읽으면 작품 자체의 전언인 삶과 생명에 대한 긍정에만은 유보 없이 수긍하게 되기 때문이다. 또한 그런 긍정과 함께 김애란이 앞으로 발신할 수 있는 한국 장편소설의 가능성에 신뢰를 보내게 된다. 그런 의미에서 필자의 문제제기가 '트집' 만은 아니리라고 믿는다. 하지만 시비를 가리는 방식으로 주견(主見)을 밝혔지만 나 자신도 누구 못지않게 김애란의 작가적 재능과 신심에 경의를 표하기에 이것도 하나의 확정적인 비판, 또는 판단이라기보다는 토론 주제로 남겨두고 싶다. 다만 토론다운 토론을 위해서 (권희철도 인용한) 김애란 자신의 발언을 새겨서 해석해야 하겠다. 희망도 "순진한 사람들이 아니라 용기있는 사람들이 발명해내는 것"이라면 희망의 감정교육도 '꿈'에 대한 좀더 치열한 사실 탐구에 기반해야 하리라는 것 말이다.[24]

조해진의 소설이 다다른 곳

근년의 여러 문제작 가운데 『로기완을 만났다』(창비 2011)는 사실을 사실대로 쓰는 일의 어려움을—바로 그런 의미에서 한국소설의 고투를—실감하게 하는 작품이다. 이 경장편은 조해진이 소설집 『천사들의 도시』

잉의 실재일 수밖에 없을 테다. 재앙의 현실을 얼마간은 알레고리의 힘을 빌려 그려낸 또다른 노작 「물속 골리앗」의 방식이 차라리 쉬웠을 수도 있겠다는 생각마저 드는 이유다."(정홍수 「세상의 고통과 대면하는 자리」, 『창작과비평』 2012년 겨울호 39~40면) 「서른」과 「물속 골리앗」을 이렇게 분별한 해석에 동감인데, 그렇다면 이런 식의 분별적 성찰을 장편 『두근두근 내 인생』을 두고 해본다면 어떻게 상찬과 비판을 넘어서는 읽기가 가능할지 생각해봄직하다.
24 그런 맥락에서 사족 한마디를 붙이자면, 가령 친숙한 '가락'이지만 여전히 현실비판과 풍자의식이 이야기의 재미로서 살아 있는 이시백의 연작소설집 『누가 말을 죽였을까』(삶이보이는창 2008) 같은 작품이 평단에서 충분히 주목받지 못하는 반면, 이경재가 부각한 유현산의 『1994년 어느 늦은 밤』(네오픽션 2012)이나 이 장편보다 더 독자의 호응이 컸던 정유정의 『7년의 밤』(은행나무 2011) 같은 작품을 한국 장편소설의 새로운 가능성으로 상찬하는 것은 비판적 분석이 필요한 현상이다.

(민음사 2008)와 장편『한없이 멋진 꿈에』(문학동네 2009)에서 다양한 화법으로 실험한 타자와의 대화를 한층 심화한 사례에 해당한다. 온갖 종류의 성적·인종적·계급적 월경자(越境者)들이 '절벽'과 마주하는 상황을 직시하다가 마침내 정치적 난민의 문제에까지 이르렀다는 말이다.『로기완을 만났다』가 일단 값지다고 보는 것은 그 때문이다. 황정은의『百의 그림자』와 마찬가지로 본격 장편이라고 하기는 어렵지만 '탈북자'라는, 남한사회에서는 냉철한 성찰을 하기가 특히 까다로운 '문제'에 도달하기까지의 과정 자체가 진정성으로 가득하다. 물론 서사가 크게 세 갈래로 분산된 터라 탈북자만 다루는 부담을 던 형국인데, 그렇다고 주제의 하중이 가벼워지는 것은 아니다.

"어머니는 저 때문에 돌아가셨습니다. 그래서 저는, 살아야 했습니다." 대문자 L로 표기된 북한의 '식량난민'이 어떤 시사주간지와의 인터뷰 도중에 고백한 이 단 한 문장이 화자인 '나'를 브뤼셀로 향하게 한다. '나'는 "사회의 시선 밖에 있는 사람들"의 딱한 사정을 25분짜리 미니 다큐로 만들어 대중들에게 호소하는 공익방송 프로그램의 메인 작가이다. 직장을 그만두고 방송용 대본이 아닌 소설을 쓰려는 화자의 구상에 소설가 조해진의 의도가 반영되어 있음은 분명해 보인다. 하지만 화자와 소설가의 거리는 위태롭기도 하다. 물론 회사에 사표를 내게 되는 정황도 간단치는 않다. 화자는 한편으로는 직장 동료인 프로그램 피디(류재이)의 청혼을 받아들이지 못해서 껄끄러운 관계에 있고, 다른 한편으로는 고아나 다름없는 처지에서 암 투병 중인 17세 여고생(윤주)에 대한 연민을 감당하기 어려운 상태에 있다. 이야기는 2010년 12월 7일에서 12월 30일까지의 일기형식으로 구성된다. 그것은 로기완이란 인물의 3년 전 일기와 그가 난민신청국 심문실에서 작성한 자술서 사본을 토대로 그의 행적을 더듬어간 기록이다. 그 사이사이에 브뤼셀에서 북한을 이탈한 사람들의 정착을 도와주는 박—화자에게 로기완의 일기와 자술서를 전해준 인물인데, 후반부에 가서야 작가는 이름(박윤철)을 밝힌다—이라는 육십대 후반의 남자와 '나'의 만남이 그려지는 한편, 류재이와 윤주에 얽힌 한국의 착잡한 사연이 변주된다.

궤적이 전혀 다른 세 갈래의 서사를 추동하는 것은 타자를 향한 연민이다. 로기완에 대해서는 말할 것도 없고, 의사로서 자기 부인을 안락사시킬 수밖에 없었던 박윤철 및 구성작가와 출연자의 관계로 만난 윤주와의 만남에서도 연민은 화자와 타자를 이어주는 가교이다. 공익 프로그램의 메인 작가로서 화자는 연민의 감수성이 특별한 강도로 고양된 사람이고, 따라서 연민의 "그 감정이 진심이 되려면 무엇이 필요하고 무엇이 포기되어야 하는 것일까"(48면)를 끊임없이 (때로는 자학적으로) 묻는다. 그건 자신이 대본을 제공하는 프로그램에 대해서도 마찬가지다.

프로그램의 목적은 최대한 많은 시청자들이 한통에 천원씩 기부되는 ARS에 전화를 걸도록 유도하는 것이었고, 그보다 더 강력한 씨스템의 요구는 매주 정확한 수치로 기록되어 자동으로 서열화되는 시청률에 있었다. 화면은 출연자의 불행을 극적으로 조명해야 했고 내레이션은 과장된 감상에 젖어갔다. 방송이 끝나고 음악이 흐르면서 엔딩 크레디트가 화면을 채우면 재이와 나는 아무 말 없이 서로를 물끄러미 쳐다봤다. 어떻게 저런 쓰레기를 만들었지? 입에 올린 적은 없었지만 우리의 눈빛은 매번 그런 질문을 하고 싶다는 듯 우울하게 빛났다. 우리 모두를 같은 분량으로 괴롭히는 질문이었다. (52면)

연민의 진정성에 관한 물음은 '윤리'의 영역에 속하지만, 생각해보면 모든 인간다운 삶에 수반되는 시민적 양식(良識)이기도 하다. 이 대목에서 그같은 시민적 양식의 소설화 사례 몇편을 거론할 필요를 느낀다.

시민적 양식에 기반을 두면서, 로기완이라는 난민의 운명을 추적하는 상상력의 '격'—상상력에도 격이라는 게 있다면—은 가령 이응준이 『국가의 사생활』(민음사 2009)에서 발휘한 상상력과는 질적으로 다르다.

『국가의 사생활』은 북의 정치체제에 대한 기존 (우파적) 정보를 재활용하여 소설이라는 형식으로 가공한 장르물에 가깝다. 2011년 5월 9일에 남한이 북한을 흡수통일하고 벌어지는 사회적 혼란상은 범죄소설의 관념들을 짜깁기한 것에 불과한데, 이 짜깁기가 얼마나 황당한 공상의 산물인가는 북의 조선작가동맹 출신으로 남한에 정착한 김유경의 『청춘연가』(웅진하우스 2012)와 비교해보면 단박에 확인된다. 한반도 분단체제의 복잡성에 대한 소박한 인식에서 벗어나지 못한 상태로나마 남쪽 현실에 적응하기 위해 안간힘을 쓰는 탈북자들의 일상을 요모조모 감칠맛나게 증언한 김유경의 장편은 한반도 전체를 시야에 넣는 소설이 한국문학에 새롭게 등장하고 있음을 예고하고 있다.[25]

아무튼 이런 장편들을 읽으면서 문학적 상상력이라는 것도 인간의 공감과 도덕적 결단의 산물인 동시에 고도의 정치적 운산이 작용한 결과라는 사실을 다시금 느끼게 된다. 로기완이라는 인물의 복잡한 의식에 스며들어가 그 미로의 출구를 결사적으로 탐사하는 『로기완을 만났다』에서 공감의 힘에 주목하는 것은 바로 그런 운산의 소설화(小說化)가 얼마나 만족스러운가를 생각해보기 위함이다. 공감적 상상력에 관한 한 조해진은 직접 체험하지 않은 현실을 다룰 때의 한계를 절절하게 인식하고 있다. 따라서 작가의 분신인 '나'가 "제가 쓴 글은……소설이 아니에요"라고 고백하는 맥락을 좀더 세밀하게 헤아려봄직하다. 물론 『로기완을 만났다』는 조해진 자신이 브뤼셀까지 날아가서 취재한 소재를 가공한 소설이다. 순간순간 생사를 거는 상황을 넘기고 있는 타자의 마음과 아픔을 온

---

25 '탈북자문학'은 당분간 고발과 증언에 치중하리라 예상된다. 그런 과정에서 심지어 분단체제의 극복은커녕 그 악순환에 기름을 치는 역할도 할 수 있겠지만 일단 『청춘연가』처럼 단순한 체제 고발이나 찬양과는 일정한 거리를 두면서 '탈북'과정과 남한사회 정착실태를 사실적으로—르뽀를 겸하는 소설의 형식으로—기록한 작품이 나오는 현상은 고무적이다. 분단체제의 해체가 한층 가속화된다면 결국 고발과 증언의 틀을 넘어서는, 그런 의미에서 남측과 북측 독자 모두에게 일정한 호소력을 발휘하는 작품이 나오리라는 기대도 품어볼 만하다.

전히 나누고 싶어하는 '나'의 소설이다. 하지만 그 나눔의 여정이 위태위태하다는 것은 로기완의 행적을 더듬어가는 문장들이 자주 사실판단과 추측·추론을 오락가락하고 있는 데서도 확인된다. 그 과정에서 로기완으로 대표되는 북한 이탈자의 진실 한토막이 이렇게 드러나기도 한다.

로는 신을 믿지 않았고, 사람들이 굶어죽는 것을 지켜보기만 하는 무력한 신이라면 더더욱 믿고 싶지 않았다. 교회에 아예 발을 끊게 된 건, 예배 중 목사가 북조선은 생지옥이므로 하루빨리 북조선의 길 잃은 양들을 구원해야 한다고 설교하는 것을 들은 이후부터였다. 로는 자신의 조국이 가난하다는 것은 인정했지만 그곳이 지옥이라고는 단 한번도 여기지 않았다. 대체 지옥이란 무엇이란 말인가. 로는 궁금했다. 가난이 지옥이라면 자본주의에도 지옥은 있다. 차이가 있다면 자본주의 국가는 일부만이 그 지옥을 경험하지만, 자신의 조국은 너무도 많은 사람들이 너무도 절박한 지옥을, 너무도 조직적으로 끌어안고 살아야 한다는 것뿐, 그뿐이라고 로는 생각했다. 국가가 부강하여 뭐든 줄 것이 있었다면 기꺼이 베풀었을 거라는 믿음이 로에겐 있었다. 로는 나눌 수만 있다면 언제라도 나눌 준비가 되어 있던 자신의 조국을 생지옥으로 규정하는, 줄 것이 있음에도 줘야 하는 순간에는 망설이고 도망가는 자들이 경멸스러웠다. (74면)

이념적 프레임이 지나치게 작동하는 우리 사회에서 이 대목도 엉뚱하게 읽을 독자가 없지 않을 듯하다. 그러나 북녘의 가난한 현실을 인정하면서도 북한=지옥이라는 바깥세계의 통념에 저항하는 로기완의 생각을 허위의식으로 단정하기는 어렵다. 오히려 북녘의 기아와 기근이 단순히 북의 문제만은 아니리라는 인식까지 함축하는 이런 진술에 비춰보면 분단체제의 기득권에 안주하는 정치가들이 걸핏하면 북한 인민들의 '인권'을 들먹이며 북녘을 향해 손가락질하는 행태가 얼마나 알량한 양심일 수 있는가 생각해봄직하다.[26] 앞서 김유경의 『청춘연가』를 언급했지만 그 점을 더 치열하게 파고드는 작품으로 르뽀의 미덕을 온전히 살렸다고 해도 지나칠 것이 없는 윤정은의 소설 『오래된 약속』(양철북 2012)도 상기해볼 만하다.

『오래된 약속』을 『로기완을 만났다』와 비교하면서 읽을 때 새로이 돌아보게 되는 점은, 북의 식량난민 문제를 결코 일면적으로 접근해서는 안된다는 사실이다. 파당적 이해관계에 휩쓸리기 일쑤인 '인권의 역설'[27]에 대해서도 좀더 깨어 있는 의식이 요구된다. 한국처럼 이념이 건강하게 성숙하기 힘든 정치환경이라면 더 말할 나위도 없다. 식량난민의 북한 이탈궤적을 그리는 데서 『오래된 약속』보다는 『로기완을 만났다』가 상대적으로 어딘가 열에 들떠 있다는 느낌이 든다. 윤정은은 북한동포 돕기에 나선 비정부 활동가들이 직면하는 소위 휴머니즘의 불편한 진실, 또는 그

---

26 『청춘연가』의 한 구절대로 북한 인민들이 "만약 북한에서 굶어죽을 처지에 이르지 않고 이전의 핍박한 생활이나마 유지할 수 있었다면 그렇게 목숨 걸고 국경을 탈출하지 않았을 것"(88면)이라는 추측이 틀리지 않다면, 어째서 북이 그런 지경에 빠지게 되었는가라는 의문이 제기되는 것은 너무도 당연하며, 북한 인민의 처참한 생존상황과 정치적 억압에 대해 양식있는 시민으로서 목소리를 내는 일도 하등 문제될 것이 없다. 다만 이 모든 비극을 북의 1인 왕조체제 탓으로 돌리고 손 터는 정도라면 생각해볼 일이다. 설사 북의 지배층에게 가장 많은 책임을 물어야 하는 경우라도 말이다. 그런 맥락에서 '고난의 행군' 이후 돌이킬 수 없을 정도로 심화된 북한사회의 참상을 '있는 그대로' 그려내는 작업은 소중하고, 그 과정에서 남과 북의 체제를 비교하는 것은 어떤 면에서는 필연적이다. 그러나 적어도 현실의 어느 한구석을 그려내는 것으로 자족하는 작가가 아니라면 북의 가난과 남의 풍요가 그 자체로 절대적 실체가 아니라 상대적 현실로서 이것들이 어떻게 구조적으로 하나의 악순환을 형성하는가를 통찰해야 할 책무가 있거니와, 이는 그같은 악순환을 누구보다 처절하게 체험한 '탈북작가들'이라면 더 말할 나위 없을 것이다.

27 국지적 현실에 따라 상이한 방식으로 규정되는 인간의 구체적인 권리가 '인권'이라는 추상적인 이념으로 고양될 때의 역설과 위험성을 지젝은 이렇게 말한 바 있다. "내가 인간 '일반'으로 환원되고 그럼으로써 나의 직업, 성, 시민권, 종교, 민족적 정체성 등속과는 무관하게 나에게 속하는 저 '보편적 인권들'의 이상적 담지자가 되는 바로 그 순간, 역설적으로 나는 인권을 빼앗기는 것이다."(슬라보예 지젝, 김영희 옮김 「반인권론」, 『창작과비평』 2006년 여름호 399면)

겉과 속을 드러내면서도 인간이 인간을 돕는 데 '이념'이 개입할 수 없다는 진실을 차분하게 그려낸바, 가령 강영숙(姜英淑)이 『리나』(랜덤하우스코리아 2006)에서 한껏 상상력을 실어 묘파한 북녘 식량난민의 정신적·육체적 행로에 대한 사실적 보고(報告)도 겸하고 있다. (『로기완을 만났다』만큼이나 『오래된 약속』도 가급적이면 많은 독자들을 만났으면 하는 바람을 갖는 것은 그런 불편한 진실도 이젠 우리가 감당해야 할 문제가 되었기 때문이다.)

물론 남북의 비극적 분단이 낳은 산물이면서 분단의 비극성을 비판적으로 성찰하고 또 치유하는 작업까지를 떠맡은 『로기완을 만났다』의 경우 '진실' 추적이 더 어려울 수는 있다. 로기완이라는 고유명사의 삶을 제대로 그리는 데는 북한과 연길, 그리고 브뤼셀에서의 로기완'들'을 하나의 실체에서 해방하는 일이 긴요하기 때문이다. 또한 로기완이 겪었을 시시각각의 인식 변화를 그가 놓인 어떤 지구적 현실 — 한국과 북한 물론, 중국 당국 및 조선족 사회와 유럽연합의 회원국인 벨기에까지 얽혀 들어가는 현실 — 에 비추어 자리매기는 과정도 소설의 일부로 자리잡아야 할 듯하다. 그런 대국적인 인식에 관한 한 다소 착잡한 심정을 억누르기 힘들다. 로기완의 행적을 통해 '나'를 들여다보는 시도에 대해서만큼은 전폭적인 지지를 보내는 심경이지만 그 소설적 작업이 충분히 만족스럽지는 않기 때문이다.

아무튼 화자는 자신과 얽혀 있는 한국에서의 인연들을 끊임없이 상기하면서 로기완이 살아남은 여정을 지극한 연민의 마음으로 따라간다. 연민의 마음은 정도를 달리해서 윤주와 박윤철에 대한 연민으로 이어지고 결국 세 타자는 화자가 그려낸 연민의 동심원에 이를테면 하나의 '가족'으로 들어오게 된다. 그 과정은 연민의 윤리학이랄 만한 자기검열을 거친다. 그러나 작가 자신도 경계하고 있겠지만 자제하기 어려운 감상(感傷)으로서의 연민이 때로는 수사학적 장식이나 연출을 낳고 있는 것은 아닌지 의심이 들기도 한다. 가령 화자의 "심장의 온도"를 재주었다는 '그것'

에 대한 뜬금없는 언급(131, 145면 등)도 그중 하나다. 뭔가 사실로 해명되기 어려운 상황을 물고 늘어진다기보다 막연하게 '그것'으로 얼버무린 느낌이다. 또한 최대한 정치적 해석을 자제하면서 행복한 마침표를 찍는 로기완의 여정도 그 자신의 고유한 행로라기보다는 작가의 의식으로 채색되었다는 인상이 든다. 예컨대 시민의 자유로운 시위를 보면서 "자신의 믿음에 미세한 금이 가는 것을 인정해야 했"던 브뤼셀에서의 로기완의 의식변화를 추적하는 작업만 해도 더 철저했어야 하는 게 아닐까 생각한다. 화자는 "오래전의 소박한 풍요가 어서 빨리 오기만"을 기다리는, 아무도 책임지지 않는 '기다림의 시간'에 대한 분노라는 다소 추상적인 진술로 그 변화의 진상을 대체한다는 느낌이다.

여기서 조국을 등진 '식량난민'인 로기완의 변화가 어떠했어야 한다고 단정지으려는 것은 아니다. 또한 브뤼셀 주재 한국대사관도 외면한 로기완의 운명을 또다른 난민인 라이카의 삶과 이어주는 해피엔딩이 다르게 처리되었어야 한다고 주장하려는 것도 아니다. 다만 로기완의 의식에 스며들고 그 온갖 고통스런 미로에서 해방의 틈새를 열어가는 상상력이라면 분노만으로는 충분히 표현할 수 없는, 한 난민의 정치적·문화적·사회적 행로에 대한 훨씬 더 미묘하고도 구체적인 상황인식이 따라야 하지 않았을까라는 생각이 든다는 것이다.

3. 글을 맺으며

하지만 이런저런 아쉬움에도 『로기완을 만났다』 같은 작품이 나오는 현상에 대해서는 무척이나 고무적이다라는 말을 덧붙이고 싶다. 크게 보면 필자의 아쉬움은 단순히 한 작가의 역량 부족이나 작품성 미달로만 돌릴 수 없는 사안임이 분명하다. 그건 6·15와 10·4 남북공동선언이 그려낸 한반도 상생의 미래가 아직 우리의 일상에서 충분히 실감으로 다가

오지 못하는 데서 생긴 문제일 것이다. 다른 한편 교착된 상황에 맞서려는 우리 작단의 창작의욕을 곳곳에서 확인할 수 있기도 하다. 남의 작가들이 북의 작가들과 스스럼없이 교류하고 서로의 민중의 삶 속으로 허심하게 들어갈 수만 있다면, 남북의 숱한 로기완들이 마주한 심연에 상생의 가교를 놓으면서 그 실상을 더 생생하게 그려낼 가능성은 커지기 마련이다. 아무튼 『로기완을 만났다』나 『百의 그림자』를 본격 장편소설로 부르기 어려운 면이 있고, 『두근두근 내 인생』도 장편으로서의 호흡과 인식이 미진한 바 없지 않지만 앞서 호명한 여러 작품집과 이들 장편을 어림쳐보면 한국의 (장편)문학이 그 자체의 내부 역량을 착실하게 축적하고 있음을 다시금 느끼게 된다. 여기에 다양한 형식으로 시도되고 있는 장르소설의 현황까지 가세하면 한국문학은 어느 시대 못지않게 풍성하다는 인상을 준다. 그렇다면 장편소설의 성격과 가능성을 두고 평단에서 갑론을박하는 것은 바로 그런 축적을 비평으로 소화하는 나름의 방식일 것이다.

　시야를 바깥으로 넓혀보면 서구 학계에서도 장편소설의 현재성을 두고 논란이 분분하다. 루카치나 바흐찐이 남긴 이론적 작업을 재평가하는 작업도 활발하고 프랑꼬 모레띠 같은 논자들의 저돌적인 연구도 한창이다. 이들의 논의에서 창의적인 발상과 논법은 적극 수용해야 하겠지만 더 중요한 것은 지금 이곳의 작가들이 써내고 있는 작품 그 자체이다. 또한 그런 작품에 대한 격의없는 토론이다. 우리 평단에서는 장편소설에 관한 자기 나름의 목록 작성이나 이론을 펼치면서 입체·무한소설이니 탈근대적 상상력이니 논픽션의 장편소설화니 하는 '대안'을 제시하기도 한다. 그러나 거듭 강조하지만 장편소설 '론'은 작품을 작품으로 일단 성실하게 읽고 정확하게 평가하는 평론작업 자체를 대신할 수는 없다. "새로운 장편소설들이 탄생할 만한 조건으로서의 감수성의 변화가 어디서 어떤 방식으로 일어나고 있는가를 찾는 것이 우선"이라면[28] 더 말할 나위도 없다.

---

28 김형중 「장편소설의 적: 최근 장편소설에 관한 단상들」, 『문학과사회』 2011년 봄호

어떤 경우든 '장편소설 대망'이 단순히 단편이나 중편 이상의 분량을 갖춘 소설에 대한 소망을 뜻하는 것은 아닐 테다. 한국사회에서 지금 움트고 있는 새로운 기운을 긴 호흡으로 한껏 받아들여 승화시키는 작품, 우리가 사는 이 시대와 현실이 과연 어떤 시대이고 어떤 현실인지를 '이야기의 즐거움'으로써 전면적으로 보여주는 작품에 대한 소망을 뜻하는 것일 게다. 적어도 그런 소망을 구현하는 작품들이 착실하게 축적된다면 한국문학도 한반도의 남쪽에만 국한되지는 않을 것이고, 궁극적으로 '조선문학'과의 만남과 대화의 길을 트는 데서도 커다란 자산이 되리라 본다. 남과 북의 문학이 '세계문학'으로서 '인간'이라는 공통의 화두를 앞에 두고 다시 만날 수 있는 날을 앞당기기 위해서라도 한국 장편소설의 가능성을 북돋는 마중물로서의 비평이 작품과의 대화를 더 활발하고 진지하게 심화시킬 수 있기를 기원한다.

258면. 김형중 자신은 실제 작품읽기에 관해 "많은 경우 논리적 아량은 사라지고, 총체적 조망 능력의 부족, 서사의 부재, 개연성의 결여 같은 비평적 잣대들이 다시 살아나는 경우가 허다하다"면서 평단의 장편소설 대망론이 "19세기 사실주의 소설의 형식에서 크게 벗어나지 않고 있다는 심증을 포기할 생각이 없음"을 밝히고 있다.(같은 글 257면 각주 12번) '논리적 아량'이라는 것이 뭘 뜻하는지는 모르겠지만 비평의 잣대라는 것을 기계적으로 작품에 적용하는 행태에 대한 그의 비판의식에는 공감되는 바 있다. 하지만 '창비'에서 발신하는 장편소설 대망론이 19세기 (서구) 사실주의 형식에 얽매여 있다는 '심증'은 섣부른 예단이 아닐까 싶다.

'엄마'의 시대적 진실을 찾아서

『엄마를 부탁해』론

1. 들어가며

『엄마를 부탁해』(창비 2008)를 읽고 오랜만에 신경숙(申京淑)의 1990년 대 작품들을 다시 살피면서 그에게 '소설'이란, 결국 한 인간이 살면서 맺어지거나 끊어진 숱한 인연들을 기억하며 복기(復棋)한 이야기가 아닐까 하는 생각을 했다. 그리고 그것이 소설인 한, 기억과 복기의 과정에서 사실과 상상의 경계가 흐려지는 것은——상당수 작품이 『외딴방』(전2권, 문학 동네 1995)처럼 "사실도 픽션도 아닌 그 중간쯤"에 자주 놓이는 것은——당연하리라는 생각도 새삼 했다. 피붙이 또는 살붙이들을 중심으로 동심원을 그리며 퍼져나가는 운명적 만남과 그런 만남으로 형성된 공동체의 진실이 소설이 다루는 본래 영역 가운데 하나라면 신경숙이야말로 그런 공동체의 영역을 정성스레 지키고 가꾸는 우리 시대의 드문 작가가 아닐까 하는 생각도.

그러나 지금은 가부장적 가족체제는 형해(形骸)만 남았으며 그것을 대체할 바람직한 가족모델은 거의 전무한 시대다. 조부·조모와 오순도순

사는 3대 가족은 이젠 마치 원형 복원이 불가능해진 고분(古墳)처럼 보인다. 첫 소설집 『겨울우화』(고려원 1990)의 해설에서 정효구는 "신경숙의 작품 속에 등장하는 가족적 관계는 지극히 전통적이며 한국적이고 전근대적"(307면)이라고 적은바, 그렇다면 "가족들 사이에 감당하기 어려운 슬픔이 발생할 때마다 그 집의 재래식 부엌으로 들어"가곤 했던 어머니(『외딴방』 2권 170면)가 비로소 그 '실체'를 드러낸 『엄마를 부탁해』야말로 그런 맥락에서는 전통적·한국적·전근대적이라는 수식어가 딱 어울리는, 이를테면 탈가족화시대¹의 '반시대적인 작품'으로 보일 수도 있겠다. 이는 개인이라는 이름이 모든 집합적 가치와 대등해지고 심지어 그보다 우월해진 우리 시대의 개인주의 정서를 『엄마를 부탁해』가 거스르고 있다는 말이다.

다른 한편 『엄마를 부탁해』가 그러한 정서를 거스르기만 하는가는 앞으로 더 생각해보겠지만 신경숙의 소설세계에서 가족이라는 울타리 안팎에 시대의 현실이 스며 있다는 사실이 부각된 지는 사실 오래다. 장편만 해도 『외딴방』을 비롯해 1970년대와 80년대의 억압적 정치현실이 기억 뒤편에 자리잡은 순결한 청춘들의 비극적 애증을 기록한 『기차는 7시에 떠나네』(문학과지성사 1999)나 가족의 파괴적인 해체로 인해 사회로 내몰린 개인들의 금지된 욕망과 내밀한 상처를 보듬는 『바이올렛』(문학동네 2001), 망국이라는 역사의 비극에 휘말린 한 무희(舞姬)의 정신적 궤적을 상상적으로 재현한 『리진』(문학동네 2007) 등이 그런 경우이다. 이런 흐름에서 본다면 『엄마를 부탁해』를 통해 작가는 자신의 서사적 고향이랄 수 있는 가족으로 회귀한 셈이다. 그간 신경숙의 작품을 애독해온 독자라면 이 회귀가 갑작스런 것이 아닐뿐더러 도시화된 자아에 대한 되돌아봄의 성격을 늘 띠고 있음을 알 수 있지만, 그런 회귀와 되돌아봄이 과연 어떤 의미에

---

1 한 젊은 시인은 '가족'을 이렇게 노래했다. "밖에선/그토록 빛나고 아름다운 것/집에만 가져가면/꽃들이/화분이//다 죽었다"(진은영 「가족」, 『일곱 개의 단어로 된 사전』, 문학과지성사 2003).

서 신경숙 소설세계의 진전을 뜻하는 것인가를 물어봄직하다.

2. '되돌아온 감옥' 대 '순수-증여의 실천적 전위'?

2008년 11월에 출간된 이후 『엄마를 부탁해』에 대한 독자들의 반응이 뜨겁다. 소설시장의 현황에 비추어보면 『엄마를 부탁해』의 판매량 자체도 상당히 이례적이지만 1985년에 등단한 신경숙 자신의 적지 않은 작품 가운데서 독자의 관심을 이처럼 단기간에 집중적으로 받은 예는 없지 싶다. 알다시피 전지구적 경제위기가 가시화된 시점에 나온 『엄마를 부탁해』는 잃어버린 어머니를 찾아나선 한 가족의 애끓는 이야기이다. 얼핏 이와 유사한 가족서사로는 수많은 가장들을 거리로 내몬 1997년 외환위기 때 '아버지 씬드롬'을 일으킨 김정현의 『아버지』 같은 소설도 생각나는데, 『엄마를 부탁해』의 출간으로 목하 '어머니 씬드롬'이 일어났다.

1997년 『아버지』 때도 그랬지만 『엄마를 부탁해』라는 '현상'의 원인을 설명할 때 평자들이 흔히 동원하는 해석틀은 일종의 문학사회학적인 것이다. 어떤 작품이 당대 독자들에게서 열렬한 반응을 끌어냈다면 독자들의 현실과 작품의 관계를 구체적으로 설명하는 방법으로서 문학사회학적 분석은 상당한 설득력을 갖는다. 다문화가정을 비롯한 '나홀로 가족', 가령 씽글맘, 기러기아빠, 독거노인 등 2000년대 한국의 무시 못할 가족형식에서 『엄마를 부탁해』가 지닌 대중적 호소력의 원인을 찾으려는 시도도 그런 경우이다. 사회적 약자를 돌보는 안전망이 극히 부실한 한국사회에서 가족 구성원을 보살피는 자의 대명사는 여전히 어머니인바, 『엄마를 부탁해』가 조명되는 것은 대개 그런 맥락에서이다. 실제로 몇몇 문학기자들은 신경숙을 비롯해 공지영, 하성란, 조경란, 서하진 등의 최근 작품을 한데 묶어 '가족서사의 귀환'으로 규정하고 "그리움과 정겨움이 묻어나는 '엄마'가 경기불황의 해결사"[2]로 뜨는 현상을 모성을 중심으로 쟁점화한 바 있다.

그런 식으로 형성된 쟁점을 평단에서 여성주의의 방향으로 더 키운 논자는 강유정(姜由楨)이다.

『엄마를 부탁해』에 등장하는 엄마는 현존하는 핍진한 70대 여성이라기보다는 '진정한 엄마'로 상상된 이미지에 가깝다. (…) 잃어버린 것을 증명하는 실체 그것이 바로 신화가 아니었던가? 잃어버린 무엇, 유토피아로서의 공간인 모성, 신화로서의 모성적 공간은 그러한 가치들이 가능했던 그 시절에 대한 향수와 직접 내통한다. 우리는 실종된 '엄마' 그리고 엄마의 신화적 가치를 추억하며 잠시 현실의 고달픔을 잊는다. 부재한 엄마에 대한 애도가 위기에 처한 가족에게 신화적 구원을 선사하는 것, 그것이 바로 되돌아온 감옥, 모성적 신화의 실체인 셈이다.[3]

비판의 신랄함으로 치자면 "우리가 신경숙의 신작(『엄마를 부탁해』—인용자)을 놓고 통속소설 이상의 가치를 부여한다는 것은 (다시 말해 비평할 만한 가치가 있는 작품으로 삼는다는 것 자체가) 한국문학의 부활이라기보다는 몰락을 의미한다"라고 말한 조영일을 들어야겠지만,[4] '엄마'를 상상적 허구로 단정함으로써 작품 자체를 사실상 현실을 호도하는 시대착오적인 것으로 치부한 강유정의 신랄함도 따지고 보면 그에 못지않다.[5]

---

2 김미영 「그대 이름은 엄마, 엄마, 엄마」, 『한겨레21』 2009년 3월 6일.

3 강유정 「돌아온 탕아, 수상한 귀환」, 『세계의문학』 2009년 봄호 325~26면.

4 조영일 『한국문학과 그 적들』, 도서출판 b 2009, 277면.

5 강유정류의 비판에 대해서는 다음과 같은 작가의 목소리로써 일단 반박할 수 있을 것이다. 신수정이 "이 소설 속의 엄마가 현실 속의 엄마 같지 않다고요. 파란 슬리퍼를 신고 발에 피를 흘리면서 돌아다니는 대목도 너무 심한 것 같고, 또 엄마의 말과 행동이 지나치게 이상화되어 있어 거의 성녀같이 여겨지는 대목도 있었다는 거예요"라고 지적하자 신경숙은 이렇게 답변했다. "파란 슬리퍼를 신고 발에 피를 흘리면서 돌아다니게 하는 게 과하다구? 이 소설에선 중요한 상징일 뿐이지만 현실은 더할걸요. 잃어버린 게

강유정은 근년에 나온 다양한 경향의 가족서사들에 가족주의라는 딱지를 붙이고 그런 서사를 경제불황과 고용위기 시대에 나타나는 값싼 위안으로서 퇴행현상이라고 단정한다.

이 장편이 주는 감동 자체의 성격을 분석하고 감동을 영감보다 열등한 것으로 격하한 고봉준(高奉準)의 논지도 강유정의 시각과 맥이 크게 다르지 않다. 그는 감동 대 영감의 구도를 설정하는데, 그에 따르면 전자는 "특정한 정서의 습관적인 재생산에서 기인하는 것"인 반면 후자는 그런 습관적인 재생산의 산물인 "'상식/통념'을 부정"하면서도 "창조를 동반하는" 것이다. 현재 작단의 가족서사가 전자에 속한다고 판단하는 그가 문제삼는 것은 소설을 감동의 장르라고 생각하는 사람들의 타성이다.[6] 그는 "왜 항상 가족은 이해되고 소통되어야 하는가?"라는 물음을 던지면서 이해와 소통을 지향하는 가족이야기의 대중적 호소력을 창조적 성찰(＝영감)과는 거리가 먼 독자의 감상적인 몰입이 낳은 결과로 본다. 그의 평문은 『엄마를 부탁해』가 독자의 각성을 방해하는 '대중문학'일 뿐임을 주장하는 셈이다.

비평의 생명이 '비판'에 있다고는 하지만 자의적인 도식을 설정하여 거기에 작품을 짜맞추고 재단하는 읽기에는 동의하기 어렵다. "'상식/통념'을 부정"하고 "창조를 동반하는" 영감의 요소가 결여되었다는 비판에 대해서는, 『엄마를 부탁해』가 안겨주는——감상(感傷)으로서의 감염이 아닌——성찰의 감동을 맛본 독자라면 감동을 '영감'과 구분하면서 전자를 "특정한 정서의 습관적인 재생산에서 기인하는 것"으로 규정하는 것 자체가 어떤 '습관적인 정서'의 산물은 아닐까 반문할 법하다. 위반과 차이, 전복을 말해야만 겨우 반응하고 그외의 모든 것을 보수로 치부하는 관성 말이다. 마찬가지로 『엄마를 부탁해』의 엄마를 "지금 존재하는 사실적 어

아니라 내다버리는 사람들이 숱한 게 현실이지. 현실이 더 과해요."(신경숙·신수정 대담 「엄마는 한 세계 자체였다」, 『문학동네』 2009년 봄호 120~21면)

6 고봉준 「감동의 문학과 영감의 문학」, 『문학수첩』 2009년 봄호 32~36면 참조.

머니가 아니라 합의된 기억 속에 간직된 상상적 이미지"라고 규정하면서 '엄마=신화적 모성=되돌아온 감옥'이라는 등식을 설정한 강유정의 논지 역시 작품에 대한 일면적 지적일 뿐이다.

어쨌든 첨예한 사안들이 즐비한 여성주의 담론에서도 모성은 으뜸가는 화두인데,[7] 류보선(柳潽善)은 모성과 관련해서 강유정과는 전혀 다른 평가를 내린다.

하여간,『엄마를 부탁해』가 문제적인 것은 모성을 서로가 서로를 죽이고 살게 만드는 교환경제의 가속화를 막아 세우거나 교환경제를 넘어선 또다른 증여사회의 윤리적 계기로 충분히 설득력 있게 맥락화시켰기 때문이다. 이 얼마나 놀라운 발견이자 발명인가. 급격하게 산업화가 진행된 이래 꽤 오랫동안 단지 전근대적 질서의 대표적인 표상이면서도 또 그외에는 어떤 의미도 부여받지 못해 유령처럼 도회를 떠돌던 '농경시대의 엄마'들을 이처럼 교환세계를 내파할 윤리적 전위들로 재탄생시키고 복원시켰으니 말이다.[8]

류보선이 읽은『엄마를 부탁해』는 기본적으로 "지난 시대의 쓸모없는 실존으로 폄훼되었던 '농경시대의 엄마'를 다시 불러내어 그 엄마의 윤리를 중심으로 현재의 메마른 모더니티 너머로의 탈주 가능성을 모색한 소설"(같은 글 151면)이다. 그는 신경숙의 '엄마'를 자본주의적 질서를 내파할 윤리적 전위, 또는 "순수-증여의 실천적 전위"로 규정한다. 그러나 '엄마'의 모성에 그런 식으로 정치적 의미를 부여하는 류보선의 해석이 나는 좀

---

7 이에 관한 다각도의 논의로는 특히 Adrienne Rich, *Of Woman Born: Motherhood as Experience and Institution* (Norton 1976) 참조. 국내에는『더이상 어머니는 없다』(김인성 옮김, 평민사 2002)라는 다소 자의적인 제목으로 번역, 출간되었다.

8 류보선「'엄마'라는 유령들: 신경숙 장편소설『엄마를 부탁해』읽기」,『문학동네』2009년 봄호 149~50면.

불편하다. 남성독자의 이런 적극적인 평가를 여성에게 또다른 굴레를 씌우려는 간교한 수작으로 간주할지도 모르는 여성독자 때문만은 아니다. 『엄마를 부탁해』의 박소녀가 구현하는 '모성'이 과연 그러한 "발견이자 발명"에 해당되는가도 의문인데다가, 설혹 그의 평가에 동의하는 경우에라도 '순수-증여'로 일면 구현된 '엄마'의 결코 간단치 않은 인간적 번민과 방황을 해명하는 문제는 여전히 남기 때문이다.

아무튼 "순수-증여의 실천적 전위"로 표상된 엄마와, 현재성을 상실하여 향수(鄕愁)로 남은 "회귀하는 감옥"으로서의 엄마 사이에는 도저히 건널 수 없는 심연이 가로놓인 듯하다. 이들 비평의 논조는 정말 같은 작품을 놓고 쓴 것인지 의문이 들 만큼 극단적으로 다른데, 생각해보면 작품을 논자의 편향된 도식에 따라 재단했다는 점에서는 잘 어울리는 한 쌍 같기도 하다. 물론 남성비평가와 여성비평가가 『엄마를 부탁해』에서 각기 끌어낸, 이토록 대립적인 엄마 상(像)이 박소녀라는 이름의 어머니의 일면 일면에 해당된다면 작품 자체의 어떤 전체적인 지평을 드러내는 데 이들의 주장을 활용할 필요도 있을 것이다.

3. 가부장제적 모성을 넘어서

『엄마를 부탁해』의 해설에서 정홍수(鄭弘樹)는 "어떤 작가를 두고 평생 한 작품만을 쓰고 또 고쳐쓴다고 말하는 것이 더없는 경의의 표현이 될 수 있다면, 이 경우가 그렇지 않을까"(『엄마를 부탁해』 290~91면)라고 말한 바 있다. 이 문장을 약간 달리 표현한다면 신경숙의 모든 텍스트는 미완이자 사실상 '하나의 작품'을 이루며, 현재의 것은 과거의 것 위에 덧쓴 셈이 된다. 『엄마를 부탁해』도 예외는 아니다. 차이라면 신경숙의 과거 작품에서는 단 한번도 확실하게 서사의 중심에 서지 못한 어머니에게 집중적인 조명이 비춰진다는 점을 들 수 있겠다. 후경(後景)에서 남편의 '새여자'에게 본처의 자리를 잠시 내어줌으로써 가부장제가 부여한 아내의 역할에 누구보다 충실했던 「풍금이 있던 자리」(1993)의 그 엄마에게 말이다. 그렇다면 이렇게 '엄마'에 집중한 이번 작품이 어떤 의미에서 신경숙 자신의 전작들, 특히 서사의 진동이 가족이라는 동심원을 중심으로 사회 전체로 퍼져나가는 『외딴방』의 후속편이 되는가도 되물어봄직하다. 또 만약 후속편이라면 전작의 성취를 얼마나 심화한 작품인가도 따져볼 만한 쟁점이 될 것이다.[9]

이 쟁점을 구체적으로 논하는 데는 화자가 박소녀를 포함한 등장인물을 호명하는 방식을 따져보는 것이 좋을 것 같다. 큰딸은 작품 바깥에 존재하는 듯한 화자를 제외하면 소설가로서 작가의 분신으로 등장하며 '너'로 불린다. 장자(長子)로서 엄마의 기대를 한몸에 받았지만 어린 동생들을 책임져야 했던 큰아들은 '그'로, 가부장의 특권을 사실상 다 누리고 산 남편은 '당신'으로 호명된다. '나'의 자리는 실종된 박소녀가 차지하는데, 너→그→당신→나로 이어지는 이야기의 흐름을 작가는 "한 형식이 또다른 자기 형식을 찾아가는 그런 거"라고 말한 바 있다.(신경숙·신수정 대담 104면) 작가가 그렇게 해명한 호명방식 자체가 신선하거나 실험적인 서사방식은 아니지만 이런 흐름과 호명의 효과는 보기보다 간단치 않다.

우선 마치 초자아처럼 느껴지는 전지적 화자의 목소리가 작가인 '너'의 음성과 완전히 일치하지 않는다는 점이 흥미롭다. '엄마 찾기'에 나선 작가 자신이 '나'를 '너'로 고쳐 부를 때 발생하는 효과는 '나'를 대상화

---

9 『엄마를 부탁해』를 읽으면서 『외딴방』—그리고 「깊은 숨을 쉴 때마다」(1994) 「감자 먹는 사람들」(1996) 「종소리」(2001) 등 여러 중단편—을 떠올리는 것은 무엇보다 『엄마를 부탁해』에 등장한 주요 인물이 이미 과거의 작품들에서 선보인 바 있기 때문이다. 아니, 단순히 선보인 정도가 아니라 큰오빠를 포함한 피붙이들이 없다면 『외딴방』은 서사의 진행이 불가능할 정도이다. 『엄마를 부탁해』는 기본적으로 『외딴방』의 희재언니 같은 인물이 나오기 힘든 구도이지만 이야기의 초점이 박소녀에게 맞춰짐으로써 『외딴방』에서 채 못다 들려준, '나'를 키워주고 서울로 보내 작가로서의 성숙을 가능케 했던 가족이라는 문제가 좀더 집중적으로 제기된다.

할 수 있다는 것이다. 또한 화자와 작가의 불일치 상황에서 '나'의 자리에 2, 3인칭이 들어섬으로써 엄마의 실종이라는 극단적인 상황에 빠져든 각 인물로부터 독자도 일정정도 객관적인 거리를 유지할 수 있게 된다. 물론 그 거리가 일률적이지는 않을 것이다. 다만 처지에 따라 독자가 자신을 '그'나 '너' '당신' 중 하나로 느낄 여지도 많다. 즉 그런 객관적인 거리에 도 불구하고 독자는 엄마·아내를 잃어버린 등장인물과 자기를 순간순간 동일시할 공산이 크다는 것이다.

엄마에게 너에게 생긴 일에 대해서 길게 얘기해본 적이 언제던가. 언 제부턴가 엄마와 너의 대화는 간소해졌다. 그것도 얼굴을 마주보고 하 기보다는 전화기를 사이에 두고 이루어졌다. 너의 말은 주로 밥은 먹었 는가, 아픈 데는 없는가, 어버지는 어떤가, 감기 조심하라, 돈을 부쳤다, 라는 것들이었고, 엄마의 말은 김치를 담가 부쳤다, 꿈자리가 사납다, 쌀을 부쳤다, 청국장을 부쳤다, 익모초를 달여 부쳤다, 택배기사가 전화 할 테니 전화기 꺼놓지 마라,는 것들이었다. (46면)

그는 검사가 되지 못했다. 엄마는 그에게 니가 하고 싶어 하는 것,이 라고 했지만 그는 그것이 엄마의 꿈이기도 했다는 것을 미처 생각하지 못했다. 그는 자신이 청년시절에 꾼 꿈을 이루지 못한 것이라고만 생각 했지 그의 엄마의 꿈을 좌절시킨 것이라고는 생각지 못했다. (136~37면)

당신은 기진맥진한 듯 아내가 방으로 기다시피 들어와 겨우 베개를 찾아 베고 이마를 찡그린 채 드러눕는 것을 보기만 했다. 언제나 아픈 사람은 당신이었고 그런 당신을 보살피는 사람이 아내였다. 어쩌다가 아내가 배가 아프다고 하면 당신은 나는 허리가 아프다고 한 사람이었 다. (171면)

'너'와 '그' '당신' 가운데 과연 내가 아니라고 단언할 수 있는 인물은 누구인지…… 물론 부모와 자식, 남편과 아내의 관계를 이런 식의 정색 (正色)으로 표현하는 것을 낡은 감성의 발현으로 여길 독자도 있겠고, 실제로 「달려라, 아비」(2004)나 「칼자국」(2007) 등에서 김애란이 '애비'나 '에미'의 신산한 삶을 발랄하고도 경쾌하게 소묘한 것과 비교하면 신경숙의 구세대적 성격이 더 부각되는 듯하다. 하지만 반(反)가족 서사가 작단의 대세이고 가정파탄이 일상화되다시피 한 우리 현실에서 『엄마를 부탁해』가—게다가 뒤늦게 효심이 발동한 자식들을 동원해서—정색으로 도전해서는 더 어려워질 주제와 씨름한 것은 분명하다.

그런 씨름을 좀더 온당하게 평가하기 위해서라도 독자의 일정한 호응을 유발하는 호명의 방식이 멜로 또는 통속의 경계와 아슬아슬하게 접점을 유지하고 있음은 눈여겨봄직하다. 즉 기억의 실타래가 풀리면서 현재 속에 과거를 무시로 소환하고 대화와 서술을 적절히 배분하는 과정에서 이뤄지는 다인칭적 호명방식은 엄마라는 존재를 사실상 잊고 산 가족에 대한 일종의 추궁인 동시에 '나'를 '너'로 고쳐 부른 작가가 작중 상황에 지나치게 감정적으로 몰입하는 것을 제어하는 화법인 것이다.[10]

너의 가족들은 큰오빠 집에 아버지를 두고 서둘러 헤어졌다. 헤어지지 않으면 또 싸우게 될 것이다. 지난 일주일 동안 줄곧 그래왔다. 엄마

---

10 다른 한편 『엄마를 부탁해』가 발휘하는 서사 운용의 그런 미덕을 수긍할 때 떠오르는 것은 신경숙 자신의 다른 작품이다. 이때 글쓴이의 절절한 자의식이 소설형식 자체에 대한 물음과 그 해체를 동반한 『외딴방』만큼 좋은 비교대상도 없는 것 같다. 간략히 말하자면 『외딴방』의 서사가 흥미로운 것은 작가가 어떻게 써야 할지를 암중모색하는 과정 그 자체이다. 그 과정에서 『외딴방』은 "지나간 시간은 현재형으로, 지금의 시간은 과거형으로, 사진 찍듯"(1권 43면) 쓰겠다는 생각에 도달했음에도 그런 의지가 끝내 흔들리면서 개인의 삶에 삼투되는 시대의 현실은 더욱 생기를 띠게 된다. 『엄마를 부탁해』는 이와는 '장르'가 전혀 다르고 각 인물이 처한 상황을 독자인 '나'의 처지로 불러들이는 흡입력도 상당하지만, 정연하게 진행되는 그 호명의 서사는 상대적으로 『외딴방』의 불확실하게 흔들리며 자리를 찾아가는 서사를 돋보이게 하는 면이 있다.

의 실종을 어떻게 풀어나가야 할지 상의하러 모였다가 너의 가족들은 예기치 않게 지난날 서로가 엄마에게 잘못한 행동들을 들춰내었다. 순간순간 모면하듯 봉합해온 일들이 툭툭 불거지고 결국은 소리를 지르고 담배를 피우고 문을 박차고 나갔다. 너는 엄마를 잃어버렸다는 얘길 처음 듣자마자 어떻게 이렇게 많은 식구들 중에서 서울역에 마중나간 사람이 한 사람도 없느냐고 성질을 부렸다.

— 그러는 너는?

나? 너는 입을 다물었다. 너는 엄마를 잃어버린 것조차 나흘 후에나 알았으니까. 너의 가족들은 서로에게 엄마를 잃어버린 책임을 물으며 스스로들 상처를 입었다. (15~16면)

그러나 『엄마를 부탁해』가 자식의 그런 책임을 추궁하면서 효행의 덕목을 훈시하는 작품은 아니다. 효 사상 자체도 현대적 맥락에서 새롭게 재해석해야 할 부분이 적지 않겠지만 3장까지 부재(不在)가 촉발한 후회와 회한을 통해 드러날 뿐인 엄마가 마침내 4장에서 '나'라는 주체의 자리에 서는 서사의 흐름은 단순한 도덕적 교훈이 개입할 여지를 차단한다. 박소녀가 자신을 엄마가 아닌 '나'로 인식하는 4장은 감상과 멜로에 충분히 거리를 두기 힘든 '사모곡'을 상대화하는 데도 일정부분 기여하는 동시에 농촌 가부장제하에서 '나'를 희생해온 한 여성의 억압된 내면을 드러내는[11] 데도 공헌하고 있다.

여기에 시부모 부양의 부담을 (어떤 면에서) 자식보다 더 첨예하게 느낄 법한 며느리들의 목소리까지 들어갔으면 『엄마를 부탁해』가 가족서사

---

11 4장에서 엄마에게 1인칭을 부여한 것이 작가로서는 그런 점까지 의식한 선택이었을 공산이 크다. 실제로 이에 대해 신경숙은 다음과 같이 말하고 있다. "한 3장까지 써왔을 때는 엄마는 정말 '나'라고 말하지 못하고 살아왔다는 생각, 그러니까 '나'라고 말하지도 못한 채 살아온 엄마의 시간을 보상해주고 싶은 생각이 강력하게 들었어요. 이게 여성주의 소설로 읽힐까봐 약간 우려가 없지 않으면서도 하는 소리예요." (신경숙·신수정 대담 104면)

로서 좀더 복잡한 가족감정을 드러냈을지도 모른다. 그러나 어쨌든 필자는『엄마를 부탁해』가 2000년 이후 나온 신경숙의 작품들—『바이올렛』『종소리』『리진』—가운데서 가장 신경숙답다고 할 수 있는 섬세하고도 정교한 기억의 서사가 펼쳐지는 동시에 '엄마'를 예술의 제단에 올리려는 작가의 강렬한 미적 신념이 유발한 문제까지도 작품에 각인되어 있다고 생각한다.

기억의 서사의 가장 분명한 표징은 물론 보릿고개를 넘으며 한 가정을 온전하게 지켜낸 박소녀라는 여인네의 굴곡 많은 삶 자체이다. 더불어 부재로 인해 증폭된 엄마의 존재감을 자기 삶의 일부로 절절하게 시인하는 자식들과 남편의 증언이다. 근대의 해방적 모성 하면 으레 양손에 삼색기와 장총을 들고 전진하는 프랑스혁명기의—들라크루아의 그림 「민중을 이끄는 자유의 여신」으로 구현된—마리안을 떠올리지만『엄마를 부탁해』의 박소녀는 그런 정치적 여성상과는 물론 거리가 멀다. 박소녀로 말하자면, 글을 배우지 못했고 그래서 바깥의 세상은 거의 자식을 통해서밖에는 알지 못했던, 늘 밖으로만 떠돌던 남편으로 인해 더 자식들에게 집착하고 그들의 '출세(出世)'에서 삶의 의미와 보람을 찾았던, 그럼에도 보살행으로써 자식 이외의 사람에게도 정을 베푼, 그야말로 '전근대적' 여성의 한 전형이라고 할 만하다. 좀더 엄밀하게 말한다면 산업화의 물결이 채 닿지 않던 유교적 농촌공동체가 경쟁과 이윤을 지향하는 근대사회체제에 잠식당하면서 두드러지기 시작한—우리네 농촌에서 여전히 잔존하는—어머니의 한 전형이라고 할 만하다.[12]

그러한 박소녀의 일상 갈피갈피에는 격동의 한국 근대사의 그늘이 드

---

12 이 소설의 어머니 상을 전근대적인 것으로 판단할수록 "비근대적이라거나 전통적인, 심지어 자연적인 속성으로 간주되"기조차 한 관념으로서의 어머니도 근대가 만들어낸 것이고 따라서 그 형성과정에 대한 좀더 철저한 사유가 필요하다는 주장에 귀를 기울임직하다. 이에 대해서는 김영희 「페미니즘과 근대성」, 이남주 엮음『이중과제론』(창비 2009) 참조.

리워져 있다. 가령 "너의 엄마 집은 도시의 식구들을 위해 사시사철 뭔가 제조하는 공장과도 같았다"(12면)는 진술만 해도 박소녀가 자식들에게 무한정 베푼 모정의 표현으로만 볼 일이 아니다.[13] 자식들이 어엿한 생활인으로 도시에 자리잡는 데 단순히 '엄마의 집'이 어떤 역할을 했는가만이 아니라 생명에 대한 보살핌으로 집약되는 엄마의 노동이 어떤 방식으로 도시라는 냉혹한 현실과 대비·연관되는가도 보여주기 때문이다. 게다가 공장에 빗대진 엄마 집은 끊임없이 산업예비군을 제공한 곳이기도 했다. '근대화의 기수들'을 도시로 키워 보낸 엄마들이야말로 근대화의 혜택에서 철저하게 소외되어 있으면서도 근대화의 충격을 누구보다도 더 격렬하게 받은 존재였다.

그러나 바로 그런 이중의 상처를 안고 있는—게다가 가부장제의 가족질서를 내면화하기도 한—박소녀이기에 그녀는 작가, 회사원, 가정주부 등 각자 자기 생활을 가진 자식들에게 일정부분 질곡으로 작용하기도 했다. 자식들이 그토록 애타게 엄마를 찾으며 죄의식의 합창에 합류한 데는, 그들이 그같은 상처가 있는 박소녀를 은연중 일종의 짐으로, 그러나 어떤 경우든 내려놓을 수 없는 짐으로 여긴 과거가 있었기 때문이다. 치매에 걸려 길을 잃은 어머니가 집으로 돌아왔을 때 식구들이 그 책임문제로 서로를 물어뜯는 상황에서 이야기가 시작되는 이혜경(李惠敬)의『길 위의 집』(민음사 1995)에서 그러했듯이, 집으로 귀환한다 한들 박소녀가 사모곡을 통해 '과거'를 대속하려 했던 자식들에게는 또다른 착잡함을 안겨주었으리라.

어쨌든 이제는 떠나간 자식들의 빈자리를 더듬으며 그들의 편지를 기다리는 어머니 상은 확실히 과거지사가 되어버린 것 같다. 오늘날 노후에 대한 사람들의 맹렬한 관심은 희생 및 헌신의 모성과 양립하기 어려워 보

---

13 그밖에도 맛깔스러운 세목이 적지 않다. 문맹이지만 딸의 작품에 다가가려고 노력하는 박소녀와 점자도서관을 찾아 맹인에게 자기 작품을 들려주는 '너'의 이야기가 서로 맞물리는 것도 그중 하나다.

이거니와, 바로 그런 희생 및 헌신의 모성으로 구현된 듯한 박소녀가 일부 독자에게 복고적 향수를 자극하는 면도 분명히 있다고 본다. 그러니 그런 독자들이 박소녀의 어머니됨을 농경시대의 모성으로 받아들이는 것도 일리는 있다. 부재한 아버지의 자리에 장자를 대신 세우고 도시로 떠나간 자식들을 향해 해바라기하는 박소녀의 삶은 가부장제하의 '여자의 일생'과 크게 다르지 않다. 단적으로 자식과 남편이 그녀를 추억하며 변주하는, 이를테면 피붙이들이 부르는 죄의식의 합창은 그런 일생의 간난신고를 일관되게 증언하고 있지 않은가.

그러나 부재에 의해 비로소 그 존재의 의미가 환히 밝혀지는 박소녀라는 여인을, 자기를 잊고 자식과 남편에 모든 것을 거는 '가부장제적 모성'으로만 보는 것은 우리 시대 특유의 시대적 착시가 아닐지. 아니, 가부장제 이데올로기의 희생자로만 알았지 바로 그런 모성의 결코 간단치 않은 인간적 내면을 희생과 헌신이라는 가치로써 왜곡해온 행태에 우리가 너무 무감각하지는 않았는지. 어떤 면에서는 『엄마를 부탁해』 자체가 바로 그런 무감각에 대한 자기반성을 수행하고 있는 것은 아닐지.

4. '엄마'의 진실에 대하여

이러한 의문은 텍스트의 표면으로 드러난 '모성'이 박소녀의 전부가 될 수도 없고 또 전부도 아니라는 사실에서 나온다. 자식과 남편은 가정에 헌신했던 엄마이자 아내의 모습을 절절히 기억하지만 그런 기억들의 틈새에서 엿보이는 박소녀의 이면은 가부장제적 모성이라는 것을 다시 생각하게 한다. 즉 "어깨와 치마 끝단에 프릴이 달린" 원피스를 입고 싶어했던 엄마, "부엌이 감옥 같을 때는 장독대에 나가 못생긴 독 뚜껑을 하나 골라서 담벼락을 향해" 던지곤 했던 엄마, 세 자식을 양육하느라 허덕이는 둘째딸이 가정에서 해방되기를 바랐던 엄마의 속마음을 헤아려본 독자라면 희생 및 헌신의 모성이 "되돌아온 감옥"이기는커녕 바로 그런 감옥으로부터의 해방을 꿈꾼 한 인간의 욕망을 숨기고 있음을 금방 알아차렸을 것이다.

　　사랑하는 내 딸. 너는 그걸 시작으로 내가 서울에 올라올 때면 나를 식구들 속에서 빼내 극장에도 데리고 가고 능에도 데리고 갔재. 서점에 있는 음반 파는 곳에도 데리고 가 헤드폰을 내 귀에 대주기도 했재. 이 서울에 광화문이란 곳이 있다는 거, 시청 앞이 있다는 거, 이 세상에 영화와 음악이 있다는 것을 너를 통해 알았고나. 엄마는 네가 다른 사람들과는 다른 삶을 살 거라고 생각했고나. 니 형제들 중에서 가난으로부터 자유로운 애가 너여서 뭐든 자유롭게 두자고 했을 뿐인데 그 자유로 내게 자주 딴세상을 엿보게 한 너여서 나는 네가 더 맘껏 자유로워지기를 바랬고나. 더 양껏 자유로워져서 누구보다도 많이 다른 사람들을 위해 살기를 바랬네. (221면)

이른바 87년체제에서 마음껏 자유를 누리며 성장한 오늘의 젊은이들, 특히 가부장의 허세를 꿰뚫어보면서 양성평등의 가치를 내면화한 여성들이 이 엄마의 희원(希願)을 어떻게 평가할지는 단언키 어렵다. 다만 어떻게 평가하든 둘째딸이 "더 양껏 자유로워져서 누구보다도 많이 다른 사람들을 위해 살기를 바"라는 엄마가 통속과 신파로 귀결되는 '모성의 신화'와 거리가 멀다는 것만은 분명하다.

"문자의 세계에 단 한번도 발을 들여놓지 못한"(25면) 캄캄한 일상에서 나온 촌부(村婦)의 절실함을 바로 이런 맥락에서 읽을 때 농경사회의 가부장제에 묵묵히 순응한 엄마와, 가족이라는 울타리에만 자기의 꿈을 가두어둘 수 없었던 엄마가 『엄마를 부탁해』에서 각축하고 있음을 쉽게 간파할 수 있다. 물론 엄마의 두 얼굴은 박소녀라는 한 인간의 단순한 성격상의 모순은 아니다. 그 얼굴은 "먹고사는 일이 젤 중했던" 시절 식구들을 건사하는 과정에서 분열될 수밖에 없었던 한 개인의 '본모습'에 가깝다. 그것은 자기의 꿈은 일단 묻어두되 그런 꿈에 대한 열망을 완전히 꺼버릴 수도 없었던 자의 맨얼굴 '들'이다. 그런 식으로 꿈을 접을 수밖에 없었던 인물 가운데는 "날마다 학교 좀 보내달라고 눈물 바람을 하던" 박소녀의 시동생인 균도 들어 있지만, 어쨌든 가부장제가 주조한 헌신적 모성이라는 상, 자식과 남편의 사모곡이 정형화한 어머니의 상을 해체하는 또다른 개인으로서의 엄마가 작품에 존재한다는 것만은 엄연하다.

그러나 전체적인 구도에서 보면 『엄마를 부탁해』는 여자로서의 욕망과 배움의 의지가 좌절되는 박소녀의 일생을 기록한 것 못지않게 때늦은 '엄마 찾기'에 나선 자식과 남편의 삶을 상세하게 들려주기도 한다. 이 점은 그간 평단이 거의 주목하지 않았고 이 글에서도 충분히 다룬다고 볼 수 없지만, 박소녀가 갔음직한 곳을 추적하는 과정에서 그녀가 실종된 바로 그 시각의 자식들의 행적이 낱낱이 드러난다는 사실은 의미심장하다. 그로써 엄마의 실종 원인은 다른 무엇이 아닌 그들 각각의 **생활**에 있다는 뼈 아픈 진실이 밝혀진다.[14]

그런 진실은 박소녀 역시 근대적 욕구의 소유자임을 더욱 부각시키는 효과를 낳기도 한다. 게다가 (앞의 인용문이 말해주듯이) 그 욕구의 원만한 실현에 대한 박소녀의 소망이 둘째딸로 표상되는 오늘날의 여성에게 투사되기도 한다. 흥미로운 것은, 그와 같은 소망의 투사가 '통속적 모성'이라는 것을 해체하고 있다는 점이다. 만약 그렇다면 에필로그 '장미 묵

---

14 그런 소소한 진실에 대한 다음과 같은 자각은 특히 통렬하다. "열일곱의 아내와 결혼한 이후로 오십년 동안 젊어서는 젊은 아내보다 늙어서는 늙은 아내보다 앞서 걸었던 당신이 그 빠른 걸음 때문에 일생이 어딘가로 굴러가 처박혀버렸다는 것을 깨닫는 데는 일분도 걸리지 않았다. 지하철을 타고 나서라도 바로 뒤를 돌아 확인했더라면 이리 되지 않았을까. 젊은날부터 아내가 당신에게 했던 말들. 어딘가 함께 갈 때면 항상 걸음이 늦어 뒤처지곤하던 아내는 늘 이마에 송글송글 땀이 맺힌 채 당신을 뒤따르며 좀 천천히 가면 좋겠네, 함께 가면 좋겠네…… 무슨 급한 일 있소? 뒤에서 구시렁대었다. 마지못해 당신이 기다려주면 아내는 민망한지 웃으며 내 걸음이 너무 늦지라오? 했다." (167면)

주'의 대미도 작가 자신의 의도와는 다르게 읽어야 하지 않을까.[15] 엄마의
실종과 연관된 모든 상황이 실질적으로 종료된 에필로그에서 '고해의 합
창'이 다시 울려퍼지는 것은 부담스런 감상적 반복처럼 읽힌다. 그 과정
에서 엄마의 초인적 일생을 회고하며 피에타상의 후광을 입히려는 시도
는 작가의 의도와는 상관없이 결국 모성의 신화화 또는 이상화에 일조할
공산이 크다.

이렇게 생각한다면, 또 작가의 말처럼 "예술이란 고정된 관념에 균열을
내는 것"(신경숙·신수정 대담 120면)이라면 주밀한 '복선'에도 불구하고『엄
마를 부탁해』의 '진짜' 결말은 엄마를 서사의 중심에 놓은 4장('또다른
여인')일지 모른다.[16] 4장은 박소녀가 새〔鳥〕의 몸을 받은 중음신(中陰身)
으로 구천을 떠도는 것으로 되어 있다. 이제까지 전개된 사실주의 기조와
는 좀 성격이 다른 장이다. 실은 그렇게라도 몸을 받으면 중음을 면하는
것이 불가(佛家)의 전통적 관념이지만, 어쨌든 독자는 박소녀의 의식을
가진 새가 이승을 등지기 전에 일생 동안 육친적 인연을 맺었던 여러 인
물의 처소를 찾아가 그들의 아픔을 이해하고 보듬는 과정에 동참하게 된
다. 소설 전체를 두고 보면 3장까지 멜로와 신파의 경계에 아슬아슬하게
근접하곤 했던 사모곡만으로는 온전히 밝힐 수 없던 진실을 새의 몸으로
윤회(輪回)한 '나'가 들려주는 구성이다. 은폐된 엄마의 비밀이 박소녀가

---

15 결말의 피에타상과 연관해서 작가는 이렇게 설명하고 있다. "앞선 예술가가 만들어놓
은 그 비탄의 자리, 비탄만으로도 해결되지 않는 단아함의 자리, 그 단아함도 넘어서는
예술의 세계 속에 엄마를 데리고 가고 싶었어요. 비판받아도 할 수 없지. 그건 내 욕망
이니까. 한 시대를 그렇게 고단하게 통과해왔으면서도 사회적으로나 개인적으로나 잃
어버림을 당한 채 파란 슬리퍼에 발등이 푹 파인 채 어딘가를 걷고 있는 엄마의 자리를
거기에다 만들어주고 싶었으니까."(신경숙·신수정 대담 120면)

16 연재본(『창작과비평』2007년 겨울호~2008년 가을호)과 단행본의 차이에 대해서 길
게 서술할 지면은 없지만 '장미 묵주'의 복선에 대해서는 짚어둠직하다. 단행본 1장
'아무도 모른다'(이는 연재본 4장의 제목이었다)에서 박소녀가 "세상에서 가장 작은
나라가 어디냐"고 물으면서 작가인 큰딸에게 "그 나라에 가게 되거든 장미 묵주를 하나
구해다달라고" 말하는 대목(57면)은 연재본에는 없었다. 이는 작가가 에필로그의 복선
을 만들어내기 위한 것으로 보인다.

죽은 뒤에야 ─ 중음신의 목소리로 ─ 발설된다는 상황 설정인 것이다.

하지만 그런 설정에 값하는 만큼의 어떤 인식의 충격이 따르는지는 좀 생각해볼 문제이다.[17] 다만 가부장제하의 엄마든 개인으로서의 엄마든 방황할 수밖에 없었던 박소녀의 숨겨진 삶의 진실을 가장 극적으로 드러낸 뜻밖의 에피소드는 역시 '또다른 여인'으로서의 그녀가 이은규라는 외간 남자와 맺은 '관계'일 터인데, 이에 대한 논의를 생략할 수는 없을 것 같다.

'엄마의 숨겨진 애인'이라는 드라마 주제쯤으로 비칠 수 있을지 모르겠지만 그 관계는 한마디로 착잡하다. 박소녀 자신이 "우리 자식들은 우리를 이해 못할 거요. 당신과 나를 이해하느니 전쟁통에 수십만명의 사람이 죽은 일을 더 잘 이해할 거요"(231면)라고 말하기도 하는데, 통속과 멜로의 장르가 워낙 잡식성인 터라 연애라는 감정에 탐닉하기에는 각자 짊어진 삶의 무게가 너무도 무거웠던 이들의 사연마저 소화하지 못하라는 법도 없을 것이다. 그러나 지난 세기말에 많은 여성작가들이 숱한 방식으로 다룬 여성의 불륜이라는 풍속적 소재라면 모를까, 박소녀와 이은규의 기구한 인연을 그런 식의 구도로 볼 수는 없을 것이다. "먹고사는 일이 젤 중했던" 적빈(赤貧)의 시절에 식구의 식량을 가로챈 남자 집에서 젖어멈을 자처한 박소녀의 '전근대적 심성'이나 그것이 계기가 되어 팔자 사납게 이후 박소녀의 한스런 삶을 고스란히 받아준 이은규의 '고지식함'은 독자의 눈시울을 부질없이 자극하는 멜로물의 소재로 가공될 수는 있을지언정 그런 심정과 고지식함 자체가 감상과 통속일 수는 없을 것이다.

---

17 4장이 이 작품의 '백미'이기는 하지만 박소녀와 그녀의 시대가 손쉽게 화해하는 것이 아닌가 하는 느낌도 없지 않다. 또한 멜로물의 요소가 노골화되는 면도 있다. 가령 박소녀의 실종 이후 이은규가 그녀를 찾으려고 온 서울을 헤매고 다닌 것으로 기술한 대목은 박소녀와 간단치 않은 '관계'를 맺은 이은규를 감상주의 소설에 나오는 비련의 주인공처럼 느끼게 한다. 4장에서 새의 몸을 받은 박소녀를 머릿속에 그린 독자라면 이야기의 진행 도중에 나오는 "내가 신고 있는 굽이 다 닳아버린 파란 슬리퍼를 벗고 싶어"(223면) 운운하는 대목에서는 다소 어리둥절해질 것이다.

5. "엄마는 알고 있었을까"라는 물음의 여운

서럽고 가난한 현실에서 질기게 이어진 두 남녀의 만남을 단순히 사랑이나 우정, 순정 등으로 설명하기 힘든 것은 그 때문이다. 뭐라 딱 부러지게 규정하기 힘든, 그래서 더 독자의 상상력을 자극하는 곡절한 사연을 들려주고 나서 박소녀에게 시어머니 노릇을 했던 형님과 살던 집을 일별한 후 4장은 이렇게 끝난다.

저기,
내가 태어난 어두운 집 마루에 엄마가 앉아 있네.
엄마가 얼굴을 들고 나를 보네. 내가 이 집에서 태어날 때 할머니가 꿈을 꾸었다네. 누런 털이 빛나는 암소가 막 무릎을 펴고 기지개를 켜고 있었다네. 소가 힘을 쓰며 막 일어서려는 참에 태어난 아이이니 얼마나 기운이 넘치겠느냐며 이 아이 때문에 웃을 일이 많을 것이니 잘 거두라 했다네. 엄마가 파란 슬리퍼에 움푹 파인 내 발등을 들여다보네. 내 발등은 푹 파인 상처 속으로 뼈가 드러나 보이네. 엄마의 얼굴이 슬픔으로 일그러지네. 저 얼굴은 내가 죽은 아이를 낳았을 때 장롱 거울에 비친 내 얼굴이네. 내 새끼. 엄마가 양팔을 벌리네. 엄마가 방금 죽은 아이를 품에 안듯이 나의 겨드랑이에 팔을 집어넣네. 내 발에서 파란 슬리퍼를 벗기고 나의 두 발을 엄마의 무릎으로 끌어올리네. 엄마는 웃지 않네. 울지도 않네. 엄마는 알고 있었을까. 나에게도 일평생 엄마가 필요했다는 것을. (254면)

'엄마'가 보는 엄마의 환영(幻影), '엄마'의 고통 앞에서 웃지도, 울지도 않는 이 환영은 모성의 영원한 보편적 동일성——"저 얼굴은 내가 죽은 아이를 낳았을 때 장롱 거울에 비친 내 얼굴이네"——을 육화한 모습처럼 보인다. 그러나 이 결말의 궁극적 지향점은 그런 동일성이 해체되는 순간에 있다. 게다가 피에타상이 풍기는 관념의 광휘는 부족할지언정 그 순간이 단순히 해체로 끝나는 것만도 아니다. 엄마라는 존재를 극적으로 상대화하고 보살핌의 주체로서의 엄마를 보살핌의 대상으로 바꾸는 마지막 문장, 즉 "나에게도 일평생 엄마가 필요했다는 것을" 앞에 "엄마는 알고 있었을까"가 붙음으로써[18] 자식과 남편이 불렀던 '죄의식의 합창'에 묻어나는 도덕적 질책과는 전혀 다른 차원의 물음이 제기되는 것이다.

이 물음은 궁극적으로 근대화과정에서 두 모습으로 분열된 엄마를 하나의 사회적 존재로 성찰하기를 요구한다. 만약 "근대가 여성에게 근본적으로 해방과 억압의 양면성을 동시에 지니고 있어"[19] 엄마의 분열이 필연적이라면 박소녀를 사회적 존재로 성찰하는 것은 더욱 긴요하다 하겠다. 또한 근대의 양면성과 불가분하게 얽힌 그녀의 질곡에 대한 통찰이 근대 탈피의 적극적인 모색으로 이어질 수밖에 없다면 "엄마는 알고 있었을까"라는 물음을 페미니즘 담론에만 의지해서 해소할 일도 아닐 것이다. 근대를 주도한 남성 자신이 억압의 굴레에 (어떤 면에서는) 여성보다 더 얽매여 있기에 그렇다. 요는, 근대 자체에 대한 탐구를 요청하는 "엄마는 알고 있었을까"라는 물음의 여운을 성(性)의 경계에 얽매이지 않으면서 지혜롭게 살리는 것이 중요하다는 것이다. 그럴 때 "거짓 화해와 대중 기

---

18 "나에게도 일평생 엄마가 필요했다"와 유사한 구절은 「종소리」에서도 한번 나온 바 있지만, "엄마는 알고 있었을까"란 구절만은 「종소리」는 물론 연재본 4회(『창작과비평』 2008년 가을호)에도 없던 것이다. 이런 구절을 단행본 마지막 대목에 첨가할 때 두드러지는 점은, 단행본의 피에타상이 독자에게 범접하기 힘든 심리적 거리를 만들어낸다는 사실이다. 다른 한편 단행본 4장을 "엄마는 알고 있었을까"라는 물음이 제기되지 않는 연재본 4회와 대비할 때 좀더 분명히 실감되는 것은 그 물음의 여운이다. 가부장제에 순응할 수밖에 없었던 박소녀의 간단치 않은 내면을 독자는 더 적극적으로 들여다보게 된다는 것이다. 연재본은 "나의 두 발을 엄마의 무릎 위에 끌어올리네"에 이어 단순히 이렇게 마무리된다. "엄마의 무릎에 등을 눕히고 엄마의 가슴에 얼굴을 묻으며 내가 중얼거리네. 엄마—" 이에 비하면 개고한 단행본 4장의 결말은 확실히 '시적 개선'에 값하는 울림이 있다 하겠다.
19 김영희, 앞의 글 120면.

만으로서의 예술"운운하면서 다문화가정의 어머니를 포함한 "이제까지의 가치체계로는 포섭될 수 없는 새로운 엄마들", 그런 낯선 존재들에 대해 『엄마를 부탁해』가 "결코 충분한 대답이 될 수 없"다고 비판한 평문[20]이 작품에 대한 충분한 읽기는 결코 못됨을 확인할 수 있을 것이다.

여기서 그런 편향에 좀더 적극적으로 대응한다면, 개인주의의 이름으로 어미의 헌신성이 갖는 의미를 훼손하지 않으면서도 엄마이기 때문에 펼치지 못했던 한 개인의 절실한 원념(願念)을 오늘의 현실로 되살려냈다는 것, 이것이야말로 가족서사로서 『엄마를 부탁해』의 독특한 예술적 성취요 대중성을 획득할 수 있었던 비결이라고 말할 수 있겠다. 표현을 달리한다면, "위기 자체가 정상인 상태, 즉 '정상위기'(normal crisis)에 직면한" 한국의 가족현실[21]에서는 양립하기가 거의 불가능한 어미로서의 희생정신과 어미 이전의 한 개인으로서의 욕망을 모두 날것으로 드러내면서도 그렇게 양립 불가능한 현실 너머 다른 생(生)의 어떤 어렴풋한 기미를 포착한 것이야말로 신경숙 문학 고유의 사유가 개척한 진경(眞景)이라 할 것이다.

그런데 중음(中陰)에서 발생하는 그런 진경은 『외딴방』을 떠올리게 하기도 한다. 지금의 '나'를 만든 (큰오빠로 대표되는) 가족의 희생적인 헌신을 기리는 동시에 한 시대의 진실을 문학에 대한 신실한 물음으로써 드러낸 『외딴방』이 없었더라면 『엄마를 부탁해』의 성취도 기약하기 힘들었을 것이다. 냉정하게 말한다면 가족서사로 좁혀진 『엄마를 부탁해』의 성취는 문학 자체에 대한 도저한 물음과 해체를 동반한, 결코 특정 장르로 좁혀질 수 없는 『외딴방』의 복합적인 성격을 일정부분 단순화한 댓가로 이루어진 것이다.

하지만 『엄마를 부탁해』의 에필로그에서 두드러지는 그 단순화를 더이

---

20 이도연 「기억을 구성하는 두가지 방식」, 『문학들』 2009년 봄호 234면.
21 이에 대해서는 장경섭 『가족·생애·정치경제: 압축적 근대성의 미시적 기초』(창비 2009) 1, 4, 5부 참조.

상 되뇌고 싶지는 않다. "과연 네가 구사하는 어느 문장이 잃어버린 엄마를 찾는 데 도움이 될지"(11면)라고 하는 작가 자신의 자문과 그런 단순화에도 불구하고 『엄마를 부탁해』 자체는 결코 가부장제하의 모성으로 환원할 수 없는 박소녀 개인의 복합적 진실을 되살림으로써 『외딴방』으로 대표되는 1990년대 신경숙의 소설세계를 잇고 있기 때문이다. 그런 뜻에서 『엄마를 부탁해』가 향후 신경숙 소설세계의 일정한 '전진'을 기약하면서 폭발적 대중성을 획득한 것은 작가에게는 물론 독자에게도 행복한 사건이라고 하겠다. 다만 '회귀'를 통해 전진하곤 했던 그녀의 작품세계가 '외딴방'에 갇힌 희재언니 같은 민중에게 새로운 생명을 불어넣어주면서 우리 당대의 시대적 현실을 뜨겁게 증언할 수 있기를 독자로서 좀더 욕심껏 기대하고 싶다.

김소진과 1990년대

|||||||||||||||

1. 머리말

100년이 조금 넘은 한국의 현대문학사에서도 잊을 수 없는 일화를 남기고 요절한 작가들이 적지 않다. 결코 순탄치 않았던 20세기 한반도의 역사 현실 자체가 그런 일화들의 산실이었으니, 그중에는 이상(李箱)의 '레몬'처럼 훗날 전설로 비화해 호사가들의 말밥에 오르는 경우도 드물지 않았다. 그러나 그런 거품 아닌 거품 속에서 오직 작품으로만 기려질 이는 과연 얼마나 될까. 작가가 살다 간 생의 자취를 오롯이 살려놓는 문학은 원래가 많지 않은 법인데, 천수를 채우지 못한 경우는 더 말할 나위도 없을 것이다. 시대와의 '불화'를 견디고 작품으로 생명을 이어가는 것이야말로 한 작가가 문학사에 이름을 올리는 가장 명예로운 방식이라면, 그렇게 생명을 새로이 얻는 과정에서 '텍스트'에 스민 작가 개인의 삶을 독자의 것으로 만드는 '보편적인 작품'은 더욱 드물지 않을까. 그런 의미에서도 서른다섯의 나이로 타계한 김소진(金昭晉, 1963~1997)을 완전히 만개한 작가라고 말할 수는 없을 것이다. 어떤 면에서는 추모하는 지면일수록 이런 평가는 삼가야 할 터이다. 더 멋진 작품을 쓸 수 있었고 써야만 했던 작가로 그가 기억되는 한, 후대 독자의 안타까움도 그만큼 진정성을 잃지 않을 것이기 때문이다.

실제로 그가 남긴 수많은 이야기는 망자에 대한 형식적 의례를 불필요하게 만든다. 한껏 펼치지는 못했을지언정 그는 어떤 요절작가 못지않게 독자로 하여금 완전히 꽃피웠을 때의 흐드러진 모습을 상상케 하는 드문 소설가이다. 이것이 결코 빈말이 아님은, 1990년대의 그의 작품이 20년을 건너뛴 오늘날에도 민중들의 팍팍한 삶에 대한 여실한 증언이요 그들 삶의 아름다운 승화라는 사실에서도 확인된다. 물론 시간 앞에서는 어떤 단언도 금물이고 20년이라는 세월이 한 작가의 '현재성'을 보증해주기에는 너무도 짧지만, 나는 그의 작품을 읽으면서 앞으로 한 세대, 아니 그 이상을 충분히 버틸 생명력을 실감한다. 이 느낌, 단명한 작가가 독자에게 주는 이 느낌이야말로 비평의 출발점이 되어야 마땅하겠거니와, 김소진의 문학에 새로운 생명을 불어넣겠다고 나선 독자라면 그런 느낌을 '평가'로써 풀어내는 작업을 해야 한다고 믿는다.

2. 1990년대와 '장석조네 사람들'의 세계

1991년에 「쥐잡기」로 데뷔해서 「눈사람 속의 검은 항아리」(1997) 이후 유명을 달리했으니 김소진이 한국문학사에서 앞으로도 1990년대 작가로 기록될 것은 확실하다.[1] 세칭 세기말은 1997년 IMF사태로 사실상 종지부를 찍었달 수 있는데, 어지러웠던 그 시절이 역사에 기록되는 방식은 무

---

1 인용 텍스트는 6권으로 묶은 『김소진 전집』(문학동네 2002)으로 한다. 순서대로 열거하면 『장석조네 사람들』(장편) 『열린 사회와 그 적들』(중단편) 『자전거 도둑』(중단편) 『신풍근배커리 약사(略史)』(중단편) 『바람 부는 쪽으로 가라』(짧은 소설) 『그리운 동방』(산문) 순이다.

척이나 다양할 것이다. 문학 분야에서도 1990년대는 '포스트 담론'이 바람을 타고서 1980년대를 이런저런 방식으로 규격화한 일체의 규정적 언설들을 부정함으로써 자신의 존재증명을 시도했던 시대로 말해질 듯하다. 사회주의를 비롯한 모든 변혁이념에 종언을 고하면서 그 종언의 역사를 추념하는 후일담의 대대적인 등장은 그런 시대의 일단을 말해주는 바 있다. 반성과 전향, 탈주 등이 세기말의 정신을 수놓았으니, 대내외적으로 1987년 6·10항쟁의 역사적 의의를 한순간에 퇴색시켜버린 듯한 현실사회주의의 붕괴(1989)와 기형적인 형태의 권력야합으로 비친 문민정부의 등장(1993) 같은 사건들이 꼬리를 물면서 90년대의 적지 않은 문학지식인들은 '민족문학'을 과거지사로 돌리고 스스로를 새로운 시대의 현신(現身)으로 내세웠다. 리얼리즘의 옹호자들과 모더니즘의 옹호자들이 각축을 벌이는 와중에 90년대는 혁명의 시대인 80년대와는 대극적인 시대로 정의된바, 리얼리스트는 80년대를 창조적 열정의 상승기로, 90년대를 하강기로—모더니스트는 그 정반대로—맞세우기 일쑤였다.

그러나 역사란 단절과 연속 중 어느 하나에 의지하여 전개되는 서사(敍事)는 아닐 것이다. 실상 90년대는 모든 '진보적인 것'에 저주의 낙인을 찍으려는 충동이 들끓었던 만큼이나 80년대의 혁명적 열정을 지켜내려고 안간힘을 썼던 시대이기도 했다. 김소진을 그러한 90년대 작가로 규정할 때 가장 먼저 눈에 띄는 점은, 그가 그 시절을 풍미한 후일담과는 사뭇 다른 종류의 이야기를 남겼다는 사실이다. 물론 그의 작품도 80년대의 변혁운동에 투신한 인물들이 90년대에 어떤 식으로 변신하는가를 다각도로 증언한다. 하지만 그런 증언은 김소진 가족사의 어떤—정신적 외상(外傷)의 출발점이자 치유를 위한 회귀점이라는 이율배반적 성격을 띠는— 원형적 체험을 경유하지 않고서는 그 진상을 확인하기가 어렵다. 감수성이 예민한 한 소년의 무의식에 잠긴 외상으로서의 체험은 민중의 해방이니 평등한 세상이니 하는 80년대의 이념과, 그 반테제로서의 세기말의 탈이념으로 환원될 수 없는 것이었다.

햇수로 7년에 불과한 그의 공식 창작활동이 남긴 작품 가운데 가장 오래, 가장 널리 읽히리라고 짐작되는 것들은 극도로 사적인 가계(家系), 특히 실향(失鄕)으로 생의 의지를 상실한 아버지와 그런 아버지를 대신해 '억척어멈'으로서 생계를 꾸려간 어머니의 세계에 직간접으로 뿌리를 내린 텍스트가 아닐까 싶다. 부모의 삶에 대한 그의 내밀한 기억은 실로 눈물겨운 바 있다. 누구와도 함께 나누기 힘든 가족 친지들의 내밀한 아픔과 수치가 김소진만 경험한 것은 아니겠지만, 그가 한 땀씩 겨우겨우 의식의 표면에 수놓은 가족사의 풍경은 한 개인의 무의식 깊이 가라앉은 욕망의 비밀을 담고 있다. 그의 가족사 재현에서 모든 위대한 문학은 개인적인 것이라는 주장을 끌어낼 수도 있을 법하다.

다른 한편 부모의 세계와 그 세계를 기억하는 자아의 무의식에도 '역사'의 그늘은 짙게 드리워진바, 그런 그늘은 가계의 범위를 넘어서 사회사적 성격을 띤다. 김소진이 회상하는 아버지의 무능과 어머니의 억척스러움은 아이러니하게도 산업화시대의 가부장주의적 가정(家庭)에서 자주 목격된 성적 역할분담이기도 했다. 동시에 집요한 회상으로 재현되는 아버지의 한스런 과거는 분단의 상처와 분리할 수 없고, 흐벅진 민중적 언어로 구현되는 어머니의 걸쌈스러운 현재는 각박한 세정에서 생존을 위한 싸움터로 내몰린 여성의 생활로 그려진다. 한마디로 「쥐잡기」와 「용두각을 찾아서」(1992)에서 되살려진 아버지와 어머니의 생존투쟁은 20세기 중반의 한국 근대사를 떠나서는 온당하게 이해될 수 없다. 이들은 각각 거제도 포로수용소에서 동족살육이라는 방식으로 표출된 '분단모순'을 살아내면서 망가진 아버지들의 표상으로, 개발독재시대에 가장(家長) 노릇을 해야 했던 수많은 억척어멈들의 자화상으로 그의 작품에 올올히 살아 숨쉬고 있다.

김소진의 가족이 철원을 떠나 서울 미아리 산동네에 정착하는 과정은 1960·70년대 서울에서 흔하게 벌어진, 계급의 지리적 구역화가 관철되는 풍경이기도 했다. 각자 다른 인생을 살아왔건만 기구하게도 한 배를 탄

'뜨내기들'은 김소진의 소설세계에서 개별적인 동시에 집합적인 생명력을 부여받는다. 김소진 소설세계의 고향이라고 해야 할 미아리 산동네는 함경도를 포함한 전국 각지의 사투리들이 내남없이 뒤섞여 입말의 잔치를 벌이는 곳이기도 했다. 딱히 토속적이지도 그렇다고 도시적이랄 수도 없는 시공간의 기억을 집약한 작품이 바로 『장석조네 사람들』(1993~95)이다. 열편의 중단편으로 이뤄진 이 연작은 김소진이 만났던 삶의 자취들을 가장 집중적으로 되살려낸 것으로 판단된다.

여섯권으로 이뤄진 전집을 통독해보면, 어떤 면에서 김소진은 죽을 때까지 '장석조네 사람들'의 세계에서 벗어나지 못한 듯하다. 「춘하 돌아오다」(1992)를 필두로 「그리운 동방」(1992) 「고아떤 뺑덕어멈」(1993) 「개흘레꾼」(1994) 「첫눈」(1994) 「아버지의 자리」(1994) 「원색생물학습도감」(1995) 「부엌」(1996) 「건널목에서」(1996) 등의 단편은 서민들의 생활 속에서 부대끼면서 '역사'와 만나는, 1980년대 문학에서 흔치 않았던 한 인간의 내면적 아픔과 고독을 고스란히 드러낸다. "테제도 그렇다고 안티테제도 아니"라고(「개흘레꾼」, 『열린 사회와 그 적들』 398면) 항변한 아버지라는 존재와 화해하는 김소진의 기억은 끈질기게 과거로 회귀하면서 현재의 '나'를 교란하고 교정한다. 미완성 장편 『동물원』의 한 대목처럼 그 기억은 "명백한 사진을 이길 수 있는 경우"(『동물원』, 『신풍근배커리 약사』 379면)이다. 사진을 이기는 기억─미아리 산동네 사람들을 독자의 뇌리에 잊힐 수 없는 형상으로 각인하는 것은 그런 기억의 힘이다.

하지만 기억은 과거 사실을 기계적으로 재구성한다거나 사실에 대한 기억을 다시 기억하는 식의 서사는 아니다. 가령 『장석조네 사람들』에 실린 「비운의 육손이 형」에서의 육손이와 「수습일기」(1991)에서의 육손이를 비교하면서 독자는, 인물과 인물이 속한 상황을 비추는 각광의 각도에 따라 삶의 음영(陰影)에 얼마나 미묘한 차이가 발생할 수 있는가를 느낀다. 과거를 현재의 일부로, 현재를 과거의 일부로 재구성하는 김소진의 서사는 그가 처한 어떤 특정한 상황을 계기로 해서 발생하지만 그 계기가 촉발한 기억이 궁극적으로 가리키는 것은 미래의 시간이다. 너무도 명명백 백한 사진을 이길 수 있는 미래를 향한 기억이 서사적 창조성으로 이어지는 것은 그만큼 자연스럽다. 서사적 필요에 따라 인물을 재단하지도 않고 그렇다고 서사적 필요를 무시하지도 않는 그의 절묘한 기억이 『장석조네 사람들』에 고도로 집중되었다는 것은 이 작품이 미래의 독자를 만날 자격이 있다는 말일 테다. 『장석조네 사람들』을 논하면서 진정석은 "김소진이 미아리를 쓴 것이 아니라, 미아리가 그의 손을 빌려 그 스스로를 썼다고 말할 수 있을지 모른다"(해설 「지속되는 삶 끝나지 않은 이야기」, 『장석조네 사람들』 274면)라고 말한 바 있는데, 표현을 달리해본다면 고유명사로 존재했던 장석조네 사람들이 보통명사로 되살아나면서 미아리가 그 본연의 모습을 드러냈다고 할 수 있다.

그런 생명을 부여받은 『장석조네 사람들』에는 1970년대와 80년대에 걸쳐 있는 이문구(李文求)의 『우리 동네』(1977~81)나 양귀자(梁貴子)의 『원미동 사람들』(1986~87)과는 다른 시대적 육체가 부여된다. 상대적으로 『우리 동네』에 비하면 토속성은 분명히 떨어지고 『원미동 사람들』에 비하면 도시생활의 실감이 희석되는 이야기가 바로 『장석조네 사람들』이다. 그렇다고 해서 지식인의 회색빛 자전소설도 아니다. 이 연작에는 작가의 개인사를 그대로 노출한 두편의 이야기, 즉 「비운의 육손이 형」과 「두 장의 사진으로 남은 아버지」가 들어 있다. '잘 만들어진 항아리'에 마치 금이 간 흔적처럼 느껴지는 이 단편들에서 독자는 장석조네 사람들과는 완전히 하나가 될 수 없는 지식인 김소진의 개인사를 발견하면서도 80년대에 비평가들이 민중문학에 흔히 주문하곤 했던 시장판의 흥취와 민중적 생명력을 곳곳에서 실감할 수 있다.

그렇다면 장석조를 비롯해 성금네. 겐짱 박씨 형제, 춘하, 육손이형, 양은 장수 최씨, 뚱떼이 흥남댁, 얼금뱅이 상호 등이 사실주의의 본령에 속하는 살아 있는 형상들이라는 말도 새로운 주장은 아니다. 이들 인물 하나하나는 "나는 천사를 본 적이 없기 때문에 천사를 그릴 수 없다"는 꾸

르베의 정신이 구체화된 모습이라고 해도 과언은 아닐 것이다. 1970년대 당시 미아리 산동네 사람만이 아니라 21세기 오늘의 민중들이 겪는 희로 애락의 표정까지도 『장석조네 사람들』에는 고스란히 담겨 있다. 다음 절 에서 짚어보겠지만, 작가의 극히 개인적인 가계(家系)와 미아리 달동네의 무수한 인간군상에 대한 기억이 20세기 한반도 근대사의 비극과 맞닿아 있는 것도 우연만은 아니다.

이렇게 보면 90년대의 어느 작가 못지않게 정직하게 자기의 뿌리를 성 찰한 김소진이 민중을 이념형으로 표상하지 않은 것은 당연해 보인다. 하 긴 혼성모방이니 표절이니 문학권력이니 하는 언설들이 횡행했고, '세계 화'라는 말에 달뜬 작가들이 이색적인 소재를 찾아 외국을 헤매고 돌아다 닐 무렵인 90년대에 '민중'이라는 말은 덩달아 너덜거리는 푯대로 떠돌 고 있었으니 민중을 이념형으로 표상하지 않았다는 것이 대단한 일일 수 는 없다. 인물 각각을 통약이 불가능한 고유한 개인으로 그리면서도 우리 와 다를 바 없는 비루한 욕망의 인간으로 살려내는 소설적 성취를 김소 진만 이뤄낸 것은 물론 아니다. 그러나 사실주의 차원에서 고유명사로서 의 인물을 감흥을 일으키는 보통명사로서 재현하는 것은 결코 쉽지 않으 며, 재현에 성공함으로써 '존재'를 온전히 드러내는 문학도 흔하게 만날 수 있는 것은 아니다. 최선의 집단의지를 민중으로 표상한 80년대는 물론 이고 그에 대한 전면적 반동으로 개인의 무제한적 자유의지를 내세운 90 년대에도 그런 문학은 흔하지 않았다. 먹고사는 문제를 두고 벌어지는 삶 의 온갖 음영들을 『장석조네 사람들』처럼 갈고 닦은 언어로 정확하게 잡 아내는 것은 모든 좋은 소설의 특징이겠지만, 가령 변소의 체험에서 선명 하게 갈라지는 '흑백'의 차이를 위트 있게 형상화한 「함경도 욕쟁이 아즈 망」을 읽어보라.

김소진의 언어예술이 도덕적 정의에 매달려 가난을 추상화하거나 미화 하지 않았다는 점도 강조함직하다. 그의 가난은 인간성의 깊은 빈곤을 드 러내면서도 그 밑바닥에서 치고 올라오는 인간다움의 모습도 동시에 담아낸다.

　"저 인간은 그저 깨끗한 별을 보면서도 자기가 팔아묵을 물건하고 관련을 지으니 그만큼 마음이 검드럽고 추잡스런 때가 묻었다는 증표구말구."

　"그려, 난 본시 그런 놈인께로. 하지만 그런 생각이 자꾸만 나부러. 저 모든 별들이 하나하나 내 지게 위에 얹혀 황금빛으로 빛나는 양은 그릇이 되면 좋겠다는 생각 있잖은개벼. 가슴이 을매나 후들후들 떨리는 생각이여, 잉. 자네도 한분 내처럼 그렇게 생각을 먹어보드라구. 얼매나 황홀한겨? 내가 물건 하나를 팔아도 그게 시시껍절하게 파는 게 아니라구. 그래 잘 가그라이 양푼아, 냄비여, 쟁개비여, 솥이여, 국자여! 함시롱 말이여……그 심정을 박씨가 알는지 몰러. 별을 보고 아름답다고 헌 사람의 심정이라믄 알겄제. 난 하나하나 그렇게 떠나보낸다구. 그래, 가서 그 집 부엌에서 부디 천대받지 말고 오롯이 빛나고 있어라. 그 집 살림을 본때 있게 빛내거라 이 말이지. 아따 오랜만에 별을 본께로 맴이 갤비뼈 속에서 갈피를 못 잡고 꽤나 싸돌아댕겼쌓네 그려, 잉." (「별을 세는 남자들」,『장석조네 사람들』 115~16면)

　많은 평자들이 언급한 바 있는 이 순정(純情)이야말로 작품의 '민중성'이요 작가의 품성이라고 해야 하겠는데, 이런 순정은 '장석조네 사람들'의 세계에서 희비극적으로 변주된다. 어느 특정한 작품을 잡아 논하기 어려울 정도로 '별을 세는 사람들'의 순박한 마음은 『장석조네 사람들』 도처에서 빛을 발하고 있다. 하지만 이 연작의 맨 마지막에 배치된 중편 「빵」은 김소진이 순박한 마음도 결코 단순하게 드러내는 작가가 아님을 느끼게 하는 이야기라는 점에서 지면을 할애해도 좋겠다.

　이 중편을 무난한 표현으로 정리한다면, 곽서기와 장석조의 협잡으로 대변되는 착취계급에 대한 민중들의 저항과 훈훈한 연대가 되지 않을까 싶다. 무난한 만큼 이런 식의 규정이 틀린 것은 아니다. 그렇다고 작품의 섬세한 결을 정확하게 표현한 것도 못된다. 노름꾼인 양세종과 "땡깡을 부릴 때면 항상 군화를 신고 있었던"(209면) 해병대 출신 권대용의 걸진 대화로 시작하는 「빵」에서 1980년대 민족문학이 요구한, 계급적으로 각성한 노동자는 등장하지 않는다. 썩은 밀가루를 배급받은 산동네 사람들의 분노가 생생하고 전표 조작 따위를 이용해 배를 불리는 곽서기나 그와 실컷 붙어먹다가 '큰물'에서 놀려고 그의 뒤통수를 때리는 장석조 같은 인물의 비열함이 여지없이 폭로되지만 계급적 각성 같은 것은 찾아보기 어렵다.

그렇다고 작가가 작품의 '뒤편'에서 팔짱 끼고 삶을 '있는 그대로' 재현하는 식의 정태적 자연주의로 떨어지는 것도 아니다. 작품에는 '지배계급'에 기회주의적으로 붙어먹고 사는 경비 노태식도 있고, 월남전 참전용사인 상호처럼 정당하게 항의할 줄 아는 정의로운 인물도 있고, 안되는 줄 뻔히 알면서도 밀가루 몇 부대와 지폐 몇 장에 넘어가고 마는 나약하고 착한 고영만이란 인물도 있고, 또 길노인네와 그의 며느리처럼 민중적 넉넉함과 인내를 체화한 인물도 있다. 요는, 「빵」이 가진 것 없는 그네들끼리 살아가는 데서 자연스럽게 움트는 연대의식뿐만 아니라, "뭉쳐놓으면 하늘이라도 갈아치울 듯하지만 개중에서 큰소리치는 사람 몇만 입막음을 해놓으면 또 들쥐들 모양 뿔뿔이 흩어지는"(235~36면) 민초들의 모습까지 재현한다는 사실이다. 이 작품은 빵에 얽힌 사람들의 포한 어린 숱한 사연들을 구수하고 다채롭게 들려주면서 그런 포한들과 결코 무관할수 없는 미국이라는 강대국의 횡포까지도 넌지시 드러낸다.

단순한 세태묘사에 그치기 십상인 이런 이야기가 오늘날 우리네 삶에까지 잇닿으며 진실을 담을 수 있는 것은 역시 인간 자체를 보는 작가의 복합적인 시선 덕분이다. 기자 이력(1990~95)을 가진 작가답게 그의 시선은 대상을 조감(鳥瞰)하는 순간 '겹눈'의 미세함이 작동한다. 이주노동자의 각박한 현실을 포착한 「달개비꽃」(1995)도 시대의 흐름에 예민하게 반응한 경우이지만, 그의 취재경험은 작품에 다양한 방식으로 녹아들어가 있다.

'장석조네 사람들'의 세계에 대한 김소진의 '고별사'는 「눈사람 속의 검은 항아리」이다. 이 단편에 기록된, 드난살이의 인간적 표정이 서려 있던 70년대 미아리 산동네와의 작별은 20세기 후반 탈향(脫鄕)하여 제각각 도시로 흘러든 달동네 서민의 시난고난한 삶에 바치는 결의(決意)에 찬 비가라 할 만하다. 서울 변두리 무수한 달동네의 운명이 그러했듯이 '장석조네 사람들'의 세계는 90년대의 재개발로 사라질 운명이었다. "이 동네가 포크레인의 날카로운 삽질에 깎여가면 내 허약한 기억도 퍼내어질 것이라고" 술회했던(「눈사람 속의 검은 항아리」,『신풍근배커리 약사』 315면) 그에게 달동네의 소멸 이후에 등장하는 새로운 삶의 현장들을 기록할 시간은 애석하게도 주어지지 않았다. 또한『장석조네 사람들』에서는 세태소설의 진솔하고도 인간미 넘치는 풍경을 넘어선 어떤 서사적 모험이 아쉬워질 때가 없지 않다. 하지만 그런 아쉬움 속에서도 '장석조네 사람들'의 세계에서 성장한 김소진의 또다른 모습, 즉 시대의 모순을 성찰하는 지식인 작가로서의 면모는 기억할 만하다. 그에게 그 세계와의 결별은 삶의 새로운 이정표를 찾는 길로 이어진다.

3. 미래에 대한 기억 — 김소진의 문학이 멈춘 곳

앞서 1990년대 작가로서의 김소진이 남긴 작품에서 두드러지게 눈에 띄는 점을 세기말의 작단을 도배하다시피 한 후일담의 부재로 규정한 바 있다. 좀더 엄밀하게 말한다면 완전한 부재라기보다는 반후일담적 후일담이라고 할 만한 작품을 일부 남겼다라는 것이 정확한 표현이겠다. 지난 시대 변혁의 꿈과 그 참담한 좌절에 대한 자기변명적 회한과 패배의식이 주조를 이루면서 후일담 소설이 한계를 드러낸다면, 김소진은 그런 회한과 패배의식을 일면 인정하면서도 끝내는 거스르는 '방황'을 부각한다. 인간은 추구하는 한 방황할 수밖에 없는 운명이라는 고전적 경구가 생각나는 그의 후일담은 90년대의 여느 회고담처럼 누추해진 이상(理想)의 실체를 담담하게 들려주지만, '기층민중적 가족사'에서 기원한—'개흘레꾼'을 아버지로 둔—울분과 설움은 초연함이나 투항과는 사뭇 다른 느낌을 독자에게 불러일으킨다.

90년대의 정치현실을 작품화하는 데서 김소진이 80년대의 지식인사회를 갈라놓은 민족해방(NL, National Liberty)과 민중민주(PD, People's Democracy)의 화려한 이상(理想)을 '액면가'로 믿지 못한 것은 자연스러워 보인다. 그의 일면 촌스러우면서도 완강하게 지적인 체질은 회의주의와 통할지언정 맹목을 부르는 우상숭배와는 맞지 않았던 것 같다. 그런 체질도 어떤 면에서는 '장석조네 사람들'의 세계에서 강화된 것으로 짐작된다. 한편으로 주체사상으로 경도된 민족해방을 신봉하기에는 실향민 아버지가 증언하는 분단의 역사가 너무도 꼬여버렸고, 다른 한편으로 민중민주의 화려한 수사를 믿기에는 어머니의 생활세계 자체가 사뭇 다급하고 직접적인 현실이었던 것이다. 요컨대 80년대를 회고하면서 90년대 현재를 사유하는 그의 작가적 체질은 양대 변혁이념과 일정한 거리를 두면서 단련된 것으로 판단된다.

이렇게 보면 80년대의 이념으로 90년대를 재단하거나 역으로 90년대의 탈이념으로 80년대를 돌아보기 일쑤였던 세기말의 창작계에서 김소진이 사실주의 영토에서 벗어난 적은 없지만 다른 한편 그 영토에서 '제3의 길'이라고 표현할 만한 창작방향을 모색했다고 볼 여지는 있다. 가령 「신풍근배커리 약사」(1996)만 해도 이념과 탈이념 사이에서 중심을 잡으려는 '곡예'의 일면을 보여준다. 운동권 학생 재덕의 할아버지인 신풍근 씨와 작은아버지가 각기 들려주는 상반된 가족사의 '틈새'부터가 그러하다. 한쪽에서는 국난에 맞서 거병한 지사로, 다른 쪽에서는 난세에 출세를 위해서 출병한 기회주의자로 직계 조상을 '기억하는' 이야기에서 독자는 역사의 각색과 그 '중도의 진실'을 생각할 수밖에 없지 않을까. 어느 쪽도 완전히 진실을 독점할 수 없는 '상황의 진실'에 대한 집념은 소설가 김소진 특유의 것이었다. 지식인소설로 분류될 수 있는 그의 작품에서 그런 집념이 낳은 성취는 관념이 낼 수 있는 광휘(光輝)와는 달랐다. 단적으로 빵집 주인으로서 연세대 사태 당시(1996년 7월)에 신풍근 씨가 보여준—"너랑 맞설지도 모르는 젊은이한테 기껏 너를 주려고 갖고 갔던 빵을 먹이고는 그 꾸역꾸역 먹는 전경들 모습을 보니깐 맴이 이상"하다고 말하는(289면)— 행적은 '민중적'이라는 수식어를 받기에 모자람이 없다.

그러나 김소진이 얼마나 민중적인 작가인가를 여기서 논하려는 것은 아니다. 민중성이라는 개념 자체도 80년대를 거치면서 오염된 면이 있을 뿐더러 민중의 '상'을 지식인과 대비되는 면으로 설정하는 시대도 지나갔다. 다만 『장석조네 사람들』이 말해주듯이 철저하게 '몸'으로 살면서 얻은 소재들을 이야기로 가공한—이로써 독자로 하여금 80년대와 90년대라는 거대한 두 시대의 심연 어딘가에서 자기를 발견하도록 하는—이야기꾼이 바로 김소진이라는 사실이 중요할 뿐이다. 그가 리얼리스트이고 그의 작품이 '민중문학'이라는 것과 친연성이 있다면, 그런 친연성을 모더니즘의 대척점에서가 아니라 두 시대의 틈새에서 해명해야 한다는 것이다.

실제로 '장석조네 사람들'의 세계에 뿌리를 박았지만 현대적 감수성의 소유자이기도 했던 김소진의 복합적인 면모를 드러내는 작품도 적지 않다. 그의 시야가 입체적임을 실감하게 하는 「늪이 있는 마을」(1994)도 그중 하나이고, 「처용단장(處容斷章)」(1993)이나 「임존성(任存城) 가는 길」(1993)은 '역사'를 현재에 접목하는 솜씨가 약여하다. 각성한 개인들과 이들의 (실패한) 변혁운동을 소재로 채택한 작가들은 한둘이 아니고, 「처용단장」이나 「임존성 가는 길」 역시 역사소설의 범주에 넣을 수 있지만, 김소진의 장기는 과거의 역사적 사건을 통해 자신의 '비루한 생활'을 낱낱이 들춰보고 90년대의 정치적 현실을 은유적으로 포착한 데 있다. 민중의 실제 생활에 스며들어 그들의 꿈과 희망을 노래한 예인(藝人) 처용의 비극을 상상적으로 재구성하거나, 무인(武人) 흑치상지가 백제부흥운동을 펼친 임존성에 관한 기사가 어이없게 필화로 번진 사건을 통해 참다운 지식인 상을 성찰하는 이야기는 변혁이념이 퇴색한 90년대라는 시대적 맥락에 놓일 때 그 본래의 빛을 발한다.

역사현실을 상상적으로 가공했지만 종국에는 작가의 당대적 상황으로 귀착하는 이런 역사소설의 패턴은 90년대 현실에서 시작하여 과거로 돌아갔다가 작가의 현재로 되돌아오는 서사와 유비를 이룬다. 「자전거 도둑」(1995)만큼 기억의 서사가 끊기고 이어지는 단층들을 뚜렷하게 드러내는 작품도 드문데, 「혁명 기념일」(1993) 「경복여관에서 꿈꾸기」(1996) 「울프강의 세월」(1996) 등도 80년대와는 사뭇 달라진 90년대 상황에서 과거의 역사적 지층을 탐사함으로써 미래를 예감하는 서사이다. 80년대라는 과거와 90년대라는 현재가 삼투되는 순간에 기억의 화인(火印)들이 명멸한다. 바로 그 삼투되는 순간을 앞으로 올 시간을 향해 투사하는 김소진의 소설은 변혁이념에 투신했지만 현실과 시간에 굴복해버린 지식인들을 하나씩 호출한다. 예컨대 「혁명 기념일」의 윤석주, 「경복여관에서 꿈꾸기」의 현칠교, 「울프강의 세월」의 '울프강' 등이 이런 지식인이다. 이들은 모두 각자의 처지에서 변화한 현실에 '적응'하는 모습을 스스로 적나라하게 보여준다. 소설가나 대학의 시간강사로 등장하는 주인공이 때로는 변절에 가까운 지식인들의 변모를 증언하는 정조(情調)에는 단죄나 체념, 낭만적 회고가 어쩔 수 없이 끼어들어간다. 하지만 작품 자체는 퇴행적인 정서를 비판적으로 성찰하는 것에 가깝다. 시대의 변화와 그에 따른 지식인들의 변신을 어쩔 수 없이 추인하고 주인공 역시 그런 현실을 부정할 수만은 없는 비루한 처지임을 실토하지만, 작품 자체는 독자로 하여금 어느날 느닷없이 발견한 이들 지식인의 '변모'를 반성적으로 되돌아보게 하는 것이다.

그렇다면 "지금은 딱히 뭐라고 이름 붙일 만한 시대도 아니"라고 말하는(「경복여관에서 꿈꾸기」) 김소진이 미래로 열린 기억의 서사로써 오늘날 우리에게 무엇을 말하고 있는가? '민주주의의 역설'이라고 대답한다면 지나친 예단일까? 그런 역설을 풍자적으로 묘파한 작품 가운데 하나가 「열린 사회와 그 적들」(1991)이다. 성균관대생 김귀정의 의문사(1991)를 둘러싸고 벌어지는 시민사회 내부의 모습을 관찰한 이 단편은 표면적으로는 사인 규명을 두고 학생시위대와 공권력이 대결하는 형국이지만 실제 이야기는 그 사이에 끼여서 소외되는 하루살이 인생들, 재복을 비롯한 박상선, 표천식, 전을룡, 강종천 등의 밑바닥 삶이 주를 이룬다. 이들이 어떤 식으로 양편에서 '적'으로 오인되는가를 세밀하게 포착하는 김소진은 변혁운동의 관료주의화 징후와 그에 따른 '밥풀떼기들'의 주변화를 감지한다. 좀더 적극적인 독법이라면, 문민정부(1993~97) 이후 민주주의의 '형식'이 사회에 점차적으로 안착되는 것과 동시에 심화되는 반민주주의적 민주주의의 상황을 읽어낼 수도 있을 것이다.

'민주불량배'로 낙인찍힌 이들이 문민정부의 출범을 앞둔 시점인 1991년에 변혁세력과 기성체제 모두에 의해 불온시되는 것은 1987년 6월항쟁과 이후 민주세력의 분열이라는 역사가 남긴 후과와 무연할 수 없다. 그렇게 주변으로 밀려난 이들이 오늘날 양극화 현실에서 어떤 그늘 밑에 있는가는 자명하다. 하지만 작품에서 중요한 것은 무엇이 '열린 사회'이며 누가 적인가에 대한 작품의 물음 자체가 소외된 민중에 대한 연민 이상의 진실도 함께 말해준다는 점이다.

"여기서 열린 사회라는 건 계급이나 종족 그리고 이데올로기라는 신화가 더이상 개인에게 굴레가 되지 않고 개개인이 사회의 진정한 주인으로서 질적으로 더 많은 자유와 민주주의, 물질적 풍요와 평등을 이룰 수 있는 마당이며 소수에 의한 지배가 아니라 이성적으로 눈뜬 다수에 의한 착실하고도 양심적인 사회운영이 기본원리로 받아들여지는 사회를 가리키는 것이오."

"당신네들 지금 자꾸 어려운 말을 씀시롱 머릿속을 헷갈리게 하는데 한번 물어나봅시다. 우리, 우리 하는데 도대체 거기에 낄 수 있는 축은 누가 되는 거요? 이데올로기의 신화니 이성적 원리니 하며 거창하게 빚어내는 사회라면 우리 같은 못 배우고 빽줄 없는 떨거지들은 여전히 찬밥 신세를 면치 못할 게 불 보듯 뻔한데 뭐가 진정한 사회란 거요?"

(『열린 사회와 그 적들』 86면)

"여전히 찬밥 신세를 면치 못하는" 이들의 말이 사실이고 작가의 심정적 공감은 물론 독자의 마음도 그런 '밥풀떼기'에 기울 법하다. 그러나 그런 공감이 전부는 아니다. 가진 것 없고 못 배운 이들의 삶을 다독이는 '작품의 정신'은 관변(官邊)언어와 민중언어 사이 어딘가에 위태롭게 걸려 있다. 이를테면 대책위 집행위원 현대영의 발언이 운동권 논리에서 주조된 상투어라고 해서 전적으로 허위는 아니듯이, 빽도 줄도 없는 민초들의 ─ 생활현장의 실감이 실린 ─ 호소라고 해서 도덕적 정당성을 선점할 수 있는 것도 아니라는 말이다. 하루하루가 힘겨운 이들의 사연을 자상하게 들려주면서도 작품의 결말은 어느 쪽도 확실한 대안이 아님을 일러준다. 두 인물의 대화에서 수습되지 않는 틈새는 어떤 면에서 21세기로 이월되어 더 벌어져버린 듯하다. 작품은 대치의 현장에서 실족사한 박상선이라는 인물에 대한 '객관적인' 신문기사로 마무리된다. 이런 식의 마무리는 역설적으로 90년대의 작가 김소진에게 80년대가 지울 수 없는 기억과 사상의 거처임을 재차 확인해준다. 그에게 90년대는 80년대와 격절된 만큼이나 근원적으로 연속적일 수밖에 없었던 것이다. 격절과 연속성의 양상은 김소진 소설에서 실제로 끈질기게 반추된다. 가령 80년대와 90년대를 마주 세우면서 두 시대의 차이를 다양한 각도로 조명한 경장편 『양파』(1996)도 그러하다.

마지막으로 기존 평문들이 기이하게도 거의 주목하지 않은 중편 「목마른 뿌리」(1996)로 논의를 마무리하고자 한다.

김소진의 기억의 서사에 관한 한 전작을 통틀어「목마른 뿌리」만큼 작가의 추억과 기억이 미래로 향하고 있음을 극적으로 보여주는 예는 없다. 미래로 향한 기억으로서 이 작품은 가족사의 해원(解冤)을 담는다는 점에서 과거 '장석조네 사람들'의 세계와 맞닿아 있다. 이 중편은 월드컵이 열리는 2002년, 그러니까 아버지를 여의고(1985년) 17년이 지난 시점에서 북의 이복형을 만나는 것으로 막을 연다. 한반도가 1999년에 통일된다는 가정하에서의 상황인데, 물론 미래의 청사진을 얼마나 정확하게 제시하는가가 작품의 성취를 가늠하는 잣대는 될 수 없다. 사실세계에 대한 정확한 '사회학적 분석'이 문학의 최고 경지는 아닐 것이다. 그렇다고 문학적 창조과정에서 그런 분석이 부정확하거나 역사인식이 터무니없다면 그것도 훌륭한 작가의 자질이 못됨은 분명하고, 일정한 경지에 오른 예술작품일수록 사실의 사실성과 역사인식을 그 자체에 내포하기 마련이다.

통일 이후의 현실을 상상한「목마른 뿌리」가 작가 개인사의 해원에 초점을 맞추면서도 한반도의 평화를 성찰하는 데 다각도로 암시를 준다는 점에서 특히 강조할 만하다. 작품의 극적 갈등은 북의 이복형 김태섭이 죽은 어머니의 유해를 남쪽 아버지의 묏자리와 함께 모시겠다는 말에서 증폭되기 시작한다. 이복형의 '작은 어머니'가 되는, 화자인 소설가 김호영의 어머니가 그 말에 펄쩍 뛰면서 일어나는 파문은 여러 각도로 기록된다. 사실 한 아버지에게서 남과 북에 두 가족이 형성된 상황 자체는 이산가족 안에서 심심치 않게 일어나는 문제이다. 하지만 두 집안의 화해를 상상하는 이 중편의 균형감각은 근년의 작단에 부쩍 활발하게 진출한 '탈북자문학'을 생각하는 데도 시사하는 바가 많다. 김소진은 우선 남편의 월남으로 인해 '동요계층'으로 떨어져 갖은 박대를 당한 북의 어머니 최옥분의 한스런 사연을 들려준다. 작가는 동시에 최옥분 집안이 기본계층으로 상승할 수 있었던 것은 이복형이 작은아버지와 함께 남파되어 암약한 공로를 인정받았기 때문이라는 상황을 설정하는데, 이는 있음직한 사실의 제시이다.

다른 한편 북에 남겨진 남편의 자식이 통일된 어느날, 그야말로 느닷없이 나타나 어머니의 유골을 아버지와 합장하겠다고 나서는 것에 남쪽 어머니의 반응도 여실하다. "지금 내가 이 지경을 당할 까닭이 어디 있단 말이냐, 도대체?"라고 푸념하는(「목마른 뿌리」, 『신풍근배커리 약사』 21~22면) 심사는 남북통일이 아무리 중차대할지언정 그런 거대한 역사적 흐름 속에 속절없이 묻힐 수만은 없는 것이며 묻혀서도 안된다. 양쪽에 끼여 곤혹스러워하는 소설가인 '나'의 형편은 곧 김소진이 상상한 정황이기도 하다. 각기 다른 체제에서 상이한 삶의 궤적을 그린 두 한 많은 어머니의 과거와 현재를 공정하게 다독거리는 일은 그 자체로 분단체제가 허물어진 이후에도 상당기간 남을 문제임이 분명한, 분단의 상처를 어루만지는 것이 된다.

그런데 이런 서사에서 좀더 생각해볼 점은 한반도의 교착된 정세가 풀리는 방식이다. 김소진은 가공의 이복형 김태섭의 말을 빌려 북의 체제붕괴를 시사한다. "남쪽이야 나라 외부적 사정도 북쪽보다 훨씬 나았고……우리 북쪽은 결정적으로 내부와의 싸움에서 이기질 못하고 맥없이 주저앉은 게지."(36~37면) 그는 다른 한편으로 통일을 이해타산적으로 생각하지 않는 북한 인민들의 미덕을 강조하면서 "그렇게들 얄팍하게 생각했더라믄 통일이래 이렇게 별 소동 없이 순조롭게 이뤄졌겠나 말이디?"(36면)라고 반문함으로써 분단체제가 큰 무리 없이 무너졌음을 암시한다. 요컨대 북의 붕괴가 한반도에 파국을 불러온 것으로 그려지지는 않지만 간단히 말하면 흡수통일에 가까운 형국이다.

"내래 한마디 더 함세. 남쪽 인민들도 이런 점을 놓쳐서는 아니 됨둥. 통일의 분위기는 거스르기 어려운 기세로 북쪽 인민들 코앞에 박두해 있고 대등하고도 최선의 꼴을 갖춘 통일은 못 되지만 그것조차도 아니 될 땐 파국을 면키 어려운 시점에서 북쪽 인민들이 나름대로 현명한 선택을 한 것은 남쪽 체제와 인민을 위해서라도 아주 다행한 일이 아님둥? 삼년 전 분단의 철조망이 일거에 걷힐 때만 해도 북쪽 인민들 사이에선 민족 내부가 합치지 않으면 일본을 위시해서 한반도의 사대 열강들이 과거 역사처럼 밀실 담합이나 장난질에 나서서 민족이 또 결정적 상처를 받을 것이란 말이 파다하게 퍼져 있었어. 그럴 바에야 일단 하나로 합치고 보자는 인식들이 세를 얻어서리……"(38면)

"파국을 면키 어려운 시점에서 북쪽 인민들이 나름대로 현명한 선택을 한 것"의 실제 내용은 구체적으로 드러나 있지 않다. 하지만 텍스트 자체는 1996년 상황에서 북녘의 실상과 한계를 남한 시민의 시각으로(만) 해석하면서 남측 주도의 흡수통일을 하나의 대세로 추인하고 있다고 판단된다. 물론 북은 전대미문의 아사(餓死)에도 불구하고 여전히 붕괴되지 않았고, '고난의 행군'을 거쳐 3대 세습을 마친 2013년도인 지금은 그런 붕괴에 대한 고착화된 통념이야말로 한반도적 시각의 결핍을 말해주는 증좌임이 분명해진 것으로 보인다. 「목마른 뿌리」가 그런 통념을 멀리 넘어서지 못한 상상력의 산물이고, 따라서 절충적으로 이룩된 듯한 통일 한반도를 독자의 상상에 맡길 수밖에 없었던 것은 당연하달 수 있겠다. 바로 그 점이 「목마른 뿌리」의 작품으로서의 한계요 소설가 김소진의 미숙이라고 해도 크게 과한 비판은 아닐 성싶다. 적어도 그런 면에서는 김소진 역시 90년대 문학의 한계에서 자유롭지 못했던 것이다.

그러나 「목마른 뿌리」의 결말에 대해서만은 한두마디 덧붙이고 싶다. 김소진이 좀더 살았더라면 2000년 6·15남북공동선언 이후의 국면에서 「목마른 뿌리」 이상의 '통일문학'을 썼을 가능성을 짐작케 할 수 있는 끝맺음이기 때문이다. 윗녘에서 어머니의 유골상자를 가져와 고인이 된 아랫녘의 아버지와 합장하고 싶다는 김태섭의 희망을 갈무리한 작품은 이렇게 마무리된다.

"형님! 이번엔 제가 태형이 방학하면 데리고 찾아가 뵐게요!"

그가 고개를 끄덕이며 어서 차 안으로 들어가라는 손짓을 해보였다. 그가 올 때처럼 갈 때도 역시 햇살이 그의 등을 따사롭게 감싸고 있었다. 나는 그의 모습이 사라질 때까지 꼼짝 않고 서 있었다. 메마른 먼지바람이 나를 오랫동안 감싸 입술이 버석버석 말랐지만 난 갈증을 느낄 수 없었다. 단비를 잔뜩 머금은 나무의 뿌리처럼 내 몸 안에서 뭔가 알 수 없는 축축함이 샘솟듯 힘차게 차오르는 느낌 때문이었다. (63면)

4. 글을 맺으며

「목마른 뿌리」의 이런 마지막 문장을 읽으며 재차 실감하는 것은, "뭔가 알 수 없는 축축함이 샘솟듯 힘차게 차오르는" 미래야말로 과거에 붙박인 듯한 김소진의 추념(追念) 서사가 향한 궁극적 지향점이라는 사실이다. 그가 기대한 도래할 시대에 관한 한, 1987년 6월항쟁 스무돌을 넘기고 87년체제로 명명된 그 시대적 유산의 슬기로운 계승을 지향해야 하는 우리 시민들은 2012년을 마감하면서 더 고단한 짐을 떠안게 됐다. 새로운 시대적 열망에 부응하지 못하는 정치권의 행태가 여전하고, 배반과 망각의 기미가 도처에서 목격되기도 한다. 그러나 김소진을 읽는 시간만은 그런 배반과 망각의 시간을 부정하는 것이었다고 단언할 수 있다. "뭔가 알 수 없는 축축함이 샘솟듯 힘차게 차오르는" 미래를 현실로 만드는 것은 결국 우리의 몫으로 남는다.

그렇다면 옥절(玉折)한 작가를 읽는 독자는 '별 세는 사람들'의 마음을 더 닮아야 하지 않을까. '장석조네 사람들'의 세계를 끝내 떠나지 않았던 김소진이 단절과 탈주의 언어들이 난무한 1990년대 현실에서 자신의 개인사를 되살림으로써 대승적인 미래를 기약했기 때문에 더욱 그런 생각이 든다. 김소진의 독자는 그의 작품에 위태롭게 뿌리를 내린 '목마른 뿌리들'의 존재를 온전하게 증언해야 하는 숙제를 떠안은 셈이다. 하지만 그런 숙제도 모든 개인에게 기계적으로 부과될 성질은 아니다. 다만 좀더 많은 독자들이 김소진의 작품을 즐겁게 읽고 그렇게 읽는 과정에서 "뭔가 알 수 없는 축축함이 샘솟듯 힘차게 차오르는" 앞날을 느낄 수 있다면, 그런 읽기는 우리의 현재에서 잊어서는 안되는 과거를 기억하고 있음직한 미래를 예감하고 앞당기는, 그런 뜻에서 역사적이라는 수식어가 부끄럽지 않을 행위가 될 수 있을 것이다.

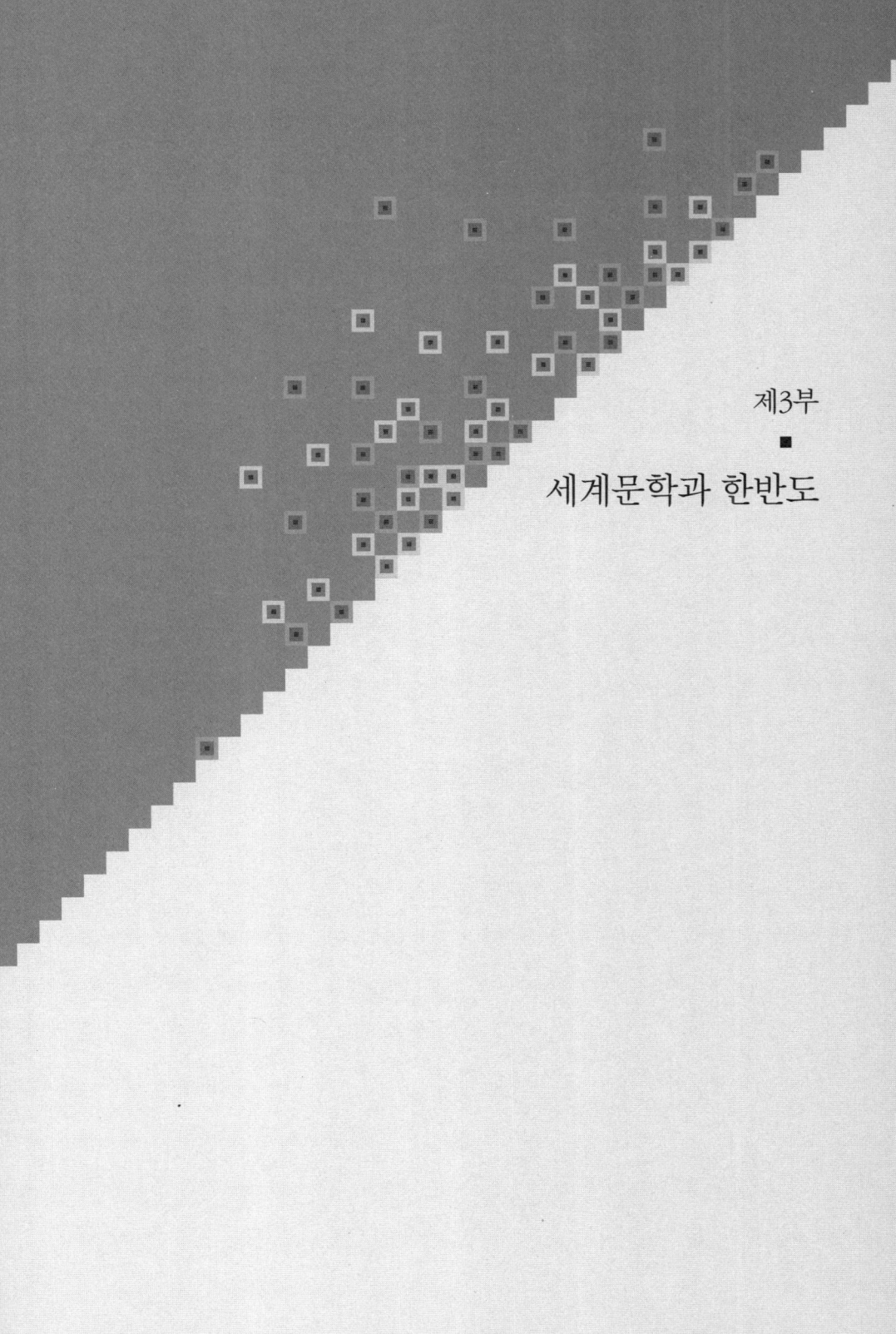

제3부

세계문학과 한반도

'세계문학'의 개념들

||||||||||||||||

한반도적 시각의 확보를 위하여

1. 머리말

'세계문학'(Weltliteratur)이라는 용어를 최초로 쓴 사람은 괴테(Johann Wolfgang von Goethe, 1749~1832)로 알려져 있다.[1] 괴테가 1827년 1월 31일에 에커만과 나눈 '대화'에서 처음으로 언급했다는 것인데, 약 20년 후 맑스도 『공산당 선언』에서 부르주아 계급이 주도하는 '시장'의 전지구적 확대를 언급하는 맥락에서 '세계문학'의 등장을 예고한 바 있다. '민족문학'의 "일국적 편향성과 편협성"에 대한 비판적 인식을 공유하면서 각기

---

1 '세계문학'이라는 말 자체는 독일 계몽주의 작가 크리스토프 마르틴 빌란트(Christoph Martin Wieland)가 로마시대 시인 호라티우스 번역 육필본에서 처음으로 썼다는 주장이 제기된 바 있다. Hans-Joachim Weitz, "'Weltliteratur' zuerst bei Wieland," *Arcadia* 22(1987) 6~8면 참조. 하지만 빌란트가 말하는 '세계문학'은 사실상 그리스·로마의 '고전들' 또는 그러한 고전들의 단순집합에 머문 것이었다. 괴테적 발상과는 전혀 다른 차원이라는 뜻이다. 아무튼 당대 민족·국민국가의 경계를 초월하고 문학운동을 겸하는 세계문학이라는 개념을 창안한 공로는 마땅히 괴테로 돌아가야 하리라 본다. '세계문학'이라는 용어의 최초 사용자 설에 대한 비판적인 논의로는 John Pizer, *The Idea of World Literature* (Louisiana State UP 2006) 1~3면 참조.

세계문학의 도래를 예견한 괴테와 맑스 가운데 어느 쪽에 더 무게를 두고 생각할 것인가는 관점에 따라 다를지 모른다. 하지만 약 200년이 지난 지금도 두 인물의 통찰이 문학과 역사의 관계를 새롭게 생각해보는 데 지적인 자극을 주는 것은 분명하며, 이들의 '문학론'에서 오늘날의 독자가 취할 바도 고갈되지 않았다고 본다. 실제로 맑스의 문학 관련 발언이 오늘날 '작품'이 거래되는 세계 문학시장에 대한 근본적인 성찰을 가능하게 해주는 면이 있듯이, 괴테의 직관과 그의 창작품은 정치경제를 주름잡는 세계의 패권국이라고 해서 문학의 창조성까지 독점하라는 법은 없음을 보여준 역사적 선례로 남아 있다.[2]

그런 맥락에서 세계체제의 반주변부로 분류되는 한국의 문학지식인에게는 괴테·맑스가 남긴 '작품'은 말할 것도 없고 (세계)문학에 관한 이들의 논평들도 활용하기에 따라서 특별한 지적 자산이 될 듯하다. 예컨대 맑스주의의 역사적 오용은 특히 20세기의 사회주의 국가에서 극심했지만 무수한 고전을 섭렵한 맑스의 인문적 유산은 국경을 초월하여 연대하는 지식인들에게 여전히 영감의 원천으로 남아 있다. 또한 "내가 세계문학

---

2 알다시피 괴테나 맑스 모두 '세계문학'에 대해 어떤 체계적인 글을 남긴 것은 아니다. 하지만 두 지식인이 서구의 고전 및 자기 동시대의 문학을 평생 즐겨 읽었고 그에 관해 서로 친화성 있는 통찰을 남긴 것은 분명하다. 다음과 같은 백낙청의 발언도 그런 친화성을 감지한 사례 중 하나다. "괴테의 세계문학 구상이 자세히 들여다볼 때 통상 생각하는 것보다 훨씬 더 맑스적인 것임이 입증된다면, 맑스는 맑스대로 위의 인용문("일국적 편향성과 편협성이 점점 더 불가능해지는" 근대의 상황을 언급한 인용문—인용자)이나 문학과 관련된 다른 발언들에서 자신이 독일 고전문화의 상속자이자 특정 문학들의 복합체로서의 세계문학이라는 괴테적 구상의 충실한 계승자임을 보여준다." (백낙청 「지구화시대의 민족과 문학」, 『통일시대 한국문학의 보람』, 창비 2006, 79면) 셰익스피어를 비롯한 고전에 관한 맑스의 독서 편린들을 폭넓게 살핀 외국의 연구로는 S. S. Prawer, *Karl Marx and World Literature* (Oxford UP 1978)가 유익하다. '세계문학'과 연관된 국내 논의로는 『현대비평과 이론』 30호(2008년 가을호)의 특집 '왜 세계 문학인가?'에 실린 이성원·조우호·박성창·윤혜준의 평문들; 장원영 「괴테의 세계문학 개념 형성」, 『독일어문학』 30집(2005); 전영애 「비교문학의 장(場)—"세계문학 Weltliteratur"」, 『독일문학』 88집(2003) 등 참조.

이라고 부르는 것은 무엇보다도 한 나라 안에 존재하는 차이들이 다른 나라의 견해와 판단을 통해 조정됨으로써 생겨날 수 있다"고 쓴 바 있는 괴테의 논리를 따른다면[3] 세계문학은 한반도 '문제'와 무관할 수 없게 된다. '같은 나라'라고 할 수도 없고 그렇다고 '다른 나라'라고 할 수는 더더욱 없지만 '하나의 언어를 공유하는 하나의 민족'이 살고 있는 것만은 틀림없는 한반도에서, 반세기 이상 단절된 북녘과 남녘 작가들의 만남 및 의견조정이야말로 괴테가 뜻한 '운동'으로서의 세계문학을 위한 일차적인 조건일 수 있는 것이다. 남한문학만의 현대적 고전 창조가 불가능한 것은 아니겠지만 괴테의 세계문학 발상이 단순히 고전 몇 작품의 창출 정도에서 그치는 것이 아니라면 더욱 그렇다. 아니, 세계적 고전의 창출문제만 하더라도 분단된 20세기 한국사의 비극을 전혀 아랑곳하지 않는 작가가 그런 고전작품을 써낼 수 있다고 믿기는 어렵다. 그런데도 외국문학을 전공하는 국내의 유수한 학자들 가운데 거의 상식에 가까운 이런 사실을 염두에 두고서 세계문학'론'을 펼치는 논자를 찾아보기 힘든 건 어떤 연유에서인가?[4]

---

3 장원영, 앞의 글 150면에서 재인용. 원문은 다음과 같다. "Dasjenige was ich Weltliteratur nenne, dadurch vorzüglich entstehen wird, wenn die Differenzen, die innerhalb der einen Nation obwalten, durch Ansicht und Urteil der übrigen ausgeglichen werden."

4 이는 가령 졸고 「세계문학에 관한 단상」(『근대 극복의 이정표들』, 창비 2007)을 거론한 박성창의 경우도 크게 다른 것 같지 않다. 그는 졸고의 한 대목을 인용하면서 "모레티의 이론이 위와 같은 제3세계문학론이나 민족문학론을 뒷받침할 수 있는 이론적 근거를 제시해줄 수 있는가에 대해서는 보다 깊이있는 성찰이 요구된다"고 말하는데, 이런 식의 정리는 필자의 애초 문제의식을 엉뚱한 방향으로 틀고 있다는 인상이다. 박성창 「세계문학(론)은 가능한가: 세계문학론의 비판적 검토」, 『글로컬 시대의 한국문학』(민음사 2009) 참조. 졸고에 관한 직접 인용은 123면 각주 17번에 나온다. 필자의 기본적인 생각은 모레띠의 세계문학론이 민족문학론이든 뭐든 어떤 '론'에 대해 이론적인 근거를 제시하느냐 마느냐를 묻는 것은 아니었다. 부족한 점이 많았지만 졸고의 핵심은 아무리 야심적인 세계문학 구상이라 하더라도 비평적 작업은 구체적인 지역현실과 작품 읽기에서 출발할 수밖에 없다는 상식을 한반도의 역사적 맥락을 염두에 놓고 반추하는 것이었다.

이 물음에 답하는 방식은 여러가지가 있을 것이다. 하지만 우리 삶의 터전에 대한 한국 지식계의 무관심이 '세계화'라는 21세기의 새로운 보편주의 이데올로기와 무관치 않다면, 시야를 말 그대로 전지구적으로 넓히면서도 국지적 현장에 개입해야 할 필요는 문학지식인에게도 절실하다. 세계문학을 화두로 삼은 이 글의 서두에서 이런 당위적인 진술을 하는 이유 가운데 하나는, 북녘과 남녘 작가들의 만남과 의견조정이 지금은 요원한 일처럼 보이기 때문이다. 그러나 만남이 지연되고 있다 하더라도 민족의 공동 파멸이 아닌 다음에야 남북 작가들은 반드시 어떤 형식으로든 (다시) 교류하게 될 것이다. 한반도의 분단된 문학사를 이어줄 이들 작가들이 회합을 통해 반세기 이상 단절된 한국문학과 조선문학이라는 개별 범주를 해체하고 참다운 보편의 지평을 향한 어떤 통합적 비전을 작품으로 제시할 수 있기를 희망하는 것은 그런 교류에 대한 현실적인 전망 때문이다. 시야를 밖으로 넓혀 그런 비전의 구현을 위해서라도 민족주의의 편협성을 경계하고 국경을 뛰어넘는 문학지식인 및 그들의 다채로운 매체 교류를 주창한 괴테의 세계문학 관련 논의는 적극적으로 수용함직하며, 여기에 '괴테·맑스적 기획'[5]이라고 명명된 발상도 한반도적 상황을 염두에 두고 구체화해볼 만한 것이다.

이 글에서는 대체로 이같은 문제의식으로 21세기의 세계 문학시장에서 통용되는 세계문학 '들'을 대별해보고 단절된 남과 북의 문학을 이어줄 수 있는 필수적인 조건 가운데 하나로 '한반도적 시각'의 확보라는 과제를 제기하고자 한다.

---

5 '괴테-맑스적 기획'으로서의 세계문학에 대해서는 백낙청의 앞의 글 2절 참조.

2. 네 범주의 세계문학에 관하여

전지구적인 유통망이 가동되는 현재의 출판시장에는 세계문학의 이념 및 그 이념과 함수관계에 있는 대략 네 범주의 작품들이 산재하고 있는 것으로 보인다.[6] 국경을 넘는 문학시장에서 '세계문학'에 관한 담론은 적잖이 축적되어 있고 문학지식인 각자는 저마다 처한 입지에 따라 세계문학론을 제기하는 상황이지만,[7] 필자가 파악한 세계문학 개념의 상(像)들은 다음과 같다.

첫째, 미국을 포함한 서구에서 국민·민족국가(nation-state)가 형성되는 과정에 적극적으로 개입한 문학이다. 즉, 특권계급에 들지 못하는 모든 민중을 국가의 구성원으로 호출하는 이념적 향도성이 내재화된 국민문학이다. 이런 국민문학이 작품으로서 독자의 광범위한 호응을 불러일으킨 시점은 서유럽의 경우 18세기로 잡아야 타당하리라 본다. 그러나 국민국가의 탄생과 더불어 발생하고 성장하면서 직간접적으로 국가 구성원의 문화적 통합에 기여했지만 작품 차원에서는 그중 (극)소수만이 정전

---

6 국내에서 세계문학의 범주를 성찰한 시도로는 이현우의 논의를 들 수 있겠다. 그는 다음과 같이 세가지로 그것을 대별했다. 1) 가장 외연이 넓은 해외문학 또는 외국문학의 동의어로서의 세계문학, 2) 세계명작 또는 고전으로서의 세계문학, 3) 개별 국가의 국민문학(민족문학) 속에서 보편적인 인간성을 추구한 문학, 곧 괴테가 정의한 '세계문학'이다.(이현우 「세계문학 수용에 관한 몇가지 단상」, 김영희·유희석 엮음 『세계문학론』, 창비 2009, 211~25면 참조) 필자의 경우 이현우와 발상의 차이 외에도 한반도적 시야의 중요성을 강조하는 데서 그 개념의 주된 차별성을 주장할 수 있다고 생각한다.
7 필자는 현재 특히 영미권 학계에서 활발하게 전개되고 있는 세계문학 담론이 프리츠 슈트리히가 희망한(Fritz Strich, *Goethe und Weltliteratur*, Francke-Verlag 1957, 17면) '학문으로서의 세계문학'(Weltliteratur-wissenshaft)에 얼마나 근접했는지에 대해서는 판단할 능력이 없다. 다만 거대담론일수록 엄밀하게 파악하려는 비평이 긴요함을 의식할 뿐인데, 문학이 새로운 영화나 게임 같은 표현매체와 창의적으로 결합할 수 있는 가능성이 더 커진—그에 비례하여 문자 중심의 창작영역은 더욱 축소될 위기에 처한—21세기 세계의 출판시장에서 여러 유형의 문학이 '세계문학'으로 지칭되는 혼란스런 상황이기 때문에 개념의 분별작업은 한층 요구되는 실정이다.

의 반열에 오른다. 계급·인종·성 차별 이데올로기를 존치한 채 국민국가의 자기상(自己像)을 구축하는 서사만으로는 고전의 보편성을 담보하는 것이 사실상 불가능하기 때문이다. 따라서 국민국가 형성기에 구성원의 통합을 지향하는 국민문학의 이념성이 그 작품성과 정확히 일치하는 사례는 오히려 예외에 가깝다. 그런 맥락에서 작품성과 이념성의 괴리현상을 역사적 관점을 견지하면서 해명하는 연구가 중요해진다. 결국 정전주의(고전숭배)에 대한 일정한 비판적 해체를 수반하는 비평이 요청된다는 말이다. 서세동점(西勢東漸)의 식민지근대에서 국민이라는 개념 자체는 어떤 국가가 어떤 지역에서 식민지배에 성공했는가에 달려 있었던바,[8] 식민 또는 반식민지로 전락한 비서구 세계를 향해 보편성의 현신으로 자신을 내세운 서구의 국민문학이 바로 '세계문학'으로 선전·전파되었던 것이다.

둘째, 국제 문학시장에서 상이한 민족어를 사용하는 문학들을 매개해주는 번역문학으로서의 세계문학이다. 좀더 구체적으로는 노벨문학상을 포함하여 특정 지역과 제도 중심의 각종 문학상이 보증하는 텍스트를 전문번역가들이 자국의 언어로 신속하게 번역하여 조성한 초국적 베스트셀러로서의 '세계문학'이다. 괴테도 그 중요성을 강조했듯이 번역이 없이는 '세계문학'의 창출은 난망한 일이다. 따라서 국민국가의 국민문학이 국경을 초월하여 보편적 고전의 반열에 오르는 데는 번역가들이 사실상 그 산파 역을 했다고 해도 과언은 아니다. 그러나 그런 점을 인정하면서 필자가 주목하는 것은 우리 당대의 상황이다. 즉 21세기 문학시장이라

---

8 우리의 경우 최재서의 다음과 같은 발언은 이런 사실을 확인해주는 단적인 예다. "조선 문인은 조선의 새로운 것, 오래된 것을 많이 연구하여, 좋은 것, 아름다운 것, 슬픈 것을 찾아내 작품화해야 합니다. 그러나 그것은 어디까지나 일본 국민으로서입니다. 일본 국민이라는 것을 잠시라도 잊어버리고, 조선은 조선만으로 존재한다는 착각을 일으킬 수 있는 의논이나 작품은 모두 배격되어야 합니다. 이것이 새로운 국민문학의 입장입니다."(최재서, 노상래 옮김 「국민문학의 입장」(1942), 『전환기의 조선문학』, 영남대학교 출판부 2006, 99면)

는 '텍스트 생태계'에서 번역문학이 차지하는 비중은 번역이 서유럽 문학 지식인들간의 문화적 교감을 형성하는 도구로 기능했던 19세기와는 사뭇 다르다는 것이다. 하나의 작품이 번역을 통해 국가의 경계선을 넘는 것은 근대문학에서 전혀 새로운 사건이 아니지만 국민국가들의 고유한 역사와 문화적 현실을 획일화하는 일종의 쓰나미에 비유할 수 있을 정도로 오늘날 번역문학은 그 존재감이 강력해졌다.[9] '세계문학'이라는 영예를 부여받는 이런 번역문학은 여전히 '열강'의 언어들, 특히 영어라는 패권어가 지역어로 변환되는 과정에서 탄생하는바, 번역에서의 '무역 불균형'은 권력의 불평등한 역학관계가 작동하는 방식을 그대로 보여준다. 국민문학의 이념을 구현하는 서구의 정전으로서의 세계문학이 주로 과거형으로 존재한다면, 세계 문학시장을 선도하는 번역문학으로서의 세계문학은 21세기의 현재형으로 강력한 시장성을 과시하고 있다.

셋째, 비교문학으로서의 세계문학이다. 비교문학의 학문적 제도화는 한 세기 전의 일이지만[10] 그동안 세계문학 담론을 실질적으로 견인했다

---

9 그런 강력한 번역문학 가운데는 무라까미 하루끼의 소설도 포함된다. 그의 소설에 대한 다양한 평가와는 별개로 다음과 같은 한국 작가의 '고백'은 번역문학의 전지구적 위세와 무관할 수는 없을 것이다. "처음 소설을 쓰기 시작했을 때 내가 의식적으로 했던 훈련은 하루끼적 세계관과 스타일을 제거하는 것이었다. 사실 아주 처음에는 아무 생각이 없었다. 그냥 써지는 대로 썼다. 처음엔 쓰는 것만으로도 벅찼다. 그런데 얼마 안 가 내 글에 달라붙어 있는 하루끼적인 요소들, 그리고 그것들에 대한 동경이 내 글을 망치고 있다는 걸 발견했다. 난 그의 (초기) 소설이 가지고 있는 세련됨, 투명한 문장, 독특한 유머, 허무주의, 미국적 요소, 후기자본주의 시대의 매끈한 풍경 따위를 정말 사랑했다. 그런 걸 쓰고 싶었다. 그런데 한편으론 내가 거절해야 할 것은 바로 그런 거라고 생각했다. 더이상 그의 이야기들이 내가 쓸 나의 시대에 맞지 않는다고 생각했다. 확실히 더이상 세계는 그가 처음 소설을 쓰기 시작하던 시대가 아니었다. 오히려 그 모든 것이 환상에 지나지 않나 싶을 정도로 철저하게 붕괴되어 있었다. 이미 해결되었다고 생각되는, 역사와 함께 사라졌다고 생각되는 그런 구식의 문제들—전쟁과 가난, 근본주의와 테러리즘과 인종주의 따위는 오히려 점점 더 우리의 일상생활을 뒤흔들고 있었다. 더이상 그가 했던 것과 같은 방식으로 세계를 묘사할 수 없다는 생각이 들었다."(김사과 「하루끼와 나」, 『오늘의 문예비평』 2009년 여름호 184면)
10 케이트 매킨터프는 다음과 같이 말한다. "19세기 중반부터 1차대전에 이르는 기간은

고 해도 과언이 아니다. 따라서 담론으로서의 비교문학이 세계문학의 보편적 지평을 규정해온 방식에 대한 검토가 필요하고, 각 국민문학의 실상에 대한 정확한 이해를 위해서도 민족과 인종을 달리하는 나라들의 다양한 작품을 '비교하는' 공부가 필수적이다. 그러나 기원과 파생, 이식과 창조라는 이분법을 내세우기 일쑤인 '비교주의'로서의 세계문학은 기본적으로 문명과 야만의 구도를 내장한 개념이기도 하다. 선발주자로서의 서구문학 대 후발주자로서의 비서구문학이라는 도식을 전제한다는 말이다. "비교문학이라는 학문은 다양성을 포용하는 세계주의적 욕망에 의해 형성되었다"[11]고 해도 한국의 문학지식인 입장에서 보면, 연구로서의 비교문학은 기본적으로 서양의 비교우위를 당연시하면서 비서구세계가 '따라잡아야 할' 하나의 모범으로 서구문학을 설정하는 방식으로 전개되어왔다고 해도 지나친 말이 아니다.[12] 서구 문학지식인 주도의 비교문학은 실질적으로 종언을 고했다는 주장이 이미 미국 지식계에서도 나온 바 있지만,[13] 표방한 보편성이 무엇이든 간에 각국의 고전들을 암암리에 줄 세우는 식의 연구방법은 앞서 언급한 정전주의로서의 세계문학 연구와 실질적으로 구분하기 어렵다.

넷째, 담론과 작품에 두루 걸쳐 있는, 괴테·맑스적 기획이라 명명함직한 세계문학이다. 특히 이미 대표작을 쓴 상황에서 괴테가 제기한 이 발

두가지 이유로 중요하다. 첫째, 이 기간에 유럽의 제국주의와 그 결과로서 정치가 및 비평가들 모두가 유럽적 제국주의 기획을 지지하여 만들어낸 수사학이 최고도에 다다랐다. 둘째, 비교문학과 세계문학의 비평적 관행이 북미와 유럽에서 학계의 자리, 학과들, 선집, 학술지 등의 형태로 제도화된 때가 바로 이 기간이다."(Kate McInturff, "The Uses and Abuses of World Literature," *The Journal of American Culture* 2003년 6월호 229면)

11 Dorothy M. Figueira, "Comparative Literature versus World Literature," *The Comparatist* 34(2010) 29면.

12 이 문제에 대한 비교문학자들의 반성이 그간 없었던 것은 물론 아니다. 근년 비교문학의 흐름에 대해서는 Haun Saussy ed., *Comparative Literature in an Age of Globalization* (Johns Hopkins UP 2006)에 실린 논문들 참조.

13 이런 주장의 최근 예로는 Gayatri Spivak, *Death of a Discipline* (Columbia UP 2003) 참조.

상은 '고전'의 현재성을 의식하는 문학지식인의 초국적 연대와 교류를 지향하고 있다는 점에서 최소한 그 이념적 지향에서만은 서구중심주의를 내장한 정전주의나 상업주의의 연장인 통속주의 문학의 세계화와는 구분된다. 그러나 생산된 작품을 두고 과연 무엇이 정전주의이며 무엇이 통속주의인지를 변별하는 '읽기'가 개입되지 않고서는 괴테·맑스적 기획으로서의 세계문학을 담론 차원에서든 작품 차원에서든 구현하기 어려울 것이다. 또한 괴테조차 서구중심주의에서 온전히 탈피하지 못했다는 비판[14]도 유념해야 할 대목이다. 따라서 괴테·맑스적 기획으로서의 세계문학을 현실화하는 데는 해당 텍스트를 두고 정전주의나 통속주의와 구분되는 창조적인 성취를 해명하는 비평은 물론, 문학잡지의 소통망을 구축하는 연대와 운동까지 필요하다.

하지만 특정 지역에서 고전으로 통하는 국민문학들의 일정한 상대화까지를 동반하는 비평적 성찰이 세계문학이라는 '거대한 문제'에 접근하는 데 지나치게 소승적인 방법론이 아닌가라는 반문도 물론 가능하다. 이러한 반문에 관한 한 고도의 추상성을 자랑하는 모든 포괄 이론도 궁극적으로는 이소성대(以小成大)를 통해 가능해지며,[15] 그런 접근방식이야말로 세

---

14 이에 관해서는 특히 John Pizer, 앞의 책 20~22면 참조.

15 여기서 '소'는 개별 작품의 '자세히 읽기'에 해당하겠고 '자세히 읽기' 하면 으레 '신비평적 읽기'가 연상된다. 명민한 비평가인 프랜시스 퍼거슨도 자세히 읽기를 그런 범주에 넣고 파악한다. 그는 이렇게 말한다. "다시 말해 자세히 읽기는 독자가 문학 텍스트들을 읽은 것을 설명하려는 시도에 불과하다. 마치 그런 설명이 텍스트들에 대해 독자가 아는 것을, 그것도 가장 최근에 알게 된 것을 표현할 때 그런 표현과 가장 비슷한 것이라도 되는 듯이 말이다."(Frances Ferguson, "Planetary Literary History: The Place of the Text," *New Literary History* 39:31, 2008, 663면) 강단주의 이데올로기에 가까운 '자세히 읽기'는 엄밀한 비평적 판단으로서의 면밀한 텍스트 읽기와 어떤 경우든 구분해야 하리라 본다. 굳이 비유를 하자면 실감과 엄밀한 판단으로서의 자세히 읽기는 드넓은 바다를 항해하기 위해서 체득하지 않으면 안되는 항해술에 가깝다고 해야 할 것이다. 조류의 흐름과 바람의 방향과 속도, 날씨, 재난 빈발 지역 등등에 관한 모든 것을 파악하고 있는 항해술이 없다면 바다에 관한 항해일지 작성은 고사하고 '바다' 자체에 관한 탐구도 아예 불가능할 것임은 두말할 나위도 없다.

계의 문학에 대한 합당한 공부법일 것이다. 그러나 그보다 더 주목할 만한 사실은, 프로이센에 의한 독일제국 건설 이후의 역사적 궤적이 말해주듯이 괴테의 "'세계문학'이란 민족이 과잉되게 강조되는 시기에는 크게 주목받을 수 없었던 발상"이라는 점이다.[16] 민족국가들의 국경이 무력해지고 세계가 하나로 통합되었다고 하는 오늘날 국지적 분쟁은 오히려 더 격화되고 있기에 특정한 지역에서 활동하는 각국 지식인들이 민족주의적 지형을 초월하여 세계적으로 다양한 작품을 공유하고 연대한다는 발상은 그 자체로 정치적 폭발력을 갖는다. 이 발상은 현재진행형으로서 지구화 시대를 맞아—통속적 대중문학으로서의 세계문학과 더불어—한층 활기를 띠고 있지만[17] 실질적 구현은 미래로 넘겨져 있다.

겨우 윤곽만을 제시한 이 네가지 범주의 세계문학은 앞으로 좀더 정밀한 논의가 필요하다. 이를 일단 숙제로 남겨두면서 프랑꼬 모레띠가 도발적으로 내세운, '문제'로서의 세계문학을 간략히 언급하겠다.

모레띠의 발상은 앞서 열거한 모든 세계문학 개념의 극복을 겨냥했다고 해도 과언이 아니다. 참신한 발상과 통념을 깨는 도발적인 문제제기가 돋보이고 특히 정전주의 혁파에서 탈정전주의자들과는 성격을 달리하는 성과도 냈다고 본다. 그러나 그의 도전적·도발적 발상이 여러 문제점을 남긴 것도 간과할 수 없다. 가령 그는 구체적인 텍스트 읽기(close reading)를 자신이 원용한 세계체제론과 어떻게 창의적으로 접목할 것인가를 고민하기보다는 전문가집단이 각자 수행한 작품해석을 수합하여 텍스트의 형식분석에 적용 가능한 설명모델을 만들어내는 데 치중한 것이

---

16 전영애, 앞의 글 267면.

17 이런 작은 사례들 가운데는 2006년 여름에 창간되어 한국어와 영어로 간행되는 계간 『아시아』와 최근에 "지구화시대의 창조적 가치를 향해"라는 슬로건과 함께 1호가 나온 『바리마Barima』(국학자료원 2013)도 연대와 소통의 영역을 확장하는 데 기여하는 잡지에 해당하겠다. 『아시아』를 묶어내는 소회를 들려주면서 그간 진행된 운동으로서의 초국가적 문학교류를 소개한 글은 방현석 「서구중심의 세계문학 지형도와 아시아문학」, 『세계문학론』(창비 2009) 247~66면 참조.

다. 그는 해당 언어권 문학전문가들의 텍스트 분석을 유물론적 설명모델을 위한 자료로 사용하는 '디스턴트 리딩'(distant reading)이라는 방법론을 주창했지만 (그의 공언과는 달리) 적어도 지금까지는 기존 비교문학의 틀에서 온전히 벗어났다고 보기는 어려우며, 고전의 비판적 재평가 작업에도 미흡한 바가 적지 않다.

정전주의 및 식민주의의 이데올로기와 충분히 거리를 두지 못한 전통주의적 비교문학은 일단 논외로 치고 '문제'로서의 세계문학이라는 모레띠의 발상, 특히 문학의 형식에 대한 유물론적 분석의 성과를 적절하게 수용한다면, 결국 쟁점은 '참다운 세계문학'을 분별하는 문제로 모아진다. 이념과 작품이 반드시 공명하지 않는 상황일수록 '읽기'는 더 중요해진다. 따라서 그같은 분별을 위해서라도 읽기를 둘러싼 이분법적 논의 자체를 해체해야 함은 두말할 것도 없지만, 그런 해체는 우리 시대의 문학현장에서 이루어지고 있는 창의적인 성취에 대한 비평의 일환이 되어야 하리라 본다.

이 대목에서 한반도적 시야의 확보가 중요해지는 것은, 세계체제의 (반)주변부이니만큼 이곳처럼 네 차원의 세계문학이 혼재하면서 각축을 벌이고 있는 현장도 드물고, 바로 이런 현장이야말로—닐 래저러스가 작품읽기로써 역설한[18]—'국지적 보편주의들'(local universalisms)이 구현되는 핵심적인 터전이기 때문이다. 비서구세계를 향해 스스로를 보편주의의 현신으로 내세운 서구의 국민문학, 통속적 상업주의로서의 번역문학, 기원과 파생의 이분법에 물든 비교문학, 서구중심주의의 극복을 겨냥한 문학지식인들의 초국적 연대를 '작품'으로써 지향하는 세계문학 등등은, 식민억압 및 민족분열의 역사가 현재의 지층에 내재해 있는 한국/한반도와 같은 반주변부/주변부의 현실에서 착종되어 있거니와, 세계문학 '들'을

---

18 Neil Lazarus, "Cosmopolitanism and the Specificity of the Local in World Literature," *The Journal of Commonwealth Literature* 46:1(2011) 119~37면 참조.

변별하는 작업에서는 그 착종의 맥을 정확히 짚는 공부가 핵심이다.

3. 작품의 '보증'과 문학지식인들의 초국적 연대

그런 공부를 위해서도 재차 환기해야 할 점은 지금까지 네 범주로 분류한 세계문학 '들'이 현실의 영역에서는 별개의 '문학공화국'으로 존재하지 않는다는 사실이다. 그 각각이 절대적 자족성을 갖지 못하기 때문에[19] 비평의 분별이라는 문제가 더 첨예하게 제기되는 면이 있다. 그렇다면 앞서 말한 네 범주의 세계문학이 겹치고 또 갈라지는 양상을 읽어내는 것이 상대적으로 중요하다는 말도 성립된다. 서구의 문학이 20세기 한반도의 역사적 현실에서 다양한 방식으로 굴절 및 변형된 양상을 간략하게나마 살펴보려는 것은 이런 맥락에서이다.

먼저 짚어야 할 것은, 서구 국민문학(의 이데올로기)에서 연유한 정전주의로서의 세계문학이다. 지금도 한국 독자에게 '세계문학' 하면 떠오르는 것은 작품을 장르별·시대순으로 배치하고 정렬한 세계문학 개념, 즉 세계 각국의 고전을 한자리에 전집 형태로 모아놓고 비교하는 세계명작이라는 상(像)이다. 게다가 그런 세계명작 상으로서의 세계문학도 결사적인 '서구 따라잡기'에 나선 일제(日帝)를 경유하여 식민지조선으로 들어온 터라, 세계의 고전이라는 영예가 부여된 작품은 그 해방적 잠재력이

---

19 그중 특히 이념 차원의 비교문학은 국민/민족문학으로 얼마든지 수렴될 수 있다. 그러나 이 경우에도 박성창이 다방면의 자료와 그에 대한 심층적인 검토를 통해 주장하듯이 "한편으로는 민족문학과 관련되면서 그 폐쇄적 민족주의의 위험성을 경계하고, 다른 한편으로는 세계문학의 '허구적' 보편성의 개념과 맞서 싸우면서 민족문학을 세계문학과 연결지으려는"(박성창 『비교문학의 도전』, 민음사 2009, 18면) 비교문학의 학문적 잠재력을 필자가 완전히 부정하는 것은 아니다. 다만 그런 비교문학의 학문적 잠재력을 제대로 파악하기 위해서라도 열린 민족주의 대 닫힌 민족주의라는 구도를 탈피하려는 학구적인 노력이 요구되며, 그럴수록 한반도의 현실을 향해 시야를 활짝 열어두는 비평적 훈련이 따라야 한다는 것이다.

거세되기 일쑤였다. 그리하여 수입과정에서 특정 작가나 작품에 대한 편중, 해석과 평가에서의 이데올로기적인 편향이 거의 필연적으로 발생하였다. 아직껏 세계문학=세계명작이라는 다분히 정전주의적인 등식이 한국인의 의식·무의식에 고집스럽게 남아 있는 것도 '명작'이라는 꼬리표를 달고 식민지조선으로 유입된 순간 보편성을 독점하다시피 했던, 식민지문화의 화석과 같은, 정전주의로서의 세계문학의 흔적인 셈이다.[20]

일본 제국주의의 식민통치가 종식된 이후 해방정국에 이르면 상황은 더 복잡해진다. 예컨대 일제를 통해 우회한 서구문학은 남한의 경우 미군정기(軍政期, 1945. 9. 9.~1948. 8. 15.)와 전쟁의 참화에 이은 분단으로 인해 영문학 전반을 비롯한 서구문학의 번역작업과 온당한 비평적 수용에 심각한 불균형을 초래했던 것이다. 여기는 그 불균형 과정을 세세하게 소개하는 자리는 아니다.[21] 그러나 여기서 좀더 진지하게 생각해볼 것은 서구중심주의의 극복과 친연성이 있는 정전주의 비판의 성격이다. 현재 미국의 문학지식계에는 정전주의 비판이 일종의 '인문상식'처럼 되다시피 했는데, 한국의 영문학계에서는 그같은 경향을 거의 추수하고 있는 실정이다. 물론 "인도 제국이야 어찌 되든 우리에게 셰익스피어가 없어서는 안된다"라는 식의 '촌스런' 자민족 중심주의는 이제 한국의 지식계에서도

---

20 그렇다고 일제의 매개를 거친 세계문학에 대한 식민지조선의 지식인들의 인식이 '세계명작' 수준에 지나지 않았다고 단정할 일은 아니다. 예컨대 임화(林和, 1908~1953)만 하더라도 고전에 관한 이런 의젓한 발언을 남긴 바 있다. "고전은 일정한 시대만이 아니라, 특수한 풍토, 고유한 민족 가운데서 나서 독자(獨自, 獨自의 오식으로 보임 —인용자)의 사고와 감수(感受)의 양식 가운데서 안아졌음에도 불구하고 보편적인 것으로 세계와 영원 가운데 나아가서 독립한 것이다. 그러므로 전통이란 전승한 자에 의하여 소유한 고전들이다. 즉 나의 고전이란 말은 전통에서 성립한다."(임화 「고전의 세계」 (1940), 신두원 책임편집 『임화문학예술전집 5: 평론 2』, 소명출판 2009, 289면)

21 가령 그런 인식의 불균형에 관한 논의로는 해방 이후 김동리, 조연현 등 '순수문학' 진영의 인사들이 자신의 '순수문학론'에 보편성을 부여하기 위해 어떤 방식으로 정전주의적 관념을 동원했는가를 논한 김한식 「해방 후 순수문단과 세계문학의 개념: 김동리와 조연현을 중심으로」, 『민족문화연구』 48호(2008) 참조.

설 자리가 거의 없을 듯하다.[22] 서구중심주의를 은폐하는 동시에 비서구 세계가 따라잡아야 할 하나의 기념비적 모델로 자국의 국민문학을 현시한 문학지식인들의 행태도 이제 완전히 과거지사가 되어버린 것 같다. 고전숭배를 조장한 정전주의의 주된 기능이 한 국가 내부의 국민적 결속력을 높이고 식민지배를 문화적으로 원활하게 하는 데 있었음이 논란의 여지가 없을 정도로 파헤쳐졌기 때문이다. 그러므로 서구의 학계에서도 정전 중심의 연구에 매달리는 지식인 및 그들의 학문적 행태에 대한 비판이 봇물을 이루다시피 하는 것도 어느정도는 납득할 만하다.

문제는 정전주의의 해체와 정전에 가려진 작품들에 대한—턱없는 상찬을 남발하기 일쑤인—재평가작업이 정치주의적 잣대에 근거를 둔 경우가 허다하다는 사실이다. 그런 잣대가 정전주의 비판을 넘어서 고전의 진정한 비판적 잠재력을 되살리는 안목의 훈련에 한계로 작용할 뿐만 아니라 운동을 겸하는 세계문학의 연대에도 한계로 작용하리라는 것은 충분히 예상함직하다. 문학과 비문학의 경계에 대한 무분별한 해체로 인해 정전주의 비판이 지녀야 할 진정한 전복적 동력을 상실하는 역설도 우연은 아니다.[23] 어떤 경우든 괴테·맑스적 기획으로서의 세계문학을 앞당기는 과업은 해체주의나 탈식민주의, 페미니즘, 생태주의 등 새로운 문제제기로써 시야의 사각지대를 개방하는 만큼이나 특정한 '관(觀)'으로 고착

---

22 Thomas Carlyle, *On Heroes, Hero-Worship and the Heroic in History* (University of Nebraska Press 1966) 113면.

23 국민문학의 '보편문법'을 해체한다는 구실로 '비스듬히 읽기'(oblique reading)라는 해법을 내놓은 박선주의 입론도 예외로 보기 어렵다. 단일 언어와 단일 독자라는 대상을 해체하겠다는 박선주의 논의는 언어와 독자를 '단일'하다고 설정하는 논리부터 점검해볼 필요가 있지 않을까 싶다. 다분히 관념적으로 설정된 단일 언어와 단일 독자를 해체하겠다고 나서니 극도로 다양한 성적·인종적·민족적 독자들에게 호소하는 데 성공한 국민문학의 성취가 도외시되는 것은 당연하다. 민족·국민국가의 한계를 넘어서겠다는 '트랜스내셔널'의 문제의식이 그 도발성에 값하는 내용을 확보하기 위해서는 국민주의문학과 국민문학의 차이에 대한 세심한 분별이 요구되는데, '비스듬히 읽기'에 그런 비평적 분별심이 얼마나 내재해 있는지는 의문이다. 박선주 「트랜스내셔널 문학: (국민)문학의 보편문법에 대한 문제제기」, 『안과밖』 28호(2010년 상반기) 참조.

되기 일쑤인 모든 비평이론과의 씨름을 전제로 하는 것이다. 요컨대 정전주의 비판의 온당한 의의를 접수하는 동시에 서구 지식인들이 선전하고 수출하는 '새로운' 세계문학의 실질적 내용을 분명히 인식하고 평가하는 일이 지금 한국의 문학지식계에서는 상대적으로 더 중요해졌다고 할 수 있다.

그렇다면 번역을 통해 통속적 대중문학이 세계문학으로 군림하는 현상은 어떤가? 현재 한국의 문학출판시장에서 번역문학의 비중은 무시하기 어렵다. 모든 가치와 취향의 '평준화'를 지향하는 '통속의 감수성'은 근대문학시장의 판로개척에서도 강력한 영향력을 행사해왔다. 하지만 자본주의의 전지구적 득세가 피부로 와닿는 오늘날은 양상이 다른 것 같다.[24] 하루끼 문학의 세계화가 뜻하는 바를 앞에서 간략히 언급한 바 있지만, 한국 출판시장에서 주기적으로 반복되는 그런 현상의 현황목록을 더 길게 뽑아볼 수도 있다. 빠울루 꼬엘류나 댄 브라운 등도 추가할 수 있겠지만, 흥미로운 사실은 이같은 초국적 베스트셀러들이 정전으로 표상되는 세계문학과는 일견 전혀 무관한 것처럼 보인다는 점이다. 한 나라의 문화적 잠재력을 정전(=고전)으로 집약하는 (구심성이 강한) 세계문학은 원심으로 퍼지는 대중문학과는 질적으로 다른 '본격문학'으로 간주된다.

그러나 정전주의를 담지한 세계문학이—계몽의 효과를 때때로 유발하면서—문화적 식민통치의 일환으로 동원된 면이 많았듯이 통속적 대

---

24 21세기의 문학의 세계화 문제를 성찰하는 데서도 '세계의 도시' 빠리에서 유행하는 저속한 노래극이 독일의 촌구석에까지 밀려오는 현상을 "당당하게 진군하는 세계문학의 여파"로 경계한 괴테는 중요한 참조점이다.(임홍배 「괴테의 세계문학론과 서구적 근대의 모험」, 『창작과비평』 2000년 봄호 49면) 괴테가 고전의 중요성과 작품성을 거듭 강조한 것은 잘 알려진 사실이다. 이는 괴테의 세계문학 구상이 정전주의와는 다른 차원의 작품인식을 전제하고 있다는 하나의 방증이다. 그렇다고 20세기 후반, 이른바 68혁명을 기점으로 본격적으로 해체된 정전주의의 문제를 괴테가 의식했다고 말하는 것은 과장이겠다. 하지만 작품으로 예표된 그의 기본구상이 세계시민의 이상을 공유하는 각국 문학지식인들의 상호교류와 우애—"호감과 공공심"—에 바탕을 둔 초국적 문학운동의 성격을 띠고 있다는 사실 자체가 희석되는 것은 아니다.

중문학의 세계화로서의 번역문학도 그에 부수되는 OSMU(One Source Multi-Use) 산업을 거느리면서 서구문학의 위상을 보편진리의 자리로 끌어올린다. 이런 두가지 세계문학이 식민화의 문화적 첨병 역할을 수행한 것은 바로 그런 과정에서다. 이는 야누스의 얼굴이 현현되는 형국이라고 해도 과언이 아니다.[25] 더 정확하게 말한다면 정전주의가 닦아놓은 식민주의의 영토를 통속문학으로서의 세계문학이 대대적으로 확장하는 형국이라고 해야 할 것 같다. 세계체제 중심부에서 발흥한 세련된 통속소설들이 번역을 통해 '세계문학'이라는 이름을 달고 지구 전역으로 퍼져나감으로써 벌어지는 현상 가운데 하나는 표준화·획일화된 감수성인바, 이는 비서구 지역 각국의 모든 고유한 문화적 경계와 역사적 체험들의 기억을 흐려놓는 '부수적인 피해'를 낳기도 한다.

한국의 독서시장에서도 획일화는 뚜렷이 감지된다. 이 점을 주시한다면 식민지에서 전통적으로 수행된 서구 정전의 이데올로기적 교화사업을 이제 통속적 대중문학으로서의 번역문학이 떠맡고 있는 정황도 비판적으로 성찰해야 하리라 본다. 번역을 매개로 한 소설장르의 세계화에 해방적 의의만 있는 것은 아니기 때문이다. 오히려 정전주의가 자본주의의 전지구화라는 흐름을 타고 '민주주의적 방식'으로 확장되는 면도 있는 것이다. 직접적인 식민경영이 더이상 통용되지 않게 된 1945년 이후 국면에서 그 교화사업이 대중문화의 영역으로 확장된 결과가 사실상 통속문학의 세계화라는 주장은 바로 이런 맥락에서 성립한다. 그렇기 때문에 문학지식인들의 초국적 연대로서의 세계문학 구상이 더욱 긴요하다. 특히 '민족'에 관한 구성주의 및 본질주의 담론 모두와 거리를 두면서 각각의 민족들이 산출한 최량의 작품을 초국적 연대의 계기로 활용하는 비평 '전선'은 반정전주의 및 정전주의와의 비판적 거리를 확보하는 과정에서 형성

---

25 이에 관한 사려 깊은 논의로는 특히 Waïl Hassan, "World Literature in the Age of Globalization: Reflections on the Anthology," *College English* 63:1(2000) 38~47면 참조.

된다. 각국의 고전 유산이 보증하는 문학지식인들의 초국적 연대 가능성은 그 양대 이데올로기(정전주의와 통속적 대중문학의 세계화)에 창의적으로 대항하는 과정에서 현실화된다. 그렇다면 세계가 상업과 교역을 통해 하나의 그물망으로 연결되는 상황, 즉 상업주의의 심화를 가져온 지구화의 진행은 문학지식인의 초국적 연대 가능성의 실현에서 오히려 유리한 조건일 수도 있다. 괴테는 약 200년 전에 세계문학을 앞당겨야 할 사명을 천명했지만 지구의 대부분 지역이 실시간으로 연결되는 오늘날이야말로 문학시장을 잠식한 자본에 창조적으로 저항하는 동시에 초국적 연대로서의 세계문학의 실현을 앞당길 수 있는 최적기인지도 모른다.

그러한 과업은 물론 지난한 것이다. 서구 문학지식계가 아직껏 제대로 탈피하지 못한 보편주의 이데올로기가 끈질기게 남아 있고, 다른 한편 '선진 담론'을 자국의 문학에 기계적으로 적용하려는 지식인들이 이 땅에서 끊임없이 재생산되는 실정이지 않은가. 정전주의 비판에 골몰한 진보적 문학담론들이 통속문학의 세계화를 오히려 부추기게 되는 역설적인 현상은 한국 문학시장에서 결코 드물지 않다. 요컨대 괴테 사후 200년 가까이 되어가는 지금, 보편성에 값하는 인류의 문학유산에 관한 한 비판적 재평가를 넘어서 괴테·맑스적 기획으로서의 세계문학으로 끌어올릴 수 있느냐 여부가 관건이다. 그런 기획의 결정적인 장애물이 각기 다른 방식으로 보편주의를 내세우는—근대 서유럽에서 국민국가의 제국주의적 팽창 및 식민지 수탈이라는 역사적 현실을 배경으로 변칙적으로 서로 결합하면서 진화한—정전주의 이데올로기와 반정전주의 이데올로기라면,[26] 그에 대한 학문적인 대응도 시급하다. 그렇다면 정전주의와 반정전

---

26 반정전주의 이데올로기에 대한 비판, 즉 정전주의 비판에 대한 비판은 문학의 영역에만 국한된 것은 물론 아니다. 이러한 비판은 일일이 열거하기 힘들 정도로 다양한 방식으로 표출되고 있다. 그중 문학담론을 다루면서 때로는 극단적인 보수주의에 가까운 비판을 드러낸 예로는 Roger Kimball, *Experiments Against Reality: The Fate of Culture in the Postmodern Age* (Ivan R. Dee 2002) 참조.

주의를 등거리에 놓고 세계문학의 참다운 지평을 사유할 수 있는 어떤 기준점을 먼저 모색해야 하는 것은 아닐까?

4. 세계문학의 시공간에도 그리니치 표준시가 존재하는가

바로 이 대목에서 빠스깔 까자노바가 그려낸 세계문학의 '지도'가 떠오른다. 그는 국민문학들 간의 갈등과 경쟁으로 구성되는 불평등한 시공간을 문학생산의 무대로 상정하면서 문학이 일상세계에서 상대적으로 자유롭고 독립적으로 존재하는 '세계문학공간'(world literary space)을 제시한다. 바로 그런 공간에 "모든 경쟁자들이 무조건적으로 인정하는 절대적 참조점"으로서의 그리니치 표준시가 존재한다는 것이 그의 논리다.[27] 세계문학공간은 (다양한 변주가 있기는 하지만) 지배와 피지배의 구도하에 프랑스를 정점으로 하는 서유럽과 북미 및 남미 문학(이상 중심부 문학), 동유럽과 20세기 중·후반에 독립한 아프리카 및 아시아 문학(이상 주변부 문학)으로 구성된다. 각각의 지역에 속한 국민국가들은 세계문학공간에 들어가 자신의 국민/민족문학을 걸고 경합하는데, 갈등과 대결, 경쟁의 과정을 통해 모든 나라들이 승복하고 따를 수 있는 '보편적 표준시'가 성립된다고 한다. 그것이 바로 '문학의 그리니치 자오선'이라는 표준시로서, 이 시간과 맞춰보면 어떤 문학이 진정한 세계문학인가를 알 수 있다는 주장이다.

까자노바에 따르면 세계문학공간에서 표준시가 확립되기까지 세가지 역사적 계기가 작용했다. 첫째는 14~17세기에 걸쳐 유럽대륙에서 일어난, 라틴어(=보편어)에서 탈피한 지방어/민족어의 광범위한 등장이다.

---

27 Pascale Casanova, *The World Republic of Letters* (trans. M. B. DeBevoise, Harvard UP 2004) 87면 참조.

둘째는 18세기 후반에 시작된 문헌학과 표기체계법에서의 혁명이다. 그에 부응하여 민족/국민문학이 본격적으로 발흥했다는 것이다. 셋째는 2차대전 이후 본격화되어 지금까지 진행되고 있는, 서구 식민통치 및 식민주의에서 독립한 제3세계문학의 세계무대 진출이다. 까자노바는 이렇게——베네딕트 앤더슨이 『상상의 공동체』(1983)에서 묘사한 것과 유사한——큰 그림을 펼쳐놓은 상태에서 프랑스의 근대문학을 표준시 또는 세계시의 모범 사례로 지목한다. 라틴어의 지배에 반기를 들고 근대 국민/민족문학과 민족어의 최초 자율성과 독립성을 확보함으로써 근대적 표준시의 확립을 위한 첫걸음을 뗀 문건은 조아생 뒤 벨레(Joachim Du Bellay)의 「프랑스어에 대한 옹호와 선양」(La déffence et illustration de la langue française, 1549)이다. 최소한 18세기 후반부터 1960년대까지 프랑스 빠리의 시간은 상이한 시간대에 속한 세계 각국의 문학시계가 따라야 하는 표준시로 줄곧 군림했다는 것이다.

프랑스의 문학지식인으로서 역설한 가설의 역점으로 보건대 까자노바의 발상은 프랑스 중심주의라는 소리는 말할 것도 없고, 유럽 중심부 문학지식인의 오리엔탈리즘이라는 볼멘소리도 나올 만하다. 영미를 포함한 '서구문학'은 물론, 동유럽과 라틴아메리카, 아프리카 등을 망라한 국가들의 국민문학에 관한 문헌들을 동원해 인상적인 세계문학론을 펼치고는 있지만, 빠리의 표준시라는 중심을 향한 향수(鄕愁)가 감지되고 있기 때문이다.[28] 하지만 (서구) 근대문학에서 불문학이 차지하는 위상이 과연 그리니치의 표준시간대에 견줄 만한 것인가를 논할 능력이 필자에게는 없

---

[28] Aamir R. Mufti, "Orientalism and the Institution of World Literatures," *Critical Inquiry* 36:3(2010) 458~65면 참조. 하지만 이런 비판에 한마디 논평을 붙임직하다. 프랑스 중심주의라든가 오리엔탈리즘의 혐의를 걸 만한 면이 확실히 있는 반면에, 그렇게 따지기로 치면 까자노바의 『문학의 세계공화국』(*The World Republic of Letters*)에 왜 러시아문학이나 중국문학, 인도문학이 없으며 여성문학이 과연 온당하게 취급되었는가 등의 반론도 얼마든지 가능하다. 따라서 중요한 것은 한권의 저작이 모든 주제를 동시에 다룰 수는 없다는 상식을 존중하면서 까자노바의 발상을 검토하는 일이겠다.

다. 다만 그의 발상이 월러스틴의 세계체제 분석을 원용한 프랑꼬 모레띠의 세계문학론과 일맥상통하면서도 앤더슨류의 구성주의에 입각하여 기존 비교문학의 상투적인 도식에 도전하는 대담한 가설의 성격을 띠고 있음에 주목할 뿐인데, 여기서는 까자노바의 저작을 일별한 전체적인 인상과 가설의 근거를 살펴보는 선에서 멈춰야 할 것 같다.

일단 까자노바의 세계문학 입론이 일면 서구중심주의에서 벗어났다고 평가할 수 있는 근거 가운데 하나는, 중심부와 주변부의 문학이 맺는 결코 간단치 않은 긴장관계를 입체적으로 조명했다는 데 있다. 특히 중심부 문학이 행사하는 유·무형의 영향력에 맞선 주변부 문학의 미학적 도전을 세계문학 창출을 위한 주요 변수로 설정함으로써 중심부 대 주변부의 위계적 역학이라는 비교문학의 고식적인 틀에 일정한 균열을 일으킨 것은 중요한 비평적 성취이다.[29] 하지만 세계문학공간을 분절하여 비교·대조하는 데 동원된 까자노바의 문학사회학적 분류법은 좀 생각해볼 일이다.[30] 그는 빠리의 표준시에 도전하여 의미심장한 성취를 거둔 주변부 작가들을 세가지 부류 내지 패턴으로 분류한다. 첫번째는 자국의 문화를 뒤로하고 서구문학과 '동화'되는 길을 모색한 사례이다. 벨기에의 앙리 미쇼(Henri Michaux, 1899~1984), 트리니다드 토바고의 나이폴(V.S.

---

[29] 중심부의 영향과 주변부의 수용이라는 도식에 균열을 가한 학자가 까자노바만 있는 것은 물론 아니다. 프랑스문학에서조차 주변부와의 '접촉'을 제대로 고려하지 않고서는 '기점문학'(source literature)으로서의 프랑스 현대문학을 설정하는 것은 사실상 하나의 관념에 불과함을 조목조목 논한 글로는 아일린 줄리언 「최근의 세계문학 논쟁과 (반)주변부」, 『안과밖』 18호(2005년 상반기) 117~33면 참조. 원문은 Eileen Julien, "Arguments and Further Conjectures on World Literature," Gunilla Lindberg-Wada ed., *Studying Transcultural Literary History* (Walter de Gruyter 2006) 122~32면 참조.

[30] "까자노바에게 비교의 전체적인 논점은─고전적인 사회과학의 방식으로─불평등성과 위계서열을 밝혀내는 데 있다. (마치 다양한 상호교역의 중요성을 설명하기 위해 노력하기보다는 나라들 사이의 문학적 국민총생산을 비교하는 것처럼 말이다.)" (Frances Ferguson, 앞의 글 665면) 물론 한 나라의 문학생산량도 국민총생산으로 계수화할 수 없는 것은 아니겠지만, 비교문학 연구에서의 '비교'가 그런 차원이라면 차라리 문학의 소멸을 논하는 게 맞다.

Naipaul, 1932~), 루마니아의 에밀 씨오랑(Emile Cioran, 1911~1995) 등이 여기에 속한다. 두번째는 식민지적 현실에서 자국어로 된 구전 문화유산 및 민중문학을 수용, 추구함으로써 동화와는 정반대 노선을 추구한 '반항'의 부류다. 꾸바의 알레호 까르뻰띠에르(Alejo Carpentier, 1904~1980), 케냐의 은구기 와 시옹오(Ngũgĩ wa Thiong'o, 1938~) 등이 여기에 포함된다. 마지막으로 동화도 반항도 아닌, 이 두 패턴을 전혀 다른 방식으로 승화시킨 '혁명'의 사례다. 런던의 국제적 문학규범을 거부한 1900년대 아일랜드의 제임스 조이스(James Joyce, 1882~1941)와 새로운 미국적 소설미학의 창시자로 추앙받는 1930년대 미국의 윌리엄 포크너(William Faulkner, 1867~1962)가 대표적이다.

그렇다면 세계문학공간에서 활동한 작가들을 동화와 반항, 혁명이라는 범주로 나눌 때의 '문학적 기준'은 무엇인가? 달리 묻는다면 그리니치 표준시를 설정하고 특정한 나라의 문학이 역사적으로 그같은 표준시의 역할을 수행한다고 가정할 때 까자노바가 내거는 표준시의 성립근거는 무엇인가? 이 물음에 대한 그의 답변은 꽤나 명쾌하다. 표준시의 성립근거는 문학의 혁신 및 진보와 동의어로 쓰이는 '모더니티'라는 것이다. 더 엄밀하게 번역하자면 '새로움으로서의 현대성'[31]이라고 해야 할 모더니티의 발현이 특정 국민문학이 '세계문학'임을 말해주는 척도가 된다는 말이다. 그가 빠리의 표준시에 도전했다고 한 세 범주의 작가들과 더불어 모더니티의 표상으로 호명한 작가들과 문학운동은 우리에게도 낯설지 않다. 몇몇 예만 들어도 19세기 중후반의 보들레르와 랭보, 발레리, 20세기 초반

---

31 이 원고가 『영미문학연구』 17호(2009)에 처음 발표될 때는 '새로움으로서의 근대성' (68면)이라고 했는데, 개념적으로 정확하지 못한 터라 개고하면서 백낙청의 논의를 수용하여 '현대성'으로 바로잡았다. 까자노바의 모더니티는 전근대와 근대의 대립구도에서 근대에 해당되는 것이 아니라, "자본주의 근대가 한동안 진행된 지역 내에서 그때그때 최신의 경지에 도달함으로써 성취되는" 것이므로 '현대성'으로 옮기는 것이 온당하겠다. 까자노바의 모더니티 개념에 관한 백낙청의 언급은 「세계화와 문학: 세계문학, 국민/민족문학, 지역문학」, 『문학이 무엇인지 다시 묻는 일』(창비 2011) 100~101면 참조.

이딸리아와 러시아의 미래파, 20세기 중반의 싸르트르, 1960년대 남미의 마술적 리얼리즘 등이다.

그가 작성한 목록은 물론 이보다 길다. 그 목록에 들어 있는 멕시코의 옥따비오 빠스에 관한 논평을 통해 모더니티와 표준시의 관계를 구체적으로 파악해보자. 까자노바는 빠스 문학의 보편적 의의를 "멕시코다움"(Mexicanness)을 모색하는 동시에 "모든 인류와 동시대인"이 되기 위해 '진정한 현재'를 추구한 데 있다고 주장한다. 그는 빠스의 문학적 모험을 길게 설명하면서 이렇게 덧붙인다.

시간의 이런 특정한 문학적 형식은 문학세계의 주변부에 있는 작가들에 의해서만 감지될 수 있다. 이들은 국제적 경험을 받아들임으로써 스스로 문학으로부터의 망명으로 간주한 것을 끝장내려고 한다. 이와는 대조적으로 '민족적' 작가들은 중심부 국가에 살든 주변부 국가에 살든, 한결같이 세계의 경쟁—그리고 따라서 문학적 시간—을 무시하면서 자기 나라가 문학적 실천에 부여한 국지적인 규범과 한계만을 고려한다. 실제로 이런 말이 결코 지나치지는 않을 것이다. 즉, 유일하게 진정으로 현대적인 작가들, 현재의 문학을 완전히 인지하고 알아보는 작가들은 이런 문학적인 시간유지 체제의 존재를 의식하고 결과적으로 세계문학공간을 형성한 미학혁명의 힘과 그 문학공간을 조직한 국제적인 법칙들을 인정하는 사람들이라는 사실 말이다. (까자노바, 앞의 책 94면)

이는 괴테와 맑스도 공히 경계한 '민족문학'의 '일국적 편향성과 편협성'에 대한 비판적 인식을 담고 있는 글로서, 근대문학이 수행한 미학혁명의 의의에 대한 까자노바의 인식에는 토를 달기 어렵다. 그러나 "시간의 이런 특정한 문학적 형식은 문학세계의 주변부에 있는 작가들에 의해서만 감지될 수 있다"는 단언은 또 하나의 편향이 아닐까? 그런 편향이 서구 중심부 지식인한테서 나왔다는 점이 특이할 뿐이다. 물론 까자노바 자신은 기존 그리니치 표준시에 도전하여 새로운 미학적 혁신을 이룩한 다양한 나라의 작가들을 소개하고 그같은 표준시 자체도 결코 영속적이거나 절대적인 것이 아님을 누누이 강조한다. 그렇다면 그 취지를 접수하면서 그의 핵심적인 발상으로 다시 돌아가보자.

문학의 그리니치 표준시를 정하는 기준이 되는 문학적 혁신으로서의 '모더니티'는 그 자체로 개념적 쇄신이 필요한 용어이다. 주변부에 위치한 후진의 문학이 중심부를 점한 선진의 문학을 따라잡기 위해서 갖추어야 할 필수적인 덕목으로서 모더니티를 상정한다면 더욱이나 개념적 쇄신이 필요하다. 이런 개념의 학술적 구사에 관한 한 까자노바는 근대주의의 멍에를 안고 있다고 판단된다. 모더니티가 낡음(=전근대) 대 새로움(근대)이라는 이분법에 근거해 있고 새로움(근대)의 추구가 미학적 혁신의 절대적 전제인 한에 있어서는 그의 세계문학론은 근대문학 전반에 대한 편향성을 피할 길이 없기 때문이다. 예컨대 아랍권과 인도, 중국 같은 '세계'의 전근대 문학유산은 말할 것도 없고 단떼(Dante Alighieri, 1265~1321)나 조반니 보까치오(Giovanni Boccaccio, 1313~1375)로 대표되는 근대 이전 서구의 고전적 사례가 어떤 방식으로 '현재성'을 획득하는가에 대해서도 그의 세계문학론은 별다른 통찰을 제공하고 있지 못하다. 동아시아문학의 경우에도 각국의 근대 이전 문학유산의 근대로의 이월 가능성은 전혀 고려되지 않는다. 요컨대 까자노바의 이론은 전체적으로 중심부에 도전하는 주변부 문학의 의의를 너그럽게 인정하는 정도이지 서구중심주의의 이면인 근대주의를 발본적으로 문제삼는 학문적 자세와는 거리가 있는 것이다.

이런 맥락에서 그가 제시한 세계문학공간에 세계체제 분석의 '반주변부' 개념이 결락되어 있다는 점은 징후적이다. 실제로 그는 반주변부라는 개념의 쓸모 자체를 부정하는 입장이다. 지배와 피지배의 명징한 역학관계를 호도하기 때문이라는 것인데, 과연 그런가? 물론 까자노바 자신도 "지배적 문학공간과 피지배적 문학공간의 단순한 이분법적 대립을 상상하는 것만으로는 충분하지 않다"(까자노바, 앞의 책 83면)는 토를 달면서 반주변부에 해당하는 지역문학의 괄목할 만한 사례들을 탐사하기도 한다.[32] 그러나 그 경우에도 동화·반항·혁명이라는 도식적인 틀은 완고하다. 세계문학공간의 불평등한 조건에도 불구하고 인류가 공유할 수 있는 보편의 지평을 선취한 지역문학의 창조성에 대한 역사적 사유가 까자노바의 논의에서는 부실한 것이 아닌가라는 의심을 거두기 힘들다는 말이다.[33]

　물론 상식적으로 세계의 정치경제적 패권이 문화의 중흥으로 이어지는 것은 자연스러운 현상일 수 있다. 하지만 획기적인 도약의 계기가 주어지지 않은 저개발 상태의 주변부에서도 민중적 삶의 지평을 예술적으로 승화한 작품이 적잖이 나왔음을 잊어서도 안되지만, 중심부와 주변부를 매개하는 위치에 있는 바로 그 복합적인 조건이 두드러지는 반주변부 문학의 잠재성에도 주목함직하다. 그 경우 문화적 창조역량이 발휘될 수 있는 여지는 중심부나 주변부와는 다른 차원에서 좀더 진지하게 성찰할 만하다. 중심부나 주변부는 저마다의 고유한 잠재성을 갖게 마련이지만 반주변부 역시 중심부로부터 끊임없이 견제를 당하는 상태에 있고 주변부보

32　까자노바의 입론에 대한 비판에서 백낙청의 경우는 반주변주 개념의 결락 여부를 결정적인 하자로 간주하지는 않는 입장이다. "근본적인 문제점은 오히려 '세계공화국'이라는 발상 자체, 더구나 그것이 '본초자오선' 혹은 '그리니치 표준시'(the Greenwich meridian)에 해당하는 보편적 기준을 가진 공화국이라는 발상"에 있다는 것이다. 나 자신은 바로 그런 발상을 떠받치는 '모더니티' 자체를 문제삼은 만큼 넓게 보면 그와 큰 이견이 없다. 다만 문학의 본초자오선이 존재하는 공화국이라는 발상은, 브로델의 개념인 '경제-세계(economy-world) 모델'을 따라서 정치영역을 포함한 인간의 일상세계에서 '비교적' 자유로운 '세계문학공간'을 설정하고 문학의 자율성을 그런 공간의 자명한 특성으로 간주하는 데서 기인한 것임을 지적할 필요가 있겠다. 정치로부터 자율적인 문학이라는 까자노바의 입론에 대한 비판은 이미 나온 바 있다. Jonathan Arac, "Commentary: Literary History in a Global Age," *New Literary History* 39(2008) 참조.

33　까자노바의 그러한 약점을 카프카의 사례를 들어서 상세하게 파고든 평문으로는 진은영 「문학의 아나크로니즘: '작은' 문학과 '소수' 문학을 중심으로」, 『인문논총』 67(2012) 273~301면 참조.

다 상대적으로 기회비용이 낮기 때문에 온갖 차원의 혁신적 가능성이 풍부하기 마련이다. 그런 가능성이 반주변부 특유의 문화적 잠재력과 연동한다면 중심부나 주변부와는 다른 종류의 상승효과가 문학 분야에서도 일어날 수 있다.[34] 그런데 중심과 주변이라는 틀에 묶여 있는 까자노바의 세계문학 모델에서 서구가 선점한 '새로움으로서의 현대성'에 대해 비판적 사유가 빈곤하다는 문제도 있지만, 그것보다 더 결정적인 문제점은 바로 그런 현대성에 대한 매혹과 저항이 동시에 존재하는 반주변부의 특수성이야말로 '보편주의'의 출발선일 수 있음을 제대로 고려하고 있지 않다는 사실이다. 아무튼 식민주의의 굴레를 역사적으로 의식할 수밖에 없는 반주변부 국가의 작가라면 미적 근대성의 새로움이 아무리 매력적이라

---

[34] 이같은 세계체제 반주변부의 의의에 대해서는 프레드릭 제임슨의 다음과 같은 발언을 참조할 만하다. "그러므로 빠리나 런던, 또는 뉴욕보다 예컨대 스톡홀름과 베르겐 같은 비중심적이고 비헤게모니적인 나라와 지역에서 이런 상(노르웨이 정부가 2003년에 제정한 국제학술상인 홀베르그 기념상—옮긴이)들이 생겨나는 현상은 국제적인 평가체계를 갑자기 밝혀주고, 문학의 세계화를 예상치 못한 방식으로 무너뜨리면서 지도를 그리게 하고, 어떤 보편화하는 방식의 해결책으로서가 아니라 현안으로서 오늘날 전지구적 관계들과 그 구조, 역학이라는 성격의 난제와 직면할 수 있게 해줍니다."(프레드릭 제임슨, 문강형준 옮김 「세계문학은 외무부를 두고 있는가?」,『자음과모음』 2009년 가을호 1123면) 번역은 필자가 제임슨의 강연을 토대로 손질했다. 2008년 홀베르그 국제기념상 수상 심포지엄 강연은 홀베르그 재단 홈페이지(http://www.holbergprisen.no/)에서 청취가 가능하다. 해당 원문은 이렇다. "Therefore, the emergence of such awards from noncentric countries, and nonhegemonic locations from Stockholm or Bergen for example, rather than from Paris, London or New York, has the effect of suddenly lighting up the international grid, of unexpectedly sapping, mapping literary globalization for us, of confronting us not with some universalizing solution but rather with ongoing problem, the problematic of nature of global relationships, and their structure and dynamics today." 다른 한편 세계체제 반주변부의 의의에 관한 필자의 주장에 대해 진은영은 "중심/주변 구분을 보다 정치하게 하는 일환으로 반주변부를 상정하자는 것이라기보다는 반주변부의 잠재력을 상정함으로써 미적 근대성의 새로움을 향한 주변에서 중심으로의 이행을 당연시하는 카사노바의 논리 자체를 문제삼으려는 것으로 보인다"고 평한 바 있다. 진은영, 앞의 글 294면 각주 22번. 이런 친절한 해명에 감사하는 마음이다. 다만 우리의 경우 세계체제의 반주변부라는 개념에 딱 들어맞지 않는 한반도라는 지역현실의 잠재성이라는 논제가 과제로 남아 있음을 환기하고 싶다.

하더라도 그 새로움과 자국의 후진적 현실 사이의 괴리에 대해 고민하지 않을 수 없을 것이다.

여기서 세계문학의 그리니치 표준시라는 가설을 테스트할 수 있는 상징적 사례 하나를 거론해보는 것도 좋겠다. 까자노바도 언급한 바 있는 19세기의 브라질 소설문학을 대표하는 조아낑 마리아 마샤두 지 아시스(Joaquim Maria Machado de Assis, 1839~1908)가 바로 거기에 해당한다. 마샤두 지 아시스의 대표작으로 손꼽히는 『브라스 꾸바스의 사후 회고록』(*Memórias Póstumas de Brás Cubas*, 1880)은 식민주의의 구습과 근대적 생활형식이 뒤엉켜 있는 현실을 다룰 때 봉착하는 난관을 서사의 실험으로써 '돌파한' 예로 거론된다. 그의 작품이 '세계문학'의 반열에 오른 결정적인 요인은 식민주의의 유제(遺制)가 다양한 사회관계 속에서 끈질기게 착종·지속되는 브라질 특유의 정치적 상황과 대결한 서사실험 덕분이다. 그는 초기작에서 시도한 인도주의적 계몽작업의 한계를 서사의 창의적 운용을 통해 극복하는바, 로런스 스턴(Laurence Sterne, 1713~1768), 드 메스트르(Joseph Marie de Maistre, 1753~1821), 디드로(Denis Diderot, 1713~1784) 등을 망라한 서구작가들이 각기 자기 방식으로 구현한 바 있는 메타서사의 변용을 통해 브라질 지배계급의 세계관을 내면화한 화자로 하여금 바로 그 내면화의 기제를 속속들이 폭로하게 한다. 새로움으로서의 서구 모더니티에 대한 맹목적 추종이 주인공의 낭만적 사랑으로 나타나는 양상에서도 선구적인 식민지 지식인의 내면심리에 대한 탁월한 통찰을 담고 있지만, 그런 추종이 서구의 근대에 매혹된 지배계급의 자기기만과 표리를 이룬다는 것과 기층민중의 국지적인 현실도 생생하게 재현된다. 한마디로 마샤두의 문학은 주변부 자국 문학의 '서사적 가난'을 날카롭게 의식하면서도 서구문학의 첨단 성취를 주체적으로 소화한 결과물인 것이다.[35]

---

35 마샤두 지 아시스의 문학세계 전반에 관한 논의는 Roberto Schwarz, *A Master on the*

까자노바가 세계문학의 그리니치 표준시에 대한 도전과 수정이라는 화두를 굴리는 과정에서 마샤두가 가리키는 바와 같이 '세계문학'의 복합적 성격을 얼마나 의식하고 있었는지는 의문이다. 사실 근대 서구문학 지형의 전반을 훑는 그의 시각적 편향에 대해서도 의문을 제기할 수 있다. 물론 이런 문제제기는 까자노바가 『문학의 세계공화국』에서 표준시에 대한 의미심장한 도전으로 꼽은 두 역사적 사례를 마땅히 감안한 것이어야 한다. 중심부 국가, 특히 프랑스문학의 압도적 지배에 대항하는 국민국가의 문학적 독립투쟁을 상징하는 독일의 헤르더(Johann Gottfried von Herder, 1744~1803)적 혁명과 영국의 식민지로서 그 언어적·문화적 동화의 유혹에 저항하면서 독특한 '민족문학' 창출에 성공한 아일랜드 패러다임에 대한 까자노바의 논의는 필자도 공감하는 바가 적지 않으며, 그 역사적 사례를 통해 앞으로 그의 논지를 발전시킬 여지 역시 풍부하다고 생각한다.

그럼에도 앞서 지적했다시피 모더니티(=현대성)에 대한 편향적 이해에서 비롯된 문제는 여전히 남는다. 세계문학을 논한다고 해서 지구상의 모든 문학을 논하는 것은 애초에 불가능하기에 문학의 그리니치 시간대를 설정하는 과정에서 그가 작성한 고전의 목록이 선별적인 성격을 띨 수밖에 없음은 얼마든지 납득할 수 있다. 그러나 노스럽 프라이(Northrop Frye)류의 문학사회학, 즉 작품에서 한발 물러나서 특정한 개념틀에 맞춰 텍스트들을 분류·정리·요약하는 방식의 세계문학론의 경우는 문제의 차

Periphery of Capitalism: Machado de Assis (trans. John Gledson, Duke UP 2002) 참조. 마샤두의 문학이 국내에 처음 소개된 것은 슈바르스의 평문에 대한 번역을 통해서가 아닌가 싶다. 호베르뚜 슈바르스, 황정아 옮김 「주변성의 돌파: 마샤두와 19세기 브라질 문학의 성취」, 『창작과비평』 2008년 겨울호 참조. 이 글은 『세계문학론』(창비 2009)에 재수록되었다. 원문은 Roberto Schwarz, "A Brazilian Breakthrough," *New Left Review* 36, 2005년 11·12월호 91~107면 참조. 마샤두의 걸작으로 통하는 『브라스 꾸바스의 사후 회고록』과 그에 관한 슈바르스의 비평은 본서에 실린 「세계체제의 (반)주변부와 근대소설」에서 좀더 자세히 다루어진다.

원이 다르다. 아무리 그 개념적 체계가 야심적이고 진보적이라 하더라도 '비평'이 따르지 않는 모든 문학연구는 그 자체로 치명적인 한계를 안을 수밖에 없기 때문이다.[36] 그렇다고 이같은 결론에 입각하여『문학의 세계 공화국』에 대해 어떤 최종적인 평결을 내리겠다는 것은 아니다. 다만, 세계문학에서 그리니치 표준시의 존재 가능성 자체를 부정하는 것도 위험한 만큼 표준시를 진정 표준시로 만드는 역사적 조건들에 대한 좀더 철저한 검토가 요구된다는 점을 환기할 따름이다.

5. 한반도적 시각의 확보를 위하여

애초에 까자노바의 세계문학론에 대한 본격적인 논의를 의도하지는 않 았지만, 표준시라는 기본발상이 던지는 함의만은 좀더 부연해볼 만하다. '세계문학'이라는 것도 일차적으로는 특정한 장소 또는 지역의 문학이요 특정한 언어(들)를 공유하는 국가·민족공동체의 문학이기에 세계문학의

---

36 근대 서구의 창의적인 소설문학을 계승한 토마스 만이나 D. H. 로런스 같은 작가가 거의 무시된다거나—그런 작가들에 대한 관심이 희박했던 프랑꼬 모레띠가 바로 그 러했듯이—제임스 조이스 문학의 미학적 혁신을 과도하게 강조하는 과정에서 조셉 콘래드 같은 작가의 본격 모더니즘과는 다른 종류의 서사적 성취가 까자노바의 '세계 문학공간'에서 제대로 대접받지 못하는 것은 우연으로 보기 힘들다. 필자의 문제의식 과 상통하는 조너선 애럭은 까자노바의 문제점을 이렇게 표현한 바 있다. "문학의 역사 는 자율화의 역사이고, 다른 어떤 권위도 정할 수 없는 규칙을 스스로 제시할 수 있는 문학의 점증하는 능력의 역사이다. 진정으로 자율적인 작품을 그 상업적 모방품들에서 분리해내기 위해 문학사가(文學史家)는 끊임없이 분별력을 발휘해야만 한다. 까자노바 는 프라이와 목표를 공유하는바, 그것은 개별 작품에 비평의 초점을 맞추는 전통적인 연구에서 벗어난다는 것이다. 프라이처럼 그도 하나의 작품을 이해하기 위해서는 (작 품에서—인용자) 한발짝 물러나서 '총체적인 것, 그 모든 문학의 우주'를 파악해야 한 다고 주장한다. 그러나 까자노바가 생각하는, 문학의 우주에서 발견하는 심오한 문제 에 관한 한 리비스(F. R. Leavis)가 프라이를 이긴다. 많은 작품이 호명되지만 극소수만 이 선택되는 것이다."(Jonathan Arac, 앞의 글 751~52면)

창조적 성취를 재는 그리니치 표준시라는 화두도 구체적인 지역과 공동체의 맥락에 놓고 굴려봐야 하겠기 때문이다. 하지만 그런 지역과 공동체조차 한반도의 경우는 간단치 않다. 가령 세계문학의 표준시에 대응하는, 일정한 자율성을 전제로 하는 지역문학의 '지방시'와 지역문학의 문학공간이라는 것을 이론적으로 상정할 수는 있지만 우리의 경우는 지역문학의 성격 자체가 모색해야 할 과제로 남아 있다.

세계문학 표준시의 성립에 전제조건이 되는 지역문학의 지방시를 상상할 때 한반도에서 가장 심각한 걸림돌은 북한=전근대, 남한=근대라는 도식이다. 경제력과 경제현실에 관한 한 이 도식은 타당성이 있다. 그러나 인간 정신활동의 최고 표현 가운데 하나인 문학을 화제로 삼는 경우에는 반드시 그렇지는 않다. 아무리 부정하고 싶어도 남한문학에 대한 북한문학의 상대적 독자성은 부정할 수 없으며, 그 문학을 전근대적인 것으로(만) 치부하는 것은 과학적인 학문태도가 아니다. 알다시피 정신활동의 산물인 문학은 경제나 정치의 영역과는 또 달라서 언어를 매개로 한다. 이질성이 심화되었다고는 하나 한반도에서 한국어는 남과 북 각각의 문학을 별개의 것으로 볼 수 없게 하는 결정적인 요인이다. 더욱이 한문문학을 포함한 20세기 전반기의 근대문학도 공히 남과 북 공통의 유산으로 남아 있다. 이같은 유산의 활용은 운동 및 연대로서의 세계문학과도 무관할 수 없거니와, 가까운 시일에 '남북연합'이 가시화된다면 남북 문단이 근대성의 체험을 둘러싸고 주고받을 영향은 무궁무진할 것이다. 분단된 남과 북의 문학적 대화는 기본적으로 언어와 정신세계의 문제이며, 본질적으로 문학의 개방성에 대한 하나의 응답이기도 하다. 작가들의 교류는 말할 것도 없고, 남과 북의 온갖 격차를 동시에 사유하는 상상력과 작품이 개입하지 않고서는 한반도 문학공간의 표준시를 설정하는 비평작업이란 한낱 공담(空談)에 불과하다.

물론 이 글을 개고하고 있는 2012년 말 현재 남북 작가의 만남은 요원해 보인다. 2000년 6·15남북공동선언 이후 민족 내부의 문제를 점진적으로 해결할 작은 이정표들이 차례차례 마련되었건만 '잃어버린 10년'을 내세운 정권의 등장과 그 파행적 통치행태로 인해 문학지식인들의 교류가 언제 재개될지 속단하기 어려운 실정이다. 작가의 창작활동에 직간접으로 영향을 미치는 한반도의 파행적 정치현실이 잠깐 이상의 어둠이라면 파국밖에는 달리 생각할 것이 없다. 민족 동질성의 회복을 위해서라기보다는 문학 자체의 건강한 존속을 위해서 남과 북 작가들의 만남이 요구되는 것은 이런 맥락에서다. 양자의 차이 또는 격차를 상상력의 보고(寶庫)로 삼는 훈련으로서의 만남 말이다. 더욱이 전진과 후퇴를 거듭하면서도 서로의 거리를 꾸준히 좁혀왔던 지난 30년간의 남북관계가 일시적으로 경색국면에 접어들었다고 해서 식민지시대 공통의 '민족문학'이 사라지는 것이 아니며, 그 유효한 알맹이를 서로 수용하고 발전시키면서 남한이나 북한 어느 일방에만 귀속될 수 없는 문학 본연의 개방성을 새롭게 사유해야 하는 문학인의 책무도 면제되는 것이 아니다. "어떤 민족은 땅도 없을 수 있고 국가도 없을 수 있다. 그러나 서사가 없다면 어떠한 민족도 오래도록 존속할 수 없다"[37]는 말이 옳다면 더욱이나 그렇다. "시는 보편적인 것인바, 시가 흥미로울수록 그 민족적 특성을 드러내게 마련"이라는 괴테의 말[38]을 염두에 둔다면 한반도의 문학적 표준시를 모색하는 지적 노력은 당연한 것이다.

　그렇다면 한반도라는 국지적 공간에서 출발하는 괴테·맑스적 세계문학 기획의 필요성에 관한 한 다음과 같은 필자의 이전 주장의 유효성을 재확인해볼 수도 있겠다.

---

37 크리스띠앙 쌀몽, 박준상 옮김 「말의 학살」, 『창작과비평』 2002년 여름호 108면.
38 J. W. Goethe, "On World Literature," *Essays on Art and Literature* (trans. Ellen von Nardroff and Ernest H. Von Nardroff, Princeton UP 1986) 228면. 영문으로 괴테의 말은 다음과 같다. "Poetry is cosmopolitan, and the more interesting the more it shows its nationality."

그러므로 지역 개념이 더이상 국민국가의 주권적 틀로만 규정되기 힘든 시대가 바로 지금이지만, 개별 국가 또는 민족 단위의 문학은 여전히 아우어바흐(Erich Auerbach)가 뜻한 바 세계문학의 "하나의 출발점"(a single point of departure)일 수 있음을 재차 확인할 필요도 있다. 이 경우 우리에게는 개별 국민국가의 단위라는 것조차 불투명하다. 세계체제론에 따르더라도 21세기의 남한은 인도나 브라질과 함께 반주변부로 분류되며, 이 기준으로 볼 때 북한이 주변부임도 분명하다. 남북한을 하나의 단위로 상정할 경우 한반도는 세계체제의 핵심부가 아님은 물론, 딱히 반주변부나 주변부도 아니라는 논리가 된다. 이렇게 아리송한 지역현실 특유의 불리한 조건을 문학의 혁신으로써 타개하려는 노력을 북돋우면서 그런 혁신이 일깨우는 '민중적 동력'을 최대한 끌어내지 못하는 한 서구 (탈)근대성의 이름으로 제기되는 지적 도전을 감당하기는 어렵다.[39]

2004년 당시 필자의 이 주장에서 '민중적 동력'이란 사실상 '시민적 동력'과 동의어라는 점을 환기해둔다. 남북관계를 둘러싼 국내 현실정치의 퇴행에도 불구하고 한반도에 더이상 "아리송한 지역현실 특유의 불리한 조건"만 있는 것이 아님은 ─ 그간 남북을 하나인 동시에 둘인 '단위'로 사고하는 체계적 인식이 심화됨에 따라 ─ 지금은 더 분명해졌다고 생각한다. 즉, 분단의 체제적 현실이 작품성과 대중성을 하나로 아우르는 작품을 창출하기에 아주 불리한 조건만은 아닌바, 무엇보다 세계체제의 반주변부(=남한)와 주변부(=북한)가 하나의 체제로 작동하는 한반도라는 모호하고도 중층적인 현실 자체가 획일화·기계화되는 삶에 저항할 의지가 있는 작가들에게는 상상력을 발휘할 수 있는 최적의 시공간이 될 수도 있다는 것이다.

---

39 졸고 「세계문학에 관한 단상」, 『근대 극복의 이정표들』 421면.

물론 이같은 현실이 창작자들에게 부정적으로 작용할 여지도 얼마든지 있다. 언어는 말할 것도 없고 거의 모든 부문에서 심화된 남북간 이질성은 한반도 현실을 일관된 시각으로 성찰하는 데 장애가 될 위험도 있다. 사실 위험이 있는 정도가 아니다. 2010년 북한 문예지의 실상을 살피면서 김성수(金成洙)가 실감으로 정리한, "70년대 이후 40여년간 남한 주민과 학자들에게 너무나 '불편한 현실'이 되어버린 북한문학의 특수성"[40]을 우리가 지혜롭게 감당하지 못하고서는 통일문학사의 꿈도 요원할 것이기 때문이다. 그러나 거듭 강조하지만 민족문학이라는 공통분모를 사이에 두고 한국문학과 조선문학으로 갈라져 있는——여기에 중국, 중앙아시아, 일본, 러시아, 미국 등지에 분포된 동포문학까지 가세하면 더욱——무지막지한 이질성이 '비동시적 동시성'의 상상력을 발동시키는 계기로 작용할 수만 있다면 이야기는 달라진다. 아니, 한반도적 시각이라는 것이 일국 단위의 국민국가 모델과는 전혀 차원이 다른 복합국가를 지향하는, "한반도의 재통합과정을 비교적 안정적으로 관리할 국가연합이라는 장치"[41]에 대한 정교하면서도 철저한 현실주의적인 구상을 전제하고 있기에 작가들에게 남과 북 어느 쪽의 이념에도 얽매이지 않는 상상력의 발동을 더 자연스럽게 요구할 수 있다.

여기서 남북간에 격화된 이질성을 천착하여 그 파괴적 요인들을 제거하는 순차적 과정을 전제하는 국가연합 구상이 어떤 매개도 없이 작품에 반영되어야 한다고 주장하는 것이 아님은 물론이다. 상식 차원에서도 그같은 구상의 기계적 반영이 창작에서 바람직하지 않음은 말할 나위도 없으며, 설혹 그렇게 반영된다 하더라도 진정으로 보편의 지평에 도달하는

---

40 김성수 「통일문학 담론의 반성과 분단문학의 기원 재검토」, 『민족문학사연구』 43호 (2010) 86면. 1945~48년 해방공간의 북문예총 기관지 『문화전선』(1946~47)을 다각도로 분석한 김성수의 작업은 남북관계가 다시 꽉 막힌 상황에서 어떻게 국문학자들이 '학문적 상상력'을 발휘할 수 있는가를 보여주는 훌륭한 사례가 아닌가 싶다.
41 백낙청 「'포용정책 2.0'을 향하여」, 『2013년체제 만들기』(창비 2012) 121면.

작품이 될지는 의문이다. 한 개인의 내밀한 삶을 미세하게 다루는 경우에 우리의 삶이 얼마나 많은 중층적 매개를 거쳐 사회적 일상으로 현현되는가를 정확하게 인식하는 작가일수록 상대적으로 보편의 지평에 다가설 가능성이 크다는 점을 강조할 뿐이다.

남과 북의 일반독자들 모두가 부담 없이 즐길 수 있으면서도 서로의 현실을 역지사지하게 만드는 상상력이 얼마나 만족스럽게 작품으로 구현되었는가를 생각해보면[42] 작가들 간의 교류가 절실함을 새삼 깨닫게 된다. 현재 한국문학의 생산력과 작품의 질이 비례한다고 말하기 힘들 정도로 문학자본의 위세가 강력해진 실정에 대한 비판적인 성찰도 긴요하다. 더 중요한 것은, 역시 예술적 성취의 내용을 엄밀하게 파악하는 비평과 더불어 남북 각계각층의 독자에게 통할 수 있는 진정한 작품성 확보이다.[43] 창작자와 비평가가 이런 문제의식을 공유하면서 독자들과 더불어 20세기 한반도의 비극적 근대사에 대해 작품으로 교감한다면, 우리 실정에 맞는 새로운 형태의 삶의 구조를 한반도에 창안하려는 과업이 문학 및 문학비평과 접속할 여지는 더 넓어질 것이다.

그렇다면 그런 과업은 뜻있는 문학지식인들의 전지구적 연대 및 현대적 고전 창출이라는 목표를 지향하는 괴테·맑스적 기획으로서의 세계문학(운동)과도 자연스럽게 연동된다. 남녘과 북녘의 이질적 근대를 포괄할

---

[42] 이 문제에 대해서는 졸고 「통일시대를 위하여: 2000년대 소설을 중심으로」, 『근대 극복의 이정표들』 201~46면 참조. 나 자신은 그런 판단에서 유보적인 태도를 취했다. 하지만 평문의 말미에서 "어떤 경우든 분단시대를 침식해 들어가는 '통일시대'의 전체상을 파악하려는 노력을 포기할 수 없"음을 강조하면서 "남한의 '민족문학'과 북녘의 현실이 만나 창조적인 문학으로 진화하는 과정에서 통일시대도 앞당길 수 있기를 희망"하기도 했다.

[43] 필자가 지난 30년간 한국문학 지평에서 일어난 변화를 간략히 조감하면서 남한과 북한의 독자가 다같이 호응할 수 있을 작품으로 신경숙의 『엄마를 부탁해』를 영미권 독자들에게 집중적으로 소개한 것도 대체로 그 점을 염두에 둔 것이었다. 졸고 "Promoting Korean Literature?: A Short Note," *World Literature Today* 2010년 1·2월호(Oklahoma UP) 참조.

수 있는 운동이자 연구로서의 괴테·맑스적 기획은 현대적 고전의 창출과 축적을 가능케 하는 세계의 국지적 조건들에 대한 탐색으로 이어질 수 있을 것이다. 한반도의 실정을 염두에 두는 세계문학'들'의 엄밀한 개념적 변별작업은 그런 탐색의 일부여야 마땅하다. 국지적 현실 자체가 잉태한 보편의 지평을 세계문학운동으로 구현하는 비평이라면 한반도, 나아가 동아시아의 근대에서 유달리 뒤틀린 형태로 고착된 '일국적 편협성과 편향성'을 바로잡는 데 특별한 기운과 영감을 보탤 수 있으리라 생각한다.

동아시아의 식민지근대와 지역문학의 가능성

1. 동아시아의 지역문학이라는 가능태

한국의 연구자 입장에서 2010년대의 동아시아, 그중에서도 동북아시아, 거기서도 좀더 좁혀서 한국·중국·일본의 문학으로 구성되는 '하나'의 지역문학을 가능태(可能態)로 상정할 때 따라오는 명제는 대략 세가지다.

첫째, 이 삼국과 결코 뗄 수 없는 운명공동체인 동시에 동북아의 정치적 아킬레스건인 대만과 북한이라는 존재가 지역문학의 변수가 아니라 상수로 부각된다는 사실이다. 그런 의미에서 정확히 말하면 현실태로서 우리가 모색해볼 만한 동아시아 지역문학의 시공간 범위는 20세기 중에서 1945년 이후의 한·중·일+2(북조선·대만)이다.[1] 둘째, 한반도 및 중국

---

[1] 동아시아 지역문학에 대한 모색에서 기억할 점은 아시아가 단일한 실체는 아니라는 상식이다. '동아시아문학'이라고 하면 과거에 한자를 문어로 공유한 나라/지역들을 일단 지칭하며, 이 경우 한국의 현대문학과 특별한 관계가 있는 베트남을 비롯해 러시아, 인도, 중앙아시아, 동남아시아는 일단 포함되지 않는다. 하지만 아시아 각지에 퍼져 있는

의 '분단'을 초래한, 오늘날까지 정신적 상흔을 곳곳에 남긴 20세기 서구 식민주의라는 공통의 문제이다. 한·중·일이 각기 식민지와 반(半)식민지 및 아(亞)제국주의라는 식민체제의 전형적인 경로를 밟는 과정에서 세 나라의 지적 교류는 중국을 정점으로 하는 과거의 조공체제와는 차원이 다른 양상으로 활발해졌거니와,[2] 동아시아 역내의 이질적인 근대 체험을 하나의 공통분모로 모아들인 식민주의야말로 한·중·일을 포함한 21세기 (동)아시아문학의 발현을 추동할 수 있는 가장 근본적인—물론 역설적인 의미에서— '역사적 자산'일지도 모른다는 것이다. 셋째, 앞선 두 명제와 무관할 수 없는, 식민주의와 사실상 동전의 양면을 이루는 서구 근대의 문학자산을 올바로 수용하고 활용하는 문제이다. 삼국의 문학지식인이 각자의 현실에서 벌인 근대와의 '대결'은 1945년 이후에도 고전 창출

화어계 문학(華語系文學, Sinophone Literature)의 존재가 단적으로 예시하듯이 중국을 포괄하는 동아시아문학의 범위는 문화적·역사적 배경이 다른 입지에서 각자가 구상할 수밖에 없는 한 가변적인 성질을 띠는 것이 당연하다. 따라서 민족어를 매개로 하는 문학교류보다 한결 윤곽이 뚜렷하고 목표의식이 분명한—미국이라는 존재가 거의 상수로 개입하는—ASEAN+3, APEC, ARF 같은 (동)아시아 정치·경제공동체와는 다른 문화적 유동성이 동아시아문학에 존재한다는 사실을 염두에 두어야 한다. 그런 맥락에서 한·중·일+2라는 지역문학을 산술적 합산으로서가 아니라 운동적 실체로서의 가능태로 설정하는 담론행위는 검증을 요구한다. 검증작업은 앞으로 계속되어야 할 텐데, 그런 의미에서 "주장컨대 지역운동(regionalism)이 없이는 우리가 논할 아시아에 관한 어떤 발상도 존재할 수조차 없다"(Amitav Acharya, "Asia is not One," *The Journal of Asian Studies* 69:4, 2010년 11월호 1013면)라는 말도 각국의 사정에 따라 구체화해야 하는 과제임을 확인할 필요가 있다.

2 한·중·일 세 나라의 지적 교류 양상에 대해서는 특히 Karen L. Thorner, "Early Twentieth-Century Intra-East Asian Literary Nebulae: Censored Japanese Literature in Chinese and Korean," *The Journal of Asian Studies* 68:3(2009년 8월호) 749~75면 참조. "대다수의 추정처럼 중국인, 한국인, 그리고 대만인들은 20세기의 첫 10년 동안 그 이전 사람들이 수천년 동안 읽은 것을 다 합친 것보다 더 많은 일본의 희곡, 시, 산문을 읽었다"(754면)는 주장은 통계학적으로 검증할 길이 없다. 하지만 20세기 초반에 일본 '제국'을 중심으로 동아시아의 문화교류가 이전 시대보다 더 활발해졌다는 것은 충분히 수긍할 수 있는 사실이다. 소녀의 좀더 구체적인 작업은 Karen L. Thorner, *Empire of Texts in Motion: Chinese, Korean and Taiwanese Transculturations of Japanese Literature* (Cambridge UP 2009), 특히 Introduction, 1, 5장 참조.

의 원동력이 된바, 서로 엇물리는 식민주의의 폭력을 경험했음에도 문화적으로 공유 가능한 텍스트를 산출할 수 있었던 것은 근대에 대한 문제의식을 알게 모르게 함께 나누었기 때문이다.

그런데 이 세가지 (검증해야 할) 명제를 전제한다 하더라도 2013년 현재 어떤 구심적인 형태의 지역문학이 동북아에 존재하는가라는 물음에 대해서는 부정적인 답변이 우세할 수밖에 없을 것 같다. 공유할 수 있는 문학유산의 축적에도 불구하고 무엇보다 다섯 나라의 정치·문화 영역에 그어져 있는 무수한 단층선의 존재—중국과 대만, 한국과 북조선의 문학사 단절에 선행하는 정치적 분단 자체—가 지역문학의 실현 가능성을 의심케 하기에 충분하다.[3] 물론 번역을 매개로 유통되는 역내 문학시장의 '거래'는 매우 활발하고 이미 번역된 고전의 학문적 공유도 어느 때보다 활성화되고 있지만 지역문학의 창출에 긴요한 이념, 즉 탁월한 작품생산을 겨냥하는 이념과 운동으로서의 어떤 공통 토대가 상호교류의 밑그림으로서 동북아에서 확실한 존재감을 획득했다고 말하기는 어렵다. 그러한 토대의 핵심적 요건 가운데 하나가 바로 '역사인식'의 공유가 아니겠

---

3 사정이 그렇다면 동북아의 5개국 문학에서 작가들이 구체적으로 동아시아지역을 어떤 방식으로 상상하고 있는가를 따져봄직하다. 예컨대 안천(安天)의 경우 오오에 켄자부로오와 무라까미 하루끼의 주요 작품을 분석한 끝에 "일본에서 '동아시아문학'은 아직 관념으로만 존재한다"는 결론을 내렸다. 그러나 과연 나머지 네 나라에도 그같은 결론이 적용 가능한지 물어야 한다. 실상 하루끼는 어떨지 모르지만 안천도 분석한 바 있는 오오에의 문제작 『만엔원년의 풋볼(万延元年のフットボール)』(1988)만 해도 그렇게 간단한 단언을 허용치 않을 만큼 일본의 탈아입구(脫亞入歐)로서의 역사는 물론이고 한국과 미국이 고통스럽게 맞물리는 근대의 어둠도 다각도로 환기하고 있다. 『만엔원년의 풋볼』의 화자 미쯔사부로오가—일본의 자기파멸적 근대를 개인적 삶의 내밀한 풍경으로 현현한—동생 타까시의 죽음을 뒤로 하고 아프리카로 행로를 돌리는 문제적인 결말만 해도 일본 내 (삶에 뿌리내리지 못한) 동아시아의 존재방식을 역설적으로 드러낸다는 주장은 얼마든지 가능하다. 동아시아 지역문학이 현재 동북아 각국에서 관념으로만 존재한다 하더라도 그런 관념의 존재 자체가 지역문학의 물적 토대를 이미 암시하는 것이다. 안천의 논의는 「전후 일본의 문학담론과 아시아적 시각」, 『창작과비평』 2011년 겨울호 참조.

는가. 단적인 예로 북조선이나 대만은 차치하더라도 한·중·일 삼국의 (문학)지식인들이 식민주의를 논제를 삼을 때 서로 느끼는 거리감이나 불편함은 바람직한 이념과 연대의 추구보다 각개약진으로서의 창작활동에 더 알맞은 정서인 것이다.[4]

하지만 그 점을 인정하고 나면 한국과 북조선, 중국과 대만, 한·중·일의 착종된 관계는 동아시아 지역문학의 성립 가능성을 의심하기보다는 오히려 그 가능성의 지평을 적극적으로 상상하는 성찰의 훈련을 요구한다는 점도 한층 분명해진다. 한·중·일(+북조선·대만)을 묶는 동아시아 지역문학의 가능태를 상정한다면 우리는 어디서부터 출발해야 할까? 여기서 결정적인 것은, 괴테가 언급한 '세계문학'의 이념과 같은 것[5]이 현재 동아시아 문학지식인들의 교류에서 바야흐로 싹을 보이고 있다는 사실이다. 이러한 때 괴테가 구상한 세계문학의 이념은 중요한 참조사항이 되려니와, 맑스의 변증법적 사유도 그 이념을 연대와 운동으로서의 지역문학

---

4 동북아시아 사상사 관련 소규모 학술토론회에 참여한 쑨 꺼의 다음과 같은 술회는 정도차가 있을지언정 한국과 대만, 일본의 지식인들이 공유하는 '감정'이 아닐까 싶다. "나는 한국 친구더러 한국에 대해 매우 우호적인 일본 친구에게 그 문제(제2차 세계대전—인용자)에 대해 물어볼 것을 청했다. 잠시 후 한국 학자가 일본 학자에게 전쟁책임 문제에 대해 어떻게 생각하느냐고 묻자 장중의 분위기는 일순간 매우 어색해졌다. 분노한 질문자나 어물쩍 넘어가려는 답변자 모두 동일한 문제를 마주하고 있었다. 우리가 아무리 개인적 차원에서 우호와 평화를 향해 함께 나아가는 데 동의한다 하더라도, 그것이 역사적인 화해를 의미할 수 없다는 까다로운 문제에 말이다. (⋯) 우리들이 우회를 앞세워 그러한 어색함을 덮어보려 하면, 그것은 한층 선명한 모습으로 우리에게 되돌아오곤 한다. 이같은 원한과 어색함은 순수한 개인적 경험이나 이데올로기적 조작의 결과가 결코 아니다."(쑨 꺼, 류준필 외 옮김『아시아라는 사유공간』, 창비 2003, 42~43면)

5 여기서 '같은 것'이라는 표현을 쓴 까닭은, 괴테가 제창한 '세계문학'도 당대에는 다분히 이념 차원에 머물러 있었음을 강조하기 위해서다. 즉, 당시 유럽문학의 판도는 그런 이념에 실질을 부여할 수 있는 내용을 채우지는 못한 상태였다는 인식을 전제하는 것이면서도 '지구화'가 실질적으로 진행되고 있는 21세기 오늘날 세계문학의 이념은 새로운 정비가 필요하다는 점을 부각시키기 위한 표현이다. 세계문학'들'의 범주에 관한 구체적인 논의는 본서에 실린 졸고「'세계문학'의 개념들: 한반도적 시각의 확보를 위하여」참조.

그리고 세계문학으로 구체화하는 작업에서 소홀히 할 수 없는 것이다. 물론 그럴수록 동아시아문학을 논하는 학술담론도 우선은 가능태로서의 과제에 관한 탐구일 수밖에 없다는 사실을 솔직하게 시인하는 자세가 필요하다. 실질이 따르지 못해서 관념의 나락으로 추락할 위험이 상시적으로 존재하는 담론행위라는 말이다.

하지만 그럴수록 사회과학 영역에서 더 활발한 동아시아담론을 적극적으로 문학의 영역으로 끌고 들어와 활용할 필요가 커진다. 특히 "지리적으로 고정된 경계나 구조를 가진 실체가 아니라, 이 지역을 구성하는 주체의 행위에 따라 유동하는 역사적 구성물"[6]로서의 동아시아라는 발상은 동아시아의 문학을 논하면서 창의적으로 구체화해볼 만한 주제이다. 요컨대 동아시아라는 발상은 현실에서 그 경계가 연동·변화하는 동아시아문학의 실재(實在)를 역사적 맥락에서 파악하는 동시에 우리 시대에 희망함직한 연대와 운동으로서 '세계문학'의 지평을 동아시아 지역문학(운동)에 대한 탐색으로써 열어가려는 취지에서 나온 것이다.

2. 식민주의 재론: 김흥규·황종연 논쟁의 비판적 검토

한국의 문학현장에서 동아시아문학의 취지를 비평의 형식으로 살리려고 할 때 윤선태(尹善泰)의 논문에서 촉발된 김흥규(金興圭)·황종연(黃種淵) 논쟁은 맞춤한 출발점을 제공해준다. 이들의 논쟁은 넓게는 동아시아의 식민지근대라는 논제와 닿아 있으며, 좁게는 19세기 말 20세기 초 한반도에 새로운 사조로 유입된 '문학'과 '소설' 범주에 대한 발본적 성찰을

---

6 백영서 「연동하는 동아시아, 문제로서의 한반도」, 『창작과비평』 2011년 봄호 22면. 백영서가 정리한 대로 그런 작업은 마땅히 19세기 말과 20세기 초에 3국에서 각기 제기된 '동양 3국의 연대' 담론과 1970년대 말부터 80년대 전반기에 부각된 제3세계문학론의 비판적 독해를 포함한다.

요구하고 있다. 이 절에서는 지금까지 전개된 두 사람의 논쟁을 큰 틀에서 개괄하고, 식민주의의 몇가지 쟁점을 재검토하겠다.[7]

논쟁의 포문을 연 이는 김흥규이다. 식민주의를 둘러싼 쟁점에 관한 그의 비판은 단호했다. 처음 문제삼은 대상은 재미 한국학 연구자인 신기욱과 헨리 임의 저서 및 논문이었다.[8] 김흥규는 두 학자에게 "단절적 근대주의의 폐쇄성"이라는 혐의를 걸고 나름의 치밀한 고증을 수행한 바 있는데(김, 2008년 가을호), 곧이어 시선을 국내로 돌려 『신라의 발견』에 실린 황종연의 「신라의 발견」과 윤선태의 「'통일신라'의 발명과 근대 역사학의 성립」에 '화력'을 집중한다. 두 글을 검토한──「신라의 발견」에서 다뤄진 현진건과 이광수의 소설은 논외로 했지만──김흥규는 하야시 타이스께(林泰輔)의 '입론' 이전으로 거슬러올라가는 삼한통일론의 복잡다단한 역사적 기원들을 환기하면서 황종연과 윤선태 모두 "역사의 다선적 얽힘과 중층성을 이분법적으로 단순화한다"고 비판한다.(김, 2009년 가을호

---

7 지금까지 논쟁과 연관된 저서와 지면에서 전개된 논쟁문은 다음과 같다. 김흥규 「정치적 공동체의 상상과 기억: 단절적 근대주의를 넘어선 한국/동아시아 민족담론을 위하여」(『현대비평과 이론』 30호, 2008년 가을호); 황종연 엮음 『신라의 발견』(동국대출판부 2008); 김흥규 「신라통일 담론은 식민사학의 발명인가: 식민주의의 특권화로부터 역사를 구출하기」(『창작과비평』 2009년 가을호); 윤선태 「'통일신라론'을 다시 말한다: 김흥규의 비판에 대한 반론」(『창작과비평』 2009년 겨울호); 김흥규 「한국 근대문학 연구와 식민주의: 김철·황종연의 담론틀에 관한 비판적 검토」(『창작과비평』 2010년 봄호); 황종연 「문제는 역시 근대다: 김흥규의 비판에 답하여」(『문학동네』 2011년 봄호); 김흥규 「식민주의와 근대의 특권화를 넘어서: 황종연의 반론에 답하며」(『창작과비평』 2011년 가을호). 「문제는 역시 근대다」는 황종연의 평론집 『탕아를 위한 비평』(문학동네 2012)에도 실려 있지만 인용은 잡지본을 기본으로 하고 괄호 안에 저자의 성(姓)과 잡지의 발행년도 및 계절, 페이지 수만 표기하도록 한다.

8 각각 Gi-Wook Shin, *Ethnic Nationalism in Korea: Genealogy, Politics, and Legacy* (Stanford UP 2006); 헨리 임 「근대적·민주적 구성물로서의 민족: 신채호의 역사서술」, 신기욱·마이클 로빈슨 엮음, 도면회 옮김 『한국의 식민지 근대성』(삼인 2006) 참조. 신기욱의 영문 저서는 『한국 민족주의의 계보와 정치』(이진준 옮김, 창비 2009)로 국내에 소개되었으며, 헨리 임의 원문은 Gi-Wook Shin and Michael Robinson ed., *Colonial Modernity in Korea* (Harvard University Asia Center 1999)에 수록되어 있다.

393면) 그리고 그런 기원들을 무시 또는 외면하면서 "삼국통일과 관련된 신라사 인식이 모두 식민주의의 산물이며 민족주의 역사학은 이를 받아쓴 데 불과하다고 보는 것은 자료상으로 지탱될 수 없고, 방법론적으로도 식민주의의 특권화라는 비판을 면하기 어렵다"고 하면서 선을 긋는다.(김, 2009년 가을호 395면) 이에 대한 윤선태의 반론은 삼한통일론이 하야시로 대변되는 일제의 학술적 '발명품'이라는 데로 모아진다. 한마디로 말해서 김흥규가 "'모든 근대는 식민지근대'라는 모토를 도저히 이해할 수 없었"기 때문에 명백하게 객관적인 사론조차 받아들일 수 없었다는 것이다.(윤, 2009년 겨울호 384면)[9]

---

9 하야시 타이스께의 『초오센시(朝鮮史)』가 갖는 역사적 의의 및 '일통삼한(一統三韓)'을 둘러싼 문헌학적 고증의 구체적 쟁점은 나 같은 영문학도로서는 감당이 안되는 문제다. 일단 "오늘날의 신라통일론은 하야시에 의해 최초로 제시되었다"는 윤선태의 주장(윤, 2009년 겨울호 377면)도 일제시대 이전의 사료(史料)들과 비교해서 판단할 능력이 없음을 솔직히 밝혀두는 것이 좋겠다. 그럼에도 분과학문의 독점적 경계를 의문시하는 필자로서 윤선태가 제기한 쟁점이 논평조차 덧붙일 수 없는 난제는 아니라고 생각한다. 무엇보다 하야시의 『초오센시(朝鮮史)』가 신라의 삼국통일 과정과 관련해 이전 사료들을 근본적으로 다른 방식으로 해석해냈는가는 적어도 윤선태의 논문만 가지고는 판단하기 힘들다는 것이 문외한인 나의 일차적인 느낌이다. 그런 인상을 떠나서 한마디 덧붙인다면, 식민지시대에 씌어진 하야시의 『초오센시(朝鮮史)』와 이전 시대 문헌들을 비교하면서 『초오센시(朝鮮史)』에 독점적·배타적인 의미를 부여하는 방식이 과연 얼마나 역사가의 역사인식에 충실할 것인지는 의문이다. 그런 방식의 텍스트 읽기는 오히려 프레더릭 쿠퍼가 손꼽은 바 있는—서구의 (탈)식민주의 담론에서 성행하는—네가지 몰역사적 연구태도 가운데 하나에 해당하는 것은 아닌가라는 의심이 든다. 쿠퍼는 그런 태도를 ① 특정 시대의 텍스트를 뽑아내서 다른 시대의 텍스트와 비역사적으로 비교하기(Story Plucking) ② 중간고리를 건너뛰어 상이한 A시대와 B시대 사이에 인과관계 설정하기(Leapfrogging Legacies) ③ 현재의 쟁점을 부각시키기 위해 시대착오적으로 과거의 역사적 현실로 거슬러올라가 해석하기(Doing History Backward) ④ 역사적 사건들이 연대기적으로 연속된다는 가정에 입각하여 시대적인 의미를 부여하기(The Epochal Fallacy)로 분류한 바 있다. 그의 분류법에 따르면 하야시의 『초오센시(朝鮮史)』에 배타적인 의미를 부여하는 윤선태의 해석방식은 ①과 ② 모두에 걸리는 것이 아닌가 싶다. 그런 연구태도의 맹점에 대한 좀더 자세한 논의는 Frederick Cooper, *Colonialism in Question: Theory, Knowledge, History* (University of California Press 2005) 17~22면 참조.

그러자 김흥규는 윤선태의 반론은 접어두고 '확전'을 꾀한다. 이번에는 황종연과 김철(金哲)의 담론틀을 조준한다. 김흥규는 학자로서 두각을 나타낸 사뭇 다른 학문적 이력과 경향의 두 논자가 "근대를 식민 기원(紀元)의 시간구획 속에서 보고 그 외래성을 일방적으로 강조하는 역사인식"(김, 2010년 봄호 313면)을 공유하고 있다고 진단한다. 동시에 그런 역사인식은 "모든 반식민운동과 민족담론들을 제국주의가 발신하는 일방적 회로 속의 반사체(反射體)로, 그리고 대개는 저급한 복제품으로 전제하는 담론틀"(김, 2010년 봄호 308면)을 공유한 데서 비롯된다고 주장한다. 핵심 논점은 역시 근년 한국문학 연구에서의 민족주의 문제로 모아진다. 김흥규가 자신도 그 나름의 편벽이 분명히 있었다고 인정한 국문학계의 민족주의적 시각을 비판하는 과정에서 그는 두 논자 모두 비판의 설득력만큼이나 그릇되고 편향된 인식을 드러냈다고 공박한다. 김흥규는 두 학자의 입론을 조목조목 점검한 끝에 이렇게 결론을 맺고 있다.

　다른 한편 하야시의 『초오센시(朝鮮史)』를 둘러싼 논란에 대한 황종연의 개입은 그 자신이 수용하고, 어떤 면에서는 자부심까지 느끼는 저항담론으로서의 탈식민담론의 '기본'에 충실하지 않다는 의구심을 떨치기 힘든 것이 사실이다. 가령 그는 "조공·책봉의 사대질서 속에 있었던 전통시대에는 애초 신라의 통일을 나·당의 대립국면에서 찾는다는 것이 거의 불가능하였다"(윤선태 「'통일신라'의 발명과 근대 역사학의 성립」, 『신라의 발견』 60면)라는 주장에 공명하면서, "신라와 당의 대립을 일종의 클라이맥스로 하는 신라통일의 서사는 한국이 중국에 대하여 스스로를 신하로 여기고 있었던 전근대에는 상상하기 어려운 것이었음에 틀림없다"(황, 2011년 봄호 431면)고 단정했다. 하지만 이는 중국을 정점으로 하는 동아시아 조공체제가 이데올로기적으로 전혀 물샐틈 없이 관철되는 지배구조라는 가정하에서만 유효한 주장이다. 물론 이 문제는 실제로 조공체제의 구속력이 어느 정도였는가에 대한 '실증적'인 연구가 선행되어야 해소될 수 있을 것이다. 일단 그 점을 전제한다면 윤선태뿐만 아니라 황종연의 공세는 이념 공세와 사실상 구분하기 어려워진다. 즉 라나지트 구하(Ranajit Guha)의 지식인 중심의 식민주의 탈피작업에 대한 가야트리 스피박(Gayatri Spivak)의 고전적인 문제제기, 즉 "아랫것들은 말할 수 있는가?"(Can the Subaltern Speak?)가 갖는 이중의 함의를 무시하는 단순한 발상으로 보이며, 일종의 정사(正史) 중심주의의 혐의에도 걸릴 공산이 크다고 본다.

민족이라는 거대 주체의 필연으로 역사와 문학을 보려 한 것이 과거의 문제였다면, 최근 10여년 내의 근대사와 문학연구 동향은 식민체제를 파놉티콘(panopticon)처럼 전능화하면서 또다른 필연의 논리에 기울어진 느낌을 준다. 내재적 발전론이 집착했던 1국사의 시야는 이런 추세 속에서 1.5국사(제국 + 식민지)의 종속적 구도로 환치되는데, 이것을 역사인식의 확장이라고 말해야 할 것인가. 제국주의─식민주의를 발광체로 놓고 피식민자를 반사체로 가정하는 논법이 1.5국사의 구도와 공생하고 있는 것은 아닌가. 우리에게는 이런 의문을 넘어설 만한 담론틀이 필요하다. (김, 2010년 봄호 324면)

이런 결론에서 주목할 점은 두가지다. 하나는 내재적 발전론에 집착한 일국사적 시각으로부터의 탈피라는 과제이다. 다른 하나는 제국과 식민지로 시야를 열기는 했으나 제국을 중심에 놓고 그 양자의 역학을 사유하는──민족주의적 편향을 교정하는 과정에서 또다른 편벽에 빠진──탈민족주의 담론에 대한 문제제기이다. 내재적 발전과 외재적 발전이라는 해묵은 구도를 넘어서는 새로운 담론틀이 필요함을 역설한 김흥규의 문제의식에 김철은 묵묵부답이었다. 반면에 황종연은 1년 후에 반박문을 발표한다. 그는 논쟁의 쟁점들──삼한통일론, 언어횡단적 실천, 노블(novel) 개념, 근대와 민족 등──을 전방위로 재검토하면서 김흥규의 비판을 일일이 문제삼는다. 거두절미하고 황종연의 결론을 위에서 인용한 김흥규의 맺음말과 대비해보면 논쟁의 갈림길은 확연하다.

한국 민족주의는 일본이 그 중심이었던 트랜스내셔널한 언론 문화 속에서, 그리고 일본 식민주의와 문명론의 어휘를 공유하면서 출현했다. 또한 나의 신라론은 한국의 민족문화를 구성하는 관념, 이미지, 이야기들이 원형민족적 일체감의 연장이기보다 근대 인텔리겐챠의 발명품임을 알려준다. 한국 역사가나 문학 연구가들은 한국 민족을 주어로 놓고 근대를 술어로 놓는 담론 방식을 좀처럼 버리지 못하고 있다. 지금도 한국 민족이 자주적으로 근대화되었는가, 종속적으로 근대화되었는가를 이야기한다. 그러나 정말 중요한 문제는 민족이 어떻게 근대를 겪었는가가 아니라 근대가 어떻게 민족을 만들었는가이다. 한국이 어떻게 지금의 한국이 되었는가를 알기 위해 우리는 민족보다 근대에 대해 더욱 많이 생각해야 한다. 문제는 역시 근대다. (황, 2011년 봄호 451~52면)

민족과 근대, 식민주의 등을 두고 벌어진 두 학자의 견해차에 대해 여기서 나 자신의 어떤 확정적인 입장을 밝힐 일은 아니다. 그 차이의 실상과 이들이 제기한 구체적인 쟁점들을 필자가 다 소화할 능력도 없고 그럴 계제도 아닌 터라, 앞서 언급한 대로 동아시아의 식민지근대라는 화두에 초점을 맞춰 서술하는 방편을 택하겠다.

먼저 황종연의 작업에 대해 "모든 반식민운동과 민족담론들을 제국주의가 발신하는 일방적 회로 속의 반사체(反射體)로, 그리고 대개는 저급한 복제품으로 전제"한 결과물이라고 몰아세운 김흥규의 비판은 지나치게 단정적인 평가로 보인다. 이와 비슷한 맥락에서 김흥규는 "식민체제에 저항하거나 전면적 굴종 이외의 길을 찾으려 했던 여러 모색들이 일본 제국주의로부터만 배우고, 그것을 닮는 방향으로만 움직였다고 총체화"한다며 황종연을 꼬집기도 했다.(김, 2010년 봄호 309면) 그러나 황종연 입론의 기본취지에 관한 한, 한반도의 식민지근대 및 그 문학을 논하는 과정에서 민족주의=파시즘의 공식으로까지 나아간 듯한 김철이나 탈식민담론의 해석틀을 전근대 한반도의 역사현실에 기계적으로 적용한 기색이 역력한 윤선태 등과는 차이가 있다고 본다. 그의 입장은, 김흥규의 표현을 그대로 빌려오면, "식민지하의 민족주의나 조선학이 식민자로부터 배우고 모방한 바가 많으며, 불가피하게 혼종적이라는 견해"이며 "그 혼종성의 내력을 은폐함으로써 민족주체의 순결성을 강변해온 논법들은 타파해야 한다는 주장"(김, 2010년 봄호 309면)에 상대적으로——적어도 그 의도에서만큼은——가까운 것이 아닌가 싶다.[10]

그런데 문제는, 논자가 그런 의도를 가지고 담론을 펼쳤다 하더라도 의도와 결과가 반드시 일치하라는 법은 없다는 사실이다. 황종연의 작업에 관한 한 그런 의미에서 양면의 평가가 불가피하다. 예컨대 그가 지금까지 발표한 연구논문에서 특히 좌표가 두드러지는 이광수(李光洙) 문학 연구에서도 그건 마찬가지이다. 황종연은 민족주체의 순결성을 강변해온 논법들을 비판적으로 해체하기 위해 이광수 문학이 갖는 선진성 및 혁신적 의의를 논구해온 것으로 보인다. 그의 이광수 재인식 작업은 "『무정』이 달성한 문학적 혁신을 인정하는 데 대개 인색한"[11] 한국의 민족주의적 비평가들에 대항하기 위한 그 나름의 이론적인 타개책인 듯하다. 그가 염상섭이나 채만식이 아닌 이광수를 두 차례에 걸쳐 집중적으로 조명한 것도 "70·80년대 한국학계에 식민사관과의 싸움 속에서 형성된 낡은 비판 모델의 지루한 연명(延命)"(황, 2011년 봄호 447면)을 끝장내겠다는 의지의 반영이라고 하겠다.[12] 황종연은 반론과정에서 김홍규가 그런 낡은 모델에

---

10 다음과 같은 황종연의 발언도 그런 짐작을 뒷받침하는 사례에 해당한다. "견실한 문헌실증의 방법과 가상의 일선동조론을 결합시킨 일본인의 조선사 연구는 조선인이라는 단일한 민족도 없고, 조선인 나름의 독자적 서사도 없는 조선반도에서의 괴뢰적 역사를 지어냈다. 그것은 또한 조선이 일본으로부터 분리되어 중국의 속국이 되었다가 다시 일본과 융합하고 있다는, 일본제국의 힘을 확인하는 희극적 플롯이었다."(「신라의 발견」 28면)

11 황종연 「노블, 청년, 제국: 한국 근대소설의 통국가간(通國家間) 시작」, 『탕아를 위한 비평』 413면.

12 황종연이 제국이라는 중심부와 식민지라는 주변부의 복합적 관계를 고찰하면서 다룬 작가가 이광수만 있는 것은 아니다. 길게 논할 수는 없지만 「아이덴티티의 장소로서의 경주」(『한국문학연구』 39집, 2010)에서는 현진건과 이태준의 작품으로 대상을 확장하고 있다. 다른 한편 「신라의 발견」에서 다뤄진 이광수의 장편 『원효대사』까지 치면 지금까지 황종연이 이광수를 조명한 것은 세 차례다. 내가 읽기로 황종연의 양가적 분석은 『무정』론보다는 『원효대사』론에서 한결 설득력 있고 날카롭게 발휘된 것 같다. 두 작품간의 질적 차이가 그런 분석을 가능케 했다고 볼 여지도 있지만, 그렇게만 생각하기 어려운 면도 있다. 아무튼 그의 입장을 단순히 서구 식민주의 담론의 추종으로 단정

집착하고 있다고 비판한 것이다.

낡은 모델에 집착한다는 혐의가 얼마나 온당한가는 더 따져볼 참이지만 일단 황종연의 논법이 전개되는 과정과 그 결론을 헤아려보면——그의 거듭되는 항변에도 불구하고——리디아 리우(Lydia Liu)가 개진한 손님/주인 모델보다는 상대적으로 서구 비교문학의 고답적인 인식틀인 원천언어(source language) 대 목표언어(target language)라는 해석모델에 기울고 있다는 느낌이 든다.[13] 황종연의 「문학이라는 역어」에서도 그같은 인상을 떨치기 어렵다. 일단 이광수가 「문학이란 何오」(1916)에서 최초로 개진했다고 하는——그전까지 동양에서는 존재하지 않았다는——문학개념에 대한 황종연의 설명은 수사적(修辭的) 과장에 가깝다. 이광수를 "포함한 일본 유학생들이 두루 받아들인 지정의론"[14]이라는 세 영역 가운데서 '정'으로 문학의 영역을 배타적으로 좁힌 이광수 문학론 자체의 한계를 황종연이 철저하게 파고들지 않는다는 점도 그런 생각을 더하게 한다.[15] 어떤

하기 어렵다는 것은 『원효대사』론에서도 확인된다.

13 황종연은 김흥규의 비판을 두고 "나의 연구가 그렇다는(손님언어-주인언어 모델보다 원천언어-목표언어에 가깝다는——인용자) 증거를 「문학이라는 역어: '문학이란 하오' 혹은 한국 근대문학론의 성립에 관한 고찰」이나 「노블, 청년, 제국」에서 찾아 내놓지 못하고 있다"(황종연, 2011년 봄호 437면)고 꼬집은 바 있지만 나는 그 '증거'라는 것이 결국 비평적 평가의 영역에서 찾아진다고 생각한다.

14 황종연 「문학이라는 역어」, 『탕아를 위한 비평』 464~65면.

15 지(知)·정(情)·의(意) 각각에 대한 개념 인식의 중요성은 어떤 근대문학론에도 필수불가결하다고 보지만 지와 의의 영역에서 정의 영역을 분리하고 정을 '문학'의 본령으로 이광수가 귀속시킨 것 자체는 결코 이광수 문학의 '진보성'을 보증하는 것으로 해석하기는 어렵다. 1900년대와 1910년대 식민지조선에서 통용된 '문학'개념에 대한 포괄적인 논의로는 특히 권보드래 『한국소설의 기원』(증보판, 소명출판 2012) 1~2장 참조. 이광수가 말하는 '정'이 계몽주의와 개인주의의 특이한 결합이라고 해도 그것은 예컨대 영문학에서 존 스튜어트 밀이 결정적으로 단초를 마련한 순문학주의와 유사한 성질을 띠고 있는 것이다. 이는 이광수의 '정'이 동양의 '문'과 '문학'의 긴장을 살려냈다기보다는 후자의 다분히 편협한 문학주의로써 '문'을 해소했다는 말도 된다. 물론 이것을 얼마나 이광수 개인의 한계로 돌릴지는 또다른 운산이 필요한 문제로 보이기는 한다. 권보드래의 논구처럼 "중국과 마찬가지로 동아시아 한문 문명의 전통 위에 서 있었던 한국에서도 이런 충돌의 가능성(동아시아의 전통적인 문개념과 근대적 의미에서의 문

면에서는 임화의 춘원 평가에서 일보 후퇴한 것이 아닌가 하는 의심마저 든다. 황종연이 임화를 안 읽었을 리는 없겠지만 가령 다음과 같은 임화의 평가에 그가 얼마나 동의할지 궁금하다.

더욱이 나는 춘원의 작품이 내용하고 있는 세계관적 요소라는 것의 본질이란 그 작품이 씌어진 시대의 이상에 비하여 뒤떨어졌을 뿐만 아니라, 이 뒤떨어졌다는 것의 성질이 민족부르주아지가 그 역사적 진보성을 포기한 기미己未 이후, 이 계급이 가졌던 환상적 자유와 대단한 근사점을 가지고 있다는 구체적 이유에 의하여 이 시대의 춘원의 작품의 진보성을 그리 높게 평가하는 데 항의하는 자이다.[16]

춘원 문학의 진보성에 관한 임화의 이러한 발언은 그 자체로 훨씬 심도 있는 해명을 요구한다. 하지만 만약 춘원의 장편을 1930년대 염상섭(廉想涉)이나 채만식(蔡萬植)의 작품과 견주어본다면 그의 '항의'에 토를 달기는 어려울 것이다. 다음 절에서 이광수의 문학에 대한 임화의 해석을 내 나름으로 좀더 발전시켜볼 생각인데, 아무튼 식민주의에 대한 협력과 저

학개념의 충돌 가능성 ―인용자)은 있었다고 보아야 할 것이다. 그러나 '문학'이라는 개념의 성립과정에서 이 가능성이 실현되었던 적은 없었던 것으로 보인다. 근대적 문학개념이 형성되기 시작한 1910년대 이후까지 전통적인 문개념이 남아 있었음에도 불구하고 이 둘이 뚜렷한 긴장관계를 형성한 적은 없었던 셈이다. 한국의 경우에는 그만큼 전통적 인식과 새로운 사유가 적극적으로 길항하지 못한 것으로 보인다."(권보드래 『한국소설의 기원』 44면) 권보드래의 기본취지를 받아들이면서도 1910년대 이후, 특히 3·1 만세운동 이후로 시야를 넓혀서 보면 약간의 수정이 필요할지도 모르겠다. 즉 식민지조선―이 경우 서술은 '한국'이 아닌 식민지조선이어야 한다―에서 문과 문학의 길항관계를 하나의 탁월한 작품으로 현현한 가장 상징적인 사례로 만해의 『님의 침묵』만 한 '발화'를 찾아보기 어렵거니와, 이상(李箱)은 잔존하는 '문'의 생명력을 근대의 첨단의식과 그 문학적 실험에 타의 추종을 불허하는 방식으로 귀속시킨 발군의 작가가 된다.

16 임화 「조선신문학사론 서설(序說): 이인직(李仁稙)으로부터 최서해(崔曙海)까지」, 임규찬 책임편집 『임화문학예술전집 2: 문학사』(소명출판 2009) 398면.

항을 모두 내면화한『무정』의 양면성을 다 파악했으되 종합적으로 엄밀한 평가에까지 이르지 못한 황종연에 대한 김흥규의 비판[17]은 여전히 유효하다고 본다.

그럼에도 황종연의 담론들이 "노블이라는 방사체(放射體)가 세계 각지에 침투·적응하여 장르적 식민화를 달성한다는 '노블 제국주의'의 보편성"에 얽매여 있다고 단정하는 것은(김, 2010년 봄호 318면) 다시 생각해볼 일이다. 단적으로 한국소설사에 '문제적 고전'으로 편입된『무정』(『매일신보』1917. 1. 1.~1917. 6. 4.)에 뭔가 획기적인 의미를 부여하려는 황종연의 시도에서도 이론적인 전진이랄 만한 것이 없지 않기 때문이다.[18] 그는 기본

---

17 "식민주의를 가치론적으로 합리화하지 않았을지라도, 그것이 담론 생산의 원천으로서 독점적 위상을 지니는 듯이 가정함으로써 '발생론적으로 특권화'했다."(김, 2011년 가을호 476면)

18 그러한 이론적인 전진에 관한 한 황종연은 '문제적인 케이스'다. 「노블, 청년, 제국」에서 그가『무정』을 논하며 다음과 같이 제시한 결론도 그 한 예에 속한다. "20세기 초반 서양식 한국소설의 발생은 일본 제국주의하에서 한국인들이 겪은 문화적 자율성의 상실을 반영하는 것임에 틀림없다. 그러나 다른 한편으로 그것은 한국인들이 제국적, 전지구적 근대성의 문화에 적응하여 그들 자신을 정의하고 그들의 운명을 결정하는 허구 창작의 기술을 그들의 문학장르 내에 보유하기 시작했다는 증표이기도 하다." 흥미로운 점은 황종연이『무정』을 외국 독자에게 소개하는 글의 결론에서는 강조점의 선후가 바뀐다는 사실이다.("*The Heartless* thematized the self-formation of youth against the background of a society in turmoil, and by doing so it propelled the dynamics of modernity into Korean fiction, but at the same time it failed to endow a narrative language to Koreans' efforts to make their own history and decide their own fate. Much more time was needed before the novel form became adequate for Koreans' self-expression."—"*The Heartless*," Franco Moretti ed., *The Novel*. vol. 1, 785면) 한국어 논문에서는『무정』에서 서양식 한국소설의 주체적 정착이 이룩되었음을 강조한 반면에, 영어 소개글에서는 한국인들 자신의 역사와 운명을 만들어가기 위한 서사의 창출에서 이광수가 성공하지는 못했음을 더 부각시킨 형국이다. 그런데 중요한 것은, 평가의 이런 전도(顚倒)가 단순한 우연이나 부주의라고 보기 어렵다는 사실이다. 나는 이같은 이광수 평가도 식민주의의 특권화와 전혀 무관하지는 않다고 보는 입장인데, 문학 작품을 읽는 양가적 태도에 관한 한 나의 다음과 같은 주장은 인용해볼 만하겠다. "제국의 문학개념이 식민지에 '도착'해서 일으킨 결코 단순치 않은 변화를 성찰하는 데서 핵심은, 식민주의의 특권화에 대한 비판보다는 서구 근대와의 '만남'에서 비롯된 서사

적으로 1980년대를 풍미하고 오늘날까지 민족주의 틀에 얽매여 있는 '민
족문학론자들'을 겨냥해『무정』이 한국소설사에서 갖는 신기원적 면모를
거듭 강조해왔으며, 사실『무정』이 지닌 그 신기원적 면모의 어떤 일면은
부정하기 어렵다. 그러나 이 글에서 거듭 주의를 환기하고픈 점은, 이광
수의 작품에 잔뜩 묻어 있는 식민주의의 얼룩에 대한 황종연의 이론적 해
명이 사실상 비평적 평가와 따로 논다는 사실이다. 아무튼 그런 맥락에서
도 김흥규가 제기한 식민주의의 특권화라는 혐의 자체는 무효화되지 않
는다. 다른 한편 바로 그렇기 때문에 민족문학운동과 함께 한 시대를 풍
미했으나 이제는 한국문학 연구의 낡은 패러다임으로 규정되는 것들, 즉
"민족이라는 인식단위에 집착한 연구, 근대를 향한 단선적 진보사관, 그
리고 이들을 희망적으로 결합시킨 내재적 발전론의 구도"(김, 2010년 봄호
300면에서 재인용)에 대한 황종연의 '과도교정'이 얼마나 과도한가를 정확
히 따져봐야 한다.

　다시 논쟁의 쟁점으로 돌아가보자. 김흥규의 비판에 대해 황종연은 일
통삼한에 관한 윤선태의 주장을 옹호하는 동시에 곡해, 변개, 왜곡 등등
의 표현을 동원해 김흥규를 반박하면서 쟁점의 무게중심을 식민주의에서
근대로 옮긴다. 「문제는 역시 근대다」에서 "사태를 '경계 위에 놓고' 어느
한쪽을 특권화하지 않으면서 입체적으로 보아야 할 당위성이 원론적으로
나마 시인된 것은" 논쟁의 중요한 전진이라고 할 수 있다. 그런 맥락에서
이광수의 문학론이 안고 있는 문제, 더 나아가 그의 창작품에 대한 평가
를 두고 (다시) 씨름해볼 만하지만 '번역된 근대', 식민지근대, 노블형 소
설, 손님/주인 모델에 대한 비판적 검토 등의 사안에 관한 한 역시 춘원보

　양식의 형질변화가 과연 식민지근대의 극복의지를 다른 무엇이 아닌 작품으로 구현하
는 차원에 이르렀는가 하는 것이다. 아무리 식민지근대가 흑백논리의 자명성이 통할
수 없는 회색의 시대였다 하더라도 문학비평에서 궁극적으로 피할 수 없는 물음은 바
로 이것이다."(졸고「세계체제의 (반)주변부와 근대소설」,『창작과비평』 2010년 여름호
89면; 본서 488면. 이 졸문은 전면 개고하여 본서에 수록했다)

다는 만해, '이상, 염상섭, 채만식 등이 더 의미심장한 공부거리가 아닐까 싶다. 또한 서구 근대의 수용과 극복의 맹아를 해방 전에 이미 파악한 괄목할 비평의 사례로는 앞서 인용한 바 있는 임화를 첫손 꼽아야 마땅하리라 본다. 그런데도 황종연이 이광수를 그토록 표나게 앞세운 것은, 엄밀한 비평보다는 민족주의·민족문학 비판이라는 정치적 의도가 앞섰기 때문일 것이라고 짐작된다.[19] 실제로 김흥규 자신부터가 "나는 민족을 상고시대 이래의 항구적 실재라고 보는 원초적 민족주의를 옹호하려 하지 않는다. 본고의 입장은 어떤 종류의 정체성도 사회적 구성 작용과 담론의 산물이라는 것이다"(김, 2009년 가을호 374면)라고 명시적으로 밝히지 않았던가. 그 선행 논문인 「정치적 공동체의 상상과 기억」에서 김흥규는 "한편으로는 민족주의적 신화화를 넘어, 다른 한편으로는 단절적 근대주의를 넘어 민족 정체성 문제를 역사화"하는(김, 2008년 가을호 73면) 작업을 주밀하게 수행한 바 있다. 그런데도 황종연이 원형민족주의의 신화를 길게 언급하고 그 '허구성'을 비판한 것(황, 2011년 봄호 449~52면)은 민족주의 비판이라는 정치적 운산에 기인한 것이며, 그가 민족 대 근대의 이분법적 구도 속으로 김흥규의 논지를 끌어들이면서 민족을 수렴한 근대로 논쟁의 프레임을 바꾼 것도 민족을 중심으로 사고하는 민족주의 연구 경향에 대한 (지나친) 반발로 봐야 할 것이다.[20]

---

19 그 점에서 필자는 황종연 비평의 미덕을 충분히 사주면서도 그 한계를 다음과 같이 짚고 있는 최원식의 논평에 공감한다. "단절론자를 (황종연 식으로 — 인용자) 단절론으로 접근하면 춘원의 근본적인 문제가 드러나기 어렵다. 서구의 도착을 결정적 계기로 삼아 두 문학(근대문학과 전근대문학 — 인용자) 사이에 만리장성을 쌓고, 아니 그를 통해 근대의 이름으로 이전의 문학을 추방하고자 한 춘원을 내재적으로 파악해 들어가는 기원론은, 그래서 자칫 옷을 갈아입고 새로이 등장한 비교문학으로 독해될 여지가 없지 않을 것이다."(최원식 『문학』, 소화 2012, 48~49면)

20 황종연이 프랑꼬 모레띠가 구사한 나무와 파도의 비유를 가져다가 민족문학 대 세계문학의 구도를 환기한 것도 따지고 보면 대동소이한 맥락이다. 민족문학과 세계문학의 관계에 대한 논의는 영미 학계에서도 구구한 것으로 알고 있지만 최상의 수준에 도달한 지역문학은 — 관찰자의 '시선'이 개입하기 전까지 빛이 파동인 동시에 입자인 것처럼 — '민족문학'인 동시에 세계문학이라는 원론을 일단 확인할 필요가 있을 것이다.

필자 역시 '어떤 의미에서' 문제는 역시 근대, 좀더 정확히 말해서 식민주의가 상수로 따라붙는 자본주의 근대라고 생각한다. 그러나 식민주의를 성찰하는 데 근대와 민족 중 어느 것을 주어로 놓고 생각할 것인가는 그때그때의 역사적 국면에 비추어 결정할 문제이지 자동적으로 근대가 주어의 자리를 차지하는 것은 아니다. 민중의 '역사 만들기'가 완전히 신화나 허위의식이 아닌 한, 근대와 민족의 관계는 역동적일 수밖에 없으며 역사 만들기가 역사적 현실에서 좌절을 거듭했다고 해서 근대가 당연한 권리로 주어의 자리에 오는 것도 아니다. 근대가 식민주의와 불가분의 관계를 맺고 있음은 이젠 명백해진 것 같고,[21] 김홍규의 재사(才思)처럼 "근대에 만들어진 가장 문제적인 구성물이 바로 근대라는 관념 자체"(김, 2011년 가을호 477면)라면, 근대를 철저하게 하나의 역사적 시대로 파악하면서 지적 구성물로서의 근대개념에 여전히 내재한——근대 및 근대성의 온갖 폐해에도 불구하고——해방의 잠재력을 최대한 전유하는 자세가 요청될 것이다.[22] 따라서 서구 따라잡기에서 상당한 성과를 거두고 아(亞)제국주

---

21 윤해동의 저서『식민지근대의 패러독스』(휴머니스트 2007)에서 제기된 도발적인 명제, 즉 '모든 근대는 식민지근대다'라는 화두는 수탈이냐 개발이냐의 이분법을 비판적으로 성찰하게 해주는 미덕이 있다. 그러나 다른 한편 인류사에서 역사적 시기로서의 근대가 식민주의 극복의 지난한 과정이었음을 간과한 약점이 있는 인식틀이기도 한데, 그런 약점은 민족주의의 다면적인 성격에 대한 다분히 상투적인 이해에서 비롯된 것 같다.

22 이 저서의 마지막 교정쇄를 보던 중에 김홍규의『근대의 특권화를 넘어서: 식민지 근대론과 내재적 발전론에 대한 이중비판』(창비 2013)이 출간된 것을 알았다. 그가 "'근대'의 의미론적 불안정성과 역사철학적 지위를 근본적으로 되묻"게 되기까지의 학문적 여정을 소상히 밝힌「책머리에」및 근대와 근대성에 얽힌 여러 난제를 천착한 신고인 6장「특권적 근대의 서사와 한국문화 연구」모두 한국의 인문학자라면 반드시 숙지해야 할 내용을 담았다고 본다. 양학도로서 '특권적 근대'가 어찌하여 하나의 이데올로기적 구성물에 가까운가를 다면적으로 논파한 그의 논지에 공감함은 더 말할 나위 없다. 다만 한마디만 덧붙인다면, "학술적 개념어의 차원에서 근대는 이제 망명정부의 지폐나 다름없이 되었다"(235면)는 그의 진단에 수긍하면서도 의미를 망실한 기표나 개념어가 아니라 인류의 숱한 희생으로써 이룩된 역사적 시대로서의 근대의 해방적 성취를 편벽됨 없이 규명하는 학문적인 작업은 한국 문학/문화 분야에서도 숙제로 남아 있

의로서 동아시아의 패권을 노린 일본, 중화체제의 붕괴와 동시에 반(半)식민지 상태로 전락한 중국, 조공체제에서 풀려났으나 일제의 식민지로 몰락한 조선이 공통적으로 경험한 자본주의 식민지근대는 좀더 심층적으로 파고들어야 할 쟁점이다. 이런 맥락에서 다음 절에서는 20세기 초에 일본을 경유해 식민지조선으로 유입된 서구의 사조 가운데 문학과 소설 개념에 초점을 맞춰 두 논자의 논지를 좀더 발전시켜보도록 하자.

3. 동아시아의 식민지근대: 주인과 손님, 그리고 '노블형 소설'

논쟁에서 제기된 여러 논제 가운데 황종연이 거듭 그 역사적 의의를 역설한 '노블형 소설' 또는 '노블형 허구'는 충분히 숙고할 만한 발상이다. 황종연에 따르면 소설 앞에 동어반복처럼 '노블형'이라는 말을 붙인 것은 "소설과 노블을 등치시키는 관행에서 벗어나기 위해서"이다.(황, 2011년 봄호 443면) 또한 노블형 소설의 외래성과 새로움을 강조하려는 의도인 것도 분명하다. 그가 명명한 '노블형 소설'은 유럽대륙에서 발원해서 식민통치와 함께 전세계로 퍼져나간 '노블'의 전세계적 보편성과 혁신적 의의를 전제한 것이다. 한마디로 노블은 "음악에서 쏘나타 형식, 회화에서 원근법과 마찬가지로 근대 유럽문화의 가장 생기있고 복합적인 표현 중 하나"[23]이며, 그런 노블의 전지구적 확산은 마치 우월한 유전자의 발현처럼 나름의 필연성을 갖는다고 한다.

물론 '노블'에 대한 국문학도의 이같은 의미 부여는 서양문학도가 보기에는 새삼스러운 면도 없지 않다. 하지만 20세기 초 한반도에 관한 한 새로운 서사양식으로서의 노블이 갖는 의의는 당연시되었을 뿐 그 구체

음을 환기하고 싶다. 그런 시대의 기원과 진행과정의 의의를 놓고 다투는 학문적 논쟁은 어쩌면 근대의 해방적 성취에 의해서 비로소 가능해진 것인지도 모르기 때문이다.

23 황종연 「노블, 청년, 제국」, 『탕아를 위한 비평』 384면.

적인 실상에 관한 논의는 국문학계에서도 드문 것으로 안다. 한번 제대로 점검해볼 필요가 있을 것이다. 기왕에 황종연도 "한국에서 노블이 번역되고 정착된 경위에 대한 고찰과 노블의 지역적 변이에 관한 이론 양쪽 모두 시작에 불과함"을 자인한 터이니, 노블형 소설의 새로움을 생각해보면서 그 국지적 변이를 파고들어가는 작업이 긴요하겠다. 이를테면 '노블'도 황종연이 전제하는 것—서양문화 최고의 표현양식—으로 절대적으로 고정되어 있다기보다는 서구 내부에서도 끊임없이 변천을 거듭한 서사양식의 하나로 파악하려는 지적 노력이 요구된다는 말이다. 그럴 때 '영문학', 더 나아가 영어로 씌어진 문학이 주종을 이루는 세계문학 시장에서 동아시아 고전이 차지하는—'상품성'과 정확히 일치하기 어려운—위상도 좀더 정확히 가늠해볼 수 있을 것이다. 단적으로 서양식 장르 개념이 잘 통하지 않는 동아시아 특유의 서사 유산, 가령 중국의 4대 기서 『삼국지연의』『수호전』『서유기』『금병매』를 비롯해 일본의 무라사끼 시끼부(紫式部)의 작품으로 알려진 『겐지모노가따리(源氏物語)』 등이 서구 학계에서 받은 주목은 서구의 명작이 동양에 상륙해 그간 누린 위세에 비한다면 그야말로 새 발의 피라고 할 수밖에 없다. 따지고 보면 이런 현상도 식민주의의 이데올로기적 역학이 만들어낸 동서 문화교류의 비대칭 구조와 전혀 무관하달 수 없다.

황종연이 제시한 노블형 소설이 20세기 초반 세계체제의 주변부·반주변부 문학에서 얼마나 독보적인 지위를 차지하고 있었는가에 대해서는 각 나라의 국지적 현황에 비추어 판단할 수밖에 없는 문제이다. 가령 조점(曹霑, 1715~1763)의 『홍루몽(紅樓夢)』(1791)을 논한 외국 학자의 글을 읽노라면 서양 노블의 독보성도 역시 상대적이라는 사실을 알게 된다.[24] 다른 한편 황종연이 주장하는 노블형 소설이 19세기까지 한반도에서는 존

---

24 Andrew Plaks, "Leaving The Garden: Reflections on China's Literary Masterwork," *New Left Review* 47, 2007년 9·10월호 참조.

재하지 않은 서사양식이라는 가설에는 어느정도 납득할 수 있다. 여기서 '어느정도'라는 토를 단 것은, '허구'의 가치에 인색했던 유교를 지배이념으로 삼은 조선조의 방각본 소설, 예컨대 『숙향전』 같은 구소설을 동시대 서양의 발자끄나 디킨즈가 써낸 장편소설과 견줄 수 있다고 생각해서가 아니다. '노블형 소설'이 20세기 초반에 일종의 외계 생명체로서 한반도에 진입했다고 해서 그전부터 이어져온 구전을 포함한 우리네 서사양식이 완전히 무의미해져버리는 것이 아님을 원론 차원에서 확인할 필요가 있어서이다. 다음 절에서 검토하겠지만 서구의 소설 못지않게, 어쩌면 그 이상으로 전근대 유형·무형의—우리가 현재 알고 있는 '소설' 양식을 주조한 원소들이라고 해야 할—서사적 자산을 활용하지 않았더라면 1930년대 한국 장편소설의 발전에 치명적인 한계가 있었으리라는 점은 노블형 소설에 관한 논의를 착실하게 하기 위해서라도 명심해야 할 사안인 것이다.

읽은 바가 너무 없어서 조심스럽기는 하지만 실제로 전근대 서사적 자산의 활용은 정도와 성격의 차이만 있었을 뿐 중국과 일본의 문학에서도 유사하게 확인되는 점이 아닌가 한다. 한문학의 전형적 장르인 전(傳)의 형식을 창의적으로 변형시킨 루쉰의 「아큐정전(阿Q正傳)」(1921)이나 에도시대(1603~1867)의 지배적 서사양식인 게사꾸(戲作)를 현대적 화법으로 각색했다고 해도 좋을 나쯔메 소오세끼의 『나는 고양이로소이다(吾輩は猫である)』(1905~1906)가 그 단적인 예가 아닌가 한다. 물론 우리의 논점은 청대 말이나 일본 메이지시대의 문화적 상황과는 판달랐던 식민지조선의 '소설'이다. 조선조 중기의 전기수(傳奇叟)나 세책가(貰冊家)의 존재와 '외정문학', 또 조선 후기의 방각본 소설 등이 '노블형 소설'의 형성에서 어떤 역할을 했는지에 관한 실증을 넘어선 '문학적인 탐구'도 쟁점대상이다. 그렇다면 20세기 초반 식민지조선을 풍미한 신소설과 번안소설의 서사양식을 검토하면서 그 탐구의 실마리를 찾아보자.

필자가 알기로는 1900년대부터 1910년대 사이에 등장한 근대소설의 성격에 관한 학설은 무척이나 분분한 것 같다. 그 기원에 관한 중후한 연구서도 여러권 나왔지만 지금까지는 실증적인 자료 발굴과 가설 제기의 차원에서 연구가 이뤄지고 있다는 인상을 받았다. 그중 권보드래의 연구에 따르면, 신소설이 "그 참신성과 문제성을 유지할 수 있었던 것은 1900년대에서도 고작 4·5년 동안" 정도이다.[25] 신소설은 1920년대에도 계속 씌어졌지만 1910년대에 주로 생산되어 일본의 가정소설을 번안한 텍스트와 경합을 벌였다고 한다. 이런 정황으로 보면 번안소설이 1910년대에 얼마나 압도적인 '우세종'이었는가에 대해서도 실증적인 연구가 필요할 것이다. 그런데 일단 특기할 만한 사실은, 그 당대에는 번안과 창작의 경계가 불분명했다는 점이다. 사정은 당대 중국과 일본에서도 크게 다르지 않은 것으로 보인다.[26] 그럴 수밖에 없는 것이, 온갖 장르에 걸쳐 광범위한 문화 번역이 일어나고 있던 당시 전래의 서사양식이 여전히 잔존하는 현실에서 독창성이라는 것은 하나의 관념으로만 존재했을 공산이 크기 때문이다. 요컨대 누가 손님이고 누가 주인인지 헷갈리는 상황이 끊이지 않았다는 말이다. '노블형 소설'이 등장한 문화사적 맥락은 전혀 간단치 않았고, 독자들이 그같은 소설만 읽은 것도 아니었다.

　여기서 노블형 소설의 수용사에 대한 정치한 논의를 시도할 계제는 아

---

25 권보드래 「죄, 눈물, 회개: 1910년대 번안소설의 감성구조와 서사형식」, 『한국근대문학연구』 제7권 1호(2007) 8면. 권보드래에 따르면 『무정』이 등장하는 1917년까지의 한국소설사에는 크게 세가지 "변이-계승태가 나타나 경합을 벌이게" 된다. "거칠게 분별하자면 (1) 1900년대의 신소설 작가, 특히 이해조의 후속작과 주변의 모방작, (2) 최찬식 등 신진 작가군의 소설, (3) 외국소설, 특히 일본 가정소설의 번안 및 그 주변의 창작이라는 세 갈래"이다. 번안소설의 시조가 1898년에 이해조의 역술로 나온 『철세계』로 알려져 있듯이 신소설과 번안소설은 서로 무관한 존재가 아님은 물론이다.

26 중국이 당대 식민지조선이나 일본과 구분되는 한가지 흥미로운 점은, 뿌리깊게 잔존하는 '중화주의'로 인해 단순한 번역이나 번안을 넘어서 서양서사의 중국화가 광범위하게 시도되었다는 사실이다. 19세기 말에서 20세기 초에 이르는 기간에 중국과 일본에서 이루어진 번역 및 번안에 관한 연구는 각각 Henry Y. H. Zaho, *The Uneasy Narrator: Chinese Fiction from the Traditional to the Modern* (Oxford UP 1995) 228~51면; J. Scott Miller, *Adaptation of Western Literature in Meiji Japan* (Palgrave 2001) 참조.

닌 것 같다. 다만 20세기 초반 식민지조선에서 각축을 벌인 소설양식들을 개관하고자 할 뿐이다. 그런 개관을 위해 1930년대 시점에서 "소설이라는 명칭이 시대를 따라 개념에 차가 있다는"[27] 인식을 근대와 전근대라는 도식에 얽매이지 않고 구체적인 작품분석으로써 드러낸 선구적인—동시에 한글문학=조선문학이라는 시대적 대세를 학문적으로 수용한—사례도[28] 활용함직하다. 조선문학을 논함에 있어 내재적 발전과 외재적 영향 모두에 일정한 거리를 둔 김태준(金台俊)의 경우는 20세기 초반 한반도에 '소설'이라는 이름으로 존재했던 서사양식을 세가지로 구분한다. 즉 1) 군담·염정·전기 소설 등으로 구성되는 고소설, 2) "구미의 소설을 모방하여 아직 그 완비한 역(域)에 달(達)치 못한 자로서"의 신소설, 3) "기미(己未)운동 이후의 원숙한" 소설로 분류했는데, 여기에 1910년대의 독서대중을 휘어잡은 번안소설까지 끼워놓으면 당대의 소설시장은 4파전 양상을 띠는 셈이다.

1900년대 상황에 관한 그간의 연구를 검토해보면 주인과 손님이라는 논제에 관한 한 고소설은 확실히 '주인'의 지위에서 밀려나고 있었던 것 같다. 반면에 신소설은 주인이라고 하기에 그렇다고 손님이라고 하기에도 어중간한 위치에 있었다고 말할 수 있다. 만약 사정이 그랬다면 "기미(己未)운동 이후의 원숙한" 소설, 즉 1930년대의 장편소설은 주인과 손님의 이분법을 혁신한 새로운 토착서사라는 주장이 가능할 법하다. 그렇다면 황종연이 노블형 소설이라고 역설한, 시기적으로 기미운동 이전의 작품인 『무정』은 어떻게 되는가? 이 물음에 답하기 위한 방편으로 일단 우회로를 채택할 텐데, 성격상 번안소설은 논의가 특히 용이한 디딤돌이 될 수 있겠다.

1910년대 번안소설에 대한 가히 총체적인 조감도를 내놓은 박진영(朴

27 김태준 『증보 조선소설사』(학예사 1939) 13면.
28 이에 대해서는 특히 김동식 「한국문학 개념 규정의 역사적 변천에 관하여」, 『한국문학연구』 30집(2010) 4절 참조.

珍英)은 조중환(趙重桓, 1884~1947)의 『쌍옥루(雙玉淚)』(1912~13)와 『장한몽 (長恨夢)』(1913, 1915)을 논하면서 신소설과 『무정』으로 표상되는 본격 장편소설 사이의 가교 역할을 했던 번안소설의 문학사적 의의를 이렇게 강조한 바 있다.

그런 뜻에서 1910년대의 번안소설은 불순한 착란과 굴절이라기보다 신소설과의 치열한 경합을 통해서 획득된 문학사적 돌파구였다. 그렇다면 이광수의 『무정』이 감당해야 했던 무게와 가치 역시 자연스럽게 드러날 터다. 번안소설의 위기 국면을 뚫고 탄생한 『무정』의 역사적 승리 또한 문학사적인 것일 수밖에 없기 때문이다. 요컨대 한국의 번안소설은 신소설이 봉착하고 만 서사적 이완과 관성의 한계로부터 과감하게 도약함으로써 근대소설사 전개의 정곡을 겨냥한 역사적인 지표의 하나로 성립되었다.[29]

당시의 대중적 인기를 떠나서도 "번안이라는 계기를 통해 신소설의 한계를 정면으로 돌파함으로써 근대소설로 접근해가는 결정적인 통로"가 마련되었다는 주장[30]은 어렵지 않게 받아들일 수 있다. 또한 번안소설이 "서양의 근대문학이라는 의미에서 소설, 즉 노벨(Novel)에 대한 새로운 (novel) 감각을 맛볼 수 있는 최적의 형식"을 구비하고 있었다는 주장[31]도 수긍할 수 있다. 그러나 1930년대의 장편소설까지 포함해 비교해본다면 서양 장편소설의 학습과 모방으로서 번안소설이 누렸던 위상은 상대화될 수밖에 없다. 더불어 구소설 및 신소설의 서사적 관습뿐만 아니라 낡은 세계관에서 온전히 탈피하지 못한 이광수의 『무정』에 대한 '작품'으로서의 평가도 일정한 조정이 따르게 된다. 하지만 그 점을 좀더 엄밀하게 인

29 박진영 『번역과 번안의 시대』(소명출판 2011) 336면.
30 같은 책 331면.
31 같은 책 325면.

식하기 위해서는 방각본 소설을 비롯해 외정문학이라 불린 판소리 등 조선의 전통 서사양식과 노블형 소설을 놓고 양자택일 식으로 저울질하는 비평과는 거리를 둘 필요가 있다. 동시에 노블형 소설의 형성에 개입한 내발적 요인들을 과도하게 부정하는 논의에도 비판적인 시각을 견지해야 한다고 본다.

물론 20세기 초에 노블형 소설이 기존의 서사양식들을 주변으로 밀어내면서 절대적 우세종으로 자리잡았다는 데는 필자도 큰 이견이 없다. 그러나 이 경우에도 우리가 던져야 할 물음은, 노블형 소설 자체에 대한 번잡한 해설이나 이론화보다 노블형 소설의 도래로 인해 당대 우리의 서사문학에 구체적으로 어떤 변화가 일어났으며, 그로 인해 탄생한 작품에 대한 비평적 평가는 어떠해야 하는가라는 것이다. 일차적으로 이 물음의 초점은 리디아 리우가 설파한 손님언어와 주인언어의 관계, 즉 "손님언어(guest language)와의 접촉/충돌에 의해, 혹은 그런 접촉/충돌에도 불구하고 주인언어(host language) 내부에서 새로운 단어·의미·담론·재현 양식이 생성되고 유포되며 합법성을 획득하는 과정"[32]에 맞출 필요가 있다. 그리고 더 나아가 주인(언어)과 손님(언어)의 역사적 관계를 해명하기 위한 방편으로 식민성과 문학의 창조성 간의 상관관계를 핵심변수로 설정하는 작업이 따라야 한다.[33]

그렇다면 1910년대 식민지 상황에서 노블형 소설이라는 것의 역사적 실체를 구체적으로 탐사해봄직하다. 먼저 짚어두어야 할 것은, 시기적으

---

[32] 리디아 리우, 민정기 옮김 『언어횡단적 실천』(소명출판 2005) 60면; Lydia H. Liu, *Translingual Practice: Literature, National Culture, and Translated Modernity — China, 1900-1937* (Stanford UP 1995) 26면.

[33] 리디아 리우의 손님·주인 해석모델이 원천(source)과 목표(target)를 설정하는 기존 비교문학의 이분법 구도에서 한 걸음 나아간 것은 분명하지만, 식민주의 또는 식민성 극복이라는 화두로 손님을 주인으로 — 거꾸로 주인을 손님으로 — 만드는 역사적 요인들을 파고드는 작업은 그 방대한 정보량에 비하면 그리 치열한 것 같지는 않다는 인상이다.

로『무정』보다 앞선 노블형 소설임이 분명한 번안소설에 관한 소설사적 분별이다. 즉 1910년대 당시 번역, 나아가 번안의 문화사적 의의와 작품 자체의 성취는 구별해서 봐야 한다는 것이다. '소설'의 장르적 범위를 넘어 당대 대중문화의 대명사로까지 군림한 조중환의 번안소설『장한몽』은 그 점에서도 여전히 하나의 시범 케이스가 될 만하다. 필자의 독서실감으로 보자면 문학사적 가치와 문화적 현상으로서의 의의를 제외하면 이 장편이ㅡ번역소설인『불여귀』나 번안소설인『쌍옥루』도 대동소이하지만ㅡ갖는 '현재적 의미'는 거의 소진되었다고 판단된다. 그렇다면 오자끼 코오요오(尾崎紅葉, 1869~1903)의『금색야차(金色夜叉)』(1897~1902)에도 그런 소설사적 평가가 적용될 수 있을까?[34]『장한몽』과『금색야차』만을 두고 본다면 돈과 사랑이라는 근대소설의 전형적인 주제를 전면에 부각하면서도 그 모순을 어느 일방으로 귀속시켜 손쉬운 서사적 해결을 꾀하지 않은『금색야차』에 비하면『장한몽』이 확실히 '복사본'이라는 느낌을 지우기 어렵다. 돈에 대한 도덕과 사랑의 승리로 귀결되는『장한몽』은 번안작업에서도 지워질 수 없는 충·효·예의 유교적 이념과 권선징악적 도덕주의 및 멜로드라마의 흔적이 너무도 역력하다.

그러나 원본의 지위에 관한 한『금색야차』도 자격을 갖추었다고 말할 수는 없다. 메이지시대(1868~1910)의 가정소설을[35] 대표하는 이 문제작도

34 필자는 메이지시대에 쏟아져나온 무수한 가정소설 가운데서『금색야차』가 차지하는 위상을 가늠할 길이 없지만, 이 장편이 인간성에 대한 어떤 새로운 발견이나 미학이 없다고 한 카또오 슈우이찌(加藤周一)의 논평에 공감하는 편이다. Shuichi Kato, *A History of Japanese Literature: The Modern Years* (trans. Don Sanderson, Macmillian Press LTD 1983) 122면.

35 메이지시대의 가정소설에 관한 '문학적' 평가에는 여러 차원이 있는 듯하다. 가령 당대의 가정소설을 쓰기=남성작가=가르침, 읽기=여성독자=배움이라는 젠더이데올로기의 재생산에 복무한 소설장르로 규정하는 논의가 있는가 하면, 출판시장의 대대적인 팽창과 그에 따른 신문연재 지면의 확대, 새롭게 부상하는 여성독자 등의 요인들이 복합적으로 작용하여 형성된 이 소설장르의 사회적 측면에 초점을 맞추면서 가정이데올로기를 재편하기 위한 전시(戰時) 국가의 주도적 개입을 비판하는ㅡ동시에 그런 국가 개입과 가정소설의 이데올로기적 구성을 해체하기도 하는 사례, 가령 키꾸찌 유우

당대 영미 여성소설가들의 작품을 모태로 하여 태어났기 때문이다.[36] 특히 청일전쟁(1894~95)과 러일전쟁(1904~1905) 사이의 10여년에 걸쳐 신문연재 형식으로 생산된 일제의 무수한 번안소설도 마찬가지일 것으로 보인다. 따라서 『금색야차』의 '원본'이 영미 여성소설가의 작품이라면 『장한몽』의 서사적 계보도 일본을 거쳐 영미의 대중소설까지 거슬러올라간다. 이러한 번안의 연쇄고리가 말해주는 바는 간단하다. 즉, 영미로 표방되는 서구와 일본, 그리고 조선 사이에는 이미 당대에 번역과 번안을 통해 가동된 국제적인 문학시장이라는 유통망이 ─거의 일방적인 흐름이었지만─존재했다는 사실이다. 유통망의 위계적 구조만 본다면 과연 영미의 텍스트를 주인(≒원본)으로, 일본과 식민지조선의 번안텍스트를 손님(≒복사본)으로 판정할 수도 있을 듯하다. "가정소설은 19세기 후반 일본 멜로드라마의 하위장르인바, 이런 멜로드라마는 서구의 로맨스 및 결혼 소설과 대응하고 또 그에 직접적으로 영향받은 것이다."[37] 그런데 이때도 곰곰이 생각해봐야 할 점은, 메이지시대 작가들이 번안한 ─노블형 소설의 원조라 할─당대 영미의 텍스트 역시 서구 리얼리즘 소설의 한 지류에 불과하다는 사실이다. 그나마 소설사적으로 결코 위상이 높을 수 없는 통속로맨스 장르물이 노블형 소설의 '원본'이라는 말이다. 제인 오스틴도, 조지 엘리엇도, 토머스 하디도, 헨리 제임스도 그 번안소설들의

호오(菊池幽芳)의 『나의 죄(己が罪)』가 달성한 문학적 성취를 강조하는 ─시각도 있다. 전자는 田中絵美利 「家庭小説と女性讀者: 女学世界 投稿小説を通して」, 『文学研究論執』 第31号(2009. 9.);후자는 Kathryn Ragsdale, "Marriage, the Newspaper Business, and the Nation-State: Ideology in the Late Meiji Serialized Katei Shosetsu," *Journal of Japanese Studies* 24:2(1998) 참조.

36 그중 특히 샬럿 브레임(Charlotte Mary Brame, 1836~1884; 필명 Bertha M. Clay)의 가정소설 『도라 손』(*Dora Thorne*, 1883)과 『여자보다 약한 자』(*Weaker than a Woman*, 1890)가 『나의 죄』와 『금색야차』의 '저본' 역할을 한 것으로 보인다. 이에 관한 논의로는 Yoko Matsui, "A Study of Japanese Reception of 'Dora Thorne': Adapted Stories in the Meiji Era," *Comparative Literature Studies* 35:2(1998) 139~45면 참조.

37 Kathryn Ragsdale, 앞의 글 233면.

원작 목록에 올라 있지 않다면 그렇지 않겠는가.

하지만 목록 등재의 유무보다 더 결정적인 논점은, 번역과 번안 과정이야말로 노블형 소설의 적극적인 학습과정인 동시에 서구의 식민주의가 동아시아에서 관철되는 문화적 기제였다는 점이다. 1910년대 조선의 독자들을 사로잡은 최초의 노블형 번안소설은 일본작가의 번안소설을 번안한, 이중의 문화적 수입과정을 통해 들어온 텍스트였다. 일제는 물론이고 식민지조선의 번안소설에 식민성의 흔적이 짙게 각인된 것도 전혀 우연이 아니다.[38] 바로 그 점을 염두에 두고서 손님과 주인의 화두를 걸고 『장한몽』으로 다시 돌아가보자. 손님과 주인의 화두를 두 작품에 던질 때 생각해볼 점은, 『금색야차』라는 '기모노'에 '한복'을 어색하게 입힌 꼴일지언정 『장한몽』은 모방을 통해서 서양소설 쓰기의 학습과 훈련이 어떤 방

---

[38] 『장한몽』의 결말에서 발신하는 계몽의 메시지도 그중 하나다. 이수일과 심순애의 해피엔딩은 '공익사업'으로 덧칠된다. "우리가 인제는 일장춘몽을 늦게 깨달았으니 이후로는 세상에서 공익사업에 힘을 쓰도록 합시다"라는 이수일의 선창에 "나는 무엇이든지 하시는 대로, 시키는 대로 따라갈 뿐이지요. 분골쇄신이 되기로 어찌 거역하리오까"라는 심순애의 복창으로 끝나는 결말은 백낙관에 의해―"자네는 일 개인으로 자기를 위하여 몸을 자중하라는 말이 아니라 일반 사회를 위하여서 몸을 자중하라는 말일세"―복선이 예비되어 있기도 하다. 계몽의 수사로 포장되어 있으나 심순애라는 여성이 복창하는 공익사업이란 결국 일제에 대한 적극적인 부역 외에 다른 것이 될 수 없다. 일제 식민치하의 어둠이 깊어지는 상황에서 계몽주의와 이상주의가 합작하여 만들어낸 가히 눈부신 낙관주의를 『무정』이 거의 그대로 반복하는 것은 우연이랄 수 없을 것이다.(『장한몽』의 계몽주의적 수사가 『무정』의 결말에 이어지고 있음은 최원식 교수도 지적한 바 있다. 최원식 「민족문학의 근대적 전환」, 『새 민족문학사 강좌 2』, 창비 2009, 36면 참조) 아무튼 『무정』의 이런 문제는 지·정·의에서 정을 '문학'의 본령으로 배타적으로 귀속시킨 이광수 문학의 본질적 한계와 무관할 수 없다. 권보드래의 표현대로 한다면 "지·정·의라는 세계 이해의 자리에서라면 계몽 역시 개인의 서로 다른 가능성을 최대로 한다는 매개를 거쳐야 하겠지만, 『무정』의 계몽은 이런 매개를 모른다. 지·정·의라는 기획에서 출발했음에도, 『무정』을 장편소설일 수 있게끔 한 동력은 삼랑진 장면으로 상징되는 추상적 계몽의 구도이다. 정(情)을 갈구하는 개인의 목소리는 추상적인 계몽의 무게에 묻혀버리고 마는 것이다. 주요한이 『무정』을 평하면서 자기 세대는 사회에 대해 발언할 때면 참 자기를 숨기는 경향이 있다고 말했을 때 지적한 것은 바로 이 점이다."(권보드래, 앞의 책 42면)

식으로 진행되었는가를 단적으로 보여주는 귀중한 '사료'이다. 식민지조선 최초의 노블형 소설로서『장한몽』을 비롯한 여러 번안소설들은 그러한 학습과 훈련을 주체적으로 소화한 1930년대 장편소설의 등장을 위한 일종의 예비적 단계에 해당한다. 손님종(種)이 주인종(種)이 되기도 하고 또 그 역의 현상이 벌어지기도 하는 것은 생태계의 진화적 순리일지 모르지만, 번안소설의 문학사적 의의가 30년대 장편소설의 발현에서 찾아진다는 사실은 번안소설이라는 서사장르가 그 자체로는 결코 주인의 지위에 오를 수 없음을 뜻한다. 번안소설의 문학사적 의의를 그렇게 분명히 한다면 노블형 소설로서의『무정』에 대한 온당한 평가는 정확히 어떤 차원에서 이루어질 수 있을까?

여기서 임화의「조선신문학사론 서설(序說)」을 다시 거론할 필요를 느낀다. 이광수 문학에 대한 임화의 평가로 인해 후대의 연구가 무의미해지는 것은 물론 아니다. 그러나 그의 분석은 오늘날에도 거듭 숙고해볼 만한 비평적 통찰을 담고 있는바, 신경향파의 기준으로 이광수 문학을 비판한 논리의 허점을 조목조목 짚은 임화 평문의 핵심논지를 주인과 손님의 화두와 연관짓는다면 이렇게 정리할 수 있다. 즉,『무정』의 성취는 이해조(李海朝)와 이인직(李仁稙)으로 표방되는 신소설과 김동인(金東仁)과 염상섭 등이 예시하는 기미독립운동 이후의 '원숙한 소설' 사이에 위치하는 과도기적 성격을 띤다.[39] 그러니까『무정』은 형식과 내용 양면에서 확실히 '손님'에 더 가까운 신소설과 그런 손님보다는 주인의 위상에 접근한

---

39 "허나 춘원이 이인직으로부터 구별되는 본질적인 것은 그 형태에 있어 실로 평화적이다. 물론 제재의 범위, 그 근대성, 묘사의 일층 풍다화豊多化·정밀화와 시대적 정신을 일층 명확히, 지극히 한정된 의미에서나마! 반영하였다는 점에서 커다란 진보이나, 동인東仁 씨가『춘원 연구』에서 지적한 바와 같이 '이러라', '이로다', '하더라', '하노라' 등 구시대의 문어체의 유물이 그대로 잔존해 있을 뿐만 아니라 세계관 상에 있어서도 이인직의 불철저한 근대정신의 단순한 연역·부연의 역(域)을 넘지 못하고 제재를 구성하는 데서도 낡은 권선징악 소설의 여훈(餘薰)을 채 탈각치 못했다."(임화, 앞의 글 391면)

'원숙한 소설'——1930년대의 장편소설——사이에 낀 어정쩡한 성격의 소설이라는 것이다. 이는 단순히 1910년대의 시대적 한계를 『무정』이 안고 있다는 연대기적 평가와는 전혀 다른 것이다. 가령 신경향파 계열의 비평가인 신남철(申南澈)이나 이종수(李鍾洙) 등이 언급한 『무정』의 진보성을 반박하는 과정에서 드러난 임화의 역사인식이 그 단적인 예이다.

당시 뒤늦게서야 겨우 머리를 들고 성장하기 시작한 토착의 산업적·상업적 부르주아지는 자기의 본래의 욕구로서의 정상正常한 자본주의적 발전을 다른 세력에 의해 저지당하고 부자연한 노선을 밟고 있었으며, 농민의 대부분도 그들의 봉건적 관계로부터 자유롭게 할 상기上記의 기본적 조건의 변형 때문에 근대적 민주주의적 제 욕구를 억류당하고 있었다. 이 전토全土에 긍亘한 부자연한 현실적 조건은 모든 영역에 있어 그 순조로운 발전을 저해하여 한개 전일적인 공기가 전토全土의 상공을 덮고 있었다. 그러나 이런 모든 근대적 숙제는 본래 민족부르주아지가 해결할 역사적 임무를 가진 것임은 물론이다.[40]

이 논점 자체는 지금엔 하나의 상식으로 통할지 모른다. 그러나 임화의 읽기에서 빛나는 점은 계급주의 도식을 혼란스럽게 『무정』에 적용한 신경향파 비평가들과는 차원이 다른 분석과 비판을 해냈다는 데 있다. 즉 "민족부르주아지가 해결할 역사적 임무"를 미리 설정해놓은 상태에서 작품을 해석하는 방식에서 탈피하여 『무정』의 내용과 형식에 대한 분석을 통해 작품 자체가 어떻게 "다른 세력에 의해 저지당하고 부자연한 노선을 밟"은 역사적 텍스트인가를 보여준 것이다. 임화의 '읽기'는 이광수에게 계몽주의자, 낭만주의자, 식민주의자 등의 딱지를 배타적으로 붙이는 국문학계의 (지금도 여전한) 담론적 행태와도 다른 것이다. 오히려 토착부

---

40 같은 글 394면. 강조는 인용자의 것임.

르주아지가 "부자연한 노선을 밟"은 문학적 결과물인『무정』의 선진성을 "자유연애, 개인의 도덕상·윤리상의 권리의 요구, 부권父權에 대한 부인 등"에서 찾고 그것이 "근대 시민의 역사적 욕구"에 대한 정당한 부응임을 인정하면서, 춘원의 자유사상이 "기본적인 사회적 정치적 현실성을 사상 捨象한 불구의 정신이 일면적으로 과장"된 것임도 정확히 짚었다.[41] 근대적 개인의 발견이 근대주의로의 투항으로 이어진 춘원 문학에 대한 임화의 복합적인 평가를 받아들인다면 박진영이 역설한 "번안소설의 위기국면을 뚫고 탄생한『무정』의 역사적 승리"라는 것도 일정부분 퇴색할 수밖에 없다. 번안소설이 서구 장편소설의 '받아쓰기 연습'이라는 문화적 소임을 다하자 역사의 무대에서 퇴장한 것처럼, 신소설과 번안소설의 절충에 가까운『무정』의 성취와 한계도 그런 받아쓰기 연습이 더이상 필요치 않은 작가들에 의해 극복될 운명이었던 것이다.[42] 식민지조선 최초의 순한글 장편소설로서 소설사적 기념비인『무정』의 온당한 문학사적 평가는 바로 이런 맥락에서 한층 설득력을 얻을 것으로 본다.

---

[41] 같은 글 395~96면.

[42] 일본 근대소설에서 최초로 언문일치를 실현한 작품으로 손꼽히는 후따바떼이 시메이 (二葉亭四迷, 1864~1909)의『뜬구름(浮雲)』(1887~89)이나 츠보우찌 쇼오요오(坪內逍遙)의『소설신수(小說神髓)』가 과연 그 정도로 신기원을 열어젖힌 '작품'인지는 의문이다.『소설신수』는 그 시대 영미에서 통용된 산문예 이론을 이러저러한 가공을 거쳐 수입한 결과물인가 하면,『뜬구름』역시 몇몇 문체와 형식의 새로움을 제외한다면 메이지 20년대를 풍미한 입신양명 이데올로기를 시대적 통속물 구도로 변주한 작품이 아닌가 싶다. 원본과 번역본은 각각 坪內逍遙『小說神髓』, 角川書店 1974; 국역본 정병호 옮김 『소설신수』(고려대학교 출판부 2007); 二葉亭四迷,『浮雲』(金港堂 1887~99); 김영심 옮김『뜬구름』(보고사 2003)이다. 일본의 문학사가들도 츠보우찌의 소설론에 관해 여러 비판적인 지적을 한 것으로 알고 있고, 국내에서도『소설신수』와『뜬구름』을 중심으로 메이지 소설사를 서술하는 관행에 제동을 거는 논의가 나온 바 있다.『소설신수』및 그 소설론을 수용함으로써 메이지시대의 주류를 형성한 켄유우샤(硯友社) 문학과는 다른 차원의 사회의식을 보여준—이식과 창조의 이분법으로부터의 탈피를 시도한—우찌다 로안(內田魯庵)의 실제비평에 관한 최범순의 논의도 그중 하나이다. 최범순「메이지 문학사 재고: '사회적 사상'에 기초한 우치다 로안(內田魯庵)의 비평세계」,『아시아문화연구』제25집 155~80면 참조.

그렇다면 여기서『무정』과 번안 텍스트들을 구체적으로 비교하기보다는 주인과 손님이라는 논제를 노블형 소설과 연관하여 논의할 좀더 큰 그림을 그려보는 것이 생산적일 듯하다. 가령 영미의 통속소설을 일본 작가들이 번안한 작품과 조중환 등이 다시 번안하여 내놓은 텍스트를 비교해 읽으면 식민지조선과 일본의 문학교류는 가령 당대 영국과 미국의 작가들 간의 복잡한 영향관계와는 질적으로 다른 것이었음을 실감하게 된다. 그렇다고 동아시아에서 식민지 경영에 나선 일제와 식민지조선의 문학적 관계가 종속성으로 표현될 만큼 간단한 것은 아니다. 오히려 몰락하는 제국(영국)과 부상하는 제국(미국)의 경쟁적 관계만큼이나 당시 식민지조선과 일제의 문학적 관계도 무척이나 꼬여 있었다고 해야 할 성질의 것이다. '내지(內地)'로 유학을 떠난 식민지조선의 청년학도들이 바로 거기서 습득한 선진 지식을 통해 식민지 극복과 조선 독립이라는 꿈을 키우기도 한 것은 엄연한 사실이지 않은가.

이 대목에서 이런 상식을 환기한 까닭은, 우리 학계에서 일종의 정설의 지위에 오른 듯한 이식문학론에 관한 기본시각도 재조정이 필요하겠기 때문이다. 일본을 일종의 절대적 원본으로 설정한 상태에서 그런 원본의 영향이 어떠한가를 논하는 연구방법은 그 자체로 일본문학에 끼친 서구문학의 영향까지를 고려하지 않는다면 관념적인 접근이다. 거듭 강조하지만 그런 식으로 원본이냐 진본이냐를 따진다면 일본의 근대소설 자체도 모사본에 불과하다는 결론을 피할 수 없다. 물론 비평적 성찰이 필요한 것은, 20세기 초반 식민지조선에서는 말할 것도 없고 그 본산지인 서구에서조차 소설과 문학 개념은 역사적인 변화의 산물이며, 그 점을 좀더 엄밀하게 파악하기 위해서는 민족주의적 시각에서 탈피해야 한다는 사실이다. 본격 제국주의 시대에 들어선 19세기 말 20세기 초반 서구문학은 자연주의와 모더니즘이 전반적인 추세를 이루며 식민지에 자국의 문학을 수출하기 시작한바, 식민주의 이데올로기와 함께 동아시아에 상륙한 '문학'은 그 비판적 뇌관과 창조적 잠재성이 대체로 해체된 상태였다.[43] 영어가 이미 국제어로서 위세를 떨치고 한문과 일본어, 한글이 극도로 착종되어 경합을 벌이던 다언어적 상황에서 식민지조선의 3·1운동——중국의 경우는 5·4운동——이 문학사에서도 획기적인 전환의 계기가 된 것은 결코 우연이 아니다.[44]

요컨대 1894년 7월 갑오개혁 이후 일제 식민체제로 편입되기 시작한 식민지조선에서 '받아쓰기'의 실험을 한 세대 가까이 하고서야——서구 장편소설의 규모와 수준에 견주어도 크게 부끄러울 것 없는——우리 작가들은 '주인'의 지위에 걸맞은 근대의 근대다운 작품을 생산할 수 있었던 것이다. 그렇다고 1900년대와 1910년대, 나아가 1920년대의 식민지문학이 '손님'에 불과했다는 주장은 성립할 수 없다. 또한 그 30년간 축적된 서사문학의 실험적 모색 없이 30년대의 성취가 가능했으리라고 생각할 수도 없다. 1926년에 출간된 만해의 『님의 침묵』이 단적으로 말해주듯이 서구 텍스트 받아쓰기와는 차원을 달리하는, 전근대의 서사적·사상적 전통을 현대적 의식으로 소화하는 작업이 따르지 않았다면 근대의 근대다운 문학 기획도 사실상 불가능했을 것이기 때문이다. 다음 절에서 채만식(蔡萬

---

43 여기서 '대체로'라는 단서를 단 것은 조선과 중국, 일본의 사정이 제각각이었고 그나마 문학 이외의 학문분야에서는 전혀 다른 평가도 가능하기 때문이다. 문학 방면에서는 가령 루쉰의 번역작업만 해도 서양문학의 추수보다는 식민지로 전락할 위기에 처한 자국의 현실을 되돌아보는 적극적인 계기로서 수행된 면이 있는 것이다. 반면에 박유하가 기술했다시피 워싱턴 어빙의 『스케치북』(1819)이 메이지시대에 일어난 소설 및 문학 개념의 형질 전환을 말해주는 하나의 징후적 사례라면 '비판적 뇌관과 창조적 잠재성의 해체' 운운한 주장은 한층 설득력을 얻게 된다. 즉 "이미 권위화되어 있던 '영어'에 literature, 즉 서양적 '문학'개념이 첨가되어 한층 더 권위를 높이던 것이 (워싱턴 어빙의——인용자) 『스케치북』"이었다면 당대 메이지시대의 서양문학 번역수준이 결코 높았다고 말할 수는 없을 것이다. 박유하·김석희 옮김 『내셔널 아이덴티티와 젠더: 나쓰메 소세키로 읽는 근대』(문학동네 2011) 23면. 반면에 비문학 분야, 특히 사상사·역사·근대법 분야의 번역은 또다른 차원으로 보이는데, 그에 대해서는 특히 마루야마 마사오·카또오 슈우이찌, 임성모 옮김 『번역과 일본의 근대』(이산 2000) 참조.

44 유석환 「문학시장의 형성과 인쇄매체의 역할(1): 1917년 전후의 문학사의 국면」, 『민족문학사연구』 48호(2012) 참조.

植, 1902~1950)의『태평천하』(1938)를 거론하는 취지도 바로 그런 맥락에서이다. 식민지조선의 소설가들이 노블형 소설의 학습과정에서 어떤 차원의 '주인문학'을 낳았는가를 증언하는 상징적 사례로 이 작품을 논하려고한다.

4.『태평천하』에 관하여

20세기 한국문학사에서 1930년대를 장편소설의 백화제방 시대로 표현하는 것이 과장만은 아니라면 그 '온갖 꽃' 가운데『태평천하』를 빼놓기는 어렵다.[45] 하지만 채만식의 대표작으로 흔히들 손꼽는『탁류』가 아닌『태평천하』를 여기서 '시범사례'로서 거론하는 취지는 단순히 30년대에 생산된 훌륭한 견본 장편 하나를 소개하는 데 있지 않다. 그보다는 서사의 내발적 발전과 외발적 영향이라는 설명모델을 비판적으로 성찰하는데『태평천하』를 일종의 도약판으로 삼겠다는 것이다. 서구문학의 우월성을 대표한다는 '노블'의 독보성을 식민지조선의 작가가 상대화한 소설사적 실례가『태평천하』라는 주장이다. 물론 이 논의는『태평천하』를 30년대 사실주의 소설의 명편이자 풍자문학의 백미로 다양한 각도에서 조명해온 기왕의 풍성한 연구에[46] 양학도(洋學徒)의 관점으로 몇마디 첨언하는 정도겠지만, 노블형 소설을 둘러싼 논란을 정리하는 데 기여할 바가

---

45 작품은 세개의 판본이 있다. 첫번째 판본은『조광』연재본(1938. 1.~1938. 9.)으로서 제목은『천하태평춘(天下太平春)』이다. 두번째 판본은 공동 작품집인『3인 장편집』(명성사 1940)에 실린 것이며, 마지막 판본은『태평천하(太平天下)』(동지사 1948)로 개제한것이다. 이 글에서는 동지사 판본을 '원본'으로 삼아 작품해설, 작가연보, 낱말풀이 등을 붙인 창비판『태평천하』(2006)를 텍스트로 한다.

46 두루 좋은 참고가 된 연구서로는 문학과사상연구회 엮음『채만식 문학의 재인식』(소명출판 1999); 방민호『채만식과 조선적 근대문학의 구상』(소명출판 2001); 정홍섭『채만식: 문학과 풍자의 정신』(역락 2004); 최유찬『문학의 모험: 채만식의 항일투쟁과 문학적 실험』(역락 2006); 이주형 엮음『채만식 연구』(태학사 2010) 등이 있다.

없지는 않을 듯하다.

우선 채만식이 카프(KAPF)의 경향성과 일정한 거리를 두었다는 점은[47] 여러 맥락에서 검토해볼 가치가 있다. 방랑 또는 룸펜 작가라는 공격에 작가적 자유로 맞선 채만식의 분투가 새로운 창작방법의 탐구로 심화된 경우이기 때문이다. 일제 식민체제가 거의 완성단계에 들어선 것처럼 보이던 1930년대 후반 식민지조선의 현실에서 채만식이 시도한 특유의 서사적 실험을 주목할 필요가 있는바, 『태평천하』는 이식문학론의 관점에서 봐도 예외적이랄 수 있는 특징이 있다. 이는 노블형 소설을 둘러싼 주인과 손님 테제의 언어로 표현한다면, 전근대적 주인이 근대적 손님을 성공적으로 무리 없이 맞이했다는 점이다. 그런데 특기할 만한 점은, 그런 손님맞이도 얼핏 아귀가 맞지 않아 보이는 두 차원의 '전선'에서 동시에 이뤄졌다는 사실이다. 하나는 서구소설의 받아쓰기에서 탈피하기 위해 조선시대의 전통서사를 현대적 맥락으로 변용하여 다시 쓰는 작업이고,[48] 다른 하나는 전통서사를 그렇게 재창작하는 과정에 서구소설은 물론이고 영화의 선진적인 서사기법도 적극적으로 활용했다는 것이다. 『태평천하』는 이중의 서사전략을 절묘하게 종합한 결과물이다.

그렇다면 『태평천하』의 그러한 면모를 좀더 구체적으로 파악하는 데는 역시 동시대 가족사소설의 범주에 속하는 장편과 잠시 견줄 필요가 있

---

47 "예술적 방법에 의한 투쟁의 한 조직체"로 카프를 규정한 것이 단적인 예지만(채만식 「玄人 君의 蒙을 啓함」, 『채만식전집 10』, 창비 1989, 44면) 카프와 채만식의 관계는 그리 간단치 않은 것이 사실이다. 이념이 작품을 대신할 수 없다는 신념을 고수하면서 『탁류』에 대한 작가의 변에서 밝히고 있다시피 "인류 역사를 밀고 나가는 한개의 힘"을 작품으로 구현하려고 노력했다는 점에서는 카프의 문제의식을 좀더 넓은 지평으로 개방하려고 했다는 평가도 가능하다.

48 「심봉사」를 각각 희곡(1936; 1947)과 소설(1944)의 형식으로 남긴 것이 그 단적인 예지만, 그밖에도 채만식은 「흥보씨」(1939) 「배비장」(1943) 「허생전」(1946) 등 일련의 전통서사 다시쓰기를 중단하지 않았다. 『태평천하』와 관련하여 그런 다시쓰기 양상을 다룬 논문으로는 윤영옥 「『태평천하』의 전대(前代) 문학양식 수용」, 『현대문학이론연구』 26권(2005) 193~220면 참조.

을 듯하다. 가령 김남천(金南天)의 『대하』(1939)나 한설야(韓雪野)의 『탑』(1942)과 대비해보는 것도 하나의 방법이겠다.[49] 각각 러일전쟁(1904~1905)과 갑오농민전쟁(1894)을 기점으로 이야기가 시작되는 두 장편에서 공히 두드러진 공통점은 주인공이 새로운 시대의 질서를 담지하는 인물로 제시된다는 것이다. 김남천의 『대하』에서는 '갑오난리'의 북새통을 기화로 치부한 박성권의 2대손 박형걸이, 한설야의 『탑』에서는 고루한 양반의식에 젖은 박진사의 2대손 박우길이 각각 부친의 봉건주의적 전횡과 무능에 반발하여 가출을 감행한다. 두 작품은 각기 다른 행로를 걷는 주인공들의 '열린 미래'를 암시하며 끝난다는 점에서도 비슷하다. 또 하나의 공통점은, 각기 북녘 평안도와 함경도의 세시풍속에 관한 묘사가 놀랄 정도로 세밀하다는 것인데, 자연주의적 사실재현이랄 만큼 시속(時俗)이 자세하다.

하지만 정작 주목을 요하는 점은 두 장편의 부정적인 유사성이다. 그토록 시시콜콜 그려진 세시풍속이 주인공의 내면의식 및 행적과 사뭇 따로 논다는 것이다. 플롯 차원에서 봐도 인물의 여정은 인물이 속한 세계와는 거의 아무런 상관 없이 그려지고 있다. 적어도 그 점에서 가족사소설이라기보다는 박우길이라는 소년의 성숙과정을 추적한 성장소설에 가까운 『탑』보다 『대하』가 가족사소설로서 『태평천하』와 좀더 방불하며 비교대상이 된다. 물론 『대하』에서도 개화기의 풍물 묘사가 자연주의의 정태적 기술(記述) 차원에 머문 까닭에 인물들의 서사적 교호작용이 희박한 것은 사실이다. 하지만 개화기의 신흥 부호 박성권의—그의 조부는 지방 아전 출신이다—서자로서 형걸이 겪는 내면갈등이 제법 흥미진진하게 전개되면서 가족사소설다운 갈등이 부각되기도 한다. 고리대금업으로써 선대가 구축해놓은 이념적·도덕적 세계로부터 탈출을 꿈꾸는 형걸의 행로가 구체화될수록 그의 내면갈등도 증폭된다. 그의 결단은 서사의 결정적 기

---

49 텍스트는 각각 김남천 『대하』(동아출판사 1995); 한설야 『탑』(동아출판사 1995)이다.

로에 해당하는바, 그것은 계급적으로 각기 상이한 여성들——형수가 되는
보부 및 여복(婢僕) 쌍네, 기생 부용 등——을 향한 '미성년'의 성적인 끌림
을 청산하고 감행하는 가출로 표상된다. 가출의 동기는 문우성이라는 개
화지식인이 제공한다. 요컨대 형걸은 개화지식인이 대표하는 기독교 계
몽사상의 인도(引導)로써 '출세(出世)'한 것이다.

하지만 주인공의 그러한 출세로 귀결된 『대하』의 결말이 갖는 의의는
매우 제한적이다. 작품의 시대적 배경에서는 물론이고 이 작품이 출간된
1939년도에도 거의 아무런 전망이 못될뿐더러, 기실 낡아버린 기독교 계
몽주의는 『무정』에서 이미 선을 보인 것이기도 하다. 자기고발을 넘어서
시대의 구체적인 현실을 천착하겠다고 나선 카프문학의 선편(先鞭)이라
할 『대하』가 봉착한 서사적·사상적 한계를 단순히 일제의 엄혹한 검열이
나 탄압으로만 돌릴 일은 아니다. 『대하』에는 청일전쟁 당시 마수를 드러
낸 일제가 현실로서 존재하지 않는다는 점이 흔히 지적되는 결함이지만,
일제가 작품에 드러나지 않은 것보다 더 큰 한계는 김남천의 서사전략
이 핍진한 자연주의적 재현과 '전통파괴자'로서의 주인공의 문제의식을
기계적으로 나열한 것 외에는 없었다는 사실이다. 그렇다면 작가 개인의
'사상'으로 치자면 한설야나 김남천에 비해 결코 '선진적'이라는 꼬리표
를 달아주기 힘든 작가가 채만식인데, 그의 『태평천하』는 과연 뭐가 어떻
게 다르다는 말인가?

『태평천하』는 1937년 9월 중순의 어느날 해질녘에서 이튿날 아침에 이
르는, 채 하루가 안되는 시간에 일어난 일련의 사건을 다루고 있다. 이 작
품 역시 전형적인 가족사소설에 속한다. 그러나 앞서 언급한 가족사소설
들과 비교할 때 『태평천하』의 가장 괄목할 만한 점은 바로 서사의 기법이
다. 즉 강화도조약(1876)을 전후한 구한말에서 중일전쟁이 터진 1937년에
이르는 60년 세월을 고조인 윤용규부터 한국전쟁 이후 분단시대의 '주역'
이 될 고손(高孫) 윤경손에 이르는 세대적 시간대에 압축적으로 배치하
고, 세대에 의해 분절된 그런 시간대를 단 하루에 요리한 채만식의 솜씨

다. 이는 전통서사에서는 볼 수 없는 서사기법의 혁신, 즉 장면전환과 복선의 배치, 시점의 병치와 대조, 플래시백 등을 두루 적절하게 활용하면서 플롯을 정교하고 경제적으로 운영한 결과이다. 물론 동일한 비중은 아니더라도 세 세대가 각각의 역할을 부여받은 『삼대』와 비교한다면 5대에 걸친 가계(家系)에서 2대손인 윤두섭, 일명 윤직원이 서사의 각광을 독점하다시피 하는 『태평천하』는 서사적 지평이 그만큼 협소한 것이 사실이다. 작품이 감당하는 사회적 현실의 범위도 어떤 면에서는 좁아졌달 수 있다. 하지만 그렇게 좁아졌다고 해서 당대를 보는 작품 자체의 시각이 편협해졌다고 단정할 일은 아니다. 오히려 이 작품은 서사전략에서 한결 함축적인 선택과 집중을 통해 역사적 감각에서도 그에 상응하는 깊이를 획득했다는 평가가 얼마든지 가능하다.[50]

창비판 『태평천하』의 작품 해설에서 한수영(韓壽永) 교수가 적절하게 지적했다시피 윤직원의 서사적 기원은 멀게는 박지원(朴趾源)의 「양반전」에 등장하는 정선 부자로, 가깝게는 이인직의 『은세계(銀世界)』에 등장하는 강릉 부자 최병도로 거슬러올라간다. 실감으로는 박지원이나 이인직, 나아가 30년대 작가들 중 어느 누구도 채만식만큼 역사적 산물로서의 윤직원 같은 지주(地主)적 인물형에 구체적이고 생생하게 피와 살을 입히지는 못했다고 본다. 윤직원이라는 인물의 일거수일투족을 통해 30년

---

50 『태평천하』에는 식민지현실로 유입되어 때로는 저항 에너지로, 때로는 정신적 식민도구로 기능했던 서구의 외래 개념, 즉 기독교나 맑스주의를 찾아볼 수 없다. 마지막 장에서 윤직원의 손자 윤종학의 사회주의 문제가 튀어나오기는 하는데, 서사의 진행에 영향을 미치는 결정적인 요인이라고 할 수는 없다. 또한 『삼대』의 조의관이 대변하는, 조선시대를 사실상 이끌었던 유교주의도 『태평천하』에는 등장하지 않는다. 뿐만 아니라 『삼대』의 홍경애로 표상되는, 자유주의에 가까운 새로운 여성의식의 싹도 찾아볼 수 없다. "외래의 것이든 토착의 것이든 모든 지배적 이념들이 당대의 현실과 어긋나"면서(졸고 「세계체제의 (반)주변부와 근대소설」, 『창작과비평』 2010년 여름호 80면; 본서 474면) 서사가 역동성을 띠고 갈등국면이 증폭되는 『삼대』와 대비한다면 확실히 『태평천하』의 형식과 내용은 20세기 초반 조선의 식민지근대라는 국지적 현실의 시공간적 맥락에 착근해 있다고 말할 수 있다. 소위 미학적 형식과 사회적 내용이 깔끔하게 맞물려 돌아간다는 것이다.

대 조선의 사회경제사가 구현된다고 해도 과언이 아닐 정도로 금권(金權)에 의해 움직이는 당시의 사회현실이 핍진하게 재현된다. 하지만 사회현실의 재현 자체가 반드시 작품의 성취로 직결되는 것은 아니다. 엄밀하게 말해서 재현은 오히려 서사의 중심에 있는 윤직원이라는 인물의 동선에 부수적인 것으로서, 지주계급으로서 갖는 윤직원 고유의 전형성이 살아 있기에 비로소 사회현실이라는 것도 '리얼'해지는 것이다.

여기서 특기할 사실은, 『태평천하』의 최대 풍자대상인 윤직원이 친일과 반일의 경계를 넘어서 있는 인물이라는 점이다. 아니, 자신의 시대를 '태평천하'로 확신하고 있다는 점에서는 친일 지주의 한 전형이지만 거기에는 어떤 사상적·이념적 동기도 개입되지 않는다고 해야 정확하다. 만약 친일을 거론할 것 같으면, 부친 윤용규가 1903년에 한편으로는 가렴주구에, 다른 한편으로 화적패들의 횡포에 시달리다가 비명횡사하는 비극을 몸소 처절하게 겪고 난 이후 내면화된 생존본능이라고 표현해야 할 정도로 그의 친일은 내면화된 것이다. 『태평천하』의 특이한 성취는 그토록 기회주의적 처세를 내면화한 인물을 말하자면 털끝 하나 안 건드리고 성공적으로 풍자했다는 데 있다. 『태평천하』의 대미를 장식하는 윤직원의 외침과 그에 대한 화자의 만평을 들어보자.

"……착착 깎어 죽일 놈! ……그놈을 내가 핀지하여서, 백년 지녁을 살리라구 헐걸! 백년 지녁 살리라구 헐 테여…… 오냐, 그놈을 삼천석거리는 직분(分財)히여 줄라구 히였더니, 오냐, 그놈 삼천석거리를 톡톡 팔어서, 경찰서으다가 사회주의 허는 놈 잡아 가두는 경찰서으다가 주어버릴걸! 으응, 죽일 놈!"

마지막의 으응 죽일 놈 소리는 차라리 울음소리에 가깝습니다.

"……이 태평천하에! 이 태평천하에……"

쿵쿵 발을 구르면서 마루로 나가고, 꿇어앉았던 윤주사와 종수도 따라 일어섭니다.

"……그놈이 만석꾼의 집 자식이, 세상 망쳐놀 사회주의 부랑당패에 참섭을 히여, 으응, 죽일 놈! 죽일 놈!"

연해 부르짖는 죽일 놈 소리가 차차로 사랑께로 멀리 사라집니다. 그러나 몹시 사나운 그 포효가 뒤에 처져 있는 가권들의 귀에는 어쩐지 암담한 여운이 스며들어, 가득히 어둔 얼굴들을 면면상고, 말할 바를 잊고, 몸 둘 곳을 둘러보게 합니다. 마치 장수의 주검을 만난 군졸들처럼……

물론 윤직원의 이런 외침은 마적의 손에 횡사한 부친 윤용규의 시신을 안고 울부짖은 말──"이놈의 세상이 어느날에 망하려느냐!"(4장)──에 대한 반향인 면도 있다. 하지만 더 중요한 사실은 풍자대상인 윤직원이 이런 외침으로써 시대의 한낱 어릿광대로 전락하지만은 않는다는 점이다. 오히려 사회주의 활동 혐의로 피검된 손자 종학의 처신을 진정으로 분개하고 개탄하는 이 만석꾼의 진지함에는 비극적인 위엄마저 풍기는데, 이는 그 자신이 비난하는 손자만큼이나 (어쩌면 그 이상으로) 그도 사회적 존재감을 갖는 인물임을 역설한다. 윤직원의 존재감은 '역사적 전형성'의 다른 이름이기도 하다. 그런 전형성이 한 개인의 더없이 처절한 의식을 통해 구현되기에 철두철미 내면화된 '태평천하'로서의 일제시대가 얼마나 완강한, 그러나 동시에 그만큼 허약한 이데올로기적 토대 위에 구축되어 있는가가 해체적으로 드러난다. 그런 의미에서 이 마지막 장면에 붙인 화자의 한마디, 즉 "마치 장수의 주검을 만난 군졸들처럼……"이라는 말만큼 '태평천하'의 종말을 적절하게 암시하기도 어려울 것이다.

이처럼 '태평천하'의 실상은 윤직원의 전형성뿐만 아니라 그런 전형성을 살리는 화자의 독특한 성격을 경유하지 않고서는 제대로 밝히기 어려운 면이 있다. 일단 한수영 교수의 평가를 환기해보자. 그는 "근대소설의 화자가 박제화되어 단순히 서사적 정보를 매개하는 '장치'로 위축되었다면, 채만식은 살아 움직이는 중개자로 되살려놓고 있"다고 평가한다.(창비판『태평천하』해설, 258면) 물론 근대소설의 화자가 박제화되었다는 진술은 지나친 일반화인 터라 개별 작품을 놓고 논해야 할 문제이긴 하지만『태평천하』의 화자에 관한 한『삼대』를 비롯한 당대의 여타 가족사소설에서도 찾아보기 힘든 이채로운 존재임은 독자가 책을 펼치는 바로 그 순간 알아차릴 수 있다. 서사 흐름의 완급을 조정하면서 상황에 대한 주석자인 동시에 해설자 노릇을 하는 화자는 작가의 복화술이 만들어낸 '목소리'에 가깝다. 화자는 텍스트의 안과 밖에 동시에 존재하면서 독자로 하여금 스스로 서사의 상황을 판단하도록 유도하는 역할까지 수행한다.

이러한 화자의 '구성 성분'은 매우 복합적이다. 한편으로는 판소리의 소리꾼이나 전기수라는 전래의 서사양식에 등장하는 전문 이야기꾼과 비슷하고, 다른 한편으로는 외래의 예술양식인 무성영화를 보조하는 변사와도 닮아 있다.「심봉사」를 소설이나 희곡으로 각색한 바도 있는 채만식이 그런 화자를 조선조 서사의 창고에서 되살려냈달 수도 있고, 중편「냉동어(冷凍魚)」(1940)에서도 얼핏 비친 것처럼 영화라는 새로운 예술매체의 가능성에 민감하게 반응하면서 변사의 존재를 소설장르로 끌어와 활용했다고도 할 수 있다. 이렇게 보면 전근대와 근대를 가로지르는 양서류와 같은 존재가 바로『태평천하』의 화자인바, 여기에 "채만식의 여타 작품에서 등장하는 지식인 주인공의 역할"마저 떠맡고 있는 점을[51] 염두에 둔다면 화자는 사실상 서사에 실질적인 모양새를 부여하는 주 동력이라고 해야 맞을 것이다. 따라서『태평천하』가 노블형 근대소설 및 그런 소설의 수입과정에서 불거진 손님과 주인이라는 논제에 대해서 특별한 함의를 가지는 것은 전혀 우연이 아니다.

무엇보다 노블형 근대소설에 어떤 단일한 모형이 있을 수 없음을『태평천하』의 화자 자체가 말해주는 바 있다. 앞서 채만식 당대에서 그런 화자는 희귀한 존재라고 했지만 실제로 19세기 서구 리얼리즘 소설 및 20세기

---

51 정홍섭, 앞의 책 241면.

모더니즘 소설과 비교해도 이채를 띤다.[52] 『태평천하』를 '노블형' 소설이 아니라 판소리형 또는 변사형 근대소설로 정의할 수 있다면 화자야말로 그런 정의를 가능케 할 '인물'이다. 텍스트 밖에 있으면서도 그 내부의 서사적 질서를 잡고 있는 화자는 "기존 장르를 합병하거나 소멸시키는 노블의 '식민주의'"[53]에 대한 주체적 대응을 살펴보는 데도 의미심장한 암시를 준다. 『태평천하』의 화자가 수행하는 핵심적인 역할은, 전통서사의 창고에서 벼린 '도구'로써 노블 식민주의의 이데올로기적 작동기제를 해체하는 것이다. 물론 「치숙」의 화자가 단적으로 말해주듯이 서사를 운용하는 채만식의 장인적 솜씨는 서구 장편문학의 학습과 무관할 수 없다. 그러나 여기서 핵심은, 채만식이 그런 학습을 통해 박래품 티를 제대로 벗지 못하던 30년대의 몇몇 가족사소설과는 차원이 다른 '물건'을 만들어냈다는 점이다.[54]

이 대목에서 다시 『무정』을 소환해보자. 당대의 『무정』이 '문학'이라는 신개념의 산물이라면 이광수가 『소설신수』류의 '순문예'론을 베끼다시피 하여 도입한 '분가꾸(文學)'의 실체는 사실 분명하다. 그것은 프랑스혁명으로 인해 제동이 걸렸으나 19세기 중반에 심미적 국가주의로 흡수되어 서구 제국주의의 문화적 확산에 동원된 순문학과 크게 다를 것이 없기

---

52 『태평천하』의 영역본 Chun Kyung-Ja trans., *Peace Under Heaven* (M. E. Sharpe Inc 1993)에 '해설'을 붙인 에커트(Cartet J. Eckert) 교수는 윤직원을 셰익스피어 드라마에 등장하는 폴스태프(Falstaff)와 견주기도 했지만(xix~xx면) 전라도 사투리가 짙게 밴 화자의 풍자적 입말이 영어 번역으로는 온전히 실감나지 않는다는 사실은 이런 맥락에서 환기할 만하다.

53 황종연 「노블, 청년, 제국」, 『탕자를 위한 비평』 274면.

54 물론 그같은 성취는 강렬한 창작의지의 결과였기도 하다. 서양문학을 추종하는 당대 조선의 문인을 두고 채만식이 "백운을 타고 공중에 떠 셰익스피어로 더불어 놀면서, 읽어도 뜻을 모르는 요파의 주문 같은 『율리시즈』를 읽고, 그러다가 가끔 지상에 내려와서는 어찌 이 땅에는 세계적 대작이 나오지 않느냐고 노마(駑馬)의 등에 채찍질이나" 해대는 백운거사에 빗댄 것 역시 그런 의지의 반영이다.(채만식 「작가의 한계」, 『채만식전집 10』, 창비 1989, 154면)

때문이다.[55] 인정세태의 묘사에 자족한, 사실상 변혁적 잠재성이 거세된 노블이 선진 신개념으로서 식민지 조선땅에 상륙했던 것이다. 소설이나 희곡을 천시하던 유교주의의 인습에 대한 정당한 반발이 눈에 띌 뿐이지, '문학'을 좁은 의미의 문예(주의)로 축소해버린 것이 「문학이란 何오」가 아니던가.[56] 요는, 1880년대 후반에 토오꾜오대학을 비롯한 근대적 교육기관에 유럽어문학부가 설치되고 거기에 가서 식민지조선의 청년들이 배워왔다는— 이광수가 「문학이란 何오」에서 개진했던— '분가꾸(文學)'라는 신개념을 제대로 점검하지 않고서는 한국문학 연구의 낡은 패러다임에 대한 비판도 설득력을 얻기는 어렵겠다는 것이다. 이광수가 1910년대 시점에서 '새로운' 문학론에 바탕을 두고 『무정』을 통해 순한글 장편

---

55 영국문학에서 문학(개념)이 제국주의에 복무하게 되는 역사적 궤적을 낭만주의 문학을 통해 추적한 논의로는 유명숙 『역사로서의 영문학: 탈문학을 넘어서』(창비 2009) 참조.

56 식민지조선 최초의 문학론에 해당할 이광수의 「문학의 가치」(1910)를 비롯해 「문학이란 何오」 등에 영향을 끼친 전거에 관한 연구로는 츠보우찌 쇼오요오뿐만 아니라 당대의 미학자요 비평가인 시마무라 호오게쯔(島村抱月, 1871~1918)와 영국의 비평가 C. T. 윈체스터(Caleb Thomas Winchester, 1847~1920)를 구체적으로 거론한 이재선의 연구가 주목할 만하다.(이재선 『이광수 문학의 지적 편력: 문학론의 원천과 형성』, 서강대학교 출판부 2010, 1부 1장 참조) 필자로서는 이광수 문학의 균형잡힌 이해를 역설하는 이 역저의 취지에 공감하면서도 춘원의 문학론 자체는 서양의 '선진' 소설(개념)을 소개하면서도 자신의 그러한 작업이 '모노가따리' 전통의 발전에 밑거름이 되기를 희망했던 츠보우찌 쇼오요오의 기본적인 문제의식조차 편협하게 '번역'한 지적 산물이라는 느낌을 떨치기 어렵다. 물론 1910년대 당대의 지평에서 「문학이란 何오」가 갖는 문학적 의의를 평가하는 것과 100여년의 축적을 이룩한 우리 문학의 성과에 비추어 상대적인 평가를 하는 작업이 완전히 일치하기도 어렵고 일치할 수도 없을 것이다. 그렇다고 우리 당대의 시각에서 그 성취를 가늠하는 비평작업을 포기할 수도 없는데, 사실 춘원의 사상적 변절은 물론이고 그 문학적 성취를 비판적으로 되돌아보게 하는 사례 중에는 역시 만해만 한 인물도 없을 듯하다. 예컨대 「문학이란 何오」에 대한 동시대의 적실한 비판으로는 만해의 「문예소언(文藝小言)」만 해도 의미심장한 울림이 있다. "근래에 문학을 말하는 사람으로는 일반적으로 문학 즉 문예로 보고, 심하면 문학 즉 예술로 보아서 문학과 문예를 가리지 아니하고 동일시하여, 문학이라면 시·희곡·소설 등의 예술적 문예작품 이외에는 문학이 아니라고까지 하게 되었는데, 조선에 있어서 더욱 그러하다."(서준섭 편역 『한용운 작품선집』, 강원대학교 출판부 2001, 242면)

소설의 새로운 지평을 개척한 공에 대해서는 정당한 평가가 여전히 필요하다고 보지만, 사실상 변혁적 잠재성이 거세된 특정 시기 서구 문학개념의 기계적 답습과 조선조 세태소설의 도덕주의를 고스란히 내장한 문제작이 『무정』이기도 하다. 그런 한계는 『무정』 자체에서도 확연하지만 채만식의 『태평천하』와 비교해볼 때 한층 설득력 있게 파악할 수 있다.

근대 서사양식의 절대적 우세종으로 부상해 한동안 전성기를 구가해온 장편소설이라는 장르에 대한 논의가 서구 학계에서도 한창이다. 이들 논의를 끌어다 쓰는 일도 게을리해서는 안되겠지만 우리의 경우 식민주의의 핵심적인 동력으로 작동해온—서사양식의 기법 실험 및 혁신과 결코 무관할 수 없는—자본주의 (식민지)근대에 대한 복합적인 정치의식 및 역사의식을 장편소설 발전의 본질적인 조건으로 인식하는 작업이 더 절실하다. 왜냐하면 채만식의 『태평천하』가 도달한 '소설'로서의 성취가 어떤 의미에서 이광수의 『무정』과 비교하기 어려운 성질의 것인지에 대해서 우리 학계의 구체적인 분석이 충분해 보이지 않기 때문이다. 그렇다면 이렇게 한 나라의 문학유산에 대한 비평적 합의가 미흡할진대 과연 동아시아 지역문학 운운하는 것이 가당키나 한 것인가라는 의문도 나올 법하다. 그러나 작품성에 관한 비평의 합의는 역사적으로 만들어가야 하는 과제에 해당하며, 지역문학 과제의 원만한 수행을 지향할수록 대국적인 시각이 요구된다고 할 것이다. 그런 뜻에서도 서구의 소설(개념)이 일제를 경유하여 개화기 조선에 도착한 결과 기존 서사양식의 형질변화가 일어나 서양식 장편소설, 즉 '노블형 소설'이 발생했다는 주장에 대해서는 앞으로도 개별적인 사례 연구를 포함해 더 정밀한 검토가 필요하다.

5. 동아시아의 지역문학을 향하여

머리말에서 현재 우리가 지향하는 동아시아 지역문학은 여전히 가능태로서의 과제에 머물러 있다고 한 바 있다. 또한 동아시아 지식인들이 지역문제의 현안을 논할 때 얼마나 불편한 감정을 느끼는가를 환기함으로써 동아시아 지역문학이라는 과제의 난감한 성격을 강조하기도 했다. 그러나 뭔가가 가능하다는 생각 그 자체가 행동의 의욕을 불러일으키듯이 불편한 감정 역시 가능태로서의 지역문학운동에 반드시 해로운 것만은 아니다. 오히려 착잡한 감정이 진지한 성찰로 이어질 때 "훨씬 더 가까운 기분"으로서의 가능성을, "아직 명료한 행태로 실현되지 않은 어떤 사유나 활동이 엄습하듯 드러나는 열림"[57]을 사람들은 공유하기 마련이다. 다른 한편, 그런 열림으로서의 동아시아 지역문학의 성격을 명확히 하기 위해서라도 동아시아의 근대를 자본주의 근대가 낳은 식민지근대의 한 국지적 발현으로 파악하는 비평작업이 선행되어야 한다. 동아시아문학은 현재 서구학계에서 과거에 비해 한결 주목받고 있지만, 식민지근대의 극복을 화두로 삼는 한 우리의 연구를 남이 대신해줄 수 있다고 믿기는 어려울 것이다.[58]

식민지근대를 내발(內發)과 외발(外發)의 에너지가 격렬하게 충돌하고 교접한 근대 이행기의 한 역사적 국면으로 규정할 수 있다면, 인간의 언어예술이 고도로 발휘되는 소설이라는 표현양식에서 그 양상이 가장 생생하고 구체적으로 드러나리라는 점은 충분히 예상할 수 있다. 또한 동아시아의 지역문학운동으로 일컬을 수 있는 구심적인 성격의 어떤 실천적 연대를 구체화하는 데 소설장르는 여전히 어느 예술양식 못지않게──영화 같은 '영상매체'와 결합하면 더욱── 현재적 잠재력을 보유하고 있다. 물론 필자는 이 점에 관한 한 아무런 성찰의 성과가 없다. 솔직히 동아시

---

57 진은영 「동아시아문학의 토포스와 아토포스」, 『창작과비평』 2012년 여름호 326면.

58 그 점은 *The Columbia Companion to Modern East Asian Literature* (Columbia UP 2003)에 편집인 자격으로 총론을 쓴 Joshua S. Mostow의 글 "Modern Literature in East Asia: An Overview"에서도 확인되는 바 있지 않은가 싶다. 그 글에서는 20세기 초반에 위계적으로 형성된 식민지조선·중국·일본의 신구(新舊)문학이 기계적으로 대조될 뿐 식민주의와 함께 입성한 '신문학'의 식민성에 대한 문제의식은 희박하기 때문이다.

아의 주요 고전부터 통독하는 작업이 급선무이며, 소설론 공부와 병행하여 식민주의 이데올로기가 동반된 '서세동점'에 대한 한·중·일의 대응양상이 사뭇 달랐던 속사정을 앞으로의 공부거리로 삼고 싶다.

아무튼 그런 공부를 위해서라도 청(淸)을 정점으로 한 동북아의 조공질서가 비교적 공고하게 운영되던 시대에 존재한 한자문화권과 당시 지배이념으로서의 유교가 붕괴된 현실에서 20세기 식민지근대의 경험이 나라마다 제각각인 현상에 대해 좀더 진중한 탐구가 필요하다. 식민지와 반(半)식민지 및 아(亞)제국주의라는 근대 식민체제의 '전형적인 경로'를 밟은 식민지조선·중국·일본에서 태동한 '신문학'으로서의 근대문학은 확실히 역설적인 조건하에서 개화된 것으로 보인다. 식민지조선의 경우는 서구를 대리한 일제의 개입으로 인해 근대문학의 개화가 가능해진 한편, 그 댓가로 식민주의의 온갖 이데올로기적 유산도 떠안게 되었다.[59] 그렇다면 그런 유산을 근원적으로 심문하는『태평천하』와 같은 창의적인 작품 하나를 제대로 읽어내는 일을 사소하다고 말할 수는 없다. 번역을 통한 고전적 텍스트들의 교환이 지역문학 형성의 첫걸음이라고 할 때 자국 문학에 대한 정확한 이해가 선행되지 않고서는 진정한 상호교류도 기약하기 어려워진다.[60]

그런 교류에 입각한 지역문학의 가능성에 관한 한 식민지근대의 동아

---

[59] 바로 그런 복합적인 식민주의의 과거가 엄연하기에 당대에 사회주의에 대해 서로 다른 반응을 보인 작가들의 상이한 형식과 내용의 텍스트들, 가령 이상의「날개」(1936)나 루쉰의「아Q정전」(1918), 또는 코바야시 타끼지의『게 가공선』(1929) 가운데 어느 작품을 대하더라도 동아시아의 독자라면 자기 나라의 역사적 경험을 투사하면서 읽는 것이 여전히 가능하다.

[60] 그같은 상호교류에 관한 주목할 만한 근년의 연구로는 대만 향토문학과 한국 민족문학의 동시대적 교감을 시론적으로 논한 백지운「대만 '향토문학'의 동아시아적 맥락」,『창작과비평』2011년 겨울호 참조. 그외 동아시아 지식인으로서 동아시아문학과 세계문학의 '긴장'을 여러 각도로 살핀 평문으로는 란밍「'지리'와 '역사'의 사이로 일어서는 '지(知)'의 초상」; 천진「세계/문학과 어떤 불안, 그리고 루쉰」,『문학동네』2013년 봄호 참조.

시아도 '세계문학'의 대열에서 완전히 이탈한 후진적인 지역이 아니었음을 기억하는 것이 중요하다. 가령 '프롤레타리아 문학'이—비록 유기적 연대의 형식으로서는 미비한 점이 많았지만—모종의 지구적 연속성을 띤 1920·30년대의 지형에서 식민지조선, 중국, 일본의 문학이 완전히 배제되지 않았을뿐더러, 세계문학운동으로서 유기적 연대의 성격마저 띠고 있었던 것이다.[61] 만약 "많은 면에서 프롤레타리아 문학이 서유럽에서보다는 식민화된 나라의 민족문학들에 더 깊은 영향을 끼친" 것이[62] 액면 그대로 사실이라면 서구 식민주의 이데올로기와 각기 다른 방식으로 대면한 식민지조선, 중국, 일본은 겉보기보다 더 많은 문학자산을 공유하고 있다고 봐야 옳을 것이다. 이 삼국에만 국한될 리 없는 동아시아문학의 역사적 유산의 현재성을 감안한다면 '노블=서구의 선진 서사' '소설=동양의 전근대 서사'라는 통념에서 자유로울 수 없는 '노블형 소설'이라는 발상은 해체해야 마땅하다.

그렇다면 민족보다 근대가 앞서야 한다는 주장 역시 식민지근대의 멍에를 고스란히 안고 있는 우리의 경우 곧이곧대로 받아들일 일은 아니다. 오히려 "근대에 만들어진 가장 문제적인 구성물이 바로 근대라는 관념 자체"라는 김홍규의 재사(才思)가 함축하는 바를 좀더 궁구해봄직하다. 근대가 근대 자체에 대한 무수한 신화를 만들어내는 과정에서 역사적 시기로서의 근대마저 신비화한 면이 있다면 그 신비화는 오직 '탈'근대 내지는 근대 극복 기획의 대상일 뿐이다. 한반도에서 근대의 질곡이 그토록 완강하게 지속되는 것은 우리가 식민지근대를 거쳐서 그런 것이 아니던가. 근대로 이월된 질곡이 어떤 의미에서 극복의 대상인가를 밝히는 학문적인 작업은 각국이 보유한 탁월한—궁극적으로는 '문학'에만 국한될

---

61 그런 프롤레타리아 세계문학운동에 대한 구체적인 논의는 Michael Denning, *Culture in the Age of Three Worlds* (Verso 2004) 4장 "The Novelists' International" 참조.
62 같은 책 58면.

수 없는──유산의 비평적 재해석을 통해 더 수월해질 수 있다.[63] 이 고립 분산적인 유산들의 현재성을 서로 연결하면서 문학지식인들의 동지적 연대를 구축해가는 동아시아 지역문학은 이제 막 출범의 닻을 올린 것에 불과하다. 하지만 가능태를 운동으로서의 현실태로 바꿀 수 있는 지역의 문학자산은 어느 대륙에 못지않은바, 동아시아가 발신할 수 있는 '세계문학'의 성패는 바로 그런 자산의 창의적인 계승 여부에 따라 갈릴 것이다.

---

63 그런 유산에 대한 인식과 서구 '과학적 정신'의 의의에 관한 한 이미 1940년대 김기림의 선구적인 자각이 있었다. "동양은 그저 덮어놓고 경도될 것이 아니라 다시 발견되어야 하리라고 말했다. 그러면 어떻게 발견될 것인가? 서양적인 근대문화가 우리들의 시야에서 한창 관찰되기에 알맞은 거리로 우리가 마침 물러선 기회에 우리는 이 근대문화의 심장판에서 무엇을 명일의 문화로 가져갈 유산일까를 반성해야 할 것이다."(김기림 「'동양'에 관한 단장」(1941), 최원식·백영서 엮음 『동아시아인의 '동양' 인식』, 창비 1997, 267면)

세계체제의 (반)주변부와 근대소설

◦◦◦◦◦◦◦◦◦◦◦◦

(식민지)근대와 소설의 대응

1. 글머리에

우리가 지금 읽고 있는 소설(小說, novel)이라는 서사양식이 언제 어떻게 생겨났는가에 대한 논의는 지역의 문화적 현실에 따라 각양각색일 것이다. 어원 자체가 판이한 것은 둘째치고 '소설'이라는 장르를 이해하는 동서양의 기본 시각과 개념 자체가 다른 면이 많아서 화제가 더 풍성해지는가 하면, 그럴수록 엄밀한 논의가 어려워지는 측면도 있다. 그런데 세계체제의 (반)주변부에 속하는 문학지식인에게는 좀더 특별한 난관이 따르지 않나 싶다. 자국의 서사양식을 기준으로 생각하는 경우라도 (때로는 압도적으로 느껴지는) 서양의 영향을 의식하지 않을 수 없는 상황에 놓이고, 소설이라는 말도 어디까지나 한자어이건만 '원산지'는 말할 것도 없고 그 성세(盛世)를 논할라치면 거의 언제나 서양의 근대나 근대 이전으로 거슬러올라가기 일쑤이다. 근대소설의 '기원'을 식민지근대로 잡는 경우에도 사정은 마찬가지인 것 같다. 근대소설의 기원과 관련한 이런 입장은 대개 이언 와트(Ian Watt)류의 입론[1]을 암암리에 대전제로 삼는 경향이 있다. 산업혁명으로써 서구의 근대가 출범하고 시민계급이 중산층으로 성장하는 과정에서 사실주의에 근거한 장편소설이라는 새로운 장르가 태어나는바, 18세기부터 독자층 및 출판시장의 확대와 함께 '떠오르기' 시작한 소설이 본격 제국주의시대를 맞아 식민지로 수출된 결과 '아류의 서사'가 발생한다는 가정이다.

이언 와트 자신은 소설의 '발생'을 논하는 과정에서 장편소설의 흥행과 제국주의의 팽창이 시기적으로 맞아떨어진다는 사실의 다양한 함의는 물론이고, 서구의 대표 문화수출품으로서의 '노블'(novel)이 식민지에서 수행한 양가적 역할을 진지하게 성찰한 것 같지는 않다.[2] 그렇다고 와트의 소설 발생담론이 지금 완전히 낡아버렸다고 단정하기는 힘들다. 그 입론의 공과에 관한 평가와는 별개로, 영미 학계에서는 영국을 중심으로 소설의 발생 또는 기원에 대한 논란이 분분한 실정이다.[3] 일단 그쪽 사정은 접어두기로 하자. 대신 한국소설 연구의 현장으로 눈을 돌린다면 소설장르 자체의 존속 여부로까지 논쟁이 번지기도 하는 소설 발생담론이 역사적 시공간이라는 상수, 즉 식민지근대를 대입하지 않고서는 실질적인 내용

---

1 Ian Watt, *The Rise of the Novel: Studies in Defoe, Richardson and Fielding* (University of California Press 1957); 국역본 강유나·고정하 옮김 『소설의 발생』(강 2009).

2 『소설의 발생』이 출간되고 20여년이 지난 시점에서 그간의 비판적 논평에 대해 보인 와트의 반응이 그 단적인 예이다. Ian Watt, "Serious Reflections on *The Rise of the Novel*," *Novel: A Forum on Fiction* 1:3(1968년 봄), 205~18면 참조. 한편 영국의 식민지였던 싱가포르를 일제가 점령했을 당시 3여년에 걸쳐(1942~45) 전쟁포로로 생활한 하급장교 와트의 전쟁체험을 『소설의 발생』이 세상에 나오게 된 결정적인 계기로 보는 논자도 있다. Marina MacKay, "The Wartime Rise of *The Rise of the Novel*," *Representation* 119:1(2012년 여름) 119~43면 참조. 하지만 이 논문에서는 제국과 식민지의 관계가 부각되기는 하지만 서구의 소설장르가 20세기의 식민주의와 어떤 함수관계에 있는가로까지 논의가 발전되는 것은 아니다.

3 영미 학계에서 와트의 가설을 반박한 저서는 이미 상당히 축적되어 있는 것으로 안다. 필자는 그중 극히 일부만을 검토했을 뿐인데, 영국소설의 기원 '들'에 관한 논의로는 특히 Lennard J. Davis, *Factual Fictions: The Origins of the English Novel* (1983; University of Pennsylvania 1996)을 집중적으로 참고했다.

을 확보하지 못할 가능성이 높다는 점은 짚어둘 필요가 있겠다.

그렇다면 제국의 소설이 식민지의 구전문학을 포함한 전래의 다양한 서사양식과 만나 일으킨 화학반응의 양상은 서양의 근대적 서사 대 동양의 전근대적 서사라는 이분법적 도식으로는 제대로 해명하기 어렵겠다. 식민지근대라는 개념 자체가 동양과 서양의 결코 간단치 않은 '접촉'과 사회정치적 역학을 상정한 것이기 때문이다. 따라서 근대소설이라는 장르가 그 '본산지'로 가정되는 제국의 식민주의와 구체적으로 어떤 관계가 있는가는 핵심 쟁점으로 부각되고, 이 쟁점은 무엇보다 소설장르 자체에 대한 이론적 탐구를 요구한다. 하지만 이는 문학장르를 넘어서 제국과 식민지의 복잡한 역학관계에 어떤 식으로든 맞닿을 수밖에 없는 논제이기도 해서 단순히 소설이론으로만 한정되지 않는 학문간 대화가 반드시 필요하다.

이 글에서는 대체로 이런 문제의식을 바탕으로 식민지에서 '발생한' 소설과 식민지근대의 관계를 살펴보고자 한다. 복잡다단한 상황에서 태동한 식민지의 '소설'이 서구 노블(novel)의 아류에서 벗어나 형식과 내용을 제대로 갖춘 근대소설로 거듭나는 과정 자체가 식민지근대의 '극복'과 구체적으로 어떤 상관관계에 있는가를 동아시아 지역과 유사하면서도 사뭇 다른 라틴아메리카 브라질의 사례를 들어서 논하려고 한다. '노블'이 서구가 식민지에 수출한 가장 강력한 문화상품 가운데 하나라는 주장을 일단 수용하지만, 중심으로서의 제국문학과 주변으로서의 식민지문학을 설정하고 판에 박힌 영향관계를 추적하는 비교주의 비평과는 비판적 거리를 둔다. 브라질의 탁월한 비평가인 호베르뚜 슈바르스(1938년생)의 소설론과 그가 다룬 작품들을 살펴보고 그 연장선에서 슈바르스가 논한 작품들과 염상섭의 『삼대』를 견주어보면서, 오늘의 시점에서 『삼대』가 갖는 현재성을 되새겨보고자 한다.

2. 식민주의와 (반)주변부 문학의 대응

20세기 초입에 식민지로의 전락이라는 경로를 통해 '근대'에 진입한 한반도에서 한문소설과 국문소설로 이분화된 전근대 서사양식의 연속적 진화를 논제로 삼기는 어려울 것이다. 예컨대 조선 후기의 국문소설과 갑오경장(1894~95) 이후의 '신소설' 및 30년대의 장편소설을 외부의 영향을 전혀 고려하지 않고 일직선상에 놓기는 난망한 일이다.[4] 다른 한편 전근대와 근대를 가르는 '소설사적 단층'이 개화기의 조선에서만 발견되는 것은 아닌 듯하다. 식민 통치 또는 반식민 통치를 받은 서구 바깥의 수많은 나라, 또는 지역의 문학에서도 단층선은 다양한 방식으로 그어진바, 식민 지배의 시공간적 관철양상이 상이한 만큼 그 양상의 소설적 구현도 동아시아, 라틴아메리카, 아프리카대륙 등 지역에 따라 제각각이라고 봐야 할 것이다. 이렇게 따지면 식민지 수탈과정에서 직간접적인 문화 간섭 또는 접촉을 피할 수 없었던 '본국'도 모종의 '감염'은 불가피했을 테니, '노블 제국주의'의 본산인 영국에서조차 소설장르가 돌연변이 없는 진화를 거듭했다는 식의 가설을 세우기는 어려울 듯하다.[5]

반면에 서구 열강의 (반)식민지로 떨어진 나라에서의 문화적 단절이 한층 급격하고 그에 대한 대응도—전근대와 근대의 분리가 동양의 식민지만큼 과격하게 발생하지는 않았던—서구의 문학과는 다른 방식이었으리라는 가정은 충분히 가능하다. 전통과의 단절이 폭력적으로 관철된

---

4 이에 대해서는 특히 『흔들리는 언어들: 언어의 근대와 국민국가』(성균관대학교 출판부 2008)에 실린 임형택의 「소설에서 근대어문의 실현 경로」를 비롯한 몇몇 논문 참조.

5 프랑꼬 모레띠에 따르면 가령 1740~1900년에 이르는 기간에 영국소설에는 무려 44개의 소장르가 존재했다고 한다. 그는 이들 장르의 부침과정이 "여섯 차례의 주요한 창조성의 분출"에 따라 진행되었다는 사실을 실증적인 자료를 통해 보여주고 있는데, 아무튼 '노블'의 본고장에서도 연속적 진화는 하나의 관념일 뿐임을 충분히 유추할 수 있다. Franco Moretti, *Graphs, Maps, Trees: Abstract Models for a Literary Theory* (Verso 2005) 18면.

식민지에서 전근대 소설의 연속적 진화는 낭만적인 환상에 가깝지만 그렇기 때문에 서사양식에서 전통적 유산을 의식하는 정도는 남달랐을 것이다. 실증적인 검증을 요하는 이런 쟁점은 다음 절에서 부족하나마 다뤄볼 요량인데, 어떤 경우든 우리는 서양의 근대서사 대 동양의 전근대서사라는 이분법을 넘어설 필요가 있다. 식민지에 들어온 서구의 문학(개념)으로 인해 식민지의 서사양식에 어떤 형질변화가 발생했으며, 그 변화는 과연 식민주의에 대한 창의적인 대응에 값하는 것인가가 이 글의 핵심적인 물음이다. 만약 '모든 근대문학은 식민지근대의 문학이다'라는 명제가 성립할 수 있다면 그런 대응의 여부가 결정적이라는 것이다.

여기서 이 물음을 환기한 것은, 전근대 소설의 연속적 진화나 서구 소설모델의 이식에 의한 서사형식의 혁신이라는 논제도 저절로 주어지는 것이 아니라 우리 문학담론의 전진을 위해 구체적으로 확보해야 할 과제라는 점을 부각하기 위해서다. 외국의 많은 비평사례 가운데 슈바르스를 콕 집어 논하는 것은, 마샤두 지 아시스(Machado de Assis, 1839~1908)로 대표되는 19세기 브라질 근대소설의 성취를 다각도로 해명한 그의 이론적 탐구야말로 바로 그 지점을 선취하려는 노력인 동시에 그 너머를 향한 창조성의 성찰에 해당하기 때문이다.

슈바르스와 그가 논하는 작가 모두 국내 독자에게는 낯선 만큼 『창작과비평』 2008년 겨울호에 처음으로 소개된 그의 글 「주변성의 돌파」에서 논의를 시작해보자. 이 평문의 문제의식은 "유럽의 사회사·문학사의 경로가 그대로 적용되지 않고 내적 필연성을 상실한 주변부 국가에서는 사실주의에 어떤 일이 벌어지는가"(115면)라는 물음으로 집약된다. 슈바르스는 이에 대한 정답이 있을 수 없음을 시인하면서 19세기 후반 서구 중심부에서는 거의 생명력을 상실한 사실주의가 마샤두라는 소설가를 통해 새로운 활력을 얻었다고 주장한다. 넓게 보면 「주변성의 돌파」는 선배 작가들이 빠져든 서사의 교착상태를 마샤두가 어떻게 타개하게 되었는가에 대한 비평적 해명인 동시에, 뽀르뚜갈로부터 독립하기까지 오랜 기간 식민통치를 받는 과정에서 신고전주의, 낭만주의, 사실주의 등 서구의 문학양식이 '원천담론'으로서 영향력을 행사한, 브라질 문학의 주체 형성에 대한 역사적 탐구이기도 하다. 슈바르스는 "근대국가로서의 심각한 약점을 인식하여 유럽문명의 기본요소들을 흡수하고 해외의 새로운 발전을 따라잡는다는 애국적 과제"(120면)가 제기되지만 식민성의 폐습이 그같은 과제의 실행을 가로막는 신생국 브라질 특유의 온갖 (신)식민지적 질곡을 부각하면서 그로부터 벗어나기 위한 문학의 분투를 기술한다. 슈바르스의 최종적인 논점은 마샤두의 걸작 『브라스 꾸바스의 사후 회고록』(Memórias Póstumas de Brás Cubas, 1880, 이하『사후 회고록』으로 표기함)[6]이 식민주의에서 발원한 역사의 모순과 문학의 모순이라는 이중 질곡을 어떤 방식으로 돌파했는가를 밝히는 데 있다.

　슈바르스의 해명은 일종의 비교문학적 대비를 통해 이루어진다. 즉 슈바르스는 한편으로는 "사실주의를 진지하게 시도한 최초의 브라질 작가"인 조제 지 알렝까르(José de Alencar, 1829~1877)의 문제작 『씨뇨라』(Senhora, 1872)가 여러 미덕에도 불구하고 "발자끄 소설의 위대한 효과 중 하나인 주요 갈등과 부수적 일화 간의 근본적 통일성이 이루어지지 않"은 원인을 따지면서(123면) 그와 같은 한계가 깨끗하게 극복되는 서사적 성취를 마샤두의 소설에서 읽어낸다. 다른 한편으로 슈바르스는 마샤두 소설의 초기 국면과 원숙기 사이의 단절 양상을 지적하며, 마샤두가 처음에는 노예제, 가부장제, 봉건적 후견인제 등 전근대 구습이 자유주의 근대와 뒤엉킨 브라질 사회의 모순을 타개하기 위해 온정주의(서구 휴머니즘)를 가동시켰지만 나중에는 그 한계를 절감하고 새로운 서사전략을 채택함으로써 세계문학의 반열에 오를 수 있었다는 점을 논증한다.

　슈바르스는 마샤두의 서사전략을 변절자 서사(turncoat narrative)로 규

---

6 필자가 참고한 영역본 텍스트는 Joaquim Maria Machado de Assis, *The Posthumous Memoirs of Brás Cubas* (Oxford UP 1988)이며, 브라질어 원문에 근거한 한국어 번역본이 창비세계문학 씨리즈로 나올 예정이라고 들었다.

정한다. 변절자 서사는 로런스 스턴이나 디드로 등이 표방한, 18세기 유럽의 메타서사에 대한 혼성모방이라 할 만한 것이다. 서사의 관점을 브라질 지배계급의 전형적 표상인 상류층 남자의 그것으로 하고——그 남자의 목소리는 모든 세속적 의무와 책임에서 벗어난 망자(亡者)의 것으로 설정된다——그 남자 스스로 자신의 내면을 까발리게 함으로써 마샤두의 작품은 가진 자의 휴머니즘이 안고 있는 관념성에서 탈피하게 된다. 망자의 육성은 식민역사가 뿌리내린 국지현실에서 뒤틀린 형상으로 현현되는 서구의 세계관에 대한 신랄한 증언인 동시에 식민지배계급의 자기모순적인 삶의 행로에 대한 고발이다. 현학과 재담, 삶의 우수와 희열이 버무려진 1인칭 화자의 독백은 "온정주의적 배려에서 부르주아적 무관심으로 그리고 교양있는 선의의 자유주의에서 대부(代父)/노예소유주의 무한대 권위로 오락가락하는, 의존계층이 겪어내야 하는 부자들의 끝없는 갈지자 걸음의 가장 사악하고 기회주의적인 양상을 실행하도록 계획"(129면)된다. 그 계획이 너무도 철저하게 관철된 나머지 작품의 말미에서 환기되는 거대한 (허)무로서의 삶은 인생의 형이상학적 조건이라기보다는 당대 브라질 "지배계급의 경험이 지닌 무의미함"(128면)으로 해석할 수 있게 된다.

「주변성의 돌파」에서 인상적인 것은 브라질 특유의 식민지적 상황에 착목하면서도 (반)주변부 근대소설의 '돌파'를 세계체제 중심부와의 역학 속에서 파악하는 슈바르스의 유연한 독법이다. 그 자매편에 해당되는 「세계문학에서의 경쟁적인 독법들」에서도 그런 유연성은 여실하다.[7] 슈바르스는 1950년 이전의 서구 비평계에서 거의 인지하지 못했던 마샤두의 소설을 해석하는 상반된 두 종류의 '독법', 즉 작품을 민족적·국가적 맥락에 귀속시키려는 독법과 그런 맥락을 초월하여 보편의 지평으로 끌어올리려는 독법을 검토한다. 슈바르스에 따르면 마샤두를 세계문학체제

---

7 Roberto Schwarz, "Competing Readings in World Literature," *New Left Review* 48, 2007년 11·12월호.

에 편입시키려는 두 경쟁적인 읽기는 서로를 보완하면서 해체할 수밖에 없는 성격을 띤다. "이런 문제(반주변부에서 표출되는 작가의 고뇌가 유럽의 모델들과 연관될 때 가치있는 것인가 아니면 국지적 현실에 대한 증언으로서 가치있는 것인가의 문제—인용자)에서 편들기를 거부할 뿐만 아니라 모든 종류의 일방성을 혐오한"[8] 마샤두 문학이 도달한 진정한 현대적 보편성은 어느 일방의 읽기에 귀속되지 않는 것이다. 필자는 마샤두의 작품이 선취한 보편의 지평을 "주변부 자국 문학의 '서사적 가난'을 날카롭게 의식하면서도 서구문학의 첨단 성취를 주체적으로 소화한 결과물"로 규정한 바 있지만,[9] 이런 평가는 슈바르스의 비평작업에도 그대로 적용될 수 있다고 생각한다.

마샤두의 문학세계에 대해 가위 총체적인 해석을 내놓은 슈바르스의 비평작업[10]에서 종요로운 것은 브라질 근대문학의 고유한 특색을 브라질이라는 국지적 현실과 라틴아메리카, 세계체제라는 3중의 관계망 속에서 해명하려 한 문제의식이다. 이 문제의식만큼은 우리 비평담론의 전진을 위해 꼭 끌어다 씀직하다. 그런 맥락에서 슈바르스의 비평이 처음부터 세계체제의 중심부와 (반)주변부의 복잡다단한 역학관계를 의식하면서 작품을 읽는 사유의 훈련이었음은 강조할 만하다.[11] 예컨대 브라질의 걸출한 사회학자인 프란시스꾸 지 올리베이라(Francisco de Oliveira)의 「오리너구리」에 대한 슈바르스의 논평만 해도 그렇다. 2000년대 브라질의 사회구성체론이라 할 만한 「오리너구리」는 세계체제의 중심부·주변부·반주변부의 특색이 뒤엉켜 존재하는 21세기 브라질 사회에 대해 사회학적 상

---

8 Roberto Schwarz, "Competing Readings in World Literature," 106면.

9 본서에 수록된 졸고 「'세계문학'의 개념들: 한반도적 시각의 확보를 위하여」 404면.

10 Roberto Schwarz, *A Master on the Periphery of Capitalism: Machado de Assis* (trans. John Gledson, Duke UP 2001) 참조.

11 동시대 한국의 민족문학론과도 강한 친화성이 있는 슈바르스의 1970~80년대 비평에 대해서는 Roberto Schwarz, *Misplaced Ideas: Essays on Brazilian Culture* (Verso 1992) 참조.

상력을 발휘한 분석으로서, 이 글에 대한 슈바르스의 논평[12] 역시 결코 간단치 않다. 경직된 모든 혁명노선과 거리를 두고 맑스 대 다윈이라는 구도를 해체하면서 인간의 실천을 통한 의식혁명— '주인됨'에 대한 브라질 시민들의 각성—의 가능성에 방점을 찍는 올리베이라의 분석적 사유에 경의를 표하면서도 그것만으로 만족하지 않는 슈바르스의 지적 탐구의 일면을 그 글에서 엿볼 수 있다. 마샤두의 성취를 브라질 문학의 안팎을 넘나들며 규명했듯이 슈바르스의 지적 탐구는 일국주의의 틀 자체에 대한 물음에서 출발한다. 자본주의 근대에 대한 체념 어린 투항과 낭만적 부정 모두를 넘어서면서 '새로운 정치'의 지평을 발본적으로 다시 사유하는 그의 작업[13]은 '탈분단시대'를 모색하려는 우리에게 의미심장한 시사점을 던져준다.

---

12 두 평문은 Francisco de Oliveira, "The Duckbilled Platypus"; Roberto Schwarz, "Preface With Question," *New Left Review* 24, 2003년 11·12월호 참조. '오리너구리'는 반수중 포유류지만 난생(卵生)이고 독침이 있으며 오리주둥이에 비버의 꼬리, 수달의 발이 조합된 기괴한 해부학적 형태로 인해 동물학자 및 진화론자들 사이에서 논란이 된 동물이다. 올리베이라는 전근대와 근대, 저개발과 개발, 고도의 금융씨스템과 야만적 약탈 자본주의 등의 사회적 특색이 혼란스럽게 뒤섞인 브라질 사회의 특성을 이 동물에 빗대서 분석했다.

13 슈바르스의 기획이 일국주의와는 양립할 수 없는, 근대의 적응과 극복을 동시에 지향하는 이중과제론과 통하는 것은 우연이 아니다. 가령 다음과 같은 논평을 보라. "올리베이라의 사유는 브라질적 초강대국이라는 꿈이나 이웃나라보다 우월하고자 하는 바람과는 전혀 무관하다. 그럼에도 그의 예리한 분석이 그려낸 그림은 승화된 형태로이긴 해도 개발주의의 경쟁적 측면에 종속되어 있다고 보는 것은 가능하다. 어떻게 그렇지 않겠는가? 불평등을 구조적으로 재생산하는 세계체제에서 더 나은 자리, 덜 손상되고 승리자들에 더 가까운 자리를 차지하기 위해서 어떻게 싸우지 않을 수 있겠는가? 다른 사람들을 불리하게 만들지 않고서 어떻게 자신이 유리한 입지를 차지할 수 있겠는가? 패배자가 없는 경쟁은 불가능하다는 사실—또는 그와 똑같이 불가능한 '정상(頂上)에서부터의 평등화'(정확히 어디에서부터 정상이라는 건가?)—에 대한 성찰은 그런 딜레마를 만들어내는 질서에 대해 의문을 던지게 한다. 여기서 변증법적 사유가 국가를 상대적인 지평 정도로 간주할 새로운 종류의 정치를 만들어내지 못한다면 국가의 영역 내에서 정치적 의지를 불러일으키고도 그 의지의 마비를 막을 수 없을 것이다." (Roberto Schwarz, "Preface With Question," 38~39면) 근대의 적응·극복론에 관해서는 이남주 엮음 『이중과제론』(창비 2009) 참조.

세계체제 중심부에 대응하는 (반)주변부 근대소설의 역사적 진화라는 화두를 내걸 때 슈바르스의 이런 지적 탐구는 특히 시사를 주는 참조점이 된다. 예컨대 19세기 초중반 브라질의 극작가들이 제각각 구사한, 브라질의 식민지적 현실에 이식·발아한 서구 부르주아지의 핵심적인 이념들에 대한 쾌활하고도 냉소적인 서사들을 언급하면서 슈바르스는 다음과 같이 덧붙인다.

그렇다면 그들의 상이한 강조점에도 불구하고 우리가 설명한 경향들은 단 하나의 문제를 탐구하고 발전시킨다고 말할 수 있다. 그 문제의 기원은 문학 외부에 있다. 그것은 브라질적 현실의 주요한 특색과 그 현실이 동시대 세계로 편입됨으로써 제기된다. 그 문제의 실질적인 모형(母型)은 독립기, 즉 세계의 진보와 결부된 근대국가의 목표들과 식민지시대에 만들어진 항구적인 사회구조가 뒤틀린 형태로 결합된 시기에 형성되었다. 식민지 사회구조와 선진 자본주의국가의 사회구조 사이에는 근본적인 차이가 있다. 새로운 국제노동분업과 그에 상응한 세력분할이라는 틀로 귀속된 결과 그런 차이는 부정적인 어감을 풍겼다. 그것은 후진성, 전형적인 눈요깃감, 현대의 쟁점과는 맞지 않는 부적절성, 동시대와는 아무 연관성도 없는 문제에 고착된 것 등을 뜻한다. 이런 혼란——이 혼란은 문자 그대로 소외 효과를 낸다——에 빠져 있기는 하지만 예술생산과 역사사회적 성찰의 역할은 그같은 세력분할을 해체하여 주변적인 것으로 낙인찍히거나 부정된 거대한 집단경험이 갖는 보편적이고 동시대적인 연관성을 발견하거나 구성하는 것이다.[14]

슈바르스의 이러한 분석은 일제 식민지라는 경로를 통해 "새로운 국제노동분업"에 참여한 식민지조선에도 얼추 들어맞는 듯한 인상이다. 그

---

14 Roberto Schwarz, *A Master on the Periphery of Capitalism*, 161면.

러나 라스 까사스 신부(Bartolomé de las Casas, 1474~1566)가 증언한, 백인 정복자들에 의해 초토화된 인디오 문명의 구성원으로서 장구한 식민시대(1531~1822)를 거친 브라질은 그 자체로 특수한(sui generis) 사회구성체임이 분명하다. 남한은 20세기를 봐도 어느정도는 브라질과 다르고, 20세기 후반기로 제한할 경우 함께 세계체제의 반주변부로 격상된 브라질에는 없는 외세에 의한 한반도 분단이 결정적인 차이로 부각된다. 그리고 이러한 차이야말로 '오리너구리'로 비유된 브라질 사회와는 다른 방식으로 진화해온 결과 극도로 이질적인 두 정치체제가 공존하게 된 한반도의 특수성을 가리킨다. 우리가 식민지근대를 제대로 철폐하지 못한 것은 온갖 식민근성의 온상이 되어왔고, 분단은 최악의 경우 우리를 자신의 꼬리를 먹어들어가는 뱀의 운명으로 전락시킬 것이다. 이렇게 본다면 우리의 문학작품을 읽는 데서 중요한 것은, '문제'의 기원이 문학 바깥──자본주의 근대의 개시와 함께 발생한 (신)식민지적 현실──에 있음을 인지하면서 중심부 국가와는 역사적 경험이 다를 수밖에 없는 (반)주변부 문학의 '보편적이고 동시대적인 연관성'을 작품에서 정확히 끌어내는 공부라 하겠다.

3. 『삼대』의 성취: 알렝까르 및 마샤두의 소설과 연관하여

(반)주변부 문학의 '보편적이고 동시대적인 연관성'을 끌어내는 공부는 사회과학 분야에서도 심도있게 해볼 만하겠지만, 1930년대 우리 작품을 통해서도 가능하다. 마샤두 소설의 현재성을 세계체제의 중심부와 주변부의 역사적 함수관계에 비추어 해명하면서 근대 극복의 비전까지 도출한 슈바르스의 비평은 그러한 학구적 탐구의 좋은 예임은 더 말할 나위도 없다. 그렇다면 염상섭(廉想涉, 1897~1963)의 『삼대』(1931)[15]를 슈바르스가 논한 작품들과 견주면서 읽어보는 것도 고식적인 비교문학과는 다른

종류의 비평작업이 될 수 있을 법하다.

『삼대』는 조의관·조상훈·조덕기로 이어지는 조·부·손 3대의 이야기이다. 근대화의 물적 기반이 극소수 도시에 집중된 사회에서 대가족이라는 생활형식이 소설에 반영되는 것은 자연스러운 현상이다. 그런 대가족 생활형식에서 우세종(優勢種)으로서 가족사소설이 활발하게 부화되었는데, 장편소설의 한 갈래로서 가족사소설이 일국(一國)에 국한되지 않는다는 사실은 여기서 환기해둠직하다. 가령 우리 독자에게도 익숙한 토마스 만의 『부덴브로크 가의 사람들』(*Buddenbrooks*, 1901)이나 로제 마르땡 뒤 가르의 『띠보 가의 사람들』(*Les Thibault*, 1940)은 물론이고 식민지 이집트판 '삼대'라 할 나지브 마흐푸즈의 『카이로 3부작』(*Palace Walk; Palace of Desire; Sugar Street*, 1956~57)도 전형적인 가족사소설이며, 더 최근의 예로 주노 디아스의 『오스카 와오의 짧고 놀라운 삶』(*The Brief Wondrous Life of Oscar Wao*, 2007) 역시 도미니까공화국의 현대사를 다룬 국가서사이자 가족서사이다. 가족서사는 이처럼 전지구적인 현상이고, 우리의 경우 가족과 세대의 부침이 당대의 민족현실과 조응하는 1930년대의 가족사소설은 근대문학의 중요한 자산으로 남아 있다.

『삼대』는 1930년대의 숱한 가족사소설 가운데서도 하나의 풍속도로서 그 원형에 가장 근접한 장편이 아닌가 싶다.[16] 조·부·손 각각의 인물과 그들이 연루된 상황이 조선조 말기, 개화기, 1930년대의 사회사적 전형성을

---

15 텍스트는 신문 연재본(「조선일보」 1931. 1. 1.~1931. 9. 17.)과 『삼대』(실천문학사 2000)를 기본으로 하되 창비판 『삼대』(2007)도 참조했다.

16 『삼대』를 가족사소설로 보는 것은 "명백한 오류"라고 주장하는 논자가 없는 것은 아니다. 김경수(金慶洙)는 『염상섭 장편소설 연구』(일조각 1999)의 98면 각주 1번에서 "『삼대』의 이야기 시간은 고작 1년에 불과하며, 『무화과』까지 합친다 해도 채 5년이 넘지 않"고 "횡보의 관심사는 각 세대가 어떤 다른 역사적 삶을 살았는가 하는 데 놓여 있는 것이 아니라 특정 시점(時點)에서의 각 세대의 적응방식 자체에 놓여 있"다는 점을 지적한다. 그러나 염상섭 문학을 체계적으로 정리한 김경수의 학문적 공헌과는 별개로 이야기의 시간대를 기준으로 삼아 『삼대』를 가족사소설이 아니라고 단정하는 것은 납득하기 어렵다.

구현하는 만큼 식민지근대의 세태에 대한 전면적 재현에 당대 어느 작품보다 가까이 갔다는 평가는 허언이 아니라고 본다. 염상섭만큼 서울 사대문 안 중산계급의 입말과 복잡다단한 세정(世情)에 통달한 작가도 드물고 귀신까지 부리는 돈의 근대주의적 지배력에 대한 인식 역시 냉철한데, 『삼대』에서 그런 면모는 특히 도드라진다. 『삼대』에서는 3·1만세운동 이후 출구가 막혀버린 식민지조선의 갑갑한 현실이 눈에 선하게 그려지는바, 조씨 가문의 후계자인 지식인 조덕기와 활동가로서의 김병화가 각자의 처지에서 분투하는 삶에 식민지 현실이 고스란히 녹아 있다.

바로 이런 맥락에서 주목할 점은 1920년대의 염상섭 문학을 대표하는 중편 「만세전」(1924)의 '1인칭 고백체'에서 '3인칭의 재발견'으로 일컬어지는 1930년대 본격 사실주의로의 전환이다. 고백체가 일본의 사소설로부터 영향받은 것임은 종종 언급되는바, 근대적 자아의 내성적 성찰이나 자기발견과 분리해서 논하기 힘든 언술의 형태라고 할 것이다. 그런데 염상섭의 고백체는 좀더 뚜렷한 역사적 맥락을 깔고 있으니, 그것은 국권을 상실한 식민치하 지식인의—울분과 체념이 뒤엉킨—사변(思辨)과 분리할 수 없다는 사실이다.[17] 「만세전」의 '나' 이인화만큼 저항과 투항의 중간지대에서 흔들리는 식민지 지식인이 통렬하게 드러난 예도 드물다. 그런 그가 『삼대』에서 작가의 세계관을 대표한다고 해도 과언이 아닌 조덕기로 변모하는 양상은 단순한 인물 교체나 서사의 형식변화 이상의 역사적 함의를 담고 있다고 봐야 할 것이다. 그 함의는 물론 3·1만세운동의 영향과 연관지어야 분명해진다. 기미년의 독립운동으로 인해 일제가 문화통치로 돌아섰지만 식민성의 뿌리가 한층 깊게 내려진 1930년대의 상황에서 1인칭 시점의 고백은 길이 안 보이는 지식인에게 자신의 존재기반마

---

17 이에 관한 연구는 주로 우정권 『한국 근대 고백소설의 형성과 서사양식』(소명출판 2004) 참조. 우정권은 1910·20년대의 고백체 소설이 일본 자연주의 문학의 영향을 받았음을 지적하고 있지만 동시에 그 영향도 여러 요인 중 하나에 지나지 않음을 덧붙이고 있다.

저도 부정해버릴 위험이 있었던 것이다. 「만세전」의 서사형식, 즉 1인칭 여로형(旅路形) 서사가 식민성이 내면화되는 1930년대에 가서 강제병합 전후 시대를 모두 포괄하며 전지적 3인칭으로 바뀐 것은 시대현실에 대한 작가의 의식적 대응이었음이 틀림없다.

그런 맥락에서 보면 19세기에 묶여 있는 조의관은 말할 것도 없고 미국에서 선진 문물을 배워왔으나 20세기에 온전히 진입하지 못하고 이전 시대로 퇴행하고 만 조상훈을 그릴 때 작가가 이들의 입장에 서기를 마다하지 않을 수 있는 것도 3인칭 시점의 힘이랄 수 있다. 조부의 봉건적 의식까지 아우르면서 3대 가족사를 당대 식민지 현실에 대한 사실주의적 알레고리로 작동케 하는 서사장치인 3인칭 시점은 「만세전」의 1인칭 '나'를 (부분적이지만) 함축하고 있기도 하다. 그렇다면 조·부의 세계를 손자와 아들로서 이해할 수는 있지만 결코 거기에 동화될 수 없었던 조덕기의 시점이 중심을 이루는 『삼대』의 서사를 염두에 두고 슈바르스의 물음을 다시 환기해보자. "유럽의 사회사·문학사의 경로가 그대로 적용되지 않고 내적 필연성을 상실한 주변부 국가에서는 사실주의에 어떤 일이 벌어지는가."

염상섭의 사실주의, 특히 서사형식에 어떤 변화가 일어났는지는 분명하다. 앞서 언급했다시피 식민치하에서 봉건적 유제와 갈등하는 1인칭 근대의식은 식민지시대의 전후를 조망하는 3인칭 관찰자의식으로 변모한다. 그런 서술자가 그려내는 '현실'이라는 것은 말 그대로 탈구(脫臼)되어 있다. 조선조 지배이념인 조의관의 유교주의는 부손(父孫)에게 실질적 영향력을 상실하고 봉제사와 접빈객으로 허명(虛名)을 이어가다가 사멸한다. 서구문명의 가장 강력한 수출품 가운데 하나인 기독교 이념 역시 조상훈의 거듭되는 일탈로 식민지조선의 현실과 겉돌 뿐이다. 기실 겉도는 것은 조상훈의 예수교만이 아니다. '마르크스 보이'로서 장로교도인 부친과 사상적 갈등을 빚으며 가출한 김병화의 맑스주의도 만국 노동자의 단결이라는 노동계급의 전위성과는 거의 상관이 없다. 그의 사상은 오히려 민족자본의 가능성을 담지한 부르주아 조덕기와의 관계를 통해 현실성을 획득한다. 그런가 하면 종교지도자로 행세하는 조상훈의 성적 유혹을 받으면서 주체적인 근대여성의 싹수를 키운 홍경애의 자유주의는 김병화의 맑스주의와 어정쩡한 동거를 하고 있는 형국이다. 『삼대』에서는 외래의 것이든 토착의 것이든 모든 지배적 이념들이 당대의 현실과 어긋나고 있는 것이다.

　이런 어긋남은 어떤 면에서는 "세계의 진보와 결부된 근대국가의 목표들과 식민지시대에 만들어진 항구적인 사회구조가 뒤틀린 형태로 결합된" 식민지조선의 충실한 재현이다. 그러나 충실한 재현으로서의 사실주의에 대한 공정한 평가는 안팎 여러 사례와의 비교를 통해 운산(運算)이 필요한 문제이다. 가령 '3인칭의 재발견'으로 일컬어지는 염상섭의 사실주의는 마샤두의 『사후 회고록』의 반(反)사실주의적 사실주의와는 다른 것임이 분명하다. 『삼대』의 전지적 3인칭 시점이 마샤두의 1인칭 소설세계에서는 완전히 해체되어 있는 형국이기 때문이다. 『삼대』의 사실주의가 거둔 성취를 평가하는 데는 『사후 회고록』보다는 앞에서 언급한 알렝까르의 『씨뇨라』가 오히려 적절한 참고대상이 될 수 있다. 슈바르스는 높은 문맹률로 인한 독자층의 극단적 분리 등 브라질 특유의 문화지형에 이 소설을 놓고 자세히 분석한 바 있다.[18] 슈바르스에 의하면 스토리텔링의 솜씨와 활력에도 불구하고 히우지자네이루를 배경으로 전개되는 『씨뇨라』의 서사는 한마디로 진보와 자유주의 및 개인주의라는 서구적 주제가 브라질이라는 국지적 현실에 '잘못 적용된' 결과물이라고 한다. 발자끄의 『고리오 영감』에서나 가능할 법한 사회적 주제, 즉 "발자끄 풍의 근대적 갈등"과 그에 상응하는 성격의 주인공을 설정해놓고 플롯을 전개하지만 그 주제와 성격 모두 전근대적 주종관계가 특색을 이루는 브라질의 국지

---

18 Roberto Schwarz, "The Importing of the Novel to Brazil and Its Contradictions in the Work of Alencar," *Misplaced Ideas: Essays on Brazilian Culture*, 41~77면 참조. 이 글의 논지는 번역본 「주변성의 돌파」 121~25면에 간명하게 요약되어 있다.

적 현실과는 따로 논다는 것이다. 이런 분리는 서구적 이념이 이식되었으되 착근하지 못한 현상이라는 점에서 그 나름으로 브라질 특유의 현실에 대한 '정확한' 반영이기도 한데, 작품으로는 "반쯤 구워진 빵"이 되고 말았다는 것이다.[19]

하지만 어째서 『씨뇨라』가 반쯤 구워진 빵이 되었는지, 만약 그렇다면 구체적으로 어떤 모양인지 설명이 따로 필요할 것 같다. 알렝까르의 마지막 장편이기도 한 『씨뇨라』의 줄거리는 슈바르스가 정리한 바 있지만,[20] 좀더 구체적인 소개와 함께 극적 갈등이 해소되는 양상을 다시 부각해 논의해보자. 각각 '댓가' '탕감' '소유' '몸값'이란 제목이 붙은 네개의 장으로 구성된 이 소설은 아우렐리아 까마르구(Aurélia Camargo)라는 여성의 강렬한 개성을 전면에 내세우면서 시작된다. 아우렐리아는 빈한한 집안의 무구(無垢)한 처녀로서 넉넉하지 못한 처지에 사교계의 호남아 행세를 하는 페르난두 쎄이사스(Fernando Seixas)와 사랑에 빠지고 결혼까지 약속하게 된다. 하지만 과도한 지출을 감당하지 못하고 결혼을 출세수단으로 생각하는 페르난두는 상당한 지참금이 있는 다른 여자에게로 관심을 돌린다. 그 결과 아우렐리아는 가슴에 지울 수 없는 상처를 입게 된다. 그런데 그 과정에서 아우렐리아는 생사를 모르고 지내던—왕년에 아우렐리아 부모의 결혼을 결사 반대한 나머지 두 사람과 사실상 의절해버린—할아버지에게서 뜻밖에 엄청난 유산을 물려받게 된다. 부자가 된 그녀가 자신의 정체를 숨기고 삼촌인 레모스라는 인물을 중개인으로 내세워 상당한 금액의 지참금을 페르난두에게 결혼조건으로 제시하자 그는 이 제안을 받아들여 결혼을 수락한다. 결혼식을 앞두고 페르난두는 지참금을 제안한 당사자가 아우렐리아라는 사실을 알고 행복감에 젖는다.

---

19 Roberto Schwarz, "The Importing of the Novel to Brazil and Its Contradictions in the Work of Alencar," 65면.

20 텍스트는 José de Alencar, *Sehnora: Profile of a Woman* (trans. Catarina Feldmann Edinger, University of Texas 1994)이며 직접인용은 괄호 안에 면수만 표기한다.

진짜 이야기는 지금부터이다. 아우렐리아의 제안은 철저하게 복수심에서 나온 것이었다. 그녀는 단순히 페르난두라는 한 남자에 대해서가 아니라 사랑과 결혼을 돈으로 사고파는 사교계, 더 나아가 그런 사교계를 만들어낸 세상 자체에 복수하기 위해 정략결혼을 선택한 것이다. 이는 확실히 발자끄적인 주제이다. 궁핍해서 한때 배신한 적이 있기는 하지만 진심으로 아우렐리아를 사랑해 아내로 맞이하는 페르난두는 자신이 사실상 노예로 거래되었다는 사실에 모멸감을 느꼈으나 철저하게 아우렐리아가 명시한 계약조건에 따라 남편 행세를 하기로 결심한다. 그것은 사랑 및 헌신을 원천적으로 바칠 수 없는 노예로서의 남편이 수행하는 임무인바, 페르난두는 자신의 역할을 사교계에서 남편이 맡는 사회적 의무로 철저하게 제한한다. 그래서 어찌 되는가? 물론 슈바르스가 정확히 짚었다시피 이런 비인간적인 상황을 두 사람 모두 견딜 수 없어한다. 아우렐리아는 정부(貞婦)와 요부 사이를 혼란스럽게 오락가락하는 동안 페르난두는 상품으로 팔린 '자기 자신'을 되사기 위해 절치부심한다. 그러다가 과거에 우연한 기회로 투자한 자금이 목돈이 되어 돌아오자 페르난두는 아우렐리아에게 매매계약을 파기하겠다고 선언한다. 그리고 두 남녀는 깨끗하게 계약을 취소하고 남남으로 돌아가기로 한다.

　그러나 거의 곡예에 가까운 반전이 마지막 두 페이지에서 일어난다. 이제 "난 당신의 부인이 아니고, 당신도 더이상 내 남편이 아니"니(197면), 다시 시작하자는 제안을 아우렐리아가 하는 것이다. 동시에 지난 11개월 동안의 아우렐리아는 진짜가 아니었고 지금의 '나' 아우렐리아야말로 그동안 페르난두를 오매불망 못 잊은 사람이라고 한다. 그러나 페르난두는 "당신의 부가 우리를 영원히 갈라놓았다"(198면)며 다시 시작할 수 없다고 잘라 말한다. 하지만 로맨스 장르의 대가로서 알렝까르가 발휘하는 솜씨는 바로 이 대목에서 빛난다. 아우렐리아는 페르난두를 남편으로 사들인 날 죽기로 작정하고 유언을 작성한바, 그녀는 그를 유일한 상속인으로 지정해놓은 서류를 보여준다. 이제 어쩔 것인가. 그녀가 죽으면 페르난두는 유일한 상속인으로서 억만장자가 되지만 그가 혐오한 돈의 노예가 될 처지이다. 결론은 하나밖에 없다. 돈을 피하려면—그 자신 애증이 교차하는—아우렐리아의 제안을 받아들여야 한다. 돈과 사랑의 부조화라는 극적 갈등은 이렇게 해소된다.

『씨뇨라』가 재현하는 두 남녀의 심리적 드라마는 과연 여실하며 그 나름의 개연성도 충분하다. 또한 앞서 언급했다시피 마지막 두 페이지에서 이루어지는 극적 반전도 결말 자체로만 보면 대단한 이야기꾼의 수완이 발휘된 것이다. 그러나 작품의 초중반에 작가가 공들여 그려놓은 브라질 특유의 사회적 현실, 즉 주인공 남녀가 필연적으로 얽혀 있는 사회적 현실—대가족제도, 노예제, 인신매매로 특징지어지는 봉건적 주종관계 등—은 두 남녀의 대결이 심화됨에 따라 후경으로 물러난다. 그 결과 계약에 따른 두 남녀의 대결은 사회적 갈등요소가 소거된 진공과 같은 상태에서의 의지의 대결 양상을 띠며, 그것도 사교계의 풍속규칙에 따라 주조된다. 알렝까르는 마치 두 사람이 사회적 관계에서 완전히 자유로운 것처럼 가정한 채 그 갈등을 풀어나간다. 물론 자유주의적 부르주아지의 규범에 속하는 그런 자유는 각각 챙겨야 할 빈한한 피붙이들을 거느린 두 남녀에게는 가능하지도 않고, 실현될 수도 없는 성격의 것이다. 바로 그렇기 때문에 아우렐리아와 페르난두의 자존심을 건 필사적인 의지의 싸움을 '한여름 밤의 꿈'으로 돌리는 결말은 전체 서사의 흐름에서는 현실적 개연성을 확보하지 못한 현실도피적 해피엔딩이라는 비판을 피하기 어렵게 된다.

"반쯤 구워진 빵"이라는 비유를 좀더 구체적으로 표현한다면 효모로써 밀가루를 부풀리는 데는 성공했지만 제대로 된 빵은 구워내지 못했다는 말이다. 요컨대 철저하게 계약조건을 따르는 정략결혼과 그에 부수하는 자유주의적 부르주아의 생활규범이라는 수입된 아이디어가 19세기 중반 브라질의 국지적 현실에 '잘못 적용된'[21] 작품이 『씨뇨라』인 것이다. 이 대목에서 『삼대』를 떠올린다면 『씨뇨라』처럼 수입된 개념의 인위적인 적용으로 인해 거짓된 화해로 치닫는 양상을 찾아볼 수 없다는 점이 한층 분명해진다. 오히려 식민지조선에서 다양한 방식으로 벌어지는, 전근대의 토착이념과 근대의 수입된 이념 간의 갈등과 충돌 양상을 생활 차원에서 섬세하게 포착한 미덕이 부각된다. 다만 비교대상을『사후 회고록』을 포함한 마샤두의 3부작[22]으로 잡을 경우 그런 미덕은 재현적 사실주의에 국한된다는 평가만은 어쩔 도리가 없다. 마샤두는 식민근성에 찌든 주인공의 의식·무의식을 통해 발자끄와 스땅달의 주인공—즉『고리오 영감』의 라스띠냐끄와『적과 흑』의 쥘리앵 쏘렐—이 보여준 극적인 자기인식과 낭만적 열망을 재현하는 동시에 해체 또는 풍자하고 있기 때문이다. 이를테면 사실주의적 재현과 그런 재현에 대한 해체적 풍자가 동시에 작동하는 마샤두의 소설세계에서 슈바르스가 읽어낸 '주변성의 돌파'에 비견할 만한 창조적인 뭔가가『삼대』에서는 이룩되지 않았다는 판단이다. 『삼대』의 '한계'에 대해서는 기존 평문이 여러 각도로 다뤘지만 마샤두의 작품과 그에 대한 슈바르스의 평문에 비추어『삼대』를 읽을 때 한결 분명해지는 것은 바로 그 점이 아닐까 싶다.

그러나 그런 차이를 인정하면서도 한가지 토를 달아야 할 것은, 염상섭

---

21 물론 공산품과 마찬가지로 문학에서의 '아이디어'라는 것도 수신자와 발신자, 또는 수입국과 수출국을 전제하지만 그런 상품과는 또 달라서 일단 배달이 완료되면 완전히 탈구되거나 잘못 놓여지는 법은 없다는 주장을 새겨들을 필요는 있다. 빠우띠는 슈바르스의 입론을 비판적으로 점검하면서 "중요한 것은 아이디어가 잘못 놓여지는 바로 그 과정을 이해하는 것이다"라고 주장한다. 슈바르스의 비평작업에서 아이디어를 공산품처럼 다룬다는 혐의를 얼마나 걸 수 있을지는 근대 브라질 문학 전반에 무지한 필자로서는 판단하기 힘든 문제이다. 다만, 슈바르스의 비평과 그가 다룬 소설의 실감에 관한 한, 그의 작품읽기가 이질적 환경에서 이식되고 자라나는 아이디어의 발아과정에 대한 섬세한 탐구와 비평적 분별에 해당한다는 점을 부정하기는 어렵다고 본다. Elias José Palti, "The Problem of 'Misplaced Ideas' Revisited: Beyond the 'History of Ideas' in Latin America," *Journal of the History of Ideas* 67:1(2006) 149~79면 참조. 앞의 인용은 176면.

22 *Memórias Póstumas de Brás Cubas* (1880); *Quincas Borba* (1891); *Dom Casmurro* (1899). 모두 영역본으로 읽을 수 있다.

과 마샤두가 자국과 서구의 문학유산을 활용하여 훌륭한 작품을 써낸 정도를 평가하는 문제는 어디까지나 상대적이라는 사실이다. 게다가 『사후 회고록』 자체는 1822년에 브라질이 독립하고 약 60년이 지난 이후에 나 ─ 식민주의가 만들어낸 온갖 노예근성을 마음껏 조롱할 만큼의 여유가 주어진 상황에서 ─ 씌어진 작품이지 않은가! 『삼대』가 일제의 식민통치와 작가들에게는 특히 치명적인 검열이 극심해지는 시점에서 태어난 '문제작'임을 감안해야 한다는 뜻이다. 한마디로 『삼대』를 '장르적 식민화'의 결과라거나 (당연한 말이지만) 서구 장편소설의 '저급한 복제품' 정도로 취급할 수는 없다는 뜻이다. 그렇다면 『삼대』 서사의 행로를 좀더 세심하게 짚어보자.

많은 평자들이 분석했다시피 조씨 가문의 운명을 가름할 그 행로는 '사당(祠堂)과 열쇠'라는 조부의 엄명에 의해 규정된다. 사당이 고루한 복고주의로의 회귀를 뜻하고 열쇠가 금고지기로서의 무의미한 삶을 가리키는 한 조덕기는 조부의 엄명에 순응할 생각이 없다. 그는 상속자로서 일단 조부의 유지(遺志)를 거스르지는 않되, 축재와 축첩, 낭비와 위선으로 얼룩진 선대와는 다른 길을 (적어도 의식 차원에서는) 지향한다. 조부의 퇴장으로 사당은 껍데기만 남게 되고 '열쇠'가 사실상 서사의 진행을 좌우한다. 이후 조덕기의 행로는 조씨 일가의 재산다툼과 김병화를 비롯한 '주의자들'의 지하투쟁이 얽히고설킨 지리멸렬한 구도에 갇힌다.

이러한 조덕기, 나아가 김병화의 분투에 공감하면서도 필자는 염상섭과 동시대 작가들의 작품, 예컨대 "조선어휘의 일대 어해(語海)"[23]라는 홍명희(洪命熹, 1888~1968)의 『임꺽정』을 떠올렸다. 구비전설에서부터 무협, 야담, 판소리, 고소설, 야사와 정사 등 온갖 종류의 서사장르들을 버무려 역사소설 특유의 신바람을 빚어낸 『임꺽정』의 흥취에 비한다면 『삼대』의

---

23 임형택·강영주 엮음, 『林巨正의 재조명』(사계절 1988) 190면. 인용은 이효석의 촌평이다.

재미란 개화기의 빛바랜 풍물사진이 주는 애틋한 느낌에 가깝다는 인상이다. 그러나 독자의 생각을 자극하는『삼대』의 '문제성'은 30년대의 여타 사실주의 장편소설과 대비해보면 더 예각적으로 드러나는 듯하다. 가령 30년대의 어느 작가 못지않게 구여성이 겪는 핍박과 애환을 구석구석 살피고 신여성의 뒤틀린 애욕도 날카롭게 포착한 염상섭이지만 그런 여성의 실제에 관한 한 그도 채만식(蔡萬植, 1902~1950)이『탁류』(1937~38)에서 그려낸—식민지판 테스(Tess)의 운명에 비견할 만한—초봉의 결단(살인) 같은 사건을 상상하지는 못했던 것 같다.『탁류』에서 살인에 이르기까지의 극적 집중성에 주목한다면『삼대』에서 그려진 홍경애와 필순의 각기 다른 절박한 처지도 상대적으로 가벼운 문제로 보이지 않을까? 그런 맥락에서 보면 조덕기와 김병화의 엇갈리는 길이 가리키는『삼대』의 서사적 분열이『탁류』에서는—"소박한 (타고난) 휴머니즘밖에 없"기에 '절망적인 자기인식'에 도달하기도 하는—의학도인 남승재로 통합된다는 점을 지적할 수 있겠다. 물론『탁류』의 그런 통합이 이른바 전망이라는 것을 담보하지 못하는, 다분히 관념적 정답에 가까운 것임을 여러 논자들이 지적한 바 있지만 말이다.

그런데 이렇게 따지기 시작하면 다른 두 작품에 없는『삼대』고유의 미덕이 자연스럽게 부각된다. 앞서『삼대』의 재미를 개화기의 풍물사진이 주는 애틋한 느낌으로 표현했지만 조의관으로 표방되는 봉건주의의 양면성을 염상섭만큼 살뜰하게 헤아린 작가가 30년대에 과연 있었을까 자문하게 된다.[24]『탁류』의 서사가 비교적 온전한 형태로 통합되어 있다면 그것은 일제의 존재를『삼대』와는 달리 일단 작품의 '바깥'에 놓고 그런 존재로 인해 직간접으로 빚어지는 식민근성에 초점을 맞추었기 때문에 가능한 것이 아니었을까. 여기서『임꺽정』이나『탁류』의 실감을『삼대』와

---

24 '입원' 장에서 재산분배 내력을 담은 조의관의 유서와 유언을 읽고서 젖어드는 조덕기의 상념을 두고 하는 말이다.

대비하여 거론한 것은, 형식과 내용 면에서 『삼대』 서사의 실질적인 동력인 두 주역 조덕기와 김병화의 행보가 봉착하는 난관을 좀더 다각도로 따져보자는 취지에서이다.[25] 그 난관은 천석꾼 조덕기에게는 기껏해야 가문을 건사하면서 김병화나 홍경애, 필순 등의 뒷배를 봐주는 것 이외의 다른 의미심장한 역할이나 대안이 주어지지 않았고, 무일푼인 김병화에게는 활동가로서의 여지를 질식하리만큼 막아버린 일제의 촘촘한 감시망이 일상적으로 작동하고 있었기 때문에 발생한 것이다.[26] 20세기 초 세계체제의 주변부 국가에 폭력적으로 작동했던 식민주의 이데올로기가 홍명희와 채만식의 작품세계에 어떤 균열을 일으켰는지 따져볼 필요가 있겠지만 『삼대』의 마지막 장에서 암시된 조덕기의 '책임과 의무'(단행본) 및 김병화의 '무력투쟁'(연재본)이 작품 자체의 서사적 지평에 뿌리를 박고 자연스럽게 자라나온 결론이라는 느낌을 주지 않는 문제는 감시와 검열이 무의식에 뿌리내린 식민지의 일상을 떠나서는 해명할 수 없는 성질의 것이다.

조덕기와 김병화가 각기 다른 처지에서 마주한 질곡이 기본적으로 식민지근대에서 연유하는 한, 그런 질곡과의 정면대결이 없는 서사형식의 실험에는 일정한 한계선이 그어질 수밖에 없다. 조덕기의 현실주의와 김병화의 저항의식(또는 구여성 필순의 사리분별과 신여성 홍경애의 진취

---

25 일찍이 김윤식은 "〈돈과 성격〉 사이에서 방향성을 잃고 있는 것이 『삼대』의 최대 함정"으로 규정한 바 있다. 금력을 성격이 우유부단한 덕기의 힘으로 보고 그런 힘을 총독부의 권력과 연관지으면서 "그런 주제에, 심파다이즈를 한다는 것은(김병화의 '주의'에 동조한다는 것은—인용자) 모순이 아닐 수 없다"는 것이다. 그의 다른 표현에 따르자면 "아직 책상물림 상태에 있는 손주 세대인 덕기·병화"에게 감당할 수 없는 고뇌를 안겨준 것이 『삼대』의 최대 약점이 된다. 김윤식 『염상섭 연구』(서울대학교 출판부 1986) 572~73면. 그러나 바로 그 감당할 수 없는 고뇌조차 식민지시대 현실의 정직한 반영이라면 그에 대한 평가는 어느정도 달라질 듯하다.

26 이렇게 따지고 들면 어쩌면 주인공들의 역할을 그런 식으로 제한하면서 염상섭이 견지한, 일제의 검열을 의식하지 않을 수 없었던 '현실주의'가 더 근원적인 원인인지도 모른다.

성)을 하나로 통합하는 것이 거의 불가능해진 식민통치하에서 염상섭이 선택한──결국 조덕기의 의식으로 모아지는──3인칭 관찰자 시점이 식민지 현실의 산문적 재현에 가까워지는 것은 그 때문이 아닌가 싶다. 하기는 이상(李箱)의 「날개」나 「지주회시」도 식민지근대의 극복이라는 전망을 서사형식의 혁신으로 확보하는 과정에서 "박제된 천재"의 훼손된 의식을 동원할 수밖에 없었음을 상기해본다면,[27] 상식과 교양을 갖추었으나 이런 것이 전연 통하지 않는 세계에 던져진 조덕기에게 '시적 비상'을 요구하는 것은 역시 무리일 것이다.

그렇다면 식민치하에서는 도대체 걸작이라는 '물건'이 불가능하다는 말인가? 아니, '도둑처럼 찾아온' 해방에서 비롯된 민족분단이라는 역사적 난제를 아직껏 붙들고 있는 우리에게 조덕기의 운명을 좀더 적극적으로 읽을 수 있는 여지는 없는 것인가. 오히려 주인공들의 앞날과, 조덕기와 결코 단순치 않은 우정을 유지하는 사회주의자 김병화의 미래를 공중에 걸어놓은──말하자면 미지의 가능성으로 남겨둔──결말이야말로 현실주의자 염상섭의 탁월함이요 『삼대』와 우리 시대의 여전한 연관성을 말해주는 징표로 파악할 수는 없는 것인가.

그럴 여지가 작품에 분명히 있기에 필자도 이렇게 물음을 던지고 있지만 이때 유념할 바는, 인물 개개인에 대한 평가[28]보다는 『삼대』의 두 축을 이루는 현실인식, 즉 '점진적 실력양성론'과 '급진적 투쟁론'이 만날 수 있는 접점지대의 성격을 식민지시대의 실상──채만식이 '민족의 죄인'이라는 이름으로 증언한 바로 그 현실의 착잡함[29]──을 감안하면서 정확히 파악할 때 그런 평가도 가능하다는 것이다. 서사의 형식실험만으로 그런

---

27 이에 대해서는 졸고 「이상과 식민지근대」, 『근대 극복의 이정표들』(창비 2007) 참조.
28 이주형의 경우는 여러 중요한 통찰과 온당한 지적에도 불구하고 작품 결말에서 "덕기가 무엇을 얻을 것인지 아무런 암시도, 전망도 나타나지 않는다"면서 이를 염상섭의 실력양성론 및 작품 자체의 한계로 연결하는데, 주인공 개인에 대한 평가를 작품 전체에 적용한 듯한 인상이다. 이주형 『한국 현대소설과 민족현실의 인식』(역락 2007) 3장 참조.
29 채만식 「민족의 죄인」, 『채만식 중·단편 대표 소설 선집』(다빈치 2000).

접점지대를 창조하는 것이 지난했던 식민지근대의 난경을 동시에 고려하여 종합적으로 판단해보자는 취지다.

그럴 때 덕기를 수구와 급진 어느 쪽으로도 투항시키지 않는 한편, 민족해방의 꿈을 병화로 하여금 끈질기게 이어가게 한 『삼대』의 서사전략이 그같은 난경에 대한 나름의 대응이라고 평가할 여지가 좀더 분명히 있게 된다. 동일한 비중을 차지하는 것은 아니지만 『삼대』의 서사 전개에서 김병화 없는 조덕기나 조덕기 없는 김병화는 상상하기 어렵다. 예컨대 '편지'와 '답장' 장에서 두 인물이 주고받는 서신은 식민지근대의 극복에 관한―투쟁 및 포용과 감화라는―'처방'을 담는바, 그중 어느 하나가 소거된 처방이라면 진정한 대안에 미달하기 십상이다. 물론 소설가로서의 염상섭이 프로문학과 비판적 거리를 유지했다는 사실은 소상히 밝혀져 있을 뿐만 아니라[30] 실제로 그 자신의 정치적 선택도 점진적 실력양성론으로 기운 것이 사실이다. 그렇다고 그가 식민통치에 대항하는 급진적 투쟁론 자체를 배격한 것은 아니었다.

설혹 두 인물을 중심으로 펼쳐지는 서사의 분열을 끝내 지양하지 못했다는 비판이 있다 해도 『삼대』 이후의 작품까지 고려하면서 따져볼 필요가 있다. 가령 『삼대』의 후속편인 『무화과』(1931)까지를 평가에 넣는다면 그런 비판을 곱씹어보면서 염상섭의 문학이 그리고 있는 '불온한' 궤적에 대한 적극적인 읽기도 가능하다. 비록 지리멸렬한 결말이 반복될지언정 철공장의 노동자로서 무산자 의식이 살아 있고, 『삼대』의 조덕기와 김병화 모두와 거리를 두는, 새로운 삶의 비전을 '우리'라는 복수1인칭으로 개진하는 완식 같은 인물이 사실상 『무화과』 후반부의 주역으로 등장하지 않는가.[31] 식민지 현실에 적응하려는 안간힘이 암중모색일수록 이를 극복

---

30 염상섭과 프로문학의 관계에 대해서는 특히 김경수 『염상섭과 현대소설의 형성』(일조각 2008) 5장 참조.

31 『무화과』에서 이원영(『삼대』의 조덕기)의 한계가 조정애(『삼대』의 필순)에게 보내는 완식의 편지를 통해 좀더 분명하게 지적되는 것도 그런 맥락에서이다. "나는 재산도 없

의 비전으로 끌어올려야 할 독자의 의무가 결코 당위적인 것만은 아니라는 점이 여기서도 확인된다. 실제로 30년대에 작품으로서의 그런 고투가 있었기에 식민지시대의 종식으로 열린 해방공간에서 새로운 통일국가에 대한 진지한 고민을 담은 『효풍(曉風)』(1948) 같은 장편이 나온 것이기도 하다.

이 모든 논의를 종합해본다면 염상섭 문학의 진화는 식민주의에 대한 창의적 대응이자 서구 사실주의 소설의 성공적인 착근·발아 사례로 평가하지 못할 이유가 없다. 20년대의 고백체와 30년대의 3인칭의 발견이라는 염상섭 소설형식의 전개가 기본적으로 식민성에 대한 서사적 대응이라면 더욱 그렇다. 게다가 그런 대응이 해방 이후에 닥친 민족현실의 위기를 장편소설이라는 형식으로써 재차 타개하려는 노력으로 이어졌으니, 『삼대』의 현재성은 서구 장편소설과의 틀에 박힌 비교문학적 연구보다는 그런 대응의 맥락에서 검토해야 할 과제일 것이다.

4. 식민성, 근대소설 , 그리고 한국문학의 현장

한국의 근대문학 연구에서도 "식민지의 역사와 경험이 오늘의 나를 이루었다는 철저한 자기 분석과 비판 없이는 어떠한 '과거 청산'도 불가능하다는 생각"[32]은 연구자의 필수적인 양식(良識)에 해당한다. 또한 "한국 근대소설에 대한 연구를 가로막는 장애물 가운데 하나는 서양 근대소설

고 배운 것도 없으나 자연히 그 아저씨(이원영 ─ 인용자)와 가까운 점이 많은 것을 깨닫습니다. 그러나 우리가 그이와도 또 다른 것은 그이는 몰락해가는 중산계급이요, 무력한 인텔리가 아닙니까. (…) 통틀어 그이네들은 두가지 방면을 앞서가는 이들이나, 우리는 그 뒤에서 가야 할 새 사람이 아닌가요? 그리고 우리의 길은 그들이 걷지 않은 새 길이 아닌가 ─ 이렇게 생각하는 것입니다."(염상섭 『무화과』, 동아출판사 1995, 819면)

32 김철 『식민지를 안고서』(역락 2009)의 저자 머리말.

의 개념을 먼저 익히고, 그 개념에 맞는 작품을 한국 근대문학 자료에서 찾는 방식에 있다"[33]는 일침도 새겨들을 말이다. 그런 식의 연구태도는 서구 지식의 '구조'에 매몰된 관성에 지나지 않는다. 물론 연구자가 식민주의 비판에만 자족할 수는 없다. 동서양의 탁월한 근대소설을 제대로 읽고 그 성취를 엄밀하게 인식하는 일은 기본적으로 식민주의 비판을 넘어서 근대를 복합적으로 파악하는 능력을 기르는 지적 훈련이기도 하다. 각기 상이한 식민지적 현실에서 생산된 『씨뇨라』『사후 회고록』『삼대』 등이 도달한 소설적 지평을 파악하는 읽기라면 식민지를 양산한 근대가 어떤 의미에서 극복대상인가를 성찰하는 공부로 이어지기 마련이다.

실제로 '나'의 일부를 이루고 있는 식민성에서의 탈피와 근대에 대한 비판적 성찰이 문학의 세계에서도 간단할 리 없다. 예컨대 장편소설 장르에 관한 이론적 지식이 그러한 성찰에 반드시 도움이 되란 법이 없다는 점에서도 그렇다. 이론적 지식이 쓸모없다는 뜻은 물론 아니다. 다만 소설의 이론에 관한 한 민중의 삶 저류에 흐르는 '이야기' 욕구가 '문학적 형식'으로 정련되는 과정을 역사적 시각을 견지하면서 작품읽기로써 이해하고 평가하는 비평이 우선한다는 말이다. 일개 장르로서의 소설에 대한 쇄말주의적 분석보다 역사기술을 포함한 넓은 의미의 '이야기'가 장편·중편·단편 소설이라는 장르로 분화되고 '소설'이라는 형식으로— '소설'에 관한 새로운 개념을 만들고 또 해체하기도 하면서—진화하는 현상에 대해 좀더 역사적인 감각을 키울 필요가 있다.[34] 그럴 때 비로소 외국의 사

---

33 김영민 『한국 근대소설의 형성과정』(소명출판 2005) 53면. 그러나 김영민의 그런 일침에 이어지는 주장, 즉 "서양 근대소설과 한국 근대문학 사이의 우열 관계를 비교 판정하는 것은 아무런 의미가 없다"는 주장은 진정한 보편성의 추구와는 거리가 있다.

34 황석영 『여울물 소리』(자음과모음 2012)에 붙인 '작가의 말'에서 그런 역사적인 감각이 어떠해야 하는가를 암시하고 있다. 『여울물 소리』는 황석영의 작품지형에서 하나의 거대한 산맥을 이룬 '장길산'의 세계에 새로운 방식으로 진입했음을 알리는 신호탄인데, 소설에 대한 이 글의 기본입장과 연관해서 '작가의 말' 마지막 대목은 인용할 만하겠다. "이야기란 무엇인가, 무엇 때문에 생겨나나, 무엇을 위해 존재하나, 어떤 것이 남고, 어떤 것이 사라지나, 다른 무엇보다도 이야기를 만든 이들은 어떻게 살았고, 무슨

례 연구도 우리의 소설 논의에 제대로 보태 쓸 수 있지 않을까 싶다.

16세기와 17세기 초반 영국에서는 인쇄된 담시로서의 발라드(ballad), 국내외의 기이한 사건들에 대한 새로운 이야기로서의 '소식'(news), 그리고 이 양자와 본질적으로 구분될 수 없었던 노블(novel) 등이 혼재했다. 그중 노블이 우리가 알고 있는 이야기(tale) 또는 짧은 이야기(short story)라는 의미를 획득하기 시작한 시점은 대략 1566년경이라고 한다. 이후 그런 '이야기'가 근대적 장편소설로 발전하는 궤적[35]은 영국의 식민지 정복사와 거의 일치한다고 해도 과언이 아니다. 실제로 『로빈슨 크루소우』(1719)나 『걸리버 여행기』(1726) 같은 '표류서사'가 인종주의와 제국주의의 결탁관계를 폭로하는가 하면 '통합서사'로서의 『파멜라』(1740)가 계급갈등의 양상을 신분상승의 신화와 도덕의 문제로 환원하기도 했음을 생각해보면, 장편소설 장르의 문제성이 더욱 실감되는 바 있다. 장편소설은 식민주의를 사회발전의 핵심적 동력으로 삼은 서구의 역사현실과 모종의 이데올로기적 공모 혐의가 있는 예술양식인 **동시에** 인간의 사실적 앎의 확장과 인식능력의 심화를 보여주는 일종의 문화적 텍스트로 해석할 수 있는 여지도 충분하다.

근대소설과 식민성의 관계를 규명하는 시도도 장편소설 장르가 갖는 이런 복합적인 성격을 염두에 둘 때 좀더 엄밀히 이루어질 수 있다고 믿는다. 특정한 역사적 현실에서 성장하고 쇠락한다는 상식을 넘어서, 소설 장르 자체를 권력의 식민성에서 자유롭지 못한 서사문학의 한 양식으로

생각을 했을까. 이들이 각자의 당대를 어떻게 살아냈으며 어떻게 죽어갔는지 알 길은 없으나 이들이 남긴 수백종의 언패 소설과 판소리 대본과 민담, 민요 등등은 눈보라 속을 걷는 나에게 먼저 간 이가 남긴 발자취와 같았다. 이들과 단절되어 제국주의의 침입과 함께 이식문화로 시작된 한국 근현대문학의 원류를 더듬어 이제 울창한 우리네 서사의 숲에 들어선 느낌이다."(495면)

35 이에 대해서는 특히 Lennard J. Davis, *Factual Fictions*, 2~3장 참조. 참고로 데이비스는 영국 소설의 '발전'에서 대륙, 특히 프랑스에서 발흥한 로맨스 장르가 끼친 영향은 미미하다고 보는 입장이다.

파악하고, 구전(口傳)으로서의 '이야기'를 향한 민중의 집합적 의지가 작동하면서 진화해온 해방의 언어예술로 해석하는 관점이 긴요하다는 것이다. 세계체제의 (반)주변부 지역일수록 더 절실한 그런 두겹의 시각은 **탁월한 작품일수록**—온갖 거시적·미시적 방식으로 발동하는 권력의 식민성을 심문·해체할 수 있는—예술적 잠재성을 내장하고 있다는 인식으로 이어진다. 사실상 오락과 위안으로 전락한 근대소설을 공격하는, 현해탄을 건너온 '근대문학 종언론'이 우리 문단에서 한동안 위세를 떨친 것도 이같은 인식이 결여된 탓이 크다. 역사가 유구한 (서구의) 종언담론 계보에 놓고 보면 근대문학 종언론도 한시적인 에피소드에 불과한 것이다. 그렇기 때문에 문학, 좁게는 소설의 존재양식에 대한 물음은 더 가열차야 한다고 생각한다. 물론 이는 문학으로 무엇을 할 수 있는가 또는 할 수 없는가를 헤아리는 데 골몰하는—저급한 공리주의적 문학효용론으로 치닫기 일쑤인—행태와의 비판적인 거리를 전제한다.

20세기 서구 학계를 풍미한 소설 '론'들과 소설의 위상을 치밀하게 점검하다가 소설(론) 자체를 만들어내는 '현실'로 눈을 돌린 데이비스의 다음과 같은 결론에 선뜻 공감하게 되는 것도 그런 맥락에서이다.

사람들은 21세기가 시작되는 시점에서, 리오따르가 충분히 말한 것처럼, 긴 이야기(long story)는 없을 거라고 느끼게 되었다. 그래서 무감각, 수동적 태도, 역사에 대한 관심의 결여(포스트모던에 관한 리오따르의 정의에 따르면 역사라는 것은 없다), 데이터뱅크의 파편화, 인터넷 등을 서사성의 종말에 대한 설명이자 정당화로 간주했다. 그러나 이런 고립된 희망 없음은 하나의 환상으로 보일 뿐이다. 만약 내가 이 글을 쓰는 시점에서 씨애틀과 그밖의 여러 곳에서 일어나고 있는 사건들이 어떤 징표라면 말이다. 왜냐하면 지구 북반부의 전역에서 5만명의 사람들이—그 존재를 증언하는 모든 서사의 말소(抹消)를 목적으로 하는 은밀한 조직인—세계무역기구(WTO)라는 것에 항의하기 위해 모였다는 사실이 서사의 행위가 작동하고 있다는 확실한 신호이기 때문이다. 누가 이런 이야기를 했으며, 어떻게 그들은 이야기했는가? 이것은 정치이론에서와 마찬가지로 소설의 이론이 시작하는 방식이다. 따라서, 발터 벤야민처럼, 우리는 현재를 수많은 시작들로 간주하는 메시아적 방식으로 사유해야만 한다. 벤야민이 말했다시피 역사적 유물론자는 "억압된 과거를 (해방시키기 —인용자) 위한 투쟁에서 혁명적 기회를 보고 (…) 역사의 획일화된 진행을 폭파하여 그로부터 특정한 시대를 끄집어내기 위해— 한 시대에서 하나의 특정한 삶을, 필생의 작업에서 하나의 특정한 작품을 끄집어내면서— 그런 기회를 이용한다." 소설에서는, 그 종말에 시작이 있으며, 일견 소설이론의 종언처럼 보이는 것도 시작에 지나지 않는다.[36]

소설장르의 관념적 이론화와는 차원이 다른 실감을 주는 이런 문장을 읽으면서 연구와 현장성을 결합하는 공부가 중요하다는 점을 새삼 깨닫는다. 제국의 문학개념이 식민지에 '도착'해서 일으킨 결코 단순치 않은 변화를 성찰하는 데서도 핵심은, 식민주의의 특권화에 대한 비판보다는 서구 근대와의 '만남'에서 비롯된 서사양식의 형질변화가 과연 식민지근대에 대한 극복의지를 다른 무엇이 아닌 **작품으로** 구현하는 차원에 이르렀는가 하는 것이다. 아무리 식민지근대가 흑백논리의 자명성이 통할 수 없는 회색의 시대였다 하더라도 문학비평에서 궁극적으로 피할 수 없는 물음은 바로 이것이다. 서구문학(개념)의 '도착'과 그로 인해 발생한 전통서사의 변화에 관한 논의가 서구의 근대(주의)에 대한 별다른 문제의식 없이 우리의 전통서사를 주변부의 것으로, 낡은 것으로 치부한다면 당연히 이에 제동을 걸어야 하겠지만, 이때도 중요한 것은 그런 제동보다는

---

36 Lennard J. Davis, "Reconsidering Origins: How Novel Are Theories of the Novel?," *Eighteenth-Century Fiction* 12:2-3(2000), 449면.

1930년대에 어떤 작가의 어떤 소설적 성취가 있고 그것이 우리 시대에 왜 중요하며 구체적으로 어떤 동시대적 연관성을 갖는가를 작품읽기로 실감케 하는 비평의 실행이다.

국내 독자에게는 생소한 비평가인 슈바르스의 소설론을 소개하면서 『삼대』를 읽어본 취지도 대략 그런 것이다. 결론 삼아 식민지시대 민족공동체의 명운까지 암시하는 가족사소설로서의 『삼대』를 현재 시점에서 읽는 의의를 덧붙인다.

일제 식민통치를 거쳐 남북이 분단된 현실 자체가 사회의 기본단위인 가족에도 파괴적으로 작용했다면, 그렇게 파괴된 가족의 의미를 역사적 상황에 비추어 재구성해보려는 작품이 계속 나오는 것은 자연스런 일이다. 그러나 고독사(孤獨死) 또는 무연사(無緣死)라는 말이 일반화될 만큼 혈연공동체가 무너진 오늘날 장르로서의 가족사소설에 관한 한 사실상 사멸상태라는 판정을 내려야 할지도 모른다. 가족 해체의 적나라한 실상을 세태묘사로써 폭로하는 김이설의 『나쁜 피』(2009)나 안보윤의 『우선멈춤』(2012) 같은 텍스트를 읽노라면 우리 시대의 가족사적 상상력은 고갈된 것이 아닌가라는 느낌마저 갖게 된다. 그럼에도 이혜경(李惠敬)의 『길 위의 집』(1995)이나 신경숙의 『엄마를 부탁해』(2008), 천명관의 『고령화 가족』(2010) 등이 말해주는 것처럼 가족은 여전히 우리 작가들에게 상상력의 핵심적인 영토로 남아 있다.

그런 의미에서 『삼대』의 현재성은 거듭 숙고해볼 만한 주제이다. 『삼대』를 읽는 시간은 역사의 차원이 희석되어 가족 성원들만의 관계망으로 제한되는 '가정소설'의 협소해진 지평을 성찰해보게 한다는 점에서도 작품의 의의가 새로이 확인되는 바 있다. 그 의의는 철저하게 현재적이다. 타율적으로 해방을 맞은 한반도 식민지근대의 업이 분단체제라는 괴물을 만들어냈고 그 괴물이 이젠 우리의 마음에까지 똬리를 틀고 있기에 『삼대』의 서사를 분열적으로 지탱하는 두가지 현실인식을 상보적(相補的) 관계로 종합할 수 있는 방도를 우리는 생각해보게 되는 것이다. 이처럼 남한과 북한의 민중 모두에게 귀속되는 문학유산으로서 식민지 현실에 대한 뜻깊은 증언을 담은 『삼대』, 나아가 1930년대의 장편소설을 한반도와 유사한 식민지근대를 겪은 외국의 여타 작품과 견주며 우리 자신의 시대로 이월시키는 읽기는, 시야를 세계적 차원으로 넓히면서 한국소설의 새로운 상상력과 모색을 북돋는 일도 될 것이다.

세계문학의 역사적 조건에 관하여

19세기 미국문학의 '르네상스'

1. 문제의식과 발상

19세기 미국문학사에서 '르네상스'는 당대의 특정 시기에 활동한 특정 작가들의 창조적 위업을 총칭하는 개념이다.[1] 문화사로 시야를 넓혀보면 2차대전 이후 미국 주도의 세계질서 재편과 맞물리는 문화적 헤게모니 구축을 상징적으로 표상하는——건축과 회화의 영역에서는 1876~1914년의 전성기를 가리키는——구호가 바로 르네상스이기도 하다. 문학비평 시장에서 이 말을 일종의 기축통화로 유통시킨 장본인은 매티슨(F. O. Matthiessen, 1902~1950)으로 알려진바,[2] 그의 발상은 대략 1970년대까지

---

1 '19세기의 특정 시기'는 미국문화의 독립선언문으로 일컬어지는 에머슨의 「미국의 학자」(1837)가 발표된 1830년대에서 멜빌과 휘트먼이 사망한(각각 1891년과 1892년) 1890년대까지로 잡는 것이 일반적이다. 하지만 작품을 기준으로 본다면 제임스 페니모어 쿠퍼의 '가죽각반 연작'이 잇달아 나온 1820년대에서 헨리 제임스와 마크 트웨인의 후기국면인 1900년대까지를 미국문학의 르네상스로 설정할 수도 있다.

2 F. O. Matthiessen, *American Renaissance: Art and Expression in the Age of Emerson and Whitman* (1941; Oxford UP 1979).

미국문학 연구의 기준점 역할을 했고 교과과정의 설계에도 지대한 영향을 끼쳤다. 하지만 '유럽＝낡은 세계'라는 등식에 집착함으로써 '새로운 땅의 새로운 삶'이라는 역사적 의의에 둔감한 면모를 보이기도 했던 19세기 미국문학 연구자들이, 고대 그리스·로마 문명의 계승자를 자처한 유럽인의 문명적 위업을 뜻하는 르네상스라는 용어를 미국문학의 중흥을 가리키는 표지로 채택하고 보편성의 대명사로 전유한 것은 비판적인 개입이 필요한 현상임이 분명하다.

물론 근년에도 르네상스라는 용어 자체에 대한 개념사 연구를 포함한 연구자들의 개입은 무수했다.[3] 모두 네 차례, 즉 1880년대, 1900년대, 1940년대, 그리고 현재에 걸쳐 백인 남성학자들의 학문적 중심성을 강화해왔다고 하는[4] 르네상스 담론의 지평은 문화연구·페미니즘·탈식민주의·생태주의·신역사주의·해체주의 등의 문제제기로 인해 엄청나게 확대되었고, 그에 따라 이 분야의 연구는 새로운 활력을 얻은 것으로 보인다. 그러나 이런 문제제기가 백인·중산계급·이성애 남성작가들의 작품으로 구성된 기존 정전목록을 비판·해체하는 데 골몰한 나머지 이 시기 문학의 역사적 성격은 물론 작가들을 둘러싼 문학사적 평가는 논란만 더 분분해진 느낌도 없지 않다. 그것은 매티슨의 작업에 대해서도 마찬가지가 아닌가 한다.[5] 그에 대한 다양한 각도에서의 비판에도 불구하고 영문학의 창의

---

3 '르네상스'라는 용어가 이미 1830년대의 초월주의자들을 중심으로 폭넓게 사용되었을 뿐만 아니라 종교혁신까지를 함축한 개념이었음을 추적한 논의로는 Joe B. Fulton, "Reason for a Renaissance: The Rhetoric of Reformation and Rebirth in the Age of Transcendentalism," *The New England Quarterly* 80:3(2007) 383~408면 참조.

4 Charlene Avallone, "What American Renaissance?: The Gendered Genealogy of a Critical Discourse," *PLMA* 112:5(1997) 1104면.

5 고전 중심으로 자신의 학문적 논의를 심화한 매티슨이 어떤 면에서 정전주의의 혐의에 걸리는가는 더 연구해볼 만한 쟁점이지만, 그가 매슈 아널드의 비평을 사숙하면서 '대중문명'과 '소수문화'의 간극을 극복하려고 노력했던 리비스의 문제의식을 미국의 현실에서 계승하고자 했던 사실은 기억함직하다. 이에 대해서는 특히 매티슨 사후 존 래클리프(John Rackliffe)의 작업으로 출판된 평론선집 *The Responsibilities of the Critic: Essays and Reviews by F. O. Matthiessen* (Oxford UP 1952) 참조.

적인 계승을 의식하면서 자국 문학의 위상 정립에 매진한 매티슨의 작업을 완전히 낡은 것으로 평가할 수는 없을 것이다. 오히려 그가 '르네상스'란 용어로써 역설한 참뜻, 즉 미국문학인 동시에 미국문학을 넘어서는 어떤 보편의 지평에 관한 비평적 사유에 관한 한 그의 비판자들도—이런저런 '새로운' 문헌을 발굴하고 정전주의의 맹점을 들춰낸 공을 뺀다면[6]—다원주의의 굴레를 제대로 벗지 못했다고 봐야 할 듯하다. 그렇기 때문에 프랑스를 비롯한 서유럽문학, 특히 영국문학과 어깨를 견줄 창조적인 성취가 19세기 미국문학에서 이룩되었음을 작품읽기로 역설한 매티슨의 비평작업은 좀더 면밀하게 따져봐야 한다.

그런 맥락에서 흥미로운 것은, 지난 30년간 온갖 종류의 이론들이 르네상스 비평담론이란 이름으로 출현했지만 그 시대 문학의 특수성을 해명하겠다고 나선 학자들 가운데 당대의 서사적 성취를 세계문학이라는 개념과 연동하여 사유하는 경우를 거의 찾아보기 어려웠다는 사실이다. 여전히 '세계문학'은 전적으로 비교문학 전공자의 전유물이라는 인상을 준다. 그런 연유에서인지 '세계문학'은 고사하고 괴테나 맑스의 세계문학 관련 발언을 인용하는 논자도 좀처럼 눈에 띄지 않는다. 왜 그런 것일까? 어떤 경우든 보편성과 분리해서 생각하기 힘든 대표적인 개념이 세계문학이 아닌가.[7]

---

6 비교적 근년의 그런 연구로는 *ESQ: A Journal of the American Renaissance* 49(2003)에 실린 Betsy Erkkilä, "Revolution in the Renaissance," 17~32면; Sharon M. Harris, "Whose Renaissance?: Women Writers in the Era of the American Renaissance," 59~80면; Julie Cary Nerad, "A Darker Wood: African American Writers in the American Renaissance," 107~28면 등 참조.

7 '지구적'(planetary)이라는 말이 등장하기도 하니, 이 문제에 관한 한 그렇게 드물었다고 일축할 일은 아닐지도 모른다. 필자는 기존 르네상스 담론의 재구성을 시도한 논자들, 가령 도널드 피즈(Donald E. Pease), 데이비드 레이놀즈(David S. Reynolds), 제인 톰킨즈(Jane Tompkins) 등의 논의를 소개한 바 있지만(졸고 「19세기 미국문학」, 『안과 밖』 2호, 1997년 상반기), 10년도 더 지난 지금의 시점에서 그간의 연구경향을 새로이 점검해볼 필요를 느낀다. 다른 한편 르네상스 담론에서 '세계문학'이라는 말이 등장하지 않는 현상에 대한 가능한 하나의 해명은, 세계문학보다—'미국적'이라는 수식어가

이런 현상 자체가 19세기 미국문학 연구에 어떤 문제나 한계가 있음을 말해준다고 단정하기는 어렵다. 다만 르네상스란 용어가 19세기 미국문학 비평의 통어(通語)로 군림한——이후 미국 내 다양한 지역·인종·소수자 문학의 성세를 지칭하는 개념으로 등장한——과정이 미국의 세계패권이 명실상부하게 구축된 때와 거의 일치한다는 점을 정전주의 비판, 또는 정전주의 해체의 맥락에 끌어들여 분석한 학자들은 적지 않았지만, 실제로 '다시 태어난' 미국문학의 지평이라는 것이 얼마나 어떻게 보편성을 띠고 있는가에 대한 성찰은 아직도 미진하다는 인상을 준다. 그런 학자들은 매티슨이 설정한 모델을 따라 19세기 미국문학의 성취를 '르네상스'로 뭉뚱그린 정전주의 비평가들의 논의에 성·계급·인종 차별주의라는 혐의를 걸고 미국주의를 비판하는 데 급급한 나머지 정작 19세기 중반에 이룩된 창의적인 성취의 빛과 그림자를 온당하게 파악하는 데 충분한 성과를 남기지 못한 것으로 보인다. 따라서 19세기 미국문학의 '르네상스'가 기약한 보편의 가능성을 더 넓은 지평으로 개방하는 작업은 숙제로 남아 있다고 해야 할 듯하다.

그런 맥락에서 르네상스 비평담론이 미국주의 이데올로기의 뇌관(雷

붙는——르네상스가 유럽문학에 대한 문화적 열등감을 상쇄하는 데 더 유용한 개념이었으리라는 것이다. 아니, 미국=세계라는 등식이 알게 모르게 머릿속에 뿌리내린 백인 학자들은 미국문학을 '세계문학'이라고 말하는 것 자체를 동어반복으로 느꼈을 공산이 크다. 물론 2000년 이후 특히 9·11테러와 허리케인 카트리나의 재앙 이후 미국문학이나 미국문명에 대한 어떤 시각, 즉 국민국가 단위로 사고하면서 하나의 완결된 세계로 간주하는 관성에 강한 제동이 걸린 것은 사실이다. 그에 따라 다양한 방식으로 미국문학의 탈영토화가 시도되고 있다. 그러나 그같은 학문적 실천이 국가주의로 회귀하기 일쑤인 다원주의의 굴레를 속시원히 벗어던진 것 같지는 않다. 이런 것이 연대와 운동으로서의 세계문학에 대한 인식 미흡과 얼마나 연관되는가는 따져봐야 할 쟁점이지만, 9·11테러 이후 그마나 그간 축적된 미국중심성에 대한 비판적 인식이 흐려지면서 다원주의의 새로운 부활이 감지되는 것만은 분명하다. 미국문학의 지평을 지구적 층위로 확장하려는 근년의 이론적 시도는 Wai Chee Dimock and Lawrence Buell eds., *Shades of the Planet: American Literature as World Literature* (Princeton UP 2007)에 실린 논문들 참조.

管)에 직간접적으로 연결되어 있다면 국민적 필독목록을 배타적으로 작성한 정전주의의 비평방식에도 문제를 제기해야 마땅하다.[8] 물론 서구중심주의를 예민하게 의식할수록 그런 담론 자체를 비판적인 해체대상으로 삼는 것은 당연하다. 하지만 바로 그렇기 때문에 19세기 중반에 실제 생산된 작품들이 어떤 의미에서 미국문학의 르네상스라는 이름에 값하는 것인가, 또 그렇지 못한 면이 있다면 그건 어째서 그러한가를 판단하는 학문적인 작업이 더 절실해지기도 한다.

이 글의 주된 목적은 19세기 미국문학의 르네상스 현상을 '괴테·맑스적 기획'(a Goethean-Marxian project)으로서의 세계문학으로[9] '번역'하는 데 있다. 번역이라는 표현을 썼지만 좀더 엄밀하게 말한다면 기존의 전통주의 비평과 급진주의 비평이 각기 배타적인 방식으로 파악한 미국

---

8 그런 맥락에서 동서냉전체제의 와해와 전통적인 르네상스 담론의 해체가 어떤 연관성이 있는가는 진지하게 생각해볼 만한 또 하나의 문제이다. 19세기 미국작가 및 그들의 작품을 '고전'의 반열에 올린 비평가들에 인종주의·성차별주의·계급주의의 혐의를 두는 연구서들이 1970년대 이후 봇물을 이뤘기 때문이다. 정전주의 비판으로 집약되는 1970년대 미국문학 연구지형에서의 획기적인 변화는 1960년대의 (흑인)민권운동에 그 기원이 있다는 것이 중론이다. 68혁명이 표상하는 반체제운동과 무관할 수 없는 민권운동이 냉전체제의 종식과 연동되면서 문학연구의 방식에도 심대한 영향을 끼쳤다는 것이다. 성과 인종, 계급의 모순을 천착하는 과정에서 정전의 '구조조정'을 시도하거나 대안정전을 모색하는 선까지 나아가는 진보적인 연구자들이 (특히 페미니즘 진영에서) 본격적으로 등장한 것이다. 다른 한편 그런 연구자들의 등장으로 인한 담론지형을 정확하게 인식하기 위해서라도 19세기의 마지막 25년간 북미에서 분과학문으로서의 영문학이 형성되고 그로부터 미국문학이 분화되어온 복잡다단한 과정은 지식 차원에서도 환기될 필요가 있을 듯하다. 그 과정에서 전통적인 문헌학과 수사학의 지배로부터 탈피하기 위한 노력은 불가피하게 기존의 학문모델에 대한 새로운 도전과 질문으로 이어졌을뿐더러, 그 과정에서 무엇을 연구의 기본 텍스트로 삼을지에 대한—오늘날의 정전논쟁에 해당하는—논란도 끊이지 않았다. 이에 대한 여러 각도의 논의로는 특히 Gerald Graff and Michael Warner eds., *The Origins of Literary Studies in America: A Documentary Anthology* (Routledge 1989) 참조.

9 괴테·맑스적 기획으로서의 세계문학을 포함한 세계문학'들'의 개념적 분별에 대한 구체적인 논의로는 본서에 실린 졸고 「'세계문학'의 개념들: 한반도적 시각의 확보를 위하여」 참조.

문학 르네상스의 보편적 의의를 작품읽기로써 규명하면서 세계문학 담론의 장으로 끌어내는 작업이라고 해야 할 것이다. 서구 대 비서구의 도식을 설정하면서 '비서구적 세계문학'이라는 또다른 보편주의의 덫에 걸릴 위험을 불식시키기 위해서라도 비평의 개방작업은 반드시 필요하다고 본다. 새로운 담론시장 개척을 위한 도구의 일환으로 대안정전 발굴에 골몰하면서 정전 폐기로까지 치닫는 정전주의 비판의 맹점과 고전의 세계적 보편성에 집착한 나머지 정전주의 비판의 유효한 부분마저 간과하는 기성 학계의 관성 모두를 겨냥하는 학술작업은 바로 그런 '번역'과정에서 좀더 원만하게 수행할 수 있으리라 기대된다.

이 글에서는 대략 이런 발상으로 호손, 멜빌, 휘트먼의 산문을 — 각 작가마다 둘씩, 모두 여섯개의 인용문을 집중적으로 — 읽어보고자 한다. 그리하여 부족하나마 축적해놓은 개별 작가의 작품론을 바탕으로[10] 좀더 큰 그림을 그려보려고 한다. 읽기의 주안점은 19세기 미국문학의 창의적인 지평을 괴테·맑스적 기획으로서의 세계문학, 즉 운동과 작품을 동시적으로 지향하는 세계문학으로 변환하는 데 두겠다. 물론 단순한 변환 또는 해석을 넘어서 19세기 미국문학이 이룬 성취를 당대의 역사적 조건에 비추어 가늠해보는 것이 이 글의 주목적이지만 그 과정에서 미국문학 연구에 임하는 필자의 문제의식을 독자들과 공유하고 싶다.

---

10 호손, 멜빌, 휘트먼의 작품에 관한 논의로는 졸고 「회통의 상상력과 역사의식: 호손의 로맨스론」,『근대 극복의 이정표들』(창비 2007);「『주홍글자』론: 극적 구조를 중심으로」,『안과밖』16호(2004년 상반기);「『모비딕』론: 19세기 미국의 '국민문학'과 셰익스피어」,『안과밖』21호(2006년 하반기);「19세기 미국의 문학지식인과 대중문화: 휘트먼의 「민주주의의 전망」과 연관하여」,『영미문학연구』13호(2007) 참조.

2. 뉴잉글런드의 지역문학과 '영 아메리카'

문학운동과 불가분의 관계에 있는, 작품으로서의 '고전적 성취'를 상정할 때 핵심은 역시 운동이 뿌리내리는 지방 또는 지역의 역사적 현실과 작품의 주체인 작가 및 독자이다. 그런 고전적 성취가 발현되는 양상은 각 나라의 정치경제적 상황 및 문화역량에 따라 극도로 다양할 터라, 일반적인 설명모델의 적용은 가능하지도, 바람직하지도 않다고 판단된다. 19세기 미국문학에서 운동과 작품이 맺는 관계는 결코 단순치 않다. 여기서 우선 명심할 상식은, 여하한 세계문학 담론도 일단은 특정한 지역과 지방의 문학, 민족·종족 또는 국가 공동체의 문학에서 출발할 수밖에 없다는 점이다. 19세기 미국문학에 관한 논의에서도 예외는 아니다.

예컨대 19세기 초중반부터 뉴잉글런드 및 그 동부 연안 지역에서 세계적 고전에 값하는 작품이 집중적으로 산출되었다는 것은 미국문학 연구자들이라면 누구나 알고 있지만[11] 비평적 해명을 요구하는 문제이기도 하다. 매사추세츠를 비롯한 여섯 주를 포괄하는 북동부 지역은 주로 영국계 이민자들이 집중된 곳이었다. 동시에 중산층으로 성장한 그들이 '모국'인 영국을 중심으로 여타 국가와의 문화적 교통을 가장 활발하게 했던 지역

---

[11] 19세기 미국문학 연구에서 지방·지역 문학을 강조하는 논자들은 으레 남북전쟁 이후의 중서부 및 남부의 작품을 분석대상으로 삼는다. 즉 뉴잉글런드의 문학을 '중심'에 놓고 그 외부 지역의 문학을 주변화하면서 중심에 대타적인 의미를 부여하는 경향이 강한데, 적어도 당대에서 그같은 중심과 주변부가 확고하게 존재했다고 보기는 어렵다. 그 이분 도식은 20세기에 들어 정전의 체계가 구축되면서 생겨나 굳어졌다고 보는 것이 사실에 가깝다. 헤게모니적 읽기와 반(反)헤게모니적 읽기의 상보성을 주장하면서 '지방문학'으로 분류되는, 쎄라 온 주엇(Sarah Orne Jewett, 1849~1909)이나 햄린 갈런드(Hamlin Garland, 1860~1940)를 비롯한 많은 작가들의 작품에서 세계주의적 지평을 의식적으로 발굴하려는 학문적인 노력이 그다지 만족스럽지 못한 것도 뉴잉글런드를 은연중에 탈피해야 할 중심으로 설정하면서 그 대타적 성취로 지방문학을 내세우는 방식에 기인한 듯하다. 뉴잉글런드를 제외한 19세기 및 20세기 초반 미국 지방·지역 문학을 세계주의와 결합시키려는 시도는 특히 Tom Lutz, *Cosmopolitan Vistas: American Regionalism and Literary Value* (Cornell UP 2004) 참조.

이기도 했다. 학문과 문화의 혜택을 누리면서 영국을 비롯한 유럽문학을 접하고 외부 세계에 대한 경험을 축적한 앵글로쌕슨계 중산층 백인 남성 작가들이 '미국 르네상스'의 주역이 된 것은 사회문화적 기회의 측면에서 보면 우연으로 돌리기 어려운 현상이다.[12] 탁발한 극소수를 제외한 여성 작가와 흑인이나 인디언 등 여타 소수인종 작가들이 문학사에 이름을 올리기 어려웠던 것이 19세기 초중반 미국의 엄연한 정치적·문화적 정황이었던 것이다.

따라서 뉴잉글런드라는 지역에 축적된 문학의 성격을 진지하게 따져보지 않고서 미국문학의 보편성 운운하는 비평담론이 공허한 것은 더 말할 나위도 없다. 9·11테러 이후 미국을 중심에 놓고 세계를 생각하는 비평관을 너나없이 반성하는 때에 19세기 미국문학에 대한 담론에서 전반적으로 간과된 것이 바로 이 점이었다고 생각한다. 19세기 미국문학 비평이 일국주의에 매몰되었다는 자기반성에서 출발해 세계정치적 현장성을 적극적으로 미국문학 담론의 영역으로 끌어들여 탐구하는 작업이 활발한데, 그 과정에서 정작 뉴잉글런드 지역·지방 문학이 갖는 세계적 차원의 성취에 오히려 둔감해지는 아이러니가 벌어진 면도 없지 않다.[13] 그런 아이러니를 의식할수록 세계적 차원에서 보편성을 성취한 문학은 특정 지역에 터를 둔 종족적·민족적 공동체에서 생명력을 획득하며, 그 창조성이 발현되는 데서 개별 작가의 의식적인 포부와 분투가 일종의 상수로 작용한다는 사실을 새로이 인식해야 하리라 본다.

---

12 이에 관한 포괄적인 논의로는 특히 Lawrence Buell, *New England Literary Culture: From Revolution through Renaissance* (Cambridge UP 1989) 참조.

13 길게 논할 계제는 아니지만, 국민국가의 경계선으로 묶을 수 없는 인간경험과 문학양식에 대한 새로운 탐구를 천명하면서 국민국가의 경계선을 투과하는 'Deep Time' 개념을 내세운 대목의 '진보적인' 논의가 고식적인 비교문학 틀에서 크게 벗어나지 못한 것은 뉴잉글런드라는 지역문학 자체의 세계적 성취에 대한 인식 결여와 무관하지 않다고 본다. Wai Chee Dimock, *Through Other Continents: American Literature across Deep Time* (Princeton UP 2006) 참조.

다른 한편 작가들의 포부와 분투가 '운동'이라고 할 만한 어떤 집단적 목표의식까지를 공유하는가는 별개의 문제이다. 적어도 그 점에 있어서 19세기 미국문학의 경우는 전형적이면서도 특별한 사례라 할 만하다. 독립 직후부터 영국에 대한 문화적 예속에서 벗어나는 '국민문학'에 대한 열망이 동시다발적으로 표출된바, 그중 '보통사람의 민주주의'를 표방한 잭슨 정부(1829~37)에 호응하여 태동한 '영 아메리카 운동'(The Young America Movement)은 특기할 만한 사건이다. 정치외교적으로는 개입주의 또는 팽창주의를, 문화적으로는 영국의 지적 영향에서 벗어나려는 독립주의를, 사회적으로는 전통주의를 각각 표방한 '영 아메리카 운동'은 하나의 노선으로 정연하게 수렴되기 힘든 성격을 띠었다. 따라서 호손과 멜빌, 휘트먼 등이 작품을 실으며 직간접으로 간여한 『데모크래틱 리뷰』(*Democratic Review*, 1837~59)라는 기관지가 상당한 영향력을 행사한 영 아메리카 운동의 목표를 당대의 모든 문인이 공유했다고 말한다면 지나친 과장일 것이다.[14] 하지만 '국민문학'(national literature)의 실현이라는 꿈이 미국적 민주주의에 대한 모색으로 이어지는 과정에서 이념적 지향을 공유하는 다방면의 작가들이 느슨하게나마 어떤 연대의 분위기 속에 있었던 것만은 확실하다.

이를테면 당대의 작가들은 "영국(문학——인용자)의 유산에서 미국문학을 해방하려고 했을 뿐만 아니라, 독립선언과 제퍼슨·잭슨의 사회적·정치적 이상을 성취하는 데서 미국문학을 진정으로 민주적이고 살아 있는 힘으로 만들기를 원했다는 것이다."[15] 대륙의 사상을 답습하기보다는 독

---

14 영 아메리카 운동에 관한 다각도의 논의로는 John Stafford, *The Literary Criticism of "Young America": A Study in the Relationship of Politics and Literature 1837-1850* (University of California Press 1952); Edward L. Widmer, *Young America: The Flowering of Democracy in New York City* (Oxford UP 1998); Yonatan Eyal, *The Young America Movement and the Transformation of the Democratic Party, 1828-1861* (Cambridge UP 2007) 참조.

15 Linden Peach, *British Influence on the Birth of American Literature* (St. Martin's Press

자적인 미국 지성의 활약과 문화적 사명을 역설한 영 아메리카 운동의—1830년대에 분출하여 남북전쟁 전후로 급격히 식어버린—문학적·정치적 궤적은 물론 간단치 않다. 그에 대한 구체적인 논의는 다른 지면으로 넘겨야 하겠지만 여기서 한가지 확인해둘 점이 있다. 즉, 식민지배자로 군림하는 영국에 대항한 문화적 독립운동의 성격이 강했던 국민문학을 향한 집단적 열망은 영국문학과의 영향관계에 비추어볼 때 그 역사적 맥락과 내용이 한결 뚜렷하게 드러난다는 것이다.

국민문학을 향한 열망이 '문예부흥'으로서 보편적 차원에 도달한 데는 넓게 보아 세가지 역사적 요인이 복합적으로 작용했다고 본다. 첫째, 정치적 독립이 문화적 자립과 조응하지 않는—자국 작가들의 작품을 보호하는 저작권법조차 확립되어 있지 않았던—신생국의 궁핍한 현실이다. 빈곤한 현실 자체가 영국문학의 그늘에서 벗어나 미국적 언어와 세계를 추구한 작가들에게는 하나의 도전이었으니, 그들은 역사적 업보를 지은 '미국의 정신'에 대한 비판의식과 실험정신을 작품으로 구현하게 된다. 둘째, 영국문학의 창조적 유산이 다양한 방식으로 변용되며 살아 있었던 뉴잉글런드 지역의 (대학)문화와 원시적 자연의 공존이다. 대지(大地) 자체가 상상력의 원천으로 작용한 당대에서 계급과 신분 이데올로기에 얽매이지 않고 영국문학의 정수를 나름대로 소화한 미국작가들의 창의적 정신은 패기로 가득 차게 된다. 셋째, 대국으로서의 기반을 다진 경제력이다. 그런 경제력은 물리적 차원뿐만 아니라 비유의 차원으로 도약하기도 했으니, 그것은 곧 미국의 젊음과 활력을 가리키는 상징적 지표이기도 했다.[16] 특히 뉴잉글런드에 축적된 문화역량과 서부 변경지대에서 구현된 지리적 역동성의 결합은 새로운 삶의 실험으로 이어졌고, 그 실험은 신대륙의 문화적 기상을 집약하는 '국민문학'의 창출의지로 표출되었다.[17]

1982) 9면.

16 "1840년대 인구통계에 따르면 미국인들의 평균 연령은 17.8세였고 나라의 총인구 1700만명 중 1200만명이 30세 이하(대략 73%)였다."(Edward L. Widmer, 앞의 책 4면)

그러나 이 세가지 요인 자체보다 이 요인들이 성·인종·계급적 모순들을 발효시켜 일종의 화학반응을 일으킨 1850년대가 미국사에서 일종의 종합국면에 해당한다는 사실이 더 중요한 논점일지 모른다. 미국사의 가장 어두운 국면에서 문학의 창조성이 가장 화려하게 분출되었다는 아이러니는 따로 논해볼 만한 흥미로운 쟁점인데, 가설의 성격이 다분한 종합국면에 대한 좀더 엄밀한 문학사회학적 분석은 이후의 숙제이다.

그런 분석작업과는 별개로 영국문학을 기계적으로 답습한 발화 및 발상과 결별하는 과정에서 드러난 19세기 미국작가들의 온갖 장르적 고정관념 해체와 그에 잇따른 창의적인 서사실험은 그 자체로 좀더 자상한 텍스트 분석을 요구한다. 그같은 해체작업과 실험이 없었던들 노예제를 비롯한 미국 특유의 봉건적 모순들이 복잡하게 얽힌 당대 현실에 대한 의미 있는 문학적 대응은 사실상 불가능했으리라 본다. 참다운 국민문학이라는 작가적 포부를 작품으로 구현한 작가들은 영국문학에 대한 의식적인 거부를 왕왕 드러냈음에도 불구하고 영문학의 창조적 유산을 아주 새롭게 수용하는 동시에 미국의 역사에 내재한 독특한 모순과의 전면적인 대결을—— 헨리 제임스가 토로한 '착잡한 운명'(complex fate)의 온전한 감내를—— 대국적인 견지에서 수행했다. 오직 그런 수행과정에서 영국문학의 기계적 추종·모방과 대국주의적 우월의식을 동시에 넘어설 수 있었던

---

17 사실 미국문화에 대한 주체적 자각과 미국 고유의 문학을 촉구하는 목소리는 독립 직후부터 터져나왔다. 하지만 19세기 미국의 문학현장에서 당위와 실제의 낙차는 엄청났고, 낙차에 대한 작가들의 반응은 제각각이었다. 그런 반응의 성격을 제대로 규명하려면 당대 인쇄, 출판 및 도서시장, 나아가 문학잡지와 대중의 취향에 대한 실증적인 연구가 따라야 할 듯하다. 실제로 작가들의 창작의욕에 큰 영향을 끼친 저작권 문제는 미국문학의 '성년 되기'와 뗄 수 없는 것인데, 그런 맥락에서 호손과 멜빌, 휘트먼이—— 온도차는 있지만—— 문학시장의 주류에서 비켜선, 내지는 주류의 문학적 취향에 대한 미묘한 긴장을 증폭시킨 작가라는 사실은 특기할 만하다. 이렇게 보면 세 작가의 작품이 이상과 현실의 괴리가 엄청났던 미국 상황에 대한 적극적인 대응의 성격을 띤다는 점도 분명해진다. 19세기 중반의 독서시장에 대한 고전적 미국작가들의 대응에 대해서는 특히 Henry Nash Smith, *Democracy and the Novel: Popular Resistance to Classic American Writers* (Oxford UP 1978) 참조.

바, 당면한 문화적 빈곤에도 불구하고 유럽작가들과 경쟁하던 미국작가들이 셰익스피어로 대표되는 '구세계'의 문학유산을 이어받는 방식도 남달랐다. 따라서 이들 작품의 보편성은 작품을 산출한 국가나 민족 고유의 특성, 내지는 문화적 전통을 집약하되 그런 특성과 전통에 국한되지 않는 경지를 아울러 함축한다고 봐야 할 것이다.

3. '국민문학'을 향한 열망들: 빛과 그림자

미국문학의 '부흥'에 기여한 세가지 역사적 조건들은 그 자체로 좀더 깊은 연구가 필요한 주제이다. 또한 분리해 생각할 수 없는 그런 조건들의 상호작용 속에서 태동한 19세기 미국문학의 르네상스가 개별 작가들의 작가적 꿈과 의지를 떠나서는 가능하지 않았던 집단적인 현상이라는 점도 자세히 짚어봐야 할 과제이다. 일국의 지평을 넘어서는 작품의 보편적 지평도 궁극적으로는 개별 작가의 매우 목적의식적인 창작활동에 의해 확보되는 것이기 때문이다. 그런 의미에서 호손, 멜빌, 휘트먼이 내비친 작가로서의 포부가 서로 연동되는 양상은 매우 흥미롭다.

먼저 호손의 포부를 들어보자. 천상의 구름 속 성(城)을 의장(意匠)으로 삼아 '한여름 밤의 꿈'처럼 이야기가 펼쳐지는 터라 문맥을 세심하게 헤아리면서 읽어야 하는 단편이지만 호손이 품은 작가적 야심만은 잘 드러나 있다.

그는 누구인가? 우리나라가 시간의 안개 속을 마음 졸이며 들여다보고 찾으려는 인물, 지식의 채석장에 널린 세공되지 않은 화강암을 다듬어 미국문학의 창조라는 위대한 임무를 완수할 운명을 타고난 인물이 바로 그 위대한 거장이 아니라면 누구겠는가? 서사시의 형식으로 빚어진 것이든 시대정신 자체가 결정하는 아주 새로운 모양을 띤 것이든,

우리는 그에게서 최초의 위대하고 독창적인 작품을 받아야 할 운명인 바, 그 작품은 여러 국가들 중에서 우리의 영광을 위해 성취해야 할 모든 것을 이룩할 것이다.[18]

호손만큼 철저하게 회의(懷疑)하는 정신을 작품으로서 드러낸 19세기 미국작가는 드물지만 "위대하고 독창적인 작품"을 쓰고 싶은 그의 야심만큼은 이 인용문에서도 분명하다. 그렇다면 멜빌은 어떠한가.

미국의 이 메시아(Shiloh) 또는 호손이 지칭한 '거장'에 대한 내 생각을 하나 더 개진해보겠다. 이런 당당한 정신이 한 사람에게서 단독으로 발현하지 않(았)고, 앞으로도 그럴 수 없지 않을까? 그 위대한 충만함과 넘쳐흐름이 다른 많은 천재적인 인간들에 의해 공유되거나 공유될 운명이라고 생각하는 게 정말 그토록 비합리적일까? 지금까지 가장 위대한 예를 든다면, 셰익스피어가 그 자체로 당대 모든 정신들의 결정(結晶)이 아님은 두말할 나위도 없다. 셰익스피어가 말로우나 웹스터, 포드, 보몬트, 존슨과는 비할 수 없을 정도로 탁월해서 그런 대단한 작가들조차 셰익스피어의 힘을 전혀 나눠가질 수 없었다고 말할 수 있을까? 나는 엘리자베스 시대의 극작가 중에서 셰익스피어와 큰 차이가 없는 인물이 존재했다고 생각한다.[19]

---

18 "And who was he?—who but the Master Genius for whom our country is looking anxiously into the mist of Time, as destined to fulfill the great mission of creating an American literature, hewing it, as it were, out of the unwrought granite of our intellectual quarries? From him, whether moulded in the form of an epic poem or assuming a guise altogether new as the spirit itself may determine, we are to receive our first great original work, which shall do all that remains to be achieved for our glory among the nations." (N. Hawthorne, "A Select Party," *Tales and Sketches*, Library of America 1982, 952면)

19 "And here, let me throw out another conceit of mine touching this American Shiloh, or 'Master Genius,' as Hawthorne calls him. May it not be, that this commanding mind has not been, is not, and never will be, individually developed in any one man?

마지막으로 휘트먼의 발언이다.

　오늘날, 모든 문명세계의 인류 문제를 전체적으로 굽어볼 수 있는 관점에서 보자면, 그런 문제는 사회적이며 종교적인 것이지만 궁극적으로는 문학이 대처하고 다루어야 할 문제이다. 사제들이 떠나고 신성한 문학가들이 도래한다. 오늘날, 이곳 미합중국에서 현대의 시인, 또는 현대의 위대한 문학가만큼 절실히 요구되는 것은 없다. 아마도 모든 시대, 모든 나라에서 핵심이자, 그 자체로 대다수 사람들을 진정으로 움직이고 그로써 다른 이들도 움직이게 하는 것은 국민문학, 특히 그 원형인 시일 것이다. 과거의 모든 나라를 넘어서서 위대한 독창적인 문학은 명백히 미국적 민주주의의 명분이요 의지처가(어떤 면에서는 유일한 의지처가) 되어야 한다.[20]

And would it, indeed, appear so unreasonable to suppose, that this great fullness and overflowing may be, or may be destined to be, shared by a plurality of men of genius? Surely, to take the very greatest example on record, Shakespeare cannot be regarded as in himself the concretion of all the genius of his time; nor as so immeasurably beyond Marlowe, Webster, Ford, Beaumont, Jonson, that those great men can be said to share none of his power? For one, I conceive that there were dramatists in Elizabeth's day, between whom and Shakespeare the distance was by no means great."(H. Melville, "Hawthorne and His Mosses," *Herman Melville*, Library of America 1987, 1164면)

20 "View'd, to-day, from a point of view sufficiently over-arching the problem of humanity all over the civilized world is social and religious, and is to be finally met and treated by literature. The priest departs, the divine literatus comes. Never was anything more wanted than, to-day, and here in the States, the poet of the modern is wanted, or the great literatus of the modern. At all times, perhaps, the central point in any nation, and that whence it is itself really sway'd the most, and whence it sways others, is its national literature, especially its archetypal poems. Above all previous lands, a great original literature is surely to become the justification and reliance, (in some respects the sole reliance,) of American democracy."(W. Whitman, "Democratic Vistas," *Walt Whitman: Poetry and Prose*, Library of America 1982, 956~97면)

이런 포부들은 각각 그에 상응하는 작품을 낳았다. 호손의 창의적인 면모는 기존의 관습적인 문학장르에 얽매이지 않는 서사형식의 유연한 변용 및 활용에 있다. 예컨대 "시대정신 자체가 결정하는 아주 새로운 모양"으로서의 작품을 추구하는 과정에서 숙성된, 사실적인 것과 상상적인 것의 '중립지대'를 구축하는 '로맨스 노블'도 그런 활용의 산물이다. 20세기 중후반 라틴아메리카의 '마술적 리얼리즘'을 앞서서 예시한 것으로 평가되는[21] 『주홍글자』(*The Scarlet Letter*, 1850)야말로 작품 서문인 「세관」(The Custom-House)에서 호손이 개진한 '이론'의 창의적 구현이라 해도 과언이 아니다. '신대륙' 특유의 역사적 현실과 불가분인 인간 심리에 대한 번득이는 통찰은 유구한 전통을 자랑하는 영국의 문학 및 문화를 경쟁적으로 의식할 수밖에 없는 미국작가로서의 실험적 고뇌로부터 유래한다. 그런데 위의 인용문에서 좀더 심각하게 생각해볼 점은, 호손이 "미국문학의 창조라는 위대한 임무"를 미국이라는 국가의 영광과 연결한다는 사실이다.[22]

그렇다면 청교도 교부들의 과오에 대한 대속의지(代贖意志)를 서문을 통해 밝히는 과정에서 "나는 다른 어떤 곳의 시민이다"(I am a citizen of somewhere else)라고 고백한 호손의 발언은 어떻게 이해해야 하는가? 잘 알려져 있다시피 호손은 미국의 건국과정은 물론 국가적 정체성에 대해서도 회의적·비판적이었다. 따라서 이 대목에서 '국가의 영광'이란 정확

---

21 "유령들이 사람들을 놀래지 않고 출현할 수 있는 이런 중립지대는 물론 20세기 마술적 리얼리즘의 지대이기도 하다."(Lois Parkinson Zamora, *The Usable Past: The Imagination of History in Recent Fiction of the Americas*, Cambridge UP 1997, 88면)

22 물론 "A Select Party"가 '한여름 밤의 꿈'의 형식을 띠고 있기 때문에 '국가의 영광'이라는 표현은 호손 자신의 작가적 신념이라기보다 그런 꿈의 일부로 해석할 수 있겠다. 바로 그 점은 호손 로맨스의 간단치 않은 성격을 예시하기도 한다. 그러나 그 점을 인정한다고 해도 호손이 작품 창작과정에서 미국의 역사적 한계와 가능성을 특히 예민하게 의식한 작가임을 부정하기는 어려우리라 본다.

히 뭘 말하는 것인가를 묻지 않을 수 없다. 적어도 작가의 당대에서는 그런 영광을 누리는 자는 '미국인'일 수밖에 없을 텐데, 호손에게 미국인의 범위는 어디까지인가? 이 물음은 인종주의·성차별주의 이데올로기와 직결된다. 이는 또한 창작자로서의 호손이 평생 심문했다고 해도 과언이 아닌 청교도의 역사적 후과(後果)와도 무관할 수 없는 문제이다. '르네상스'를 밝혀주는 가장 밝은 별자리 가운데 하나인 『주홍글자』에조차 인종주의와 성차별주의의 화학작용이 빚어낸 미국적 모순이라는 화인(火印)이 찍혀 있는 것이다.

다른 한편 "미국문학의 창조라는 위대한 임무"에 관한 한 멜빌은 호손보다 호활하달 수 있다. 호손이 갈망한 위대한 '거장'은 '미국의 메시아'(American Shiloh)로 승격된다. 동시에 미국작가에게 창작의 전범으로 군림한 셰익스피어의 상대화가 시도된다. 멜빌이 이 글에서 "우리는 아방가르드 운동이라고 말해야 할 그런 문학운동을 주장하고 있다"라고 한 것도 영국문학의 전통에 대한 대담한 도전의식에서 기인한 것이다.[23] 셰익스피어의 '민주화'라고 지칭해도 좋을 멜빌의 호방한 기획은 과연 그 규모에 상응하는 '물건'도 만들어냈다. 즉, 독립 직후부터 미국만의 국민문학을 지향하여 무수한 미국적 서사시가 시도되었지만 성과가 신통치 못하던 터에 그는—19세기 미국문학의 최대 걸작으로 평가되는—『모비 딕』(Moby-Dick, 1851)을 내놓았던 것이다. 멜빌은 셰익스피어 텍스트의 창의적인 전유를 통해[24] 미국문학에서 주변부적 존재에 지나지 않던 "선원들,

---

23 Richard Chase, "The Fate of the Avant-Garde," *Partisan Review* 24(1957) 368면.

24 멜빌이 셰익스피어를 의식하는 방식은 이른바 '영향에 대한 불안' 정도로 접근할 수는 없는 문제이다. 멜빌이 셰익스피어를 문제삼는 일차적인 동기는 자국 작가들을 보호해줄 저작권조차 없는 열악한 현실에서 미국문학의 자긍심과 가능성을 북돋우기 위해서라고 판단된다. 하지만 미국작가로서 셰익스피어를 의식하는 함의는 결코 단순치 않다. 무엇보다 셰익스피어로 대변되는 영문학의 위대한 유산이 현실적으로 파기하려야 파기할 수 없는 것임을 냉정하게 인식하면서도, 바로 그렇기 때문에 신대륙 작가의 처지에서 영문학 유산의 맹목적 추종은 더욱 위험하다고 생각했던 것이다. 멜빌의 예언처럼 이미—셰익스피어의 공연문화가 활기찼던—미시시피 강변에서 마크 트웨

배교자들, 버림받은 자들"에게 인간적 위엄을 되돌려주면서 민주주의 이상(理想)의 철저한 해부를 수행했다. 이는 "미국적 민주주의에 대한 헌신"이 작품화되는 하나의 전형적인 사례에 해당한다. 멜빌은 당대 '미국 정신'의 진수를 파괴와 창조, 필살과 부활, 죽임과 살림이라는『모비 딕』특유의 변증법적 서사를 통해 선보인 것이다.

그러나 '미국의 메시아'가 암시하는, 자국 문학의 '구원'에 대한 멜빌의 도저한 믿음은 그 자체로 비판적 성찰의 대상이기도 하다. 바로 그런 종류의 믿음이 '명백한 운명'(Manifest Destiny)이라는 예외주의 이데올로기와 어떤 방식으로든 연루된다면 더욱 그렇다. 실제로 셰익스피어의 '민주화'를 주창한 멜빌의 자신감에는 모종의 배제충동이 내면화되어 있다. 가령 셰익스피어에 대한 우상숭배를 거부하는 것에서 한 걸음 더 나아가 미국작가들에게 "남자답게 쓸 것"(let him write like a man)을 촉구할 때—그 맨(man)이 당대에 남녀를 모두 관용적으로 지칭하는 말임을 감안하더라도—그같은 인식과 패기가 과연 얼마나 여성의 세계와 상보적 접점을 이룰 수 있었을까? 19세기 중반 미국문학의 중흥 자체가 여성의 세계에 대한 배타적 전유를 통해 이룩되었다는 주장은 실증적 분석을 요구하는 쟁점이지만 "셰익스피어가 그 자체로 당대 모든 정신들의 결정(結晶)이 아니"라고 단언한[25] 멜빌이 작품을 통해—버지니아 울프가『자

인 같은 작가가 자라나고 있었음은 상기할 만한데, 멜빌의 이같은 발언 배후에는 당대에 셰익스피어 강연으로 명성을 날린 휘그당 계보의 대표적인 비평가인 노먼 허드슨에 대한 견제심리도 숨어 있었다고 한다. 멜빌의 '셰익스피어 민주화 기획'은, 미국 전역에 걸친 순회강연을 통해 셰익스피어의 고전적 가치를 휘그당과 고교회파(高敎會派) 성공회의 보수적 세계관으로 번역함으로써 독자적인 미국문학의 실현을 꿈꾸는 '영 아메리카'의 도전을 봉쇄하려는 허드슨의 문단정치에 대한 전면적인 문제제기라는 것이다. 이에 비추어 본다면, 멜빌의 기획은 셰익스피어 자체에 대한 평가절하가 아니라 그런 창조적 유산을 주체적으로 받아들이지 못하는 미국 지식계의 풍토에 대한 비판에 맞춰져 있다고 봄이 온당할 것이다. 노먼 허드슨에 대한 견제심리와 관련한 논의로는 John Stafford, "Henry Norman Hudson and the Whig Use of Shakespeare," *PLMA* 66:5(1951) 649~61면 참조.

25 이런 단언이 까자노바의 주장처럼 "자신의 해방을 선언한 바로 그 순간 미국작가들이

기만의 방』(*A Room of One's Own*, 1929)에서 역사적 상상력을 통해 실체를 부여한──셰익스피어의 가상 여동생을 얼마나 구체적으로 상상할 수 있었는가라는 물음도 제기된다. 이는 비단 여성독자만 품을 수 있는 종류의 의문은 아닐 것이다.

그렇다면 휘트먼은 어떠한가? 호손, 멜빌과 더불어 그 역시 미국문학의 거장을 대망한 시인이다. 멜빌보다 더 급진적으로 '셰익스피어의 평준화'를 내세웠을 뿐만 아니라 영국, 나아가 유럽문학을 과격하게 폄훼했다는 점에서 그는 단언(斷言)의 시인이기도 하다.[26] '구대륙'의 문학=봉건주의 문학이라는 등식을 설정한 그는 신대륙의 물질적 진보와 정신문화를 하나로 총화(總和)할 국민문학을 제창한다. 호손과 멜빌도 미국(만)의 국민문학을 갈망했지만, 휘트먼의 특이한 면모는 종교를 대신한 문학의 대업을──남북전쟁 직후 괴멸 상태에 빠진──민주주의의 과업과 명시적으로 연계한 데 있다. 한마디로 그에게 국민문학은 미국적 민주주의의 이상(理想)과 동의어이다.

남북전쟁 이후의 국면에서 휘트먼만큼 열렬하게 미국의 현실에 복무

실제로 (셰익스피어로 대표되는 영국문학에 ── 인용자) 종속되어 있다는" 것을 말해준다(Pascale Casanova, "Combative Literatures," *New Left Review* 72, 2011년 11·12월호 128면)고 할 수 있다. 또한 이런 단언이 나오는 문화적 배경을 불평등하게 구조화된 국제 역학관계에서 성찰해야 한다는 것도 지당한 말이다. 하지만 정치의 영역과 마찬가지로 힘의 불균형이 작동하는 문학의 국제무대에서 더 결정적인 것은, 바로 그런 구조의 결정주의에 완전히 귀속될 수도 없고 귀속되지도 않는 작품의 '세계적' 성취의 성격을 구체적으로 규명하는 일일 것이다.

26 가령 다음과 같은 문장을 보라. "셰익스피어를 포함한 위대한 시들은 일반 민중의 자긍심과 위엄, 민주주의의 생명(life-blood)에 유해하다. 저 바다 건너서 가져온 우리 문학의 모델들은 궁전에서 태어나 성(城)의 햇살을 받고 자랐다. 모든 것이 군주의 총애라는 악취가 난다."(The great poems, Shakspere included, are poisonous to the idea of the pride and dignity of the common people, the life-blood of democracy. The models of our literature, as we get it from other lands, ultramarine, have had their birth in courts, and bask'd and grown in castle sunshine; all smells of princes' favors.── W. Whitman, "Democratic Vistas," *Walt Whitman: Poetry and Prose*, 979면)

하는 문학을 미국적 민주주의의 실현이라는 관점에서 요청한 논자도 드물다. 그 열렬함에 비례하여 시적 창조성을 발휘한 시인은 더욱 희귀하다. 미국 민주주의의 이상에 문학적 육체를 부여한 『풀잎』(*Leaves of Grass*, 1855)은 '백인 원주민'의 토착적인 육성을 담은——유럽의 순문예(belles-lettre)와는 형식과 내용을 파격적으로 달리함으로써 백인의 체험지평을 초월한——작품이다. 따라서 휘트먼의 시, 나아가 19세기 중반 미국의 고전문학 자체를 "다성성으로 가장(假裝)한 민주적 단성주의(單聲主義)"[27]로 규정한 모레띠류의 비판을 액면가로 받아들일 수는 없을 것이다. 물론 그렇다고 그의 시적 발화에 단성주의적 경향이 강하게 발동한다는 점마저 간과해서는 곤란하다. 「나의 노래」(Song of Myself)에서 대담무쌍하게 선보인 탈인종주의적 다성성이 휘트먼의 작품에서 어느새 모든 개별적 차이를 무화하는, 이른바 용광로에 비유되는 동질화 이데올로기로 변질되는 순간도 천착해야 한다는 뜻이다.

4. '명백한 운명'—— '르네상스'의 이면

지금까지 검토한 세 인용문은 보편성을 담지한 세계문학이라는 것이 특정 지역이나 국가에서 활동한 작가들의 작가적 포부 내지 야심과 무관치 않음을 확인해준다. 동시에 세 인용문은 보편성이라는 것이 시공간을 초월한 지평이라기보다는 당대의 역사현실에 의해 제한을 받으며 특정한 지역과 지방에 뿌리를 내리고 생명력을 이어간다는 상식의 유효성도 증명한다. 괴테·맑스적 기획으로서의 세계문학을 논하는 마당일수록 이 점은 특히 유념할 필요가 있다. 어떤 예술작품이라도 그 모태가 당대의 역

---

27 "a monologism that is ashamed of itself, and dresses itself up as polyphony: democratic monologism, as it were." (Franco Moretti, Quintin Hoare trans., *Modern Epic: The World-System from Goethe to García Márquez*, Verso 1996, 67면)

사적 현실일 수밖에 없다면—그렇기에 예술의 투시력을 과시하면서도 당대적 한계가 이런저런 방식으로 작품에 그어진다면—호손, 멜빌, 휘트먼의 인용문에 대한 읽기도 바로 그 현실에 대한 탐구를 겸해야 한다.

19세기 미국문학의 르네상스를 '작품과 운동으로서의 세계문학'으로 재해석하는 데서 핵심적인 논제는 역시 예외주의의 이념적 근거로 작용한 '명백한 운명'이다. 미국·멕시코 전쟁이 발발하기 직전인 1845년에 오썰리번(John L. O'Sullivan)이 『데모크래틱 리뷰』의 창간사에서 처음으로 제창한 것으로 알려진 '명백한 운명'이라는 교설(巧說)은 사실상 식민개척기 청교도들의 뉴잉글랜드 예정설, 즉 뉴잉글랜드가 신의 특별한 점지를 받은 문명의 전초기지가 되리라는 종교적 신념을 대외적인 정치외교 수사로 변용한 것이었다. 그 함의는 처음부터 다분히 이중적이었다. '명백한 운명'은 한편으로 '구세계'의 봉건적 전제주의에 대한 '신세계'의 민주주의적 항거라는 성격을 띠면서 다른 한편으로 그 정당한 항거를 팽창주의, 더 나아가 제국주의 전략의 동력으로 전용하는 것이었다.[28]

당대 정치가는 물론 (문학)지식인에게 미국문학의 가능성에 대한 원대한 믿음이 온갖 허위의식의 온상인 '위대한 미국'이라는 관념과 잘 구분되지 않은 것도 이 때문이다. 이런 이율배반을 내장한 '명백한 운명'에 대한 호손, 멜빌, 휘트먼의 태도는 결코 간단치 않고, 실제로 작품에 투영되는 양상도 사뭇 착잡했다. 그도 그럴 것이 이들은 제각각 영국에 대한 문화적 예속을 떨친 '국민문학'을 통해 미국문학의 '예외적 지평'을 구현하고자 하는 순간에조차 아메리카대륙에서 저질러진 인종주의·성차별주의·계급주의의 역사적 폐해를 예리하게 의식하고 있었기 때문이다. 그렇다면 그런 이중성을 염두에 두고서 "미국문학의 창조라는 위대한 임무를

---

28 '명백한 운명'은 대내적으로는 서진운동(西進運動)의 구실로 활용되기도 했는데, 페니모어 쿠퍼는 그런 운동의 이율배반적인 면모를 『개척자들』(The Pioneers, 1823)을 통해 파헤친 바 있다. 이에 대해서는 졸고 「은유로서의 서부와 동지적 우애: 쿠퍼의 『개척자들』을 중심으로」, 『21세기 영어영문학』 19호(2006) 131~58면 참조.

완수할 운명을" 예감한 호손으로 다시 돌아가보자.

　수백년 전에 떨어져 아무도 손대지 않은 화살촉을 줍는 것, 그래서 사냥감이나 적에게 쏠 목적인 화살촉을 인디언 사냥꾼에게서 사실상 직접 건네받는 것과 다름없이 줍는 것은 더없이 즐거운 일이다. 그런 일은 숲으로 둘러싸인 인디언 마을을 다시 세우고 성장(盛裝)한 추장들과 전사들, 집안일을 하는 인디언 아낙들, 인디언 오두막집 주위에서 노는 아이들을 되살아나게 한다. 인디언 아기가 나뭇가지에 걸린 침낭 속에서 바람에 흔들리는 동안 말이다. 그런 순간적인 환영(幻影)이 사라지고 현실의 벌건 대낮 속에서 돌담과 하얀 집들, 감자밭, 손수 만든 바지에 팔을 걷어붙이고 열심히 호미질하는 사람 등 주위를 둘러보면 그 환영이 고통인지 기쁨인지 말하기 어렵다. 그러나 이건 무의미하다. 이 낡은 목사관이 수천개의 인디언 오두막집과는 비할 수 없을 정도로 낫기 때문이다.[29]

　'로맨스'를 표방한 작가 호손이 '풍물 수집가로서의 지역사가(地域史家)'이기도 했다는 사실은 청교도 역사에 대한 그의 세밀한 독서와 그런 독서가 녹아든 작품이 말해준다. 동시에 그는 자기의 뼈와 살을 이룬 땅

---

29 "There is an exquisite delight, too, in picking up, for one's self, an arrow-head that was dropt centuries ago, and has never been handled since, and which we thus receive directly from the hand of the red hunter, who purposed to shoot it at his game, or at an enemy. Such an incident builds up again the Indian village, amid its encircling forest and recalls to life the painted chiefs and warriors, the squaws at their household toil, and the children sporting among the wigwams; while the little wind-rocked papoose swings from the branch of a tree. It can hardly be told whether it is a joy or pain, after such a momentary vision, to gaze around in the broad daylight of reality, and see stone-fences, white houses, potato-fields, and men doggedly hoeing, in their shirt-sleeves and homespun pantaloons. But this is nonsense. The Old Manse is better than a thousand wigwams." (N. Hawthorne, "Preface to Mosses from an Old Manse," *Tales and Sketches*, 1129~30면)

인 쎄일럼, 나아가 뉴잉글런드에 대한 애정이 지극한 작가이기도 했다. 물론 쎄일럼 토박이로서 자신을 "다른 어떤 곳의 시민"으로 규정한 대목에서도 엿보이듯이 그 애정은 결코 간단치 않다. 미국의 건국과정에 대해서도 그는—「세관」에서 언표한—양가적 태도를 보인바, 자기 조상이 이룩한 문명적 업적에 긍지를 느끼면서도 인디언 같은 미국 내 소수인종이 겪은 핍박을 기록한 것은 그런 맥락에서이다.

그런데 이 인용문에서 특히 흥미로운 것은—우연히 발견한 인디언 화살촉에서 인디언 마을로, 거기서 다시 마을을 둘러싼 숲으로, 인디언 추장과 전사, 가사(家事)를 하는 인디언 여자 등으로 퍼지는—호손 특유의 역사적 상상력에 제동이 걸리는 순간이다. 그는 화살촉에서 인디언의 삶을 상상하면서 그런 상상이 "기쁨인지 고통인지" 모르겠다고 고백한다. 하지만 이 착잡한 감정은 '낡은 목사관'을 떠올리면서 단숨에 정리된다. 백인 역사의 유서(由緒)가 서린—독자 입장에서는 초월주의 사상의 대부인 에머슨을 연상할 수도 있는—이끼 낀 목사관을 생각하면 그같은 상상 자체가 무의미하다는 것이다. 청교도주의의 억압을 파헤친 역사가로서의 호손이 발휘한 비범한 재능도 철저하게 백인 작가의 것임이 단적으로 드러난—어떤 면에서는 백인들이 미국땅에서 이룩해놓은 '문명'을 되돌릴 수는 없다는 호손의 역사가로서의 냉엄한 역사인식이 나타나 있다고도 볼 수 있는—이 문장은 미국 소수인종의 역사에 관한 한 아무리 탁월한 백인 작가라 할지라도 궁극적으로 인디언이나 흑인 작가들을 대신할 수는 없지 않을까 하는 느낌을 들게 한다.

같은 맥락에서 아무리 천재적인 작가라 하더라도 청교도의 어두운 과거는 상상력만으로는 완전한 소거가 불가능한 것이라고 주장할 수 있다. 청교도들이 남긴 억압과 폭력의 역사를 후손으로서 있는 그대로 기록하는 작업과 현실의 제약을 벗어나 예술가로서 상상력의 나래를 펼치는 신명은 호손에게 형용모순으로 작용한다. 아메리카대륙 원주민 삶의 자취를 발굴하고 생명력을 불어넣는 상상력이 기쁨인 동시에 고통이라면, 그 모순을 체감한 호손의 작품에 표리부동한 기표들이 그토록 난무하는 것도 우연이 아니다.

그런가 하면 멜빌도 모호성에 관한 한 어느 작가 못지않지만 적어도 신념 차원에서 표명되는 발언만은 호손에 비해 단순명료하다.

우리 미국인들은 이 시대의 특별하고 선택받은 이스라엘인이다. 우리는 세상의 온갖 자유를 담은 방주를 떠맡고 있다. 70년 전에 우리는 예속에서 벗어났다. 신은 지구의 한 대륙을 포괄하는 우리의 으뜸가는 생득적 권리 외에 손에 피를 묻히지 않아도 방주 그늘 아래로 찾아와 조아릴 정치적 이교도들(민주주의를 신봉하지 않는 자들——옮긴이)의 광대한 영토를 미래의 유산으로 물려주셨다. 인류는 신이 우리 민족에게 위대한 것들을, 우리가 자신의 영혼 속에서 느끼는 위대한 것들을 예정해두셨다고 생각한다. 나머지 나라들은 곧 우리 뒤에 서야만 할 것이다. 우리는 세계의 개척자들로서, 미답(未踏)의 미개척지로 파견된, 우리 소유인 신세계에서 새로운 길을 틔우기 위한 전위대이다. (…) 미국의 경우 지구 역사상 처음으로 국가적 이기심이 무한한 박애가 된다는 사실을 항상 명심하자. 왜냐하면 우리가 미국을 위해 일하면 그건 바로 세계에 대한 자선이 되기 때문이다.[30]

---

30 "We Americans are the peculiar, chosen people——the Israel of our time; we bear the ark of the liberties of the world. Seventy years ago we escaped from thrall; and besides our first birthright——embracing one continent of earth——God has given to us, for a future inheritance, the broad domains of the political pagans, that shall yet come and lie down under the shade of our ark, without bloody hands being lifted. God has predestinated, mankind expects, great things from our race; and great things we feel in our souls. The rest of the nations must soon be in our rear. We are the pioneers of the world; the advance-guard, sent on through the wilderness of untried things, to break a new path in the New World that is ours. (…) And let us always remember that with ourselves, almost for the first time in the history of earth, national selfishness is unbounded philanthropy; for we cannot do a good to America but we give alms to the world." (H. Melville, *White-Jacket*, Penguin 1990, 153면)

자국을 우주의 중심에 놓는 멜빌의 선민의식도 '명백한 운명'의 발현양태 가운데 하나임은 분명하다. 미국인을 '세계의 개척자들'로 표상한 것이야 멜빌의 작가적 기상(氣像)으로 볼 수도 있겠지만, 미국의 '국가적 이기심'이 무한한 인류애에 이바지한다는 발상은 성격이 다르다. 그런 식의 발상이야말로 신생국 미국의 국가적 위대성이라는 신화를 이데올로기적으로 고착시킨 예외주의 담론과 강력한 친화성을 띠기 때문이다. 그러나 다른 한편 멜빌 역시 호손에 버금가는 이중성, 또는 표리부동성을 거듭 작품으로 노출한 바 있다. "우리가 미국을 위해 일하면 그건 바로 세계에 대한 자선이 된다"고 믿었지만 정작 작품은 그 자선과 양립할 수 없는 백인문명의 파괴적 이기성(利己性)을 끈질기게 고발하기 때문이다. 미국적 운명의 상징으로서 『모비 딕』의 피쿼드 호와 선장 에이허브의 최후야말로 그런 이기성의 비극적 형상화에 해당하거니와, 홀로 살아남은 이슈마일의 '이야기'가 부활과 희망의 여운으로 남는 것 역시 멜빌 문학세계의 '이중성'과 무관하지 않다.

노예제와 계급의 장벽이 엄존했고 여성의 정치참여가 봉쇄된 1850년대에 멜빌이 신봉한 선민(選民)의식의 정체가 문제가 되는 것은 이런 맥락에서이다. 여성인물이 거의 없는 멜빌의── 예컨대 「필경사 바틀비」(Bartleby the Scrivener, 1853) 같은── 텍스트에 남성중심주의의 혐의를 거는 것은 투박한 논법임은 더 말할 나위도 없다. "『모비 딕』에 여성인물이 없기 때문에 이 작품이 더이상 읽혀지지 않을 거라고 말하는 사람들을 어떻게 생각하는가?"라는 질문에 대해 쑤전 하우는 그렇게 말하는 사람들이 "안쓰럽다"라고 개탄한 바 있다. 하우의 그런 일갈과 개탄은 고전숭배와는 거리가 멀뿐더러 여성주의적 읽기의 고질을 정확히 꼬집었다고 본다.[31] 하지만 그 점을 인정하면서도 멜빌의 작품세계에 전반적으로 생

---

31 Susan Howe, *The Birth-mark: unsettling the wilderness in American literary history*

동하는 여성이 드물다는 것만은 부인하기 힘들지 싶다.

반면에 '여성문제'에 관한 한 휘트먼은 호손과 멜빌보다 진보적인 관점을 견지한 작가였다. 그는 양성의 조화에 대해서도 의미심장한 생각거리를 던져주었다. 하지만 휘트먼의 국가의식은 호손과 멜빌이 내면화한 이중성보다 불길하다.

왜냐하면 미국의 참다운 국가적 정체성 즉 진정한 연방은, 치명적인 위기국면에서 결국 성문법도, (일반적으로 생각되듯이) 자기이해나 공통의 금전적·물질적 목적들도 아니며 그런 것들이 될 수도 없다. 그것은 뜨겁고 엄청난 아이디어, 거부할 수 없는 열기로써 다른 모든 것을 녹이고 그밖에 부차적이고 유한한 차이들을 거대하고 무한하며 영적이고 감정적인 힘으로 용해하는 아이디어이다.[32]

(Wesleyan UP 1993) 180면. 쑤전 하우의 이 저작에 관한 전반적인 논의로는 김의영 「미국문학과 황야: 수전 하우의 실험적 평론」, 『안과밖』 33호(2012년 하반기) 60~80면 참조. 다른 한편 그런 여성인물 결핍으로 인해 역설적으로 『모비 딕』의 '남성적 세계'에 어떤 '여성적 원리'가 상보적으로 작동하는 면이 있음을 무시할 수는 없다. 반면에 원칙적인 차원에서 논한다면, 19세기 미국의 고전문학들이 아무리 자기완결적 걸작이라 하더라도 그런 완결성은 상대적인 것임을 확인할 필요가 있다. 당대 여성작가들이 여성의 세계에서 길어낸 '가정의 서사시'(domestic epic)에 대한 이해 없이는 남성의 서사시적 모험에 대한 온당한 이해에 도달하기는 어려운 것이다. 예컨대 당대 미국의 포경산업으로 인해 실제로 뭍의 사회에서 어떤 풍속이 형성되고 발전했는가를 실감하는 데는 스토더드(Elizabeth Stoddard, 1823~1902)의 『모거슨 가(家)의 사람들』(The Morgesons, 1862) 같은 텍스트가 필수적이다. 물론 더 중요한 것은 주엇(Sara Orne Jewett)의 『전나무 지방』(The Country of Pointed Firs, 1896)에서 그려진 여성세계의 존엄한 일상을 피쿼드 호의 남성적 세계와 대비해보는 읽기이다. 이는 동시대 여성작가들에 대한 재평가를 수반하는 작업이지만, 실제로 멜빌의 '남성중심성'을 중화하는 하나의 방편이 되기도 할 것이다.

32 "For, I say, the true nationality of the States, the genuine union, when we come to a mortal crisis, is, and is to be, after all, neither the written law, nor, (as is generally supposed,) either self-interest, or common pecuniary or material objects — but the fervid and tremendous IDEA, melting everything else with resistless heat, and solving all lesser and definite distinctions in vast, indefinite, spiritual, emotional power."(W.

휘트먼이 주창한 정신의 용광로서의 아이디어가 대국주의로 비화(飛火)된 양상은 다양하다.[33] 대국주의는 노아 웹스터(Noah Webster)를 비롯한 무수한 국민문학론자들이 공유해온 이념이라는 점에서 위 인용문 자체는 특별할 것이 없다. 다만, '명백한 운명'을 이보다 더 명백하게 드러내기 어려운 것이 사실인데, 멜빌의 선민의식과 휘트먼의 대국주의가 거울처럼 서로를 비추어준다는 점은 미국문학의 르네상스도 철저하게 역사적 시각으로 해석해야 할 논제임을 재차 확인해준다. 선민의식의 내면화와 대국주의의 외면화는 미국주의 이데올로기가 발현되는 양면적 현상이다. 미국의 위대한 운명에 대한 휘트먼의 신념은, 적어도 19세기 미국작가들에게는 '구세계'가 미국의 문화적 과거가 존재한 중심이었음을 ── 여전히 창조적인 미국문학을 가능케 하는 '기회의 땅'이었음을 ── 아이러니하게 드러내기도 한다. 바로 그 점을 주시한다면 미국문학의 르네상스가 드리운 그늘에 대한 한층 뚜렷한 인식이 가능할 것이다.

이런 맥락에서 보면 미국적 민주주의 자체에 '명백한 운명'이라는 팽창주의 이데올로기가 내재해 있다는 점을 직시해야 할 것이다. 또한 모든 개별자들을 하나의 정체성, 단일한 이념적 상(像)으로 획일화하는 서사적 기제가 대국주의에 도사리고 있음을 놓쳐서도 안된다. 최소한 그 점에서

Whitman, "Democratic Vistas," *Walt Whitman: Poetry and Prose*, 659~60면)

33 가령 다음과 같은 대목은 가장 적나라한 예에 속한다. "200년도 되기 전에 40~50개의 거대한 주가 (미국에 ── 인용자) 생겨나고 그중에는 캐나다와 꾸바도 포함될 것이다. 금세기가 끝나기 전에 우리의 인구는 6~7천만명이 될 것이다. 태평양이 우리 소유가 될 것이며, 대서양도 대부분 그럴 것이다. 지구상 모든 곳에 일상적인 전기통신이 개설될 것이다. 이 얼마나 멋진 시대인가! 이 얼마나 멋진 땅인가! 지구상 어디에 이렇게 위대한 나라가 있는가?"(Long ere the second centennial arrives, there will be some forty to fifty great States, among them Canada and Cuba. When the present century closes, our population will be sixty or seventy millions. The Pacific will be ours, and the Atlantic mainly ours. There will be daily electric communication with every part of the globe. What an age! What a land! Where, elsewhere, one so great? ── W. Whitman, 앞의 글 1005면)

는 앞서 언급한 "다성성으로 가장한 민주적 단성주의"라는 모레띠의 비판은 휘트먼 시의 어떤 일면에 대한 정확한 반응이라고 할 것이다. 이처럼 제국주의와 구분될 수 없는 대국주의가 미국 민주주의의 단성적 관념이 육화된 이데올로기라면, 이로써 휘트먼에 대한 (재)평가를 일이관지(一以貫之)하는 비평이 요구된다. 신대륙에 하나의 국가가 성립하는 역사적 현실에서 휘트먼이 탈인종주의의 비전에 값하는 개방적인 태도를 시작(詩作)으로 보여주었다는 주장도[34] 명백한 근거가 있기에, 휘트먼이 열정적으로 시화(詩化)하여 그런 비전을 살려낸 작품을 분별하면서[35] "열렬하고 거대한 아이디어"로서의 미국과 팽창주의를 등치한 그의 수사(修辭)를 해체하는 작업도 병행해야 할 것이다.

5. 간단한 요약

지금까지 다소 복잡한 논의를 한 터라 마무리를 위해서 간단한 요약이 필요할 듯하다. 3~4절에서 비교하여 읽어본 세 쌍의 인용문은 19세기 미국문학의 르네상스를 운동과 작품으로서의 세계문학이라는 논제로 변환할 때 발생하는 난점에 대해 성찰케 한다. 영국문학으로부터의 탈피 의지를 독자적인 국민문학을 향한 열망으로 표출하는 과정에서 미국문학의 세계적 성취가 확보되었다면, 그런 성취와 동시에 미국주의 이데올로기가 심화되고 작품에 그 역사적 흔적들이 각인된 것도 부정할 수 없다. 이는 미국문학 르네상스를 괴테·맑스적 기획으로서의 '세계문학'으로 자리

---

34 이에 대해서는 특히 Guiyou Huang, "Whitman on Asian Immigration and Nation-Formation," Ed Follsom ed., *Whitman East & West: New Contexts for Reading Whitman* (University of Iowa Press 2002) 159~71면 참조.

35 그런 분별의 세심한 비평으로는 특히 강필중 「근대적 인간의 변용: 월트 휘트먼에 대한 하나의 시론」, 『영문학 試論』(동인 2011) 91~115면 참조.

매기는 해석일수록 미국문학의 부흥에 내재한 양면성을 정밀하게 인식해야 함을 말해준다.

세 작가가 상이한 방식으로 내면화한 '명백한 운명'이라는 신념체계와 그 신념체계를 해체하기도 하는 그들의 작품을 19세기 미국사의 궤적에 놓고 읽어내는 비평은 아직 과제로 남아 있다.[36] 여기서 환기해야 할 점은, 이 과제는 정전주의 비판만으로는 감당하기 어려운 성격의 것이라는 사실이다. 호손, 멜빌, 휘트먼의 산문에서 드러난 미국주의적 허위의식을 특정한 이론으로 가공하여 작품에 비판적으로 대입하는 논법은 아무리 정교한 이론틀을 동원한다 해도 '비판'을 빙자한 단순논리로 떨어질 공산이 크기 때문이다.

2절에서 언급했다시피 19세기 미국문학의 '르네상스'는 최소한 세가지 상이한 차원의 복합적인 역사현실을 함축하는 현상일뿐더러, 근대세계의 핵심 구성요소이자 사회적 모순의 기폭제인 성과 인종, 계급의 모순이 세 작가가 써낸 텍스트들에 극도로 착종되어 있다면 더 말할 나위도 없다. 따라서 새로운 땅에서 새로운 삶을 꿈꾼 미국작가들의 동시다발적 성취를 괴테·맑스적 기획으로서의 세계문학으로 포용한다면 그것은 서구 휴머니즘의 재판(再版)이나 단순한 해체에 머물 수는 없을 것이다. '새로운 땅'에 정착하여 '구세계'와의 결별을 희구한 미국작가들의 성취를 고전적 차원에 다다른 것으로 평가할 때 그런 평가작업은 인종주의와 성차별주의, 계급주의를 벗어버리지 못한 서구의 이상에 대한 발본적인 도전을 뜻

---

36 특히 휘트먼의 발언이 나온 시점은 북부의 산업주의가 전근대적 남부를 재편하던 '도금시대'였다. 노아 웹스터에서 보듯이 미국의 현실에 걸맞은 국민문학의 열망이 대국주의로 이어진 사례는 독립 이후에도 무수했지만, 미국의 아시아 함대가 강화도를 유린한 신미양요(辛未洋擾)가 일어난 고종 8년(1871년)이 휘트먼의 「민주주의의 전망」(Democratic Vistas)이 발표된 해라는 점도 우리에게 특별한 경각심을 일깨워주는 바 있다. 어쨌든 미국이 세계 패권국으로의 도약을 앞둔 시점에서 휘트먼이 주창한 대국주의(=국가주의)가 그의 시세계의 창조적 지평을 어떤 방식으로 제약했는가라는 문제는 흥미로운 쟁점이다.

한다고 봐야 하는 것이다.

6. 결론을 대신하여

일국(一國) 단위를 넘어선 학술·정보 교류가 거의 실시간으로 이뤄지는 세계화시대일수록 서양문학 공부의 방법론에 대한 모색이 요구되는 것은 당연하다. 사실 변혁운동의 강력한 구심점이 요구되던 한국의 지난 1980년대에도 공부의 중심이 하나만은 아니었다. 하지만 서양학문의 올바른 수용을 생각하지 않고서 자국의 문화적 전통을 지키고 계승하는 것이 더 힘들어진 상황이 바로 세계화시대임을 한층 실감하게 되었다는 점에서 외국문학 연구도 새로운 도전에 직면하게 되었다. 물론 보편의 지평을 향한 갈망은 어제오늘에 생겨난 것이 아니고, 학문의 줏대를 세우는 일도 식민지근대를 거치며 온갖 폐해가 쌓인 이곳의 지식풍토에서는 거의 항구적인 숙제이다. 무형·유형의 신식민지적 억압에 대항하는 과정에서 생겨난 우리 자신의 편벽 및 관성, 보편주의로서의 세계화에 내재한 근대주의의 덫을 경계해야 할 현실적인 이유는 너무나 많다. 요컨대 지식인들이 안으로는 국수(國粹)의 참뜻을 새기고 밖으로는 서양문명에서 배울 것은 배움으로써 '세계인'의 자격을 갖추는 실사구시의 자세를 갖추었더라면, 한반도 근대의 시련도 그토록 혹독하지는 않았으리라는 사실을 새롭게 되새겨야 한다는 것이다.

그렇다고 미국문학에 대한 엄밀한 학술행위를 역사교훈으로 대신할 수는 없는 일이다. 그런 역사교훈에 대한 지당한 강조일수록 대학체제에서조차 신자유주의가 노골화된 현재에는[37] 한가한 훈계처럼 들릴 소지가 있

---

[37] 지금은 대학현실을 개탄하는 소리가 어느 때보다 드높은 것이 사실이고 그에 귀 기울여야 마땅하다고 본다. 그러나 다른 한편 신자유주의적 제도를 '악'으로 규정하기보다는 그런 제도 속으로 뛰어들어 그 양면성을 살피면서 행정적으로 분투한 한 영문학

다. 이 글의 취지는 다만 어떤 종류의 맹목이든 그로 인해 미국문명의 역사적 잠재력에 눈감는 일마저 생긴다면 그것은 특정 전공분야의 공부 부실로 끝날 일이 아님을 진지하게 생각해보자는 것이다. 미국이 하나의 상수로서 개입하는 한반도 현실에 대한 비판적 사유와 성찰적 상상력이 기저(基底)에서 작동하지 않을 때 미국문학 연구에도 심각한 맹목이 초래되리라는 것은 얼마든지 예상 가능한 일이지 않은가.

바로 그런 의미에서 뉴잉글런드라는 지역의 색깔을 강하게 띠면서도 지역의 한계를 넘어선 19세기 미국문학의 '중흥'은 오늘날 한국문학의 진로에 의미심장한 암시를 준다. 지역성과 탈지역성을 한 몸에 내장한 중흥기의 텍스트들은 고전의 보편성을 비판적으로 성찰할 수 있는 맞춤한 사례이기에 국수주의냐 세계주의냐라는 이분논리가 설 자리가 없는 논제이기도 하다. 하지만 앞서 분석했다시피 '명백한 운명'이라는 당대 특유의 예외주의 이데올로기가 참다운 미국문학을 향한 열망과 착잡하게 뒤엉켜 있다는 점은 작품읽기의 특별한 난제로 남는다. 우리가 보편성이라 칭하는 차원에 다다른 작품조차 이런저런 방식으로 미국중심주의에 노출되어 있다면, 미국주의에 일면 물들었으면서도 그로부터의 탈피에 성공한 작품의 성취를 온당하게 규명하는 것이 연구의 관건이다. 19세기 미국문학 중흥의 표리(表裏)를 (때로는 거칠게) 드러내는 인용한 세 작가의 글이 연구자들에게 요구하는 것도 바로 그런 공부라고 본다.

19세기 미국문학의 부흥에 내장된 이데올로기적 뇌관을 해체하는 정전주의 비판의 문제의식도 그런 맥락에서 되살려봄직하다. 괴테·맑스적 세계문학 구상에 우리 당대의 의미를 부여하는 작업은 정전주의 비판과도 무관할 수 없기 때문이다. 하지만 '르네상스'라는 명칭이 부여된 19세기 미국문학의 성취는 작품과 운동을 동시적으로 지향하는 세계문학의 표

자의 기록에 깊이 공감하게 되는 것도 사실이다. Annette Kolodny, *Failing the Future: A Dean Looks at Higher Education in the Twenty-First Century* (Duke UP 1998) 참조.

본적 사례에 해당하거니와, 일면적인 고전숭배나 정전주의 비판만으로는 19세기 미국문학의 세계적 보편성을 한국문학의 자산으로 소화하기는 어렵다. 그렇다면 괴테·맑스적 기획으로서의 '세계문학'에 값하는 보편의 지평이 19세기 미국문학에서 어떻게 구체적으로 구현되었는가를 규명하는 공부는 당대 '르네상스'의 복합성을 일도양단의 유혹을 피하며 얼마나 엄밀하게 읽어내는가에 좌우될 것이다.

| 발표지면 |

서장 민족문학, 한국문학, 87년체제 미발표

제1부 시와 정치, 그리고 시 읽기

참여시 재론 『실천문학』 2009년 여름호(개제, 전면 개고)

'용산'을 시로 쓰는 일 미발표

오늘의 '분단시'에 관한 단상들 국제한국문학/문화학회(INAKOS) 주최 국제학
　　술대회(연세대학교 2010. 11. 13.) 발제문(전면 개고)

랑시에르 미학의 도전 『영미문학연구』 21호, 2011(전면 개고). 연세대 국학연구
　　원·동경대 UTCP 공동주관 제3차 국제워크숍(2010. 3. 13.) '비평과 정치'
　　(Critique and Politics) 영어발표문 "The Challenge of Rancièrian Aesthetic"
　　의 한글 번역본(개고)

공통감각과 시 광주전남작가회의·광주오월문학관 공동 주관 인문학포럼
　　(2009. 8. 13.)의 강연(전면 개고)

박영근에 관한 기억 미발표

제2부 역주행의 시대, 한국소설의 분투

장르의 경계와 오늘의 한국문학 『창작과비평』 2008년 여름호(전면 개고)

장르서사가 진화한 현장들 『문학들』 2008년 겨울호(개제, 전면 개고)

역사, 역사해석, 그리고 역사소설 『오늘의 문예비평』 2008년 겨울호(개제, 전면 개고)

한국소설의 고투, 마중물로서의 비평 창비 에디넷 2008년 11월 30일(덧글 추가, 미발표)

'엄마'의 시대적 진실을 찾아서 『창작과비평』 2009년 여름호(개고)

김소진과 1990년대 안찬수·정홍수·진정석 엮음 『소진의 기억』, 문학동네 2007년(개고)

제3부 세계문학과 한반도

'세계문학'의 개념들 『영미문학연구』 17호, 2009(전면 개고)

동아시아의 식민지근대와 지역문학의 가능성 미발표

세계체제의 (반)주변부와 근대소설 『창작과비평』 2010년 여름호(전면 개고)

세계문학의 역사적 조건에 관하여 『안과밖』 29호, 2010년 하반기(전면 개고)

524

536

한국문학의 최전선과 세계문학

초판 1쇄 발행 / 2013년 5월 3일

지은이 / 유희석
펴낸이 / 강일우
책임편집 / 이상술
펴낸곳 / (주)창비
등록 / 1986년 8월 5일 제85호
주소 / 413-120 경기도 파주시 회동길 184
전화 / 031-955-3333
팩시밀리 / 영업 031-955-3399 편집 031-955-3400
홈페이지 / www.changbi.com
전자우편 / lit@changbi.com

ⓒ 유희석 2013
ISBN 978-89-364-6340-3 03810

* 이 책 내용의 전부 또는 일부를 재사용하려면
   반드시 저작권자와 창비 양측의 동의를 받아야 합니다.
* 책값은 뒤표지에 표시되어 있습니다.